AF543431

हारुकी मुराकामी का जन्म 1949 में क्योटो में हुआ था और वर्तमान में वे टोक्यो के निकट रहते हैं। उनकी रचनाओं का अनुवाद पचास से अधिक भाषाओं में किया जा चुका है, और उन्हें अनेक अन्तरराष्ट्रीय सम्मान प्राप्त हुए हैं। इनमें हाल ही में प्राप्त हांस क्रिश्चियन एण्डर्सन लिटरेचर अवार्ड भी शामिल है। उल्लेखनीय है कि उनसे पहले यह पुरस्कार कार्ल ओवे नाउसगार्ड, इज़ाबेल अलेन्दे और सलमान रुश्दी जैसे प्रतिष्ठित लेखकों को भी मिल चुका है।

www.harukimurakami.com

मुराकामी

नॉरवेजियन वुड

अनुवाद : मदन सोनी

MANJUL
मंजुल पब्लिशिंग हाउस

First published in India by

MANJUL

Manjul Publishing House
Corporate and Editorial Office
• 2nd Floor, Usha Preet Complex, 42 Malviya Nagar, Bhopal 462 003 - India
Sales and Marketing Office
• C-16, Sector 3, Noida, Uttar Pradesh 201301, India
Website: www.manjulindia.com
Distribution Centres
Ahmedabad, Bengaluru, Chennai, Kochi, Kolkata,
Hyderabad, Mumbai, New Delhi, Pune

Norwegian Wood by Haruki Murakami – Hindi Edition

Originally published as NORUUEI NO MORI in 1987 by Kodansha Ltd

This Hindi edition first published in 2025
Second impression 2026

ISBN 978-93-7317-375-7

Translated by Madan Soni

Printed and bound in India by Repro India Ltd.

अनेक जश्नों के लिए

भूमिका

मैंने इस उपन्यास को लिखने की शुरुआत मिकोनोस, ग्रीस (2023) में की थी

नॉर्वेजियन वुड के मामले में, मैं आख़िरी पल तक इसका शीर्षक तय नहीं कर पाया था।

मेरे लिए यह एक असामान्य बात थी। ज़्यादातर मामलों में, मैं उपन्यास लिखना शुरू करने से पहले ही उसका नाम तय कर लेता हूँ और कहानी को इस तरह गढ़ता हूँ कि वह उस शीर्षक के अनुरूप हो। *द वाइण्ड-अप बर्ड क्रॉनिकल, काफ्का ऑन द शोर, 1Q84,* और *किलिंग कमेण्डेटर* के मामले में यही हुआ था। पहले मेरे मन में किताब का शीर्षक प्रकट होता है, उसके बाद ही मैं अपनी कल्पना-प्रक्रिया को काम में लगाता हूँ, यह देखने के लिए कि उससे किस तरह की कहानी अंकुरित होती है। मेरे लिए यह उपन्यास लिखने का एक आनन्द है।

लेकिन *नॉर्वेजियन वुड* के मामले में ऐसा नहीं हुआ। मैंने कहानी का आरम्भिक हिस्सा लिखना शुरू किया और लिखने में पूरी तरह तल्लीन हो गया, और जैसे ही मैंने यह किया, मुझे शीर्षक के बारे में सोचने का वक़्त ही नहीं मिला। जब मैंने पूरी किताब लिख दी, तभी जाकर मैंने सोचना शुरू किया कि इसका नाम क्या होना चाहिए। लेकिन मुझे वह आसानी से नहीं मिल सका। जो शीर्षक मुझे सबसे अच्छा लगा, वह था– *अ गार्डन इन द रेन,* लेकिन वह कुछ फीका-सा था। मैं थोड़ा अधिक उम्मीदों से भरा और लुभावना शीर्षक चाहता था। मैंने अनिश्चय से भरकर अपनी पत्नी को पाण्डुलिपि पढ़ने को दी, और उससे पूछा कि उसका क्या ख़याल है, पुस्तक का क्या शीर्षक होना चाहिए। उसने जवाब दिया, "सिर्फ़ एक ही विकल्प है – *नॉर्वेजियन वुड*।"

मैंने स्वयं भी एक सम्भावना के रूप में नॉर्वेजियन वुड के बारे में सोचा था, लेकिन एक प्रसिद्ध बीटल गीत के शीर्षक को हथिया लेने को मेरा मन तैयार नहीं था। बेशक, वह गीत मुझे पसन्द था, लेकिन मुझे उनकी लोकप्रियता का फ़ायदा उठाना ठीक नहीं लग रहा था। लेकिन जब मेरी पत्नी ने मुझे वह नाम सुझाया तो मैं राज़ी हो गया। बस अब इसी एकमात्र नाम पर सोचना था। मैं वापस गया और पाण्डुलिपि के पहले पन्ने पर *नॉर्वेजियन वुड* लिख दिया। मैं अधूरे मन से लाचार महसूस कर रहा था, मानो मेरे पास और कोई विकल्प नहीं था।

उपन्यास लिखने की शुरुआत मैंने ग्रीस के मिकोनोस द्वीप पर की थी। मैं और मेरी पत्नी वहाँ एक किराए के मकान में रह रहे थे। वे जाड़ों के दिन थे (यह सन् 1986 था), मिकोनोस का ऑफ़ सीज़न; इसलिए वहाँ ज़्यादा पर्यटक नहीं थे, ज़्यादातर दुकानें और रेस्तराँ बन्द थे, और किराया स्वाभाविक ही ख़ासा कम था (उससे एक-तिहाई जितना वह आमतौर पर हाई सीज़न में हुआ करता था)। यह मेरे जैसे आदमी के लिए एकदम सही मौसम था, जो काम करने के लिए कम-से-कम व्यवधानों के साथ शान्त वातावरण चाहता है। सुबह के समय मैं अपना उपन्यास लिखता था। इसके बाद द्वीप के इर्द-गिर्द जॉगिंग करता था, और दोपहर के बाद क़स्बे में चहलक़दमी करते हुए बिल्लियों के साथ खेलता था (उस द्वीप पर ढेरों बिल्लियाँ थीं)। शाम के समय मैं किसी स्थानीय बार में जाकर समय बिताता था। मैंने ग्रीक भी पढ़ी थी। उस समय मिकोनोस में आमतौर पर कोई और जॉगिंग करने वाला नहीं होता था, और जब स्थानीय लोग मुझे देखते, तो अक्सर आवाज़ लगाते, "अरे, तुम क्यों दौड़ रहे हो? क्या तुम्हें कोई काम है?" फिर वे कहते, "आओ, क्यों न एक-एक जाम हो जाए?", और मुझे अपने साथ ऊज़ो का एक गिलास पीने के लिए बुलाते। ऐसी बहुत-सी अच्छी यादें मेरे पास हैं। जो भी हो, मैंने इसी जगह उपन्यास लिखना शुरू किया था। मैंने एक नोटबुक ख़रीद ली थी और उस पर क़लम से लिखता था। यह एक सुविधाजनक माध्यम था, क्योंकि जब तक आपके पास एक नोटबुक और क़लम हो, आप कहीं भी काम कर सकते हैं। और मैं ठीक यही किया करता था–किसी कैफ़े की मेज़ पर, किसी नौका की छोटी-सी डेस्क

पर, किसी सस्ते होटल के बिस्तर पर, या किसी पार्क की बेंच पर बैठकर लिखता था। उस नोटबुक पर हर तरह के दाग़ जमा हो गए थे – कॉफ़ी के, टमाटर के सॉस के, और न जाने किस-किस चीज़ के।

वसन्त के दिनों में, पर्यटकों की भीड़ लौटने से पहले, हमने मिकोनोस छोड़ दिया और रोम चले गए, जहाँ हमने उपनगर की एक पहाड़ी पर स्थित "विला ट्रे कोली" नामक इमारत में एक अपार्टमेंट किराए पर ले लिया।बाहर का नज़ारा काफ़ी प्रभावशाली था, लेकिन अन्दर का वातावरण, कहना चाहिए, ठोस होने के साथ-साथ अपने पुरानेपन की छाप भी लिए हुए था। फिर भी, वहाँ से दिखाई देने वाले दृश्य अद्भुत थे। नीचे टाइबर नदी लहराती हुई बहती दिखाई देती थी, जो रोशनी में चाँदी की तरह झिलमिलाती थी। वहाँ मैंने अपना पूरा ध्यान उपन्यास लिखने पर केन्द्रित कर दिया था। वहाँ उस तरह के व्यवधान नहीं थे, जैसे जापान में हुआ करते थे और मैं पूरी तरह अपना ध्यान लिखने पर केन्द्रित कर सकता था। इस तरह मैं 1987 के वसन्त तक, लगभग छह महीनों के भीतर, अपना उपन्यास पूरा कर सका। उसी वसन्त में बोलोग्ना चिल्ड्रन्स बुक फ़ेयर आयोजित हुआ था, और मेरे जापानी प्रकाशक की सम्पादक, जो कोडान्शा से थीं, उस मेले में आई हुई थीं। इसलिए मैंने अपनी तैयार पाण्डुलिपि उन्हें सौंप दी, ताकि वे उसे अपने साथ जापान ले जा सकें। उस समय की इतालवी डाक सेवाओं की स्थिति को देखते हुए मुझे लगा कि पाण्डुलिपि को डाक से भेजना बहुत जोखिम-भरा होगा।

बोलोग्ना में वसन्त का मौसम बहुत ही भव्य होता है। जैसे ही मैंने पाण्डुलिपि उनके सुरक्षित हाथों में सौंपी, मैंने टस्कन वाइन और मध्य इतालवी घरेलू व्यंजनों का भरपूर आनन्द लिया। (मैंने एक गली में परिवार द्वारा संचालित एक छोटा-सा रेस्तराँ ढूँढ़ निकाला था और हर रात वहीं भोजन करता था। हर बार जब मैं वहाँ भोजन करता, बिल पहले से भी कम आता।) अब, जबकि मैंने पुस्तक पूरी कर ली थी और अपने काम को लेकर संतुष्ट था, मैं काफ़ी प्रसन्न मनःस्थिति में था।

उपन्यास जापान में शरद ऋतु में प्रकाशित हुआ था और अभूतपूर्व बेस्टसेलर साबित हुआ था। मेरा अनुमान था कि यह ठीक-ठाक बिकेगा, लेकिन यह इतनी दूर तक निकल जाएगा, इसकी मैंने कल्पना नहीं की थी। किताब

इतनी अधिक बिकी (शायद कुछ ज़्यादा ही) कि जापान में इसने थोड़ा-सा हंगामा खड़ा कर दिया। लेकिन उस समय मैं रोम में रह रहा था, जापान से बहुत दूर, इसलिए इस शोर-शराबे का मुझे प्रत्यक्ष अनुभव नहीं हुआ। उस समय इण्टरनेट नहीं था और इटली में जापान की ख़बरें भी बमुश्किल ही सुनने को मिलती थीं। शायद मुझे इसके लिए शुक्रगुज़ार होना चाहिए।

मैं नॉर्वेजियन वुड में जो करना चाहता था (या शायद कर गुज़रा था), वह यह था कि एक सौ प्रतिशत यथार्थवादी गद्य में एक सौ प्रतिशत यथार्थवादी उपन्यास लिखूँ। तब तक मैंने जितने भी उपन्यास लिखे थे, उनकी कहानियाँ यथार्थ से कुछ कटी हुई थीं; वे आंशिक रूप से अतियथार्थवादी (सुर्रियलिस्टिक) थीं और किसी न किसी रूप में शायद जादुई यथार्थवाद के क़रीब थीं। उनकी शैली एक तरह की पॉप शैली थी और प्रतीकात्मक भी। मुख्यधारा के अधिकांश आलोचकों ने इसी कारण मेरी तीखी आलोचना की थी।

इसके लिए चाहे मेरी आलोचना हुई हो या प्रशंसा, मैं समझता हूँ कि मैंने अपनी लेखन-शैली का, कहानी कहने की अपनी निजी शैली का प्रभावशाली ढंग से इस्तेमाल किया था, लेकिन मेरे अन्दर धीरे-धीरे यह विचार विकसित होता रहा था कि मैं और भी ज़्यादा कुछ चाहता था। मैं चालीस का होने को था, और जब मैंने अपने भावी करियर के बारे में सोचा तो मुझे लगा कि अब अपनी आरामदेह स्थिति से बाहर निकलने और चीज़ों को थोड़ा मथने का वक़्त आ गया है।

तब, उस अर्थ में, इस तरह की सीधी-सादी प्रेम कहानी (या उस जैसी कोई चीज़) लिखना मेरे लिए एक चुनौती थी। अन्त तक यथार्थवादी गद्य से चिपके रहने वाला उपन्यास लिखने की मेरी यह कोशिश मानो तथाकथित मुख्यधारा के लेखकों के रिंग में कूद पड़ने और उनसे सीधे टक्कर लेने जैसी थी। और इस चुनौती के कुछ अच्छे नतीजे निकले।

लेकिन जापान में इस पुस्तक और मुझ पर जो हमले हुए, वे काफ़ी कठोर थे। इसकी एक वजह शायद यह रही हो कि पुस्तक की बिक्री असाधारण रूप से अच्छी हुई थी (दो खण्डों के सजिल्द सेट की बीस लाख प्रतियाँ बिकी थीं)। साहित्यिक संस्थान का मेरे प्रति प्रतिरोध भी और अधिक सख़्त हो गया था।

इस आधार पर भी मेरी बहुत आलोचना हुई कि मैंने अपने साहित्यिक क़दम पीछे खींच लिए हैं। मैं एक यथार्थवादी उपन्यास लिखकर स्वयं को चुनौती देना चाहता था, लेकिन बहुत-से लोग इसे पीछे हटने या पतन के रूप में देख रहे थे। मुझे ऐसा महसूस हुआ मानो मुझ पर दोनों ओर से हमले हो रहे हों।

तब भी, मेरे लिए इस उपन्यास को लिखना और इतने अधिक लोगों द्वारा उसका पसन्द किया जाना एक सन्तोषप्रद अनुभव था। यह जानकर मेरा आत्मविश्वास और भी बढ़ गया कि मैं अपनी शत-प्रतिशत यथार्थवादी कथा और शैली को बनाए रख सकता हूँ। इसी विश्वास के बल पर मैं अपना अगला उपन्यास डांस, डांस, डांस लिखने में सक्षम हुआ। उस अर्थ में नॉर्वेजियन वुड एक उपन्यासकार के रूप में मेरे लिए एक महत्त्वपूर्ण मील का पत्थर था। बाद में मुझे स्पष्ट रूप से यह एहसास हुआ कि मैं अपने लेखन को एक नए स्तर तक ले गया था।

सच कहूँ तो, इस उपन्यास के प्रकाशित होने के बाद मैंने इसे कभी नहीं पढ़ा (इसे पढ़ने में मुझे कुछ शर्म-सी महसूस होती है), और मुझे यह भी ठीक से याद नहीं है कि यह पुस्तक किस विषय में थी...

1

उस वक़्त मैं सैंतीस वर्ष का था और अपनी सीट की पेटी से बँधा हुआ था, जब विशालकाय 747 घने बादलों को चीरता हुआ हेम्बर्ग हवाई अड्डे पर उतरा। नवम्बर की ठण्डी बारिश ने धरती को सराबोर कर रखा था और हर चीज़ को किसी फ़्लेमिश परिदृश्य जैसी धूमिल आकृति दे दी थी – बरसातियाँ पहने हुए ग्राउण्ड क्रू के कर्मचारी, हवाई अड्डे की ठिगनी इमारत के ऊपर लहराता झण्डा, बी.एम.डब्ल्यू. का विज्ञापन। इस तरह – एक बार फिर जर्मनी।

जब हवाई जहाज़ ज़मीन पर उतर गया, तो उसकी छत में लगे स्पीकरों से हल्का संगीत बजने लगा – बीटल्स के "नॉर्वेजियन वुड" का मधुर ऑर्केस्ट्रा कवर संस्करण। यह धुन मेरे भीतर हमेशा एक सिहरन पैदा कर देती थी, लेकिन इस बार उसका प्रभाव सामान्य से कहीं अधिक तीव्र था।

मैं अपनी सीट पर आगे की ओर झुक गया और अपना चेहरा हाथों से ढँक लिया, मानो अपनी खोपड़ी को फटने से रोकना चाहता हूँ। थोड़ी ही देर में एक जर्मन परिचारिका मेरे पास आई और अंग्रेज़ी में पूछने लगी कि कहीं मुझे मितली तो नहीं आ रही है। "नहीं," मैंने कहा, "महज़ हल्का-सा चक्कर है।"

"पक्का?"

"हाँ, एकदम पक्का। शुक्रिया।"

वह मुस्कराई और चली गई, और संगीत बदलकर बिली जोएल की एक धुन में ढल गया। मैं तनकर बैठ गया और हवाई जहाज़ की खिड़की से उत्तरी सागर पर फैले काले बादलों को देखते हुए सोचने लगा कि मैंने अपने जीवन में क्या-क्या खोया है – वह समय जो हमेशा के लिए गुज़र चुका था, वे दोस्त जो या तो दिवंगत हो चुके थे या कहीं ग़ायब हो गए थे, और वे अनुभूतियाँ जो अब कभी मेरे भीतर नहीं जागेंगी।

हवाई जहाज़ गेट पर पहुँचा। लोग अपने सीटबेल्ट खोलने लगे और स्टोरेज बिन से अपना सामान उतारने लगे, और इस पूरे दौरान मैं घास के मैदान में था। मैं घास को सूँघ सकता था, अपने चेहरे पर हवा को महसूस कर सकता था, परिन्दों की पुकारें सुन सकता था। वह 1969 का पतझड़ था और जल्द ही मैं बीस का हो जाने वाला था।

परिचारिका एक बार फिर मेरा हालचाल जानने आई। इस बार वह मेरी बग़ल में बैठ गई और पूछने लगी कि क्या मैं ठीक हूँ।

"मैं बिलकुल ठीक हूँ, शुक्रिया," मैंने मुस्कराते हुए कहा। "बस एक क़िस्म की हल्की-सी उदासी है।"

"जानती हूँ, आप क्या कहना चाह रहे हैं," उसने कहा। "यह मेरे साथ भी होता है, कभी-कभी।"

वह उठ खड़ी हुई और मेरी ओर प्यार-भरी नज़रों से देखकर मुस्कराई। "चलिए, आपका प्रवास सुखद हो। "*आउफ़ वीडरज़ेन*" (अलविदा)।"

"*आउफ़ वीडरज़ेन।*"

अठारह वर्ष बीत चुके हैं, और अभी भी मैं उस घास के मैदान के उस दिन के एक-एक ब्यौरे को याद कर सकता हूँ। कई दिनों की हल्की बारिश ने पहाड़ियों पर जमी गर्मियों की धूल को धोकर साफ़ कर दिया था और वे गहरी चमकीली हरियाली से भर उठी थीं। अक्टूबर की बयार सिर तक ऊँची उठी घास के पत्तों को झुला रही थी। जमे हुए नीले गुम्बद पर बादल की एक लम्बी लकीर चिपकी हुई थी। उस दूर फैले आसमान की ओर देखना मानो आँखों को चुभता-सा था। एक हल्का-सा झोंका घास के मैदान से गुज़रता हुआ उसके बालों में से होकर निकल गया, जिसने शाखाओं में सरसराहट भर दी और दूर से आती कुत्ते के भौंकने की आवाज़ को गूँजा दिया – एक अस्पष्ट-सी आवाज़, जो किसी दूसरी दुनिया के दरवाज़े से आती हुई लगती थी। हमें कोई और आवाज़ें सुनाई नहीं दीं। हमें कोई दूसरे लोग नहीं मिले। हमें केवल दो चमकीले, लाल परिन्दे दिखाई दिए, जो उस मैदान के बीच से चौंककर उछले और जंगल में उड़ गए। जैसे-जैसे हम आगे बढ़ते गए, नाओको ने मुझे कुँओं के बारे में बताया।

*

स्मृति भी अजीब चीज़ है। जब मैं उस दृश्य के बीच था, तब मैंने उस पर शायद ही कोई ध्यान दिया था। मैं कभी यह सोचने के लिए नहीं रुका कि वह कोई ऐसी चीज़ है, जो मुझ पर स्थायी छाप छोड़ जाएगी। यह तो मैंने निश्चित रूप से कभी नहीं सोचा था कि अठारह वर्ष बाद मैं उसे इतनी बारीकी से याद करूँगा।उस दिन मुझे उस नज़ारे की ज़रा भी परवाह नहीं थी। मैं अपने बारे में सोच रहा था। मैं उस ख़ूबसूरत लड़की के बारे में सोच रहा था, जो मेरे बगल में चल रही थी। मैं हम दोनों के बारे में सोच रहा था, और फिर दोबारा अपने बारे में।वह ऐसी उम्र थी, जीवन का ऐसा दौर, जब हर दृश्य, हर भावना, हर विचार बूमरैंग की तरह लौटकर मेरे पास आ जाता था। और इससे भी बुरी बात यह थी कि मुझे प्रेम हो गया था। ऐसा प्रेम, जो पेचीदगियों से भरा हुआ था।उस समय वह नज़ारा आख़िरी चीज़ था, जिस पर मेरा ध्यान जाता।

अब, हालांकि, घास के मैदान वाला दृश्य ही वह पहली चीज़ है, जो मेरे पास लौटकर आती है।घास की गंध, हवा की हल्की-सी चुभन, पहाड़ियों की रेखा, कुत्ते के भौंकने की आवाज़ – ये सबसे पहले लौटकर आने वाली चीज़ें हैं, और पूरी स्पष्टता के साथ लौटती हैं। मुझे लगता है, अगर मैं हाथ बढ़ाऊँ, तो उन्हें अपनी उँगलियों की पोरों से छू सकता हूँ। और फिर भी, दृश्य जितना स्पष्ट है, उसमें कोई नहीं है। कोई भी नहीं। वहाँ नाओको नहीं है, और न ही मैं। हम लोग कहाँ ग़ायब हो गए? ऐसा कैसे हुआ? वह हर चीज़, जो तब इतनी महत्त्वपूर्ण लगती थी – नाओको, वह "मैं" जो तब था, और वह दुनिया जो तब मेरी थी – आख़िर सब कहाँ चले गए? सच तो यह है कि मैं नाओको का चेहरा भी तुरंत याद नहीं कर पाता। जो कुछ मेरे पास बचा है, वह बस पृष्ठभूमि है – महज़ एक दृश्य, जिसमें कोई व्यक्ति मौजूद नहीं है।

बेशक, यदि मुझे पर्याप्त समय दिया जाए, तो मैं उसका चेहरा याद कर सकता हूँ। मैं एक-एक करके उसकी छवियों को जोड़ना शुरू कर देता हूँ : उसके छोटे, ठण्डे हाथ; स्पर्श में बेहद मुलायम उसके सीधे, काले बाल; उसके कान का कोमल निचला हिस्सा और उसके ठीक नीचे का वह बहुत छोटा-सा तिल; ऊँट के बालों से बना वह कोट, जिसे वह जाड़ों में पहनती थी; सवाल पूछते समय सीधे आपकी आँखों में झाँकने की उसकी आदत; उसकी आवाज़ में जब-तब उभर आने वाली हल्की-सी सिहरन (मानो वह किसी पहाड़ी की

चोटी पर खड़ी होकर बोल रही हो)। और फिर अचानक उसका चेहरा सामने आ जाता है – हमेशा पहले एक ओर से। शायद इसलिए कि नाओको और मैं प्रायः साथ-साथ, एक-दूसरे की बग़ल में चला करते थे। फिर वह मेरी ओर मुड़ती है, मुस्कुराती है, हल्का-सा सिर झुकाती है और बोलना शुरू करती है। वह मेरी आँखों में इस तरह देखती है, मानो किसी स्वच्छ झरने के पोखर में तेज़ी से तैरकर गुज़र गई एक छोटी-सी मछली की छवि को पकड़ने की कोशिश कर रही हो।

लेकिन नाओको के चेहरे को सामने लाने के लिए मुझे इतना समय चाहिए। और जैसे-जैसे वर्ष बीतते गए, यह समय और भी बढ़ता गया। दर्दनाक सच्चाई यह है कि जिस चीज़ को मैं कभी पाँच सेकण्ड में याद कर सकता था, उसके लिए जल्द ही दस सेकण्ड, फिर तीस सेकण्ड, और फिर पूरे एक मिनट की ज़रूरत पड़ने लगी – ठीक उन परछाइयों की तरह, जो साँझ ढलते-ढलते लम्बी होती चली जाती हैं। मेरा ख़याल है कि एक दिन उस परछाईं को अँधेरा निगल जाएगा। इससे बचने का कोई उपाय नहीं है। मेरी स्मृति उस जगह से लगातार दूर होती जा रही है, जहाँ नाओको खड़ी हुआ करती थी – उस जगह से भी, जहाँ मेरा पुराना "मैं" खड़ा हुआ करता था। और फिर भी, दृश्य के अलावा कुछ नहीं – अक्टूबर के उस घास के मैदान का नज़ारा बार-बार मेरे पास लौट आता है, मानो किसी फ़िल्म का प्रतीकात्मक दृश्य हो। हर बार जब वह उभरता है, मेरे दिमाग़ के किसी हिस्से पर दस्तक देता है। "जागो," वह कहता है। "मैं अभी भी यहीं हूँ। जागो और मेरे बारे में सोचो। सोचो कि मैं अब भी यहाँ क्यों हूँ।" वह दस्तक मुझे कभी चोट नहीं पहुँचाती। ज़रा भी पीड़ा नहीं होती। बस एक खोखली-सी आवाज़ है, जो हर दस्तक के साथ गूँज उठती है। और निश्चित ही, वह भी किसी दिन धुँधली पड़ जाएगी। लेकिन हैम्बर्ग हवाई अड्डे पर वे दस्तकें सामान्य से कहीं अधिक लम्बी और कठोर थीं। यही वजह है कि मैं यह पुस्तक लिख रहा हूँ। सोचने के लिए। समझने के लिए। मैं ऐसा ही हूँ। किसी चीज़ को सचमुच समझने के लिए मुझे उसे लिखना पड़ता है।

चलिए, अब हम देखते हैं कि नाओको उस दिन के बारे में क्या बात कर रही थी।

"बेशक वह खेत का कुआँ था।" मुझे ज़रा भी पता नहीं है कि इस तरह के कुएँ का कभी कोई अस्तित्व था भी या नहीं। हो सकता है कि वह कोई छवि या संकेत हो, जिसका अस्तित्व सिर्फ़ नाओको के अन्दर हो, उन दूसरी चीज़ों की तरह जिन्हें वह उन अँधेरे दिनों में अपने दिमाग़ में बुन लिया करती थी। हालाँकि, एक बार उसने मेरे लिए उसका वर्णन किया था, लेकिन मैं उस कुएँ के बग़ैर चरागाह के उस दृश्य के बारे में कभी नहीं सोच सका। उस दिन के बाद से, उस चीज़ की छवि, जिसे मैंने कभी देखा तक नहीं था, उस खेत के वास्तविक दृश्य में अभिन्न रूप से घुल गई थी, जो मेरे सामने फैला था। मैं उस कुएँ का बारीकी से वर्णन कर सकता हूँ। वह ठीक उस सीमा-रेखा पर स्थित था, जहाँ चरागाह समाप्त होता था और जंगल शुरू होता था – धरती में एक गज लम्बा अँधेरा सुराख़, जो चरागाह की घास से ढँका हुआ था। उसकी परिधि पर कोई भी चीज़ नहीं थी – कोई फेंस नहीं, पत्थर का कोई घेरा नहीं (कम-से-कम ऐसा कोई घेरा नहीं, जो ज़मीन से ऊपर उठा हो)। वैसा कुछ भी नहीं था, सिवा एक सुराख़ के, एक खुले हुए मुँह के। उसके कॉलर के पत्थर मौसम की मार से घिस गए थे और अजीब-से मटमैले सफ़ेद रंग में बदल गए थे। वे चटक गए थे और उनके टुकड़े ग़ायब हो गए थे, और एक दरार में एक छोटा-सा हरा गिरगिट रेंग रहा था। आप किनारे पर झुककर नीचे झाँक सकते थे, और आपको कुछ भी दिखाई नहीं देता। उस कुएँ के बारे में मुझे बस इतना ही पता था कि वह भयावह रूप से गहरा था। वह इतना गहरा था कि उसकी गहराई नापी ही नहीं जा सकती थी, और वह अँधेरे से इस कदर भरा हुआ था, मानो दुनिया का सारा अँधेरा समेटकर उसमें भर दिया गया हो।"वह वाक़ई, *वाक़ई* गहरा है," नाओको ने एक-एक शब्द को सावधानी से चुनते हुए कहा था। वह कभी-कभी इसी तरह बात किया करती थी, सटीक शब्द की तलाश में धीरे-धीरे बोलती हुई। "लेकिन कोई नहीं जानता, वह कहाँ है," उसने अपनी बात जारी रखते हुए कहा। "एक बात मुझे पक्के तौर पर मालूम है कि वह यहीं कहीं है।"

अपनी ऊनी जैकेट की जेबों में हाथ डाले हुए, वह मेरी ओर देखकर मुस्कराई, मानो यह कहने के लिए कि "यह सही है!"

"तब तो वह बहुत ही ख़तरनाक होगा," मैंने कहा। "एक गहरा कुआँ,

लेकिन कोई नहीं जानता कि वह कहाँ है। आप उसमें गिर सकते हैं और वह आपका अन्त होगा।"

"अन्त। आऽऽऽऽह, धम्म। समाप्त।"

"इस तरह की घटनाएँ वाक़ई हो सकती हैं।"

"वे होती रहती हैं, जब-तब। मुमकिन है, दो-तीन वर्षों में एक बार। अचानक कोई व्यक्ति ग़ायब हो जाता है, और लोग उसका पता नहीं लगा पाते। इसीलिए यहाँ आसपास के लोग कहते हैं, 'ओह, वह खेत के कुएँ में गिर गया होगा।'"

"यह तो मरने का अच्छा ढंग नहीं है," मैंने कहा।

"नहीं, यह भयानक ढंग की मौत है," अपनी जैकेट से घास के बीजों के गुच्छे को झड़ाते हुए नाओको ने कहा।

"सबसे अच्छी चीज़ होगी अपनी गर्दन तुड़वा लेना, लेकिन आप शायद अपना पैर तुड़वा बैठेंगे, और फिर आप कुछ भी नहीं कर पाएँगे। आप पूरा ज़ोर लगाकर चिल्लाएँगे, लेकिन किसी को भी आपकी आवाज़ सुनाई नहीं देगी, और आप यह उम्मीद भी नहीं कर सकेंगे कि कोई आपका पता लगा लेगा। आपके सारे शरीर पर कनखजूरे और मकड़ियाँ रेंग रही होंगी, और आपसे पहले मर चुके लोगों की हड्डियाँ आपके चारों ओर बिखरी पड़ी होंगी। वहाँ अँधेरा होगा और दलदल होगा, और ऊपर की ओर जाड़ों के चन्द्रमा जैसा प्रकाश का एक छोटा-सा घेरा दिखाई देगा। आप ऐसी जगह मरते हैं – धीरे-धीरे, अकेले।"

"उफ़! इसके बारे में तो सोचते हुए भी रूह काँपने लगती है," मैंने कहा। किसी को इसका पता लगाकर इसके चारों ओर दीवार खड़ी कर देना चाहिए।"

"लेकिन कोई उसका पता नहीं लगा सकता। इसलिए ध्यान रहे कि तुम अपने रास्ते से भटको नहीं।"

"चिन्ता मत करो, मैं नहीं भटकूँगा।"

नाओको ने जेब से अपना बायाँ हाथ निकाला और मेरा हाथ दबाया।

"तुम चिन्ता मत करो," उसने कहा। "तुम्हें कुछ भी नहीं होगा। तुम आधी रात को भी यहाँ चारों ओर दौड़ सकते हो और तुम कभी भी कुएँ में नहीं गिरोगे। और जब तक मैं तुम्हारे साथ हूँ, मैं भी नहीं गिरूँगी।"

"कभी नहीं?"

"कभी नहीं!"

"तुम इतने पक्के तौर पर कैसे कह सकती हो?"

"मैं जानती हूँ," उसने मेरे हाथ पर अपनी पकड़ को मज़बूत करते हुए और कुछ देर चुपचाप आगे बढ़ते हुए कहा। "मैं इन चीज़ों को जानती हूँ। मैं हमेशा सही होती हूँ। इसका तर्क से कोई सम्बन्ध नहीं है; मैं इसे महसूस करती हूँ। उदाहरण के लिए, जब मैं इस तरह तुम्हारे क़रीब होती हूँ, तो मुझे ज़रा भी डर नहीं लगता। कोई भी स्याह या अशुभ चीज़ मुझ पर डोरे नहीं डाल सकती।"

"अच्छा, तो इससे बात साफ़ हो गई," मैंने कहा। "तुम्हें बस हर समय इसी तरह मेरे साथ रहना है।"

"क्या तुम सच कह रहे हो?"

"बेशक, मेरा यही अभिप्राय है।"

नाओको पलभर को रुकी। मैं भी रुक गया। उसने अपने हाथ मेरे कन्धों पर रखे और मेरी आँखों में झाँकने लगी। उसकी अपनी आँखों की पुतलियों की गहराई में एक भारी, काला तरल पदार्थ एक विचित्र-से भँवर जैसे पैटर्न में उमड़ रहा था। उसकी वे ख़ूबसूरत आँखें काफ़ी देर तक मेरे भीतर झाँकती रहीं। फिर वह अपनी पूरी ऊँचाई के साथ तनकर खड़ी हुई और उसने अपने गाल से मेरे गाल को छू लिया। वह एक अद्भुत, गर्मजोशी से भरी चेष्टा थी, जिसने पल भर को मेरे हृदय की धड़कन को रोक दिया था।

"शुक्रिया," उसने कहा

"माई प्लैज़र," मैंने जवाब दिया।

"तुमने यह कहा, इससे मैं बहुत ख़ुश हूँ। वाक़ई ख़ुश," उसने एक उदास मुस्कराहट के साथ कहा। "लेकिन यह नामुमकिन है।"

"नामुमकिन? क्यों?"

"यह ग़लत होगा। यह भयानक होगा। यह..."

नाओको ने एक झटके से अपना मुँह बन्द कर लिया और फिर से चल पड़ी। मैं कह सकता था कि उसके दिमाग़ में तमाम तरह के विचार तेज़ी से

चक्कर काट रहे थे, इसलिए उनमें बाधा डालने की बजाय मैं ख़ामोश रहकर, उसकी बग़ल में चलता रहा।

"यह पूरी तरह से ग़लत होगा – तुम्हारे लिए ग़लत, मेरे लिए ग़लत," एक लम्बी चुप्पी के बाद उसने कहा।

"ग़लत कैसे?" मैं बुदबुदाया।

"क्या तुम नहीं जानते? यह मुमकिन ही नहीं है कि कोई एक व्यक्ति दूसरे व्यक्ति की हमेशा हिफ़ाज़त कर सके। मेरा मतलब है, मान लो कि हम शादी कर लेते हैं। तुम्हें दिन के समय काम पर जाना होगा। जिस दौरान तुम बाहर रहोगे, उस दौरान कौन मेरी हिफ़ाज़त करेगा? या मान लो, तुम्हें अपने कारोबार के सिलसिले में यात्रा पर जाना पड़ता है, तब कौन मेरी हिफ़ाज़त करेगा? क्या मैं अपनी ज़िन्दगी के हर मिनट तुम्हारे पास रह सकती हूँ? तब उसमें किस तरह की बराबरी होगी? वह किस तरह का रिश्ता होगा? आगे-पीछे तुम मुझसे तंग आ जाओगे। तुम सोचने लगोगे कि मैं अपनी ज़िन्दगी के साथ यह क्या कर रहा हूँ, मैं क्यों सारे समय इस औरत की देख-भाल में लगा रहता हूँ। मैं यह बर्दाश्त नहीं कर पाऊँगी। इससे मेरी कोई समस्या हल नहीं होगी।"

"लेकिन तुम्हारी समस्याएँ ज़िन्दगी भर जारी रहने वाली तो नहीं हैं," मैंने उसकी पीठ को छूते हुए कहा। 'वे अन्ततः तो ख़त्म होंगी ही।' और जब वे ख़त्म हो जाएँगी, तो हम रुककर सोचेंगे कि हमें आगे किस तरह का जीवन जीना है। हो सकता है, तुम्हें मेरी मदद करनी पड़े। हम किसी अकाउण्ट बुक के मुताबिक़ तो अपना जीवन जी नहीं रहे हैं। अगर तुम्हें मेरी ज़रूरत है, तो मेरा इस्तेमाल करो। नहीं समझी? तुम्हें इस तरह सख़्त होने की क्या ज़रूरत है? ख़ुद को ढीला छोड़ दो, इस तरह सतर्क रहना बन्द करो। तुम हर वक़्त तनाव में रहती हो, इसलिए हमेशा बदतर की उम्मीद करती हो। अपने शरीर को ढीला छोड़ दो और तुम्हारा बाक़ी सब हल्का हो जाएगा।"

"तुम यह कैसे कह सकते हो?" उसने एक ऐसे स्वर में पूछा, जो पूरी तरह भावना से रिक्त था।

नाओको की आवाज़ ने मुझे इस सम्भावना के प्रति चौकन्ना कर दिया कि मैंने शायद ऐसा कुछ कह दिया था, जो मुझे नहीं कहना चाहिए था।

"बताओ मुझे, तुम ऐसी बात कैसे कह सकते हो?" उसने अपने पैरों तले की ज़मीन की ओर ताकते हुए कहा। "तुम मुझसे ऐसा कुछ भी नहीं कह रहे हो, जो मैं पहले से नहीं जानती। 'अपने शरीर को ढीला छोड़ दो और तुम्हारा बाक़ी सब हल्का हो जाएगा।' यह बात मुझसे कहने का क्या मतलब है? अगर मैं अपने शरीर को ढीला छोड़ दूँ, तो मैं टूटकर बिखर जाऊँगी। मैं हमेशा इसी तरह रहती आई हूँ, और मेरी समझ से यह जीते रहने का एकमात्र ढंग है। अगर मैं एक सेकण्ड के लिए ढीली पड़ जाती हूँ, तो मैं कहीं की नहीं रहूँगी। मैं टुकड़े-टुकड़े हो जाऊँगी, और वे टुकड़े उड़ जाएँगे। तुम यह क्यों नहीं समझ पाते? अगर तुम्हें इतनी-सी बात समझ में नहीं आती, तो तुम मेरी हिफ़ाज़त करने की बात कैसे कर सकते हो?"मैंने कोई जवाब नहीं दिया।

"मैं परेशान हूँ। वाक़ई परेशान। और यह उससे कहीं ज़्यादा गहरा है, जितना तुम सोचते हो। ज़्यादा गहरा... ज़्यादा अँधेरा... ज़्यादा ठण्डा। लेकिन मुझे एक बात बताओ, तुम उस समय मेरे साथ कैसे सो सके थे? तुम ऐसा कर भी कैसे सके? तुम मुझे अकेला क्यों नहीं छोड़ देते?"

इस वक़्त हम देवदार के जंगल की डरावनी ख़ामोशी के बीच चल रहे थे। जो झींगुर गर्मी के अन्त में मर चुके थे, उनके शव रास्ते में फैले हुए थे और हमारे जूतों तले कुचले जा रहे थे। नाओको और मैं जंगल में यूँ धीरे-धीरे चल रहे थे, मानो हम किसी चीज़ की तलाश करते हुए भटक गए थे।

"माफ़ करना," उसने कहा और इनकार में अपना सिर हिलाया। "मेरा इरादा तुम्हें चोट पहुँचाने का नहीं था। मैंने जो भी कहा है, उससे परेशान न होने की कोशिश करो। वाक़ई, मुझे अफ़सोस है। मैं तो सिर्फ़ ख़ुद से ही नाराज़ थी।"

"मेरा ख़याल है, मैं वास्तव में तुम्हें अब तक नहीं समझ पाया हूँ," मैंने कहा। "मैं उतना होशियार नहीं हूँ। चीज़ों को समझने में मुझे कुछ वक़्त लगता है। लेकिन अगर मेरे पास समय हो, तो मैं तुम्हें समझ लूँगा – उससे बेहतर, जितना इस दुनिया में कोई भी दूसरा व्यक्ति समझ सकता है।"

हम ठहर गए और ख़ामोश जंगल में खड़े होकर सुनने लगे। मैंने अपने जूते की नोक से देवदार के फलों और झींगुरों के खोलों को उलटा-पलटा, फिर देवदार की शाखाओं के बीच से झाँकते आकाश के टुकड़ों को देखने लगा।

नाओको अपनी जैकेट की जेबों में हाथ डाले खड़ी हुई सोच रही थी, उसकी नज़रें किसी विशेष चीज़ पर नहीं टिकी थीं।

"मुझे एक बात बताओ, तोरू," उसने कहा। "क्या तुम मुझसे प्रेम करते हो?"

"तुम जानती हो कि मैं करता हूँ," मैंने जवाब दिया।

"क्या तुम मेरी दो इच्छाएँ पूरी करोगे?"

"तुम तीन इच्छाएँ ज़ाहिर कर सकती हो, मैडम।"

"नहीं, दो काफ़ी होंगी। उनमें से एक यह है कि तुम्हें इस बात का अहसास हो कि तुम मुझसे मिलने आए; उसके लिए मैं तुम्हारी कितनी शुक्रगुज़ार हूँ। मुझे उम्मीद है कि तुम इस बात को समझोगे कि तुमने मुझे कितनी ख़ुशी से भर दिया है। मैं जानती हूँ कि अगर कुछ होगा, तो यह मुझे बचा लेगा। हो सकता है कि मैं इसे दिखा न पाऊँ, लेकिन यह सच है।"

"मैं तुमसे मिलने फिर आऊँगा," मैंने कहा। "और दूसरी इच्छा क्या है?"

"मैं चाहती हूँ कि तुम मुझे हमेशा याद रखो। क्या तुम्हें याद रहेगा कि मेरा वजूद था, और मैं इस तरह तुम्हारे बग़ल में खड़ी थी?"

"हमेशा," मैंने कहा। "मैं हमेशा याद रखूँगा।"

वह बिना कुछ बोले आगे चल पड़ी। शाखाओं से छनकर आती शरद ऋतु की रोशनी उसकी जैकेट के कन्धों पर नाच रही थी। एक बार फिर एक कुत्ता भौंका, पहले की तुलना में क़रीब से। नाओको एक पहाड़ी के छोटे-से टीले पर चढ़ी, देवदार के जंगल से बाहर निकली और तेज़ी से एक हल्की-सी ढलान पर उतरने लगी। मैं उससे दो-तीन क़दम पीछे चल रहा था।

"यहाँ आओ," मैंने उसे पीछे से पुकारा। "कुआँ यहीं-कहीं आसपास हो सकता है।" नाओको रुकी, और मुस्कराई और उसने मेरी बाँह थाम ली। बाक़ी रास्ते भर हम एक-दूसरे के बग़ल में चलते रहे।

"क्या तुम सचमुच मुझे कभी ना भुलाने का वादा करते हो?" उसने लगभग फुसफुसाते हुए पूछा।

"मैं तुम्हें कभी नहीं भूलूँगा," मैंने कहा। "मैं तुम्हें कभी नहीं भूल *सकूँगा*।"

*

तब भी, मेरी याददाश्त उत्तरोत्तर धुँधली होती गई है, और मैं अन्तहीन बातें भूल चुका हूँ। इस तरह की स्मृति के सहारे लिखते हुए, मैं अक्सर भय की टीस से भर उठता हूँ। क्या हो, अगर मैं सबसे महत्त्वपूर्ण बात भूल चुका होऊँ? क्या हो अगर मेरे भीतर कहीं एक सुनसान अँधेरा हो, जहाँ तमाम सच्चे अर्थों में महत्त्वपूर्ण समृतियों का अम्बार लगा हो और वे धीरे-धीरे मिट्टी में बदलती जा रही हों?

जो भी हो, मुझे बस इसी के साथ काम करना है। इन धुँधली, धुँधलाती, अधूरी स्मृतियों को अपने सीने से जकड़े हुए, मैं भूख के मारे हड्डियाँ चूसते इंसान की हताश गम्भीरता के साथ यह पुस्तक लिखता जाता हूँ। मेरी समझ से, नाओको को किए गए वादे को निभाने का यही एक तरीक़ा है।

एक बार, बहुत पहले, जब मैं अभी युवा ही था, जब स्मृतियाँ आज के मुक़ाबले ज़्यादा जीवन्त थीं, तब मैंने अक्सर नाओको के बारे में लिखने की कोशिश की थी। लेकिन मैं कभी एक पंक्ति भी नहीं लिख सका था। मैं जानता था कि अगर वह पहली पंक्ति लिखी जाएगी, तो बाक़ी सारी पंक्तियाँ ख़ुद को पन्ने पर उँड़ेल देंगी, लेकिन मैं ऐसा करने में कभी कामयाब नहीं हुआ। हर चीज़ बेहद साफ़ और स्पष्ट थी, इसलिए मैं कभी भी नहीं समझ पाता था कि शुरुआत कहाँ से की जाए – वैसे ही जैसे बहुत ज़्यादा चीज़ें दिखाने वाला नक़्शा कभी-कभी अनुपयोगी हो जाता है। लेकिन अब मुझे अहसास है कि आधी-अधूरी स्मृतियाँ और आधे-अधूरे विचार ही वह सब कुछ हैं, जिन्हें मैं लेखन के आधे-अधूरे बर्तन में रख सकता हूँ। नाओको की स्मृतियाँ मेरे भीतर जितनी ज़्यादा धुँधली पड़ती जाती हैं, उतनी ही गहराई से मैं उसे समझ पाता हूँ। मैं यह भी जानता हूँ कि उसने मुझसे यह क्यों कहा था कि मैं उसे कभी भुलाऊँ नहीं। बेशक, यह बात नाओको ख़ुद भी जानती थी। वह जानती थी कि उसको लेकर मेरी स्मृतियाँ धुँधला जाएँगी। ठीक इसी वजह से उसने मुझसे यह कहा था कि मैं उसे कभी न भुलाऊँ, याद रखूँ कि उसका वजूद था।

यह विचार मुझे असहनीय दुख से भर देता है। क्योंकि नाओको ने मुझे कभी प्रेम नहीं किया था।

2

एक बार, कई साल पहले – दरअसल, ठीक बीस साल पहले – मैं एक छात्रावास में रहा करता था। मैं अठारह वर्ष का था और विश्वविद्यालय की प्रथम कक्षा का छात्र था। मैं टोक्यो में नया था और अकेले रहने के मामले में भी नया था, इसलिए मेरे चिन्तित अभिभावकों ने मेरे रहने के लिए, ज़्यादातर छात्रों की तरह एक कमरे की बजाय, एक प्राइवेट छात्रावास ढूँढ़ दिया था। वह छात्रावास भोजन और दूसरी कई सुविधाएँ उपलब्ध कराता था और शायद अपने अठारह वर्षीय ग़ैर-दुनियादार बच्चों को दुनिया में टिके रहने में मदद करता होगा। ख़र्चों को भी ध्यान में रखा गया था। छात्रावास का किराया कमरे के मुक़ाबले कम था। जब तक मेरे पास बिस्तर और लैम्प था, तब तक ढेर सारा साजो-सामान ख़रीदने की कोई ज़रूरत नहीं थी। जहाँ तक मेरा सवाल था, मैं एक अपार्टमेंट किराए पर लेकर उसमें सुविधाजनक ढंग से एकान्त में रहना पसन्द करता, लेकिन क्योंकि मैं जानता था कि मेरे अभिभावकों को मैट्रिक की फ़ीस और जिस प्राइवेट विश्वविद्यालय में मैं था, उसकी ट्यूशन पर पैसा ख़र्च करना पड़ रहा था, मैं ज़्यादा आग्रह करने की स्थिति में नहीं था। और इसके अलावा, मुझे इस बात की ज़्यादा परवाह नहीं थी कि मैं कहाँ रहता था।

यह छात्रावास पहाड़ी पर कंक्रीट की दीवार से घिरे एक बड़े चौकोर प्रांगण में स्थित था, जहाँ से शहर का मध्य भाग दिखाई देता था। सामने के द्वार के भीतर एक बहुत ऊँचा ज़ेल्कोवा का वृक्ष खड़ा था। उस पेड़ के बारे में लोगों का कहना था कि वह कम-से-कम डेढ़ सौ वर्ष पुराना था। उसकी हरी पत्तियों का चँदोवा इतना घना था कि उसके नीचे खड़े होकर ऊपर देखने पर आकाश दिखाई नहीं देता था।

द्वार से अन्दर की ओर जाती लम्बी पक्की सड़क उस दरख़्त का चक्कर लगाती हुई उस विशाल प्रांगण तक जाती थी, जहाँ सड़क के दोनों ओर कंक्रीट की दो तिमंज़ली इमारतें एक-दूसरे के सामने खड़ी थीं। ये बड़ी इमारतें थीं, जिनमें ढेरों खिड़कियाँ थीं, और वे ऐसा प्रभाव छोड़ती थीं, जैसे या तो वे अपार्टमेंट-मकान थे, जिन्हें जेलों में बदल दिया गया था, या फिर वे जेलें थीं, जिन्हें अपार्टमेंट-मकानों में बदल दिया गया था। हालाँकि, उनमें गन्दगी नहीं थी, न ही वहाँ अँधेरा महसूस होता था। सारी खिड़कियों में दूधिया रंग के पर्दे लटके हुए थे, जो धूप में फीके नहीं पड़ सकते थे, और आप खुली खिड़कियों से रेडियो बजाए जाने की आवाज़ें सुन सकते थे।

उन दो छात्रावासों के परे, वह सड़क एक दो-मंज़िला कॉमन बिल्डिंग के प्रवेश-द्वार तक जाती थी। इस इमारत की पहली मंज़िल पर डायनिंग हॉल और स्नान की सुविधाएँ थीं, और दूसरी मंज़िल पर एक ऑडीटोरियम, बैठक-कक्ष और अतिथि-कक्ष थे, जिनके उपयोग को मैं कभी नहीं समझ सका। इस कॉमन बिल्डिंग के बग़ल में तीसरा छात्रावास था, जो ख़ुद भी तीन-मंज़िला था। चौकोर प्रांगण में बड़े-बड़े हरे लॉन थे, और घूमते हुए फुहारों पर, जब वे मुड़ते थे तो उन पर धूप पड़ती थी। इस कॉमन बिल्डिंग के पीछे एक मैदान था, जिसका इस्तेमाल बेसबॉल और फ़ुटबॉल के लिए किया जाता था, और उसी में छह टेनिस कोर्ट थे। इस परिसर में वह सब कुछ मौजूद था, जिसकी आपको ज़रूरत पड़ सकती थी।

इस जगह के साथ सिर्फ़ एक ही समस्या थी: इसकी राजनैतिक गन्ध। इस परिसर का संचालन कोई सन्दिग्ध फ़ाउण्डेशन करता था, जिसके केन्द्र में किसी एक क़िस्म का उग्र दक्षिणपन्थी व्यक्ति था, और जिस तरह वे लोग इस जगह का संचालन करते थे, उसमें – मेरे हिसाब से – कुछ गड़बड़झाला था। इस चीज़ को आप छात्रावास की नियमावली में और उस पर्चे में देख सकते थे, जो वे नए छात्रों को देते थे। छात्रावास का घोषित उद्देश्य था कि वह शिक्षा के सर्वोत्तम मूल सिद्धान्तों के आधार पर राष्ट्र की सेवा के लिए सक्षम लोगों को तैयार करे। इस उद्देश्य का समर्थन करने वाले कई वित्तीय नेताओं ने इस फ़ाउण्डेशन के निर्माण के लिए अपनी निजी सम्पत्ति से दान भी दिया था। यह इस परियोजना का सार्वजनिक चेहरा था, लेकिन इसके पीछे बहुत

बड़ी सीमा तक सन्दिग्धता छिपी हुई थी। कुछ लोगों का कहना था कि यह टैक्स का चकमा था, तो वहीं कुछ लोग इसे दानदाताओं के लिए प्रचार की पैंतरेबाज़ी के रूप में देखते थे, और कुछ लोगों का दावा था कि इस छात्रावास का निर्माण जनता की आँखों पर पर्दा डालने के लिए किया गया था, ताकि रियल एस्टेट के एक महत्त्वपूर्ण हिस्से को हथियाए जाने की यह ठगी उनकी निगाह से ओझल बनी रहे। हालाँकि, एक बात पक्की थी: छात्रावास के परिसर में विभिन्न विश्वविद्यालयों के अभिजात छात्रों का एक विशिष्ट क्लब था। इन छात्रों ने "अध्ययन-समूह" बना रखे थे, जो महीने में कई बार मिला करते थे और जिनमें कुछ संस्थापक भी शामिल होते थे। क्लब का कोई भी सदस्य स्नातक की उपाधि प्राप्त करने के बाद अच्छी नौकरी पा सकता था। मुझे नहीं पता था कि इनमें से कौन-सा अन्दाज़ा सही था, लेकिन सभी को यही लगता था कि उस जगह पर "कुछ तो गड़बड़" है।

जो भी हो, मैंने इस "गड़बड़" छात्रावास में रहते हुए दो वर्ष बिताए थे –1968 की वसन्त ऋतु से लेकर 1970 की वसन्त ऋतु तक। मैं इतने लम्बे समय तक इसे क्यों बरदाश्त करता रहा, यह मैं नहीं जानता। रोज़मर्रा जीवन के सन्दर्भ में इससे मुझे कोई फ़र्क नहीं पड़ता था कि यह स्थान दक्षिणपन्थी था या वामपन्थी या कुछ और।

परिसर में हर दिन की शुरुआत विधिपूर्वक झण्डा फहराए जाने के साथ होती थी। ज़ाहिर है, वे राष्ट्रगान भी करते थे। एक के बिना दूसरी चीज़ मुमकिन नहीं है। झण्डे का खम्भा कम्पाउण्ड के एकदम बीचों-बीच खड़ा था, जहाँ से वह सारे छात्रावासों की हर खिड़की से दिखाई देता था।

झण्डे की ज़िम्मेदारी सँभालने का काम पूर्वी छात्रावास (मेरी इमारत) के मुखिया का था। वह पचपन-साठ की उम्र के बीच का एक लम्बा और पैनी निगाहों वाला आदमी था। उसके कड़े बाल जहाँ-तहाँ सफ़ेद थे, और धूप से झुलसी उसकी गर्दन पर घाव का एक लम्बा निशान था। लोग फुसफुसाकर कहा करते थे कि वह युद्धकाल के नाकानो स्पाई स्कूल का स्नातक था, लेकिन पक्के तौर पर कोई नहीं जानता था। उसके बग़ल में एक छात्र खड़ा होता था, जो उसके सहायक का काम करता था। इस लड़के के बारे में भी कोई नहीं जानता था। उसके दुनिया में सबसे छोटे बाल थे और वह हमेशा नेवी ब्ल्यू रंग की छात्रों

की यूनिफ़ॉर्म पहने रहता था। मुझे न तो उसका नाम मालूम था और न ही यह कि वह किस कमरे में रहता था। मैंने उसे कभी डायनिंग हॉल में या स्नानागार में नहीं देखा था। मैं तो यह भी पक्के तौर पर नहीं जानता था कि वह छात्र था या नहीं, हालाँकि आप यही सोचते कि वह छात्र ही था, क्योंकि वह "यूनिफ़ॉर्म" पहनता था, जो जल्दी ही उसका उपनाम बन गया था। सर नाकानो के विपरीत, यूनिफ़ॉर्म ठिगना, मोटा और पीले चेहरे वाला था। यह डरावना जोड़ा प्रतिदिन सुबह छह बजे 'उगते सूर्य' का झण्डा फहराता था।

जब मैंने पहली बार इस छात्रावास में प्रवेश किया था, तो इस गतिविधि का नयापन मुझे इस राष्ट्रभक्तिपूर्ण अनुष्ठान को देखने के लिए सुबह जल्दी उठने के लिए प्रेरित करता था। जैसे ही रेडियो सुबह छह बजे की बीप की आवाज़ करता, वैसे ही ये दोनों प्रांगण में लगभग एक ही समय दाख़िल होते थे। यूनिफ़ॉर्म, चमड़े के काले जूतों के साथ, ज़ाहिर है, अपनी यूनिफ़ॉर्म पहने होता था, और नाकानो एक छोटी जैकेट तथा व्यायाम के समय पहने जाने वाले सफ़ेद जूते पहने रहता था। यूनिफ़ॉर्म के हाथ में पाउलोनिया की खुरदुरी लकड़ी का एक छोटा डिब्बा होता था, वहीं नाकानो अपने साथ सोनी का टेप प्लेयर लिए रहता था। नाकानो उस प्लेयर को झण्डे के खम्भे के पास रख देता था। यूनिफ़ॉर्म डिब्बा खोलता, जिसमें अच्छी तरह तह किया हुआ बैनर रखा होता था। वह इस बैनर को श्रद्धापूर्वक नाकानो को सौंप देता था, जो उसे झण्डे के खम्भे की रस्सी में बाँध देता था, जिससे उस पर झक सफ़ेद पृष्ठभूमि में अंकित उगते सूर्य का लाल चक्र दिखाई देने लगता था। इसके बाद यूनिफ़ॉर्म राष्ट्रगान बजाने के लिए टेप का स्विच दबा देता था।

"हमारे प्रभु का शासन बना रहे तब तक..."

और झण्डा ऊपर चढ़ने लगता।

"जब तक कि कंकड़ बड़े-बड़े पत्थरों में ना बदल जाएँ..."

झण्डा खम्भे की आधी दूरी तक चढ़ जाता।

"और काई से ढँक ना जाएँ..."

अब झण्डा एकदम शीर्ष पर होता। वे दोनों ऊपर झण्डे को ताकते हुए सावधान की मुद्रा में तने खड़े रहते। साफ़ दिनों में जब हवा बह रही होती थी तो यह देखने लायक़ दृश्य होता था।

शाम के वक़्त झण्डे को नीचे उतारने का काम भी इसी तरह विधि-विधान और श्रद्धा-भाव से होता था, जिसमें वही गतिविधि विपरीत क्रम में दोहराई जाती थी। झण्डा नीचे आता और डिब्बे के हवाले कर दिया जाता। राष्ट्रीय ध्वज रात के समय नहीं फहरता था।

मैं नहीं जानता था कि रात के समय ध्वज को नीचे क्यों उतार लिया जाता था। हालाँकि, राष्ट्र का अस्तित्व अँधेरे में भी जारी रहता था, और ढेरों लोग रात-रात भर काम करते थे – पटरी का निर्माण करने वाले लोग, टैक्सी ड्राइवर, बार बालाएँ, अग्निशामक दस्ते के कर्मचारी और रात को पहरा देने वाले लोग। यह बात मुझे अनुचित लगती थी कि इस तरह के लोगों को ध्वज की सुरक्षा से वंचित रखा जाता था। या शायद यह बात बिलकुल भी मायने नहीं रखती थी और वास्तव में इसकी किसी को भी परवाह नहीं थी – मेरे अलावा। परवाह तो, दरअसल, मैं भी नहीं करता था। बात सिर्फ़ इतनी थी कि यह बात मेरे दिमाग़ में आती थी।

कमरों के नियम ऐसे थे कि पहले और दूसरे साल के छात्रों को डबल रूम मिलते थे, जबकि तीसरे और चौथे साल के छात्रों के पास सिंगल रूम होते थे। डबल कमरे थोड़े लंबे और संकरे होते थे, लगभग नौ बाय बारह के आसपास। दरवाज़े के सामने वाली दीवार में एल्यूमिनियम फ्रेम की खिड़की होती थी, और खिड़की के पास दो मेज़ें इस तरह रखी होती थीं कि दोनों छात्र पीठ-से-पीठ लगाकर पढ़ सकें। दरवाज़े के बाईं ओर लोहे का बंक बेड होता था। कमरे में मिलने वाला फर्नीचर बहुत साधारण और मज़बूत होता था–दो लॉकर्स, एक छोटा कॉफी टेबल और कुछ बनी-बनाई शेल्फ़ें। इतना साधारण कि कोई भी इसे खास या सुंदर नहीं कह सकता था। ज़्यादातर कमरों की शेल्फ़ों पर ट्रांजिस्टर रेडियो, हेयर ड्रायर, इलेक्ट्रिक केतली या कुकर, इंस्टेंट कॉफी, टी बैग, चीनी और इंस्टेंट नूडल्स बनाने के लिए साधारण बर्तन रखे होते थे। दीवारों पर अक्सर लड़कियों की मैगज़ीन से निकाले गए पोस्टर या चोरी किए गए पोर्न फिल्मों के पोस्टर लगे होते थे। एक लड़के ने सूअरों के मैथुन की तस्वीर लगा रखी थी, लेकिन यह बहुत अलग और दुर्लभ था–आम तौर पर दीवारों पर नग्न महिलाओं या पॉप सिंगर्स और अभिनेत्रियों की तस्वीरें ही होती थीं। मेज़ों की बुकशेल्फ़ों में पाठ्यपुस्तकें, शब्दकोश और उपन्यास रखे होते थे।

मर्दों के इन कमरों की गन्दगी भयावह थी। कचरे के डिब्बों के तले फफूँद लगे संतरे के छिलके चिपके रहते थे। एशट्रे के रूप में इस्तेमाल किए जाने वाले खाली टीनों में सिगरेट के टोटे अटे पड़े होते थे, और जब कभी वे सुलग उठते थे, तो उन्हें कॉफ़ी या बियर छिड़ककर बुझा दिया जाता था, जिससे वातावरण में खट्टी-सी बदबू भर जाती थी। अलमारियों में रखे कटोरों और तश्तरियों पर मैल की काली परत और कोई अवर्णनीय पदार्थ चिपका रहता था, और फ़र्श पर रेमन के रैपर, बियर के खाली कैन और तरह-तरह के ढक्कन बिखरे रहते थे। यह कभी किसी को नहीं सूझता था कि वह फ़र्श बुहारकर इन चीज़ों को कूड़ेदान में फेंक दे। खिड़की से बहकर आती हवा धूल के बादल खड़े कर देती थी। हर वक़्त की अपनी भीषण गंध होती थी, लेकिन उस गंध के अवयव हमेशा एक जैसे रहते थे – पसीना, शरीर की गंध और कचरा। बिस्तर के नीचे मैले कपड़ों का ढेर लगा रहता था। और चूँकि किसी को भी बिस्तरों को हवा लगाने की बात नहीं सूझती थी, इसलिए ये पसीने से भरे गद्दे ऐसी बदबू छोड़ते थे, जिससे कोई छुटकारा नहीं मिलता था। आज पीछे मुड़कर देखने पर यह बात विस्मय में डालती है कि गन्दगी के इन ढेरों ने सड़ांध या किसी महामारी को जन्म क्यों नहीं दिया।

दूसरी ओर, मेरा कमरा मुर्दाघर की तरह स्वच्छ हुआ करता था। फ़र्श और खिड़की बेदाग़ हुआ करते थे, गद्दों को हर हफ़्ते हवा खिलाई जाती थी, सारी पेंसिलें, पेंसिल होल्डरों में रखी होती थीं, और पर्दों तक को महीने में एक बार धुलवाया जाता था। मेरे कमरे का साथी सफ़ाई को लेकर पागल था। जब मैं साथी छात्रों को पर्दों के बारे में बताता था तो छात्रावास में कोई मेरा विश्वास नहीं करता था। वे यह तक नहीं जानते थे कि पर्दों को भी धोया जा सकता है। इसकी बजाय, उनका विश्वास था कि पर्दे खिड़की का एक तरह से स्थायी हिस्सा होते हैं "उस आदमी में कुछ गड़बड़ है," वे कहा करते थे, और उस पर नाज़ी या स्टॉर्म टूपर होने का आरोप लगाते थे।

हम तो कमरे की दीवारों पर तसवीरें भी नहीं चिपकाते थे। नहीं, हमारे पास एम्स्टरडम की एक नहर की तसवीर हुआ करती थी। एक बार मैंने एक नग्न तसवीर लटका दी थी, जिसे मेरे कमरे के साथी ने हटा दिया था। "ऐ, वातानबे," उसने कहा था, "मैं... मैं इस तरह की चीज़ों का दीवाना नहीं हूँ,"

और उसकी जगह नहर की तसवीर ने ले ली। मैं भी उस नग्न तसवीर से बहुत आकर्षित नहीं था, इसलिए मैंने कोई विरोध नहीं किया।

जब भी दूसरे लड़के मेरे कमरे में आकर एम्स्टर्डम की वह तस्वीर देखते, उनकी पहली प्रतिक्रिया होती, "ये आख़िर है क्या?" मैं मज़ाक में कहता, "स्टॉर्म ट्रूपर इसे देखकर हस्तमैथुन करता है।" मैंने यह बात मज़ाक में कही थी, लेकिन सबने इसे सच मान लिया – इतना कि धीरे-धीरे मुझे भी इस पर यक़ीन होने लगा। सब लोग मुझसे सहानुभूति जताते थे कि मुझे स्टॉर्म ट्रूपर जैसा रूममेट मिला है, लेकिन सच कहूँ तो मुझे उससे कोई ख़ास परेशानी नहीं थी। जब तक मैं अपना हिस्सा साफ़ रखता, वह मुझे बिल्कुल परेशान नहीं करता था। बल्कि कई तरह से उसके साथ रहना मेरे लिए आसान ही था। वह सारा सफ़ाई का काम कर देता था, गद्दों को धूप दिखाता था और कचरा फेंक देता था। अगर मैं कुछ दिनों तक नहाने का समय नहीं निकाल पाता, तो वह सूँघकर नहाने की सलाह दे देता। यहाँ तक कि वह मुझे यह भी बता देता कि अब बाल कटवाने या नाक के बाल ट्रिम करने का समय हो गया है। बस एक ही बात मुझे परेशान करती थी – अगर उसे कमरे में एक भी कीड़ा दिख जाता, तो वह कीटनाशक इतना छिड़क देता कि मुझे पास के किसी और गन्दे कमरे में जाकर शरण लेनी पड़ती थी।

स्टॉर्म ट्रूपर एक राष्ट्रीय विश्वविद्यालय में भूगोल की पढ़ाई कर रहा था।

जैसाकि उसने हमारी पहली मुलाक़ात के दौरान कहा था, "मैं नक़-नक्शों का अध्ययन कर रहा हूँ।"

"तुम्हें नक़्शे पसन्द हैं?" मैंने पूछा।

"हाँ! स्नातक करने के बाद मैं जियोग्रेफ़िकल सर्वे इन्स्टिट्यूट में नक़-नक़-नक़्शे तैयार करूँगा।"

मैं जीवन में मौजूद सपनों और लक्ष्यों की विविधता से फिर से प्रभावित हुआ। टोक्यो पहली बार आने पर यह मेरे शुरुआती नए अनुभवों में से एक था। मुझे लगा कि समाज को कुछ लोगों–बहुत ज़्यादा नहीं–की ज़रूरत होती है, जो नक्शा बनाने में रुचि रखते हों, बल्कि उसके प्रति जुनून भी रखते हों। हालाँकि यह बात अजीब थी कि जो व्यक्ति सरकार के भौगोलिक सर्वेक्षण

संस्थान में काम करना चाहता था, वही "नक्शा" शब्द बोलते समय हर बार हकलाने लगता था। स्टॉर्म ट्रूपर आमतौर पर हकलाता नहीं था, लेकिन "नक्शा" शब्द बोलते समय उसका हकलाना लगभग निश्चित था।

"तुम किस-किस चीज़ की पढ़ाई करने वाले हो?" उसने मुझसे पूछा था।

"नाटक," मैंने कहा था।

"नाटक करोगे?"

"नहीं, सिर्फ़ स्क्रिप्ट पढ़ूँगा और शोध करूँगा। रासीन, आयनेस्को, शेक्सपीयर आदि।"

उसने कहा कि उसने शेक्सपीयर के बारे में तो सुना है, लेकिन बाकी लोगों को वह नहीं जानता। मैं खुद भी दूसरों के बारे में लगभग कुछ नहीं जानता था; मैंने उनके नाम केवल लेक्चर-सम्बन्धी नोट्स में ही देखे थे।

"तुम्हें नाटक पसन्द हैं?" उसने पूछा।

"ख़ास नहीं," मैंने कहा। इससे वह अनिश्चय की स्थिति में पड़ गया, और जब वह अनिश्चय की स्थिति में होता था तो उसकी हकलाहट और भी बढ़ जाती थी। मुझे दुख हुआ कि मैंने उसे उस स्थिति में डाल दिया था।

मैं कोई भी विषय ले सकता था," मैंने कहा। "मानवजाति विज्ञान, एशिया का इतिहास। मैंने यूँ ही नाटक को चुन लिया, बस इतनी-सी बात है।" यह कोई बहुत ठोस दलील नहीं थी।

"मैं नहीं समझा," उसने कहा। उसे देखकर लग रहा था कि वह वाक़ई नहीं समझा था। "मुझे नक़-नक़-नक़्शे अच्छे लगते हैं, इसलिए मैंने टोक्यो आने का फ़ैसला किया और अपने अभिभावकों को राज़ी किया कि वे मुझे पैसे भे-भेजें ताकि मैं नक़-नक़-नक़्शों का अध्ययन कर सकूँ। लेकिन तुमने ऐसा नहीं किया, है ना?"

उसका दृष्टिकोण मेरे दृष्टिकोण की तुलना में अधिक तर्कसंगत था। मैंने उसे समझाने की कोशिश छोड़ दी। इसके बाद हमने बेड चुनने के लिए माचिस की तीलीयों से लॉटरी निकाली। उसे ऊपर वाला बेड मिला, मुझे निचला।

वह लम्बा था, उसके बाल छोटे थे, गाल की हड्डियाँ उभरी हुई थीं और

वह हमेशा एक ही तरह की पोशाक पहनता था: सफ़ेद कमीज़, काली पैंट, काले जूते, नेवी ब्ल्यू स्वेटर। जब वह स्कूल जाता, तो इस पोशाक में यूनिफ़ॉर्म जैकेट और काला ब्रीफ़केस जुड़ जाता था – यानि एक ख़ास दक्षिणपन्थी छात्र की छवि। यही वजह थी कि हर कोई उसे स्टॉर्म ट्रूपर कहा करता था। लेकिन वास्तव में वह राजनीति को लेकर सौ प्रतिशत उदासीन था। वह यूनिफ़ॉर्म इसलिए पहनता था, क्योंकि कपड़ों के चुनाव की झंझट में नहीं पड़ना चाहता था। उसकी दिलचस्पी तटरेखा में होने वाले बदलावों या रेल की किसी नई सुरंग के पूरा होने जैसी चीज़ों में थी – और किसी चीज़ में नहीं। अगर इस तरह का विषय छिड़ जाता, तो वह घंटों बात करता रहता था, जब तक कि आप या तो भाग न खड़े हों या सो न जाएँ।

वह हर सुबह "हमारे प्रभु का शासन बना रहे" गाना सुनकर उठ जाता था। यानी ध्वजारोहण का वह दिखावटी कार्यक्रम पूरी तरह बेकार नहीं था। वह कपड़े पहनता, बाथरूम जाता और अपना चेहरा धोता – हमेशा के लिए। मुझे कभी-कभी लगता था कि वह अपना हरेक दाँत निकालता होगा और एक बार में एक दाँत साफ़ करता होगा। कमरे में वापस लौटकर वह अपने तौलिए की सलवटें ठीक करता, उसे सुखाने के लिए रेडिएटर पर डालता और फिर अपना टूथब्रश और साबुन वापस अलमारी में रखता। अन्त में, वह बाक़ी राष्ट्र के साथ रेडियो कैलिस्थेनिक्स (रेडियो पर सुनकर व्यायाम) करता।

मुझे देर रात तक पढ़ने और सुबह आठ बजे तक सोने की आदत थी, इसलिए जब वह कमरे में चक्कर लगाता और व्यायाम करता रहता, मैं तब भी नींद में बेहोश पड़ा रहता था – जब तक कि उसके व्यायाम का वह हिस्सा शुरू नहीं हो जाता था, जिसमें वह कूदने लगता था। वह अपने कूदने को बहुत गम्भीरता से लेता था, और जब भी उसके पैर फ़र्श पर पड़ते, चारपाई उछल पड़ती थी। मैं इसे तीन दिन तक तो बर्दाश्त करता रहा, क्योंकि लोगों का कहना था कि सामुदायिक जीवन एक निश्चित सीमा तक त्याग की माँग करता है, लेकिन चौथे दिन की सुबह मुझसे और नहीं रहा गया। "ऐ भई, क्या तुम यह छत पर या कहीं और नहीं कर सकते?" मैंने कहा। "मैं सो नहीं पा रहा हूँ।"

"लेकिन अब तो साढ़े-छह बज चुके हैं!" उसने कहा और उसका मुँह खुला रह गया।

"हाँ, मुझे *मालूम* है कि साढ़े-छह बज गए हैं। लेकिन मुझे अभी भी सोना है। मैं नहीं जानता कि मैं इसे कैसे समझाऊँ, लेकिन मेरे साथ ऐसा ही है।"

"जो भी हो, यह मैं छत पर नहीं कर सकता। तीसरी मंज़िल का कोई व्यक्ति शिकायत करने लगेगा। यहाँ हम स्टोर रूम के ऊपर रह रहे हैं।"

"तो आँगन में चले जाओ। या लॉन में करो।"

"वह भी ठीक नहीं है। मेरे पास ट्रांजिस्टर रेडियो नहीं है। मुझे इसका प्लग लगाना पड़ता है। और मैं संगीत के बिना रेडियो कैलिस्थेनिक्स नहीं कर सकता।"

यह सही है, उसका रेडियो पुराना कबाड़ था, जिसमें बैटरी नहीं थी। मेरा ट्रांजिस्टर पोर्टेबल था, लेकिन वह एफ.एम. वाला था, केवल संगीत सुनने के लिए।

"ओ.के., हम समझौता कर लेते हैं," मैंने कहा। "तुम अपना व्यायाम करो, लेकिन उसमें से कूदने वाला हिस्सा हटा दो। क्या कहते हो?"

"कू-कूदने वाला हिस्सा? ये क्या है?"

"कूदना, कूदना है। ऊपर उछलना और गिरना।"

"लेकिन मैं कूदता तो नहीं हूँ।"

मेरा सिर दुखने को था। मैं हार मानने को तैयार था, लेकिन मैं कम-से-कम अपनी बात तो स्पष्ट करना ही चाहता था। मैं बिस्तर से उठ गया और एन.एच.के. के रेडियो कैलिस्थेनिक्स की शुरुआती धुन गाता हुआ ऊपर-नीचे उछलने लगा। "मैं इसके बारे में कह रहा था," मैंने कहा। "अच्छा, वो। मेरा ख़याल है, तुम्हारा कहना सही है। मैंने इस पर कभी ध्यान ही नहीं दिया था।"

"समझ गए ना, मेरा क्या मतलब है?" मैंने बिस्तर के किनारे बैठते हुए कहा। "सिर्फ़ इतना हिस्सा हटा दो। बाक़ी मैं बरदाश्त कर लूँगा। कूदना बन्द करो और मुझे सोने दो।"

"लेकिन यह नामुमकिन है," उसने भावशून्य ढंग से कहा। "मैं इसमें से कुछ भी नहीं छोड़ सकता। मैं पिछले दस सालों से हर दिन यही करता आ रहा हूँ, और एक बार शुरू करते ही मैं बिना सोचे पूरी रूटीन दोहराता हूँ। अगर मैं कोई चीज़ छोड़ देता हूँ, तो मैं इसमें से कुछ भी नहीं कर पाऊँगा।"

मेरे पास कहने के लिए और कुछ नहीं बचा था। मैं कह भी क्या *सकता* था? इसे बन्द कराने का सबसे फुर्तीला तरीक़ा यह था कि मैं उसके कमरे से जाने का इन्तज़ार करता और उसके जाने के बाद उसके बेहूदे रेडियो को उस बेहूदी खिड़की से बाहर फेंक देता, लेकिन मैं जानता था कि अगर मैंने ऐसा किया तो हंगामा खड़ा हो जाएगा। स्टॉर्म टूपर अपनी हर चीज़ को सहेजकर रखता था। जब उसने मुझे बिस्तर पर इस तरह अवाक् बैठा देखा, तो वह मुस्कराया, और मुझे सान्त्वना देने की कोशिश करने लगा।

"अरे भई, वातानबे, तुम भी क्यों नहीं जल्दी उठते और मेरे साथ व्यायाम करते?" कहकर वह नाश्ते के लिए चला गया।

जब मैंने नाओको को स्टॉर्म टू पर का क़िस्सा सुनाया और रेडियो कैलिस्थेनिक्स के बारे में बताया, तो वह मंद-मंद मुस्कुरा दी। मैं उसका मनोरंजन करने की कोशिश नहीं कर रहा था, लेकिन अन्तत: मैं ख़ुद भी हँसने लगा। हालाँकि, उसकी मुस्कराहट पल भर में गायब हो गई, लेकिन मैं इसे लम्बे समय बाद पहली बार याद कर आनन्द ले रहा था।

हमने योत्सुया पर ट्रेन छोड़ दी थी और हम स्टेशन से लगे ऊँचे रास्ते पर चल रहे थे। यह मध्य मई के इतवार की दोपहर बाद का समय था। सुबह थोड़ी देर के लिए बीच-बीच में बारिश की जो फुहारें गिरी थीं, वे दोपहर से पहले साफ़ हो चुकी थीं, और दक्षिणी हवा निचले स्तर पर छाए बादलों को उड़ा ले गई थी। चेरी के पेड़ों की चमकीली हरी पत्तियाँ हवा में हिल रही थीं और धूप को हर दिशा में बिखेर रही थीं। यह शुरुआती गर्मियों का एक दिन था। जिन लोगों के बग़ल से हम गुज़र रहे थे, उन्होंने अपने स्वेटर कन्धों पर डाल रखे थे या हाथों में थाम रखे थे। इतवार की दोपहर बाद की गुनगुनी धूप में हर कोई प्रसन्न दिखाई दे रहा था। रास्ते के उस तरफ़ के कोर्ट में जो नौजवान टेनिस खेल रहे थे, उन्होंने छोटी पैंटें पहन रखी थीं। केवल उस बेंच पर धूप का कोई असर पड़ता नहीं लग रहा था, जहाँ दो ननें ठण्ड की पोशाकें पहने बैठी बतिया रही थीं। वे दोनों धूप में बैठी बतियाती हुई सन्तुष्ट प्रतीत हो रही थीं।

पन्द्रह मिनट चलने के बाद ही मुझे इतना पसीना आ गया कि मैंने अपनी मोटी सूती कमीज़ उतार दी और केवल टी-शर्ट पहने चलता रहा। नाओको ने

अपनी हल्की स्लेटी गर्म कमीज़ की बाहें कुहनियों तक चढ़ा रखी थीं। उसकी कमीज़ ज़ाहिर तौर पर कई बार धुल चुकी होने की वजह से अच्छी तरह फीकी पड़ चुकी थी। मुझे लगा कि मैंने उसे उस कमीज़ में बहुत पहले कभी देखा था। यह महज़ एक अहसास था, कोई स्पष्ट स्मृति नहीं थी। उस समय मेरे पास नाओको के बारे में याद करने के लिए उतना कुछ नहीं था।

"सामाजिक जीवन तुम्हें कैसा लगता है?" उसने पूछा। "ढेर सारे दूसरे लोगों के साथ रहने में मज़ा तो आता होगा?"

"पता नहीं, मुझे अभी इस तरह रहते हुए एकाध महीना ही तो हुआ है। मेरा ख़याल है, यह उतना बुरा नहीं है। मैं इसे बरदाश्त कर सकता हूँ।"

"वह एक फ़व्वारे पर रुकी और एक घूँट पानी पीकर उसने अपने पैन्ट की जेब से रूमाल निकालकर चेहरा पोंछा। फिर उसने सावधानी-से झुककर अपने जूतों के फीते फिर से बाँधे।"

"क्या तुम्हें लगता है कि मैं यह कर सकती हूँ?"

"क्या? छात्रावास में रहना?"

"हाँ-हाँ।"

"मेरा ख़याल है, यह तुम्हारे नज़रिए का सवाल है। अगर तुम चाहो, तो तुम ढेर सारी चीज़ों को अपने आड़े आने दे सकते हो – नियम-कायदे, वे मूर्ख लोग जो सोचते हैं कि वे बहुत महत्त्वपूर्ण हैं, या कमरे के साथी जो सुबह साढ़े छह बजे रेडियो कैलिस्थेनिक्स करते हैं। लेकिन अगर तुम्हें लगता है कि तुम जहाँ कहीं भी जाओगे, हर जगह ऐसा ही होगा, तो तुम निभा सकते हो।"

"मेरा भी ऐसा ही ख़याल है," उसने सिर हिलाते हुए कहा। वह गम्भीरता से कुछ सोचती हुई लग रही थी। फिर उसने सीधे मेरी आँखों में देखा, मानो वह किसी असामान्य चीज़ की ओर देख रही हो। मैंने देखा कि उसकी आँखें इतनी गहरी और साफ़ थीं कि मेरा दिल धड़क उठा। मुझे अहसास हुआ कि मुझे उसकी आँखों में इस तरह देखने का मौक़ा पहले कभी नहीं मिल पाया था। यह पहली बार था जब हम दोनों एक साथ इतनी लम्बी दूरी तक चले थे या हमने इतनी देर तक बात की थी।

"क्या तुम हॉस्टल में रहने के बारे में सोच रही हो?" मैंने पूछा।

“नहीं,” उसने कहा। “मैं बस यह सोच रही थी कि साथ मिलकर रहने वाली ज़िंदगी कैसी होती होगी... और...” वह सही शब्द या अभिव्यक्ति ढूँढ़ने की कोशिश करती रही, लेकिन उसे नहीं मिल पाया। फिर उसने एक लंबी साँस ली और नीचे देखने लगी। “ओह, मुझे नहीं पता... रहने दो।”

यह बातचीत का अन्त था। वह पूरब की ओर चलती रही और मैं उसके ठीक पीछे-पीछे चलता रहा।

लगभग एक साल हो गया था जब मैंने नाओको को आख़िरी बार देखा था, और इस बीच वह इतनी दुबली हो गई थी कि पहचानना मुश्किल हो रहा था। उसके भरे-भरे गाल, जो उसकी खास पहचान थे, लगभग गायब हो चुके थे, और उसकी गर्दन पतली और नाज़ुक हो गई थी। हालाँकि वह न तो हड्डियों ढांचा लग रही थी और न ही अस्वस्थ। उसके पतले होने में एक स्वाभाविक और शांत-सी सुंदरता थी–जैसे वह किसी लंबे, संकरे स्थान में रही हो और खुद भी वैसी ही लंबी और पतली हो गई हो। और वह मुझे पहले से भी ज़्यादा सुंदर लगी। मैं उसे यह बताना चाहता था, लेकिन ठीक शब्द नहीं ढूँढ़ पाया।

हमने मिलने का कोई तय कार्यक्रम नहीं बनाया था, बस सेंट्रल कम्प्यूटर लाइन में अचानक टकरा गए। उसने अकेले फिल्म देखने का सोचा था, और मैं कांदा के किताबों की दुकानों की ओर जा रहा था–दोनों में ही कोई खास ज़रूरी बात नहीं थी। उसने सुझाव दिया कि हम ट्रेन से उतर जाएँ, और हम योत्सुया में उतर गए, जहाँ पुराने किले की खाई के किनारे हरी ढलान के साथ टहलने की अच्छी जगह है। हमारे पास बात करने को कुछ खास नहीं था, और मुझे समझ नहीं आ रहा था कि नाओको ने उतरने का सुझाव क्यों दिया। वैसे भी, हमारे बीच कभी ज़्यादा बातें नहीं हुआ करती थीं। सड़क पर क़दम रखते ही नाओको ने चलना शुरू कर दिया था और मैं जल्दी-जल्दी उससे एक गज की दूरी बनाए हुए, उसके पीछे-पीछे चलने लगा था। मैं हम दोनों के बीच की दूरी को ख़त्म कर सकता था, लेकिन कोई चीज़ थी, जो मुझे रोके रही। मैं उसके कन्धों और सीधे काले बालों पर अपनी निगाहें टिकाए हुए चलता रहा। उसने अपने बालों को एक बड़ी, बादामी बैरेट से कस रखा था, और जब वह अपना सिर मोड़ती थी तो मुझे उसके छोटे सफ़ेद कानों की झलक दिखाई दे जाती थी। वह बीच-बीच में पीछे मुड़कर देखती और कुछ कहती। कभी-कभी वह ऐसी कोई बात

होती थी, जिसका मुझे जवाब देना होता था, और कभी-कभी कोई ऐसी बात होती थी, जिसका मेरे पास कोई जवाब नहीं होता था। कभी-कभी ऐसा भी होता था कि मुझे उसकी बात सुनाई ही नहीं देती थी।वह इनमें से किसी चीज़ की परवाह करती नहीं लगती थी। जैसे ही वह अपनी बात समाप्त करती, वह फिर से सामने देखने लगती और चलना जारी रखती। "ओह, अच्छा है," मैंने ख़ुद से कहा, "चहलक़दमी के लिए यह अच्छा दिन है।"

लेकिन उस दिन की चाल से यह साफ़ था कि नाओको के लिए यह कोई साधारण टहलना नहीं था। वह इदाबाशी पर दाएँ मुड़ी, खाई के किनारे पहुँची, फिर जिनबोचो के चौराहे को पार किया, ओचानोमिज़ु की चढ़ाई चढ़ी और होंगो पहुँची। वहाँ से वह ट्रॉली की पटरियों के साथ-साथ चलते हुए कोमागोमे तक गई। यह रास्ता काफ़ी थकाने वाला था। जब तक हम कोमागोमे पहुँचे, सूरज ढलने लगा था और दिन एक मुलायम-सी वसंत की शाम में बदल चुका था।

"हम कहाँ हैं?" नाओको ने कहा, जैसे उसने हमारे आसपास के उस इलाक़े को पहली बार देखा हो।

"कोमागोमे," मैंने कहा। "क्या तुम नहीं जानती? हमने यह लम्बा चक्कर काटा है।"

"हम यहाँ क्यों आए थे?"

"*तुम* हमें यहाँ लाई हो। मैं तो सिर्फ़ तुम्हारे पीछे-पीछे चल रहा था।"

हम स्टेशन के बग़ल की एक दुकान पर नूडल्स खाने के लिए रुके। मैं इतना प्यासा था कि अकेले ही एक बियर पी गया। खाने का ऑर्डर देने से लेकर खाना समाप्त करने तक हम में से किसी ने भी एक भी शब्द नहीं बोला। मैं चलते-चलते थक गया था, और वह टेबल पर अपने हाथ रखे बैठी फिर से कुछ सोच रही थी। टीवी समाचार में बताया जा रहा था कि उस गुनगुने इतवार को छुट्टी बिताने की सभी जगहें भरी हुई थीं, और हम थे कि योत्सुया से कोमागोमे तक पैदल चले जा रहे थे – मैंने मन ही मन कहा।

"तुम अच्छी हालत में हो," अपने नूडल्स समाप्त करते हुए मैंने कहा।

"अचरज हो रहा है?"

"यक़ीनन।"

“मैं तुम्हें बता दूँ कि जूनियर हाई में, मैं लम्बी दूरी की धावक हुआ करती थी। मैं दस या पन्द्रह किलोमीटर तक दौड़ा करती थी। और जब से मुझे याद है, मेरे पिता मुझे इतवार के दिनों में पहाड़ पर चढ़ने के लिए ले जाया करते थे। तुम्हें मेरा मकान मालूम है – ठीक पहाड़ की बग़ल में। मेरे पैर हमेशा मज़बूत रहे हैं।”

“देखकर तो नहीं लगता,” मैंने कहा।

“जानती हूँ,” उसने जवाब दिया। “हर कोई सोचता है कि मैं एक नाज़ुक छोटी-सी लड़की हूँ। लेकिन तुम किसी किताब का कवर देखकर, उसके बारे में अन्दाज़ नहीं लगा सकते।” इसके साथ ही वह पल भर के लिए मुस्करा दी।

“और यही बात मेरे मामले में भी है,” मैंने कहा। “मैं थका हुआ हूँ।”

“ओह, आय एम सॉरी, मैं तुम्हें दिनभर से अपने साथ घसीट रही हूँ।”

“तब भी, मुझे ख़ुशी है कि हमें बात करने का मौक़ा तो मिला। यह हमने इसके पहले कभी नहीं किया था, सिर्फ़ हम दोनों,” मैंने कहा। कहते हुए मैं यह याद करने का विफल प्रयत्न कर रहा था कि हमने किस चीज़ के बारे में बात की थी।

वह मेज़ पर रखी एशट्रे से खेल रही थी। “मैं सोचती हूँ,” उसने बात शुरू करते हुए कहा, “अगर तुम अन्यथा ना लो... मेरा मतलब है, अगर यह तुम्हारे लिए किसी तरह की परेशानी का विषय ना हो तो... क्या तुम सोचते हो कि हम दोबारा मिल सकते हैं? मैं जानती हूँ कि मेरे पास ऐसा आग्रह करने का कोई अधिकार नहीं है।”

“कोई *अधिकार*? तुम कहना क्या चाहती हो?”

वो थोड़ा शर्माई। उसके अनुरोध पर मेरी प्रतिक्रिया शायद कुछ ज़्यादा ही तीखी थी।

“मैं नहीं जानती... मैं इसे समझा नहीं सकती,” उसने कहा। इस दौरान वह अपनी कमीज़ की बाँहों को कोहनी के ऊपर तक खींचती और फिर नीचे की ओर खींचने लगती। दुकान की रोशनी में उसकी बाँहों का सुनहरा-भूरा रंग चमक रहा था। “दरअसल, मेरा मतलब अधिकार कहने से नहीं था। मैं इसे कहने का कोई दूसरा तरीक़ा ढूँढ़ रही थी।”

अपनी कोहनियाँ मेज़ पर टिकाए, उसने दीवार पर लटके कैलेण्डर की ओर देखा, लगभग इस तरह जैसे वह वहाँ सही शब्द पाने की उम्मीद कर रही हो। विफल होकर, उसने गहरी साँस ली और अपनी आँखें बन्द कर अपने बैरेट से खेलने लगी।

"कोई बात नहीं," मैंने कहा। "मैं सोचता हूँ कि मैं जानता हूँ कि तुम क्या कहना चाह रही हो। मैं भी नहीं जानता कि इसे किस तरह कहूँ।"

"मैं जो कहना चाहती हूँ, वह कभी नहीं कह पाती," नाओको ने बात जारी रखते हुए कहा। "काफ़ी समय से ऐसा ही होता आ रहा है। मैं कोई बात कहने की कोशिश करती हूँ, लेकिन कुल मिलाकर मेरे हाथ ग़लत शब्द लगते हैं – ग़लत शब्द, या उससे ठीक विपरीत शब्द, जो मैं कहना चाहती हूँ। मैं ख़ुद को ठीक करने की कोशिश करती हूँ, लेकिन तब और भी बदतर हो जाता है। सबसे पहले तो मैं यही भूल जाती हूँ कि मैं क्या कहने की कोशिश कर रही थी। यह कुछ ऐसा है, जैसे मैं टूटकर दो हो जाती हूँ और अपने ही साथ पकड़म-पकड़ाई का खेल खेलने लगती हूँ। इस बड़े मोटे खम्भे के चारों ओर मेरा आधा हिस्सा मेरे ही दूसरे हिस्से का पीछा करने लगता है। मेरे उस दूसरे हिस्से के पास सही शब्द होते हैं, लेकिन मेरा यह हिस्सा उसे पकड़ ही नहीं पाता।"

नाओको ने चेहरा ऊपर किया और मेरी आँखों में देखा। "क्या मेरी यह बात तुम्हारी कुछ समझ में आई?"

"हर कोई किसी हद तक ऐसा महसूस करता है," मैंने कहा। "वे अपनी बात करने की कोशिश कर रहे होते हैं और जब वे उसे ठीक-ठीक नहीं कह पाते तो यह बात उन्हें परेशान करती है।"

नाओको मेरे जवाब से निराश महसूस करती लग रही थी। "नहीं, यह बात भी नहीं है," उसने आगे कोई और सफ़ाई दिए बिना कहा।

"ख़ैर, मुझे तुमसे फिर से मिलकर ख़ुशी होगी," मैंने कहा। "मैं इतवार को हमेशा ख़ाली होता हूँ, और पैदल चलना मेरे लिए अच्छा होगा।"

हमने यामानोटे लाइन की ट्रेन पकड़ी, और नाओको चुओ लाइन पकड़ने के लिए शिन्जुकु पर उतर गई। वह कोकूबुन्जी के पश्चिमी उपनगर में बाहर की ओर जाने वाली सड़क पर एक छोटे-से अपार्टमेंट में रह रही थी।

"बताओ," जैसे ही हम विदा होने लगे, उसने कहा, "क्या मेरे बात करने के तरीक़े में कोई बदलाव आया है?"

"मेरा ख़याल है, हाँ," मैंने कहा, "लेकिन वह क्या बदलाव है, यह मैं ठीक-ठीक नहीं जानता। सच कहूँ तो, मैं जानता हूँ कि मैं तुमसे बहुत मिला करता था, लेकिन मुझे तुमसे बहुत ज़्यादा बात करने की याद नहीं है।"

"मेरा ख़याल है, यह सही है," उसने कहा। "जो भी हो, क्या मैं तुम्हें इतवार को फ़ोन कर सकती हूँ?"

"बिलकुल। मैं तुम्हारे फ़ोन का इंतज़ार करूँगा।"

मैंने नाओको से पहली बार अपने हाई स्कूल के दूसरे वर्ष की बसंत ऋतु में मुलाकात की थी। वह भी दूसरे वर्ष में ही थी और एक प्रतिष्ठित लड़कियों के हाई स्कूल में पढ़ती थी, जो ईसाई मिशनों में से एक द्वारा चलाया जाता था। उस स्कूल की छवि इतनी सुसभ्य थी कि अगर आप बहुत ज़्यादा पढ़ाई करते, तो आपको *असभ्य* माना जाता था। नाओको मेरे सबसे अच्छे (और लगभग एकमात्र) दोस्त, किज़ुकी की गर्लफ्रेंड थी। दोनों बचपन से ही काफ़ी क़रीब थे–उनके घर भी एक-दूसरे से मुश्किल से दो सौ गज की दूरी पर थे।

बचपन से एक-साथ रहते आए ज़्यादातर युगलों की तरह, किज़ुकी और नाओको के रिश्ते में एक अनौपचारिक खुलापन था और इस बात का हल्का-सा अहसास भी कि वे एक-साथ अकेले रहना पसन्द करते थे। वे हमेशा एक-दूसरे के घर आया-जाया करते थे और एक-दूसरे के परिवारों के साथ खाना खाते थे या मह-जोंग खेला करते थे। मैं कई बार उन लोगों के साथ डेट पर गया था। नाओको मेरे लिए अपनी किसी सहपाठी को लाया करती थी और इस तरह हम चारों चिड़ियाघर, पूल या फ़िल्म देखने जाया करते थे। जिन लड़कियों को वह लाती थी, वे हमेशा सुन्दर हुआ करती थीं, लेकिन मेरी रुचि के हिसाब से कुछ ज़्यादा ही संस्कारी होती थीं। मेरे अपने पब्लिक स्कूल की किसी हद तक अपरिष्कृत लड़कियों से मेरी अच्छी बनती थी, जिनसे बात करना ज़्यादा आसान होता था। नाओको जिन लड़कियों को लाती थी, उनके ख़ूबसूरत दिमाग़ों के भीतर क्या चल रहा है, यह मैं कभी नहीं समझ पाता था, और वे भी शायद मुझे नहीं समझ पाती थीं।

कुछ समय बाद, किज़ुकी ने मेरे लिए इस तरह की मुलाक़ातों की कोशिश करनी बन्द कर दी, और उसकी बजाय हम तीनों साथ-साथ जाने लगे। किज़ुकी, नाओको और मैं: अजीब-सा था, लेकिन यही सबसे ज़्यादा सुविधाजनक मेल था। इस मेल में चौथे किसी व्यक्ति को शामिल करना स्थितियों को हमेशा थोड़ा असहज-सा बना देता था। हम लोग किसी टीवी टॉक शो की तरह थे, जिसमें मैं मेहमान होता था, किज़ुकी प्रतिभाशाली होस्ट हुआ करता था और नाओको उसकी सहायक होती थी। किज़ुकी उस बीच की स्थिति के लिए एकदम सही बैठता था। यह सच है कि उसका एक व्यंगात्मक पक्ष था, जो लोगों को अक्सर अहंकार की तरह लगता था, लेकिन वास्तव में वह दूसरों का ध्यान रखने वाला और निष्पक्ष दिमाग़ वाला आदमी था। वह अपनी टिप्पणियाँ और जोक्स ईमानदारी से नाओको और मेरे बीच बाँटता था, और इस बात का पूरा ध्यान रखता था कि हममें से कोई भी अकेला महसूस न करे। अगर हममें से कोई ज़्यादा देर तक ख़ामोश बना रहता, तो वह बातचीत को उसी की दिशा में मोड़ देता और उस व्यक्ति को बोलने पर मजबूर कर देता। यह शायद उससे ज़्यादा मुश्किल प्रतीत होता था, जितना वह वास्तव में था। वह जानता था कि अपने आसपास के वातावरण पर किस तरह निरन्तर निगरानी रखनी है और उसका सामंजस्य बनाए रखना है। इसके अतिरिक्त, उसमें किसी व्यक्ति की आम तौर पर अरोचक टिप्पणियों में रोचक हिस्से ढूँढ़ निकालने की दुर्लभ प्रतिभा थी, जिस वजह से उससे बात करते हुए आपको लगता था कि आप असामान्य रूप से दिलचस्प जीवन जीने वाले असामान्य रूप से दिलचस्प व्यक्ति हैं।

और तब भी वह ज़रा भी मिलनसार व्यक्ति नहीं था। स्कूल में, मैं उसका एकमात्र वास्तविक दोस्त था। मैं कभी नहीं समझ पाता था कि उसके जैसा चतुर और सक्षम व्यक्ति अपनी प्रतिभा को अपने आसपास की व्यापक दुनिया तक क्यों नहीं मोड़ पाता था और क्यों हमारी छोटी-सी तिकड़ी पर ध्यान एकाग्र किए रहने से वह सन्तुष्ट बना रहता था। ना ही मैं यह समझ पाता था कि अपने दोस्त के रूप में उसने मुझे क्यों चुना था। मैं एकदम साधारण लड़का था, जिसे पुस्तकें पढ़ना और संगीत सुनना पसन्द था, और मुझमें ऐसा कुछ भी नहीं था जो किज़ुकी जैसे व्यक्ति को मेरी ओर आकर्षित कर सके। लेकिन हम

तत्काल घनिष्ठ दोस्त बन गए थे। उसके पिता दाँतों के डॉक्टर थे, जो अपनी व्यावसायिक दक्षता और ज़्यादा फ़ीस के लिए जाने जाते थे।

"इस इतवार डबल-डेट पर चलोगे?" उसने हमारी पहली मुलाक़ात के तुरन्त बाद मुझसे पूछा। "मेरी गर्लफ्रेण्ड लड़कियों के स्कूल में पढ़ती है, और वह तुम्हारे लिए अपनी किसी प्यारी-सी सहेली को साथ ले आएगी।"

"ज़रूर," मैंने कहा, और इस तरह मेरी मुलाक़ात नाओको से हुई।

हम तीनों ने साथ मिलकर ढेर सारा वक़्त बिताया, लेकिन जब कभी किज़ुकी कमरे से बाहर जाता, नाओको और मुझे आपस में बात करने में कठिनाई होती। हमें कभी समझ में ही नहीं आता था कि हम किस बारे में बात करें। और दरअसल, बातचीत का कोई ऐसा विषय भी नहीं था, जिसे हम दोनों साझा करते। बातचीत करने की बजाय हम या तो पानी पीते रहते या मेज़ पर रखी किसी चीज़ से खेलते रहते और किज़ुकी के वापस आने तथा बातचीत के फिर से शुरू होने का इंतज़ार करते रहते। नाओको विशेष रूप से बातूनी नहीं थी, और मैं बात करने से ज़्यादा सुनना पसन्द करता था, इसलिए जब मैं उसके साथ अकेला छूट जाता, तो असुविधाजनक महसूस करता था। ऐसा नहीं था कि हमारे बीच कोई मेल नहीं था; बस हमारे पास बात करने के लिए कुछ नहीं होता था।

नाओको और मैं एक-दूसरे से किज़ुकी के अन्तिम संस्कार के ठीक बाद मिले थे। उस घटना के दो हफ़्ते बाद कुछ छोटे-मोटे मामले निपटाने के सिलसिले में हम एक कॉफ़ी हाउस में मिले थे, और जब हमारी वे बातें समाप्त हो गईं, तो हमारे पास कहने के लिए कुछ नहीं था। मैंने कई अलग-अलग विषय छेड़ने की कोशिश की, लेकिन उनमें से कोई भी विषय हमें कहीं नहीं ले जा सका। और जब कभी नाओको बोलती, तो उसकी आवाज़ में एक ख़ास क़िस्म का तीखापन होता था। वह मुझसे नाराज़-सी लगती थी, लेकिन वह नाराज़ क्यों थी, यह मैं नहीं जानता था। उसके बाद हम एक-दूसरे से तब तक दोबारा नहीं मिले, जब तक कि एक साल बाद टोक्यो में चुओ लाइन पर हम अकस्मात टकरा नहीं गए।

नाओको मुझसे शायद इसलिए नाराज़ रही होगी, क्योंकि मैं – न कि वह – आख़िरी व्यक्ति था, जिसने किज़ुकी को जीवित देखा था। यह शायद इस बात को रखने का सही तरीक़ा नहीं है, लेकिन मैं कमोबेश समझ गया था कि उसने कैसा महसूस किया होगा। अगर मेरे वश में होता, तो मैं अपनी जगह उसे रख देता, लेकिन अन्ततः जो हो चुका था, सो हो चुका था, और अब मैं कुछ नहीं कर सकता था।

वह मई की ख़ूबसूरत दोपहर थी। लंच के बाद, किज़ुकी ने क्लास छोड़कर पूल या कुछ और खेलने जाने का सुझाव दिया। दोपहर बाद की अपनी क्लास में मेरी कोई ख़ास दिलचस्पी नहीं थी, इसलिए हम दोनों स्कूल से निकले, टहलते हुए पहाड़ी से नीचे उतरकर बन्दरगाह पर बिलियर्ड पार्लर पहुँचे और हमने चार गेम खेले। जब मैंने पहला आसान-सा खेल जीत लिया, तो वह गम्भीर हुआ और फिर उसने बाक़ी तीनों खेल जीत लिए। इसका मतलब था कि हमारे नियम के मुताबिक़, मैंने भुगतान किया। खेल के दौरान किज़ुकी ने एक भी फ़ब्ती नहीं कसी, जो सबसे ज़्यादा असामान्य बात थी। बाद में हमने सिगरेट पी।

"इतने गम्भीर क्यों हो?" मैंने पूछा।

"मैं आज हारना नहीं चाहता था," किज़ुकी ने सन्तुष्ट ढंग से मुस्कराते हुए कहा।

उसी रात वह अपने गैरेज में मर गया। उसने रबर की एक नली का एक सिरा अपनी एन-360 कार के एग्ज़ॉस्ट पाइप में डाला और दूसरा सिरा कार की खिड़की के छेद से अन्दर डाल लिया, फिर पूरी ताक़त से एक्सीलेटर दबा दिया। मुझे कोई अन्दाज़ नहीं है कि मरने में उसे कितनी देर लगी। उसके माँ-बाप किसी बीमार रिश्तेदार को देखने गए हुए थे, और जब उन्होंने अपनी कार रखने के लिए गैरेज खोला, तब तक वह दम घुटने से मर चुका था। उसका रेडियो चल रहा था और गैस स्टेशन की रसीद विंडशील्ड वाइपर के नीचे रखी हुई थी।

किज़ुकी ने अपनी आत्महत्या के सिलसिले में कोई नोट नहीं छोड़ा था, और आत्महत्या का ऐसा कोई प्रयोजन भी नहीं था, जिसके बारे में सोचा जा सकता। चूँकि उससे मिलने वाला मैं आख़िरी व्यक्ति था, इसलिए मुझे

पुलिस द्वारा पूछताछ के लिए बुलाया गया। मैंने जाँच-अधिकारी को बताया कि किज़ुकी ने ऐसा कोई संकेत नहीं दिया था, जिससे पता चल पाता कि वह क्या करने जा रहा था, और कि वह एकदम हमेशा जैसा ही था। पुलिस ने ज़ाहिर है, किज़ुकी और मेरे बारे में एक ख़राब धारणा बनाई, जैसे जो व्यक्ति क्लास छोड़कर पूल खेलने निकल गया हो, उसके लिए आत्महत्या करना एकदम स्वाभाविक-सी बात हो। अख़बार में एक छोटी-सी ख़बर के साथ यह मामला समाप्त हो गया। किज़ुकी के अभिभावकों ने उसकी लाल रंग की एन-360 से छुटकारा पा लिया। कुछ समय तक, उसके कमरे की डेस्क पर एक सफ़ेद फूल रखा रहा।

किज़ुकी की मौत और ग्रैजुएशन के बीच के दस महीनों के दौरान, मैं अपने आसपास की दुनिया में अपने लिए कोई जगह नहीं पा सका। मैंने स्कूल की एक लड़की के साथ सोना शुरू कर दिया, लेकिन यह सिलसिला छह महीने से ज़्यादा नहीं चला। उससे वास्तव में मुझे कुछ भी हासिल नहीं हुआ। मैंने टोक्यो के एक प्राइवेट विश्वविद्यालय में प्रवेश के लिए आवेदन दिया। यह उस तरह का स्कूल था, जिसकी प्रवेश-परीक्षा के लिए मुझे ज़्यादा पढ़ाई नहीं करनी पड़ी, और मैंने बिना किसी उल्लास के वह इम्तिहान पास कर लिया। उस लड़की ने मुझसे टोक्यो न जाने का आग्रह किया – "वह यहाँ से पाँच सौ मील दूर है!" उसने दलील दी – लेकिन मुझे किसी भी क़ीमत पर कोबे से दूर जाना ज़रूरी था। मैं एक नया जीवन शुरू करना चाहता था, ऐसी जगह जहाँ मुझे कोई भी न जानता हो।

"तुम्हें अब मेरी ज़रा भी परवाह नहीं रही, तुम मेरे साथ सो जो चुके हो," उसने रोते हुए कहा।

"यह सही नहीं है," मैंने ज़ोर देकर कहा। "मैं तो इस क़स्बे से बाहर निकलना चाहता हूँ।" लेकिन वह मुझे समझने को तैयार नहीं थी। और इस तरह हमने विदा ली। उन तमाम चीज़ों के बारे में सोचते हुए, जो उसे दूसरी लड़कियों के मुक़ाबले बहुत भली लड़की बनाती थीं, मैं टोक्यो जाने वाली बुलेट ट्रेन में सवार हो गया। मैंने जो कुछ भी किया था, उसके बारे में मैं बहुत बुरा महसूस कर रहा था, लेकिन उसे अनहुआ करने का कोई उपाय नहीं था। मैंने उसे भूलने का प्रयत्न किया।

जब मैंने छात्रावास में रहना शुरू किया, तब मुझे एक ही चीज़ करनी थी: हर चीज़ को गम्भीरता से लेना बन्द करना; अपने और दूसरी तमाम चीज़ों के बीच समुचित दूरी बनाए रखना। हरे रंग की पूल टेबलों, लाल रंग की एन-360, स्कूल की डेस्क पर बने सफ़ेद फूलों, शवदाह गृह की चिमनी से उठते धुएँ और पुलिस के पूछताछ-कक्ष के भारी-भरकम पेपरवेट को भूल जाना। शुरू में यह कारगर होता लगा। मैंने भूलने की बहुत कोशिश की, लेकिन मेरे भीतर हवा की गाँठनुमा कोई चीज़ बनी रही। और जैसे-जैसे वक़्त गुज़रता गया, वह गाँठ एक स्पष्ट और सरल रूप लेती गई – एक ऐसा रूप, जिसे मैं इस तरह शब्दों में रख सकता हूँ:

मौत का वजूद है, जीवन के विपरीत नहीं, बल्कि उसके एक हिस्से के रूप में।

शब्दों में अनूदित होने पर, यह एक घिसी-पिटी उक्ति है, लेकिन एक वक़्त था, जब मैंने उसे शब्दों में नहीं, बल्कि अपने अन्दर हवा की एक गाँठ के रूप में महसूस किया था। मौत का अस्तित्व है – एक पेपरवेट में, बिलियर्ड टेबल पर चार लाल और सफ़ेद गेंदों के रूप में – और हम उसे अपनी साँसों के सहारे अपने फेफड़ों में बारीक धूल की तरह खींचते रहते हैं।

उस समय तक, मैं मौत को जीवन से पूरी तरह अलग और स्वतन्त्र किसी चीज़ के रूप में देखता था। मौत के हाथों का हम तक पहुँचना निश्चित है, मुझे लगता था, लेकिन जिस दिन तक वह हम तक नहीं पहुँचती, वह हमें अकेला छोड़े रहती है। यह मुझे एक सीधी-सादी, तर्कसंगत सच्चाई की तरह लगती थी। ज़िन्दगी यहाँ है, मौत वहाँ है। मैं यहाँ हूँ, वहाँ नहीं।

लेकिन जिस रात किज़ुकी मरा, मैंने मौत (और जीवन) को इतनी सरल शर्तों में देखने की क्षमता खो दी। मौत जीवन का विलोम नहीं थी। वह पहले से ही यहाँ थी, मेरे अस्तित्व के भीतर। वह हमेशा से यहाँ रही थी, और कोई भी संघर्ष मुझे यह भूलने नहीं दे सकता था। जब उस मई की रात उसने सत्रह वर्षीय किज़ुकी को अपने साथ लिया, तो वह मुझे भी अपने साथ ले गई। मैंने अगले वसन्त में, अठारह वर्ष की आयु में, अपनी छाती में हवा की उस गाँठ के साथ जीवन बिताया, लेकिन इस पूरे समय मैं गम्भीर हो जाने के विरुद्ध संघर्ष करता रहा। मुझे आभास था – चाहे वह कितना ही धुँधला क्यों न हो – कि

गम्भीर हो जाना और सत्य के निकट पहुँचना एक ही बात नहीं हैं। लेकिन मौत एक तथ्य थी, एक गम्भीर तथ्य, चाहे आप उसे किसी भी तरह देखें। इस दमघोंटू अन्तर्विरोध में फँसा हुआ मैं लगातार चक्कर काटता रहा। अब पीछे मुड़कर देखता हूँ, तो वे दिन अजीब थे। जीवन के बीचोंबीच, हर चीज़ मौत के इर्द-गिर्द घूमती थी।

3

अगले इतवार को नाओको ने मुझे फ़ोन किया, और उस इतवार को हम डेट पर गए। मेरा ख़याल है कि मैं उसे डेट कह सकता हूँ। उसके लिए मैं और कोई बेहतर शब्द इस्तेमाल नहीं कर सकता।

पहले की तरह, हम सड़कों पर टहलते रहे। किसी जगह हम कॉफ़ी पीने रुके, फिर और टहले, शाम को खाना खाया और गुड-बाय कहा। एक बार फिर, उसने टुकड़ों-टुकड़ों में बात की, लेकिन ऐसा नहीं लगा कि इससे उसे कोई परेशानी हुई, और मैंने भी बातचीत को जारी रखने की कोई ख़ास कोशिश नहीं की। हम वही सब बतियाते रहे, जो हमारे दिमाग़ में आता रहा – हमारी दिनचर्या, हमारे साथ काम करने वाले लोग; हर बात टुकड़ों में, जो कहीं नहीं ले जाती थी। हमने अतीत के बारे में कोई बात नहीं की। और मुख्यतः हम चलते रहे – चलते रहे, और चलते रहे। सौभाग्य से, टोक्यो एक बड़ा शहर है; हम उसे पूरा कभी नहीं माप सकते थे।

हर हफ़्ते के आख़िरी में हम इसी तरह टहलते रहे। वह आगे-आगे चलती और मैं उसके एकदम क़रीब उसके पीछे-पीछे चलता। नाओको के पास तरह-तरह के बैरेट थे, जिन्हें वह अपने दाँएं कान को बालों से खुला रखते हुए लगाया करती थी। मैं उसे इस रूप में, पीछे से, सबसे ज़्यादा स्पष्ट रूप में याद करता हूँ। वह जब कभी किसी बात को लेकर झेंपा हुआ महसूस करती थी तो अपने बैरेट से खेलने लगती थी। और वह हमेशा अपने मुँह को रुमाल से थपथपाती रहती थी। ऐसा वह तब करती थी, जब उसे कुछ कहना होता था।मैं उसकी इन अदाओं को जितना ज़्यादा देखता था, वह उतनी ही ज़्यादा मुझे अच्छी लगती जाती थी।

नाओको टोक्यो के ग्रामीण पश्चिमी सिरे पर स्थित लड़कियों के एक कॉलेज में जाया करती थी। यह एक छोटा-सा, सुन्दर स्कूल था, जो अंग्रेज़ी के अध्यापन के लिए प्रसिद्ध था। पास ही में सिंचाई की एक सँकरी नहर थी, जिसका पानी एकदम स्वच्छ और साफ़ था, और नाओको और मैं अक्सर उसके तट के किनारे-किनारे टहला करते थे। कभी-कभी वह मुझे अपने अपार्टमेंट में बुला लेती थी और मेरे लिए खाना पकाती थी। ऐसा नहीं लगता था कि उसे इस बात की कोई चिन्ता थी कि हम दोनों इतने क़रीब होते थे। उसका कमरा छोटा और साफ़-सुथरा था, और उसमें सजावटी चीज़ों का इस क़दर अभाव था कि सिर्फ़ खिड़की के पास के एक कोने में सूखती जुराबों से ही यह संकेत मिलता था कि वहाँ एक लड़की रहा करती थी। वह एक किफ़ायती, सादा जीवन बिताती थी, जिसमें उसके बमुश्किल ही कोई दोस्त थे। हाई स्कूल में उसे जानने वाला कोई भी व्यक्ति उसके इस रूप की कल्पना नहीं कर सकता था। तब वह बहुत सुरुचिपूर्ण ढंग से कपड़े पहना करती थी और ढेरों दोस्तों से घिरी रहती थी। जब मैंने उसका कमरा देखा, तब मुझे अहसास हुआ कि मेरी ही तरह उसने भी कॉलेज में जाने और किसी भी परिचित से दूर एक नया जीवन शुरू करने का चुनाव किया था।

"जानते हो मैंने यह स्कूल क्यों चुना?" उसने मुस्कराते हुए कहा था। "क्योंकि घर से कोई व्यक्ति यहाँ आने वाला नहीं था। हम सभी को किसी फ़ैशनेबल जगह पर जाना था। तुम समझ रहे हो, मैं क्या कहना चाहती हूँ?"

हालाँकि, ऐसा नहीं था कि नाओको के साथ मेरे रिश्ते में कोई प्रगति नहीं हो रही थी। धीरे-धीरे वह मेरी और अधिक अभ्यस्त होती गई, और मैं उसका। जब गर्मी की छुट्टियाँ समाप्त हुईं और नए सत्र की शुरुआत हुई, तो नाओको मेरे बग़ल में चलने लगी, मानो वह दुनिया की सबसे स्वाभाविक चीज़ हो। मैंने निष्कर्ष निकाला कि अब वह मुझे एक दोस्त के रूप में देखने लगी थी, और एक इतनी ख़ूबसूरत लड़की के बग़ल में चलना मेरे लिए किसी भी तरह से तकलीफ़देह नहीं था। हमने उसी दिशाहीन ढंग से समूचे टोक्यो में चहलक़दमी करना जारी रखा। हम कभी पहाड़ियों पर चढ़ते, तो कभी नदियाँ और रेल की पटरियाँ पार करते और बिना कोई गन्तव्य दिमाग़ में रखे बस चलते चले जाते। हम तेज़ी से सीधे आगे बढ़ते जाते, मानो हमारा चलना हमारी घायल आत्माओं

के घाव भरने का कोई धार्मिक अनुष्ठान हो। अगर बारिश होती, तो हम छातों का इस्तेमाल करते, लेकिन किसी भी सूरत में हम चलते रहते।

फिर शरद ऋतु आ गई, और छात्रावास का परिसर ज़ेल्कोवा के पत्तों से पट गया। जब मैंने पहली बार स्वेटर पहना, तो मुझे नई ऋतु की सुगन्ध का अहसास हुआ। जूतों की एक जोड़ी घिस जाने के बाद, मैंने स्वेड के नए जूते ख़रीदे।

मुझे याद नहीं आता कि तब हम क्या बातें किया करते थे। मेरा ख़याल है, कोई ख़ास बातें नहीं। हमने अतीत के किसी भी उल्लेख को टालना जारी रखा और गाहे-ब-गाहे ही कभी किज़ुकी का ज़िक्र करते थे। हम कॉफ़ी पीते हुए एक-दूसरे के सामने पूरी तरह ख़ामोश बने रह सकते थे।

नाओको को मेरा स्टॉर्म ट्रूपर के बारे में क़िस्से सुनाना अच्छा लगता था। एक बार वह अपनी सहपाठी, एक लड़की (ज़ाहिर है, भूगोल की एक लड़की) के साथ डेट पर गया, लेकिन शाम को जल्दी ही खिन्न मन से वापस लौट आया। "मुझे बताओ, वा-वा-वातानबे, तुम ल-ल-लड़कियों के साथ क्या बात करते हो?" मुझे याद नहीं कि मैंने क्या जवाब दिया था, लेकिन उसने यह सवाल पूछने के लिए ग़लत आदमी का चुनाव किया था। जुलाई में किसी ने स्टॉर्म ट्रूपर की एम्स्टर्डम नहर वाली तस्वीर हटाकर वहाँ गोल्डन गेट ब्रिज की तस्वीर लगा दी। उसने मुझसे कहा कि वह जानना चाहता है कि क्या स्टॉर्म ट्रूपर गोल्डन गेट ब्रिज के सामने हस्तमैथुन कर सकेगा। "उसे बहुत पसन्द आई," मैंने बाद में "रिपोर्ट" किया, जिससे उत्साहित होकर किसी ने वहाँ आइसबर्ग की तस्वीर लगा दी। हर बार, जब भी स्टॉर्म ट्रूपर की ग़ैर-मौजूदगी में तस्वीर बदल दी जाती, वह परेशान हो उठता।

"यह क-क-कौन कर रहा है?" उसने पूछा।

"मैं ख़ुद भी यही सोच रहा हूँ," मैंने कहा। "लेकिन फ़र्क़ क्या पड़ता है? वे सभी अच्छी तसवीरें हैं। तुम्हें तो शुक्रगुज़ार होना चाहिए।"

"हाँ, मेरा भी ऐसा ही ख़याल है, लेकिन यह अजीब-सी हरक़त है।"

स्टॉर्म ट्रूपर के मेरे क़िस्से सुनकर नाओको को हमेशा हँसी आती थी। चूँकि उसे हँसाने में ज़्यादातर बातें कारगर नहीं होती थीं, इसलिए मैं अक्सर

उसी के बारे में बात करता था, हालाँकि उसका इस तरह इस्तेमाल करने को लेकर मुझे कोई गर्व नहीं था। वह एक आर्थिक रूप से औसत परिवार का सबसे छोटा बेटा था, जो अपने भले के लिए कुछ ज़्यादा ही गम्भीर था। नक़्शे बनाना उसके छोटे से जीवन का एक छोटा सा सपना था। उसका इस बात के लिए मज़ाक उड़ाने का हक़ किसे था

लेकिन, तब तक, "स्टॉर्म ट्रूपर जोक्स" छात्रावास की बातचीत का एक अपरिहार्य स्रोत बन चुका था, और जो कुछ मैं कर चुका था उसे अनहुआ करने का मेरे पास कोई उपाय नहीं था। इसके अलावा, नाओको के मुस्कराते चेहरे का दृश्य मेरे अपने आनन्द का विशेष स्रोत बन चुका था। मैं हर किसी को नए-नए क़िस्से सुनाता रहता।

एक बार–सिर्फ़ एक बार–नाओको ने मुझसे पूछा कि क्या कोई लड़की है, जो मुझे पसंद हो। मैंने उसे उस लड़की के बारे में बताया, जिसे मैं कोबे में छोड़ आया था। "वह अच्छी थी," मैंने कहा, "मुझे उसके साथ सोने में आनंद आता था, और मुझे उसकी जब-तब याद भी आती रहती है, लेकिन अंततः उसने मुझे गहराई से नहीं छुआ। मैं नहीं जानता, कभी-कभी मुझे लगता है कि मेरे दिल में एक कठोर गुठली है, जिसके भीतर ज़्यादा कुछ जा ही नहीं सकता। मुझे शक होता है कि क्या मैं किसी को सचमुच प्यार कर सकता हूँ।"

"क्या तुम्हें कभी प्यार *हुआ है?*" नाओको ने पूछा।

"कभी नहीं," मैंने कहा।

उसने मुझसे इससे ज़्यादा नहीं पूछा।

जब पतझड़ का मौसम समाप्त हो गया और शहर में ठण्डी हवा चलने लगी, तो नाओको अक्सर मेरी बाँह से सटकर चलने लगी। मैं उसके डफ़ल कोट के मोटे कपड़े से छनकर आती उसकी साँसों को महसूस कर सकता था। वह मेरी बाँह में अपनी बाँह फँसा लेती, या अपना हाथ मेरी जेब में डाल लेती, या, जब वाक़ई बहुत ज़्यादा सर्दी होती, तो काँपती हुई मेरी बाँह से सख़्ती के साथ सट जाती। इनमें से किसी भी चीज़ का कोई ख़ास अर्थ नहीं था। मैं जेब में अपने हाथ डाले चलना जारी रखता। रबर के सोल वाले हमारे जूते फुटपाथ पर बमुश्किल ही कोई आवाज़ पैदा करते थे, सिवाय उस सूखी चरमराहट के, जो तब पैदा होती थी जब हम सड़क पर चिनार की मुरझाई हुई पत्तियों पर पैर

रखते हुए चलते थे। जब मुझे वह आवाज़ सुनाई देती, तो मैं नाओको के लिए दुखी महसूस करने लगता। वह मेरी बाँह नहीं थी, जिसकी उसे ज़रूरत थी, बल्कि वह किसी और की बाँह थी। वह मेरी गरमाहट नहीं थी, जिसकी उसे ज़रूरत थी, बल्कि वह किसी और की गरमाहट थी। मुझे अपने वहाँ होने को लेकर लगभग अपराध-बोध होने लगता था।

जैसे-जैसे सर्दी गहराती गई, नाओको की आँखों की पारदर्शी स्पष्टता और भी बढ़ती हुई प्रतीत होने लगी। उसमें एक ऐसी स्पष्टता थी, जिसका कहीं कोई ठिकाना नहीं था। कभी-कभी नाओको बिना किसी वजह अपनी आँखें मेरी आँखों में डाल देती। ऐसा लगता, जैसे वह कुछ ढूँढ़ रही हो, और इससे मुझे एक अजीब-सा, अकेलेपन और बेबसी से भरा एहसास होने लगता।

मैं सोचने लगता कि वह कोई बात मुझ तक पहुँचाना चाहती है, कोई ऐसी बात जिसे वह शब्दों में नहीं बाँध सकती – शब्दों से पहले की कोई चीज़, जिसे वह स्वयं अपने भीतर नहीं पकड़ पाती थी और इसलिए जिसके शब्दों में बदलने की कोई उम्मीद नहीं थी। इसके बजाय, वह अपने बैरेट के साथ खेलने लगती, रूमाल से अपने मुँह के कोनों को थपथपाने लगती, या अर्थहीन ढंग से मेरी आँखों में देखने लगती। जब वह इस तरह की चीज़ें करती, तो मैं उसे बाँहों में कस लेना चाहता था, लेकिन मैं हिचकिचाता और ख़ुद को रोके रहता। मुझे डर लगता था कि अगर मैंने वैसा किया, तो मैं उसे चोट पहुँचा सकता हूँ। और इसलिए हम दोनों टोक्यो की सड़कों पर चलते रहते, और नाओको शून्य में शब्द खोजती रहती।

जब भी मुझे नाओको का फ़ोन आता और मैं इतवार की सुबह बाहर जाता, छात्रावास के लड़के हमेशा मेरा मज़ाक उड़ाया करते थे। स्वाभाविक ही, वे मानकर चलते थे कि मुझे कोई गर्लफ्रेण्ड मिल गई है। उन्हें सच्चाई बताने का कोई तरीक़ा नहीं था, और स्पष्टीकरण देने की कोई ज़रूरत भी नहीं थी, इसलिए वे जो सोचना चाहते, मैं उन्हें सोचने देता। शाम को मुझे मूर्खतापूर्ण सवालों की बौछार का सामना करना पड़ता था – हमने कौन-सी पोज़िशन इस्तेमाल की? वह नीचे से कैसी थी? उस दिन उसने किस रंग का अंडरवियर पहना था? मैं उन्हें वही जवाब देता था, जो वे सुनना चाहते थे।

और इस तरह मैं अठारह से उन्नीस का हो गया। हर दिन सूरज उगता रहा और डूबता रहा, और झण्डा फहराया तथा उतारा जाता रहा। हर इतवार को मैं अपने मर चुके दोस्त की दोस्त से मिलता रहा। मुझे कुछ भी नहीं पता था कि मैं क्या कर रहा था या क्या करने जा रहा था। अपने कोर्स के लिए, मैं क्लाडेल, रासीन और आइज़ेन्स्टाइन को पढ़ता, लेकिन वे मेरे लिए लगभग कोई मायने नहीं रखते थे। मैंने कक्षाओं में कोई दोस्त नहीं बनाए थे, और छात्रावास में मैं शायद ही किसी को जानता था। छात्रावास के दूसरे लड़के सोचते थे कि मैं लेखक बनना चाहता हूँ, क्योंकि मैं हमेशा पुस्तकों के साथ अकेला पाया जाता था, लेकिन मेरी ऐसी कोई महत्त्वाकांक्षा नहीं थी। ऐसा कुछ भी नहीं था, जो मैं बनना चाहता था।

मैंने इस अहसास के बारे में नाओको से बात करने की कोशिश की। मैं सोचता था कि कम-से-कम वह तो किसी हद तक साफ़ तौर पर समझ सकेगी कि मैं क्या महसूस कर रहा था। लेकिन मैं ख़ुद को व्यक्त करने के लिए कभी शब्द नहीं खोज पाया। अजीब था, लगता था कि मुझे शब्द तलाशने की उसकी बीमारी लग गई थी।

शनिवार की रातों को मैं लॉबी में फ़ोन की बग़ल में, नाओको के फ़ोन के इन्तज़ार में बैठा रहता। ज़्यादातर दूसरे लोग शनिवार की रात में बाहर होते थे, इसलिए लॉबी सामान्यत: सूनी होती थी। मैं उस ख़ामोश जगह में ठहरे हुए रोशनी के कणों को घूरता रहता और अपने ही दिल में झाँकने का संघर्ष करता रहता। मैं क्या चाहता था? और दूसरे लोग मुझसे क्या चाहते थे? लेकिन मुझे कभी कोई जवाब नहीं मिला। कभी-कभी मैं हाथ बढ़ाकर रोशनी के उन कणों को पकड़ लेना चाहता था, लेकिन मेरी अँगुलियाँ शून्य के सिवा कुछ भी नहीं छू पाती थीं।

मैं बहुत पढ़ता था, लेकिन बहुत-सी अलग-अलग तरह की पुस्तकें नहीं; मैं तो अपनी पसन्दीदा पुस्तकों को ही बार-बार पढ़ा करता था। उस समय ट्रूमैन कपोते, जॉन अपडाइक, स्कॉट फ़िट्ज़गेराल्ड, रेमण्ड चाण्डलर आदि मेरे प्रिय लेखक थे, लेकिन मुझे अपनी क्लास में या छात्रावास में इस तरह के लेखकों

को पढ़ता हुआ कोई दिखाई नहीं देता था। काज़ुमी ताकाहाशी, केन्ज़ाबुरो ओए, यूकियो मिशिमा जैसे लेखक, या फिर समकालीन फ्रांसीसी उपन्यासकार, उनकी पसन्द थे। यह भी एक वजह थी कि मेरे पास ज़्यादा कुछ कहने के लिए नहीं होता था और मैं ख़ुद तक तथा अपनी पुस्तकों तक सीमित बना रहता था। मैं अपनी आँखें बन्द कर अपनी कोई परिचित पुस्तक छूता और उसकी ख़ुशबू को अपने भीतर की गहराई तक खींच लेता। मुझे सुखी बनाने के लिए इतना काफ़ी था।

अठारह वर्ष की उम्र में मेरी पसन्दीदा पुस्तक जॉन अपडाइक की *द सेण्टॉर* थी, लेकिन जब मैंने उसे कई बार पढ़ लिया, तो वह अपनी शुरुआती चमक खोती-सी लगी और उसकी जगह द ग्रेट गैट्सबी ने ले ली। उसके बाद द ग्रेट गैट्सबी लम्बे समय तक अव्वल दर्जे पर बनी रही। मेरा जब भी मन करता, मैं उसे शेल्फ़ से निकालता और उसका कोई भी अध्याय पढ़ने लगता। उसने मुझे कभी निराश नहीं किया। पूरी पुस्तक में एक भी पन्ना उबाऊ नहीं था। मैं लोगों को बताना चाहता था कि वह कितना शानदार उपन्यास है, लेकिन मेरे आसपास किसी ने द ग्रेट गैट्सबी नहीं पढ़ा था, और उसके पढ़े जाने की सम्भावना भी कम थी। 1968 में एफ. स्कॉट फ़िट्ज़जेराल्ड को पढ़ने के लिए दूसरों को प्रेरित करना – भले ही उसे प्रतिक्रियावादी काम न कहा जाए – ऐसा कुछ नहीं था, जो आसानी से किया जा सके।

जब अन्ततः मैं अपनी दुनिया में एक ऐसे व्यक्ति से मिला, जिसने गैट्सबी पढ़ रखी थी, तो मैं और वह इसी एक वजह से दोस्त बन गए थे। उसका नाम था – नागासावा। वह मुझसे दो साल बड़ा था, और चूँकि वह प्रतिष्ठित टोक्यो यूनिवर्सिटी में क़ानून की पढ़ाई कर रहा था, इसलिए वह राष्ट्रीय नेतृत्व के फ़ास्ट ट्रैक पर था। हम एक ही छात्रावास में रहते थे, और हमारी पहचान उस दिन तक एक-दूसरे को देखने भर तक ही सीमित रही थी, जब एक दिन मैं डायनिंग हॉल के धूप से नहाए हिस्से में बैठा गैट्सबी पढ़ रहा था। वह मेरी बग़ल में आकर बैठ गया और पूछने लगा कि मैं क्या पढ़ रहा हूँ। जब मैंने उसे बताया, तो उसने पूछा कि क्या मुझे आनन्द आ रहा है। "यह मैं तीसरी बार पढ़ रहा हूँ," मैंने कहा, "और हर बार मुझे इसमें कोई ऐसी नई चीज़ मिल जाती है, जो मुझे पिछली बार के मुक़ाबले और भी अच्छी लगती है।""इस आदमी का कहना है कि इसने द

ग्रेट गैट्सबी को तीन बार पढ़ा है," उसने मानो ख़ुद से कहा। "ख़ैर, *गैट्सबी* का कोई भी दोस्त मेरा दोस्त है।"

और इस तरह हम दोस्त बन गए। यह अक्टूबर की बात थी।

मैं नागासावा को जितना-जितना अच्छी तरह जानता गया, वह मुझे उतना ही असामान्य लगता गया। अपने ज़माने में, मैं कई असामान्य लोगों से मिला था, लेकिन उनमें से नागासावा जितना असामान्य कोई नहीं था। वह मुझसे कहीं बहुत ज़्यादा पढ़ाकू था, लेकिन उसने एक नियम बना रखा था कि वह किसी भी ऐसे लेखक की पुस्तक छूता भी नहीं था, जिसे मरे हुए कम-से-कम तीस साल ना हो गए हों। "मैं उसी तरह की पुस्तक पर भरोसा कर सकता हूँ," उसका कहना था।

"यह नहीं कि समकालीन साहित्य में विश्वास नहीं है," उसने कहा, "लेकिन मैं ऐसी किसी पुस्तक को पढ़ने पर अपना बेशक़ीमती वक़्त ज़ाया नहीं कर सकता, जो समय की कसौटी पर खरी ना उतरी हो। ज़िन्दगी बहुत छोटी है।"

"आपको किस तरह के लेखक पसन्द हैं?" मैंने पूछा। मैं अपने से दो साल बड़े इस आदमी से सम्मानजनक लहज़े में बात कर रहा था।

"बाल्ज़ाक, दान्ते, जोज़ेफ़ कोनराड, डिकेन्स," उसने बिना हिचकिचाए जवाब दिया।

"जो ठीक-ठाक फ़ैशनेबल नहीं हैं।"

"यही वजह है कि मैं उन्हें पढ़ता हूँ। अगर आप सिर्फ़ वही पुस्तकें पढ़ते हैं, जिन्हें हर कोई पढ़ रहा होता है, तो आप सिर्फ़ वही सोच सकते हैं, जो हर कोई सोच रहा होता है। यह गँवारू और भौंडे लोगों की दुनिया है। वास्तविक लोग ऐसा करते हुए शर्मिन्दा होंगे। क्या तुमने ध्यान नहीं दिया वातानबे? तुम और मैं ही इस छात्रावास में वास्तविक लोग हैं। बाक़ी लोग बकवास हैं।"

यह सुनकर मैं चकित रह गया। "यह आप कैसे कह सकते हैं?"

"क्योंकि यह सच है। मैं जानता हूँ। मैं इसे देख सकता हूँ। यह कुछ ऐसा है, जैसे हमारे माथे पर निशान लगे हों। और इसके अलावा, हम दोनों ने द ग्रेट गैट्सबी पढ़ रखी है।"

मैंने फुर्ती से हिसाब लगाया। "लेकिन फ़िट्ज़गेराल्ड को मरे हुए तो अभी अट्ठाइस साल ही हुए हैं," मैंने कहा।

"उससे क्या? दो साल? फ़िट्ज़गेराल्ड आगे बढ़ गया है।"

छात्रावास में कोई नहीं जानता था कि नागासावा क्लासिक उपन्यासों का गुप्त पाठक था, और अगर किसी को मालूम भी होता, तो इससे कोई फ़र्क़ ना पड़ता। नागासावा चतुर होने के लिए जाना जाता था। वह टोक्यो विश्वविद्यालय में पढ़ता था, उसे अच्छे ग्रेड मिलते थे, वह सिविल सर्विस का इम्तिहान देने वाला था, विदेश मन्त्रालय में नौकरी करने वाला था और राजदूत बनने जा रहा था। वह एक समृद्ध परिवार से आया था। उसके पिता का नागोया में एक बड़ा अस्पताल था, और उसके भाई ने भी टोक्यो में पढ़ाई की थी, वह मेडिकल स्कूल में गया था और एक दिन वह अपने पिता के अस्पताल का मालिक बनने वाला था। नागासावा की जेब में ढेरों पैसे भी होते थे, और वह पूरी गरिमा के साथ रहा करता था। लोग उससे इज़्ज़त से पेश आते थे, यहाँ तक कि छात्रावास का मुखिया भी उसकी इज़्ज़त करता था। जब वह किसी से कुछ काम करने को कहता था, तो वह व्यक्ति बिना विरोध किए, वह काम कर देता था। इस मामले में कोई विकल्प नहीं होता था।

नागासावा में कोई जन्मजात गुण था, जिससे लोग उसके प्रति आकर्षित होते थे और उसका अनुसरण करते थे। वह जानता था कि नेतृत्व किस तरह करना है, परिस्थिति का आकलन कैसे करना है, एकदम स्पष्ट और चतुराईपूर्ण निर्देश कैसे देना है, जिनका दूसरे लोग पालन करें। उसके सिर के ऊपर एक प्रभामण्डल था, जो किसी देवदूत के औरा की भाँति उसकी शक्ति को दर्शाता था, जिसे देखने मात्र से लोगों में इस श्रेष्ठ व्यक्ति का रौब जागता था। इसीलिए इस बात से हर किसी को धक्का-सा लगा था कि उसने दोस्ती के लिए मेरा चुनाव किया था, एक ऐसे व्यक्ति का जिसमें कोई विशेष गुण नहीं थे। इस वजह वे लोग भी जो मुझे ठीक-से जानते तक नहीं थे, मेरे प्रति इज़्ज़त से पेश आते थे, लेकिन जो चीज़ उन्हें समझ में आती प्रतीत नहीं होती थी, वह यह थी कि मुझे चुने जाने की वजह बहुत सीधी सी थी, यह कि मैं नागासावा की उस तरह चापलूसी नहीं करता था, जैसी दूसरे लोग किया करते थे। मुझे उसके विचित्र और पेचीदा पक्षों में एक निश्चित दिलचस्पी थी, लेकिन

उसकी उन दूसरी चीज़ों – उसके ग्रेड्स, उसके प्रभामण्डल, उसका हुलिया आदि – में से किसी से भी मैं धौंस नहीं खाता था। यह उसके लिए कुछ नया रहा होगा।

नागासावा के व्यक्तित्व में कुछ ऐसे पहलू भी थे, जो एक-दूसरे के बिल्कुल उलट थे। कई बार उसकी दयालुता मुझे छू जाती थी, लेकिन उतनी ही आसानी से वह कठोर और क्रूर भी बन जाता था। उसमें अद्भुत भव्यता भी थी, और कभी-कभी वह बहुत निचले स्तर तक गिरा हुआ भी लगता था। वह एक आशावादी नेता की तरह पूरे आत्मविश्वास से आगे बढ़ सकता था, भले ही उसका हृदय अकेलेपन के दलदल में सना हुआ क्यों न हो। मैंने एकदम शुरुआत से ही उसके इन विरोधाभासी लक्षणों को देख लिया था, और मैं कभी नहीं समझ सका कि वे हर किसी को उतने ही स्पष्ट रूप में क्यों नहीं दिखाई देते थे। वह अपने ही ख़ास नर्क में रहता था।

तब भी, मैं समझता हूँ कि मैं उसे हमेशा सर्वाधिक अनुकूल रोशनी में देखने में कामयाब रहा था। उसका सबसे बड़ा गुण था, उसकी ईमानदारी। वह ना कभी झूठ बोलता था, वह हमेशा अपनी कमज़ोरियों को भी स्वीकार करता था। वह कभी उन चीज़ों को छिपाने की कोशिश नहीं करता था, जो उसे लज्जित कर सकती थीं। और जहाँ तक मेरा सवाल था, वह हमेशा दयालु और मददगार हुआ करता था। अगर वह ऐसा ना होता, तो छात्रावास का मेरा जीवन उससे कहीं ज़्यादा दुखद होता, जितना वह था। तब भी, मैंने एक बार भी कभी उसके सामने अपना दिल खोलकर नहीं रखा, और उस अर्थ में नागासावा के साथ मेरा रिश्ता किज़ुकी के साथ के मेरे रिश्ते के एकदम विपरीत था। पहली बार जब मैंने नशे में धुत नागासावा को एक लड़की को सताते हुए देखा, तो मैंने तय कर लिया कि मैं कभी भी, किसी भी हालत में, उसके सामने अपना दिल खोलकर नहीं रखूँगा।

अनेक "नागासावा किंवदन्तियाँ" थीं, जो छात्रावास में फैलती रहती थीं। इन्हीं में से एक किंवदन्ती के अनुसार, उसने एक बार कथित रूप से तीन घोंघे खा लिए थे। एक और किंवदन्ती के मुताबिक़, उसका लिंग बहुत बड़ा था और वह सौ से ज़्यादा लड़कियों के साथ सो चुका था।

घोंघे वाला क़िस्सा सही था। यह बात ख़ुद उसने मुझे बताई थी। "तीन बड़ी मादाएं," उसने कहा। "उन्हें पूरी-की-पूरी निगल गया था।"

"आख़िर क्यों?"

"यह मेरे यहाँ रहने के पहले साल की बात है" उसने कहा। "नए छात्रों और सीनियर छात्रों के बीच कुछ झगड़ा-फसाद चल रहा था। अप्रैल में शुरू हुआ था और आख़िरकार सितम्बर में अपने चरम पे पहुँच गया। नए छात्रों के प्रतिनिधि के रूप में मैं सीनियरों से मामला सुलझाने गया था। पूरे के पूरे कट्टर दक्षिणपन्थी हरामज़ादे थे। उनके पास लकड़ी की केन्दो तलवारें थीं, और 'मामला सुलझाना' शायद आख़िरी चीज़ थी जो वे करना चाहते थे। "तो मैंने कहा, 'ठीक है, इसका फ़ैसला कर ही लेते हैं। मेरे साथ जो करना है करो, लेकिन बाक़ी लड़कों को छोड़ दो।' "इस पर उन्होंने कहा, 'अच्छा, तो पहले दो-एक घोंघे निगलकर दिखाओ।'"'ठीक है,' मैंने कहा, 'ले आओ।' "वे हरामज़ादे बाहर गए और तीन विशाल घोंघे पकड़ लाए। और मैंने उन्हें निगल लिया।"

"कैसा लगा था?"

"'कैसा लगा था?' तुम्हें ख़ुद निगलकर देखना होगा। जिस तरह वे तुम्हारे गले से रेंगते हुए तुम्हारे पेट में पहुँचते हैं... वह ठण्डा होता है और फिर अपना स्वाद मुँह में छोड़ जाते हैं... ओक़्क़, उसके बारे में सोचते ही सिहरन दौड़ जाती है। मेरा मन उल्टी करने को हो रहा था, लेकिन मैं जूझता रहा। मेरा मतलब है, अगर मैं उल्टी कर देता, तो मुझे उन्हें फिर से निगलना पड़ता। इसलिए मैं उन्हें पेट में रखे रहा। उन तीनों को।'"

"फिर क्या हुआ?"

"मैं अपने कमरे में गया और मैंने ढेर सारा नमक का पानी पिया। और मैं कर भी क्या सकता था?"

"हाँ, सच है।"

"लेकिन उसके बाद, कोई भी मुझसे एक भी बात नहीं कर सका। ऊपर की क्लास के लड़के भी। मैं इस जगह का एकमात्र ऐसा व्यक्ति हूँ, जो तीन घोंघों को निगल सकता है।"

"वाक़ई, समझ सकता हूँ।"

उसके लिंग के आकार का पता लगाना बहुत आसान था। मैं उसके साथ छात्रावास के स्नानघर में गया। बेशक, उसका लिंग बड़ा था। लेकिन सौ लड़कियों वाली बात एक अतिशयोक्ति थी। "हो सकता है, पचहत्तर," उसने कहा। "मैं उन सबको याद नहीं कर सकता, लेकिन इतना मैं पक्के तौर पर कह सकता हूँ उनकी संख्या कम-से-कम पचहत्तर है। जब मैंने उसे बताया कि मैं केवल एक ही के साथ सोया हूँ, तो उसने कहा, "ओह, यह इन्तज़ाम तो हम कभी भी कर सकते हैं, आसान है। अगली बार मेरे साथ चलना। मैं तुम्हें ऐसी लड़की दिलाऊँगा जैसी दूसरी कोई ना होगी।"

मुझे उसकी बात पर विश्वास नहीं हुआ था, लेकिन वह सही निकली। आसान था। उस बेस्वाद बियर की उत्तेजना के साथ तो बहुत ही आसान था। हम शिबूया या शिन्जुकु के एक बार में गए (उसके अपने पसन्दीदा थे), वहाँ हमें लड़कियों का एक जोड़ा मिला (दुनिया लड़कियों के जोड़ों से भरी हुई थी), उनसे बात की, बियर पी, एक होटल में गए और उनके साथ सम्भोग किया। वह ज़बरदस्त बातूनी था। यह नहीं कि उसके पास कहने को कोई महान बातें थीं, लेकिन लड़कियाँ उसकी बातें सुनकर उत्तेजित हो उठती थीं, वे ढेर सारी पी जाती थीं और अन्त में उसके साथ सोने को राज़ी हो जाती थीं। मेरा ख़याल है, उन्हें इतने भले, ख़ूबसूरत और चतुर आदमी के साथ होने में आनन्द आता होगा। क्योंकि मैं उसके साथ था, मैं भी उन्हें उतना ही आकर्षक लगने लगा जितना वह था। नागासावा मुझे बात करने के लिए उकसाता, और लड़कियाँ मुझे भी उसी तरह प्रशंसा भरी मुस्कान देती थीं जैसी वे उसे देती थीं। उसका जादू कारगर रहा, एक सच्ची प्रतिभा जो मुझे हर बार प्रभावित करती थी। नागासावा के मुकाबले किज़ुकी की बातचीत की कला बहुत साधारण लगती थी–जैसे बच्चों का खेल। यह एक बिल्कुल अलग स्तर की बात थी। फिर भी, जितना मैं नागासावा के प्रभाव में आता जाता था, उतना ही मुझे किज़ुकी की याद भी आती थी। मैं उसकी गंभीरता को एक नए तरीके से सराहने लगा था। उसके पास जो भी प्रतिभा थी, वह उसे सिर्फ़ नाओको और मेरे साथ ही बाँटता था, जबकि नागासावा अपनी खूबियों को सबके सामने खुलकर दिखाता रहता था। ऐसा नहीं था कि वह हर लड़की के साथ सोने को उतावला रहता था; उसके लिए यह बस एक तरह का खेल था।

मैं जिन लड़कियों को नहीं जानता था, उनके साथ सोने को लेकर मैं बहुत दीवाना नहीं था। बेशक, यह अपनी काम-वासना को सन्तुष्ट करने का एक आसान तरीक़ा था, और मैं तमाम आलिंगनों और स्पर्शों का आनन्द लेता था, लेकिन अगली सुबह मुझे घृणा होती थी। मैं जागता तो अपने बगल में उस अजनबी लड़की को सोता पाता। कमरे में शराब की गंध भरी होती, और बिस्तर, रोशनी व पर्दों में उस खास "लव होटल" जैसा भड़कीलापन होता। मेरा सिर हैंगओवर की धुंध में डूबा रहता। फिर वह लड़की जागती, इधर-उधर अपना अंडरवियर ढूँढती, और जुराबें पहनते हुए कुछ ऐसा कहती–"उम्मीद है, तुम्हारी रात अच्छी बीती होगी। मेरे लिए तो यह महीने का सबसे खराब दिन है।" इसके बाद वह आईने के सामने बैठ जाती और लिपस्टिक लगाते समय या अपनी पलकों को ठीक करते हुए अपने बिगड़े मेकअप और सिरदर्द को लेकर बड़बड़ाती रहती।असल में मैं उनके साथ पूरी रात बिताना नहीं चाहता था, लेकिन जब आप किसी स्त्री के साथ उस तरह के संबंध में होते हैं, तो आधी रात के कर्फ्यू की चिंता करना मुश्किल होता है (जो वैसे भी भौतिकी के नियमों के खिलाफ-सा लगता है)। इसलिए मैं बाहर निकलते समय रात भर का पास लेकर ही जाता था। इसका मतलब था कि मुझे सुबह तक रुके रहना होता था और अपने आप से घृणा करते हुए और मोहभंग की अनुभूति लिए हुए अपने छात्रावास में लौटना होता, जिस दौरान सुबह की धूप मेरी आँखों को चुभ रही होती, मुँह में रेत की परत चढ़ी होती और सिर के बारे में लगता, जैसे वह किसी और का हो।

जब मैं इस तरह तीन या चार लड़कियों के साथ सो चुका था, मैंने नागासावा से पूछा, "अब जबकि तुम यह काम सत्तर बार कर चुके हो, क्या यह तुम्हें अर्थहीन नहीं लगता?"

"इससे साबित होता है कि तुम एक शालीन इन्सान हो," उसने कहा। "बधाई हो। एक-के-बाद-एक अनजान औरतों के साथ सोते चले जाने से कुछ भी हासिल नहीं होता। यह तुम्हें थका देता है और तुम ख़ुद से नफ़रत करने लगते हो। मेरे साथ भी ऐसा ही है।"

"तब फिर तुम इसे जारी क्यों रखे हुए हो?"

"कहना मुश्किल है। तुम जानते हो न कि दोस्तोयेव्स्की ने जुए के बारे में क्या लिखा है? यह उसी तरह है। जब तुम अन्तहीन सम्भावनाओं से घिरे होते हो, तब तुम जो सबसे मुश्किल काम कर सकते हो, वह है उन्हें गुज़र जाने देना। तुम मेरा मतलब समझ रहे हो?"

"कुछ-कुछ।"

"देखो। सूरज डूब रहा होता है। लड़कियाँ आती हैं और पीती हैं। वे किसी चीज़ की तलाश में यहाँ-वहाँ भटकती हैं। मैं उन्हें वह चीज़ दे सकता हूँ। यह दुनिया का सबसे आसान काम है, किसी नल से पानी पीने जैसा। इसके पहले कि तुम्हें पता चले, मैं उन्हें राज़ी कर चुका होता हूँ। यही तो वे उम्मीद करती हैं। सम्भावना से मेरा यही आशय है। वह तुम्हारे चारों ओर होती है। तुम उसे नज़रअन्दाज़ कैसे कर सकते हो? तुममें उसका इस्तेमाल करने की एक ख़ास तरह की क़ाबिलियत होती है और अवसर भी; तुम अपना मुँह बन्द रख सकते हो और उसे गुज़र जाने दे सकते हो।"

मुख्य सुधार"पता नहीं, मैं उस तरह की परिस्थिति में कभी रहा नहीं," मैंने मुस्कराते हुए कहा। "मैं कल्पना नहीं कर सकता कि यह कैसा होगा"

"शुक्र मनाओ, अपनी ज़िन्दगी की अच्छी चीज़ों के लिए," नागासावा ने कहा।

उसकी औरतबाज़ी ही वह चीज़ थी, जिसकी वजह से वह सम्पन्न परिवार से होने के बावजूद छात्रावास में रहता था। उसके पिता इस बात को लेकर चिन्तित थे कि अगर नागासावा को टोक्यो में अकेले रहने की इजाज़त दे दी गई, तो वह और कुछ नहीं करेगा; इसलिए उन्होंने उसे कॉलेज के पूरे चार वर्षों तक छात्रावास में रहने को बाध्य किया था। ऐसा नहीं था कि ख़ुद नागासावा के लिए यह बात बहुत मायने रखती थी। वह थोड़े-से नियमों को इस बात की इजाज़त देने वाला नहीं था कि वे उसे परेशान करें। उसका जब भी मन होता, वह रात भर बाहर रहने की इजाज़त हासिल कर लेता और लड़कियों के शिकार पर निकल जाता या अपनी गर्लफ्रेण्ड के अपार्टमेंट में रात बिताता। ये इजाज़तें हासिल करना आसान नहीं था, लेकिन उसके लिए वे फ़्री पास जैसी थीं – और मेरे लिए भी, जब तक कि उनके लिए आग्रह वह करता था।

नागासावा की एक स्थाई गर्लफ्रेंड थी, जिसके साथ वह तभी से बाहर जाया करता था, जब वह छात्रावास में नया था। उस लड़की का नाम था हात्सुमी, और वह नागासावा की ही उम्र की थी। मैं कुछेक बार उससे मिला था और मुझे वह बहुत अच्छी लड़की लगी थी। उसकी शक्ल वैसी नहीं थी, जो तत्काल आकर्षित करे, और वास्तव में वह इतनी साधारण थी कि जब मैं उससे पहली बार मिला था तो मैं सोचने लगा था कि नागासावा उससे बेहतर लड़की क्यों नहीं खोज सका, लेकिन कोई भी व्यक्ति जब उससे बात करता, उसे तुरन्त पसन्द करने लग जाता। वह शान्त, बुद्धिमान, विनोदशील, और ममता से भरी हुई थी और वह हमेशा बहुत सलीके से कपड़े पहनती थी। मैं उसे बहुत पसन्द करता था और सोचता था कि अगर हात्सुमी जैसी मेरी कोई गर्लफ्रेंड होती तो मैं उन तमाम दूसरी लड़कियों के साथ न सो रहा होता। वह भी मुझे पसन्द करती थी और मेरे लिए अपने क्लब की किसी फ्रेशर लड़की का इन्तज़ाम करने की भरपूर कोशिश करती थी ताकि हम डबल डेट्स पर जा सकें, लेकिन मैं अपने अतीत की भूलों को दोहराने से बचने के लिए कोई-न-कोई बहाना बना देता था। हात्सुमी देश के लड़कियों के सर्वश्रेष्ठ कॉलेज में पढ़ती थी, और मेरे लिए उन अत्यन्त रईस राजकुमारियों से बात करना किसी तरह मुमकिन नहीं था।

हात्सुमी को इस बात की अच्छी-ख़ासी जानकारी थी कि नागासावा दूसरी लड़कियों के साथ सोता है, लेकिन वह इस बात की कभी शिकायत नहीं करती थी। वह उससे संजीदगी के साथ प्रेम करती थी, लेकिन उससे कभी कोई अपेक्षा नहीं रखती थी।

“मैं हात्सुमी जैसी लड़की के लायक़ नहीं हूँ,” नागासावा ने एक बार मुझसे कहा था। मुझे उसके साथ सहमत होना पड़ा था।

उन सर्दियों में मुझे शिन्जुकु के एक छोटे-से रिकॉर्ड स्टोर में एक पार्ट-टाइम नौकरी मिल गई थी। पगार तो बहुत ज़्यादा नहीं थी, लेकिन काम आसान था – हफ़्ते में तीन रात उस जगह की निगरानी करना – और वे मुझे सस्ती क़ीमत पर रिकॉर्ड ख़रीदने देते थे। क्रिसमस पर मैंने नाओको के लिए हेनरी मैनसिनी का एक रिकॉर्ड ख़रीदा था, जिसमें उसके पसन्दीदा “डियर हार्ट” का भी एक ट्रैक था। मैंने उसे ख़ुद रैपर में पैक किया था और उसमें एक चमकीला लाल फ़ीता

बाँध दिया था। उसने मुझे ऊनी दस्तानों की एक जोड़ी दी थी, जो उसने ख़ुद बुनी थी। उनके अँगूठे थोड़े छोटे थे, लेकिन वे दस्ताने हाथों को गरम रखते थे।

"ओह, आय एम सॉरी," उसने झेंपते हुए कहा था। "क्या ही बुरा काम है !"

"चिन्ता मत करो, वे एकदम फ़िट बैठते हैं," मैंने दस्ताने पहने अपने हाथों में उसके हाथ लेते हुए कहा था।

"ख़ैर, मेरा ख़याल है, अब कम-से-कम तुम्हें अपने हाथ जेबों में तो नहीं डाले रखने पड़ेंगे।"

नाओको उस सर्दियों की छुट्टी में कोबे घर नहीं गई। मैं भी किसी तरह टोक्यो में ही रुका रहा और साल के आखिर तक रिकॉर्ड की दुकान में काम करता रहा। कोबे में मेरे पास खास तौर पर करने के लिए कुछ मज़ेदार नहीं था, न ही कोई ऐसा था जिससे मैं मिलना चाहता। छुट्टियों में हॉस्टल का भोजनालय बंद था, इसलिए मैं खाने के लिए नाओको के अपार्टमेंट चला जाता। नए साल की पूर्वसंध्या पर हमने भी बाकी सब लोगों की तरह चावल के केक खाए और सूप पिया।

1969 के उस वर्ष की जनवरी के अन्त और फ़रवरी में बहुत-सी घटनाएँ हुई थीं।

जनवरी के आख़िर में स्टॉर्म ट्रूपर को तेज़ बुखार हो गया और वह बिस्तर पर पड़ गया। इसलिए मैं उस दिन नाओको से मिलने नहीं जा सका, जबकि हमने पहले से तय किया था। बड़ी मुश्किल से मुझे एक संगीत-सभा के कुछ फ्री टिकट मिले थे, और नाओको खास तौर पर जाना चाहती थी, क्योंकि वहाँ ब्राह्म की चौथी सिम्फनी बजने वाली थी। लेकिन स्टॉर्म ट्रूपर की हालत बहुत खराब थी, इसलिए मैं उसे छोड़कर नहीं जा सकता था। उसकी देखभाल के लिए भी कोई नहीं मिला। मैंने उसके लिए बर्फ का इंतज़ाम किया, माथे पर पट्टियाँ रखीं, ठंडे तौलिए से पसीना पोंछा, हर घंटे उसका बुखार नापा और उसके कपड़े भी बदले। उसका बुखार पूरे दिन बहुत तेज़ रहा, लेकिन अगले दिन सुबह वह अचानक बिल्कुल ठीक हो गया–बिस्तर से उठकर ऐसे कसरत करने लगा जैसे उसे कुछ हुआ ही न हो। यकीन करना मुश्किल था कि यह वही आदमी है।

"भयानक," स्टॉर्म ट्रूपर ने कहा। "मुझे ज़िन्दगी में कभी बुख़ार नहीं आया था।" यह लगभग कुछ ऐसा था, जैसे वह मुझे दोष दे रहा हो।

इससे मेरा दिमाग़ बहुत ख़राब हुआ। "लेकिन तुम्हें बुख़ार *था*," मैंने ज़ोर देकर कहा और उसे बर्बाद हो गए दो टिकट दिखाए।

"अच्छी बात यह है कि वे मुफ़्त के थे," उसने कहा। मैं उसका रेडियो उठाकर खिड़की के बाहर फेंकना चाहता था, लेकिन उसकी बजाय मैं सिर में दर्द लिए बिस्तर पर लेट गया।

फ़रवरी में कई बार बर्फ़बारी हुई।

महीने के अन्त के क़रीब मेरी मंज़िल पर ऊँची क्लास के एक लड़के के साथ मेरा बेवजह झगड़ा हो गया और मैंने उसे एक ज़ोरदार मुक्का जड़ दिया। उसका सिर कंक्रीट की दीवार से टकरा गया, लेकिन ग़नीमत थी कि उसे बहुत ज़्यादा चोट नहीं लगी, और नागासावा ने मेरा मामला सुलझा दिया। तब भी, मुझे छात्रावास के मुखिया के पास तलब किया गया और चेतावनी दी गई, जिसके बाद मुझे छात्रावास में रहना उत्तरोत्तर असुविधाजनक लगता गया।

मार्च में शैक्षणिक वर्ष समाप्त हुआ, लेकिन मुझे कुछ क्रेडिट कम मिले। मेरे ग्रेड घटिया थे – ज़्यादातर सी और डी, और थोड़े-से बी। नाओको को वे सारे क्रेडिट मिल गए, जो उसे द्वितीय वर्ष की टर्म के लिए ज़रूरी थे। हम मौसमों का एक चक्र पूरा कर चुके थे।

अप्रैल के मध्य तक नाओको बीस साल की हो चुकी थी। वह मुझसे सात महीने बड़ी थी, जबकि मेरा जन्मदिन नवम्बर में आता था। उसके बीस साल का होना मुझे थोड़ा अजीब लगा। मुझे तो लगता था कि सबसे अर्थपूर्ण उम्र वही है, जब हम अठारह और उन्नीस के बीच आते-जाते रहते हैं – जैसे अठारह के बाद उन्नीस और उन्नीस के बाद फिर अठारह। लेकिन अब वह बीस की हो गई थी, और नवम्बर में मैं भी होने वाला था। सिर्फ़ मर चुके लोग ही हमेशा अठारह के बने रहते हैं।

उसके जन्मदिन पर बारिश हो रही थी। कक्षा के बाद मैं पास की एक दुकान से केक लेकर स्ट्रीटकार से उसके अपार्टमेंट पहुँचा। मैंने कहा, "हमें इसे मनाना

चाहिए।" सच कहूँ तो, अगर हालात उल्टे भी होते, तब भी मैं यही करता – बीसवाँ जन्मदिन अकेले बिताना आसान नहीं होता। स्ट्रीटकार बहुत भरी हुई थी और रास्ते में इतना हिलती-डुलती रही कि जब तक मैं पहुँचा, केक की हालत बिगड़कर किसी रोमन कोलोसियम जैसी हो गई थी। फिर भी, मैंने उस पर बीस मोमबत्तियाँ लगाईं, उन्हें जलाया, पर्दे बन्द किए और लाइट बुझा दी – इस तरह हमारी छोटी-सी जन्मदिन पार्टी तैयार हो गई। नाओको ने वाइन की बोतल खोली। हमने थोड़ी सी वाइन पी, केक खाया और एक साधारण-सा डिनर साथ में शान्ति से किया।

"पता नहीं, बीस का होना मूर्खतापूर्ण है," उसने कहा। "मैं इसके लिए तैयार ही नहीं हूँ। यह भयानक प्रतीत होता है। जैसे कोई व्यक्ति मुझे पीछे से धक्का दे रहा हो।"

"मुझे इसके लिए तैयार होने के लिए सात महीने पड़े हैं," मैंने हँसते हुए कहा।

"तुम ख़ुशक़िस्मत हो! अभी भी उन्नीस के हो!" नाओको ने हल्की-सी ईर्ष्या के साथ कहा।

खाने के दौरान मैंने उसे स्टॉर्म ट्रूपर के नए स्वेटर के बारे में बताया। तब तक उसके पास एक ही स्वेटर था, नेवी ब्ल्यू हाई स्कूल स्वेटर, इसलिए दो स्वेटरों का होना उसके लिए एक बड़ा क़दम था। वह स्वेटर भी अपने में अच्छा था, लाल और काला जिस पर हिरण बना हुआ था, लेकिन उसके शरीर पर वह हर किसी की हँसी का विषय बन गया था। वह समझ ही नहीं पा रहा था कि क्या चल रहा था।

"वातानबे, इसमें ऐसा विचित्र क्-क्-क्या है?" उसने डायनिंग हॉल में मेरे बग़ल में बैठते हुए कहा। "क्या मेरे माथे पर कुछ चिपका है?"

"कुछ भी तो नहीं," मैंने चेहरे को सपाट बनाए रखने की कोशिश करते हुए कहा। "उसमें विचित्र कुछ भी नहीं है। अच्छा स्वेटर है।"

"शुक्रिया," उसने ख़ुश होते हुए कहा।

नाओको को यह क़िस्सा बहुत पसन्द आया। "मुझे उससे मिलना होगा," "सिर्फ़ एक बार।"

"सवाल ही पैदा नहीं होता," मैंने कहा। "तुम उसके सामने ही हँस पड़ोगी।"

"तुम ऐसा सोचते हो?"

"मैं शर्त लगा सकता हूँ। मैं उसे रोज़ देखता हूँ, और तब भी कभी-कभी मैं हँसे बिना नहीं रह पाता।"

हमने मेज़ साफ़ की और फ़र्श पर बैठकर संगीत सुनने लगे और बची हुई वाइन पीने लगे। जितनी देर में, मैंने एक गिलास पी थी, उतनी देर में उसने दो गिलास ख़त्म कर दिए थे।

नाओको उस रात असामान्य रूप से बातूनी हो उठी थी। उसने मुझे अपने बचपन के बारे में, अपने स्कूल के बारे में, अपने परिवार के बारे में बताया। हर प्रसंग लम्बा था और बहुत ही परिश्रमपूर्वक बारीक-से-बारीक विवरणों के साथ सुनाया गया था। मैं उसकी स्मरण-शक्ति को लेकर चकित था, लेकिन उसे सुनते हुए यह बात समझ में आने लगी कि जिस तरह से वह वे क़िस्से सुना रही थी, उसमें कहीं कुछ गड़बड़ था; कुछ विचित्र-सा, यहाँ तक कि कुछ विकृत-सा भी। हर क़िस्से का अपना आन्तरिक तर्क था, लेकिन एक से दूसरे के बीच की कड़ी असंगत थी। इसके पहले कि आप जान पाते, क़िस्सा 'क' क़िस्सा 'ख' में बदल जाता था, जिसमें क़िस्सा 'क' शामिल होता, और फिर 'ख' की किसी बात से 'ग' निकल आता, जिसका कोई अन्त दिखाई नहीं देता था।शुरू में तो मै जवाब में कुछ कहता रहा, लेकिन कुछ देर बाद मैंने कोशिश छोड़ दी। मैंने एक रिकॉर्ड चढ़ा दिया, और जब वह बज चुका तो मैंने सुई उठाई और दूसरा रिकॉर्ड चढ़ा दिया। आख़िरी रिकॉर्ड के बाद मैंने फिर से पहला रिकॉर्ड चढ़ा दिया। उसके पास कुल छह रिकॉर्ड थे। शुरुआत *एसजीटी पेपर्स लोनली हार्ट्स क्लब बैंड* से होती थी और समापन *वाल्ट्ज़ फ़ॉर डेबी* पर। खिड़की के बाहर बारिश जारी थी। वक़्त धीरे-धीरे सरक रहा था। नाओको अकेली ही बोलती रही।

अन्ततः मुझे समझ में आया कि गड़बड़ क्या थी : नाओको बोलते हुए लगातार कुछ ख़ास विषयों को ना छूने का ध्यान रख रही थी। उनमें से एक तो ज़ाहिर है, किज़ुकी था, लेकिन किज़ुकी से ज़्यादा भी कुछ था। और हालाँकि

उसके पास कुछ ख़ास विषय थे, जिन्हें टालने का वह निश्चय किए हुए थी, तब भी वह अन्तहीन रूप से और अत्यन्त मामूली और निरर्थक विषयों पर अविश्वसनीय ब्यौरों के साथ बोलती चली जा रही थी। मैंने उसे इतनी उत्कटता के साथ बात करते कभी नहीं सुना था, और इसलिए मैंने उसके बोलने में बाधा डालने के लिए कुछ नहीं किया।

लेकिन, जब घड़ी ने ग्यारह बजाए, तो मैं अशान्त महसूस करने लगा। वह पिछले चार घण्टों से बिना रुके बोले जा रही थी। मुझे आख़िरी ट्रेन की और मध्यरात्रि के कर्फ़्यू की चिन्ता करना ज़रूरी हो गया था। मैंने मौक़ा पाते ही उसे टोक दिया।

"सैनिकों के घर जाने का वक़्त हो गया है," मैंने अपनी घड़ी की ओर देखते हुए कहा। "आख़िरी ट्रेन आ रही है।"

लेकिन मेरे शब्द उस तक पहुँचते हुए नहीं लगे। या, अगर वे पहुँचे भी, तो वह उनका अर्थ नहीं पकड़ सकी। उसने पल भर के लिए अपना मुँह बन्द किया और फिर अपना क़िस्सा जारी रखा। मैंने कोशिश छोड़ दी, अधिक आरामदेह मुद्रा अपनाई और दूसरी बोतल की बची-खुची वाइन पीने लगा। मैंने फ़ैसला किया कि बेहतर यही होगा कि मैं उसे बोलने दूँ। कर्यू और आख़िरी ट्रेन ख़ुद अपनी चिन्ता कर लेंगे।

लेकिन इस बार उसने ज़्यादा समय नहीं लिया। बहुत जल्दी ही उसने बोलना बन्द कर दिया। उसके द्वारा बोले गए आख़िरी शब्द का छूटा हुआ सिरा मानो उसी जगह हवा में टँगा रह गया था, जहाँ उसने उसे काट दिया था। उसने वास्तव में वह बात पूरी नहीं की थी, जो वह कह रही थी। उसके शब्द बस भाप बनकर उड़ गए थे। वह बात को जारी रखने की कोशिश कर रही थी, लेकिन उसके हाथ कुछ नहीं लगा। कोई चीज़ थी, जो अब ख़त्म हो गई थी, और मैं शायद वही व्यक्ति था, जिसने उसे नष्ट कर दिया था। मेरे शब्द शायद अन्ततः उस तक पहुँच गए थे। समझे जाने के लिए उन्होंने अपना वक़्त लिया था, और उन्होंने उस ऊर्जा को ख़त्म कर दिया था, जिसके सहारे वह इतनी देर तक बोलना जारी रखे हुए थी। उसने अपने हल्के से खुले होंठों और अध-एकाग्र आँखों के साथ मेरी ओर देखा। वह किसी मशीन जैसी लग रही थी, जो अभी तक लगातार चल रही थी और अचानक किसी ने उसका प्लग खींच दिया हो।

उसकी आँखें धुँधली-सी हो गई थीं, जैसे उन पर एक पतली, पारदर्शी परत चढ़ गई हो।

"सॉरी कि मैंने तुम्हें बीच में टोक दिया," मैंने कहा, "लेकिन देर हो रही है, और..."उसकी आँख से एक बड़ा-सा आँसू गिरा और रिकॉर्ड की जैकेट पर टपक पड़ा। उस एक आँसू के बाद जैसे बाँध टूट गया–बाकी आँसू लगातार बहने लगे। नाओको फर्श पर बैठी-बैठी आगे झुक गई और इतनी जोर से रोने लगी, जैसे कोई पूरी ताकत से उल्टी कर रहा हो। मैंने अपने जीवन में किसी को इतने ज़ोर से रोते नहीं देखा था। मैं आगे बढ़ा और उसके काँपते कंधे पर हाथ रखा। फिर जैसे सहज ही, मैंने उसे अपनी बाँहों में भर लिया। उसका पूरा शरीर मेरे साथ कसकर लगा हुआ काँप रहा था, और वह बिना आवाज़ के लगातार रोती जा रही थी। उसके आँसू और गर्म साँसें मेरी शर्ट को पहले नम, फिर पूरी तरह भिगो गईं। कुछ ही देर में उसकी उँगलियाँ मेरी पीठ पर चलने लगीं, जैसे वे कुछ तलाश रही हों–कोई ज़रूरी चीज़, जो शायद हमेशा वहीं हुआ करती थी। मैं अपनी बाईं बाँह से उसका भार सँभाले रहा और दाएँ हाथ से उसके मुलायम, सीधे बालों को सहलाता रहा। उसी तरह उसे थामे हुए मैं उसके शांत होने का इंतज़ार करता रहा... लेकिन नाओको का रोना बंद नहीं हुआ।

उस रात मैंने नाओको के साथ सोया। क्या यह सही था? मैं नहीं कह सकता। आज भी, लगभग बीस साल बाद, मैं निश्चित नहीं हूँ। शायद मैं कभी नहीं जान पाऊँगा। लेकिन उस समय मैं बस यही कर सकता था। वह गहरे तनाव और उलझन की अवस्था में थी, और उसने साफ़ जताया था कि वह चाहती थी कि मैं उसे इस स्थिति से राहत दूँ। मैंने लाइटें मंद कर दीं और बहुत नरमी से, एक-एक करके उसके कपड़े उतारने लगा। फिर मैंने अपने कपड़े उतारे। उस बरसाती अप्रैल की रात में इतनी गर्मी थी कि हम बिना ठंड महसूस किए एक-दूसरे के नग्न शरीर से लिपट सके। हमने अँधेरे में बिना कुछ बोले एक-दूसरे के शरीर को महसूस किया। मैंने उसे चूमा और उसके नरम स्तनों को अपने हाथों में लिया। उसने मेरे उत्तेजित लिंग को थाम लिया। उसका शरीर गर्म और नम था, मानो मुझे अपने पास बुला रहा हो।

और तब भी, जब मैंने उसके अन्दर प्रवेश किया, नाओको दर्द से तन

गई। क्या उसके साथ यह पहली बार हो रहा था? मैंने पूछा, और उसने 'हाँ' में सिर हिलाया। अब अनिश्चय की स्थिति में पड़ने की बारी मेरी थी। मैं मानकर चलता रहा था कि नाओको सारे समय किज़ुकी के साथ सोया करती थी। मैं जितना अन्दर तक जा सकता था, गया और नाओको को थामे हुए, बिना हिले-डुले उसी मुद्रा में देर तक ठहरा रहा। और तब, जब वह पहले के मुक़ाबले शान्त होने लगी, तो मैं उसके भीतर गतिशील हुआ, और धीमी, सौम्य गति के साथ चरम स्थिति में पहुँचने में लम्बा समय लेता रहा। अन्त में, जब आख़िरकार उसने अपनी ख़ामोशी को तोड़ा, तो उसकी बाँहों ने मुझे कस लिया। चरम आनन्द की उसकी चीख़ मेरे द्वारा तब तक सुनी गई सबसे उदास आवाज़ थी।

जब सब कुछ शांत हो गया, तब मैंने नाओको से पूछा कि उसने किज़ुकी के साथ कभी संसर्ग क्यों नहीं किया था। यह एक ग़लती थी। जैसे ही मैंने उससे यह सवाल पूछा, उसने अपनी बाँहें मेरे ऊपर से हटा लीं और एक बार फिर बेआवाज़ रोने लगी। मैंने अलमारी से उसका बिस्तर निकाला, उसे फ़र्श की चटाई पर बिछाया और उसे लिटाकर कम्बल ओढ़ा दिया। सिगरेट पीते हुए मैं खिड़की के बाहर जारी अप्रैल की अन्तहीन बारिश को देखता रहा।

जब सुबह हुई, बारिश थम चुकी थी। नाओको मेरी ओर पीठ किए सो रही थी। या शायद वह बिलकुल भी नहीं सोई थी। चाहे वह जागी रही हो या सोई हो, सारे शब्द उसके होंठों का साथ छोड़ चुके थे और उसकी देह अब कड़ी, लगभग अकड़ी हुई लग रही थी। मैंने उससे कई बार बात करने की कोशिश की, लेकिन वह न तो कोई जवाब देती थी, न उसके शरीर में कोई हरकत होती थी। मैं देर तक उसके उघड़े कंधे को घूरता रहा, लेकिन अन्त में, जब मैंने उससे कोई जवाब पाने की उम्मीद छोड़ दी, तो मैंने बिस्तर से उठ जाने का निश्चय किया।

फ़र्श पर अभी भी रिकॉर्ड की जैकेट और गिलास और वाइन की बोतलें और वह एशट्रे पड़ी हुई थी, जिसका मैं इस्तेमाल करता रहा था। आधा ढहा हुआ बर्थडे केक मेज़ पर रखा हुआ था। लगता था, जैसे समय यहाँ आकर सहसा ठहर गया हो। मैंने फ़र्श पर बिखरी हुई चीज़ें उठाईं और सिंक पर जाकर दो गिलास पानी पिया। नाओको की डेस्क पर एक शब्दकोश और फ़्रांसीसी क्रियाओं का चार्ट पड़ा हुआ था। डेस्क के ऊपर की दीवार पर एक कैलेण्डर

लटका हुआ था, जिसमें किसी तरह के कोई चित्र या फ़ोटो नहीं थे, सिर्फ़ दिनों और महीने के अंक थे। ना ही किसी भी तारीख़ के बग़ल में कोई नोट या चिह्न थे।

मैंने फ़र्श से अपने कपड़े उठाए और पहन लिए। मेरी शर्ट का सामने का हिस्सा अब भी नम और ठण्डा था। उसमें नाओको की गन्ध थी। डेस्क पर रखी नोटबुक पर मैंने लिखा, "जैसे ही तुम शान्त हो जाती हो, मैं तुमसे अच्छी और लम्बी बातचीत करना चाहता हूँ। प्लीज़ मुझे जल्दी फ़ोन करना। हैप्पी बर्थडे।" मैंने नाओको के कन्धे को आख़िरी बार देखा, बाहर निकला, और धीरे-से दरवाज़ा बन्द कर दिया।

एक सप्ताह बीत गया, लेकिन कोई फ़ोन नहीं आया। नाओको के अपार्टमेंट में फ़ोन पर लोगों को बुलाने की कोई व्यवस्था नहीं थी, इसलिए इतवार की सुबह मैंने कोकूबुन्जी जाने वाली ट्रेन पकड़ी। वह घर पर नहीं थी और दरवाज़े पर से उसका नाम हटा दिया गया था। खिड़कियाँ और स्टार्म शटर पूरी तरह बन्द थे। मैनेजर ने बताया कि नाओको वहाँ से तीन दिन पहले चली गई थी। वह कहाँ गई थी, इस बारे में उसे कुछ भी मालूम नहीं था।

मैं वापस छात्रावास गया और नाओको को उसके कोबे के घर के पते पर मैंने एक लम्बा ख़त लिखा, यह सोचकर कि वह जहाँ कहीं भी होगी, वे लोग उस ख़त को उस तक पहुँचा देंगे।

खत में, मैंने उसे अपनी भावनाओं के बारे में ईमानदारी से बताया। मैंने लिखा, "ऐसा बहुत कुछ है, जो मेरी समझ से परे है, और हालाँकि मैं समझने की पूरी कोशिश कर रहा हूँ, इसमें समय लगेगा। जब तक वह समय गुज़रेगा, तब तक मैं कहाँ होऊँगा, यह कहना फ़िलहाल मेरे लिए असम्भव है, इसीलिए मेरे लिए कोई वादा करना या आग्रह करना, या ख़ुशनुमा शब्द लिखना असम्भव है। सबसे पहली बात तो यह है कि हम एक-दूसरे के बारे में बहुत कम जानते हैं। लेकिन, अगर तुम मुझे मोहलत दोगी, तो मैं इसके लिए भरपूर कोशिश करूँगा, और हम दोनों एक-दूसरे को और भी बेहतर तरीक़े से जान सकेंगे। जो भी हो, मैं तुमसे एक बार और मिलना चाहता हूँ और ठीक से बात करना चाहता हूँ। जब मैंने किज़ुकी को खो दिया था, तभी मैंने उस व्यक्ति को खो

दिया था, जिसके सामने मैं ईमानदारी से अपनी भावनाएँ व्यक्त कर सकता था और मेरा ख़याल है यही बात तुम्हारे मामले में भी सही है।हम दोनों को शायद एक-दूसरे की उससे ज़्यादा ज़रूरत है, जितना हम जानते हैं। यही वजह है कि हमारे रिश्ते ने इतना लम्बा चक्कर काटा है और उसने, एक अर्थ में, विकृत-सा रूप ले लिया है। मुझे शायद वह नहीं करना चाहिए था, जो मैंने किया था, और तब भी मुझे विश्वास है कि वही वह चीज़ थी, जो मैं कर सकता था। उस क्षण में मैंने तुम्हारी जो गर्माहट और निकटता महसूस की थी, वह एक ऐसी चीज़ थी, जिसका अनुभव मैंने उससे पहले कभी नहीं किया था। मुझे इस ख़त के ज़रिए तुम्हारे जवाब की ज़रूरत है। जवाब जो भी हो, मैं उसे ज़रूर पाना चाहता हूँ।"

कोई जवाब नहीं आया।

मेरे अन्दर कोई चीज़ कम हो गई थी और उस ख़ालीपन को भरने के लिए कुछ भी नहीं था। मेरे शरीर में एक असामान्य हल्कापन था और आवाज़ों में एक खोखली प्रतिध्वनि थी। मैं पहले के किसी भी समय की तुलना में कक्षाओं में अधिक निष्ठापूर्वक जाने लगा था। लैक्चर उबाऊ हुआ करते थे और मैं अपने सहपाठियों से कभी बात नहीं करता था, लेकिन मेरे पास करने के लिए और कुछ नहीं था। मैं लैक्चर हॉल में सामने की कतार में बैठ जाया करता था, किसी से बात नहीं करता था और अकेले बैठकर खाता था। मैंने सिगरेट पीना छोड़ दिया था।

मई के आखिर में छात्र हड़ताल शुरू हो गई। "यूनिवर्सिटी को ध्वस्त कर दो," वे सब चिल्ला रहे थे। मैंने सोचा–ठीक है, कर डालो। तोड़ दो इसे। चकनाचूर कर दो। मुझे ज़रा भी फर्क नहीं पड़ता। मेरे लिए तो यह ताज़ी हवा के झोंके जैसा है। मैं हर चीज़ के लिए तैयार हूँ। ज़रूरत हो तो मैं भी मदद करूँगा। बस, आगे बढ़ो और कर डालो।

चूँकि कैम्पस चारों ओर से घिरा हुआ था और लैक्चर स्थगित थे, मैं एक ट्रक कम्पनी में काम करने लगा। ट्रक के माल की रक्षा के लिए हथियारबन्द होकर ड्राइवर की सीट के बगल में बैठना, ट्रक में सामान लादना और उतारना – इस तरह के काम। यह काम जितना मैं सोचता था, उससे ज़्यादा कठिन था। पहले तो हालत यह थी कि मैं सुबह दर्द के मारे बमुश्किल ही बिस्तर से उठ पाता था। हालाँकि, पैसा अच्छा मिल रहा था, और जब तक मैं अपने शरीर

को सक्रिय रख पाता था, तब तक मैं अपने अन्दर के ख़ालीपन को भुलाए रख पाता था। मैं सप्ताह के पाँच दिन ट्रक पर काम करता था और सप्ताह में तीन रात रिकॉर्ड स्टोर में अपनी नौकरी जारी रखता था। जिन रातों में काम नहीं होता था, उन्हें मैं ह्विस्की और पुस्तकों के सहारे बिताता था। स्टॉर्म ट्रूपर ह्विस्की को छूता भी नहीं था और उसकी गन्ध बर्दाश्त नहीं कर पाता था, इसलिए जब मैं अपने बिस्तर पर पसरकर उसके घूँट लेता, वह शिकायत करता कि उसकी भभक की वजह से उसके लिए पढ़ना असम्भव हो जाता है और मुझसे बोतल बाहर ले जाने को कहता।

"*तुम* बाहर चले जाओ," मैं उस पर गुर्राया।

"लेकिन तुम जानते हो कि छात्रावास में पीना नियमों के ख़िे- ख़िे- ख़िलाफ़ है।"

"मुझे ज़रा भी परवाह नहीं है। तुम बाहर जाओ।"

उसने शिकायत करना बन्द कर दिया, लेकिन अब मैं नाराज़ था। मैं छत पर गया और अकेले पीता रहा।

जून में मैंने नाओको को एक और लंबा पत्र लिखा, इस बार भी उसे कोबे के उसके घर के पते पर भेजा। उसमें ज़्यादातर वही बातें थीं जो पहले पत्र में थीं, लेकिन अंत में मैंने यह जोड़ा: "तुम्हारे जवाब का इंतज़ार करना मेरे लिए अब तक की सबसे पीड़ादायक चीज़ों में से एक है। कम-से-कम इतना तो बता दो कि मैंने तुम्हें चोट पहुँचाई है या नहीं।" जब मैंने वह पत्र पोस्ट किया, तो मुझे ऐसा लगा जैसे मेरे भीतर का खालीपन और भी गहरा हो गया हो।

जून के दौरान मैं दो बार फिर नागासावा के साथ लड़कियों के साथ सोने के लिए बाहर गया। दोनों बार यह काम आसानी से हो गया। पहली लड़की ने तब ज़बरदस्त प्रतिरोध किया, जब मैंने उसके कपड़े उतारकर उसे होटल के बिस्तर तक ले जाने की कोशिश की, लेकिन जब मैं यह सोचकर कि यह सब झंझट करने लायक नहीं है, बिस्तर पर अकेला बैठकर पढ़ने लगा, तो वह स्वयं मेरे पास आ गई और मुझसे लिपटने लगी। दूसरी लड़की के साथ सम्बन्ध बनाने के बाद उसने मुझसे तरह-तरह के निजी सवाल पूछने शुरू कर दिए – मैं कितनी लड़कियों के साथ सो चुका था? मैं कहाँ का रहने वाला था? मैं किस

स्कूल में पढ़ा था? मुझे किस तरह का संगीत पसन्द था? क्या मैंने कभी ओसामु दज़ाई का कोई उपन्यास पढ़ा था? अगर मुझे विदेश यात्रा का अवसर मिले, तो मैं कहाँ जाना चाहूँगा? क्या मुझे लगता था कि उसके स्तनाग्र बहुत बड़े थे? मैंने कुछ मनगढ़न्त जवाब दे दिए और सो गया, लेकिन अगली सुबह उसने कहा कि वह मेरे साथ नाश्ता करना चाहती है। बेस्वाद अंडों, टोस्ट और कॉफ़ी के साथ भी उसके सवालों की झड़ी जारी रही। मेरे पिता क्या काम करते थे? क्या हाई स्कूल में मेरे अंक अच्छे थे? मेरा जन्म किस महीने में हुआ था? क्या मैंने कभी मेंढक खाए थे? उसके सवालों ने मेरा सिर दुखा दिया था, इसलिए जैसे ही हम खाना ख़त्म कर चुके, मैंने उससे कहा कि मुझे काम पर जाना है।

"क्या मैं तुमसे फिर कभी मिल पाऊँगी?" उसने मुझे उदास नज़रों से देखते हुए पूछा।

"ओह, निश्चय ही हम जल्दी ही कहीं मिलेंगे," मैंने कहा और चल दिया। यह मैं किस बेवकूफ़ी में लगा हूँ? अकेला होते ही मैं सोचने लगा और मुझे ख़ुद से नफ़रत महसूस होने लगी। और तब भी, मैं यही कर सकता था। मेरा शरीर स्त्रियों के लिए भूखा था। जब भी मैं इन लड़कियों के साथ सोता था, सारे समय नाओको के बारे में सोचता रहता था, अँधेरे में उसके निर्वस्त्र शरीर के गोरेपन के बारे में, उसकी जाँघों के बारे में, उस बारिश की आवाज़ के बारे में। मैं जितना ही इन चीज़ों के बारे में सोचता था, मेरे शरीर की भूख उतनी ही बढ़ती जाती थी। मैं अपनी ह्विस्की लेकर छत पर गया और मैंने ख़ुद से पूछा, मैं क्या सोचता हूँ, मैं किस दिशा में जा रहा हूँ।

अन्त में, जुलाई की शुरुआत में नाओको का ख़त आया। संक्षिप्त ख़त।

> प्लीज़ मुझे माफ़ करना कि मैं जल्दी जवाब नहीं दे पाई। लेकिन समझने की कोशिश करो। मुझे उस स्थिति में आने में बहुत समय लगा, जिसमें मैं लिख पाती, और मैंने इस ख़त को कम-से-कम दस बार लिखना शुरू किया था। लिखना मेरे लिए एक दर्दनाक प्रक्रिया है।
>
> मैं अपने निष्कर्ष से शुरुआत करती हूँ। मैंने स्कूल से एक साल की छुट्टी लेने का फ़ैसला किया है। औपचारिक तौर पर यह

लीव ऑफ़ एब्सेंस है, लेकिन मुझे सन्देह है कि मैं कभी वापस नहीं लौटूँगी। यह बात तुम्हें निश्चय ही आश्चर्य में डालेगी, लेकिन दरअसल मैं काफ़ी समय से ऐसा करने के बारे में सोच रही थी। मैंने कई बार तुम्हें यह बताने की कोशिश की थी, लेकिन मैं कभी यह बात शुरू ही नहीं कर सकी। मैं इन शब्दों का उच्चारण करने से भी डरती थी।

इन बातों से बहुत ज़्यादा परेशान न होने की कोशिश करो। जो कुछ भी हुआ – या नहीं हुआ – अन्त में उसका नतीजा एक-सा ही निकलना था। हो सकता है, यहाँ यह बात रखने का सबसे अच्छा तरीक़ा न हो, और अगर इससे तुम्हें चोट पहुँचती हो, तो मुझे माफ़ करना। जो बात मैं कहने की कोशिश कर रही हूँ, वह यह है कि मेरे साथ जो कुछ भी हुआ, उसके लिए मैं नहीं चाहती कि तुम ख़ुद को दोष दो। इस सबकी ज़िम्मेदारी मुझे अपने ऊपर लेनी होगी। मैं इसे एक साल से ज़्यादा समय तक टालती आ रही थी और इस वजह से मैंने तुम्हारे लिए परिस्थितियों को बहुत जटिल बना दिया था। लेकिन इसे अब और टालने का कोई उपाय नहीं है।

अपना अपार्टमेंट छोड़ देने के बाद, मैं कोबे में अपने परिवार के पास वापस लौट आई थी और कुछ समय तक किसी डॉक्टर की तलाश करती रही। उसने मुझे बताया कि क्योटो के बाहर पहाड़ियों में एक जगह है, जो मेरे लिए एकदम ठीक होगी, और मैं वहाँ थोड़ा वक़्त गुज़ारने के बारे में सोच रही हूँ। इसे अस्पताल कहना ठीक नहीं होगा; यह सैनेटोरियम जैसी जगह ज़्यादा है। जहाँ ज़्यादा मुक्त शैली में इलाज किया जाता है। इसका ब्यौरा मैं अगले ख़त के लिए छोड़ रही हूँ। जिस चीज़ की मुझे ज़रूरत है, वह है दुनिया से अलग, एक शांत जगह में अपने स्नायुओं को थोड़ा आराम देना।

तुमने एक साल तक जिस तरह मुझे अपना साथ उपलब्ध कराया, उसके लिए मैं अपनी तरह से शुक्रगुज़ार महसूस करती हूँ। अगर तुम्हें और किसी भी बात पर विश्वास ना हो तो कम-से-कम इस बात पर विश्वास ज़रूर करना। वह तुम नहीं हो जिसने मुझे चोट पहुँचाई है। मैं ख़ुद ही वह हूँ, जिसने मुझे चोट पहुँचाई है। मैं सचमुच ऐसा ही महसूस करती हूँ।

लेकिन, फ़िलहाल, मैं तुमसे मिलने की स्थिति में नहीं हूँ। इसका मतलब यह नहीं है कि मैं तुमसे मिलना नहीं चाहती; मैं बस इस स्थिति में नहीं हूँ। जिस वक़्त मैं अपने को तैयार महसूस करूँगी, मैं तुम्हें लिखूँगी। तब शायद हम एक-दूसरे को और भी बेहतर ढंग से जान सकेंगे। जैसा कि तुम्हारा कहना है, यही शायद वह चीज़ है, जो हमें करनी चाहिए – एक-दूसरे को बेहतर समझना।

गुड बाय

मैंने नाओको के ख़त को बार-बार पढ़ा, और हर बार पढ़ने पर मैं उसी असह्य उदासी से भर उठता था, जिसे मैं तब महसूस किया करता था, जब स्वयं नाओको मेरी आँखों में झाँकती थी। मेरे पास उससे निपटने का कोई उपाय नहीं था, न ही ऐसी कोई जगह थी जहाँ मैं उसे ले जा पाता या छिपा सकता। मेरे शरीर से होकर गुज़रने वाली हवा की तरह उसका न कोई आकार था, न वज़न, और न ही मैं ख़ुद को उससे बचा सकता था। मेरे सामने की वस्तुएँ मेरे पास से होकर गुज़र जाती थीं, लेकिन वे जो शब्द उच्चारित करती थीं, वे मेरे कानों तक नहीं पहुँचते थे।

मैं शनिवार की रातें अब भी लॉबी में ही बिताता था। किसी फ़ोन कॉल की कोई उम्मीद नहीं थी, लेकिन मुझे समझ नहीं आता था कि उस समय का क्या करूँ। मैं बेसबॉल का मैच चला देता और उसे देखने का नाटक करता, और मेरे और टेलीविज़न सेट के बीच जो खाली जगह थी, उसे मैं जैसे दो हिस्सों में बाँट देता – फिर हर हिस्से को दो में, और यूँ ही बार-बार – जब तक कि वह जगह इतनी छोटी न हो जाए कि मेरी मुट्ठी में समा सके।

रात को दस बजे मैं टेलिविज़न का बटन बन्द कर देता, अपने कमरे में जाता और सो जाता।

महीने के अन्त में, स्टॉर्म ट्रूपर ने मुझे एक जुगनू दिया। वह इन्स्टैण्ट कॉफ़ी के एक जार में था, जिसके ढक्कन में हवा के आने-जाने के लिए छेद थे, और उसके अन्दर घास के कुछ तिनके तथा थोड़ा-सा पानी था। रोशनी में वह जुगनू एक साधारण काले कीड़े जैसा दिखता था, जो आपको किसी भी पोखर

के पास मिल सकता था। लेकिन स्टॉर्म ट्रूपर का कहना था कि वह सचमुच का जुगनू है। "जब मैं किसी असली जुगनू को देखता हूँ, तो मैं पहचान जाता हूँ," उसने कहा, और मेरे पास उसकी बात काटने की न तो कोई वजह थी, न कोई आधार।

"ठीक है," मैंने कहा। "यह जुगनू है।" उसके चेहरे पर सुस्ती का भाव था, लेकिन वह बार-बार काँच की चिकनी दीवार पर चढ़ने की कोशिश करता था और फिसलकर गिर जाता था।

"यह मुझे अहाते में मिला था," उसने बताया।

"यहाँ? छात्रावास के अहाते में?"

"बेशक। तुमने सड़क पर वह होटल देखा है ना? वे गर्मी के मेहमानों के लिए अपने बग़ीचे में जुगनू छोड़ देते हैं। यह वहीं से चलकर यहाँ आ गया।"

स्टॉर्म ट्रूपर बात करते हुए अपने काले बोस्टन बैग में कपड़े और नोटबुकें ठूँस रहा था।

हम लोगों की कई हफ़्तों की गर्मी की छुट्टियाँ चल रही थीं और स्टॉर्म ट्रूपर और मैं लगभग अकेले व्यक्ति थे, जो छात्रावास में बचे थे। मैंने कोबे वापस जाने के बजाय अपनी नौकरियाँ जारी रखी हुई थीं, और वह एक प्रैक्टिकल प्रशिक्षण सत्र के लिए रुका हुआ था। अब जबकि उसका प्रशिक्षण समाप्त हो गया था, वह यामानाशी की पहाड़ियों पर जा रहा था।

"तुम यह अपनी गर्लफ्रेंड को दे सकते हो," उसने कहा। "मुझे यक़ीन है, उसे यह अच्छा लगेगा।"

"शुक्रिया," मैंने कहा।

अँधेरा होने के बाद, छात्रावास निस्तब्ध हो जाता था, किसी खण्डहर की तरह। झण्डा उतार दिया गया था और डायनिंग हॉल की खिड़कियों में बत्तियाँ चमक उठती थीं। चूँकि बहुत थोड़े-से छात्र बचे थे, इसलिए वे सिर्फ़ आधी बत्तियाँ जलाते थे और इस तरह हॉल के दाहिने हिस्से को अँधेरा तथा बाएँ हिस्से को रोशन रखते थे। तब भी, डिनर की गन्ध बहकर हम तक आ रही थी – किसी क़िस्म के क्रीम स्टू की गन्ध।

मैं बोतल में बन्द अपने जुगनू को छत पर ले गया। वहाँ ऊपर कोई नहीं

था। कपड़े सुखाने की रस्सी पर एक सफ़ेद बनियान लटकी हुई थी, जिसे कोई अन्दर ले जाना भूल गया था। वह किसी विशाल कीड़े के उतार दिए गए खोल की तरह शाम की हल्की हवा में लहरा रही थी। मैं छत के एक किनारे लगी स्टील की सीढ़ी पर चढ़कर छात्रावास की पानी की टंकी के ऊपर पहुँच गया। टंकी अभी भी उस धूप से गर्म थी, जिसे उसने दिन के समय सोखा था। मैं टंकी के ऊपर की सँकरी-सी जगह में रेलिंग से टिककर बैठ गया। मेरा चेहरा चन्द्रमा की ओर था, जो लगभग पूरा उगा हुआ था। दाहिनी ओर शिन्जुकू की रोशनियाँ और बाईं ओर इकेबुकूरो की रोशनियाँ चमक रही थीं। कारों की हेडलाइटें रोशनी के एक पूल से दूसरे पूल तक चमचमाती हुई प्रवाहित हो रही थीं। गड्डमड्ड आवाज़ों की एक घुटी-घुटी-सी ध्वनि शहर के ऊपर बादल की तरह लटकी हुई थी।

जुगनू ने जार के तल में एक धुँधली-सी चमक पैदा की। उसकी रोशनी बहुत कमज़ोर थी और उसका रंग बहुत फीका-सा था। मैंने वर्षों से कोई जुगनू नहीं देखा था, लेकिन जो जुगनू मेरी स्मृति में बने हुए थे, वे गर्मियों के अँधेरे में कहीं ज़्यादा तीव्र प्रकाश छोड़ा करते थे, और उनकी वही चमकीली, सुलगती हुई छवि मेरे मन में हर वक़्त बनी रहती थी। यह जुगनू शायद मौत की कगार पर था। मैंने जार को हिलाया। जुगनू काँच की दीवारों से टकराया और उसने उड़ने की कोशिश की, लेकिन उसकी रोशनी फीकी ही बनी रही।

मैंने उस वक़्त को याद करने की कोशिश की जब मैंने आख़िरी बार जुगनू देखा था, और यह भी कि वह कहाँ देखा होगा। मैं उस दृश्य को अपने दिमाग़ में देख पा रहा था, लेकिन समय और स्थान को याद नहीं कर पा रहा था। मैं अँधेरे में पानी की आवाज़ सुन सकता था और एक पुराने जमाने की ईंट की नहर को देख सकता था। उस नहर में एक गेट था, जिसके हैण्डल को घुमाकर गेट को खोला और बन्द किया जा सकता था। जिस धार को वह नियन्त्रित करता था, वह इतनी छोटी थी कि उसके किनारे की घास में ढँक जाती थी। रात अँधेरी थी, इतनी अँधेरी कि जब मैं अपनी फ़्लैशलाइट को बन्द कर देता था तो मुझे अपने पैर दिखाई नहीं देते थे। गेट से छोड़े गए पानी के ऊपर सैकड़ों जुगनू तैर रहे थे। पानी में उनकी चमक चिंगारियों के फ़व्वारे की तरह प्रतिबिम्बित हो रही थी।

मैंने अपनी आँखें बन्द कर लीं और अपने को उस बहुत पुराने अँधेरे में डुबो दिया। मुझे हवा की आवाज़ असामान्य स्पष्टता के साथ सुनाई दे रही थी। हवा तेज़ नहीं थी, फिर भी वह मेरे पास से गुज़रती हुई अँधेरे में विचित्र रूप से चमकीली लकीरें छोड़ जाती थी। मैंने आँखें खोलीं, तो पाया कि ग्रीष्म-रात्रि का अँधेरा पहले से कुछ और गहरा हो गया था।

मैंने जार का ढक्कन घुमाकर खोला और जुगनू को बाहर निकालकर पानी की टंकी के दो इंच चौड़े किनारे पर रख दिया। लगा, जैसे जुगनू को अपना यह नया परिवेश समझ में नहीं आ रहा था। वह स्टील के बोल्ट के सिर के इर्द-गिर्द पेंट की खुरदुरी सतह पर लड़खड़ाता हुआ चलने लगा। वह तब तक दाहिनी ओर चलता रहा, जब तक उसे आगे का रास्ता बन्द नहीं मिला। फिर वह घूमकर बाईं ओर चलने लगा। अन्त में, कुछ प्रयत्न के बाद वह उस बोल्ट के सिर पर चढ़ गया और कुछ देर तक उस पर बिना हिले-डुले दुबका रहा, मानो अपनी आख़िरी साँसें ले रहा हो।

मैं अब भी रेलिंग से टिका हुआ जुगनू को ग़ौर-से देख रहा था। बहुत देर तक न तो मैंने कोई हरकत की न उसने। हवा हमें छूती हुई लगातार गुज़र रही थी और ज़ेल्कोवा वृक्ष की अन्तहीन पत्तियाँ अँधेरे में सरसरा रही थीं।

मैं इन्तज़ार करता रहा।

बहुत देर बाद जुगनू हवा में उठा। मानो अचानक उसके दिमाग़ में कोई विचार कौंधा हो, उसने अपने पंख फैलाए और पल भर में वह रेलिंग से दूर हल्के अँधेरे में उड़ गया। उसने तेज़ी से पानी की टंकी का आधा चक्कर लगाया, मानो वह समय में खोए हुए अन्तराल को वापस पाने की कोशिश कर रहा हो। फिर कुछ सेकंड तक वहीं मँडराने के बाद, जैसे अपनी मुड़ी-तुड़ी रोशनी की रेखा को हवा में घुलते हुए देख रहा हो, वह आखिरकार पूर्व की ओर उड़ गया।

जुगनू के ग़ायब हो जाने के काफ़ी देर बाद तक उसकी रोशनी की लकीर मेरे भीतर बनी रही। उसकी फीकी, धुँधली चमक किसी खोई हुई आत्मा की भाँति मेरी पलकों के पीछे के गहरे अँधेरे में मँडराती रही।

मैंने एक से अधिक बार अँधेरे में अपना हाथ फैलाने की कोशिश की। मेरी अँगुलियाँ किसी चीज़ को छू नहीं सकीं। वह फीकी-सी चमक मेरी पकड़ से बाहर बनी रही।

4

गर्मी की छुट्टियों के दौरान यूनिवर्सिटी ने दंगे रोकने वाली पुलिस को बुला लिया, जिसने बैरीकेड तोड़ डाले और अन्दर मौजूद छात्रों को गिरफ़्तार कर लिया। इसमें कोई विशेष बात नहीं थी। उस समय सभी स्कूल ऐसा ही कर रहे थे। विश्वविद्यालय इतनी आसानी से "भंग" नहीं किए जा सकते थे। उनमें बहुत बड़ी मात्रा में पूँजी लगी हुई थी, और महज़ इसलिए कि थोड़े-से छात्र हंगामा खड़ा कर रहे थे, उन्हें ख़त्म नहीं किया जा सकता था। और दरअसल, जिन छात्रों ने कैम्पस को बन्द कर दिया था, वे ख़ुद भी यूनिवर्सिटी को भंग नहीं करना चाहते थे। वे तो केवल यूनिवर्सिटी की संरचना के भीतर के शक्ति-सन्तुलन को बदल देना चाहते थे, जो एक ऐसा मसला था, जिसकी मुझे रत्ती भर परवाह नहीं थी। और इसलिए, जब हड़ताल को कुचल दिया गया, तो मुझे कुछ भी महसूस नहीं हुआ।

जब मैं सितम्बर में कैम्पस में गया तो मुझे उम्मीद थी कि वहाँ मलबे के ढेर मिलेंगे। वह जगह अछूती थी। पुस्तकालय की पुस्तकें अपनी जगह पर थीं, प्रोफ़ेसरों के कार्यालय नष्ट नहीं किए गए थे, छात्रों का कार्यालय जलाया नहीं गया था। मैं भौंचक्का था। आख़िर वे लोग उन बैरीकेड्स के पीछे कर क्या रहे थे?

जब हड़ताल खत्म हुई और कक्षाएँ फिर से शुरू हुईं, तो सबसे पहले कक्षा में जाकर बैठने वाले वही बेवक़ूफ़ लोग थे जिन्होंने हड़ताल की अगुवाई की थी। जैसे कुछ हुआ ही न हो – वे आराम से नोट्स ले रहे थे और हाज़िरी के समय "हाँ" कहकर जवाब दे रहे थे। यह अविश्वसनीय था। आखिरकार, हड़ताल का संकल्प अभी भी प्रभावी था। उसे समाप्त किए जाने का कोई ऐलान नहीं किया गया था। सिर्फ़ इतना ही हुआ था कि यूनिवर्सिटी ने दंगों का दमन करने वाली पुलिस को बुला लिया था और बैरीकेड तोड़ दिए गए थे, लेकिन हड़ताल

तो जारी रहनी चाहिए थी। जब हड़ताल का प्रस्ताव पारित हुआ था, तो ये गधे गला फाड़कर चिल्ला रहे थे और उन छात्रों को धमका रहे थे, जो हड़ताल का विरोध कर रहे थे (या उसके बारे में अपने सन्देह जता रहे थे), यहाँ तक कि अपने कंगारू कोर्ट में उन पर मुकदमे भी चला रहे थे।

मैं जानबूझकर उन भूतपूर्व नेताओं से मिला और उनसे पूछा कि वे हड़ताल को जारी रखने की बजाय कक्षाओं में क्यों जा रहे हैं, लेकिन वे मुझे कोई स्पष्ट जवाब नहीं दे सके। वे कह भी क्या सकते थे? क्या यह कि उन्हें अपर्याप्त हाज़िरी की वजह से कॉलेज की क्रेडिट गँवाने का भय है? सोचने की बात है कि यही मूर्ख यूनिवर्सिटी को भंग करने को लेकर चीख़ रहे थे! क्या ही मज़ाक था। हवा की दिशा ज़रा-सी बदली नहीं कि उनकी चीख़ें फुसफुसाहटों में बदल गईं।

किज़ुकी, तुम कुछ भी नहीं खो रहे हो। यह दुनिया गंदगी का ढेर है। ये गधे अपनी कॉलेज क्रेडिट हासिल कर रहे हैं और अपने ही घिनौने रूप में एक समाज गढ़ने में लगे हैं।"

कुछ देर तक तो मैं क्लास में बना रहा, लेकिन जब उन्होंने हाज़िरी के लिए मेरा नाम पुकारा, तो मैं चुप बना रहा। मैं जानता था कि ऐसा करना अर्थहीन था, लेकिन मुझे इतना बुरा लग रहा था कि मेरे पास इसके अलावा और कोई विकल्प नहीं था। मैं सिर्फ़ इतना ही कर सका कि हमेशा से ज़्यादा ख़ुद को अपने सहपाठियों से अलग रख सका। जब मेरा नाम पुकारा गया, उस वक़्त ख़ामोश बने रहकर मैंने कुछ सेकण्ड के लिए हर किसी को थोड़ी-सी असुविधाजनक स्थिति में तो डाल ही दिया। किसी भी छात्र ने मुझसे बात नहीं की, और मैंने भी किसी से बात नहीं की।

सितम्बर के दूसरे सप्ताह तक मैं इस नतीजे पर पहुँच गया था कि कॉलेज की शिक्षा अर्थहीन थी। मैंने इसे ऊब से निपटने की तकनीक के प्रशिक्षण के समय के रूप में इस्तेमाल करने का निश्चय किया। मेरे पास ऐसा कुछ नहीं था, जिसे मैं समाज में विशेष रूप से हासिल करना चाहता था और जिसके लिए मेरा तत्काल स्कूल छोड़ देना ज़रूरी होता, इसलिए मैं हर दिन कक्षाओं में शामिल

होता, लैक्चर के नोट्स लेता, और बाक़ी बचा अपना ख़ाली वक़्त पुस्तकालय में पढ़ते हुए या सहायक पुस्तकें पलटते हुए बिताता।

और हालाँकि सितम्बर का वह दूसरा सप्ताह बीत गया था, लेकिन स्टॉर्म ट्रूपर का कहीं कोई पता नहीं था। यह सिर्फ़ असामान्य ही नहीं, बल्कि भूकम्प ला देने वाली घटना थी। उसका विश्वविद्यालय फिर से शुरू हो चुका था और यह बात अकल्पनीय थी कि स्टॉर्म ट्रूपर अपनी कक्षाएँ छोड़ दे। उसकी डेस्क और रेडियो पर धूल की एक पतली-सी परत जम गई थी। उसका प्लास्टिक का कप और टूथब्रश, चाय का केन, कीटाणुनाशक का स्प्रे आदि चीज़ें उसकी शेल्फ़ पर करीने से सजी हुई थीं।

उसकी अनुपस्थिति में, मैं कमरे को साफ़ रखता था। पिछले डेढ़ वर्ष में मैंने सफ़ाई की आदत डाल ली थी, और मेरे पास कोई दूसरा विकल्प नहीं था, इसलिए उसकी अनुपस्थिति में भी मैं कमरे की सफ़ाई का ख़याल रखता था। मैं हर रोज़ कमरे में झाड़ू लगाता, हर तीसरे दिन खिड़की पोंछता और हफ़्ते में एक बार अपने गद्दे को हवा खिलाता था। उसके वापस आने का मैं इस इंतज़ार में रहता था कि वह आकर कहे कि मैंने क्या ही कमाल का काम किया है।

लेकिन वह कभी वापस नहीं आया। एक दिन जब मैं क्लास से लौटा तो मैंने पाया कि उसका सारा सामान नदारद था और उसके नाम की पट्टी दरवाज़े से हट चुकी थी। मैंने छात्रावास के मुखिया के कमरे में जाकर पूछा कि क्या हुआ।

"उसने छात्रावास छोड़ दिया है," उसने बताया। "फ़िलहाल तुम कमरे में अकेले रहोगे।"

मैं उससे यह नहीं उगलवा सका कि स्टॉर्म ट्रूपर ग़ायब क्यों हो गया था। यह एक ऐसा आदमी था, जिसके जीवन का सबसे बड़ा आनन्द हर चीज़ को नियन्त्रित रखना और दूसरों को अँधेरे में रखना था।

स्टॉर्म ट्रूपर का बर्फ़ के पहाड़ का चित्र कुछ समय तक दीवार पर बना रहा, लेकिन अन्ततः मैंने उसे वहाँ से उतार दिया और उसकी जगह जिम मॉरीसन और मिल्स डेविस की तसवीरें लगा दीं। इससे कमरा थोड़ा ज़्यादा मेरे कमरे जैसा लगने लगा। अपनी बचत के पैसों से मैंने एक छोटा-सा स्टीरियो

ख़रीद लिया। मैं पूरी रात अकेले पीता रहता और संगीत सुनता रहता। मैं जब-तब स्टॉर्म ट्रूपर के बारे में सोचता था, लेकिन अकेले रहने में मुझे आनन्द आ रहा था।

सोमवार को साढ़े ग्यारह बजे, नाटक के इतिहास विषय में यूरीपिडीज़ पर व्याख्यान समाप्त होने के बाद, मैं पैदल दस मिनट चलकर एक छोटे-से रेस्तराँ में पहुँचा और दोपहर के भोजन में ऑमलेट और सलाद खाया। वह जगह एक शांत पिछली गली में थी। वहाँ के दाम छात्र-भोजनालय की तुलना में कुछ अधिक थे, लेकिन वहाँ आराम से बैठा जा सकता था, और उन्हें अच्छा ऑमलेट बनाना आता था। "उन्हें" से मेरा मतलब उस विवाहित दम्पति से है, जो उस रेस्तराँ को चलाते थे। वे शायद ही कभी आपस में बात करते थे। उनके यहाँ एक अंशकालिक वेट्रेस भी काम करती थी। मैं खिड़की के पास बैठा खाना खा रहा था कि तभी चार छात्रों का एक समूह भीतर आया – दो लड़के और दो लड़कियाँ। वे सभी काफ़ी सलीके से कपड़े पहने हुए थे। उन्होंने दरवाज़े के पास वाली मेज़ पर जगह ली, कुछ देर मेन्यू देखते रहे और अपने-अपने विकल्पों पर चर्चा करते रहे। अन्ततः उनमें से एक ने उनकी पसंद के व्यंजनों का ऑर्डर वेट्रेस को दे दिया।

जल्दी ही मैंने ध्यान दिया किया कि उनमें से एक लड़की लगातार मेरी ओर देख रही थी। उसके अत्यन्त छोटे बाल थे और उसने काला धूप का चश्मा और सफ़ेद रंग की सूती मिनीड्रेस पहन रखी थी। मुझे नहीं मालूम था कि वह कौन थी, इसलिए मैं अपना लंच खाता रहा, लेकिन वह जल्दी ही अपनी कुर्सी से उठी और मेरी ओर बढ़ गई। उसने एक हाथ मेरी मेज़ पर टिकाते हुए कहा, "तुम वातानबे हो, है ना?"

मैंने अपना सिर उठाया और उसे ज़्यादा गौर से देखा। तब भी मैं याद नहीं कर सका कि मैंने उसे पहले कभी देखा था या नहीं। वह उस तरह की लड़की थी, जिसकी ओर आपका सहज ही ध्यान चला जाता है, इसलिए अगर मैं उससे पहले कभी मिला होता, तो मैं उसे तुरन्त पहचान लेता। और मेरे विश्वविद्यालय में ऐसे लोग ज़्यादा नहीं थे, जो मुझे मेरे नाम से जानते हों।

"क्या मैं बैठ सकती हूँ?" उसने पूछा। "क्या तुम किसी का इन्तज़ार कर रहे हो?"

अभी भी अनिश्चय से भरे हुए मैंने सिर हिलाया। "नहीं, कोई नहीं आ रहा है। प्लीज़।"

उसने खट् की आवाज़ के साथ एक कुर्सी खींची और धूप के चश्मे के भीतर से सीधी मेरी ओर ताकती हुई मेरे सामने बैठ गई। फिर उसने मेरी प्लेट पर नज़र डाली।

"लगता है, अच्छा है," उसने कहा।

"ये अच्छा है। मशरूम ऑमलेट और हरे मटर का सलाद।"

"धत् तेरे की," उसने कहा। "ख़ैर, अगली बार मैं भी लूँगी। मैं पहले ही ऑर्डर कर चुकी हूँ।"

"तुमने क्या ऑर्डर किया है?"

"मैक्रोनी और चीज़।"

"मैक्रोनी और चीज़ भी बुरा नहीं है," मैंने कहा। "बाइ द वे, क्या मैं तुम्हें जानता हूँ? लगता है, मैं याद नहीं कर पा रहा हूँ।"

"यूरीपिडीज़," उसने कहा, "इलेक्ट्रा। 'कोई देवता मेरी असहाय पुकार को नहीं सुनता।' याद आया? जो क्लास अभी-अभी ख़त्म हुई है।"

मैंने उसे ध्यान से देखा। उसने अपना धूप का चश्मा उतार दिया। तब जाकर मुझे याद आया – वह प्रथम वर्ष की वही छात्रा थी, जिसे मैंने "हिस्ट्री ऑफ ड्रामा" की कक्षा में देखा था। उसके हेयरस्टाइल में आए बड़े बदलाव ने ही मुझे उसे पहचानने से रोक रखा था।

"ओह," मैंने अपने कन्धे से कुछ इंच नीचे अँगुली रखते हुए कहा, "गर्मी की छुट्टियों से पहले तुम्हारे बाल यहाँ तक थे।"

"ठीक कह रहे हो," उसने कहा। गर्मियों में, मैंने अपने बाल घुँघराले कर लिए थे, और वह बहुत ही *भयानक* था। मैं तो ख़ुद को मार देने पर उतारू हो गई थी। मैं ऐसी दिखने लगी थी, जैसे समुद्र-तट पर कोई मुर्दा पड़ा हो और मेरे सिर से समुद्री शैवाल चिपके हों। तो मैंने सोचा कि जब मैं मरने के लिए तैयार ही हूँ, तो क्यों न सारे बाल कटवा ही दूँ। कम-से-कम गर्मियों में ठंडक तो रहती है।" यह कहते हुए उसने अपने पिक्सी कट बालों पर हाथ फेरा और मेरी ओर देखकर मुस्करा दी।

"हालाँकि, ये अच्छे लगते हैं," मैंने कहा, मैं अभी भी अपना आमलेट चबाए जा रहा था। "मुझे तुम्हारा प्रोफ़ाइल देखने दो।"

वह मुड़ी और कुछ सेकण्ड उसी मुद्रा में बनी रही।

हाँ, मैं ऐसा ही सोचता हूँ। यह स्टाइल वाक़ई तुम पर फब रही है। तुम्हारे सिर का आकार बहुत सुन्दर है। और इस तरह खुले रहने पर तुम्हारे कान भी अच्छे लग रहे हैं।

"तो मैं आख़िर पागल नहीं हूँ! बाल कटवाने के बाद मुझे ख़ुद भी लगा था कि मैं अच्छी लग रही हूँ। लेकिन एक भी लड़के को यह पसन्द नहीं आया। सब यही कहते हैं कि मैं किसी प्राथमिक स्कूल की बच्ची जैसी लगती हूँ या फिर किसी यातना शिविर से बचकर निकली हुई व्यक्ति जैसी। लड़कियों के लम्बे बालों को लेकर लड़कों का यह आकर्षण आख़िर है क्या? सब के सब फ़ासिस्ट हैं! क्यों हर लड़का यही सोचता है कि लम्बे बालों वाली लड़कियाँ सबसे सलीकेदार, सबसे प्यारी और सबसे ज़्यादा स्त्रियोचित होती हैं? मेरा मतलब है, मैं ख़ुद कम-से-कम ढाई सौ ऐसी लड़कियों को जानती हूँ जिनके बाल लम्बे हैं, लेकिन उनमें ज़रा भी सलीका नहीं है। सचमुच।"

"मुझे लगता है, तुम अब पहले से ज़्यादा अच्छी लग रही हो," मैंने कहा– और यह मैं सचमुच कह रहा था। जहाँ तक मुझे याद था, लंबे बालों में वह बस एक सामान्य सी सुंदर कॉलेज छात्रा थी। लेकिन जो लड़की अब मेरे सामने बैठी थी, उससे एक नई और सजीव जीवन-ऊर्जा फूट रही थी। वह मानो कोई छोटा-सा जीव हो, जो बसंत के आते ही दुनिया में प्रकट हुआ हो। उसकी आँखें किसी स्वतंत्र जीव की तरह आनंद, हँसी, क्रोध, आश्चर्य और निराशा से भरी हुई निरंतर गतिशील थीं। मैंने बहुत दिनों से इतना जीवंत और भावपूर्ण चेहरा नहीं देखा था, और उसे यूँ जीते-जागते और पल-पल बदलते हुए देखना मुझे अच्छा लग रहा था।

"क्या तुम सच में ऐसा कह रहे हो?" उसने पूछा।

मैंने सिर हिलाया, मैं अभी भी अपना सलाद चबा रहा था।

उसने अपना धूप का चश्मा लगाया और उसके पीछे से मुझे देखने लगी।

"तुम झूठ नहीं बोल रहे हो, है ना?"

"मैं ख़ुद को एक ईमानदार आदमी मानना पसन्द करता हूँ," मैंने कहा।

"बहुत सुन्दर।"

"मुझे यह बताओ : तुम इतना गहरे रंग का चश्मा क्यों पहनती हो?"

"जब मेरे बाल अचानक छोटे हो गए, तो मुझे खुद को असुरक्षित-सा महसूस होने लगा–जैसे किसी ने मुझे भीड़ के बीच बिल्कुल नग्न करके फेंक दिया हो।"

"सही बात है," मैंने अपने आमलेट का आख़िरी निवाला खाते हुए कहा। वह मुझे गहरी दिलचस्पी के साथ देख रही थी।

"तुम्हें उन लोगों के पास वापस नहीं जाना है?" मैंने उसके साथियों की ओर इशारा करते हुए पूछा।

"नहीं। मैं तब जाऊँगी जब खाना आ जाएगा। क्या मैं तुम्हारे खाने में बाधा डाल रही हूँ?"

"बाधा डालने के लिए अब कुछ भी नहीं बचा है," मैंने कहा, और जब मैंने उसके जाने का कोई संकेत नहीं देखा, तो कॉफ़ी का ऑर्डर कर दिया। दुकानदार की बीवी मेरे बर्तन ले गई और क्रीम और शक्कर लेकर आ गई।

"अब तुम *मुझे* बताओ," उसने कहा। आज जब तुम्हारा नाम पुकारा गया, तो तुमने जवाब क्यों नहीं दिया? तुम वातानबे हो, नहीं? तोरू वातानबे?"

"मैं ही हूँ।"

"तब फिर तुमने जवाब क्यों नहीं दिया?"

"बस आज मेरा मन नहीं हुआ।"

उसने फिर से अपना धूप का चश्मा उतारा, उसे मेज़ पर रखा, और कुछ इस तरह मेरी ओर देखने लगी, जैसे वह चिड़ियाघर में पिंजरे में बन्द किसी दुर्लभ जानवर को देख रही हो। "'बस आज मेरा मन नहीं हुआ।' तुम हम्फ्री बोगार्ट की तरह बात कर रहे हो। ठण्डे ढंग से। रूखे ढंग से।"

"मज़ाक मत करो। मैं एक साधारण-सा इन्सान हूँ। दूसरे लोगों की तरह।"

दुकानदार की बीवी मेरी कॉफ़ी ले आई और उसे मेज़ पर रखकर चली गई। मैंने क्रीम या शक्कर मिलाए बिना एक चुस्की ली।

"अब देखो। तुम उसे ब्लैक पी रहे हो।"

"इसका हम्फ़ेरी बोगार्ट से कोई लेना-देना नहीं है," मैंने शान्त भाव से उत्तर दिया, "बस, मुझे मीठा पसन्द नहीं है। मुझे लगता है, तुम मुझे एकदम ग़लत समझ रही हो।"

"तुम इतने ज़्यादा धूप में झुलसे हुए क्यों लग रहे हो?"

"मैं पिछले कुछ हफ़्तों से पदयात्रा करता रहा हूँ। बैक-पैक, स्लीपिंग बैग के साथ।"

"तुम कहाँ गए थे?"

"कानाज़ावा। नोटो प्रायद्वीप। नीगाटा तक।"

"अकेले?"

"अकेले," मैंने कहा। जहाँ-तहाँ साथ के लिए लोग मिल जाते थे।

"कोई रोमाण्टिक साथी? सुदूर जगहों पर नई औरतें।"

"रोमांटिक? अब तो पक्का हो गया कि तुमने मुझे गलत समझ लिया है। जिस आदमी की पीठ पर स्लीपिंग बैग टंगा हो और जिसका चेहरा दाढ़ी के उग आए खुरदरे बालों से भरा हो–वह भला कैसे रोमांटिक हो सकता है?"

"क्या तुम हमेशा इसी तरह अकेले सफ़र करते हो?"

"हूँ।"

"तुम्हें एकान्त पसन्द आता है?" उसने अपना गाल अपनी हथेली पर टिकाते हुए पूछा। "अकेले सफ़र करना, अकेले बैठकर खाना, लैक्चर हॉल में अकेले बैठना..."

"इतना अकेला रहना कोई पसन्द नहीं करता। बात सिर्फ़ इतनी-सी है कि मैं दोस्त बनाने के लिए अलग से कोई विशेष प्रयास नहीं करता। इससे मायूसी ही हाथ लगती है।"

एक इयरफ़ोन का सिरा अपने मुँह में डाले, धूप के चश्मे को हिलाते हुए, वह बुदबुदाई, "'अकेला होना किसी को अच्छा नहीं लगता। मैं तो मायूसी से नफ़रत करता हूँ।' अगर तुम कभी अपनी आत्मकथा लिखो, तो तुम इस लाइन का इस्तेमाल कर सकते हो।"

"थैंक्स," मैंने कहा।

"क्या तुम्हें हरा रंग पसन्द है?"

"यह क्यों पूछ रही हो?"

"तुमने हरी पोलो शर्ट पहन रखी है।"

"ऐसा कुछ नहीं। मैं कुछ भी पहन लेता हूँ।"

"'ऐसा कुछ नहीं। मैं कुछ भी पहन लेता हूँ।' मुझे तुम्हारा बात करने का ढंग अच्छा लगता है। जैसे अच्छा और चिकना प्लास्टर फैलाया जा रहा हो। क्या तुमसे यह बात कभी किसी ने कही है?"

"किसी ने नहीं," मैंने कहा।

"मेरा नाम मिदोरी है," उसने कहा। "मतलब 'हरा'। लेकिन हरा रंग मुझ पर बहुत खराब लगता है। अजीब है, है ना? जैसे मुझ पर कोई श्राप हो– तुम्हें नहीं लगता? मेरी बहन का नाम मोमोको है–'पीच गर्ल।'"

"क्या वह गुलाबी रंग में अच्छी लगती है?"

"वह गुलाबी रंग में कमाल लगती है! जैसे वह गुलाबी पहनने के लिए ही पैदा हुई हो। यह बिल्कुल नाइंसाफी है।"

मिदोरी की मेज़ पर खाना आ गया, और मद्रास जैकेट पहने एक लड़के ने उसे आवाज़ दी, "अरे, मिदोरी, आओ–ले जाओ!" उसने उसकी ओर ऐसे हाथ हिलाया, मानो कह रही हो, "मुझे पता है।"

"अच्छा बताओ," उसने कहा, "तुम लैक्चर नोट्स लेते हो? ड्रामा में?"

"बिलकुल लेता हूँ।"

"मुझे पूछते हुए बुरा लग रहा है, लेकिन क्या मैं तुम्हारे नोट्स उधार ले सकती हूँ? मुझसे दो बार क्लास छूट गई है, और मैं क्लास में और किसी को जानती नहीं हूँ।"

"कोई समस्या नहीं," मैंने कहा, और अपने बैग से नोटबुक निकाल ली। एक बार जब मैंने यह सुनिश्चित कर लिया कि मैंने उसमें ऐसा कुछ नहीं लिखा है, जो मैं दिखाना नहीं चाहता, मैंने वह नोटबुक मिदोरी को दे दी।

"थैंक्स, उसने कहा। क्या तुम परसों स्कूल आओगे?"

"बिल्कुल आऊँगा।"

"तुम दोपहर में मुझसे यहीं मिलना। मैं तुम्हारी नोटबुक वापस कर दूँगी

और तुम्हें लंच कराऊँगी। मेरा मतलब है... ऐसा तो नहीं है कि अगर तुम अकेले बैठकर नहीं खाते तो तुम्हारा पेट ख़राब हो जाता हो, ठीक है?"

"बिलकुल नहीं होता," मैंने कहा। "लेकिन चूँकि मैं तुम्हें अपनी नोटबुक उधार दे रहा हूँ, इसलिए तुम्हें मुझे लंच कराने की ज़रूरत नहीं है।"

"उसकी चिन्ता मत करो," उसने कहा। "मुझे लोगों को लंच कराना अच्छा लगता है। लेकिन फिर भी, क्या तुम्हें इसे कहीं लिख नहीं लेना चाहिए? तुम भूल तो नहीं जाओगे।"

"मैं नहीं भूलता। परसों। बारह बजे। मिदोरी। हरा।"

"दूसरी मेज़ से किसी ने पुकारा, "जल्दी करो, मिदोरी, तुम्हारा खाना ठण्डा हो रहा है!"

उसने उस पुकार पर कोई ध्यान नहीं दिया और मुझसे पूछा, "क्या तुम हमेशा इसी तरह बात करते हो?"

"मेरा ख़याल है," मैंने कहा। "पहले कभी ध्यान नहीं दिया।" दरअसल, पहले कभी किसी ने मुझसे यह नहीं कहा था कि मेरे बोलने के ढंग में कुछ असामान्य है।

वह कुछ क्षण कुछ सोचती-सी लगी। फिर वह मुस्कराती हुई उठ खड़ी हुई और अपनी मेज़ पर चली गई। कुछ मिनट बाद, जब मैं उसकी मेज़ के बगल से निकला, तो उसने मेरी ओर हाथ हिलाया, लेकिन मेज़ पर बैठे बाकी तीनों लोगों ने मेरी ओर लगभग देखा ही नहीं।

बुधवार की दोपहर रेस्तराँ में मिदोरी का कोई अता-पता नहीं था। मैंने सोचा कि बियर पीते हुए उसका इन्तज़ार कर सकता हूँ, लेकिन मेरी बियर के आने तक रेस्तराँ भरने लगा था, इसलिए मैंने लंच का ऑर्डर दे दिया और अकेले बैठकर खाया। 12:35 पर मैंने लंच निपटा लिया, लेकिन मिदोरी अभी भी नहीं पहुँची थी। बिल चुकाकर मैं बाहर निकला और सड़क पार कर एक छोटे-से मन्दिर तक पहुँचा, जहाँ मैं पत्थर की सीढ़ियों पर बैठकर बियर की झनझनाहट कम होने और मिदोरी के आने का इन्तज़ार करने लगा। जब एक बज गया, तो मैंने उम्मीद छोड़ दी और पुस्तकालय में पढ़ने चला गया। दो बजे मैं अपनी जर्मन क्लास में चला गया।

जब लैक्चर समाप्त हो गया तो मैं छात्रों के कार्यालय में गया और वहाँ मैंने हिस्ट्री ऑफ़ ड्रामा की कक्षा की सूची में मिदोरी का नाम खोजा। कक्षा में एकमात्र मिदोरी थी, मिदोरी कोबायाशी। फिर मैंने छात्रों की फ़ाइल के कार्ड पलटे जहाँ मुझे मिदोरी कोबायाशी का पता और फ़ोन नम्बर मिल गया, जिसने विश्वविद्यालय में 1969 में प्रवेश लिया था। वह उत्तर-पश्चिमी उपनगर तोशिमा में अपने परिवार के साथ रहती थी। मैं एक फ़ोन बूथ में गया और उसका नम्बर डायल किया।

जवाब एक पुरुष ने दिया : "कोबायाशी बुक स्टोर।" कोबायाशी बुक स्टोर?

"माफ़ कीजिए, आपको परेशान कर रहा हूँ," मैंने कहा, "क्या मिदोरी घर पर है?"

"नहीं, वह यहाँ नहीं है," उसने कहा।

"क्या आपको लगता है, वह कैंपस में होगी?"

"हम्म, नहीं। वह शायद अस्पताल में है। कौन बोल रहा है, कृपया?"

मैंने जवाब देने की बजाय, उसे धन्यवाद देते हुए फ़ोन काट दिया। अस्पताल? क्या यह मुमकिन है कि वह घायल हो गई हो या बीमार पड़ गई हो? लेकिन उस आदमी की आवाज़ में ज़रा भी आकस्मिकता का भाव नहीं था। "वह शायद अस्पताल में है," उसने कहा था, उसने उतनी ही सरलता के साथ कहा था, जितनी सरलता के साथ वह कह सकता था कि "वह फ़िश स्टोर में है।" मैं तब तक दूसरी सम्भावनाओं के बारे में सोचता रहा जब तक कि सोचना ही मुझे परेशान नहीं करने लगा, फिर मैं वापस छात्रावास में चला गया और अपने बिस्तर पर पसरकर कोनराड के *लॉर्ड जिम* को पूरा करने में लग गया, जिसे मैंने नागासावा से उधार माँगा हुआ था। जब मैंने पुस्तक पूरी कर ली, तो उसे वापस करने मैं नागासावा के कमरे पर गया।

नागासावा डाइनिंग हॉल की ओर जा रहा था, तो मैं भी उसके साथ गया और रात का खाना खाया।

"इम्तिहान कैसे हुए?" मैंने पूछा। विदेश मंत्रालय के उच्च-स्तरीय परीक्षाओं का दूसरा चरण अगस्त में हुआ था।

“हमेशा की तरह,” नागासावा ने ऐसे कहा, मानो यह कोई बड़ी बात ही न हो। “पेपर दो, पास हो जाओ। ग्रुप डिस्कशन, इंटरव्यू... जैसे किसी लड़की के साथ सोना।”

“यानी आसान,” मैंने कहा। “रीज़ल्ट कब बताएँगे?”

“अक्टूबर के पहले हफ्ते में। अगर पास हो गया, तो मैं तुम्हें बढ़िया डिनर खिलाऊँगा।”

“तो बताओ, दूसरे राउंड तक पहुँचने वाले लोग कैसे होते हैं? सब तुम्हारी तरह सुपरस्टार?”

“बेवकूफ़ी की बात मत करो, वहाँ ढेर सारे बेवकूफ़ होते हैं। बेवकूफ़ या अजीब। मैं कहूँगा कि जो नौकरशाह बनना चाहते हैं, उनमें से पन्चान्वे प्रतिशत किसी लायक़ नहीं होते। मैं मज़ाक़ नहीं कर रहा हूँ। वे ठीक से पढ़ भी नहीं पाते।”

“तब तुम विदेश मन्त्रालय में जाना ही क्यों चाहते हो?”

“तमाम तरह की वजहें हैं,” नागासावा ने कहा। “पहली वजह यह है कि विदेश में जाकर काम करने का विचार मुझे अच्छा लगता है। लेकिन मुख्य रूप से मैं अपनी क़ाबिलियतों को परख़ना चाहता हूँ। अगर मैं ख़ुद को परख़ने जा रहा हूँ, तो यह मैं सबसे बड़े कार्य क्षेत्र – यानी राष्ट्रीय स्तर पर – पर जाकर करना चाहता हूँ। मैं देखना चाहता हूँ कि मैं कितनी ऊँची छलांग लगा सकता हूँ, मैं इस अत्यन्त विशाल नौकरशाह व्यवस्था में कितनी ताक़त आज़मा सकता हूँ। समझ रहे हो, मैं क्या कहना चाहता हूँ?”

“खेल जैसी चीज़ लगती है।”

“यह खेल ही है। मुझे सत्ता और पैसे की कोई परवाह नहीं है। वाक़ई, कोई परवाह नहीं। मैं एक स्वार्थी व्यक्ति हो सकता हूँ, लेकिन मैं इस तरह की चीज़ों को लेकर एकदम उदासीन हूँ। मैं ज़ेन सन्त हो सकता हूँ। लेकिन मुझमें एक चीज़ है – उत्सुकता। मैं देखना चाहता हूँ कि उस बड़ी, कठोर दुनिया में, मैं क्या कर सकता हूँ।”

“और, मेरा ख़याल है, ‘आदर्शों’ का तुम्हारे लिए कोई उपयोग नहीं है।”

“कुछ भी नहीं। जीवन को आदर्शों की ज़रूरत नहीं है। उसके लिए ज़रूरत है, क्रियाशीलता के मानकों की।”

"लेकिन जीवन जीने के और भी तो बहुत सारे ढंग हैं, नहीं?" मैंने पूछा।

"तुम्हें मेरे जीवन जीने का ढंग पसन्द है, है ना?"

"यह बात अलग है," मैंने कहा। "मैं कभी टोक्यो यूनिवर्सिटी में दाख़िला नहीं पा सकता, मैं जब चाहूँ किसी भी लड़की के साथ नहीं सो सकता, मैं कोई बहुत अच्छा वक्ता नहीं हूँ, लोग मेरी ओर देख कर प्रभावित नहीं होते, मेरी कोई गर्लफ्रेंड नहीं है, और किसी दूसरे दर्जे के प्राइवेट कॉलेज से साहित्य में बी.ए. करने पर मेरा भविष्य में भी कोई ख़ास भला नहीं होने वाला। ऐसे में अगर मुझे तुम्हारे जीने का तरीका पसंद भी है, तो उससे क्या फर्क पड़ता है?"

"क्या तुम यह कह रहे हो कि मेरे जीने के ढंग से तुम ईर्ष्या करते हो?"

"नहीं, वह मैं नहीं करता," मैंने कहा। "मैं जो हूँ, उसकी मुझे भरपूर आदत है। और मैं वाक़ई टोक्यो यूनिवर्सिटी या विदेश मन्त्रालय की बिल्कुल परवाह नहीं करता। तुम्हारी जिस एकमात्र चीज़ से मुझे ईर्ष्या है, वह है हात्सुमी जैसी शानदार गर्लफ्रेंड।"

नागासावा चुप होकर खाता रहा। जब हमने भोजन कर लिया, तो उसने कहा, "जानते हो वातानबे, मुझे ऐसा लगता है कि हमारे इस जगह से चले जाने के शायद दस या बीस साल बाद, हम कहीं फिर से मिलेंगे। और जिस किसी भी रूप में, हमारे बीच कोई सूत्र बना रहने वाला है।"

"डिफेन्स जैसी बात लगती है," मैंने मुस्कराते हुए कहा।

"हाँ," उसने भी मुस्कराते हुए कहा। "लेकिन मेरे अनुमान आम तौर पर सही होते हैं।"

हम दोनों भोजनालय से निकले और एक बार में चले गए। हम वहाँ रात नौ बजे के बाद तक पीते हुए बैठे रहे।

"मुझे यह बताओ, नागासावा," मैंने पूछा, "तुम्हारे जीवन में 'क्रियाशीलता का मानक' क्या है?"

"मैं बताऊँगा, तो तुम हँसोगे," उसने कहा।

"नहीं, मैं नहीं हँसूँगा।"

"ठीक है," उसने कहा।" 'जेण्टलमेन बनना'।"

मैं हँसा नहीं, लेकिन मैं अपनी कुर्सी से लगभग गिरते-गिरते बचा। "'जेण्टलमेन बनना'? *जेण्टलमेन?*"

"तुमने ठीक सुना।"

"जेण्टलमेन होने का क्या अर्थ है? तुम उसे कैसे परिभाषित करते हो?"

"जेण्टलमेन वह है, जो वह नहीं करता जो वह करना चाहता है, बल्कि वह करता है, जो उसे करना *चाहिए*।"

"तुमसे ज़्यादा अनोखे इन्सान से मैं कभी नहीं मिला," मैंने कहा।

"तुमसे ज़्यादा ईमानदार आदमी से मैं कभी नहीं मिला," उसने कहा। और उसने हम दोनों का भुगतान किया।

मैं अगले सप्ताह के ड्रामा लैक्चर में गया, लेकिन अब भी मिदोरी कोबायाशी का वहाँ कोई नामो-निशान नहीं था। कमरे का फुर्ती-से निरीक्षण करने के बाद जब मुझे यक़ीन हो गया कि वह वहाँ नहीं थी, तो मैं आगे की क़तार में बैठ गया और प्रोफ़ेसर के आने के इन्तज़ार के दौरान नाओको को ख़त लिखने लगा। मैंने उसे अपनी गर्मियों की यात्राओं के बारे में लिखा – उन सड़कों के बारे में जिन पर मैं चला था, उन शहरों के बारे में जिनसे होकर मैं गुज़रा था, उन लोगों के बारे में जिनसे मैं मिला था। "और हर रात मैं तुम्हें याद करता था। अब जबकि मैं तुमसे मिल नहीं सकता, मुझे अहसास हो रहा है कि मुझे तुम्हारी कितनी ज़रूरत है। स्कूल भयानक रूप से उबाऊ है, लेकिन आत्मानुशासन के नाते मैं अपनी सारी कक्षाओं में जा रहा हूँ, और सारे असाइनमेण्ट पूरे कर रहा हूँ। जबसे तुम गई हो, सब कुछ अर्थहीन लगता है। मैं तुमसे एक अच्छी, लम्बी बात करना चाहता हूँ। अगर मुमकिन होता, तो मैं तुम्हारे सेनेटोरियॅम में आता और तुमसे कई घण्टों के लिए मिलता। और अगर मुमकिन होता, तो मैं तुम्हारे बग़ल में चहलक़दमी करता जैसे हम किया करते थे। प्लीज़, इस ख़त का जवाब देने की कोशिश करना, छोटा-सा नोट ही सही, मुझे बुरा नहीं लगेगा।"

मैंने ख़त के चार पन्ने भर डाले, उन्हें मोड़ा, लिफ़ाफ़े में डाला और उस पर उसके घर का पता लिख दिया।

तब तक प्रोफ़ेसर आ चुका था, और वह हाज़िरी लेते हुए अपनी भौंहों से

पसीना पोंछ रहा था। वह छोटे क़द का, उदास-सा दिखने वाला आदमी था, जो धातु की एक छड़ी के सहारे चला करता था। उसके लैक्चर बहुत मज़ेदार तो नहीं होते थे, लेकिन पूरी तैयारी के साथ दिए गए और लाभप्रद होते थे। प्रोफ़ेसर ने मौसम के हमेशा की तरह गर्म होने पर टिप्पणी करने के बाद यूरीपिडीज़ के नाटकों में दैवी समाधानों के इस्तेमाल के बारे में बात की और समझाया कि कैसे 'देवता' यूरीपिडीज़ में ईस्कलस और सोफ़ोक्लीज़ के देवताओं से भिन्न हैं। उसे लैक्चर देते हुए पन्द्रह मिनट हुए होंगे कि तभी दरवाज़ा खुला और मिदोरी अन्दर आ गई। उसने गहरे नीले रंग की स्पोर्ट शर्ट, दूधिया रंग के सूती स्लैक्स और हमेशा की तरह अपना धूप का चश्मा पहन रखा था। प्रोफ़ेसर की दिशा में "सॉरी आय एम लेट" क़िस्म की मुस्कराहट फेंकने के बाद, वह मेरी बग़ल में आकर बैठ गई। फिर उसने अपने कन्धे पर लटके बैग से नोटबुक – मेरी नोटबुक – निकाली और मुझे पकड़ा दी। नोटबुक के अन्दर एक नोट था : "बुधवार के लिए सॉरी। क्या तुम बहुत नाराज़ हो?"

लैक्चर आधे से ज़्यादा बीत चुका था और प्रोफ़ेसर ब्लैकबोर्ड पर ग्रीक स्टेज की तस्वीर बना रहा था कि तभी दरवाज़ा दोबारा खुला और हैल्मेट पहने दो छात्रों ने प्रवेश किया। वे एक क़िस्म की कॉमेडी टीम लग रहे थे, जिनमें से एक लम्बा, दुबला और मुर्झाया हुआ था, और दूसरा ठिगना, गोल और साँवला था। उसकी लम्बी दाढ़ी थी, जो उसके चेहरे से ज़रा भी मेल नहीं खा रही थी। लम्बा लड़का राजनैतिक आन्दोलन से सम्बन्धित पर्चे लिए हुए था। ठिगना लड़का सीधा प्रोफ़ेसर के पास गया और किसी हद तक विनम्रता दर्शाता हुआ बोला कि वह चाहता है कि उस पीरियड का आधा समय राजनैतिक बहस के लिए इस्तेमाल किया जाए। उसने उम्मीद जताई कि प्रोफ़ेसर उनका सहयोग करेगा, साथ ही उसने यह भी जोड़ा कि "दुनिया ग्रीक ट्रैजिडी से कहीं ज़्यादा अनिवार्य और प्रासंगिक समस्याओं से भरी हुई है। यह निवेदन से ज़्यादा एक ऐलान था। प्रोफ़ेसर ने जवाब दिया, "मुझे इस पर सन्देह है कि दुनिया में ग्रीक ट्रैजिडी से ज़्यादा अनिवार्य और प्रासंगिक समस्याएँ हैं, लेकिन मुझे जो कहना है, वह तो तुम सुनने वाले नहीं हो, इसलिए तुम्हें जो करना हो सो करो।" उसने मेज़ के कोने को पकड़कर अपने पैर फ़र्श पर टिकाए, अपनी छड़ी उठाई, और लँगड़ाता हुआ कमरे से बाहर चला गया।

जिस दौरान लम्बा लड़का पर्चे बाँट रहा था, गोल लड़का पोडियम पर पहुँचा और भाषण देने लगा। पर्चे हमेशा की तरह सरलीकृत नारों से भरे हुए थे : "यूनिवर्सिटी प्रेसिडेण्ट के छलपूर्ण चुनावों को रद्द करो"; "न्यू ऑल-कैम्पस हड़ताल के लिए सारी ताक़तों को एकजुट करो"; "साम्राज्यवादी-शैक्षणिक-औद्योगिक कॉम्पलैक्स को कुचल दो।" वे जो कुछ कह रहे थे, उससे मुझे कोई समस्या नहीं थी, लेकिन लेखन बहुत ही कमज़ोर था। उसमें विश्वास को उत्प्रेरित करने वाली या भावनाओं को उकसाने वाली कोई चीज़ नहीं थी। और उस गोल-मटोल लड़के का भाषण भी उतना ही बुरा था – भिन्न शब्दों में वही पुरानी धुन। इस झुण्ड का असल शत्रु राज्य-शक्ति नहीं, बल्कि कल्पनाशीलता का अभाव था।

"चलो, हम लोग बाहर चलें," मिदोरी ने कहा।

मैंने सिर हिलाया और खड़ा हो गया, और हम दोनों दरवाज़े की तरफ़ बढ़ गए। तभी गोल-मटोल लड़के ने मुझसे कुछ कहा, लेकिन मैं ठीक-से सुन नहीं पाया। मिदोरी ने उसकी ओर हाथ हिलाकर कहा, "बाद में मिलेंगे।"

"क्या हम क्रान्तिकारी विरोधी हैं?" जब हम बाहर आ गए तो मिदोरी ने पूछा। "अगर क्रान्ति कामयाब हो गई तो क्या हमें टेलिफ़ोन के खम्भे से लटका दिया जाएगा?"

"पहले हम लंच कर लेते हैं, बाद में ना जाने क्या हो।"

"ठीक है। एक जगह है, जहाँ मैं तुम्हें ले जाना चाहती हूँ। हालाँकि, वह थोड़ी दूर है। क्या तुम समय निकाल सकते हो?"

"ज़रूर, मेरी दो बजे की क्लास के पहले तक आय एम ओ.के.।"

मिदोरी मुझे बस से योत्सुया ले गई और वहाँ उसने मुझे स्टेशन के ठीक पीछे एक छायादार जगह में एक बॉक्स्ड लंच स्पेशलिटी शॉप दिखाई। जैसे ही हम वहाँ बैठे, उन्होंने हमें सूप और एक चौकोर, लाल रंग से पुते डिब्बे में बन्द उस दिन का लंच परोस दिया। यह ऐसी जगह थी, जहाँ खाने के लिए बस की यात्रा करना सार्थक था।

"बहुत ही अच्छा खाना है," मैंने कहा।

"और सस्ता भी। मैं स्कूल के ज़माने से यहाँ आ रही हूँ। मेरा पुराना

स्कूल इसी सड़क पर है। वे लोग इतने सख़्त हैं कि यहाँ खाने आने के लिए हमें छिपकर आना पड़ता था। अगर तुम बाहर खाते हुए पाए जाते, तो वे स्कूल से निलम्बित कर देते थे।"

धूप के चश्मे के बिना, मिदोरी की आँखें पिछली बार के मुक़ाबले ज़्यादा उनींदी लग रही थीं। जब वह अपनी बाँईं कलाई के पतले सिल्वर ब्रेसलेट से नहीं खेल रही होती थी, तो वह अपनी छोटी अँगुली की नोक से अपनी आँखों की कोरों को खुजला रही होती थी।

"थकी हुई हो?" मैंने पूछा।

"एक तरह से। मैं पर्याप्त नींद नहीं ले पा रही हूँ। लेकिन मैं ठीक हूँ, चिन्ता मत करो," उसने कहा। "उस दिन के लिए, सॉरी। एक बहुत ही महत्त्वपूर्ण काम आ गया और मैं उससे छुट्टी नहीं पा सकी। अचानक, सुबह। मैंने तुम्हें रेस्तराँ में फ़ोन करने के बारे में सोचा था, लेकिन मैं उसका नाम याद नहीं कर सकी और मुझे तुम्हारे घर का नम्बर मालूम नहीं था। क्या तुमने काफ़ी देर तक इन्तज़ार किया था?"

"कोई बड़ी बात नहीं। मेरे पास बहुत समय होता है।"

"बहुत?"

"उससे ज़्यादा जितने की मुझे ज़रूरत होती है। काश! मैं तुम्हें सोने में मदद करने के लिए कुछ समय दे पाता।"

मिदोरी ने अपने हाथ पर अपना गाल टिकाया और मेरी ओर देखकर मुस्कराई। "तुम कितने अच्छे आदमी हो।"

"अच्छा नहीं। बस, मेरे पास काटने लायक़ समय है," मैंने कहा। "बाइ द वे, उस दिन मैंने तुम्हारे घर पर फ़ोन किया था, और किसी ने मुझे बताया कि तुम अस्पताल में थीं। क्या कोई परेशानी है?"

"तुमने मेरे घर पर फ़ोन किया था?" उसने पूछा, उसकी भौंहों के बीच के हिस्से में हल्की-सी सलवट उभरी। "तुम्हें मेरा नम्बर कैसे मिला?"

"मैंने छात्रों के कार्यालय जाकर खोजा था। वह कोई भी कर सकता है।"

उसने एक-दो बार सिर हिलाया और एक बार फिर ब्रेसलेट से खेलने लगी। "यह बात मेरे दिमाग़ में कभी ना आई होती। मेरा ख़याल है, मैं भी

तुम्हारा नम्बर खोज सकती थी। ख़ैर, अस्पताल के बारे में, मैं तुम्हें अगली बार बताऊँगी। अभी मेरा मन नहीं है। सॉरी।"

"कोई बात नहीं। मेरा इरादा ताकझाँक करने का नहीं था।"

"नहीं, तुम ताकझाँक नहीं कर रहे हो। मैं कुछ थकी हुई-सी हूँ। जैसे बारिश में बन्दर।

"क्या तुम्हें नहीं लगता कि तुम्हें घर जाकर कुछ देर सो लेना चाहिए?"

"अभी नहीं। यहाँ से चलते हैं।"

वह मुझे अपने पुराने हाई स्कूल तक ले गई, जो योत्सुया से थोड़ी-सी पैदल दूरी पर था।

स्टेशन से गुज़रते हुए, मैंने नाओको और हमारी अन्तहीन चहलक़दमी के बारे में सोचा। उस सबकी शुरुआत यहीं से हुई थी। मुझे अहसास हुआ कि अगर मुझे मई के उस इतवार को वहाँ नाओको ना मिली होती, तो मेरी ज़िन्दगी उससे बिलकुल अलग ही होती जैसी वह आज है। लेकिन फिर मैंने अपना दिमाग़ बदल दिया : नहीं, अगर हम उस दिन ना भी मिले होते, तब भी शायद मेरा जीवन भिन्न ना होता। हम उस दिन इसलिए मिले थे, क्योंकि हमें मिलना ही था। अगर हम तब और वहाँ ना मिले होते, तो हम कहीं और मिले होते। मेरे पास इस तरह सोचने का कोई आधार नहीं था; यह महज़ एक अनुभूति थी।

मिदोरी कोबायाशी और मैं पार्क की एक बेंच पर बैठ गए और वहाँ से उस इमारत को देखने लगे, जहाँ वह हाई स्कूल में जाया करती थी। दीवारों पर आइवी की लताएँ चढ़ी हुई थीं और मुँडेरों पर कबूतर बैठे अपने पंखों को आराम दे रह थे। वह एक सुन्दर, पुरानी इमारत थी, जिसकी अपनी एक ख़ासियत थी। स्कूल के आँगन में ओक का एक विशाल पेड़ खड़ा था और उसकी बग़ल में सफ़ेद धुएँ का एक गुबार उठ रहा था। गर्मी की धुँधलाती रोशनी उस धुएँ को एक मुलायम बादलनुमा शक्ल दे रही थी।

"जानते हो, वह धुआँ काहे का है?" मिदोरी ने मुझसे अचानक पूछ लिया।

"कह नहीं सकता," मैंने कहा।

"वे सेनेटरी नैपकिन जला रहे हैं।"

"मज़ाक़ मत करो।" मुझे और कुछ नहीं सूझा।

"सेनेटरी नैपकिन , टैम्पॉन्स, इस तरह की चीज़ें," मिदोरी ने मुस्कराते हुए कहा। "यह लड़कियों का स्कूल है। बूढ़ा दरबान उन्हें तमाम डिब्बों से समेटता है और भट्टी में जलाता है। यह उसी का धुआँ है।"

"बाप रे।"

"हाँ, यही मैं भी कहा करती थी, जब मैं क्लास में होती थी और खिड़की के बाहर यह धुआँ देखती थी। 'बाप रे।' ज़रा सोचो : स्कूल के जूनियर और सीनियर हाई में लगभग एक हज़ार लड़कियाँ हैं। इसलिए हिसाब लगाओ कि उनमें से नौ सौ के पीरियड शुरू हो चुके होते हैं, और शायद उनमें से एक बटा पाँच के पीरियड किसी एक समय में हो रहे होते हैं : एक सौ अस्सी लड़कियों के। इसका मतलब है कि कूड़ेदानों में हर दिन एक सौ अस्सी लड़कियों के नैपकिन होते हैं।"

"सच कह रही हो – हालाँकि इन आँकड़ों के बारे में, मैं इतने यक़ीन के साथ नहीं कह सकता।"

"ये बहुत ज़्यादा हैं। एक सौ अस्सी लड़कियाँ। तुम क्या सोचते हो, इतनी बड़ी तादाद में उन्हें एकत्र करने और जलाने में कैसा लगता होगा?"

"कल्पना नहीं कर सकता," मैंने कहा। मैं कैसे कल्पना कर सकता था कि उस बूढ़े का क्या हाल होता होगा? मिदोरी और मैं धुएँ को देखते रहे।

"मैं वाक़ई स्कूल नहीं जाना चाहती थी," मिदोरी ने कहा। उसने अपने सिर को हल्का-सा झटका दिया। "मैं तो एकदम साधारण-से पब्लिक हाई स्कूल में जाना चाहती थी। साधारण लोगों का साधारण स्कूल जहाँ मैं तनावमुक्त होकर एक साधारण किशोरी की तरह मज़े कर सकती। लेकिन मेरे अभिभावकों का सोचना था कि इस फ़ेन्सी जगह पर जाना मेरे लिए अच्छा रहेगा। वही लोग थे, जिन्होंने मुझे यहाँ फंसा दिया था। जानते हो; जब प्राथमिक स्कूल में तुम्हारे ग्रेड अच्छे होते हैं, तो यही होता है। अध्यापक तुम्हारे अभिभावकों से कहता है, 'इस लड़की के ग्रेड जिस तरह के आए हैं, उन्हें देखते हुए इसे *वहाँ* जाना

चाहिए।' इसलिए मैं अन्ततः यहाँ आ पहुँची थी। मैं यहाँ छह वर्ष तक आती रही और इसे कभी पसन्द नहीं किया। मैं पूरे समय यहाँ से निकलने के बारे में सोचती रहती थी। और जानते हो, मुझे कभी देर से ना पहुँचने और कभी स्कूल से अनुपस्थित ना रहने के लिए मैरिट का सर्टीफ़िकेट मिला था। मैं इस क़दर इस जगह से नफ़रत करती थी। समझे?"

"नहीं, मैं नहीं समझा।"

"यह इसलिए था कि मैं इस जगह से बेहद नफ़रत करती थी। मैं इसे अपने ऊपर भारी नहीं पड़ने देना चाहती थी। मैंने सोचा, अगर मैंने इसे एक बार मौक़ा दे दिया तो मेरा काम तमाम हो जाएगा। मुझे डर था कि मैं लगातार नीचे फिसलती जाऊँगी। मैं 103 डिग्री बुख़ार में भी रेंगती हुई स्कूल पहुँच जाती थी। अध्यापिका मुझसे पूछती कि क्या मैं बीमार हूँ, लेकिन मैं कह देती, नहीं। ग्रैजुएशन में उन्होंने मुझे पूरी हाज़िरी और समय की पाबन्दी के लिए सर्टीफ़िकेट दिया, साथ ही, फ्रांसीसी का शब्दकोश भी दिया। यही वजह है कि मैं अब जर्मन पढ़ रही हूँ। मैं *किसी भी चीज़* के लिए इस स्कूल की ऋणी नहीं होना चाहती थी। मैं मज़ाक़ नहीं कर रही हूँ।"

"तुम इससे इतनी ज़्यादा नफ़रत क्यों करती थीं?"

"क्या तुम्हें *अपना स्कूल* पसन्द था?"

"नहीं, लेकिन मैं उससे विशेष रूप से नफ़रत भी नहीं करता था। मैं एक साधारण-से पब्लिक हाईं स्कूल में गया था, लेकिन मैं उसके बारे में कभी इस तरह या उस तरह नहीं सोचता था।"

"अच्छा, उस स्कूल में सिर्फ़ उच्चवर्गीय लड़कियाँ ही थीं," मिदोरी ने अपनी छोटी उँगली से आँख का कोना खुजलाते हुए कहा। "अच्छी पारिवारिक पृष्ठभूमि और अच्छे अंकों वाली लगभग एक हज़ार लड़कियाँ। अमीर लड़कियाँ। वहाँ बने रहने के लिए अमीर होना ज़रूरी था। ऊँची फ़ीस, न ख़त्म होने वाले चन्दे और महँगी शैक्षणिक यात्राएँ।" जैसे, अगर हम क्योटो जाते, तो हमें प्रथम-श्रेणी की सराय में ठहराया जाता और लाख की मेज़ों पर चाय-समारोह का भोजन परोसा जाता, और साल में एक बार हमें टोक्यो के सबसे महँगे होटल में ले जाया जाता, जहाँ हमें टेबल मैनर्स सिखाए जाते।"

मेरा मतलब है, यह कोई साधारण स्कूल नहीं था। मेरी क्लास की एक सौ साठ लड़कियों में, मैं एक मात्र लड़की थी, जो तोशिमा जैसे मध्यवर्गीय इलाक़े से थी।पूरे स्कूल में तोशिमा जैसे मध्यमवर्गीय मोहल्ले से आने वाली शायद मैं अकेली ही थी। एक बार मैंने स्कूल का रजिस्टर देखा था कि बाकी लड़कियाँ कहाँ रहती हैं, और उनमें से हर एक किसी न किसी सम्पन्न इलाके से थी। ख़ैर, नहीं, एक लड़की चिबा के बहुत दूर के इलाके से आती थी, जहाँ किसान रहते थे, इसलिए उससे मेरी कुछ दोस्ती हो गई थी। और वह सचमुच बहुत अच्छी लड़की थी। उसने मुझे अपने घर बुलाया, हालाँकि उसने पहले ही यह कहकर माफ़ी माँग ली थी कि वहाँ पहुँचने के लिए मुझे बहुत दूर तक यात्रा करनी पड़ेगी।मैं वहाँ गई और वह जगह अविश्वसनीय निकली। इतनी बड़ी ज़मीन थी कि उसका पूरा चक्कर लगाने में ही पन्द्रह मिनट लग जाते। वहाँ एक शानदार बगीचा था और दो ऐसे कुत्ते थे, जो आकार में किसी छोटी कार जैसे लगते थे। उन्हें खाने में स्टेक खिलाए जाते थे।लेकिन इसके बावजूद, उस लड़की को चिबा में रहने को लेकर शर्म महसूस होती थी। सोच सकते हो? वह ऐसी लड़की थी कि अगर उसे स्कूल के लिए देर हो जाती, तो उसे मर्सिडीज़-बेंज़ में बैठाकर स्कूल भेजा जाता था! ड्राइवर के साथ! बिल्कुल किसी फ़िल्म के दृश्य की तरह – टोपी, सफ़ेद दस्ताने, पूरा तामझाम। और फिर भी उसके भीतर हीनभावना भरी हुई थी। क्या तुम इस बात पर यक़ीन कर सकते हो?"मैंने इनकार में सिर हिलाया।

"पूरे स्कूल में, मैं अकेली थी, जो किता-ओत्सुका तोशिमा जैसी जगह पर रहती थी। और 'अभिभावकों का व्यवसाय' के अन्तर्गत लिखा हुआ था – 'बुकस्टोर मालिक'। मेरी कक्षा में हर कोई सोचता था, यह बहुत अच्छा है : 'ओह, तुम बहुत भाग्यशाली हो, तुम चाहे जो पुस्तक पढ़ सकती हो' और इस तरह की बातें। बेशक, उनके दिमाग़ में किनोकुनिया जैसी कोई दैत्याकार पुस्तकों की दुकान होती थी। वे कभी उस बेचारे छोटे-से कोबायाशी बुकस्टोर की कल्पना नहीं कर पाती थीं। दरवाज़ा खुलता था और तुम्हें पत्रिकाओं के अलावा और कुछ नहीं दिखता था। सबसे ज़्यादा बिकने वाली महिलाओं की पत्रिकाएँ होती हैं, जिनमें नवीनतम यौन तकनीकों पर सचित्र खण्ड होते हैं। स्थानीय गृहणियाँ उन्हें ख़रीदती हैं और रसोईघर की मेज़ पर बैठकर उन्हें पहले कवर से लेकर आख़िरी कवर तक पढ़ती हैं, और जब उनके पति घर आते

हैं तो उन तकनीकों को आज़माकर देखती हैं। और उन्हें उसमें सबसे ज़्यादा अविश्वसनीय आसन मिलते हैं! क्या गृहिणियों के दिमाग़ में पूरे दिन यही घूमता रहता है? फिर कार्टून हैं, जो बहुत ज़्यादा बिकते हैं : *मैग्ज़ीन, सण्डे, जम्प।* और, हाँ, साप्ताहिक पत्रिकाएँ। इसलिए यह बुकस्टोर लगभग पूरा-का-पूरा पत्रिकाओं का स्टोर है। "पत्रिकाएँ। हाँ, कुछ किताबें भी हैं–पेपरबैक–जैसे जासूसी, साहसिक और प्रेम-कथाएँ। बस वही बिकती हैं। और 'कैसे करें' वाली किताबें: गो में कैसे जीतें, बोनसाई कैसे उगाएँ, शादी में भाषण कैसे दें, सेक्स कैसे करें, धूम्रपान कैसे छोड़ें–जो चाहो। हम तो लिखने का सामान भी बेचते हैं–कैश काउंटर के पास बॉलपॉइंट पेन, पेंसिल और कॉपियों के ढेर। लेकिन बस इतना ही। "न '*वॉर एंड पीस*', *न केन्ज़ाबुरो ओए*, न '*कैचर इन द राय*'। यही है कोबायाशी बुकस्टोर। यही है मेरी 'किस्मत'। तुम्हें क्या लगता है, मैं खुशकिस्मत हूँ?"

"मैं उस जगह की कल्पना कर सकता हूँ।"

"तुम समझ रहे हो मैं क्या कहना चाहती हूँ। मोहल्ले के सारे लोग वहाँ आते हैं–कुछ तो सालों से–और हम घर तक सामान पहुँचाते भी हैं। यह अच्छा कारोबार है, चार लोगों के परिवार का खर्च आराम से चल जाता है, कोई कर्ज़ नहीं, दो बेटियाँ कॉलेज में पढ़ रही हैं, लेकिन बस इतना ही। अतिरिक्त खर्चों के लिए कुछ भी नहीं बचता। उन्हें मुझे ऐसे स्कूल में कभी नहीं भेजना चाहिए था। वह तो मानो दिल टूटने का नुस्ख़ा था। हर बार जब स्कूल चंदे के लिए कहता, मुझे उनकी शिकायतें सुननी पड़तीं, और जब भी मैं सहपाठियों के साथ बाहर जाती और वे किसी महँगी जगह पर खाना खाना चाहते, तो मुझे हमेशा डर लगा रहता कि कहीं मेरे पैसे खत्म न हो जाएँ। इस तरह जीना बहुत दुखद है। क्या तुम्हारा परिवार अमीर है?"

"मेरा परिवार? नहीं, मेरे अभिभावक नितान्त साधारण कामकाजी लोग हैं, ना सम्पन्न ना ग़रीब। मैं जानता हूँ कि मुझे टोक्यो के एक प्राइवेट कॉलेज में पढ़ने के लिए भेजना उनके लिए आसान नहीं है, लेकिन चूँकि पालने के लिए मैं अकेला हूँ, इसलिए यह उतनी बड़ी समस्या नहीं है। वे मेरे गुज़ारे के लिए बहुत ज़्यादा नहीं दे पाते, इसलिए मैं पार्ट-टाइम काम करता हूँ। हम एक सामान्य-से मकान में रहते हैं और टोयोटा कोरोला में सफ़र करते हैं।"

"तुम्हारा काम किस तरह का है?"

"मैं हफ़्ते में तीन दिन शिन्जुकू की रिकॉर्ड की एक दुकान में काम करता हूँ। वह आसान है। मैं वहाँ बैठा रहता हूँ और स्टोर की निगरानी करता हूँ।"

"मज़ाक नहीं कर रही हूँ," मिदोरी ने कहा। "मुझे नहीं पता, बस तुम्हें देखकर मुझे लगता था कि तुम्हें कभी पैसों की कमी नहीं पड़ती होगी।"

"यह सही है। मुझे कभी पैसे की कमी नहीं पड़ती। यह सही है कि हमारे पास बहुत नहीं है। मैं ज़्यादातर लोगों की तरह ही हूँ।"

"लेकिन मेरे स्कूल में 'ज़्यादातर लोग' अमीर थे," मिदोरी ने अपनी हथेलियाँ गोद में रखकर कहा। "यही समस्या थी।"

"तो अब तुम्हें ऐसे संसार को देखने के बहुत मौके मिलेंगे जहाँ यह समस्या नहीं है। शायद तुम्हारी इच्छा से भी ज़्यादा।"

"अच्छा, बताओ तो–तुम्हारे हिसाब से अमीर होने की सबसे अच्छी बात क्या है?"

"मुझे नहीं पता।"

"यह कि तुम कह सको कि तुम्हारे पास पैसे नहीं हैं। जैसे, अगर मैं अपनी किसी सहपाठी से कहती कि चलो कुछ करते हैं, तो वह कह सकती थी, 'सॉरी, मेरे पास पैसे नहीं हैं।' लेकिन अगर स्थिति उलट होती, तो मैं कभी ऐसा नहीं कह सकती थी। अगर *मैं कहती*, 'मेरे पास पैसे नहीं हैं,' तो उसका मतलब *सचमुच यही होता*–कि मेरे पास बिल्कुल पैसे नहीं हैं। यह दुखद है। जैसे, अगर कोई सुंदर लड़की कहे, 'आज मैं बहुत खराब लग रही हूँ, बाहर नहीं जाना चाहती,' तो ठीक है; लेकिन अगर कोई बदसूरत लड़की यही बात कहे, तो लोग उस पर हँसते हैं। मेरे लिए दुनिया ऐसी ही थी–पिछले साल तक पूरे छह सालों तक।"

"तुम इससे उबर जाओगी।"

"उम्मीद तो यही है। कॉलेज में बहुत राहत है! वह साधारण लोगों से भरा हुआ है।

अपने होंठों पर हल्का-सा घुमाव लाती हुई वह मुस्कराई और अपने छोटे बालों पर हथेली फेरी।

"तुम कोई काम करती हो?" मैंने पूछा।

"हाँ, मैं नक्शों के साथ दिए जाने वाले विवरण लिखती हूँ। तुम्हें पता है, वे छोटी-छोटी पुस्तिकाएँ जो नक्शों के साथ आती हैं? उनमें अलग-अलग इलाक़ों का परिचय, जनसंख्या के आँकड़े और दर्शनीय स्थानों की जानकारी दी होती है। यहाँ अमुक ट्रैकिंग मार्ग है, वहाँ कोई लोककथा प्रचलित है, या फिर किसी विशेष फूल या पक्षी का उल्लेख होता है। मैं उन्हीं चीज़ों के लिए सामग्री लिखती हूँ। यह काम बहुत आसान है। इसमें बिल्कुल समय नहीं लगता। पुस्तकालय में एक दिन बैठकर जानकारी जुटा लो, और मैं पूरी की पूरी पुस्तिका लिख सकती हूँ। बस दो-चार राज़ जान लो, फिर हर तरह का काम अपने-आप मिलने लगता है।"

"किस तरह के राज़?"

"जैसे तुम कुछ ऐसी छोटी-मोटी बातें लिख दो, जो किसी और ने न लिखी हों, और नक्शा कम्पनी के लोग सोचने लगें कि तुम साहित्य के कोई जीनियस हो। फिर वे तुम्हें और ज़्यादा काम भेजने लगते हैं। उसे कोई बहुत बड़ी चीज़ होने की ज़रूरत नहीं होती, बस ऐसी छोटी-मोटी बातें काफ़ी हैं। मान लो, किसी ख़ास वादी में एक बाँध बनाया गया। पानी ने एक गाँव को डुबो दिया, लेकिन हर वसन्त में परिन्दे दक्षिण से उड़कर आते हैं और तुम उन्हें उस झील के ऊपर मँडराते हुए देख सकते हो। बस इस तरह का कोई छोटा-सा प्रसंग जोड़ दो, और लोगों को वह पसन्द आ जाता है। उन्हें लगता है कि वह बहुत सजीव और भावनात्मक है। आमतौर पर पार्ट-टाइम काम करने वाले लोग ऐसी बातों पर ध्यान नहीं देते, लेकिन मैं उनसे अच्छा-खासा पैसा कमा लेती हूँ।"

"हाँ, लेकिन तुम्हें उन 'किस्सों' को ढूँढ़ना पड़ता है।"

"सही," मिदोरी ने सिर हल्का-सा झुकाते हुए कहा। "लेकिन अगर तुम उन्हें खोज रहे हो, तो अक्सर मिल ही जाते हैं। और अगर न भी मिलें, तो तुम हमेशा कुछ हानिरहित गढ़ सकते हो।"

"ओहो!"

"शांत," मिदोरी ने कहा।

उसने कहा कि वह मेरे हॉस्टल के बारे में सुनना चाहती है, तो मैंने उसे

झंडा फहराने और स्टॉर्म ट्रूपर के रेडियो कैलिस्थेनिक्स वाली अपनी आम कहानियाँ सुनाईं। स्टॉर्म ट्रूपर की बात पर मिदोरी खास तौर पर बहुत हँसी–जैसा कि वह दुनिया के लगभग हर व्यक्ति को हँसा देता था। मिदोरी ने कहा कि उसे हॉस्टल को देखकर मज़ा आएगा। मैंने उससे कहा कि उस जगह में कुछ भी मज़ेदार नहीं है: "बस कुछ सौ लड़के गंदे कमरों में रहते हैं, शराब पीते हैं और हस्तमैथुन करते हैं।"

"क्या उनमें तुम भी शामिल हो?"

"उसमें धरती का हर आदमी शामिल होता है," मैंने समझाया। "लड़कियों के पीरियड होते हैं और लड़के हस्तमैथुन करते हैं। हर कोई।"

"वे भी जिनकी गर्लफ्रेंड होती हैं? मेरा मतलब जिनकी सेक्स पार्टनर होती हैं।"

"इसका उससे कोई लेना-देना नहीं है। मेरे बगल में रहने वाला केइओ यूनिवर्सिटी का छात्र हर डेट से पहले हस्तमैथुन करता है। इससे उसका तनाव कम होता है"

"मुझे इन चीज़ों के बारे में ज़्यादा पता नहीं है। मैं इतने समय तक लड़कियों के स्कूल में रही हूँ।"

"लगता है महिलाओं की पत्रिकाओं के परिशिष्ट में ये बातें नहीं होती होंगी।"

"बिलकुल नहीं!" वह हँसते हुए बोली। "ख़ैर, तातानबे, क्या तुम्हारे पास इस रविवार कुछ समय है? तुम खाली हो?"

"मैं हर रविवार खाली रहता हूँ। कम-से-कम छह बजे तक। उसके बाद मुझे काम पर जाना होता है।"

"तुम मुझसे मिलने क्यों नहीं आ जाते? कोबायाशी बुकस्टोर में। स्टोर तो बन्द होगा, लेकिन मुझे वहाँ पूरे दिन बने रहना होगा, अकेले। मेरे लिए कोई महत्त्वपूर्ण फ़ोन आ सकता है। लंच के बारे में क्या ख़याल है? मैं तुम्हारे लिए खाना पकाऊँगी।"

"मुझे अच्छा लगेगा," मैंने कहा।

मिदोरी ने एक नोटबुक से एक पन्ना फाड़ा और अपने घर के रास्ते का

विस्तृत नक़्शा बना दिया। जहाँ उसका मकान था, उस जगह पर बड़ा X बनाने के लिए उसने लाल पेन का इस्तेमाल किया।

"तुमसे चूक नहीं हो सकती। वहाँ एक बड़ा साइन बोर्ड है : 'कोबायाशी बुकस्टोर।' दोपहर में आओ। मैं लंच तैयार रखूँगी।"

मैंने उसे धन्यवाद दिया और नक़्शा अपनी जेब में रख लिया। "बेहतर होगा कि अब मैं कैम्पस वापस चला जाऊँ," मैंने कहा। "मेरी जर्मन क्लास दो बजे शुरू होती है।" मिदोरी ने कहा कि उसे कहीं जाना है, और उसने योत्सुया से ट्रेन पकड़ ली।

इतवार को मैं सुबह नौ बजे उठा, दाढ़ी बनाई, अपने कपड़े धोए और छत पर सूखने डाल दिए। वह एक सुन्दर दिन था। शरद ऋतु की पहली गन्ध हवा में थी। चौक में लाल पतंगे मँडरा रहे थे और पड़ोस के बच्चे जाल लहराते हुए उनका पीछा कर रहे थे। चूँकि हवा नहीं चल रही थी, इसलिए झण्डा अपने खम्भे पर ढीला-सा लटका हुआ था। मैंने ताज़ा प्रेस की हुई शर्ट पहनी और छात्रावास से स्ट्रीटकार के स्टॉप तक पैदल चल पड़ा। इतवार की सुबह का छात्रों का इलाक़ा – सड़कों पर सन्नाटा था; वे क़रीब-क़रीब ख़ाली थीं, और ज़्यादातर दुकानें बन्द थीं। जो थोड़ी-बहुत आवाज़ें थीं, वे असाधारण स्पष्टता के साथ गूँज रही थीं। सैबॉट पहने एक लड़की डामर की सड़क पर खट-खट करती चली जा रही थी, और स्ट्रीटकार बार्न के बगल में चार-पाँच बच्चे ख़ाली डिब्बों की क़तार पर पत्थर फेंक रहे थे। फूलों की एक दुकान खुली हुई थी, इसलिए मैं अन्दर गया और वहाँ से कुछ डैफ़ोडिल ख़रीदे। शरद ऋतु में डैफ़ोडिल – यह कुछ विचित्र-सा था। लेकिन मुझे यह फूल हमेशा से पसन्द रहा है

उस इतवार की सुबह की स्ट्रीटकार में सिर्फ़ तीन बूढ़ी औरतें सवार थीं। उन सभी ने मुझे और मेरे फूलों की ओर देखा। उनमें से एक ने मेरी तरफ़ देखकर मुस्कराया। मैं भी उसकी ओर देखकर मुस्करा दिया। मैं अंतिम सीट पर बैठ गया और खिड़की के पास से गुजरते पुराने घरों को देखता रहा। स्ट्रीटकार सड़क पर लटकते छज्जों को लगभग छूती हुई-सी गुजर रही थी। एक मकान के कपड़े धोने के डेक पर दस गमलों में टमाटर के पौधे लगे हुए थे, जिनके

बगल में एक बड़ी काली बिल्ली धूप में पसरी हुई थी। एक दूसरे घर के आँगन में एक छोटा बच्चा साबुन के बुलबुले उड़ा रहा था। मुझे किसी जगह से आता आयुमी इशिदा का गीत सुनाई दिया, और मैं कहीं पकाई जा रही तरकारी की गंध सूँघ सकता था। स्ट्रीटकार इमारतों के बीच से गुजरती गली की इस निजी दुनिया में लहराती हुई चली जा रही थी। रास्ते के एक स्टॉप पर कुछ और यात्री स्ट्रीटकार में सवार हो गए थे, लेकिन वे तीनों बूढ़ी औरतें, एक-दूसरे से सटी हुई, किसी चीज़ के बारे में निरंतर बतियाए जा रही थीं।

मैं ओत्सुका स्टेशन पर उतर गया और मिदोरी के नक्शे का अनुसरण करता हुआ एक चौड़ी सड़क पर चलने लगा। रास्ते की कोई भी दुकान फलती-फूलती नहीं लग रही थी; वे सब पुरानी इमारतों के अँधेरे भीतरी हिस्सों में बनी हुई थीं। कुछ दुकानों के साइनबोर्डों की लिखावट धुँधली पड़ गई थी। इमारतों की उम्र और शैली से अनुमान लगाया जा सकता था कि यह इलाक़ा युद्धकालीन हवाई हमलों से अछूता रहा था और पूरे-के-पूरे ब्लॉक साबुत बचे रह गए थे। कुछ मकानों का पूरी तरह पुनर्निर्माण किया गया था, लेकिन लगभग सभी को बड़ा कर दिया गया था या जगह-जगह उनकी मरम्मत की गई थी। और ये सारे अतिरिक्त निर्माण पुरानी इमारतों की तुलना में कहीं ज़्यादा फटेहाल लगते थे।

उस जगह का सारा वातावरण इस बात की ओर इशारा करता था कि जो लोग यहाँ रहा करते थे, उनमें से ज़्यादातर कारों, बदबूदार हवा, शोर और महँगे किरायों से तंग आकर उपनगरों में जा बसे थे, और केवल सस्ते अपार्टमेंट, कम्पनी फ़्लैट, हटाई न जा सकने वाली दुकानें तथा कुछ ज़िद्दी क़िस्म के लोग ही बचे रह गए थे, जो अपने परिवार की ज़ायदाद से चिपके हुए थे। हर चीज़ धुँधली और गन्दी लग रही थी, जैसे वह वाहनों से निकली गैस की धुंध में लिपटी हुई हो।

इस सड़क पर दस मिनट चलने के बाद मुझे कोने पर बना एक गैस स्टेशन मिला जहाँ से मैं दाएँ मुड़कर दुकानों के एक छोटे ब्लॉक में पहुँच गया, जिसके बीचों-बीच कोबायाशी बुकस्टोर का साइनबोर्ड लटक रहा था। सच है, यह कोई बड़ा स्टोर नहीं था, लेकिन उतना छोटा भी नहीं था, जितने की कल्पना मैंने मिदोरी द्वारा किए गए वर्णन के आधार पर की थी। यह एक सामान्य क़िस्म का स्थानीय बुकस्टोर था, उसी तरह का जहाँ मैं बच्चों की पत्रिका के आने वाले

दिन भागता हुआ जा पहुँचता था। उस जगह के सामने खड़े हुए मुझ पर पुरानी यादों का साया छा गया।

स्टोर के सामने का पूरा हिस्सा एक बड़े धातु के शटर से बन्द था, जिस पर एक पत्रिका का विज्ञापन था: *"वीकली बुनशुन यहाँ गुरुवार को बेची जाती है।"* दोपहर होने में अभी पन्द्रह मिनट बाक़ी थे, लेकिन मैं मुट्ठीभर डैफ़ोडिल लिए ब्लॉक के चक्कर लगाकर वक़्त नहीं काटना चाहता था, इसलिए मैंने शटर के बगल में लगा घंटी का बटन दबा दिया और कुछ क़दम पीछे हटकर इन्तज़ार करने लगा। बिना किसी जवाब के पन्द्रह सेकण्ड बीत गए। मैं इस उधेड़बुन में था कि दोबारा बटन दबाऊँ या नहीं, तभी मैंने अपने ऊपर एक खिड़की के खुलने की आवाज़ सुनी। मैंने ऊपर देखा, जहाँ मिदोरी बाहर झुकी हुई हाथ हिला रही थी।

"अन्दर आ जाओ," वह चिल्लाई। "शटर को ऊपर उठा दो।"

"ठीक तो है ना? मैं कुछ जल्दी आ गया हूँ," मैं वापस चिल्लाया।

"कोई समस्या नहीं। ऊपर आ जाओ। मैं किचन में व्यस्त हूँ।" उसने खिड़की बन्द कर दी।

जब मैंने शटर को ज़मीन से तीन फुट ऊपर उठाया तो उसने भयानक घर्षण की आवाज़ की, फिर मैं झुककर उसके अन्दर गया और उसे वापस खींच दिया। दुकान के अन्दर पूरी तरह अँधेरा था। मैं पत्रिकाओं के ढेर से टकराते हुए किसी तरह पीछे की सीढ़ियों तक गया। वहाँ मैंने अपने जूते खोले और ऊपर चला गया, जहाँ वे लोग रहते थे। घर के भीतर अँधेरा था और माहौल में उदासी थी। ऊपर जहाँ सीढ़ियाँ समाप्त होती थीं, वहाँ एक सादी-सी बैठक थी, जिसमें सोफ़ा और आराम कुर्सियाँ पड़ी हुई थीं। वह एक छोटा-सा कमरा था, जिसमें खिड़की से फ़ीकी-सी रोशनी आ रही थी और जो पुरानी पोलिश फ़िल्मों की याद दिलाती थी। बाईं तरफ़ एक स्टोर एरिया और एक दरवाज़ा था, जो शायद बाथरूम का दरवाज़ा था। मुझे दूसरी मंज़िल पर पहुँचने के लिए सावधानी पूर्वक खड़ी सीढ़ियाँ चढ़नी थीं, लेकिन जैसे ही मैं वहाँ पहुँचा, वहाँ पहली मंज़िल के मुक़ाबले इतनी ज़्यादा रोशनी थी कि मुझे बहुत राहत महसूस हुई।

"यहाँ," मिदोरी की आवाज़ आई। सीढ़ियों के ऊपरी सिरे पर दाईं ओर वह जगह थी, जो डाइनिंग रूम जैसी लगती थी, और उसके आगे रसोई थी। मकान अपने आप में पुराना था, लेकिन रसोई को देखकर लगता था कि उसे हाल ही में नए सिरे से सँवारा गया था। उसमें नए कैबिनेट और एक उजला, चमकीला सिंक और नल लगा हुआ था। वहाँ मैंने मिदोरी को खाना पकाते हुए पाया। एक देगची में कुछ उबल रहा था और हवा में मछली की गंध भरी हुई थी।

"रेफ्रिजरेटर में बियर है," मिदोरी ने मेरी ओर नज़र फेंकते हुए कहा।

"बैठो, जब तक मैं इसे निपटाती हूँ।" मैंने फ्रिज से एक कैन निकाली और रसोई की मेज़ पर बैठ गया। बियर इतनी ज़्यादा ठण्डी थी कि लगता था, वह साल के ज़्यादातर समय फ्रिज में ही पड़ी रही होगी। मेज़ पर एक छोटी-सी, सफ़ेद एशट्रे, एक अख़बार और सोया-सॉस डिस्पेंसर रखा हुआ था। उस पर एक नोटपैड और पेन भी था। पैड पर एक फ़ोन नम्बर था और कुछ आँकड़े लिखे हुए थे, जिन्हें देखकर लगता था, वे ख़रीददारी से सम्बन्धित हिसाब-किताब थे।

"मुझे यह पूरा करने में दस मिनट लगेंगे," उसने कहा। "क्या तुम इन्तज़ार कर सकोगे?"

"बेशक," मैंने कहा।

"तो फिर अच्छे से भूखे हो जाओ, मैं काफ़ी कुछ बना रही हूँ।"

मैं अपनी बियर की चुस्कियाँ लेता रहा और मिदोरी पर ध्यान टिकाए रहा, जो मेरी ओर पीठ किए खाना पकाती जा रही थी। वह तेज़ और फुर्तीले हाथों से काम कर रही थी, और एक साथ कम-से-कम चार तरह की पकाने की प्रक्रियाएँ संभाल रही थी। कभी वह किसी उबले हुए व्यंजन का स्वाद चखती, और अगले ही पल कटिंग बोर्ड पर खट-खट-खट करती हुई कुछ काटने लगती; फिर रेफ्रिजरेटर से कुछ निकालकर किसी डिश में डाल देती, और देखते-देखते उस बर्तन को भी धो डालती, जिसका इस्तेमाल वह कर चुकी थी। पीछे से वह किसी हिंदुस्तानी तालवादक जैसी लग रही थी–मानो घंटी बजा रही हो, लकड़ी के ब्लॉक को थपथपा रही हो, भैंसे की हड्डी पर चोट कर

रही हो–हर हरकत एकदम सटीक और किफ़ायती, पूर्ण संतुलन के साथ। मैं उसे विस्मय से देखता रहा।

"मुझे बताओ, अगर मैं कुछ मदद कर सकता हूँ तो," यह सोचकर कि हो सकता है कोई ज़रूरत हो, मैंने पूछा।

"कोई बात नहीं," मिदोरी ने मेरी ओर मुस्कराते हुए कहा। "मुझे सब कुछ अकेले करने की आदत है।" उसने पतली नीली जीन्स और नेवी रंग की टी-शर्ट पहन रखी थी। उसकी टी-शर्ट की पीठ पर लगभग पूरी जगह घेरता हुआ एप्पल रेकॉर्ड्स का लोगो बना हुआ था। उसके कूल्हे बेहद पतले थे, मानो वह उस विकास-चरण को ही लाँघ गई हो, जिसमें कूल्हे अपना ठोस आकार ग्रहण करते हैं। इसी वजह से पतली जीन्स में उसका रूप ज़्यादातर लड़कियों की तुलना में कहीं अधिक सादा लगता था। रसोई की खिड़की से आती रोशनी उसकी आकृति को एक धुँधली-सी रूपरेखा दे रही थी।

"तुम्हें वास्तव में इतनी बड़ी दावत के झमेले में नहीं पड़ना चाहिए था," मैंने कहा।

"यह कोई दावत नहीं है," मिदोरी ने बिना मेरी ओर मुड़े जवाब दिया। "मैं कल इतनी ज़्यादा व्यस्त रही कि कोई ख़ास ख़रीददारी नहीं कर सकी। मैं तो बस, जो कुछ भी फ्रिज में है, उसको जोड़-तोड़कर पका रही हूँ। वाक़ई चिन्ता मत करो। इसके अलावा मेहमानों का ठीक-से स्वागत करना कोबायाशी परिवार की रवायत रही है। मैं नहीं जानती कि यह क्या है, लेकिन हमें सत्कार करना अच्छा लगता है। यह जन्मजात है, एक तरह की बीमारी। यह नहीं कि हम लोग विशेष रूप से भले हैं या लोग हमें प्रेम वग़ैरह करते हैं, लेकिन अगर हमारे घर कोई आता है तो हम हर हालत में उसका ठीक तरह से सत्कार करना ज़रूरी समझते हैं। हम सभी की शख़्सियत में यह ख़राबी है, चाहे जो भी हो। मसलन, मेरे पिता को ही ले लो। वे बमुश्किल ही कभी पीते हैं, लेकिन घर अल्कोहल से भरा होता है। काहे के लिए? मेहमानों की ख़ातिरदारी के लिए! इसलिए ख़ुद को रोकना मत : जितनी चाहे बियर चाहो, पी लेना।"

"थैंक्स," मैंने कहा।

मुझे अचानक ख्याल आया कि मैं फूल नीचे ही छोड़ आया हूँ। जूते के

फीते खोलते समय मैंने उन्हें एक ओर रख दिया था और उन्हें ऊपर लाना भूल गया था। मैं फुर्ती से फिर नीचे गया और अँधेरे में पड़े वे दस चमकीले फूल ढूँढ़ निकाले। मिदोरी ने अलमारी से एक लंबा, पतला गिलास निकाला और उसमें फूल सजा दिए।

"मुझे डैफ़ोडिल बहुत पसन्द हैं," मिदोरी ने कहा। "मैंने एक बार हाई स्कूल के टैलेण्ट शो में 'सेवन डैफ़ोडिल' नामक गीत गाया था। तुम इस गाने के बारे में जानते हो?"

"हाँ, हाँ, मैं जानता हूँ।"

"हमारा एक लोक-समूह था। मैं गिटार बजाया करती थी।"

उसने प्लेटों में खाना सजाते हुए "सेवन डैफ़ोडिल" गाया।

मिदोरी का खाना मेरी कल्पना से कहीं बेहतर निकला–तले हुए, अचार वाले, उबले और भुने व्यंजनों का अद्भुत मेल, जिसमें अंडे, मैकेरल मछली, ताज़ी हरी सब्ज़ियाँ, बैंगन, मशरूम, मूली और तिल के बीज इस्तेमाल किए गए थे, और सब कुछ खास क्योटो शैली में पकाया गया था।

"यह *बहुत बढ़िया* है," मैंने मुँह में खाना भरे हुए कहा।

"अच्छा, अब सच-सच बताओ," मिदोरी ने कहा। "तुम्हें उम्मीद नहीं थी कि मेरा खाना इतना अच्छा होगा–मेरी शक्ल-सूरत देखकर, है न?"

"शायद नहीं," मैंने ईमानदारी से कहा।

"तुम कान्साईइलाके से हो, इसलिए तुम्हें इस तरह का हल्का-नाज़ुक स्वाद पसंद है, है न?"

"यह मत कहना कि तुमने खास मेरे लिए अपना तरीका बदल लिया?"

"ऐसी बात मत करो! मैं इतना झंझट नहीं उठाती। नहीं, हम तो हमेशा ऐसे ही खाते हैं।"

"तो तुम्हारी माँ–या तुम्हारे पिता–कान्साईसे हैं?"

"नहीं। मेरे पिता का जन्म टोक्यो में हुआ था और मेरी माँ फ़ुकुशिमा की हैं। मेरे रिश्तेदारों में एक भी कान्साईका नहीं है। हम सब टोक्यो या उत्तरी कांतो के ही हैं।"

"मैं समझा नहीं," मैंने कहा। "तुम यह सौ-प्रतिशत-प्रामाणिक कान्साई-शैली का खाना कैसे पका सकती हो? क्या यह तुम्हें किसी ने सिखाया है?"

"यह एक लम्बा क़िस्सा है," उसने तले हुए अण्डे का एक टुकड़ा खाते हुए कहा। "मेरी माँ को किसी भी क़िस्म के घरेलू काम से नफ़रत थी और वह लगभग कभी कुछ भी नहीं पकाती थी। हमें कारोबार भी देखना होता था, इसलिए बात अक्सर कुछ इस तरह होती थी – 'आज तो हम बहुत व्यस्त हैं, इसलिए बाहर से खाना मँगा लेते हैं' या 'हम कसाई की दुकान से कुछ क्रोकट ख़रीद लेते हैं' वग़ैरह। मुझे यह तब भी बहुत बुरा लगता था, जब मैं छोटी-सी बच्ची थी। मेरा मतलब है, एक बड़े बर्तन भर करी बना लेना और तीन दिन तक वही-वही चीज़ खाते रहना। इसलिए एक दिन – तब मैं मिडिल स्कूल के तीसरे साल में थी – मैंने फ़ैसला किया कि मैं परिवार के लिए खाना पकाया करूँगी और यह काम ठीक से किया करूँगी। मैं शिन्जुकू में किनोकुनिया की बड़ी दुकान पर गई और वहाँ से खाना पकाने की विधियों की सबसे बड़ी हैण्डबुक ख़रीद लाई। फिर मैंने उसके एक-एक पन्ने में लिखी विधियों में दक्षता हासिल कर ली: कटिंग बोर्ड का चुनाव कैसे किया जाए, चाकुओं को पैना कैसे किया जाए, मछली की हड्डियाँ कैसे अलग की जाएँ, ताज़ा बोनिटो फ़्लेक्स को कैसे छीला जाए – सब कुछ। पता चला कि उस पुस्तक का लेखक कान्साई का रहने वाला था, इसलिए मेरी खाना बनाने की सारी शैली कान्साई की है।"

"तुम्हारा मतलब है, तुमने यह सब कुछ पकाना उस पुस्तक से सीखा था!"

"मैंने पैसे की बचत की और वास्तविक चीज़ खाने गई। इसी तरह मैंने स्वादों की समझ सीखी। मेरी सहज बुद्धि बहुत अच्छी है। हालाँकि, तार्किक ढंग से सोचने के मामले में, मैं बहुत ही कमज़ोर हूँ।"

"यह अद्भुत है कि तुम बिना किसी के द्वारा बताए, ख़ुद-ब-ख़ुद इतना अच्छा खाना पकाना सीख गईं।"

"यह आसान नहीं था," मिदोरी ने गहरी साँस छोड़ते हुए कहा, "एक ऐसे घर में बड़ा होना जहाँ किसी को भी खाने की परवाह नहीं है। मैं उनसे कहती थी कि मैं अच्छे क़िस्म के चाकू और बर्तन ख़रीदना चाहती हूँ और वे मुझे पैसे नहीं देते थे। वे कहते थे, 'हमारे पास अभी जो है, वह पर्याप्त अच्छा

है,' लेकिन मैं उनसे कहती कि यह पागलपन है, हमारे पास जिस तरह के घटिया चाकू हैं, उनसे आप मछली की हड्डियाँ अलग नहीं कर सकते, जिस पर वे कहते, 'तुम्हें मछली की हड्डियाँ अलग करने की ज़रूरत ही क्या है?' उनके साथ बात करने की कोशिश करना ही बहुत निराशाजनक था। मैंने अपने जेब ख़र्च के पैसों की बचत की और असली उत्तम क़िस्म के चाकू और बर्तन आदि ख़रीदे। क्या तुम विश्वास कर सकते हो? एक पन्द्रह साल की लड़की अपने ख़र्च में कटौती कर एक-एक पैसा बचा के छन्नियाँ और चाकू पैना करने के पत्थर, और टेम्पुरा पॉट ख़रीदती है, जबकि स्कूल की दूसरी तमाम लड़कियों को बड़ी तादाद में जेब ख़र्च के लिए पैसे मिलते हैं, जिससे वे सुन्दर-सुन्दर पोशाकें और जूते ख़रीदती हैं। क्या तुम्हें मेरी इस हालत पर दुख नहीं होता?"

मैंने ताज़ी *जुनसाई* पत्तियों वाला साफ़ सूप पीते हुए हाँ में सिर हिलाया।

"जब मैं हाई स्कूल के पहले साल में थी, तो मुझे एक अंडा तलने का बर्तन चाहिए था–लंबा, संकरा पैन, जिसमें हम जो *दाशिमाकी* स्टाइल का ऑमलेट खा रहे हैं, वह बनाया जाता है। मैंने उसे उन पैसों से खरीदा था, जो मुझे नई ब्रा लेने के लिए दिए गए थे। *तीन महीने* तक मुझे एक ही ब्रा में गुज़ारा करना पड़ा। यक़ीन कर सकते हो? मैं रात में अपनी ब्रा धोती, उसे सुखाने के लिए पागलों की तरह कोशिश करती, और अगले दिन वही पहनती। और अगर वह ठीक से सूखती नहीं थी, तो मेरे लिए एक मुसीबत खड़ी हो जाती थी। दुनिया की सबसे दुखद चीज़ है गीली ब्रा पहनना। मैं आँखों में आँसू भरे घूमती रहती थी। सोचो, एक अंडा तलने के पैन के लिए मैं इतना सब झेल रही थी!"

"मैं तुम्हारा मतलब समझ रहा हूँ," मैंने हँसते हुए कहा।

"मैं जानती हूँ कि मुझे ऐसा नहीं कहना चाहिए, लेकिन जब मेरी माँ मरी, तो मुझे एक तरह की राहत मिली थी। अब मैं परिवार का बजट अपनी तरह से चला सकती थी। मैं मनचाही चीज़ें ख़रीद सकती थी। इसलिए अब मेरे पास खाना पकाने के बर्तनों का अपेक्षाकृत पूरा सैट है। मेरे पिता इस बजट के बारे में कुछ नहीं जानते।

"तुम्हारी माँ की मृत्यु कब हुई थी?"

"दो साल पहले। कैन्सर। ब्रेन ट्यूमर। वे डेढ़ साल तक अस्पताल में रही थी। वह भयानक था। वे शुरू से लेकर आख़िरी तक तकलीफ़ झेलती रहीं।

अन्त में उनका दिमाग़ फिर गया था, वे पूरे समय नशे की दवाओं पर रहती थीं, और तब भी वह मरती नहीं थी, हालाँकि जब वे मरीं तो वह दया मृत्यु थी। यह सबसे बदतर मौत है – इन्सान यातना भोग रहा है, परिवार को नर्क झेलना पड़ रहा है। हमारे पास की पाई-पाई ख़त्म हो गई थी। मेरा मतलब है, वे उन्हें सुइयाँ लगाते थे, एक-के-बाद-एक। एक इंजैक्शन के बीस हज़ार येन, और उसे चौबीसों घण्टे की देखभाल ज़रूरी होती थी। मैं उन्हें लेकर पूरे समय व्यस्त रहती थी, पढ़ नहीं सकती थी, एक साल तक कॉलेज को स्थगित रखना पड़ा था। और ऊपर से मानो इतना ही काफ़ी नहीं था –" उसने बीच वाक्य में ख़ुद को रोक लिया, अपनी चॉपस्टिक नीचे रखीं और गहरी साँस छोड़ी। "यह बातचीत अचानक ऐसी मनहूस कब हो गई?"

"इसकी शुरुआत ब्रा के मसले से हुई थी," मैंने कहा।

"तो ख़ैर, अपने अण्डे खाओ और उसके बारे में सोचो जो मैंने तुमसे कहा है," चेहरे पर गम्भीर भाव लिए हुए मिदोरी ने कहा।

अपने हिस्से का खाना खाकर मेरा पेट भर गया था, लेकिन मिदोरी ने बहुत कम खाया था। "खाना बनाना मेरी भूख मार देता है," उसने कहा। उसने मेज़ साफ़ की, टुकड़ों को पोंछा, मार्लबोरो का डिब्बा निकाला, एक सिगरेट मुँह में रखी और माचिस से उसे सुलगा लिया। डैफ़ोडिल्स वाले गिलास को हाथ में लेकर वह कुछ देर तक उन फूलों को देखती रही।

"मेरा ख़याल है, मैं इन्हें गुलदस्ते में नहीं रखूँगी," उसने कहा। "अगर मैं इन्हें इसी तरह छोड़ देती हूँ, तो यह कुछ ऐसा है जैसे मैंने उन्हें कहीं किसी पोखर से तोड़ा और जो भी चीज़ सबसे पहले मेरे हाथ लगी, उसी में, मैंने उन्हें पटक दिया।"

"मैंने इन्हें ओत्सुका स्टेशन के पोखर से ही तोड़ा था," मैंने कहा।

वह हँस दी। "तुम अनोखे इन्सान हो। एकदम सपाट चेहरा बनाए रखते हुए मज़ाक़ कर लेते हो।"

ठोड़ी हाथ में लिए उसने आधी सिगरेट पी ली, फिर उसे एशट्रे में मसल दिया। उसने अपनी आँखें मलीं जैसे उनमें धुआँ चला गया हो।

"लड़कियों को सिगरेट बुझाते समय थोड़ा ज़्यादा सलीकेदार होना

चाहिए। तुमने तो उसे ऐसे बुझाया जैसे कोई लकड़हारा हो। सिर्फ़ उसे ऐशट्रे में मसल देना ठीक नहीं–राख के किनारों पर हल्के से दबाना चाहिए, तब वह मुड़ती नहीं है। और लड़कियों को कभी भी नाक से धुआँ नहीं छोड़ना चाहिए। और ज़्यादातर लड़कियाँ तो किसी पुरुष के साथ अकेले खाना खाते समय यह बात भी नहीं करेंगी कि उन्होंने तीन महीने तक एक ही ब्रा पहनी थी।"

"मैं लकड़हारिन ही हूँ," मिदोरी ने अपनी नाक के पास खुजलाते हुए कहा। "मैं कभी भी शालीन नहीं बन पाती। कभी-कभी मज़ाक में कोशिश करती हूँ, लेकिन शालीनता मुझ पर टिकती ही नहीं। मेरे लिए और कोई आलोचना है?"

"लड़कियाँ मार्लबोरो नहीं पीतीं," मैंने कहा।

"अन्तर क्या है? हर सिगरेट दूसरी सिगरेट की तरह स्वाद में बुरी लगती है।" उसने मार्लबोरो की डिब्बी को अपने हाथ में बार-बार उलटा-पलटा। "मैंने अभी पिछले महीने ही सिगरेट पीना शुरू किया है। ऐसा नहीं है कि मैं तम्बाकू या ऐसी किसी चीज़ के लिए मरी जा रही थी। बस मेरा मन हो गया।"

"ऐसा क्यों?" मैंने पूछा।

उसने अपने दोनों हाथ मेज़ पर दबाए और कुछ देर इसके बारे में सोचा। "अन्तर क्या है? तुम सिगरेट नहीं पीते?"

"मैंने जून में छोड़ दी थी," मैंने कहा।

"कैसे?"

"वह एक तकलीफ़ थी। मुझे आधी रात को सिगरेट के ख़त्म हो जाने से नफ़रत थी। मुझे यह पसन्द नहीं कि कोई चीज़ मुझे इस तरह नियन्त्रित करे।"

"तुम इस बारे में बहुत स्पष्ट हो कि तुम्हें क्या पसन्द है और क्या नहीं," उसने कहा।

"हो सकता है," मैंने कहा। "शायद यही वजह हो कि लोग मुझे पसन्द नहीं करते। कभी नहीं किया।"

"यह इसलिए है कि तुम इसे दर्शाते हो," उसने कहा। "तुम इस बात को ज़ाहिर कर देते हो कि तुम्हें इस बात की परवाह नहीं है कि लोग तुम्हें पसन्द करते हैं या नहीं। इससे कुछ लोग बहुत ख़फ़ा हो जाते हैं।" वह ठोड़ी हाथ में

लिए लगभग बुदबुदा रही थी। "लेकिन मुझे तुमसे बात करना अच्छा लगता है। तुम जिस अन्दाज़ से बात करते हो, वह अनोखा है। 'मुझे यह पसन्द नहीं कि कोई चीज़ मुझे इस तरह नियन्त्रित करे।'"

मैंने बर्तन साफ़ करने में उसकी मदद की। मैं उसके बग़ल में खड़ा रहा और जैसे-जैसे वह बर्तन माँजती जाती, मैं उन्हें पोंछता जाता और इस तरह मैंने काउण्टर पर चीज़ों का ढेर लगा दिया।

"तो," मैंने कहा, "आज तुम्हारा परिवार बाहर है?"

"मेरी माँ अपनी क़ब्र में हैं। वह दो साल पहले गुज़र गई थीं।"

"हाँ, मैंने वह हिस्सा सुना है।"

"मेरी बहन अपने मंगेतर के साथ डेट पर गई हुई है। शायद किसी ड्राइव पर। उसका बॉयफ्रैण्ड किसी कार कम्पनी में काम करता है। उसे कारें पसन्द हैं। मुझे कारें पसन्द नहीं हैं।"

मिदोरी ने बात करना बन्द कर दिया और बर्तन माँजती रही। मैंने बोलना बन्द कर दिया और बर्तन पोंछता रहा।

"फिर मेरे पिता हैं," कुछ समय बीत जाने के बाद उसने कहा।

"अच्छा," मैंने कहा।

"वे पिछले साल के जून में उरुग्वे चले गए थे और तब से वे वहीं हैं।"

"उरुग्वे?! उरुग्वे क्यों?"

"वे वहाँ बसने के बारे में सोच रहे थे, यक़ीन करो या नहीं। उनके एक पुराने फ़ौजी दोस्त का वहाँ एक फ़ार्म है। अचानक मेरे पिता ने ऐलान कर दिया कि वे भी वहाँ जाएँगे, कि उरुग्वे में वे जो चाहें कर सकते हैं, और बस – वे विमान में बैठ गए और चले गए। हमने उन्हें रोकने की बहुत कोशिश की – जैसे, 'आप ऐसी जगह क्यों जाना चाहते हैं? आपको भाषा नहीं आती, आप टोक्यो से शायद ही कभी बाहर गए हैं।' लेकिन उन्होंने हमारी एक नहीं सुनी। मेरी माँ को खोना उनके लिए बहुत बड़ा सदमा था। मेरा मतलब है, इससे वे थोड़े-से सनकी हो गए थे। वे उन्हें इस कदर प्यार करते थे। सच में।"

मेरे पास ऐसा कुछ ख़ास नहीं था, जो मैं जवाब में कह पाता। मैं मुँह बाए मिदोरी को ताकता रहा।

"तुम क्या सोचते हो, जब मेरी माँ मरी तब उन्होंने मुझसे और मेरी बहन से क्या कहा था? 'इससे तो अच्छा यह होता कि मैंने तुम दोनों को खो दिया होता।' यह सुनकर मेरी साँस रुक गई थी। मेरे मुँह से एक शब्द भी नहीं निकल सका। तुम समझ रहे हो मेरा मतलब? आप इस तरह की बात कह ही नहीं सकते। ठीक है, उन्होंने उस औरत को गवाँ दिया था, जिसे वे प्यार करते थे, वह उनकी जीवन-संगनी थीं। मैं उस तकलीफ़ को, उस उदासी को, उस मर्मभेदी दुख को समझती थी। मुझे उन पर दया आती थी। लेकिन आपने जिन बेटियों को जन्म दिया है उनसे आप यह तो नहीं कहते कि 'उसकी जगह तुम मर जातीं।' मेरा मतलब है, यह बहुत भयानक है। तुम सहमत नहीं हो?"

"हाँ, मैं तुम्हारी बात समझ रहा हूँ।"

"यह ऐसा घाव है, जो कभी नहीं भरेगा," उसने इनकार में सिर हिलाते हुए कहा। "लेकिन ख़ैर, मेरे परिवार का हर आदमी थोड़ा अलग तरह का है। हम सभी में थोड़ी-सी कुछ विचित्रता है।"

"लगता तो ऐसा ही है," मैंने कहा।

"तब भी, दो लोगों का एक-दूसरे को प्यार करना बहुत अच्छा है, तुम्हें नहीं लगता? मेरा मतलब है, कोई आदमी अपनी बीवी को इतना ज़्यादा प्यार करे कि वह अपनी बेटियों से कह सके कि उसकी जगह उन्हें मर जाना चाहिए था...!"

"बिलकुल मुमकिन है, ख़ास तौर से जिस तरह तुम बता रही हो।"

"और फिर वे हम दोनों को छोड़कर उरुग्वे भाग खड़े होते हैं।"

मैंने बिना कोई जवाब दिए एक और बर्तन पोंछ दिया। आख़िरी बर्तन के बाद मिदोरी ने सारी चीज़ों को वापस कैबिनेट में रख दिया।

"तुम्हें अपने पिता की कोई ख़बर मिली?" मैंने पूछा।

"बस एक पोस्टकार्ड। मार्च में। लेकिन उसमें उन्होंने क्या लिखा? 'यहाँ बहुत गर्मी है' या 'फल उतने अच्छे नहीं हैं, जितनी मैंने उम्मीद की थी।' ऐसी ही बातें। मेरा मतलब है, यह भी कोई बात हुई! एक गधे की बेवकूफ़ाना-सी तस्वीर! उनका दिमाग़ ही फिर गया है! उन्होंने यह तक नहीं बताया कि उस आदमी से मिले भी या नहीं – अपने उस दोस्त से या जो भी था। हाँ, आख़िर में

उन्होंने यह ज़रूर लिखा था कि जब वे वहाँ ठीक से सेटल जाएँगे, तो मुझे और मेरी बहन को भी बुला लेंगे, लेकिन उसके बाद से एक शब्द तक नहीं लिखा। और वे हमारे ख़तों का भी कभी जवाब नहीं देते।"

"अगर तुम्हारे पिता ने कहा कि 'उरुग्वे आ जाओ' तो तुम क्या करोगी?"

"मैं वहाँ जाकर कम-से-कम एक चक्कर तो लगा ही आऊँगी। हो सकता है, थोड़ा मनोरंजन ही हो। मेरी बहन तो कहती है कि वह बिल्कुल मना कर देगी। वह गंदी चीज़ों और गंदी जगहों को बर्दाश्त नहीं कर पाती।

"क्या उरुग्वे गन्दा है?"

"कौन जाने? वह सोचती है कि वह वैसा ही है। जैसे कि सड़कें लीद से भरी हुई हैं और मक्खियाँ भिनभिना रही हैं, टॉयलेट काम नहीं करते, और गिरगिट और बिच्छू हर जगह रेंगते रहते हैं। उसने शायद इस तरह की कोई फ़िल्म देखी है। वह खटमलों को भी बरदाश्त नहीं कर सकती। वह तो सिर्फ़ फ़ैन्सी कारों में ख़ूबसूरत नज़ारों के बीच सफ़र करना चाहती है।"

"सही बात है।"

"मेरा मतलब है, उरुग्वे में क्या ख़राबी है? मैं तो जाऊँगी।"

"तो स्टोर कौन चला रहा है?"

"मेरी बहन, लेकिन वह उससे नफ़रत करती है। हमने पड़ोस में एक अंकल को खोज लिया है, जो हमारी मदद करते हैं और सामान पहुँचाते हैं। और जब मेरे पास समय होता है तब मैं भी मदद करती हूँ। बुकस्टोर को चलाने में बहुत मेहनत नहीं लगती, इसलिए हम लोग उसे किसी तरह चला लेते हैं। अगर बहुत ज़्यादा परेशानी होगी तो हम यह जगह बेच देंगे।"

"क्या तुम अपने पिता को पसन्द करती हो?"

मिदोरी ने इन्कार में सिर हिलाया। "कुछ ख़ास नहीं।"

"तब तुम उनके पीछे-पीछे उरुग्वे कैसे जा सकती हो?"

"मेरा उनमें विश्वास है।"

"उनमें विश्वास है?"

"हाँ, मैं उनसे बहुत प्यार नहीं करती, लेकिन अपने पिता पर मुझे विश्वास है। मैं एक ऐसे इन्सान में विश्वास कैसे नहीं कर सकती, जो अपनी बीवी को

गवाँ देने का आघात ना सह पाने की वजह से अपने मकान को, अपने बच्चों को, अपने रोज़गार को छोड़कर उरुग्वे चला जाता है। तुम मेरा मतलब समझ रहे हो?"

मैंने गहरी साँस छोड़ी। "कुछ हद तक, लेकिन वास्तव में नहीं।"

मिदोरी हँस दी और उसने मेरी पीठ थपथपाई। "कोई बात नहीं," उसने कहा। "इससे वाक़ई कोई फ़र्क़ नहीं पड़ता।"

उस इतवार की दोपहर में एक-के-बाद-एक अजीब चीज़ें होती रहीं। मिदोरी के मकान के पास एक जगह आग लग गई और जब हम देखने के लिए तीसरी मंज़िल के लाउण्ड्री डेक पर गए, तो हमने एक-दूसरे को चूमा। जब मैं उसे इस तरह कह रहा हूँ तो यह बात मूर्खतापूर्ण लगती है, लेकिन हुआ कुछ इसी तरह था।

हम खाना खाने के बाद कॉफ़ी पी रहे थे और यूनिवर्सिटी के बारे में बात कर रहे थे कि तभी हमें सायरन की आवाज़ें सुनाई दीं। वे आवाजें धीरे-धीरे तेज़ होती गईं और उनकी संख्या लगातार बढ़ती हुई लगी। बहुत सारे लोग स्टोर के बग़ल से भागते हुए गुज़रे, जिनमें से कुछ चिल्ला रहे थे। मिदोरी उस कमरे में गई जो सड़क के सामने था, उसने खिड़की खोली और नीचे झाँककर देखा। "एक मिनट यहीं रुकना," उसने कहा, और ग़ायब हो गई, जिसके बाद मुझे सीढ़ियों पर पैरों की धमक सुनाई दी।

मैं वहाँ अकेला बैठा कॉफ़ी पीता रहा और याद करने की कोशिश करता रहा कि उरुग्वे कहाँ है। देखो, वहाँ ब्राज़ील है, और वहाँ वेनेज़ुएला है, और वहाँ कहीं कोलम्बिया है, लेकिन उरुग्वे कहाँ है, यह मैं याद नहीं कर सका। कुछ मिनट बाद मिदोरी नीचे आई और उसने मुझसे दौड़कर कहीं चलने का आग्रह किया। मैं हॉल के अंत तक उसके पीछे-पीछे गया और बाँस के लॉन्ड्री खंभों वाले लकड़ी के डेक तक पहुँचने के लिए खड़ी, सँकरी सीढ़ियाँ चढ़ गया।

यह डेक आसपास की ज़्यादातर छतों से ऊँचा था और वहाँ से पूरा इलाक़ा साफ़ दिखाई देता था। तीन-चार मकान दूर एक जगह से काले धुएँ के विशाल बादल उठ रहे थे और हवा के साथ मुख्य सड़क की ओर बहते जा रहे

थे। हवा में जलने की गंध भरी हुई थी। "यह साकामोटो का मकान है," मिदोरी ने रेलिंग पर झुकते हुए कहा। "वे पारम्परिक दरवाज़ों की फ़िटिंग और इसी तरह की चीज़ें बनाया करते थे। हालाँकि, वे अब इस व्यवसाय में नहीं रहे।"

मैं उसके साथ रेलिंग पर झुक गया और ध्यान से देखने लगा कि क्या हो रहा है। तीन मंज़िल की एक इमारत आग के ठीक-ठीक दृश्य को देखने में हमारा रास्ता रोक रही थी, लेकिन वहाँ तीन-चार अग्निशामक वाहन आग बुझाने के काम पर लगे प्रतीत हो रहे थे। जिस जगह मकान जल रहा था, उसकी सँकरी गली में दो से ज़्यादा अग्निशामक वाहन नहीं घुस सकते थे, बाक़ी अग्निशामक मुख्य सड़क के बग़ल में खड़े थे। तमाशबीनों की भीड़ ने इलाक़े को घेर रखा था।

"सुनो, शायद तुम्हें अपनी कीमती चीज़ें इकट्ठा कर लेनी चाहिए और यहाँ से निकलने की तैयारी कर लेनी चाहिए," मैंने मिदोरी से कहा। "अभी हवा दूसरी दिशा में चल रही है, लेकिन वह कभी भी बदल सकती है, और वहाँ पास ही एक पेट्रोल पंप भी है। मैं सामान बाँधने में तुम्हारी मदद कर दूँगा।"

"कौन सी क़ीमती चीज़ें?" मिदोरी ने कहा।

"तुम्हारे पास ऐसी चीज़ें हो सकती हैं, जिन्हें तुम बचाना चाहो – पासबुक्स, सीलें, क़ानूनी दस्तावेज़, इस तरह की चीज़ें। इमर्जेंसी के लिए नकदी।"

"इसे भूल जाओ। मैं नहीं भागने वाली।"

"अगर यह जगह जलने लगती है, तब भी?"

"तुमने मेरी बात सुनी है। मुझे मरने की परवाह नहीं है।"

मैंने उसकी आँखों में देखा, और उसने भी सीधे मेरी ओर देखा। मैं कह नहीं सकता था कि वह गम्भीर थी या मज़ाक़ कर रही थी। हम कुछ देर तक उसी तरह खड़े रहे, और जल्दी ही मैंने चिन्ता करना छोड़ दिया।

"ठीक है," मैंने कहा। "मैं समझ गया। मैं तुम्हारे साथ ही रहूँगा।"

"क्या तुम मेरे साथ मरोगे?" मिदोरी ने चमकती आँखों से पूछा।

"बिलकुल नहीं," मैंने कहा। "अगर मामला ख़तरनाक हुआ तो मैं भाग जाऊँगा। अगर तुम्हें मरना है, तो तुम अकेले मर सकती हो।"

"संगदिल कमीना!"

"मैं तुम्हारे साथ सिर्फ इसलिए नहीं मरने वाला कि तुमने मेरे लिए दोपहर का खाना बनाया है। हाँ, अगर यह रात का खाना होता तो बात और थी..."

"अच्छा, रहने दो... खैर, चलो यहीं रुककर थोड़ी देर देखते हैं। हम गाने गा सकते हैं। और अगर कुछ बुरा हुआ, तो तब उसके बारे में सोचेंगे।"

"गाने गाएँ?

"मिदोरी नीचे से दो तकिए, बियर की चार कैन और एक गिटार ले आई। हम पीते रहे और काला धुआँ उठता देखते रहे। मिदोरी ने गिटार को झनकारा और गाना गाया। मैंने उससे पूछा कि क्या उसे नहीं लगता कि इससे पड़ोसी नाराज़ हो जाएँगे। बियर पीते हुए और गाना गाते हुए लॉण्ड्री डेक पर खड़े होकर पड़ोस के मकान को जलते हुए देखना सराहनीय व्यवहार नहीं लगता।

"इसे भूल जाओ," उसने कहा। "हम इसकी चिन्ता कभी नहीं करते कि पड़ोसी हमारे बारे में क्या सोच सकते हैं।"

उसने कुछ लोकगीत गाए, जिन्हें वह अपने समूह के साथ गाया और गिटार पर बजाया करती थी। यह कहना मुश्किल था कि वह बहुत अच्छा गाती थी, लेकिन इतना साफ़ था कि उसे अपने गाने में स्वयं मज़ा आ रहा था। उसने सारे पुराने मशहूर गीत गाए–"लेमन ट्री," "पफ़ (द मैजिक ड्रैगन)," "फाइव हंड्रेड माइल्स," "वेयर हैव ऑल द फ्लावर्स गॉन?" "माइकल, रो द बोट एशोर।"

शुरू में उसने मुझसे बेस हार्मनी में साथ देने को कहा, लेकिन मैं इतना बुरा था कि उसने हार मान ली और दिल खोलकर अकेले ही गाने लगी। मैं अपनी बीयर पीता रहा, उसे गाते हुए सुनता रहा और साथ ही आग पर नज़र बनाए रहा। आग कई बार भड़कती और फिर धीमी पड़ जाती। लोग चिल्ला रहे थे और निर्देश दे रहे थे। एक अख़बार का हेलीकॉप्टर ऊपर से शोर करता हुआ गुज़रा, तस्वीरें लीं और उड़ गया। मुझे चिंता हुई कि कहीं हम भी तस्वीर में न आ गए हों। एक पुलिसवाला लाउडस्पीकर से तमाशबीनों को पीछे हटने के लिए चिल्ला रहा था। एक छोटा बच्चा अपनी माँ के लिए रो रहा था। कहीं काँच टूटने की आवाज़ आई।

थोड़ी ही देर में हवा अनिश्चित ढंग से बदलने लगी, और सफ़ेद राख के कण हवा से गिरकर हमारे आसपास पड़ने लगे, लेकिन मिदोरी यूँ ही चुस्कियाँ लेती और गाती रही। जब वह अपने ज़्यादातर जाने-पहचाने गीत गा चुकी, तो उसने एक पुराना गीत गाया, जिसके बारे में उसने कहा कि वह उसने ख़ुद लिखा था।

मैं तुम्हारे लिए स्टू पकाती
लेकिन मेरे पास बर्तन नहीं है।
मैं तुम्हारे लिए स्कार्फ़ बुनती
लेकिन मेरे पास ऊन नहीं है।
मैं तुम्हारे लिए एक कविता लिखती
लेकिन मेरे पास क़लम नहीं है।

"इसका नाम है – 'आय हैव नथिंग', " मिदोरी ने कहा। वह वाक़ई एक भयावह गीत था, अपने शब्दों में भी और संगीत में भी।

मैं इस सांगीतिक खिचड़ी को सुनता रहा और सोचता रहा कि अगर गैस स्टेशन ने आग पकड़ ली, तो किस तरह से मकान विस्फोट में उड़ जाएँगे। मिदोरी ने गाते-गाते थककर गिटार नीचे रख दिया और धूप में दुबकी हुई बिल्ली की भाँति मेरे कन्धे पर झुक गई।

"तुम्हें मेरा गीत कैसा लगा?" उसने पूछा।

मैंने सतर्कतापूर्वक जवाब दिया, "वह अनूठा और मौलिक था और तुम्हारी शख़्सियत को मार्मिक ढंग से व्यक्त करता था।"

"शुक्रिया," उसने कहा। "इसका विषय है, मेरे पास कुछ नहीं है।"

"हाँ, मैं भी कुछ-कुछ ऐसा ही सोचता हूँ।"

"जानते हो," उसने कहा, "जब मेरी माँ मरी थी..."

"हाँ?"

"तो मुझे ज़रा भी उदासी महसूस नहीं हुई थी।"

"ओह।"

"और जब मेरे पिता छोड़कर चले गए थे, तब भी मुझे उदासी महसूस नहीं हुई।"

"हाँ?"

"यह सच है। तुम्हें नहीं लगता कि मैं भयानक हूँ? पत्थर दिल हूँ?"

"मुझे यक़ीन है कि तुम्हारे पास इसकी अपनी वजहें होंगी।"

"मेरी वजहें हैं। हूँ। इस घर में हालात काफ़ी पेचीदा रहे हैं। लेकिन मैं हमेशा सोचती थी – मेरा मतलब है, वे मेरे माता-पिता हैं; बेशक, अगर वे मर जाएँ या मैं उन्हें फिर कभी न देख पाऊँ, तो मैं दुखी होऊँगी। लेकिन ऐसा हुआ नहीं। मैंने कुछ भी महसूस नहीं किया। मैं उनके बारे में बमुश्किल ही कभी सोचती हूँ। हालाँकि, कभी-कभी मुझे सपने आते हैं। कभी-कभी मेरी माँ अँधेरे के भीतर से मेरी ओर ग़ुस्से से घूर रही होती है और अपने मरने के बाद भी मेरे ख़ुश बने रहने के लिए मुझे लताड़ती है। लेकिन उसके मरने से मैं सुखी नहीं हूँ। मैं बस बहुत दुखी नहीं हूँ। और सच कहूँ तो मैंने एक भी आँसू नहीं बहाया। हालाँकि, बचपन में, जब मेरी बिल्ली मरी थी, तो मैं सारी रात रोई थी।"

इतना धुआँ क्यों है? मैंने सोचा। मैं लपटें नहीं देख पा रहा था, और जलता हुआ हिस्सा फैलता नहीं लग रहा था। सिर्फ़ धुएँ की लकीरें थीं, जो आकाश में ऊपर उठ रही थीं। ऐसा क्या होगा, जो जलने को इतनी देर तक जारी रखे हुए है?

"लेकिन दोष अकेले मेरा नहीं है," मिदोरी ने अपनी बात जारी रखी। "यह सही है कि मुझमें एक संगदिली है। मैं इसे स्वीकार करती हूँ। लेकिन अगर उन्होंने – मेरे पिता और माँ ने – मुझे थोड़ा-सा ज़्यादा प्यार किया होता, तो मैं अधिक संवेदनशील होती – मसलन, तब मैं सच्ची उदासी को महसूस कर पाती।"

"क्या तुम्हें लगता है कि तुम्हें पर्याप्त प्यार नहीं मिला?"

उसने अपना सिर घुमाया और मेरी ओर देखा। और तब उसने स्पष्ट ढंग से हल्के-से सिर हिलाया। "'पर्याप्त नहीं' और 'क़तई नहीं' के बीच कहीं। मैं हमेशा प्यार की भूखी बनी रही। सिर्फ़ एक बार, मैं जानना चाहती थी कि प्यार से भरपूर होने का अनुभव कैसा होता है – इस क़दर प्यार मिले कि मैं और

ज़्यादा की चाह न कर सकूँ। सिर्फ़ एक बार। लेकिन उन्होंने मुझे वह कभी नहीं दिया। कभी नहीं, एक बार भी नहीं। अगर मैं सटकर बैठने की कोशिश करती और किसी चीज़ के लिए याचना करती, तो वे मुझे एक ओर झटक देते थे और मुझ पर चिल्लाते थे। "नहीं! वह बहुत महँगा है!' मुझे हमेशा यही सुनने मिलता रहा। इसलिए मैंने अपना मन बना लिया कि मैं एक ऐसे किसी व्यक्ति को ढूँढ़ूँगी, जो मुझे साल के तीन सौ पैंसठ दिन बिना किसी शर्त के प्यार करेगा। मैं उस समय प्राथमिक स्कूल में ही थी – पाँचवीं या छठवीं में – लेकिन मैंने हमेशा के लिए अपना मन बना लिया था।"

"वाह," मैंने कहा। "और क्या तुम्हारी तलाश कामयाब हुई?"

"यही तो मुश्किल बात है," मिदोरी ने कहा। वह कुछ देर उठते हुए धुएँ को देखती रही, सोच में डूबी हुई। "मुझे लगता है, मैं बहुत लंबे समय से इंतज़ार कर रही हूँ, इसलिए अब मैं पूर्णता ढूँढ़ रही हूँ। और यही चीज़ इसे मुश्किल बना देती है।"

"सच्चे प्यार का इंतज़ार?"

"नहीं, इतनी भी बेवकूफ़ नहीं हूँ मैं। मैं स्वार्थ ढूँढ़ रही हूँ। पूरा-का-पूरा स्वार्थ। जैसे, मान लो मैं तुम्हें कहूँ कि मुझे स्ट्रॉबेरी शॉर्टकेक खाना है। और तुम जो भी कर रहे हो, उसे छोड़कर दौड़ते हुए जाकर मेरे लिए वह ले आओ। फिर हाँफते हुए वापस आओ और घुटनों के बल बैठकर वह स्ट्रॉबेरी शॉर्टकेक मेरे सामने रख दो। और मैं कहूँ कि अब मुझे वह नहीं चाहिए, और उसे खिड़की से बाहर फेंक दूँ। मैं ऐसी ही चीज़ ढूँढ़ रही हूँ।"

"मैं निश्चित तौर पर नहीं कह सकता कि इसका प्रेम से कोई लेना-देना है," मैंने किंचित विस्मय के साथ कहा।

"है," उसने कहा। "तुम जानते भर नहीं हो। लड़कियों की ज़िन्दगी में ऐसे वक़्त आते हैं, जब इस तरह की चीज़ें बहुत ही महत्त्वपूर्ण हो उठती हैं।"

"स्ट्रॉबेरी शॉर्ट केक को खिड़की से बाहर फेंक देने जैसी चीज़ें?"

"बिलकुल। और जब मैं ऐसा करूँ, तो मैं चाहती हूँ कि वह आदमी मुझसे माफ़ी माँगे। 'अब समझ गया, मिदोरी। मैं कितना बड़ा मूर्ख था! मुझे पहले ही समझ जाना चाहिए था कि तुम्हारा स्ट्रॉबेरी शॉर्टकेक के लिए मन बदल

जाएगा। मुझमें गधे की लीद जितनी भी अक़्ल और संवेदनशीलता नहीं है। तुम्हारी भरपाई के लिए मैं बाहर जाकर तुम्हारे लिए कुछ और लाऊँगा। तुम्हें क्या चाहिए? चॉकलेट मूस? चीज़केक?'"

"फिर क्या?"

"तब उसने मेरे लिए जो किया है, उसकी वजह से वह जिस प्रेम के क़ाबिल है, मैं उस पर वह सारा प्रेम उँड़ेल दूँगी।"

"यह तो मुझे पागलपन लगता है।"

"ख़ैर, मेरे लिए प्रेम यही है। हालाँकि, इसका यह मतलब नहीं कि मुझे कोई भी व्यक्ति समझ सकता है।" मिदोरी ने अपने सिर से मेरे कन्धे को हल्का-सा झटका। "किसी व्यक्ति के लिए प्रेम की शुरुआत किसी बहुत छोटी-सी और निहायत बचकानी चीज़ से हो सकती है। उसी तरह की किसी चीज़ से – और यदि ऐसा न हो, तो उसकी शुरुआत होती ही नहीं।"

"मैं अभी तक किसी ऐसी लड़की से नहीं मिला, जो तुम्हारी तरह सोचती हो।"

"यह बात मुझसे बहुत-से लोगों ने कही है," उसने नाख़ून के नीचे की खाल कुरेदते हुए कहा। "लेकिन मैं सिर्फ़ इसी तरह सोचती हूँ। सचमुच। मैं तुमसे सिर्फ़ वह कह रही हूँ, जो मैं सोचती हूँ। मुझे यह कभी नहीं सूझा कि सोचने का मेरा यह ढंग दूसरे लोगों से अलग है। मैं अलग होने की कोशिश नहीं कर रही हूँ। लेकिन जब मैं ईमानदारी से बात करती हूँ, हर किसी को लगता है कि मैं मज़ाक कर रही हूँ या ढोंग कर रही हूँ। जब ऐसा होता है, तो मुझे लगता है सब कुछ बहुत तकलीफ़देह है!"

"और तुम ख़ुद को आग में जलाकर मर जाने देना चाहती हो?"

"अरे नहीं, वह अलग बात है। वह तो जिज्ञासा का मसला है।"

"क्या? आग में जलकर मरना?"

"नहीं, मैं तो बस देखना चाहती थी कि तुम कैसी प्रतिक्रिया दोगे," मिदोरी ने कहा।"लेकिन मरने से मुझे खुद डर नहीं लगता – सच में। जैसे यहाँ, मैं बस धुएँ से घिर जाऊँगी, होश खो दूँगी और मुझे पता भी नहीं चलेगा कि मैं कब मर गई। यह मुझे बिल्कुल नहीं डराता, ख़ासकर उस तरह की मौत के

मुकाबले, जैसी मैंने अपनी माँ और कुछ रिश्तेदारों की देखी है। मेरे परिवार में सब लोग किसी भयानक बीमारी से लम्बे समय तक तड़पते हुए मरते हैं। शायद यह हमारे ख़ून में है। यह हमेशा एक बहुत लम्बी प्रक्रिया होती है, और अन्त में तो यह भी समझ में नहीं आता कि वह व्यक्ति ज़िन्दा है या मर चुका है। बस दर्द और यातना ही बची रह जाती है।"

मिदोरी ने एक मार्लबोरो अपने होंठों में दबाई और उसे जला लिया।

"इसी तरह की मौत है, जो मुझे डराती है। मौत की छाया धीरे-धीरे जीवन के इलाक़े को निगलती जाती है और इसके पहले कि तुम सचेत हो पाओ, हर चीज़ अँधेरे में डूब जाती है और तुम्हें कुछ भी दिखाई नहीं देता, और तुम्हारे आसपास के लोग तुम्हें जीवित से ज़्यादा मृत रूप में देखने लगते हैं। मैं इससे नफ़रत करती हूँ। मैं इसे बरदाश्त नहीं कर सकती।"

आधा घण्टा और बीता और आग बुझ गई। उन्होंने ज़ाहिर तौर पर उसे फैलने से रोक लिया था और किसी तरह जीवन की क्षति को टाल दिया था। एक को छोड़कर बाक़ी सारी दमकलें अपने अड्डे पर लौट गईं, और भीड़ आपस में बतियाती हुई तितर-बितर हो गई। यातायात को नियन्त्रित करने के लिए पुलिस का एक वाहन रुका रहा, उसकी छत पर लगी की रोशनी घूम रही थी। दो कौए नीचे जारी गतिविधियों को देखने के लिए पास के बिजली के खम्भों पर बैठ गए।

मिदोरी की ऊर्जा चुक गई लगती थी। वह शिथिल भाव से आकाश की ओर देखने लगी, लगभग चुपचाप।

"थक गई हो?" मैंने पूछा। "नहीं," उसने कहा। "बस यूँ ही अपने आपको ढीला छोड़ दिया और खो-सी गई। काफ़ी समय बाद ऐसा हुआ है।"

उसने मेरी आँखों में देखा, और मैंने उसकी आँखों में। मैंने उसे बाँहों में लिया और चूम लिया। उसके कंधों में हल्की-सी सिहरन दौड़ी, फिर वह ढीली पड़ गई और कुछ सेकंड के लिए आँखें बंद कर लीं। शुरुआती शरद ऋतु की धूप उसकी पलकों की छाया उसके गाल पर डाल रही थी, और मैं उसकी आकृति को हल्के-हल्के काँपते हुए देख सकता था।

वह एक कोमल और हल्का चुम्बन था, ऐसा जिसका उद्देश्य उसे उसके

परे ले जाने का नहीं था। मैंने उस दिन शायद मिदोरी को ना चूमा होता, अगर हमने वह दोपहर लॉण्ड्री डेक पर धूप में बियर पीते और आग देखते हुए न बिताई होती, और वह भी शायद ऐसा ही महसूस कर रही थी। बहुत लम्बे समय तक जगमगाती छतें और धुआँ और लाल पतंगों और दूसरी चीज़ों को देखते हुए हम एक तरह की गरमाहट और क़रीबी महसूस कर रहे थे, और शायद हम दोनों, अनजाने ही, उस मन:स्थिति को बचाकर रख लेना चाहते थे। यह उस तरह का चुम्बन था। लेकिन जैसा तमाम चुम्बनों के साथ होता है, इसमें कुछ हद तक ख़तरा भी मौजूद था।

सबसे पहले मिदोरी बोली। उसने मेरा हाथ पकड़े हुए, कुछ कठिनाई के साथ, मुझसे कहा कि वह किसी और से मिल रही है। मैंने कहा कि मुझे कुछ-कुछ अंदाज़ा हो गया था।

"क्या कोई लड़की है, जिसे तुम पसन्द करते हो?" उसने पूछा।

"हाँ," मैंने कहा।

"लेकिन तुम तो हर रविवार फ़्री रहते हो, है न?"

"मामला बहुत पेचीदा है," मैंने कहा।

और तब मुझे अहसास हुआ कि शुरुआती शरद का वह संक्षिप्त सम्मोहन समाप्त हो चुका था।

पाँच बजे मैंने कहा कि मुझे अब काम पर जाना होगा और मिदोरी को जलपाहार के लिए अपने साथ बाहर चलने का सुझाव दिया। उसने कहा कि उसे घर पर ही रुकना होगा, क्योंकि उसका फ़ोन आ सकता था।

"मुझे पूरे दिन घर में बैठकर किसी फ़ोन का इंतज़ार करना बिल्कुल पसन्द नहीं है। जब मैं पूरा दिन अकेली रहती हूँ, तो मुझे लगता है मानो मेरा शरीर धीरे-धीरे सड़ रहा हो – गल रहा हो और पिघल रहा हो – यहाँ तक कि मेरे भीतर कुछ भी न बचे, बस हरे रंग का एक पोखर रह जाए, जो धरती में समा जाए। और पीछे केवल मेरे कपड़े रह जाएँ। पूरे दिन घर के भीतर बैठकर इंतज़ार करना मुझे ठीक ऐसा ही महसूस कराता है।"

"अगली बार जब तुम्हें किसी फ़ोन का इंतज़ार करना होगा, तो मैं तुम्हारा साथ दूँगा," मैंने कहा। "बस, शर्त यह है कि दोपहर का खाना शामिल हो।"

"बहुत बढ़िया," उसने कहा। "डेज़र्ट के लिए मैं एक और आग लगा दूँगी।"

अगले दिन के हिस्ट्री ऑफ ड्रामा के लेक्चर में मिदोरी नहीं आई। क्लास के बाद मैं कैफेटेरिया गया और अकेले ही ठंडा, दोपहर का बेस्वाद खाना खाया। फिर मैं धूप में बैठकर कैंपस का नज़ारा देखने लगा। मेरे पास ही दो छात्राएँ खड़ी-खड़ी लंबी बातचीत कर रही थीं। उनमें से एक ने टेनिस रैकेट को अपने सीने से ऐसे लगा रखा था, जैसे वह किसी बच्चे को प्यार से थामे हो, जबकि दूसरी के हाथ में कुछ किताबें और लियोनार्ड बर्नस्टीन का एक एल.पी. था। दोनों लड़कियाँ सुंदर थीं और साफ़ दिख रहा था कि वे एक-दूसरे से बात करने में मग्न थीं। स्टूडेंट क्लब बिल्डिंग की दिशा से किसी गहरी आवाज़ में सुरों का अभ्यास करने की ध्वनि आ रही थी। इधर-उधर चार-पाँच छात्रों के छोटे-छोटे समूह खड़े थे, जो अपने-अपने विचार व्यक्त कर रहे थे, हँसते और एक-दूसरे पर चिल्लाते हुए। पार्किंग लॉट में कुछ लड़के स्केटबोर्ड चला रहे थे। एक प्रोफेसर अपनी बाँहों में चमड़े का ब्रीफ़केस दबाए स्केटबोर्ड चलाने वालों से बचते हुए पार्किंग लॉट पार कर रहा था। चौक में एक हेलमेट पहने छात्रा ज़मीन पर घुटनों के बल बैठी थी और एक तख्ती पर बड़े-बड़े अक्षरों में कुछ लिख रही थी–जिसमें एशिया में अमेरिकी साम्राज्यवाद के आक्रमण की बात थी। यह विश्वविद्यालय की दोपहर का वही सामान्य दृश्य था, लेकिन जब मैं इसे नए सिरे से ध्यान देकर देख रहा था, तो मुझे एक बात का एहसास हुआ। मेरे सामने जो भी व्यक्ति था, वह अपने-अपने तरीके से खुश दिख रहा था। वे सचमुच खुश थे या सिर्फ़ दिख रहे थे–यह मैं नहीं कह सकता था। लेकिन सितंबर के इस सुखद शुरुआती दोपहर में वे सभी खुश नज़र आ रहे थे, और इसी वजह से मुझे एक अजीब-सी तन्हाई महसूस हुई–जैसे यहाँ सिर्फ़ मैं ही हूँ, जो इस दृश्य का सचमुच हिस्सा नहीं है।

अगर मैं सोचूँ, तो पिछले कुछ सालों में मैं किस दुनिया का हिस्सा रहा था? आख़िरी दृश्य जो मुझे याद आता है, वह बंदरगाह के पास के एक

बिलियर्ड पार्लर का है, जहाँ किज़ुकी और मैं पूरी दोस्ती के साथ पूल खेल रहे थे। उसी रात किज़ुकी मर गया था, और उसके बाद से मेरे और दुनिया के बीच जैसे एक ठंडी, जकड़ देने वाली दूरी आ गई थी। यह लड़का किज़ुकी–मेरे लिए उसका क्या मतलब था? इस सवाल का कोई स्पष्ट जवाब मुझे नहीं मिला। मैं बस इतना जानता था–पूरे यक़ीन के साथ–कि उसकी मौत ने मुझे हमेशा के लिए मेरे किशोरावस्था के दिनों से अलग कर दिया था। लेकिन इसका असल मतलब क्या था, और आगे क्या होने वाला था, यह मेरी समझ से बाहर था।

मैं काफ़ी देर तक वहीं बैठा रहा, कैंपस और वहाँ से गुज़रते लोगों को देखता हुआ, और यह उम्मीद करता हुआ कि शायद मिदोरी से मुलाकात हो जाए। लेकिन वह नहीं आई, और जब दोपहर का विराम ख़त्म हुआ, तो मैं जर्मन क्लास की तैयारी के लिए पुस्तकालय चला गया।

उस शनिवार की दोपहर के बाद नागासावा मेरे कमरे पर आया और उसने सुझाव दिया कि हम अपनी एक रात शहर में बिताएँ। उसने कहा कि वह मेरे लिए रातभर के पास का इन्तज़ाम कर देगा। मैंने जाने का वादा कर दिया। मैं वैसे भी पिछले हफ़्तेभर से अपने दिमाग़ में धुँधलापन महसूस कर रहा था, और मैं किसी के भी साथ सोने को तैयार था, वह कोई भी हो, इससे फ़र्क़ नहीं पड़ता था।

दोपहर बीत जाने के काफ़ी देर बाद मैंने दाढ़ी बनाई और नहाया, ताज़ा कपड़े पहने – पोलो शर्ट और सूती जैकेट – और भोजनालय में नागासावा के साथ डिनर किय। और दोनों ने शिन्जुकू जाने वाली बस पकड़ी। कुछ देर तक हम एक रौनक वाले इलाक़े में चहलक़दमी करते रहे, फिर हम अपने एक नियमित बार में गए और वहाँ लड़कियों के किसी उपयुक्त जोड़े के इन्तज़ार में बैठे रहे। हम वहाँ क़रीब दो घण्टे तक ह्विस्की और सोडा की चुस्कियाँ लेते हुए बैठे रहे। पीने की हमारी रफ़्तार ऐसी थी, जो हमें संयमी बनाए रखती। आख़िरकार, दो दोस्ताना-सी दिखने वाली लड़कियाँ बार में आकर बैठीं और उन्होंने एक गिमलेट और एक मारगारिटा मँगाई। नागासावा तुरंत उनके पास चला गया, लेकिन उन्होंने कहा कि वे अपने बॉयफ्रेंड्स का इंतज़ार कर रही हैं। फिर भी, हम चारों ने अच्छी-खासी बातचीत की, जब तक कि उनके साथी आ नहीं गए और लड़कियाँ उनके साथ चली नहीं गईं।

नागासावा मुझे किस्मत आज़माने के लिए एक और बार में ले गया। यह एक छोटी-सी जगह थी, किसी बंद-सी गली में, जहाँ ज़्यादातर ग्राहक पहले से ही नशे में थे और शोर मचा रहे थे। पीछे की तरफ़ एक मेज़ पर तीन लड़कियाँ बैठी थीं। हम उनके साथ जा मिले और थोड़ी बातचीत हुई। हम पाँचों का मूड अच्छा हो गया, लेकिन जब नागासावा ने कहा कि चलो पीने के लिए किसी और जगह चलते हैं, तो लड़कियों ने कहा कि कर्फ़्यू का समय होने वाला है और उन्हें अपने हॉस्टल लौटना होगा। हमारी "किस्मत" का यहीं हाल था। हमने एक और जगह कोशिश की, लेकिन नतीजा वही रहा। किसी वजह से लड़कियाँ हमारे हाथ नहीं आ रही थीं।

जब साढ़े ग्यारह बज गए, तब नागासावा भी कोशिश छोड़ने का मन बना चुका था।

"सॉरी, मैं तुम्हें व्यर्थ ही यहाँ-वहाँ घसीटता रहा," उसने कहा।

"कोई बात नहीं," मैंने कहा। "मेरे लिए यह देखना दिलचस्प रहा कि कभी-कभी तुम्हारे भी अवकाश के दिन होते हैं।"

"शायद साल में एकाध बार," उसने कबूल किया।

वास्तव में, अब मुझे किसी औरत के साथ सोने की परवाह भी नहीं रह गई थी। शोरगुल भरी शनिवार की रात में यहाँ-वहाँ भटकते हुए, सेक्स और अल्कोहल के मिले-जुले असर से पैदा होने वाली उस अजीब ऊर्जा के बीच, मुझे लगने लगा था कि मेरी यह चाहत बहुत छोटी चीज़ है।

"अब तुम क्या करोगे, वातानबे ?"

"शायद रात भर चलने वाले किसी टॉकीज़ में चला जाऊँ," मैंने कहा। "काफ़ी समय से कोई फ़िल्म नहीं देखी।"

"तब मैं हात्सुमी के यहाँ जाऊँगा," नागासावा ने कहा। "तुम्हें बुरा तो नहीं लगेगा?"

"क़तई नहीं," मैंने कहा। "मुझे क्यों बुरा लगेगा?"

"अगर तुम चाहो तो, मैं तुम्हारा परिचय किसी ऐसी लड़की से करा सकता हूँ, जो तुम्हें अपने साथ रात गुज़ारने देगी।"

"नहीं, मैं वाक़ई कोई फ़िल्म देखने के मूड में हूँ।"

"सॉरी," नागासावा ने कहा। "मैं किसी और दिन इसकी भरपाई करूँगा।" और वह भीड़ में ग़ायब हो गया। मैं कुछ चीज़बर्गर खाने और अपनी थकान मिटाने के लिए कॉफ़ी पीने एक फ़ास्ट-फूड की दुकान पर गया। इसके बाद मैं एक पुराने रैप हाउस में द *ग्रैजुएट* देखने चला गया। मैं नहीं समझता कि वह बहुत अच्छी थी, लेकिन मेरे पास इससे बेहतर कुछ करने के लिए नहीं था, इसलिए मैं रुका रहा और उसे दोबारा देखा। सुबह चार बजे थिएटर से निकलकर मैं शिन्जुकू की सर्द सड़कों पर भटकता रहा और सोचता रहा।

जब मैं चलते-चलते थक गया, तो मैं रातभर खुले रहने वाले एक कॉफ़ी हाउस में गया और एक पुस्तक पढ़ते और कॉफ़ी पीते हुए सुबह की ट्रेनों के शुरू होने का इंतज़ार करने लगा। बहुत देर नहीं हुई, जब वह जगह लोगों से भर गई, जो मेरी ही तरह उन शुरुआती ट्रेनों का इंतज़ार कर रहे थे। एक वेटर मेरे पास आया और माफ़ी माँगता हुआ मुझसे पूछने लगा कि क्या मैं अपनी मेज़ पर कुछ और लोगों को बैठने की इजाज़त दे सकता हूँ। मैंने कहा, "ठीक है।" मुझे इससे फ़र्क नहीं पड़ता था कि मेरे सामने कौन बैठता है: मैं तो अपनी पुस्तक पढ़ रहा था।

मेज़ पर मेरी साथी दो लड़कियाँ निकलीं। वे मेरी ही उम्र की लग रही थीं। उनमें से कोई भी बहुत आकर्षक नहीं थी, लेकिन वे बुरी भी नहीं थीं। वे अपनी पोशाक और मेकअप में संयत थीं; वे किसी भी तरह सुबह पाँच बजे शिन्जुकू के आसपास भटकने वाली लड़कियाँ नहीं लगती थीं। मैंने अंदाज़ा लगाया कि वे आख़िरी ट्रेन छूट जाने के कारण वहीं रुक गई होंगी। मेरे साथ बैठकर वे कुछ राहत महसूस करती लग रही थीं। मैंने साफ़-सुथरे कपड़े पहन रखे थे, शाम को दाढ़ी बना ली थी, और सबसे बड़ी बात यह थी कि मैं टॉमस मान के '*द मैजिक माउंटेन*' में तल्लीन था।

उनमें से एक लड़की का क़द लम्बा था। उसने सलेटी पार्का और सफ़ेद जीन्स पहन रखी थी और एक वाइनल की बड़ी-सी पॉकेटबुक ले रखी थी, और बड़े, सीप के आकार के इयरिंग पहन रखे थे। उसकी दोस्त एक ठिगनी लड़की थी, जिसने चश्मा लगा रखा था। उसने चैक की शर्ट पर नीले रंग का कार्डिगन और नीली फ़िरोज़े की अँगूठी पहन रखी थी। लगता था, छोटी लड़की को बार-बार अपना चश्मा उतारकर अँगुलियों से अपनी आँखें दबाने की आदत थी।

दोनों लड़कियों ने कैफ़े ओ ले और केक का ऑर्डर दिया, जिसे खाने-पीने में उन्हें कुछ समय लगा, क्योंकि वे दबी ज़ुबान से किसी गम्भीर चर्चा में व्यस्त थीं। बड़ी लड़की ने कई बार अपना सिर एक ओर झुकाया, जबकि छोटी लड़की अक्सर इन्कार में अपना सिर हिला रही थी। चूँकि एक स्टीरियो तेज़ आवाज़ में मार्विन गाए, बी गीस या ऐसा ही कुछ बजा रहा था, मैं उन लड़कियों की बात सुन नहीं पा रहा था, लेकिन लग रहा था कि छोटी लड़की नाराज़ या परेशान थी और बड़ी लड़की उसे सान्त्वना देने की कोशिश कर रही थी। मैं बारी-बारी से उन दोनों की दिशा में सरसरी नज़र डाल रहा था।

जब छोटी लड़की अपना बैग सीने से चिपकाते हुए टॉयलेट में चली गई, तब उसकी साथी मुझसे बोली।

"मैं आपको परेशान करने के लिए माफ़ी चाहती हूँ, लेकिन क्या आपकी जानकारी में आसपास कोई ऐसा बार है, जो अभी भी शराब उपलब्ध कराता हो?"

मैंने चौंककर अपनी पुस्तक एक ओर रखते हुए पूछा, "सुबह पाँच बजे के बाद?"

"हाँ..."

"अगर मुझसे पूछें तो, सुबह पाँच बजकर बीस मिनट पर ज़्यादातर लोग नशे से मुक्त होने और बिस्तर पर जाने के लिए अपने घर के रास्ते पर होते हैं।"

"हाँ, मुझे इस बात का अहसास है," उसने कुछ शर्माते हुए कहा, "लेकिन मेरी दोस्त का कहना है कि उसे शराब की ज़रूरत है। यह एक तरह से बहुत ज़रूरी है।"

"आप शायद सिवा इससे ज़्यादा कुछ नहीं कर सकतीं कि घर जाएँ और पिएँ।"

"लेकिन मुझे नागानो के लिए सुबह सात-तीस की ट्रेन पकड़नी है।"

"तब तो आप कोई वेण्डिंग मशीन और बैठने की कोई अच्छी जगह तलाशिए। आप बस इतना ही कर सकती हैं।"

"मैं जानती हूँ कि मैं कुछ ज़्यादा की ही माँग कर रही हूँ, लेकिन क्या

आप हमारे साथ चल सकते हैं? दो अकेली लड़कियाँ वाक़ई इस तरह की चीज़ नहीं कर सकतीं।"

शिन्जुकु में मेरे साथ कई अजीब अनुभव हो चुके थे, लेकिन सुबह पाँच बजकर बीस मिनट पर दो अनजान लड़कियों के साथ पीने का निमंत्रण मुझे पहले कभी नहीं मिला था। अगर मैं मना करता तो ज़्यादा झंझट होता, और समय की कोई कमी नहीं थी, इसलिए मैंने पास की एक वेण्डिंग मशीन से साके और कुछ खाने-पीने की चीज़ें उठा लीं, और हम तीनों स्टेशन के पश्चिमी निकास के पास एक खाली जगह पर जाकर यूँ ही एक छोटी-सी महफ़िल जमा बैठे।

उन लड़कियों ने मुझे बताया कि एक ट्रैवल एजेन्सी में काम करते हुए उन दोनों की दोस्ती हुई थी। दोनों ने ही इसी साल जूनियर कॉलेज से डिग्री प्राप्त की थी और अपनी पहली नौकरियाँ शुरू की थीं। छोटी लड़की का एक बॉयफ्रैण्ड था, जिससे वह सालभर से मिल-जुल रही थी, लेकिन उसे हाल ही में पता चला था कि वह लड़का किसी और लड़की के साथ सोया करता था, जिसकी वजह से वह काफ़ी अवसाद में थी। बड़ी लड़की को पिछली रात में ही अपने भाई की शादी के लिए नागानो के पहाड़ों पर चले जाना था, लेकिन उसने अपनी अवसादग्रस्त दोस्त के साथ रात बिताने और इतवार की सुबह पहली एक्सप्रेस ट्रेन पकड़ने का फ़ैसला किया था।

"आप जिस तरह की मुश्किल परिस्थिति से गुज़र रही हैं, वह बहुत बुरा है," मैंने छोटी से कहा, "लेकिन आपको यह कैसे पता चला कि आपका बॉयफ्रैण्ड किसी और के साथ सोता है?"

साके के हल्के-हल्के घूँट लेते हुए, लड़की ने पैरों के नीचे की कुछ घास तोड़ी। "मुझे किसी चीज़ का पता लगाने की ज़रूरत ही नहीं पड़ी," उसने कहा। "मैंने दरवाज़ा खोला, और वह वहाँ था, करता हुआ।"

"यह कब की बात है?"

"पिछली से पिछली रात।"

"क्या बात कर रही हैं! दरवाज़ा अन्दर से खुला हुआ था?"

"हाँ।"

"मुझे आश्चर्य है कि उसने दरवाज़ा अन्दर से बन्द क्यों नहीं किया था?"

"यह मैं क्या जानूँ?"

"हाँ, इसे कैसा लगा होगा?" बड़ी ने कहा जो अपनी दोस्त को लेकर सचमुच फ़िक्रमन्द लग रही थी। "इसके लिए यह कितना बड़ा आघात रहा होगा। आपको नहीं लगता कि यह भयानक है?"

"मैं वाक़ई कह नहीं सकता," मैंने जवाब दिया। "आपको अपने बॉयफ्रैण्ड के साथ खुलकर बात करनी चाहिए। तब यह सवाल उठेगा कि आप उसे माफ़ करती हैं या नहीं।"

"कोई नहीं जानता कि मैं कैसा महसूस करती हूँ," छोटी ने ग़ुस्से से कहा, वह अभी भी घास तोड़ रही थी।

कौओं का एक झुण्ड पश्चिम से उड़ता हुआ आया और एक बड़े डिपार्टमेण्टल स्टोर के ऊपर मँडराने लगा। अब दिन पूरी तरह रोशन हो चुका था। नागानो जाने वाली ट्रेन का वक़्त होने को था, इसलिए हमने बची हुई साके पश्चिमी निकास की सीढ़ियों के नीचे बैठे एक बेघर आदमी को दे दी, प्लेटफ़ॉर्म टिकट खरीदे, और बड़ी लड़की को विदा करने चले गए। जब ट्रेन आँखों से ओझल हो गई, तो छोटी लड़की और मैं अन्ततः किसी तरह पास के एक होटल में चले गए। हम दोनों में से कोई भी एक-दूसरे के साथ सोने को व्याकुल नहीं था, लेकिन स्थिति को उसके समापन तक पहुँचाना ज़रूरी लग रहा था।

सबसे पहले मैंने कपड़े उतारे और बाथटब में बैठकर तेज़ी से बियर पीने लगा। वह भी मेरे साथ आ गई और वैसा ही करने लगी। यूँ हम दोनों बाथटब में पसरे हुए बियर पी रहे थे। हम दोनों ही बहुत नशे में नहीं लग रहे थे और न ही उनींदे थे। उसकी त्वचा बहुत गोरी और कोमल थी, और उसके पैर सुन्दर थे। मैंने उसके पैरों की तारीफ़ की, लेकिन उसका "शुक्रिया" एक घुरघुराहट से ज़्यादा कुछ नहीं था।

लेकिन जैसे ही हम बिस्तर पर पहुँचे, वह बिल्कुल एक अलग ही व्यक्ति जैसी थी। वह मेरी हल्की-सी छुअन पर भी प्रतिक्रिया करती हुई तड़प और कराह रही थी। जब मैं उसके अन्दर गया, तो उसने अपने नाख़ून मेरी पीठ में गड़ा दिए, और जैसे-जैसे उसके चरम आनन्द की अवस्था क़रीब आती गई,

उसने ठीक सोलह बार किसी और आदमी का नाम लिया। मैं अपने चरम आनन्द को ज़्यादा-से-ज़्यादा देर तक स्थगित रखने के लिए अपने दिमाग़ को उसकी गिनती पर एकाग्र किए हुए था। उसके बाद हम दोनों सो गए।

जब मैं दोपहर साढ़े बारह बजे जागा, तब तक वह जा चुकी थी। मुझे उसका किसी तरह का कोई नोट नहीं मिला। असमय शराब पीने की वजह से मुझे अपने सिर के एक हिस्से में विचित्र क़िस्म का भारीपन महसूस हो रहा था। ख़ुद को जगाने के लिए मैंने नहाया, दाढ़ी बनाई, और फ्रिज से शरबत की एक बोतल निकालकर निर्वस्त्र ही कुर्सी पर बैठ उसे पीने लगा और रात की घटनाओं को सिलसिलेवार ढंग से याद करने लगा। हर दृश्य अवास्तविक और विचित्र ढंग से दूर का लग रहा था, जैसे मैं उसे काँच की दो-तीन पर्तों के पीछे से देख रहा था, हालाँकि वे सब घटनाएँ निस्सन्देह मेरे ही साथ घटी थीं। बियर के गिलास अभी भी मेज़ पर रखे हुए थे और इस्तेमाल किया गया टूथब्रश सिंक के पास पड़ा था।

मैंने शिन्जुकू में हल्का-फुल्का लंच खाया और टेलिफ़ोन बूथ पर जाकर मिदोरी कोबायाशी को इस उम्मीद में फ़ोन किया कि हो सकता है, वह घर पर अकेली हो और आज फ़िर फ़ोन कॉल का इन्तज़ार कर रही हो। मैंने पन्द्रह बार तक घण्टी बजने दी, लेकिन किसी ने जवाब नहीं दिया। बीस मिनट बाद मैंने फिर से कोशिश की नतीजा वही रहा। तब मैंने छात्रावास के लिए बस पकड़ी। गेट पर मेल बॉक्स में एक स्पेशल डिलिवरी ख़त मेरी प्रतीक्षा कर रहा था। ख़त नाओको का था।

5

"तुम्हारे पत्र के लिए धन्यवाद," नाओको ने लिखा। उसके परिवार ने वह पत्र उसे "यहाँ" भेज दिया था, उसने कहा। उसके आने से वह ज़रा भी परेशान नहीं हुई, बल्कि इससे उसे बहुत खुशी हुई, और वास्तव में वह खुद भी मुझे पत्र लिखने ही वाली थी।

इतना पढ़ने के बाद, मैंने अपनी खिड़की खोली, अपनी जैकेट उतारी और बिस्तर पर बैठ गया। मैं पास ही परिन्दों के बसेरे से आती कबूतरों की गुटरगूँ सुन सकता था। हल्की हवा पर्दों को हिला रही थी। नाओको के ख़त के सात पन्ने हाथ में लिए मैंने ख़ुद को जज़्बातों के अन्तहीन प्रवाह के हाथों में सौंप दिया। ऐसा लग रहा था मानो मेरे आसपास की दुनिया के रंग मेरे द्वारा उसकी लिखी कुछ पंक्तियों को पढ़ने के अलावा और कुछ ना किए जाने के कारण लुप्त होने लगे थे। मैंने अपनी आँखें मूँद लीं और लम्बे समय तक अपनी भावनाओं पर क़ाबू पाने की कोशिश करता रहा। अन्ततः, गहरी साँस लेते हुए मैंने पत्र पढ़ना शुरू किया।

"यहाँ आए हुए मुझे लगभग चार महीने हो चुके हैं," उसने आगे लिखा।

> इस समय में, मैंने तुम्हारे बारे में बहुत सोचा। मैंने जितना भी सोचा, उतना ही मेरा यह अहसास गहराता गया कि मैंने तुम्हारे साथ अन्याय किया था। तुम्हारे साथ व्यवहार करने के मामले में मुझे शायद ज़्यादा बेहतर, ज़्यादा न्यायसंगत होना चाहिए था।
>
> हालाँकि, हो सकता है कि यह चीज़ों को देखने का सबसे ज़्यादा सामान्य ढंग ना हो। मेरी उम्र की लड़कियाँ न्यायसंगत शब्द का इस्तेमाल कभी नहीं करतीं। मेरे जितनी युवा साधारण लड़कियाँ

इस बात के प्रति मूलत: उदासीन रहती हैं कि चीज़ें न्यायसंगत हैं या नहीं। उनके लिए केन्द्रीय प्रश्न यह नहीं होता कि कोई चीज़ न्यायसंगत है कि नहीं, बल्कि यह होता है कि वह सुन्दर है कि नहीं या वह उन्हें सुखी बनाएगी या नहीं। अन्त में, न्यायसंगत मर्दों का शब्द है, लेकिन मैं यह महसूस किए बिना नहीं रह सकती कि ठीक यही वह शब्द है, जो इस वक़्त मेरे लिए भी सही है। और क्योंकि मुझे लगता है कि सुन्दरता और सुख के सवाल मेरे लिए अब बहुत मुश्किल और पेचीदा हो चुके हैं, इसलिए मैं ख़ुद को दूसरे मापदण्डों से जुड़ा हुआ पाती हूँ – जैसेकि कोई चीज़ न्यायसंगत या ईमानदारीपूर्ण या सार्वभौमिक तौर पर सही है या नहीं।

खैर, किसी भी हालत में, मुझे लगता है कि मैं तुम्हारे साथ न्याय नहीं कर पाई हूँ और उसके परिणामस्वरूप मैंने तुम्हें उलझन में डाला होगा और तुम्हें गहराई से आहत किया होगा। लेकिन ऐसा करते हुए, मैंने खुद को भी उतनी ही उलझन में डाला है और खुद को भी उतनी ही गहराई से चोट पहुँचाई है। मैं यह बात किसी बहाने या अपने को सही ठहराने के लिए नहीं कह रही, बल्कि इसलिए कह रही हूँ क्योंकि यह सच है। अगर मैंने तुम्हारे भीतर कोई घाव छोड़ा है, तो वह केवल तुम्हारा ही नहीं, मेरा भी है। इसलिए कृपया मुझसे नफरत करने की कोशिश मत करना। मैं एक बुरी इंसान हूँ–तुम्हारी कल्पना से कहीं अधिक बुरी। और यही कारण है कि मैं नहीं चाहती कि तुम मुझसे नफरत करो। क्योंकि अगर तुम ऐसा करोगे, तो मैं सचमुच बिखर जाऊँगी। मैं वह नहीं कर सकती जो तुम कर सकते हो: मैं अपने खोल में सिमटकर चीज़ों के गुजर जाने का इंतज़ार नहीं कर सकती। मुझे यह पक्का नहीं मालूम कि तुम सच में ऐसे ही हो, लेकिन कभी-कभी तुम मुझे ऐसा ही आभास देते हो। मैं अक्सर इस बात को लेकर तुमसे ईर्ष्या करती हूँ, और शायद यही वजह है कि मैंने तुम्हें इतना उलझाया।

यह शायद चीज़ों को देखने का कुछ ज़्यादा ही विश्लेषणात्मक तरीका हो सकता है। क्या तुम ऐसा नहीं मानते? यहाँ जो उपचार किया जाता है, वह निश्चित रूप से इतना अधिक विश्लेषणात्मक नहीं है, लेकिन जब तुम मेरी तरह कई महीनों तक इलाज के अधीन

रहते हो, तो चाहो या न चाहो, तुम कम या ज़्यादा विश्लेषणात्मक बन ही जाते हो। यह उससे हुआ, उसका मतलब यह है कि फलाँ-फलाँ, और उसके कारण ऐसा-वैसा।" – कुछ इसी तरह। मैं यह नहीं बता सकती कि इस तरह का विश्लेषण दुनिया को सरल बनाने की कोशिश करता है या उसे और छोटे-छोटे हिस्सों में बाँट देता है।

जो भी हो, मैं ख़ुद यह महसूस करती हूँ कि मैं स्वस्थ होने के उससे ज़्यादा क़रीब हूँ, जितनी पहले कभी थी, और यहाँ के लोगों का कहना है कि यह अच्छा है। लम्बे अरसे बाद यह पहली बार है, जब मैं शान्तिपूर्वक बैठकर यह ख़त लिखने के क़ाबिल हुई हूँ। जो ख़त मैंने तुम्हें जुलाई में लिखा था, वह मुझे ख़ुद से बलपूर्वक लिखवाना पड़ा था (हालाँकि, सच कहूँ तो, मुझे याद भी नहीं है कि मैंने क्या लिखा था – क्या वह भयावह था?), लेकिन इस बार मेरा चित्त बहुत, बहुत शान्त है। स्वच्छ हवा, बाहर से कटी हुई ख़ामोश दुनिया, एक जीवन जीने का दैनिक कार्यक्रम, नियमित व्यायाम : ये वे चीज़ें हैं, जिनकी मुझे ज़रूरत है, ऐसा लगता है। कितनी अद्भुत बात है कि तुम किसी को ख़त लिखने में सक्षम हो! किसी व्यक्ति तक अपने विचार पहुँचाने की इच्छा होना, अपनी डेस्क पर बैठकर क़लम उठाना, अपने विचारों को इस तरह शब्दों में बाँधना सचमुच अद्भुत है। निश्चय ही, जैसे ही मैं उन्हें शब्दों में बाँधती हूँ, मैं पाती हूँ कि जो कुछ मैं कहना चाहती हूँ, मैं उसका एक अंश ही व्यक्त कर सकती हूँ, लेकिन यह ठीक है। मैं तो यह महसूस कर पाने से ही बहुत प्रसन्न हूँ कि मैं किसी को लिखना चाहती हूँ। और इसलिए मैं तुम्हें लिख रही हूँ। यह शाम साढ़े-सात का वक़्त है, मैं अपना डिनर ले चुकी हूँ, और अभी-अभी नहाकर फ़ुर्सत हुई हूँ। यहाँ निस्तब्धता है, और बाहर पूरी तरह अँधेरा है। मुझे खिड़की से एक भी रोशनी दिखाई नहीं दे रही है। सामान्यतः यहाँ से मुझे तारे साफ़ नज़र आते हैं, लेकिन आज नहीं, आज बादल हैं। यहाँ हर कोई तारों के बारे में ख़ासी जानकारी रखता है, और वे मुझे बताते हैं, "वह वर्गो है," या "वह सैजिटेरिअस है।" वे शायद चाहे-अनचाहे यह सीख जाते हैं, क्योंकि सूरज डूबने के बाद यहाँ करने को कुछ नहीं होता। यही इस बात की भी वजह है कि वे परिन्दों और फलों और कीड़ों के बारे में बहुत कुछ जानते हैं।

उनसे बात करते हुए मुझे समझ में आता है कि मैं इन चीज़ों के बारे में कितनी अज्ञानी थी, और एक तरह से यह अच्छा ही है।

यहाँ रहने वाले लोगों की संख्या ठीक सत्तर के आसपास है। इसके अतिरिक्त बीस से ज़्यादा स्टाफ़ (डॉक्टर, नर्सें, अन्य कर्मचारी) के लोग हैं। यह इतनी बड़ी और खुली हुई जगह है कि ये क़तई बड़ी संख्याएँ नहीं हैं। इसके एकदम विपरीत, यह कहना सच्चाई के ज़्यादा क़रीब होगा कि यह जगह लगभग ख़ाली है। यह बड़ी और प्रकृति से भरी हुई है, और हर कोई यहाँ ख़ामोशी के साथ रहता है – इतनी ख़ामोशी के साथ कि तुम्हें कभी-कभी लगता है कि यही सामान्य और वास्तविक दुनिया है। जो निश्चय ही नहीं है। हम इसे इस तरह इसलिए महसूस कर सकते हैं, क्योंकि हम यहाँ कुछ ख़ास शर्तों के अधीन रहते हैं।

मैं टैनिस और बास्केट बॉल खेलती हूँ। बास्केट बॉल की टीम में स्टाफ़ और (मैं इस शब्द से नफ़रत करती हूँ, लेकिन इसके अलावा और कोई उपाय भी नहीं है) मरीज़ शामिल हैं। हालाँकि, जब मैं खेलने में तल्लीन होती हूँ, तो मैं यह भूल जाती हूँ कि कौन स्टाफ़ का सदस्य है और कौन मरीज़ है। यह एक तरह से अजीब है। मैं जानती हूँ कि यह बात अजीब लगेगी, लेकिन जब मैं खेल के दौरान अपने आसपास के लोगों को देखती हूँ, तो वे सभी मुझे समान रूप से विकृत लगते हैं।

यह बात एक दिन मैंने अपने डॉक्टर से कही, और उसने मुझसे कहा कि एक अर्थ में, मैं जो कह रही हूँ, वह सही है, क्योंकि हम यहाँ विकृतियों को ठीक करने के लिए नहीं हैं, बल्कि ख़ुद को उनका अभ्यस्त बनाने के लिए हैं। हमारी एक समस्या अपनी ख़ुद की विद्रूपता को पहचानने और स्वीकार करने में अक्षम होने की है। जिस तरह हर व्यक्ति की चाल में एक विलक्षणता होती है, उसी तरह लोगों के सोचने, महसूस करने और चीज़ों को देखने के ढंग में भी विलक्षणता होती है, और हालाँकि आप उन्हें ठीक करना चाह सकते हैं, यह काम रातों-रात नहीं होता। अगर आप किसी एक पक्ष को बलपूर्वक ठीक करने की कोशिश करते हैं, तो कोई दूसरा पक्ष सही ढंग से काम करना बन्द कर देता है। हालाँकि, उसने मुझे एक

बहुत सरल उदाहरण दिया, और यह हमारी समस्याओं का केवल एक छोटा-सा पहलू है, लेकिन मेरा ख़याल है कि मैं समझती हूँ कि वह क्या कहने की कोशिश कर रहा था। यह क़तई सम्भव है कि हम ख़ुद को कभी भी पूरी तरह अपनी विद्रूपताओं के अनुरूप न ढाल सकें। जब हम इन विकृतियों के कारण पैदा होने वाली वास्तविक पीड़ाओं और यन्त्रणाओं के लिए अपने भीतर कोई जगह पाने में असमर्थ होते हैं, तब हम यहाँ इस तरह की चीज़ों से बच निकलने के लिए आते हैं। जब तक हम यहाँ रहते हैं, हम दूसरों को चोट पहुँचाए बिना, या दूसरे लोगों से चोट खाए बिना, काम चला सकते हैं, क्योंकि हम जानते हैं कि हम "विकृत" हैं। यही वह चीज़ है, जो हमें बाहर की दुनिया से अलग करती है: ज़्यादातर लोग अपनी विकृतियों के प्रति अचेत बने रहते हुए जीवन जीते रहते हैं, जबकि हमारी इस छोटी-सी दुनिया में विकृतियाँ अपने आप में पहली आवश्यकता हैं। जिस तरह इंडियंस यह दर्शाने के लिए कि वे किस क़बीले से हैं, सिर पर पंख धारण करते हैं, उसी तरह हम यहाँ खुलेआम अपनी विद्रूपताओं को धारण करते हैं। और हम शान्तिपूर्वक जीवन जीते हैं, ताकि एक-दूसरे को चोट न पहुँचाएँ।

खेलने के अलावा, सारे लोग सब्ज़ियाँ उगाने में भी भागीदारी करते हैं: टमाटर, बैंगन, खीरा, तरबूज़, स्ट्रॉबेरी, प्याज़, बन्दगोभी, डाइकॉन मूली, वगैरह। हम लगभग हर चीज़ उगाते हैं। हम हॉट हाउस का भी इस्तेमाल करते हैं। यहाँ के लोगों को सब्ज़ियों की खेती के बारे में बहुत जानकारी है, और वे इस काम में बहुत ऊर्जा ख़र्च करते हैं। वे इस विषय की पुस्तकें पढ़ते हैं और विशेषज्ञों को आमंत्रित कर उनसे सुबह से लेकर रात तक इस तरह की बातों पर चर्चा करते हैं, जैसे किस उर्वरक का इस्तेमाल करना चाहिए और मिट्टी कैसी होनी चाहिए, वगैरह। मुझे सब्ज़ियाँ उगाने में मज़ा आने लगा है। विभिन्न फलों और सब्ज़ियों को हर दिन उत्तरोत्तर बड़ा होते देखना अद्भुत है। क्या तुमने कभी तरबूज़ उगाया है? वे किसी छोटे जानवर की तरह फूलते चले जाते हैं।

हम हर दिन ताज़ा-ताज़ा तोड़े गए फल और सब्ज़ियाँ खाते हैं। बेशक, गोश्त और मछली भी खिलाई जाती है, लेकिन जब तुम

यहाँ रह रहे होते हो, तो उन्हें खाने की इच्छा कम-से-कम होती जाती है, क्योंकि सब्ज़ियाँ ही अपने आप में ताज़ा और स्वादिष्ट होती हैं। कभी-कभी हम बाहर जाते हैं और जंगली वनस्पतियाँ और मशरूम चुन लाते हैं। हमारे यहाँ इस तरह की चीज़ों के विशेषज्ञ हैं (इस लिहाज़ से यह जगह विशेषज्ञों से भरी हुई है), जो हमें बताते हैं कि किस तरह की वनस्पतियाँ चुननी हैं और किनसे बचना है। इसके नतीजे में, यहाँ आने के बाद से मेरा वज़न छह पाउण्ड बढ़ गया है। व्यायाम, अच्छे भोजन और नियमित दिनचर्या की वजह से मेरा वज़न एकदम ठीक है।

जब हम खेती नहीं कर रहे होते हैं, तब पढ़ रहे होते हैं, या संगीत सुन रहे होते हैं या बुनाई कर रहे होते हैं। हमारे यहाँ टी.वी. या रेडियो नहीं है, लेकिन हमारे पास एक अच्छी लाइब्रेरी है, जिसमें पुस्तकें और रिकॉर्ड हैं। रिकार्डों के संग्रह में माह्लर की सिम्फ़नी से लेकर बीटल्स तक का संगीत है, और मैं अपने कमरे में संगीत सुनने के लिए लाइब्रेरी से हमेशा रिकॉर्ड ले आती हूँ।

इस स्थान की एकमात्र वास्तविक समस्या यह है कि एक बार यहाँ आ जाने के बाद आप यहाँ से जाना नहीं चाहते–या जाने से डरते हैं। जब तक हम यहाँ रहते हैं, हमें शांति और सुकून महसूस होता है। हमारी विकृतियाँ हमें स्वाभाविक लगने लगती हैं। हमें लगता है कि हम ठीक हो चुके हैं। लेकिन हमें कभी यह निश्चित रूप से पता नहीं होता कि बाहरी दुनिया हमें उसी तरह स्वीकार करेगी या नहीं।

मेरे डॉक्टर का कहना है कि अब वक़्त आ गया है, जब मैं "बाहरी लोगों" के साथ – मतलब, सामान्य दुनिया के सामान्य लोगों के साथ – सम्पर्क स्थापित कर सकती हूँ। जब वह ऐसा कहता है, तो मुझे सिर्फ़ तुम्हारा चेहरा दिखाई देता है। सच कहूँ तो मैं अपने माता-पिता से भी नहीं मिलना चाहती। वे मुझको लेकर बहुत परेशान हैं, और उनसे मिलकर मेरा मूड ख़राब हो जाता है। साथ ही, कुछ ऐसी बातें हैं, जो मैं तुम्हें स्पष्ट करना चाहती हूँ। मैं पक्के तौर पर नहीं जानती कि मैं उन्हें अच्छी तरह स्पष्ट कर सकूँगी, लेकिन वे इतनी महत्त्वपूर्ण बातें हैं, जिन्हें अब और नहीं टाल सकती।

तब भी, तुम्हें यह महसूस नहीं करना चाहिए कि मैं तुम्हारे ऊपर कोई बोझ हूँ। मैं किसी पर बोझ नहीं बनना चाहती। मेरे प्रति तुम्हारी जो अच्छी भावनाएँ हैं, उन्हें मैं महसूस कर सकती हूँ। वे मुझे बहुत सुख देती हैं। इस ख़त में, मैं उस सुख को ही तुम तक पहुँचाना चाह रही हूँ। शायद तुम्हारी वे अच्छी भावनाएँ ही हैं, जिनकी मुझे जीवन के इस मुकाम पर ज़रूरत है। अगर मैंने तुम्हें परेशान करने वाली कोई बात लिखी हो, तो प्लीज़ मुझे माफ़ करना। जैसा मैंने पहले कहा था, मैं उससे कहीं ज़्यादा बुरी इंसान हूँ, जितना तुम्हें अहसास है।

मैं कभी-कभी सोचती हूँ: अगर मैं और तुम नितान्त साधारण परिस्थितियों में मिले होते, और अगर हमने एक-दूसरे को पसन्द किया होता, तब क्या हुआ होता? अगर मैं सामान्य होती और तुम सामान्य रहे होते (जोकि तुम निश्चय ही हो), और हमारे जीवन में कोई किज़ुकी न रहा होता, तब क्या हुआ होता? निश्चय ही यह "अगर" बहुत बड़ा है। मैं न्यायसंगत और ईमानदार होने की बहुत कोशिश कर रही हूँ। यही है, जो इस मुकाम पर मैं कर सकती हूँ। मैं उम्मीद करती हूँ कि इस तरह मैं अपनी भावनाओं का एक छोटा-सा अंश तुम तक पहुँचा पा रही हूँ।

एक साधारण अस्पताल से भिन्न, इस जगह मुलाक़ात के लिए निर्धारित समय का कोई बन्धन नहीं है। तुम कभी भी आ सकते हो; बस तुम्हें एक दिन पहले फ़ोन भर करना ज़रूरी होगा। यहाँ तक कि तुम मेरे साथ खाना भी खा सकते हो, और तुम्हारे ठहरने के लिए भी यहाँ जगह है। प्लीज़, जब भी तुम्हें सुविधाजनक हो, आ जाओ और मुझसे मिलो। मैं तुमसे मिलने का इन्तज़ार करूँगी। मैं एक नक़्शा साथ में भेज रही हूँ। सॉरी, यह ख़त इतना लम्बा हो गया है।

नाओको के ख़त को मैंने शुरू से आख़िर तक पढ़ा, और फिर उसे दोबारा पढ़ा। उसके बाद मैं नीचे गया, वेण्डिंग मशीन से एक कोक ख़रीदा, और ख़त को एक बार और पढ़ते हुए कोक पीता रहा। मैंने ख़त के सातों पन्ने वापस लिफ़ाफ़े में रखे और उसे अपनी मेज़ पर रख दिया। उस गुलाबी लिफ़ाफ़े पर मेरा नाम और

पता ऐसे साफ़-सुथरे, छोटे-छोटे अक्षरों में लिखा हुआ था, जो एक लड़की द्वारा लिखे जाने के लिहाज़ से कुछ ज़्यादा ही सटीक थे। लिफ़ाफ़े के पीछे वापसी के पते के तौर पर लिखा हुआ था, "एमी छात्रावास।"एक विचित्र-सा नाम। मैं कुछ मिनट इसके बारे में सोचता रहा और इस नतीजे पर पहुँचा कि "एमी" "दोस्त" के लिए फ्रांसीसी शब्द से लिया गया होगा।

ख़त को अपनी डेस्क की दराज़ में रखने के बाद, मैंने कपड़े बदले और बाहर निकल गया। मुझे डर था कि अगर मैं उस ख़त के क़रीब बना रहा तो उसे दस, बीस या ना जाने कितनी बार पढ़ता रहूँगा। मैं बिना किसी गन्तव्य के टोक्यो की सड़कों पर चलता रहा, जैसा कि मैं नाओको के साथ हमेशा किया करता था। मैं एक सड़क से दूसरी सड़क पर भटकता रहा, जिस दौरान उसके ख़त की एक-एक पंक्ति को याद करता रहा और हर वाक्य पर यथासम्भव विचार करता रहा। जब सूरज डूब गया, मैं अपने छात्रावास में लौट आया और एमी छात्रावास में एस.टी.डी. कॉल लगाया। एक स्त्री रिसेप्शनिस्ट ने जवाब दिया। मैंने उससे पूछा कि क्या यह मुमकिन है कि मैं अगली दोपहर नाओको से मिल सकूँ। उसने मेरा नाम लिख लिया और कहा कि मैं एक घण्टे बाद फिर से फ़ोन करूँ।

खाना खाने के बाद, जब मैंने दोबारा फ़ोन किया, तो उसी औरत ने जवाब दिया। उसने कहा कि मैं निश्चय ही नाओको से मिल सकता हूँ। मैंने उसे धन्यवाद दिया, फ़ोन काटा, और कुछ कपड़े और टॉयलेट से सम्बन्धित कुछ सामान अपने बैग में रख लिया। फिर मैंने दोबारा *मैजिक माउण्टेन उठाई*, और ब्राण्डी के घूँट लेता हुआ नींद के इन्तज़ार में पढ़ता रहा। फिर भी मैं रात एक बजे तक नहीं सो सका।

6

जैसे ही मैं सोमवार की सुबह सात बजे उठा, मैंने मुँह धोया, दाढ़ी बनाई, और नाश्ता किए बगैर छात्रावास के हेड के पास गया और उससे कहा कि मैं दो दिन के लिए पहाड़ों पर जा रहा हूँ। उसे मालूम था कि जब भी मेरे पास वक़्त होता था, मैं छोटी-मोटी यात्राओं पर निकल जाया करता था, इसलिए उसे कोई आश्चर्य नहीं हुआ। मैंने टोक्यो स्टेशन जाने के लिए गर्मियों की भीड़-भरी ट्रेन पकड़ी, वहाँ पहुँचकर क्योटो जाने के लिए बुलेट ट्रेन का टिकट ख़रीदा और चल पड़ने को तैयार हिकारी एक्सप्रेस में एकदम छलाँग लगाकर चढ़ गया। मैंने कॉफ़ी और सैण्डविच से अपने नाश्ते का काम चलाया और एक घण्टे ऊँघता रहा।

मैं ग्यारह बजने में कुछ मिनट पहले क्योटो पहुँच गया। नाओको के निर्देशों का पालन करते हुए, मैंने उत्तरी उपनगर को सेवाएँ देने वाले एक छोटे-से टर्मिनल के लिए सिटी बस पकड़ी। मुझे बताया गया कि मेरे गन्तव्य के लिए अगली बस 11:35 से पहले नहीं जाने वाली थी और उस सफ़र में मुझे एक घण्टे से कुछ ज़्यादा का वक़्त लगना था। मैंने टिकट ख़रीदा और नक़्शा ख़रीदने के लिए सड़क के उस पार के एक बुकस्टोर में चला गया। वेटिंग रूम में वापस आकर, यह जानने के लिए कि एमी छात्रावास ठीक किस जगह स्थित है, मैंने नक़्शे को ग़ौर से देखा। पता चला कि वह पहाड़ पर उससे ज़्यादा दूर है, जितनी मैंने कल्पना कर रखी थी। बस को उत्तर की ओर जाते अपने रास्ते में कई पहाड़ों को पार करना था, फिर वहाँ मुड़ना था, जहाँ घाटी से गुज़रती सड़क समाप्त होती थी, और फिर शहर की ओर लौटना था। मेरा स्टॉप सड़क के अन्त के ठीक पहले था। नाओको के मुताबिक़ बस स्टॉप के क़रीब एक पगडण्डी शुरू होती थी, और अगर मैं उस पगडण्डी को पकड़ता, तो बीस मिनट में मैं

एमी छात्रावास पहुँच जाता। वह पर्वतों के इतना अन्दर धँसा हुआ था कि यह आश्चर्य की बात नहीं थी कि वह एक शान्त जगह थी!

बस बीस सवारियों को लेकर क्योटो के अन्त तक कामो नदी के बराबर चलती रही। शहर की तंग सड़कों की जगह अब इधर-उधर बिखरे हुए मकानों ने और फिर खेतों तथा ख़ाली मैदानों ने ले ली। शुरुआती पतझड़ के सूर्य की किरणें काली टाइल की छतों और विनाइल की दीवारों से टकराकर चकाचौंध पैदा कर रही थीं। जब बस घाटी में दाख़िल हुई, तो चालक को सड़क के मोड़ों और घुमावों का अनुसरण करने के लिए स्टीयरिंग को बार-बार इधर-उधर घुमाते हुए ज़ोर लगाना पड़ा, और मुझे मितली-सी आने लगी। मुझे अब भी अपनी सुबह की कॉफ़ी का स्वाद महसूस हो रहा था। जब तक मोड़ों की संख्या कुछ कम होने लगी और मुझे थोड़ी राहत मिली, तब तक बस एक ठंडे, सिहरन भरे देवदार के जंगल में जा घुसी। पेड़ इतने ऊँचे थे कि मानो वे बहुत पुराने हों–वे सड़क के ऊपर इस तरह छाए हुए थे कि सूरज की रोशनी को रोक देते थे और हर चीज़ को धुंधली छायाओं में ढक देते थे। बस की खुली खिड़कियों से आती हवा अचानक ठण्डी हो उठी और उसकी नमी त्वचा को चुभने लगी। नदी के किनारे से सटी घाटी की सड़क पेड़ों के बीच से इतनी लम्बी दूरी तक चली गई थी कि लगने लगा, जैसे समूची दुनिया देवदार के जंगल में हमेशा के लिए गुम हो गई हो – तभी जंगल समाप्त हो गया और हम पहाड़ी चोटियों से घिरे खुले बेसिन में आ गए। विशाल हरे खेत हर दिशा में फैले हुए थे और सड़क के बग़ल में बहती नदी चमकीली और पारदर्शी दिख रही थी। दूर धुएँ की रेखा आसमान में उठ रही थी। कुछ मकानों में धूप में कपड़े सूख रहे थे, और कुत्ते भौंक रहे थे। प्रत्येक फ़ार्महाउस के सामने छज्जे तक जलाऊ लकड़ी के ढेर लगे हुए थे और आम तौर से उस ढेर पर एक बिल्ली आराम कर रही थी। काफ़ी देर तक सड़क के किनारे इस तरह के मकान दिखाई देते रहे, लेकिन मुझे कहीं भी एक भी आदमी दिखाई नहीं दिया।

दृश्य में यह सिलसिला कई बार दिखाई दिया। बस देवदार के जंगल में प्रवेश करती, फिर किसी गाँव में बाहर निकलती, और फिर से जंगल में दाखिल हो जाती। वह कुछ लोगों को उतारने एक गाँव में रुकी, लेकिन वहाँ से कोई सवारी नहीं चढ़ी। शहर छोड़ने के चालीस मिनट बाद, बस एक पहाड़ी

दर्रे पर पहुँची, जिसके सामने एक विशाल खुला हुआ दृश्य था। वहाँ ड्राइवर ने बस रोकी और ऐलान किया कि बस वहाँ पाँच-छह मिनट रुकेगी; अगर लोग चाहें, तो वे वहाँ उतर सकते थे। बस में मुझ समेत कुल चार सवारियाँ बची थीं। ड्राइवर पेशाब करने एक ओर चला गया। हम सब उतर गए और हाथ-पैर सीधे करने लगे या धूम्रपान करने लगे और दूर फैले क्योटो का नज़ारा देखने लगे। धूप से झुलसे पचास के आसपास के एक आदमी ने, जो रस्सी से बँधे कार्डबोर्ड के एक बक्से को लेकर बस में चढ़ा था, मुझसे पूछा कि क्या मैं पर्वत की यात्रा करने जा रहा हूँ। मैंने बात आगे न बढ़ाने के लिए हाँ कह दिया।

अन्त में, दूसरी ओर से चढ़ाई चढ़ती हुई एक और बस आई और हमारी बस के बग़ल में खड़ी हो गई। ड्राइवर उतरा, उसने हमारे ड्राइवर से कुछ बातचीत की, और दोनों आदमी अपनी-अपनी बसों में बैठ गए। हम चारों भी अपनी-अपनी सीटों पर लौट आए, और दोनों बसें विपरीत दिशाओं में चल पड़ीं। यह बात मेरे लिए तुरन्त स्पष्ट नहीं हो सकी कि हमारी बस को दूसरी बस का इन्तज़ार क्यों करना पड़ा था, लेकिन कुछ ही दूरी पर पहाड़ की दूसरी तरफ़ सड़क अचानक सँकरी हो गई। वहाँ से दो बसें एक-दूसरे के बग़ल से नहीं गुज़र सकती थीं, और दरअसल दूसरी दिशा से आती साधारण कारों को भी ख़ासी तिकड़म लगानी पड़ती थी, जिसके चलते किसी-न-किसी वाहन को पीछे हटना पड़ता और मोड़ के बाहर की ओर निकले हुए हिस्से में दुबकना पड़ता।

अब सड़क के किनारे के गाँव काफ़ी छोटे हो चले थे, और खेती-योग्य समतल ज़मीन और भी सँकरी होती जा रही थी। पहाड़ काफ़ी खड़ी चढ़ाई वाले थे और उनकी दोनों ओर की दीवारें बस की खिड़कियों के नज़दीक आ गई थीं। वहाँ भी अन्य जगहों जितने कुत्ते दिखाई देते थे और बस के आने से उनमें भौंकने की होड़ लग जाती थी।

जिस स्टॉप पर मैं उतरा, वहाँ कुछ भी नहीं था – न कोई मकान, न खेत, सिर्फ़ बस स्टॉप का संकेत, एक छोटा-सा नाला और एक पगडण्डी का मुहाना। मैंने अपना बैग कन्धे पर लटकाया और पगडण्डी पर चलने लगा। नाला पगडण्डी के बाईं ओर बहता जा रहा था, और दाईं ओर पतझरी पेड़ों के जंगल की क़तार थी। मुझे उस हल्की-सी चढ़ाई पर चढ़ते हुए कोई पन्द्रह मिनट हुए होंगे, जब मैं एक सड़क पर पहुँच गया, जो दाईं ओर के जंगल की ओर जाती

थी। उसका मुहाना इतना सँकरा था कि उसमें बमुश्किल एक कार समा सकती थी। सड़क के किनारे लगी तख़्ती पर लिखा था: "एमी छात्रावास"। प्राइवेट। अनधिकार प्रवेश वर्जित"।

पेड़ों के बीच से गुज़रती सड़क पर टायरों के गहरे निशान साफ़ उकेरे हुए दिखाई दे रहे थे। बीच-बीच में पंखों की फड़फड़ाहट जंगल में गूँज उठती थी। वह ध्वनि एक विचित्र स्पष्टता के साथ सुनाई देती थी, मानो वह जंगल की दूसरी आवाज़ों से ज़्यादा ऊँची हो। एक बार मुझे दूर कहीं से ऐसी आवाज़ सुनाई दी, जो शायद किसी राइफ़ल के चलने की हो सकती थी, लेकिन वह बहुत हल्की और मद्धिम थी, मानो कई परतों वाले फ़िल्टरों से गुज़रकर आई हो।

जंगल के परे मैं पत्थर की एक सफ़ेद दीवार तक पहुँचा। वह मेरी अपनी ऊँचाई से ज़्यादा ऊँची नहीं थी, जिसके ऊपर कोई अतिरिक्त बैरियर नहीं था, और मैं उस पर आसानी से चढ़ सकता था। लोहे का काला गेट अपने आप में पर्याप्त मज़बूत था, लेकिन वह पूरा खुला हुआ था, और वहाँ कोई आदमी पहरेदारी नहीं कर रहा था। गेट पर पिछली तख़्ती की ही तरह एक और तख़्ती लगी हुई थी: "एमी छात्रावास। प्राइवेट। अनधिकार प्रवेश वर्जित।" कुछ चीज़ों से संकेत मिलता था कि कुछ देर पहले तक गार्ड वहाँ रहा होगा: ऐशट्रे में सिगरेट के तीन टोटे पड़े हुए थे, चाय का एक कप आधा भरा हुआ वहाँ पड़ा था, शेल्फ़ पर एक ट्रांजिस्टर रेडियो रखा हुआ था, और दीवार पर लटकी घड़ी शुष्क आवाज़ में टिक-टिक कर रही थी। मैंने कुछ देर उस व्यक्ति के वापस आने का इन्तज़ार किया, लेकिन जब उसके आने का कोई लक्षण दिखाई नहीं दिया, तो मैंने घण्टीनुमा लगती किसी चीज़ को कुछ बार दबाया। गेट के ठीक अन्दर का इलाक़ा पार्किंग के लिए बना लगता था। वहाँ एक मिनीबस, एक फ़ोर-व्हील-ड्राइव लैण्ड क्रूज़र और एक गहरी नीली वॉल्वो खड़ी हुई थी। पार्किंग की वह जगह इतनी बड़ी थी कि वहाँ तीस कारें आसानी से समा सकती थीं, लेकिन वहाँ अभी सिर्फ़ वे तीन वाहन ही खड़े थे।

दो-तीन मिनट गुज़र गए, और तब जंगल के रास्ते, पीली साइकल पर सवार एक गेटकीपर वहाँ आया, जिसने गहरे नीले रंग की वर्दी पहन रखी थी। वह साठ के आसपास का एक लम्बा, गंजा होता आदमी था। उसने पीली साइकल गार्ड हाउस की दीवार से टिका दी और कहा, "अफ़सोस है

कि आपको इन्तज़ार करना पड़ा," हालाँकि उसके चेहरे पर अफ़सोस जैसा कुछ दिखाई नहीं दे रहा था। साइकल के फ़ेण्डर पर सफ़ेद रंग से 32 नम्बर उकेरा हुआ था। जब मैंने उसे अपना नाम बताया, तो उसने फ़ोन उठाया और लाइन की दूसरी तरफ़ मौजूद किसी व्यक्ति को दो बार वह नाम दोहराया। फिर उसने उस व्यक्ति को जवाब दिया, "हाँ, अच्छा-अच्छा, ठीक है," और फ़ोन काट दिया।

"कृपया मुख्य इमारत में जाइए और वहाँ डॉक्टर इशिदा को पूछिए," उसने मुझसे कहा। "आप पेड़ों से होकर जाते इस रास्ते पर एक रोटरी तक जाइए। फिर एक रास्ता छोड़ दूसरे पर बाएँ मुड़ जाइए – समझ गए न? रोटरी से दूसरे पर बाएँ। वहाँ आपको एक पुराना मकान दिखेगा। दाएँ मुड़िए और कुछ और पेड़ों के बीच से होकर एक कंक्रीट की इमारत तक जाइए। वही मुख्य इमारत है। आसान है, सिर्फ़ संकेतों को पढ़ते जाइए।"

निर्देशानुसार मैंने रोटरी से दूसरी बाईं ओर मोड़ लिया, और उस रास्ते के अन्त में मुझे एक दिलचस्प पुरानी इमारत दिखाई दी, जो साफ़ तौर पर कभी किसी का देहाती मकान रही होगी। उसके साथ एक सुसज्जित बगीचा था, जिसमें तराशे हुए पत्थर और एक पत्थर की लालटेन रखी थी। यह जगह कभी एक ग्रामीण एस्टेट रही होगी। पेड़ों के बीच से दाईं ओर मुड़ते ही मुझे तीन मंज़िला कंक्रीट की इमारत दिखाई दी। वह एक धँसे हुए हिस्से में बनी थी, इसलिए उसकी तीन मंज़िलें कुछ भी भारी-भरकम नहीं लग रही थीं। उसकी बनावट सादी थी और उसे देखकर अत्यन्त स्वच्छता का एहसास होता था।

प्रवेश-द्वार दूसरी मंज़िल पर था। मैं सीढ़ियाँ चढ़ा और काँच के एक बड़े दरवाज़े से होकर अन्दर गया, जहाँ रिसेप्शन डेस्क पर लाल पोशाक में एक युवती बैठी हुई थी। मैंने उसे अपना नाम बताया और कहा कि मुझे डॉक्टर इशिदा से मिलने को कहा गया है। वह मुस्कराई और उसने बादामी रंग के एक सोफ़े की ओर इशारा किया, और धीमी आवाज़ में कहा कि मैं डॉक्टर के आने तक वहाँ इन्तज़ार करूँ। फिर उसने टेलिफ़ोन घुमाया। मैं अपना बैग कन्धे से उतारकर सोफ़े के कुशन में गहरे धँस गया और उस जगह का निरीक्षण करने लगा। वह एक स्वच्छ, ख़ुशनुमा प्रतीक्षा-कक्ष था, जहाँ गमलों में सजावटी पौधे लगे हुए थे, सुरुचिपूर्ण अमूर्त चित्र टँगे हुए थे और उसका फ़र्श पॉलिश किया

हुआ था। मैं इन्तज़ार करता रहा और फ़र्श पर अपने जूतों के प्रतिबिम्ब पर आँखें गड़ाए रहा।

बीच में रिसेप्शनिस्ट ने मुझे आश्वस्त किया कि "डॉक्टर जल्दी ही आने वाली हैं।" मैंने सिर हिला दिया। वह क्या ही अद्भुत रूप से शान्त जगह थी! वहाँ किसी तरह की कोई आवाज़ नहीं थी। आपको लगता कि हर कोई दोपहर की नींद ले रहा है। वह इस क़दर ख़ामोश दोपहर थी कि मुझे लगा, लोग, पशु, कीड़े, वनस्पतियाँ – सब गहरी नींद में सोए हुए हैं।

लेकिन, जल्दी ही, मुझे रबर के तलुओं की धीमी, हल्की आवाज़ सुनाई दी, और एक परिपक्व, मोटी, रूखे बालों वाली महिला प्रकट हुई। वह लॉबी का चक्कर लगाती हुई आई, मेरी बग़ल में बैठ गई, पैर पर पैर चढ़ाया और मेरा हाथ अपने हाथ में ले लिया। हाथ मिलाने के बजाय, उसने मेरा हाथ उलटा किया और उसके पिछले हिस्से को ग़ौर से देखा।

"आपने कोई वाद्ययन्त्र नहीं बजाया है, कम-से-कम कुछ वर्षों से, है ना?" ये वे पहले शब्द थे, जो उसके मुँह से निकले।

"नहीं," मैंने चौंकते हुए कहा। "आप सही कह रही हैं।"

"मैं आपके हाथ को देखकर बता सकती हूँ," उसने मुस्कराते हुए कहा।

इस स्त्री में कुछ लगभग रहस्यमय-सा था। उसके चेहरे पर बहुत-सी सिलवटें थीं। सबसे पहले नज़र उन्हीं पर जाती थी, लेकिन वे उसे बूढ़ा नहीं दिखाती थीं। उलटे, वे उसके भीतर एक ऐसी युवावस्था को उभारती थीं जो उम्र की सीमाओं से परे थी। वे सिलवटें मानो वहीं की थीं, जैसे जन्म से ही उसके चेहरे का हिस्सा रही हों। जब वह मुस्कराती, तो सिलवटें भी उसके साथ मुस्करातीं; जब वह भौंहें सिकोड़ती, तो सिलवटें भी सिकुड़ जातीं। और जब वह न मुस्कराती थी, न भौंहें सिकोड़ती, तब वे सिलवटें उसके चेहरे पर एक अजीब-सी गर्मजोशी और हल्की-सी विडंबना के साथ बिखरी रहती थीं। वह तीस के उत्तरार्ध की एक ऐसी स्त्री थी, जो केवल अच्छी ही नहीं लगती थी, बल्कि जिसकी भलमनसाहत आपको अपनी ओर खींच लेती थी। मैंने जिस पल से उसे देखा, उसी पल से वह मुझे अच्छी लगने लगी।

बेतरतीब ढंग से कटे हुए उसके बाल जगह-जगह से बाहर निकले हुए थे

और टेढ़ी लटें माथे पर बिखरी पड़ी थीं, लेकिन यह स्टाइल उस पर पूरी तरह फब रही थी। उसने सफ़ेद टी-शर्ट के ऊपर काम के दौरान पहनी जाने वाली नीली शर्ट, ढीली-ढाली दूधिया रंग की पतलून और टेनिस के जूते पहन रखे थे। वह लम्बी और दुबली थी, और उसका सीना लगभग सपाट था। उसके होंठ एक तरह के व्यंग्यात्मक वक्र में लगातार एक ओर मुड़े रहते थे, और उसकी आँखों के कोनों की सिलवटें हल्के-हल्के फड़कती रहती थीं। वह एक सहृदय, दक्ष, लेकिन दुनिया से कुछ थकी हुई स्त्री कार्पेंटर जैसी लगती थी।

ठोड़ी को अन्दर की ओर खींचे और होंठों को मोड़े हुए, उसने कुछ देर तक मुझे सिर से पैर तक देखा। मुझे लगा कि वह किसी भी क्षण अचानक अपना मापने का फ़ीता निकालकर हर ओर से मेरा नाप लेना शुरू कर देगी।

"क्या तुम कोई वाद्य यन्त्र बजा सकते हो?" उसने पूछा।

"सॉरी, नहीं," मैंने कहा।

"बहुत बुरा है," उसने कहा। "बजा पाते तो आनन्द आ जाता।"

"मेरा ख़याल है, आप ठीक कह रही हैं," मैंने कहा। वाद्ययन्त्र के बारे में यह बातचीत क्यों?

उसने अपने सीने की जेब से सेवन स्टार्स का पैकेट निकाला, उसमें से एक सिगरेट निकालकर अपने होंठों पर रखी, उसे लाइटर से जलाया, और ज़ाहिर तौर पर आनन्द लेते हुए कश लेने लगी।

"मुझे लगा, मिस्टर – वातानबे, यही नाम है ना? – कि इसके पहले कि तुम नाओको से मिलो, मुझे तुम्हें इस जगह के बारे में बता देना चाहिए। इसलिए मैंने हम दोनों के बीच थोड़ी-सी बातचीत का इन्तज़ाम किया है। एमी छात्रावास एक तरह की असामान्य-सी जगह है – इतनी पर्याप्त कि अगर तुम्हें इसकी पृष्ठभूमि की जानकारी ना हो तो यह तुम्हें कुछ भ्रमित कर सकती है। मैं यह मानकर चल रही हूँ कि तुम इस जगह के बारे में कुछ भी नहीं जानते। मैं ठीक कह रही हूँ, ना?"

"लगभग कुछ नहीं जानता।"

"ख़ैर, तब, सबसे पहले – " उसने कहना शुरू किया, फिर अपनी उँगलियाँ चटकाईं। "अरे हाँ, तुमने लंच लिया? यक़ीनन तुम भूखे होगे।"

"आप ठीक कह रही हैं, मैं भूखा हूँ।"

"तब, मेरे साथ आइए। हम भोजनालय में खाना खाते हुए बात कर सकते हैं। लंच का समय निकल चुका है, लेकिन अगर हम अभी पहुँच जाते हैं, तो वे हमारे लिए अभी भी कुछ बना सकते हैं।"

वह आगे बढ़ी और एक गलियारे और सीढ़ियों से होती हुई पहली मंज़िल के भोजन-कक्ष में पहुँची। वह एक विशाल कक्ष था, जिसमें शायद दो सौ लोगों के लिए पर्याप्त जगह थी, लेकिन कक्ष का आधा हिस्सा ही इस्तेमाल में था, दूसरा आधा हिस्सा पार्टीशन्स से बन्द था, जैसाकि ऑफ़-सीज़न में रिज़ोर्ट होटलों में होता है। उस दिन के व्यंजनों की सूची में नूडल्स के साथ आलू का स्ट्यू, सलाद, सन्तरे का जूस, और ब्रेड शामिल थे। सब्ज़ियाँ उतनी ही आश्चर्यजनक रूप से स्वादिष्ट थीं, जितना नाआको ने अपने ख़त में ज़िक्र किया था, और मैंने अपनी प्लेट की एक-एक चीज़ समाप्त कर दी।

"तुमने ज़ाहिर तौर पर अपने खाने का आनन्द लिया है!" मेरी स्त्री साथी ने कहा।

"यह अद्भुत है," मैंने कहा। "साथ ही, मैंने दिनभर से लगभग कुछ नहीं खाया था।"

"अगर तुम चाहो तो मेरी प्लेट से भी खा सकते हो। मेरा तो पेट भरा हुआ है। लीजिए, खाइए।"

"मैं खा लूँगा, अगर आपको वाक़ई ज़रूरत न हो तो।"

"मेरा पेट बहुत छोटा है। इसमें ज़्यादा नहीं समा पाता। बाक़ी कमी मैं अपनी सिगरेट से पूरी कर लेती हूँ।" उसने एक और सेवन स्टार्स जला ली। "ओह, बाइ द वे, तुम मुझे रेइको कहकर पुकार सकते हो। हर कोई मुझे इसी नाम से पुकारता है।"

लगता था, रेइको को मुझे आलू का वह स्ट्यू खाते देख बहुत आनन्द मिल रहा था, जिसे उसने बमुश्किल ही छुआ था और वह अपनी ब्रेड चबाती रही थी।

"क्या आप नाओको की डॉक्टर हैं?" मैंने पूछा।

"मैं? नाओको की डॉक्टर?!" उसने अपना मुँह भींचा।

"तुम्हें कैसे लगा कि मैं डॉक्टर हूँ?"

"उन्होंने मुझसे डॉक्टर इशिदा से मिलने को कहा था।"

"ओह, मैं समझ गई। नहीं, नहीं, नहीं। मैं यहाँ संगीत पढ़ाती हूँ। कुछ मरीज़ों के लिए यह एक क़िस्म की चिकित्सा होती है, इसलिए वे मुझे मज़ाक़ में 'म्यूज़िक डॉक्टर' और कभी-कभी डॉक्टर इशिदा कहते हैं। लेकिन मैं महज़ एक और मरीज़ ही हूँ। मुझे यहाँ रहते हुए सात साल हो चुके हैं। मैं संगीत-शिक्षक के रूप में काम करती हूँ, और ऑफ़िस के कामों में मदद करती हूँ, इसलिए किसी के लिए भी यह कहना मुश्किल होता है कि मैं मरीज़ हूँ या यहाँ की कर्मचारी। नाओको ने आपको मेरे बारे में नहीं बताया?"

मैंने इन्कार में सिर हिलाया।

"यह अजीब बात है," रेइको ने कहा। "मैं नाओको के साथ एक ही कमरे में रहती हूँ। मुझे उसके साथ रहना अच्छा लगता है। हम तमाम तरह की बातें करते हैं, तुम्हारे समेत।"

"मेरे बारे में क्या?"

"ख़ैर, सबसे पहले तो मुझे तुम्हें इस जगह के बारे में बताना होगा," रेइको ने मेरे सवाल पर ध्यान न देते हुए कहा। "जो पहली चीज़ तुम्हें मालूम होना चाहिए, वह यह है कि यह कोई साधारण 'अस्पताल' नहीं है। यह जगह इलाज के लिए उतनी नहीं, जितनी स्वास्थ्य-लाभ के लिए है। बेशक, हमारे पास यहाँ कुछ डॉक्टर हैं और उनके हर घण्टे के सत्र होते हैं, लेकिन वे सिर्फ़ लोगों की हालत जाँचते हैं, उनका बुख़ार नापते हैं, वगैरह, लेकिन वे उस तरह की 'चिकित्सा' नहीं करते, जैसी सामान्य अस्पतालों में की जाती है। यहाँ की खिड़कियों में सलाखें नहीं हैं, और गेट हमेशा पूरी तरह खुले रहते हैं। लोग स्वेच्छापूर्वक यहाँ आते हैं और उसी तरह यहाँ से चले जाते हैं। आपको यहाँ प्रवेश के लिए उस तरह के स्वास्थ्य-लाभ के उपयुक्त होना ज़रूरी है; यह पहली शर्त है। कुछ मामलों में, जहाँ लोगों को विशिष्ट चिकित्सा की ज़रूरत होती है, वे अन्ततः विशेष चिकित्सा उपलब्ध कराने वाले अस्पतालों में चले जाते हैं। अब तक की बात समझ में आई?"

"मेरा ख़याल है, हाँ," मैंने कहा। "लेकिन इस 'स्वास्थ्य-लाभ' में क्या चीज़ें शामिल हैं? क्या आप मुझे कोई ठोस उदाहरण दे सकती हैं?"

रेइको ने लम्बा कश खींचा और बचा हुआ सन्तरे का जूस पी लिया। “यहाँ रहना-मात्र स्वास्थ्य-लाभ करना है,” उसने कहा। “नियमित दिनचर्या, व्यायाम, बाहर की दुनिया से अलग-थलग रहना, स्वच्छ हवा, शान्ति। हमारी खेती की ज़मीन हमें लगभग आत्मनिर्भर बनाए रखती है; यहाँ कोई टीवी या रेडियो नहीं है। हम उन सामुदायिक स्थलों की तरह हैं, जिनके बारे में आपको बहुत कुछ सुनने को मिलता रहता है। बेशक, एक चीज़ जो सामुदायिक व्यवस्था से भिन्न है, वह यह है कि यहाँ प्रवेश पाना बहुत खर्चीला है।’

“बहुत ख़र्चीला?

“ख़ैर, यह हास्यास्पद रूप से महँगा तो नहीं है, लेकिन सस्ता भी नहीं है। ज़रा इन सुविधाओं पर ध्यान दें। हमारे पास यहाँ बहुत सारी ज़मीन है, थोड़े-से मरीज़ हैं, बड़ा अमला है, और मुझे ही लें तो मैं यहाँ लम्बे समय से हूँ। बेशक मैं लगभग यहाँ के अमले का हिस्सा हूँ, इसलिए मुझे अच्छी ख़ासी रियायत मिल जाती है, लेकिन तब भी... एक कप कॉफ़ी के बारे में क्या ख़याल है?”

“मैं लेना चाहूँगा,” मैंने कहा। उसने अपनी सिगरेट बुझाई और काउण्टर पर गई, जहाँ उसने एक गर्म जग से दो कपों में कॉफ़ी उँडेली, फिर उन्हें वहाँ ले आई जहाँ हम बैठे थे। उसने अपनी कॉफ़ी में शक्कर डाली, उसे घोला, भौंहें सिकोड़ीं, और एक चुस्की ली।

“जानते हो, यह सैनेटोरियम लाभ कमाने वाला उद्यम नहीं है, इसलिए इसे उतना ज़्यादा पैसा वसूल किए बिना भी चलाया जा सकता है, जितना इसे अन्यथा वसूल करना पड़ता। ज़मीन दान में मिली है। इसके लिए उन्होंने एक निगम गठित किया था। बीस साल पहले तक यह पूरी जगह उस दानदाता का ग्रीष्मकालीन आवास हुआ करती थी। तुमने वह पुराना मकान देखा होगा, मुझे यक़ीन है”

“मैंने देखा था”, मैंने कहा।

“वह पहले इस परिसर की एकमात्र इमारत हुआ करती थी। वहीं समूह-चिकित्सा होती थी। इसी तरह इसकी शुरुआत हुई। दानदाता के बेटे में मानसिक बीमारी की प्रवृत्ति थी, और एक विशेषज्ञ ने उसके लिए समूह-चिकित्सा की सलाह दी थी। डॉक्टर का सिद्धान्त यह था कि यदि कुछ मरीज़

गाँव-जैसे वातावरण में साथ रहकर, शारीरिक श्रम करते हुए और एक-दूसरे की मदद करते हुए जीवन बिताएँ, तथा सलाह और नियमित जाँच के लिए एक डॉक्टर उपलब्ध हो, तो कुछ प्रकार की बीमारियों का इलाज किया जा सकता है। उन्होंने इसे आज़माया, और यह व्यवस्था बढ़ती गई और औपचारिक रूप से स्थापित हो गई। फिर उन्होंने और ज़मीन खेती के लिए तैयार की, और पाँच साल पहले मुख्य इमारत बनाई।"

"मतलब, वह चिकित्सा-पद्धति कारगर रही?"

"नहीं, हर चीज़ तो नहीं। बहुत-से लोगों की हालत में सुधार नहीं आया। लेकिन ऐसे भी बहुत-से लोग थे, जिन्हें और कहीं मदद नहीं मिल सकती थी, वे पूरी तरह स्वस्थ हो गए। इस जगह की सबसे बड़ी ख़ूबी यह है कि यहाँ हर कोई हर किसी की मदद करता है। हर व्यक्ति जानता है कि उसमें किसी-न-किसी रूप में कोई खोट है, और इसलिए वे एक-दूसरे की मदद करने की कोशिश करते हैं। दुर्भाग्य से, दूसरी जगहों पर इस तरह काम नहीं होता। डॉक्टर डॉक्टर होते हैं और मरीज़ मरीज़ होते हैं: मरीज़ मदद के लिए डॉक्टर का मुँह ताकते हैं और डॉक्टर मरीज़ को यह मदद उपलब्ध कराते हैं। लेकिन यहाँ हम एक-दूसरे की मदद करते हैं। हम लोग एक-दूसरे के आईने हैं, और डॉक्टर हमारा ही हिस्सा हैं। वे हम पर बाहर से निगाह रखते हैं, और वे उस वक़्त मदद के लिए आ पहुँचते हैं, जब उन्हें लगता है कि हमें किसी चीज़ की ज़रूरत है, लेकिन कभी-कभी ऐसा भी होता है कि हम उनकी मदद करते हैं। कभी-कभी किन्हीं मामलों में हम उनसे बेहतर स्थिति में होते हैं। उदाहरण के लिए, मैं एक डॉक्टर को पियानो बजाना सिखा रही हूँ, और एक अन्य मरीज़ एक नर्स को फ्रांसीसी पढ़ा रही है। उस तरह की चीज़। हमारे जैसी समस्याओं वाले मरीज़ अक्सर कोई विशेष योग्यताएँ रखते हैं। इसलिए यहाँ हर कोई बराबर है – मरीज़, अमला – और तुम। जब तक तुम यहाँ हो, तुम हम में से ही एक हो, इसलिए मैं तुम्हारी मदद करती हूँ, तुम मेरी मदद करते हो।" अपने चेहरे की एक-एक सिलवट को हल्के-से घुमाव देते हुए रेइको मुस्करा दी। "तुम नाओको की मदद करते हो, नाओको तुम्हारी मदद करती है।"

"तब मुझे क्या करना चाहिए? मुझे कोई ठोस उदाहरण दीजिए।"

"सबसे पहले तुम यह फ़ैसला करो कि तुम मदद करना चाहते हो और तुम्हें दूसरे व्यक्ति की मदद की ज़रूरत है। फिर तुम पूरी तरह ईमानदार होने का निश्चय करो। तुम झूठ नहीं बोलोगे, तुम किसी चीज़ को अनदेखा नहीं करोगे, तुम ऐसी कोई बात छिपाओगे नहीं, जो तुम्हें शर्मिन्दा करती हो। बस इतनी-सी बात है।"

"मैं कोशिश करूँगा," मैंने कहा। "लेकिन मुझे यह बताइए, रेइको, आप यहाँ सात सालों से क्यों हैं? आपसे इस तरह बात करते हुए तो मुझे नहीं लगता कि आपके साथ कुछ गड़बड़ है।"

"तब तक नहीं, जब तक सूरज उगा हुआ होता है," उसने चेहरे पर संजीदा भाव लाते हुए कहा। "लेकिन जब रात आती है, तो मैं बकबक करने लगती हूँ और फ़र्श पर लोटने लगती हूँ।"

"वाक़ई?"

"फ़ालतू बात मत करो, मैं मज़ाक़ कर रही हूँ," चेहरे पर अविश्वास का भाव लाते हुए और इनकार में सिर हिलाते हुए उसने कहा। "मैं पूरी तरह ठीक हूँ – कम-से-कम, फ़िलहाल। मैं यहाँ इसलिए रुकी हुई हूँ, क्योंकि मुझे दूसरे लोगों के ठीक होने में उनकी मदद करने में, संगीत सिखाने में, सब्ज़ियाँ उगाने में आनन्द आता है। यहाँ मुझे अच्छा लगता है। हम सब आपस में कमोबेश दोस्त हैं। इसकी तुलना में मुझे बाहर की दुनिया से क्या मिलता है? मैं अड़तीस की हूँ, चालीस की होने वाली हूँ। मैं नाओको की तरह नहीं हूँ। मेरा कोई नहीं है, जो मेरे यहाँ से बाहर निकलने की प्रतीक्षा कर रहा हो, कोई परिवार नहीं जो मुझे वापस ले ले। मेरे पास कहने लायक़ कोई काम नहीं है, लगभग कोई दोस्त नहीं हैं। और सात साल बाद, मैं नहीं जानती कि बाहर वहाँ क्या होने जा रहा है। हाँ, कभी-कभी मैं लाइब्रेरी में अख़बार पढ़ लेती हूँ, लेकिन सात साल से मैंने इस परिसर के बाहर क़दम नहीं रखा है। अगर मैं यहाँ से निकलूँ, तो मुझे समझ ही नहीं आएगा कि क्या करूँ।

"लेकिन हो सकता है, आपके लिए कोई नई दुनिया खुल जाए," मैंने कहा।

"कोशिश तो करना चाहिए, आप नहीं सोचतीं?"

"हूँ, तुम्हारा कहना शायद सही हो," उसने सिगरेट लाइटर को हाथों में बार-बार घुमाते हुए कहा। "लेकिन मेरी अपनी कुछ समस्याएँ हैं। अगर आप चाहें तो मैं कभी उन सबके बारे में आपको बता सकती हूँ।"

मैंने सिर हिलाकर हामी भरी। "और नाओको," मैंने कहा, "क्या वह बेहतर हुई है?"

"हूँ, हमें लगता है कि वह हुई है। शुरू में वह काफ़ी असमंजस में थी और कुछ समय तक हमारे मन में सन्देह रहे थे, लेकिन अब वह शान्त हो चुकी है और उसमें इतना सुधार आ गया है कि वह ख़ुद को शब्दों में व्यक्त कर सकती है। वह निश्चय ही सही दिशा में गई है। लेकिन उसे बहुत पहले यह इलाज करा लेना चाहिए था। उसके लक्षण तभी से सामने आने लगे थे, जब उसके बॉयफ्रैण्ड, किज़ुकी ने ख़ुद को ख़त्म कर डाला था। उसके परिवार को यह देख लेना चाहिए था, और उसे ख़ुद भी अहसास होना चाहिए था कि कुछ गड़बड़ है। बेशक, घर में भी स्थितियाँ अच्छी नहीं थीं..."

"अच्छी नहीं थीं?" मैंने झटके-से पूछ लिया।

"तुम्हें नहीं मालूम था?" रेइको मुझसे ज़्यादा आश्चर्यचकित लगी।

मैंने इनकार में सिर हिलाया।

"मैं यही बेहतर समझती हूँ कि इस बारे में नाओको ही तुम्हें बताए। अब वह तुमसे ईमानदारीपूर्वक बात करने की हालत में है।" रेइको ने अपनी कॉफ़ी को एक बार फिर हिलाया और एक चुस्की ली। "अब तुम्हें जानने के लिए और कुछ नहीं है। यहाँ के नियमों के मुताबिक़ तुम्हें और नाओको को एकसाथ अकेले नहीं रहने दिया जाएगा। मुलाक़ाती मरीज़ के साथ अकेले में नहीं मिल सकते। एक पर्यवेक्षक का मौजूद रहना हमेशा ज़रूरी होता है – जिसका इस प्रकरण में मतलब है, मैं। मुझे अफ़सोस है, लेकिन तुम्हें मुझे बर्दाश्त करना होगा। ओ.के.?"

"ओ.के.," मैंने मुस्कराते हुए कहा।

"लेकिन तब भी, उसने कहा, "तुम दोनों किसी भी चीज़ के बारे में बात कर सकते हो। तुम भूल जाना कि मैं वहाँ मौजूद हूँ। तुम्हारे और नाओको के बारे में जो भी जानने लायक़ है, वह सब मैं काफ़ी कुछ जानती हूँ।"

"सब कुछ?"

"काफ़ी कुछ। हम लोगों के ग्रुप सेशन होते हैं। इसलिए हम एक-दूसरे के बारे में बहुत कुछ जान लेते हैं। साथ ही, नाओको और मैं हर चीज़ के बारे में बात करते हैं। यहाँ हम लोगों के बीच बहुत गोपनीयताएँ नहीं होतीं।"

मैंने रेइको की ओर देखते हुए अपनी कॉफ़ी पी। "सच कहूँ तो," मैंने कहा, "मैं असमंजस में हूँ। मैं अभी भी नहीं जानता कि टोक्यो में, मैंने नाओको के साथ जो कुछ किया था, वह ठीक था या नहीं। मैं पूरे समय यही सोचता रहा हूँ, लेकिन मैं अभी भी नहीं जानता।"

"और मैं भी नहीं जानती," रेको ने कहा।

"और न ही नाओको जानती है। यह ऐसी बात है, जिसका फ़ैसला तुम दोनों को खुद करना होगा। समझ रहे हो मेरा मतलब? जो कुछ भी हुआ हो, तुम दोनों उसे सही दिशा में मोड़ सकते हो–अगर तुम किसी तरह की पारस्परिक समझ तक पहुँच सको। शायद, जब तुम यह बात सुलझा लो, तब तुम वापस जाकर यह सोच सकते हो कि जो हुआ, वह सही था या नहीं। क्या कहते हो?"

मैंने सहमति में सिर हिलाया।

"मैं समझती हूँ कि हम तीनों एक-दूसरे की मदद कर सकते हैं – तुम, नाओको और मैं – अगर हम वाक़ई चाहते हैं तो, और अगर हम वाक़ई ईमानदारी बरतें। जब तीन लोग इस चीज़ पर इस तरह काम करते हैं तो वह आश्चर्यजनक रूप से कारगर हो सकता है। तुम कितने समय तक रुक सकते हो?"

"मैं परसों शाम तक टोक्यो वापस पहुँचना चाहूँगा। मुझे काम करना है, और गुरुवार को मेरा जर्मन का इम्तिहान है।"

"बहुत अच्छा," उसने कहा। "तब तुम हमारे साथ रुक सकते हो।

"इस तरह तुम्हें कोई पैसे भी नहीं चुकाने पड़ेंगे और और तुम समय की चिन्ता किए बग़ैर बात कर सकते हो।"

"'हमारे' साथ?" मैंने पूछा।

"ज़ाहिर है, नाओको और मेरे साथ," रेइको ने कहा।

"हम लोगों के अलग-अलग बेडरूम हैं और बैठक में एक सोफ़ा बेड है, इसलिए तुम वहाँ आराम से सो सकोगे। चिन्ता मत करो।"

"क्या वे इसकी इजाज़त देंगे?" मैंने पूछा। "क्या कोई पुरुष मुलाक़ाती स्त्रियों के कमरे में ठहर सकता है?"

"मैं नहीं समझती कि तुम आधी रात को आकर हमारा बलात्कार करने लगोगे।"

"फ़ालतू बात मत कीजिए।"

"तब कोई समस्या नहीं है। हमारे साथ रहो और हम कुछ अच्छी, लम्बी बातचीत कर सकेंगे। यह सबसे अच्छी चीज़ होगी। तब हम वाक़ई एक-दूसरे को समझ सकेंगे। और मैं तुम्हें गिटार बजाकर सुना सकती हूँ। मैं बहुत अच्छा बजा लेती हूँ।"

"आपको यक़ीन है कि मैं आप लोगों के बीच बाधा नहीं बनूँगा?"

रेइको ने अपनी तीसरी सेवन स्टार्स होंठों पर रखी और उसे मुँह के कोने में दबाते हुए जलाया। "नाओको और मैं इस बारे में पहले ही चर्चा कर चुके हैं। हम दोनों मिलकर तुम्हें अपने साथ ठहरने का निजी तौर पर निमन्त्रण दे रहे हैं। क्या तुम्हें नहीं लगता कि तुम्हें इसे विनम्रतापूर्वक स्वीकार कर लेना चाहिए?"

"बेशक, मुझे ख़ुशी होगी।"

रेइको ने अपनी आँखों के कोनों की सिलवट को गहराया और कुछ देर मेरी ओर देखा। "तुम्हारा बातचीत करने का ढंग हास्यास्पद है," उसने कहा। "अब यह मत कहने लगना कि तुम *कैचर इन द राइ* के उस लड़के की नक़ल करने की कोशिश कर रहे रहो?"

"बिलकुल नहीं!" मैंने मुस्कराते हुए कहा।

रेइको भी मुस्करा दी, सिगरेट उसके होंठों में दबी हुई थी। "लेकिन, तुम अच्छे व्यक्ति हो। यह बात मैं तुम्हें देखने मात्र से कह सकती हूँ। मैं यहाँ सात साल से लोगों को आते-जाते देखने के बाद ये बातें कह सकती हूँ : ऐसे लोग होते हैं, जो अपना दिल खोलकर रख देते हैं और ऐसे भी लोग होते हैं, जो ऐसा नहीं कर पाते। तुम उनमें से हो जो कर सकते हैं। या, और भी ठीक-ठीक कहूँ तो, तुम अगर चाहो तो वैसा कर सकते हो।"

"जब लोग अपना दिल खोलकर रखते हैं, तब क्या होता है?"

रेइको ने अपने दोनों हाथ बाँधकर मेज़ पर रख दिए, सिगरेट उसके होंठों में लटक रही थी। वह इसका आनन्द ले रही थी। "वे बेहतर हो जाते हैं," उसने कहा। उसकी राख मेज़ पर गिर रही थी, लेकिन उसने इसकी ओर कोई ध्यान नहीं दिया।

रेइको और मैं मुख्य इमारत से निकले। हमने एक पहाड़ी को पार किया और एक पोखर, टेनिस के कुछ कोर्टों तथा एक बास्केट बॉल कोर्ट के बग़ल से गुज़रे। दो आदमी – एक दुबला और अधेड़, दूसरा युवा और मोटा – टेनिस कोर्ट में थे। दोनों ही अपने रैकेट का इस्तेमाल अच्छी तरह कर रहे थे, लेकिन मुझे उनका खेल टेनिस जैसा नहीं लगा। ऐसा लगता था, जैसे उन दोनों की विशेष दिलचस्पी टेनिस की गेंदों को उछालने में थी और वे उसी क्षेत्र में शोध कर रहे थे। वे विचित्र क़िस्म की एकाग्रता के साथ गेंद को आगे-पीछे उछाल रहे थे। दोनों पसीने से तर थे। कोर्ट के उस सिरे पर खड़े युवक ने, जो हमारे क़रीब था, रेइको को देखा और उसके पास आ गया। दोनों ने मुस्कराते हुए कुछ शब्दों का आदान-प्रदान किया। कोर्ट के बग़ल में एक आदमी भाव-शून्य चेहरा लिए घास काटने के लिए एक बड़े मोवर का इस्तेमाल कर रहा था।

आगे बढ़ने पर, हम जंगल के एक हिस्से में पहुँचे जहाँ लगभग पन्द्रह-बीस मकान एक-दूसरे से कुछ दूरी पर खड़े हुए थे। हर मकान के प्रवेश-द्वार पर वैसी ही पीली साइकलें खड़ी हुई थीं, जिस पर सवार होकर गेटकीपर आया था। "यहाँ कर्मचारी और उनके परिवार रहते हैं," रेइको ने कहा।

"हमारे पास ज़रूरत की सारी चीज़ें यहाँ हैं, जिनके लिए हमें शहर में नहीं जाना पड़ता," चलते-चलते उसने कहा। "जहाँ तक खाने के सामान का सवाल है, जैसाकि मैंने पहले कहा था, हम लगभग आत्मनिर्भर हैं। हमारे मुर्गी घर से हमें अण्डे मिल जाते हैं। "हमारे पास किताबें हैं, रिकॉर्ड्स हैं और व्यायाम की सुविधाएँ भी हैं, अपना छोटा-सा सुविधा स्टोर है, और हर हफ्ते नाई और ब्यूटीशियन यहाँ आते हैं। सप्ताहांत पर फ़िल्में भी दिखाई जाती हैं। हमें जो भी विशेष चीज़ चाहिए होती है, हम किसी स्टाफ़ सदस्य से कहकर शहर से मँगवा सकते हैं। कपड़े हम कैटलॉग से मँगाते हैं। यहाँ रहना कोई समस्या नहीं है।"

"लेकिन तुम शहर में नहीं जा सकतीं?"

"नहीं, यह हम नहीं कर सकते। बेशक, अगर कोई विशेष ज़रूरत है, जैसेकि मान लो हमें दाँतों के डॉक्टर से मिलना है, या ऐसी कोई और ज़रूरत, तो वह अलग बात है, लेकिन नियमानुसार हम शहर में नहीं जा सकते। हर व्यक्ति इस जगह को छोड़ने के लिए पूरी तरह आज़ाद है, लेकिन एक बार यहाँ से जाने के बाद तुम वापस नहीं आ सकते। तुम अपना रिश्ता तोड़ चुके होते हो। तुम यह नहीं कर सकते कि कुछ दिनों के लिए शहर चले जाओ और फिर वापस लौटने की उम्मीद करो। हालाँकि, यह तर्कसंगत ही है। फिर तो हर कोई आता-जाता रहेगा।"

पेड़ों के उस पार हम एक हल्की ढलान पर पहुँचे। उस ढलान पर अनियमित दूरी पर दो-मंज़िला लकड़ी के घरों की एक कतार खड़ी थी, जिनमें कुछ अजीब-सा था। उन्हें अजीब क्या बनाता था, यह कहना मुश्किल है, लेकिन उन्हें देखते ही यही पहला एहसास होता था। मेरी प्रतिक्रिया कुछ वैसी ही थी, जैसी हमें किसी सुखद तरीके से अवास्तविकता को चित्रित करने की कोशिशों से होती है। मुझे लगा, यह कुछ वैसा है जैसे वॉल्ट डिज़्नी अगर एडवर्ड मंक की किसी पेंटिंग का एनिमेटेड रूप बनाएँ, तो वह कैसा दिखे। सभी घर बिल्कुल एक जैसे आकार और रंग के थे – लगभग घनाकार, बाएँ से दाएँ पूर्ण समरूपता में, बड़े सामने के दरवाज़ों और बहुत-सी खिड़कियों के साथ। सड़क उनके बीच से इस तरह बल खाती हुई गुज़र रही थी, जैसे किसी ड्राइविंग स्कूल का कृत्रिम अभ्यास-पथ हो। हर घर के सामने सलीके से सँवारी हुई फूलों की झाड़ियाँ लगी थीं। कहीं भी लोगों का कोई निशान नहीं था, और सभी खिड़कियों पर परदे पड़े थे।

"इसे एरिया 'सी' के नाम से जाना जाता है। यहाँ स्त्रियाँ रहती हैं। हम लोग! छह मकान हैं, जिनमें से हरेक में चार यूनिट हैं, दो लोगों के एक यूनिट। यानी, कुल मिलाकर आठ लोग, लेकिन इस वक़्त हम सिर्फ़ बत्तीस लोग रह रहे हैं।"

"बहुत शांति है, नहीं?"

"क्योंकि इस वक़्त यहाँ कोई नहीं है," रेइको ने कहा। "मुझे इस तरह आज़ाद घूमने की विशेष इजाज़त मिली हुई है, लेकिन बाक़ी हर कोई अपने-अपने निजी कार्यक्रमों में व्यस्त है। कुछ व्यायाम कर रहे हैं, कुछ बागवानी

कर रहे हैं, कुछ लोग सामूहिक चिकित्सा में शामिल हैं, कुछ जंगली वनस्पतियाँ एकत्र करने में लगे हैं। हर व्यक्ति अपना ख़ुद का कार्यक्रम तैयार करता है। देखते हैं, नाओको इस वक़्त क्या कर रही है। मेरा ख़याल है, उसे नए पेंट और वालपेपर पर काम करना था। मैं भूल गई। इस तरह के कुछ काम ऐसे हैं, जो पाँच बजे तक जारी रहते हैं।

रेइको "सी-7" नम्बर की इमारत पर गई, गलियारे के दूसरे सिरे पर जाकर सीढ़ियाँ चढ़ी, और दाँईं तरफ़ का दरवाज़ा खोला, जिस पर ताला नहीं पड़ा था। उसने मुझे अपार्टमेंट दिखाया–एक सुखद, भले ही सादा, चार कमरों का यूनिट: बैठक, शयनकक्ष, रसोई और बाथरूम। वहाँ न कोई अतिरिक्त फर्नीचर था, न ही अनावश्यक सजावट, लेकिन जगह कठोर भी नहीं लगती थी। उसमें कोई खास बात नहीं थी, फिर भी वहाँ होना कुछ वैसा ही था जैसे रेइको के साथ होना–आप आराम से रह सकते थे और शरीर का तनाव अपने-आप उतर जाता था। बैठक में एक सोफ़ा, एक मेज़ और एक झूलने वाली कुर्सी थी। रसोई में एक और मेज़ थी। दोनों मेज़ों पर बड़े ऐशट्रे रखे थे। शयनकक्ष में दो बिस्तर, दो डेस्क और एक अलमारी थी। बिस्तरों के बीच एक छोटी नाइट-टेबल रखी थी, जिस पर एक पढ़ने का लैंप और एक पेपरबैक किताब उलटी रखी हुई थी। रसोई में एक छोटा इलेक्ट्रिक चूल्हा था, जो फ्रिज से मेल खाता था, और साधारण खाना बनाने के लिए पूरी तरह सुसज्जित था।

"बाथटब नहीं है, सिर्फ़ शॉवर है, लेकिन खासा उपयोगी है, क्या तुम्हें नहीं लगता? नहाने और कपड़े धोने की सुविधाएँ सामुदायिक हैं।"

"यह तो लगभग ज़रूरत से ज़्यादा ही प्रभावशाली है। मेरे छात्रावास के कमरे में तो बस एक छत और एक खिड़की है।"'

"ओह, लेकिन तुमने यहाँ की सर्दियाँ नहीं देखी हैं," रेइको ने कहा और मेरी पीठ छूते हुए सोफ़े की ओर इशारा किया और मेरी बगल में बैठ गई। "वे लम्बी और कठोर होती हैं। तुम जहाँ भी देखोगे तुम्हें चारों ओर बर्फ़, और बर्फ़ और बर्फ़ ही नज़र आएगी। नमी छा जाती है और वह आपकी हड्डियों तक को ठिठुरा देती है। हम बर्फ़ को हटाते हुए सर्दियाँ बिताते हैं। ज़्यादातर लोग घर के अन्दर रहते हैं, जहाँ वातावरण गर्म होता है और संगीत सुनते हैं या बातचीत करते हैं या बुनाई करते हैं। अगर आपके पास इतनी ज़्यादा जगह ना होती तो

आपका दम घुट जाता। अगर तुम जाड़ों में आओगे तो तुम्हें यह नज़ारा देखने मिलेगा।”

रेइको ने लम्बी साँस छोड़ी, जैसे वह जाड़ों की कल्पना कर रही हो और उसने अपने हाथ घुटनों पर मोड़ लिए।

“यह तुम्हारा बिस्तर होगा,” उसने सोफ़े को थपथपाते हुए कहा। “हम लोग बेडरूम में सोएँगे, और तुम यहाँ सोओगे। तुम यहाँ आराम से रह सकोगे, क्या तुम्हें नहीं लगता?”

“मुझे यक़ीन है, मैं बिलकुल ठीक रहूँगा।”

“तो यह है,” रेइको ने कहा। “हम पाँच बजे के आसपास लौटेंगे। नाओको को और मुझे भी तब तक कुछ काम करने होंगे। तुम्हें अकेले रहना बुरा तो नहीं लगेगा?”

“बिलकुल नहीं। मैं अपनी जर्मन पढ़ूँगा।”

जब रेइको चली गई, तो मैं सोफ़े पर पसरकर लेट गया और अपनी आँखें मूँद लीं। मैं ख़ुद को ख़ामोशी में डुबोए वहाँ लेटा था कि तभी अचानक मैं उस वक़्त के बारे में सोचने लगा, जब किज़ुकी और मैं मोटरसाइकिल के सफ़र पर गए थे। वह भी शरद ऋतु का समय था, मुझे अहसास हुआ। कितने साल पहले की शरद ऋतु? हाँ, चार साल पहले। मुझे किज़ुकी की चमड़े की जैकेट की गन्ध और उसकी लाल यमाहा 125 सीसी बाइक के शोरगुल की याद आई। हम समुद्र तट पर एक जगह गए थे और उसी शाम थके हुए लौट आए थे। उस सफ़र के दौरान कुछ भी ख़ास नहीं हुआ था, लेकिन मुझे वह अच्छी तरह याद था। शरद ऋतु की तीखी हवा मेरे कानों में कराह रही थी, और मैं आकाश की ओर नज़रें किए किज़ुकी की जैकेट को जकड़े बैठा था। मुझे लग रहा था, जैसे मैं अन्तरिक्ष में उड़ जाऊँगा।

मैं बहुत देर तक वहाँ लेटा रहा, जिस दौरान मेरा दिमाग़ एक स्मृति से दूसरी स्मृति तक भटकता रहा। कोई विचित्र-सी वजह थी कि इस कमरे में लेटे हुए वे पुरानी स्मृतियाँ वापस लौटती लग रही थीं, जो पहले कभी गाहे-ब-गाहे ही लौटती थीं। उनमें से कुछ सुखद थीं, लेकिन दूसरी अपने साथ उदासी के अवशेष लिए हुए थीं।

यह कितनी देर तक चलता रहा होगा? मैं स्मृतियों के प्रवाह में इस क़दर डूबा हुआ था (और वह प्रवाह ही था, जैसे चट्टानों को चीरता हुआ झरना बह रहा हो) कि मुझे पता ही नहीं चला कि कब नाओको ने चुपचाप दरवाज़ा खोला और वह अन्दर आ गई। मैंने सिर उठाया और कुछ देर तक उसकी आँखों में देखता रहा। वह सोफ़े के हत्थे पर बैठी मुझे देख रही थी। पहले तो मैंने सोचा कि वह शायद मेरी यादों की बुनावट से अस्तित्व में आई एक छाया है। लेकिन वह सचमुच की नाओको थी।

"सो रहे थे?" वह फुसफुसाई।

"नहीं," मैंने कहा। "बस यूँ ही सोच रहा था।" मैं उठकर बैठ गया और पूछा, "तुम कैसी हो?"

"मैं ठीक हूँ," उसने एक फीके, दूरस्थ दृश्य की भाँति हल्का-सा मुस्कराते हुए कहा। "हालाँकि, मेरे पास ज़्यादा वक़्त नहीं है। मुझे इस वक़्त यहाँ नहीं होना था। मैं एक मिनट के लिए बाहर आई हूँ और मुझे तुरन्त वापस जाना होगा। तुम्हें मेरे बालों से नफ़रत तो नहीं हो रही है?"

"बिलकुल नहीं," मैंने कहा। "ये बहुत क्यूट लग रहे हैं।" उसके बाल एकदम सादा, स्कूली लड़की की शैली में कटे हुए थे, जिनका एक हिस्सा पुराने दिनों की तरह बैरेट से कसा हुआ था। वह नाओको पर बहुत अच्छी तरह फ़ब रहा था, जैसे वह हमेशा से इसी तरह अपने बालों को सँवारती आई हो। वह उन ख़ूबसूरत छोटी लड़कियों जैसी दिख रही थी, जैसी आप मध्ययुग के वुडकट प्रिण्ट्स मे देखते है।

"यह बहुत तकलीफ़देह है, मुझे रेइको से कटवाने पड़ते हैं। तुम्हें सचमुच लगता है कि ये क्यूट हैं?"

"सचमुच।"

"मेरी माँ को इनसे नफ़रत है।" उसने अपना बैरेट खोला, बालों को लटक जाने दिया और उन्हें अँगुलियाँ फेरकर सुलझाया और फिर बैरेट से कस लिया। बैरेट का आकार तितली जैसा था। हम तीनों के मिलने से पहले मैं अकेले में तुमसे मिलकर निश्चिन्त होना चाहती थी। ऐसा नहीं कि मेरे पास कोई विशेष बात कहने को हो। मैं तो सिर्फ़ तुम्हारा चेहरा देखना चाहती थी

और तुम्हारे यहाँ होने को लेकर अभ्यस्त होना चाहती थी। अन्यथा, मुझे तुम्हें दोबारा जानने में कठिनाई होती। मैं लोगों के साथ बहुत बुरी साबित होती हूँ।"

"अच्छा?" मैंने पूछा। यह कारगर हो रहा है?"

"थोड़ा-थोड़ा," अपने बैरेट को दोबारा छूते हुए उसने कहा। "समय हो चुका है। मुझे जाना होगा।"

मैंने "हाँ" में सिर हिलाया।

"तोरू," उसने कहा, "तुम मुझसे मिलने यहाँ आए, इसके लिए मैं वाक़ई तुम्हारा शुक्रिया अदा करती हूँ। इससे मुझे बहुत ख़ुशी मिली है।"

लेकिन अगर यहाँ होने से तुम किसी तरह का बोझ महसूस करते हो, तो तुम मुझे बताने से संकोच मत करना। यह एक ख़ास तरह की जगह है, और इसका एक ख़ास तरह का तौर-तरीक़ा है, और कुछ लोग इससे तालमेल नहीं बिठा पाते। इसलिए अगर तुम्हें उस तरह का महसूस हो, तो प्लीज़ ईमानदारी बरतना और मुझे बता देना। मुझे दुख नहीं होगा। यहाँ हम लोग एक-दूसरे के प्रति ईमानदारी बरतते हैं। हम पूरी ईमानदारी से एक-दूसरे से हर तरह की बातें करते हैं।"

"मैं तुम्हें बता दूँगा," मैंने कहा। "मैं ईमानदारी बरतूँगा।"

नाओको बैठ गई और सोफ़े पर मुझसे टिक गई। जब मैंने अपनी बाँहों से उसे घेरा, तो उसने अपना सिर मेरे कन्धे पर टिका दिया और मेरी गर्दन पर अपने चेहरे को दबाया। वह कुछ देर उसी तरह बनी रही, लगभग कुछ इस तरह जैसे वह मेरा बुख़ार माप रही हो। उसे थामे हुए मैं अपने सीने में गरमाहट महसूस कर रहा था। कुछ देर बाद वह बिना एक शब्द बोले उठ खड़ी हुई और उतनी ही ख़ामोशी के साथ दरवाज़े से बाहर निकल गई जितनी ख़ामोशी के साथ अन्दर आई थी।

नाओको के जाने के बाद मैं सोफ़े पर सो गया। मेरा इरादा वैसा नहीं था, लेकिन मैं नाओको की उपस्थिति के अहसास से भरा हुआ, ऐसी गहरी नींद में सो गया, जैसी नींद मैंने अरसे से नहीं ली थी। रसोई में वे बर्तन रखे हुए थे, जिनमें नाओको ने खाया था, बाथरूम में वह टूथब्रश था, जिसका इस्तेमाल नाओको ने किया था, और बेडरूम में वह बिस्तर था, जिस पर नाओको सोई थी। उसके इस अपार्टमेंट में गहरी नींद सोकर मैंने अपनी एक-एक कोशिका

की थकान बूँद-बूँद कर निचोड़ डाली थी। मैंने सपने में धुँधले उजाले में तितली को नाचते हुए देखा था।

जब मैं दोबारा जागा, तब मेरी घड़ी के काँटे 4:35 का समय बता रहे थे। रोशनी बदल चुकी थी, हवा थम चुकी थी, बादलों का आकार भिन्न था। सोते हुए मुझे पसीना आया था, इसलिए मैंने अपने बैग से एक छोटा तौलिया निकालकर अपने चेहरे को पोंछा और एक ताज़ा बनियान पहन ली। रसोई में जाकर मैंने पानी पिया और सिंक के ऊपर बनी खिड़की के बाहर झाँकता हुआ खड़ा रहा। इस खिड़की के सामने अगली इमारत की खिड़की थी, जिसके भीतर काग़ज़ के कई सारे कटआउट लटके हुए थे – एक परिन्दा, एक बादल, एक गाय, एक बिल्ली, जिन्हें कुशलतापूर्ण आकृतियों में बनाया गया था और एकसाथ जोड़ गया था। पहले की ही तरह, लोगों का कहीं कोई नामोनिशान नहीं था, कहीं से किसी तरह की कोई आवाज़ नहीं आ रही थी। मुझे लगा जैसे मैं एक ऐसे उजाड़ में रह रहा था, जिसकी अत्यन्त सावधानीपूर्वक देखभाल की जा रही थी।

पाँच बजे के कुछ ही बाद, सी एरिया में लोगों का वापस आना शुरू हो गया। रसोई की खिड़की से बाहर देखने पर मुझे ठीक नीचे से तीन औरतें जाती हुई दिखीं। तीनों ने टोप पहन रखे थे, जिस वजह से मैं उनकी उमर का अन्दाज़ नहीं लगा सका, लेकिन उनकी आवाज़ सुनकर मुझे लगा कि वे बहुत युवा नहीं थीं। नुक्कड़ पर उनके दृष्टि से ओझल हो जाने के कुछ ही समय बाद चार और औरतें उसी दिशा से आती हुई दिखीं और, पहले वाली औरतों की ही तरह, वे भी नुक्कड़ पर ग़ायब हो गईं। हर चीज़ पर शाम की रंगत छाई हुई थी। बैठक कक्ष की खिड़की से मैं वृक्षों और पहाड़ियों की श्रृंखला देख सकता था। रिज के ऊपर पीली धूप की पट्टी तैर रही थी।

साढ़े पाँच बजे नाओको और रेइको साथ-साथ वापस लौटीं। नाओको और मैंने एक-दूसरे का यूँ अभिवादन किया जैसे हम पहली बार मिल रहे थे। वह वाक़ई संकोच में पड़ी हुई थी। रेइको ने उस पुस्तक की ओर ध्यान दिया, जो मैं पढ़ रहा था और उसके बारे में पूछा। टॉमस मान की *द मैजिक माउण्टेन*, मैंने उसे बताया।

"तुम इस तरह की जगह पर इस तरह की पुस्तक कैसे ला सके?" उसने जानना चाहा। बेशक, वह सही थी।

उसके बाद रेइको ने हम तीनों के लिए कॉफ़ी बनाई। मैंने नाओको को स्टॉर्म ट्रूपर के अचानक ग़ायब हो जाने के बारे में और उससे हुई मेरी उस आख़िरी मुलाक़ात के बारे में बताय, जब उसने मुझे जुगनू दिया था। "अफ़सोस है कि वह चला गया," उसने कहा। "मैं उसके बारे में और भी क़िस्से सुनना चाहती थी।" रेइको ने पूछा कि यह स्टॉर्म ट्रूपर कौन था, इसलिए मैंने उसे उसकी हरक़तों के बारे में बताया जिस पर वह बहुत हँसी। जब तक स्टॉर्म ट्रूपर के क़िस्से सुनाए जाते रहे, दुनिया शान्त और हँसी से भरी हुई थी।

छह बजे हम रात का खाना खाने मुख्य इमारत के भोजनालय में गए। नाओको और मैंने हरी सलाद के साथ तली हुई मछली, उबली हुई सब्ज़ियाँ, मिसो सूप और चावल खाए। रेइको ने ख़ुद को पास्ता सलाद और कॉफ़ी तक सीमित रखा, जिसके बाद उसने एक सिगरेट पी।

उसने समझाते हुए कहा, "उम्र बढ़ने के साथ आपको ज़्यादा खाने की ज़रूरत नहीं है।"

भोजनालय में क़रीब बीस लोग और थे। हमारे खाने के दौरान कुछ और लोग आ गए, जबकि कुछ लोग चले भी गए। लोगों की अलग-अलग उम्र के अलावा, भोजनालय का वातावरण काफ़ी कुछ मेरे छात्रावास के भोजनालय जैसा ही था। फ़र्क़ था, तो उस एक जैसी आवाज़ का, जिसमें लोग बतिया रहे थे। न तो कोई ज़ोर से बोल रहा था, न फुसफुसा रहा था; न कोई ज़ोर से हँस रहा था, न आश्चर्य से चीख़ रहा था; न कोई किसी पर बढ़ी-चढ़ी भंगिमाओं के साथ चिल्ला रहा था। वहाँ सिर्फ़ शान्तिपूर्ण बातचीत थी, सब एक ही स्तर पर। लोग तीन से पाँच के समूहों में बैठकर खा रहे थे। हर समूह में एक वक्ता होता था, जिसकी बात बाक़ी लोग सिर हिलाकर और हल्की-सी ध्वनियों से अपनी रुचि व्यक्त करते हुए सुनते थे, और जब वह बोलना समाप्त करता, तो अगला व्यक्ति बातचीत को आगे बढ़ा देता। मैं समझ नहीं पा रहा था कि वे क्या कह रहे थे, लेकिन जिस तरह वे बोल रहे थे, उसने मुझे दोपहर में देखा गया वह अजीब-सा टेनिस खेल याद दिला दिया। मैंने सोचा कि क्या नाओको भी उनके

साथ रहते हुए इसी तरह बोलती होगी, और अजीब बात यह थी कि मेरे भीतर हल्की-सी ईर्ष्या के साथ अकेलेपन की टीस भी उठी।

मेरे पीछे की मेज़ पर, चेहरे पर डॉक्टर का प्रामाणिक भाव लिए सफ़ेद वस्त्रधारी एक गंजा आदमी चश्मा पहने एक घबराए हुए से दिखते युवक और गिलहरी जैसे चेहरे वाली एक अधेड़ महिला को गैस्ट्रिक रस के स्राव पर भारहीनता के प्रभावों के बारे में बता रहा था। वे दोनों उसकी बात को बीच-बीच में "माइ गुडनेस" या "नो किडिंग" कहते हुए सुन रहे थे, लेकिन जैसे-जैसे मैं उस गंजे आदमी की बात करने की शैली को सुनता गया, उतना ही मैं उस आदमी के सफ़ेद कोट के बावजूद उसके डॉक्टर होने को लेकर अनिश्चय से भरता गया।

भोजनालय में मेरी ओर किसी ने विशेष ध्यान नहीं दिया। ना तो किसी ने मुझे घूर कर देखा ना ही कोई मेरी मौजूदगी की ओर ध्यान देता लगा। मेरी मौजूदगी नितान्त स्वाभाविक घटना रही होगी।

हालाँकि, सिर्फ़ एक बार, सफ़ेद कोटधारी उस आदमी ने झटके-से मेरी ओर मुड़कर देखते हुए मुझसे पूछा, "तुम कितने समय तक रुकने वाले हो?"

"दो रात," मैंने कहा। "मैं बुधवार को चला जाऊँगा।"

"साल के इस समय यहाँ अच्छा मौसम है, है ना? लेकिन सर्दियों में फिर से आना। तब वाक़ई बहुत अच्छा होता है, जब शामें सफ़ेद होती हैं।"

"जब तक बर्फ पड़ेगी तब तक तो नाओको यहाँ से जा चुकी होगी," रेइको ने उस आदमी से कहा।

"हाँ, पर तब भी, सर्दियाँ वाक़ई बहुत अच्छी होती हैं," उसने संजीदा भाव से दोहराया। मैं इस बात को लेकर धीरे-धीरे और अधिक अनिश्चित होता जा रहा था कि वह सचमुच डॉक्टर था या नहीं।

"तुम लोग किस बारे में बात करते हो?" मैंने रेइको से पूछा, जिसे मेरी बात पूरी तरह समझ में नहीं आई।

"हम किस बारे में बात करते हैं? बस, साधारण बातें–आज क्या हुआ, कौन-सी किताबें पढ़ीं, या कल का मौसम कैसा रहेगा–यही सब। ऐसा तो नहीं कि तुम सोच रहे हो कि लोग अचानक खड़े होकर चिल्लाने लगते हैं,

जैसे 'अगर आज रात कोई ध्रुवीय भालू सितारों को खा जाए, तो कल बारिश होगी!'"

"नहीं, नहीं, निश्चय ही नहीं," मैंने कहा। "मैं तो बस यह सोच रहा था कि ये जो सारे शान्त वार्तालाप हैं, वे किस बारे में होते होंगे।"

"यह एक शान्त जगह है, इसलिए लोग यहाँ धीमी आवाज़ में बातचीत करते हैं," नाओको ने कहा। उसने अपनी प्लेट के किनारे मछली की हड्डियों का एक साफ़-सुथरा ढेर तैयार कर लिया था और रूमाल से अपना मुँह थपथपा रही थी। "यहाँ आपको अपनी आवाज़ ऊँची करने की ज़रूरत नहीं पड़ती। आपको किसी व्यक्ति को किसी बात का यक़ीन दिलाने की ज़रूरत नहीं होती और ना ही आपको किसी का ध्यान आकर्षित करने की ज़रूरत होती है।"

"शायद नहीं," मैंने कहा, लेकिन इस ख़ामोश वातावरण में अपना खाना खाते हुए, मुझे इस बात पर आश्चर्य हो रहा था कि मुझे लोगों की भिनभिनाहट की याद आ रही थी। मैं लोगों को अकारण ही हँसते और चिल्लाते और बढ़ा-चढ़ाकर बातें करते हुए सुनना चाहता था। यही उस तरह का शोर था, जिससे मैं हाल के महीनों में तंग आ चुका था, लेकिन यहाँ इस अस्वाभाविक रूप से शान्त कक्ष में बैठे हुए और मछली खाते हुए मैं हल्का महसूस नहीं कर रहा था। भोजनालय का सारा वातावरण एक विशेष मशीन उपकरण व्यापार मेले जैसा था। अपने सीमित क्षेत्र में ज़बरदस्त दिलचस्पी रखने वाले लोग एक सीमित जगह पर एकत्र होकर उन बातों का आदान-प्रदान कर रहे थे, जो केवल उन्हीं को समझ में आती थीं।

भोजन के बाद कमरे पर वापस पहुँचने पर, नाओको और रेइको ने कहा कि वे लोग एरिया सी के सामुदायिक स्नानागार में जा रही हैं और अगर मुझे आपत्ति ना हो तो मैं उनके बाथरूम का इस्तेमाल कर सकता हूँ। मैंने कहा, मैं वैसा ही करूँगा, और उनके जाने के बाद मैंने कपड़े उतारे, फ़व्वारे में नहाया और अपने बाल धो लिए। मुझे पुस्तकों की अल्मारी में बिल इवान्स का एक रिकॉर्ड मिल गया और मैं बाल सुखाते हुए उसे सुन ही रहा था कि मुझे ख़याल आया कि यह वही रिकॉर्ड था, जो मैंने नाओको के जन्मदिन पर उसके कमरे में बजाया था, उसी रात जब वह रोई थी और मैंने उसे अपनी बाँहों में भर लिया था। यह मात्र

छह महीने पहले की घटना थी, लेकिन लग ऐसा रहा था, जैसे वह किसी सुदूर अतीत में घटित हुई हो। शायद मुझे ऐसा इसलिए लगा, क्योंकि मैंने इसके बारे में इतनी बार सोचा था कि समय का मेरा बोध ही विकृत हो गया था।

चाँद इतना उजला था कि मैंने बत्तियाँ बुझा दीं और सोफ़े पर लेटकर बिल इवान्स का पियानो सुनने लगा। खिड़की से भीतर आती चाँदनी ने लंबी परछाइयाँ बिखेर दी थीं और दीवारों पर मानो फीकी स्याही का हल्का-सा रंग छिड़क दिया था। मैंने अपने बैग से धातु का एक फ़्लास्क निकाला, उसमें भरी ब्राण्डी अपने मुँह में भरी, उसकी ऊष्मा को धीरे-धीरे अपने गले से होते हुए पेट तक जाने दिया, और वहाँ से उसे अपने शरीर के कोने-कोने तक फैलने दिया। एक चुस्की लेने के बाद मैंने फ़्लास्क को बन्द कर उसे वापस बैग में डाल लिया। अब चाँदनी संगीत के साथ झूमती लग रही थी।

बीस मिनट बाद, नाओको और रेइको नहाकर लौट आईं।

"ओह! यहाँ इतना अँधेरा था कि मुझे लगा कि तुम अपना बैग पैक कर वापस टोक्यो चले गए हो," रेइको ने आश्चर्य-मिश्रित स्वर में कहा।

"सवाल ही नहीं उठता," मैंने कहा। "मैंने इतना चमकीला चाँद वर्षों से नहीं देखा। मैं उसे बत्तियाँ बुझाकर देखना चाहता था।"

"हालाँकि, यह सुन्दर है," नाओको ने कहा। "रेइको, क्या वे मोमबत्तियाँ अभी भी हैं, जिन्हें हमने पिछली बार बिजली गुल होने पर इस्तेमाल किया था?"

"शायद, किचन के दराज में।"

नाओको रसोई से एक लम्बी, सफ़ेद मोमबत्ती लेकर आई। मैंने उसे जलाया, एक प्लेट पर थोड़ा-सा मोम टपकाया, और मोमबत्ती को खड़ा कर दिया। रेइको ने उसकी लौ का इस्तेमाल अपनी सिगरेट सुलगाने के लिए किया। जब हम तीनों उस निस्तब्ध वातावरण में मोमबत्ती के सामने बैठ गए, तो लगा जैसे दुनिया के किसी सुदूर किनारे पर सिर्फ़ हम ही लोग बचे हैं। चाँदनी की स्थिर छायाएँ और मोमबत्ती की डोलती हुई छायाएँ अपार्टमेंट की दीवारों पर आपस में मिल गईं। नाओको और मैं सोफ़े पर एक-दूसरे के बग़ल में बैठे थे, और रेइको हमारे सामने कुर्सी पर बैठी थी।

"थोड़ी-सी वाइन के बारे में क्या ख़याल है?" रेइको ने मुझसे पूछा।

"तुम लोगों को पीने की इजाज़त है?" मैंने आश्चर्य के साथ पूछा।

"ख़ैर, वास्तव में तो नहीं," रेइको ने कुछ शर्माते हुए अपने कान के निचले हिस्से को खुजलाते हुए कहा। "लेकिन वे काफ़ी हद तक इस ओर ध्यान नहीं देते। बशर्ते कि वह सिर्फ़ वाइन या बियर हो और आप ज़्यादा ना पी रहे हों। यहाँ के अमले में मेरा एक दोस्त है, जो मेरे लिए जब-तब थोड़ी-सी ला देता है।"

"हमारी अपनी पीने की पार्टियाँ होती हैं," नाओको ने शरारती मुस्कान के साथ कहा। "सिर्फ़ हम दोनों की।"

"यह बढ़िया है," मैंने कहा।

रेइको ने फ्रिज से सफ़ेद वाइन की एक बोतल निकाली, उसे कॉर्कस्क्रू से खोला और तीन गिलास ले आई। वाइन का स्वाद सचमुच बेहद लज़ीज़ था—कुछ ऐसा, मानो घर में ही बनाई गई हो। रिकॉर्ड खत्म होने पर रेइको ने अपने बिस्तर के नीचे से गिटार निकाला और वाद्य के प्रति एक स्नेहिल नज़र डालते हुए उसे ट्यून किया, फिर उसने बाख की एक धीमी फ्यूग बजानी शुरू कर दी। बीच-बीच में उसकी उँगलियाँ सुर चूक जाती थीं, लेकिन वह सचमुच का बाख था—सच्ची भावना के साथ—गरमाहट भरा, अंतरंग, और प्रस्तुति के आनंद से परिपूर्ण।

"मैंने गिटार बजाना यहीं आकर शुरू किया," रेइको ने कहा। "कमरों में पियानो तो होते नहीं हैं, जाहिर है। गिटार मैंने ख़ुद ही सीखा है, और मेरे हाथ भी गिटार बजाने वालों जैसे नहीं हैं, इसलिए मैं इसमें कभी बहुत अच्छी नहीं हो पाऊँगी, लेकिन मुझे यह वाद्ययन्त्र सचमुच बहुत प्रिय है। यह छोटा है, सरल है और सहज है – कुछ-कुछ एक गर्म, छोटे-से कमरे की तरह।"

उसने बाख की एक और छोटी रचना बजाई—शायद किसी सूट का हिस्सा। मोमबत्ती की लौ पर नज़र टिकाए, वाइन की चुस्कियाँ लेते हुए, और रेइको का बाख सुनते-सुनते, मुझे लगा कि मेरे भीतर का तनाव धीरे-धीरे ढीला पड़ता जा रहा है। जब रेइको ने बाख समाप्त किया, तो नाओको ने उससे एक बीटल्स का गीत बजाने को कहा।

"रिक्वेस्ट टाइम," रेइको ने मुझे आँख मारते हुए कहा। "यह मुझसे हर दिन बीटल्स बजवाती है, जैसे मैं इसकी संगीत की गुलाम हूँ।"

अपने इस प्रतिरोध के बावजूद, रेइको ने एक बहुत सुन्दर "मिशेल" बजाया।

"यह बहुत अच्छा है," उसने कहा। "मुझे यह गीत वाक़ई बहुत अच्छा लगता है।" उसने वाइन की एक चुस्की ली और अपनी सिगरेट का क़श लिया। "इससे मुझे ऐसा महसूस होता है, जैसे मैं हल्की बारिश में किसी बड़े घास के मैदान में हूँ।

उसके बाद उसने "नो ह्वेयर मैन" और "जूलिया" बजाया। बजाते हुए, वह बीच-बीच में अपनी आँखें बन्द कर लेती थी और अपना सिर हिलाने लगती थी। फिर वह वाइन और सिगरेट पर लौट आती थी।

"नॉर्वेजियन वुड' बजाओ," नाओको ने कहा।

रेइको रसोई से चीनी मिट्टी की बनी एक बिल्ली ले आई। वह एक गुल्लक थी, और नाओको ने अपने पर्स से एक सौ येन का एक सिक्का निकालकर उसमें डाल दिया।

"यह सब क्या है?" मैंने पूछा।

"यह एक नियम है," नाओको ने कहा। "जब मैं 'नॉर्वेजियन वुड' बजाने का अनुरोध करती हूँ, तो मुझे इस गुल्लक में एक सौ येन डालने होते हैं। यह मेरा पसन्दीदा गीत है, इसलिए मैं इसके लिए यह भुगतान करती हूँ। जब मैं राचगुच इरो गुनना चाहती हूँ, तो गैं इराके लिए अनुरोध करती हूँ।"

"और इस तरह मैं अपनी सिगरेट के लिए पैसा कमा लेती हूँ!" रेइको ने कहा।

रेइकोने अपनी अँगुलियाँ अच्छी तरह लचीली कीं और फिर "नॉर्वेजियन वुड" बजाया। एक बार फिर उसने उसे सच्ची अनुभूति के साथ बजाया लेकिन उसमें भावुकता का पुट नहीं आने दिया। मैंने अपनी जेब से सौ येन का एक सिक्का निकाला और गुल्लक में डाल दिया।

"शुक्रिया," रेइको ने मधुर मुस्कराहट के साथ कहा।

"यह गीत मुझे उदासी से भर सकता है," नाओको ने कहा। "पता नहीं, मेरा ख़याल है, मैं ऐसी कल्पना करने लगती हूँ, जैसे मैं किसी जंगल की गहराई

में भटक रही हूँ। मैं बिलकुल अकेली हूँ और बहुत ठण्ड और अँधेरा है, और कोई मुझे बचाने नहीं आता। यही वजह है कि जब तक मैं ख़ुद अनुरोध नहीं करती रेइको इसे कभी नहीं बजाती।"

"सुनने में *कासाब्लांका* जैसा लगता है!" रेइको ने हँसते हुए कहा।

"नॉर्वेजियन वुड" के बाद उसने कुछ बोसा नोवा बजाए, जिस दौरान मैं नाओको पर अपनी नज़रें टिकाए रहा। जैसाकि उसने अपने ख़त में कहा था, वह पहले के मुक़ाबले ज़्यादा तन्दुरुस्त लग रही थी। धूप में झुलसी हुई उसकी देह व्यायाम और बाहरी कामों की वजह से सख़्त लग रही थी। उसकी आँखें उसी तरह गहरी, साफ़ झील जैसे थीं, जैसी वे हमेशा से रही थीं, और उसके छोटे-छोटे होंठ अभी भी संकोचपूर्वक काँपते थे, लेकिन कुल मिलाकर उसकी सुन्दरता में बदलाव आने लगा था और वह एक परिपक्व स्त्री जैसी लगने लगी थी। अब वह तीखी धार – वह पतली ब्लेड की-सी सिहरा देने वाली तीक्ष्णता – लगभग समाप्त हो चुकी थी, जो उसकी सुन्दरता की छाया में झलकती थी, और उसकी जगह अब एक अद्वितीय रूप से सुखद, मौन शान्ति छा रही थी। उसके इस नवीन, सौम्य सौन्दर्य को देख मैं भावुक हो उठा, और यह सोचकर मुझे सुखद विस्मय होने लगा कि कोई स्त्री छह महीने के भीतर इस क़दर बदल सकती है। मैं उसके प्रति हमेशा की तरह, शायद पहले से कहीं ज़्यादा, आकर्षित महसूस कर रहा था, लेकिन इस दौरान उसने जो कुछ खो दिया था, वह भी मुझे उदास कर रहा था। अब उसके पास वह आत्मकेन्द्रित सौन्दर्य फिर कभी नहीं रहेगा, जो किशोर लड़कियों में अपने ही स्वतंत्र ढंग से विकसित होता है और किसी अन्य में नहीं।

नाओको ने कहा कि वह जानना चाहती है कि मैं अपने दिन किस तरह बिताता हूँ। मैंने उसे छात्रों की हड़ताल के बारे में, नागासावा के बारे में बताया। यह पहली बार था, जब मैंने उसे उसके बारे में कुछ भी बताया था। नागासावा की विचित्र क़िस्म की मनुष्यता का, उसके अनूठे फ़लसफ़े का और उसकी केन्द्र से खिसकी हुई-सी नैतिकता का सटीक ब्यौरा देना चुनौतीपूर्ण लगता था, लेकिन लगा कि नाओको ने अन्ततः समझ लिया था, जो मैं कहने की कोशिश कर रहा था। मैंने यह तथ्य उससे छिपा लिया कि मैं उसके साथ लड़कियों के शिकार पर जाता था, मैंने उसे सिर्फ़ इतना बताया कि छात्रावास में केवल वही

एक ऐसा असामान्य व्यक्ति है, जिसके साथ मैंने अपना सबसे असल वक़्त गुज़ारा है। इस दौरान रेइको बाख़ के उस फ़्यूग का फिर से अभ्यास करती रही, जिसे वह पहले बजा चुकी थी। वह बीच-बीच में अपनी वाइन और सिगरेट के लिए विराम लेती जाती थी।

"वह विचित्र क़िस्म का आदमी प्रतीत होता है," नाओको ने कहा।

"वह विचित्र ही है," मैंने कहा।

"लेकिन तुम उसे पसन्द करते हो?"

"मैं बहुत पक्के तौर पर नहीं कह सकता," मैंने कहा। "मेरा ख़याल है, मैं यह नहीं कह सकता कि मैं उसे पसन्द करता हूँ। नागासावा पसन्द और नापसन्द के परे है। वह कोशिश भी नहीं करता कि उसे पसंद किया जाए। उस अर्थ में वह बहुत ईमानदार, यहाँ तक कि बैरागी व्यक्ति है। वह किसी को बेवकूफ़ बनाने की कोशिश नहीं करता।"

"'बैरागी' उन तमाम लड़कियों के साथ सोते हुए भी? यह अपने में बहुत अजीब है," नाओको ने हँसते हुए कहा। "वह कितनी लड़कियों के साथ सो चुका है?"

"शायद अब तक अस्सी हो चुकी होंगी," मैंने कहा। "लेकिन उसके मामले में, यह संख्या जितनी बढ़ती जाती है, उसके प्रत्येक कृत्य का अर्थ उतना ही कम होता जाता है। मुझे लगता है कि यही वह चीज़ है, जिसे वह हासिल करने की कोशिश कर रहा है।"

"और तुम इसे 'वैराग्य' कहते हो?"

"उसके लिए ऐसा ही है।"

नाओको ने कुछ पल मेरे शब्दों पर विचार किया। "मैं समझती हूँ कि वह दिमाग़ी तौर पर मुझसे कहीं ज़्यादा बीमार है," उसने कहा।

"मैं भी," मैंने कहा। "लेकिन वह अपनी सारी टेढ़ी-मेढ़ी ख़ूबियों को एक तार्किक ढाँचे में ढाल सकता है। वह बेहद प्रतिभाशाली है। अगर तुम उसे यहाँ ले आओ, तो वह दो दिन में बाहर हो जाएगा। 'ओह, हाँ, यह सब मैं जानता हूँ,' वह कहेगा। 'तुम यहाँ जो कुछ कर रहे हो, मैं सब समझता हूँ।' वह ऐसा ही आदमी है – जिसका हर कोई सम्मान करता है।"

"मेरा ख़याल है, मैं प्रतिभाशाली होने के विपरीत हूँ," नाओको ने कहा। "मैं उनमें से एक भी चीज़ नहीं समझती, जो वे यहाँ कर रहे हैं – उससे ज़्यादा नहीं जितना मैं ख़ुद को समझती हूँ।"

"ऐसा इसलिए नहीं है कि तुम चतुर नहीं हो," मैंने कहा। "तुम सामान्य हो। मुझमें ऐसी ढेरों चीज़ें हैं, जिन्हें मैं ख़ुद नहीं समझता। हम दोनों सामान्य हैं : साधारण।"

नाओको ने अपने पैर खींचकर सोफ़े पर रख लिए और अपनी ठोड़ी घुटनों से टिका ली। "मैं तुम्हारे बारे में और ज़्यादा जानना चाहती हूँ," उसने कहा।

"मैं तो महज़ एक साधारण इन्सान हूँ – साधारण परिवार, साधारण शिक्षा, साधारण चेहरा, साधारण ग्रेड्स, दिमाग़ में साधारण विचार।"

"तुम उस महान स्कॉट फ़िट्ज़गेराल्ड के मुरीद हो... क्या यह उसी ने नहीं कहा था कि तुम्हें ऐसे किसी आदमी पर विश्वास नहीं करना चाहिए, जो ख़ुद को साधारण इन्सान कहता हो? तुमने मुझे वह पुस्तक उधार दी थी!" नाओको ने शरारती मुस्कान के साथ कहा।

"सही है," मैंने कहा। "लेकिन यह कोई दिखावा नहीं है। मैं सचमुच, सच्चे अर्थों में अपने दिल की गहराई में यह विश्वास करता हूँ कि मैं एक साधारण इन्सान हूँ। क्या तुम मेरे भीतर ऐसी कोई चीज़ देख सकती हो, जो साधारण नहीं है?"

"निश्चय ही, मैं देख सकती हूँ!" नाओको ने अधीरता के साथ कहा। "तुम नहीं समझे? तुम क्या सोचते हो, मैं तुम्हारे साथ क्यों सोई थी? क्या इसलिए कि मैं इस क़दर नशे में धुत्त थी कि मैं किसी के भी साथ सो सकती थी?"

"नहीं, निश्चय ही मैं ऐसा नहीं सोचता," मैंने कहा।

नाओको देर तक अपने पैर की अँगुलियों को देखती हुई ख़ामोश बनी रही। चूँकि मुझे कोई शब्द नहीं सूझ रहे थे, मैंने वाइन का एक और पैग ले लिया था।

"*तुम* कितनी लड़कियों के साथ सो चुके हो, तोरू?" नाओको ने एक ऐसी सूक्ष्म आवाज़ में पूछा, जैसे यह बात अचानक ही उसके दिमाग़ में आ गई हो।

"आठ या नौ," मैंने सच बोलते हुए जवाब दिया।

रेइको ने गिटार को अपनी गोद में पटक लिया। "तुम अभी बीस साल के भी नहीं हुए हो!" उसने कहा। "तुम किस तरह की ज़िन्दगी जी रहे हो?"

नाओको ख़ामोश बनी रही और अपनी उन निर्मल आँखों से मुझे देखती रही। मैंने रेइको को उस लड़की के बारे में बताया, जिसके साथ मैं पहली बार सोया था और उसे यह भी बताया कि फिर हमारा सम्बन्ध किस तरह टूटा था। मुझे उससे प्रेम करना असम्भव लगा था, मैंने समझाते हुए कहा। फिर मैंने उसे एक-के-बाद एक उन तमाम लड़कियों के बारे में बताया, जिनके साथ मैं नागासावा के संरक्षण में सोया था।

"मैं सफ़ाई देने की कोशिश नहीं कर रहा हूँ, लेकिन मैं तकलीफ़ में था," मैंने नाओको से कहा।

"मैं तुमसे हर हफ़्ते मिलता था, तुमसे बात करता था, और यह जानता था कि तुम्हारे दिल में एकमात्र किज़ुकी था। इससे चोट पहुँचती थी। सचमुच चोट पहुँचती थी। और मैं समझता हूँ कि यही वजह थी, जो मैं उन लड़कियों के साथ सोया; जिन्हें मैं जानता तक नहीं था।"

नाओको ने कुछ पलों तक अपना सिर इनकार में हिलाया, फिर उसने अपना चेहरा उठाया और मेरी ओर देखा। "तुमने उस दिन मुझसे पूछा था कि मैं किज़ुकी के साथ कभी सोई क्यों नहीं थी, पूछा था ना? क्या तुम अब भी जानना चाहते हो?"

"मेरा ख़याल है, यह एक ऐसी चीज़ है, जो मुझे जाननी चाहिए," मैंने कहा।

"मुझे लगता है , यह ऐसी चीज़ है जिसे मुझे सचमुच जानना चाहिए," मैंने कहा। मुझे भी ऐसा ही लगता है," नाओको ने कहा। "जो मृत हैं वो हमेशा मृत ही रहेंगे, लेकिन हमें जीते रहना होगा।" मैंने सिर हिलाया। रेइको उसी कठिन हिस्से को बार-बार बजा रही थी, उसे ठीक तरह से साधने की कोशिश में।

"मैं उसके साथ सोने को तैयार थी," नाओको ने अपने बैरेट को निकालकर अपने बालों को नीचे लटक जाने दिया। वह अपने हाथों में उस तितली के आकार से खेलने लगी। "और बेशक वह मेरे साथ सोना चाहता

था। इसलिए हमने कोशिश की। हमने कई बार कोशिश की। लेकिन वह कभी कामयाब नहीं रहा। हम वह नहीं कर सके। तब मैं नहीं जानती थी कि क्यों, आज भी नहीं जानती कि क्यों। मैं उससे प्यार करती थी, और मुझे कुवाँरेपन को खो देने की चिन्ता नहीं थी। वह जो भी चाहता, वह करके मुझे ख़ुशी होती। लेकिन वह कभी कामयाब नहीं हुआ।"

नाओको ने अपने बालों को समेटा, जिन्हें उसने लटक जाने दिया था और उन्हें बैरेट से कस दिया।

"मैं गीली नहीं हो पाती थी," उसने हल्की-सी आवाज़ में कहा। "मैं कभी उसके लिए नहीं खुल पाई। इस काम से हमेशा तकलीफ़ होती थी। मैं इतनी शुष्क बनी रहती थी कि बहुत तकलीफ़ होती थी। हमने हर तरह की मुमकिन चीज़ें आज़माने की कोशिश की – क्रीमें वगैरह – लेकिन मुझे तब भी तकलीफ़ होती थी। इसलिए मैं हमेशा अपनी अँगुलियों या होंठों का इस्तेमाल करती थी। मैं उसके लिए यह हमेशा किया करती थी। तुम मेरा मतलब समझ रहे हो?"

मैंने चुपचाप "हाँ" में सिर हिला दिया।

नाओको ने अपनी नज़रें खिड़की के पार चन्द्रमा पर टिका दीं, जो अब पहले से भी ज़्यादा बड़ा और चमकीला दिखाई दे रहा था। "मैं इसमें से किसी चीज़ के बारे में कभी बात नहीं करना चाहती थी, उसने कहा। "मैं उसे अपने दिल में ही बन्द करके रखना चाहती थी। काश! मैं अभी भी वैसा कर पाती। लेकिन मुझे इस बारे में बात करना ज़रूरी था। मैं जवाब नहीं जानती। मेरा मतलब है, जब मैं तुम्हारे साथ सोई थी तो बहुत गीली थी, नहीं?"

"हाँ," मैंने कहा।

"मेरे बीसवें जन्मदिन की रात, जिस क्षण तुम मेरे अपार्टमेंट में दाख़िल हुए थे, उसी क्षण से मैं गीली हो गई थी। मैं चाहती थी कि तुम मुझे अपनी बाँहों में भर लो। मैं चाहती थी कि तुम मेरे कपड़े उतारो, मुझे हर जगह छुओ, और मेरे भीतर आ जाओ। मैंने इससे पहले कभी ऐसा महसूस नहीं किया था। ऐसा क्यों हुआ? चीज़ें इस तरह क्यों घटती हैं? मेरा मतलब है, मैं उससे सचमुच प्रेम करती थी।""और मुझे नहीं," मैंने कहा। "तुम जानना चाहती हो कि

तुम मुझको लेकर वैसा क्यों महसूस कर रही थीं, जबकि तुम मुझे प्रेम भी नहीं करती थीं?"

"मुझे अफ़सोस है," नाओको ने कहा। "मैं तुम्हें चोट नहीं पहुँचाना चाहती, लेकिन इतना तुम्हें समझना होगा : किज़ुकी और मेरे बीच सचमुच एक ख़ास रिश्ता था। हम तब से साथ रहे थे, जब हम तीन साल के थे। हम इसी तरह बड़े हुए थे : हमेशा साथ-साथ, हमेशा बात करते हुए, एक-दूसरे को पूरी तरह समझते हुए। पहली बार जब हमने चुम्बन लिया था – यह छठी कक्षा की बात है – वह अद्भुत था। जब पहली बार मेरा पीरियड हुआ, तो मैं उसके पास भागी और किसी बच्चे की तरह रोने लगी। हम इतने क़रीब थे। इसलिए जब वह मर गया, तो मुझे समझ में नहीं आया कि मैं लोगों से किस तरह सम्बन्ध बनाऊँ। मैं नहीं जानती थी कि किसी और व्यक्ति को प्यार करने का क्या मतलब होता है।"

उसने मेज़ पर रखे अपने वाइन के गिलास की ओर हाथ बढ़ाया, लेकिन उसे उठाने के बजाय वह उसे फर्श पर गिरा बैठी, और वाइन कालीन पर फैल गई। मैं झुककर गिलास उठाया और उसे फिर से मेज़ पर रख दिया। मैंने पूछा, क्या वह और पीना चाहती है? नाओको कुछ देर तक चुप रही, फिर अचानक फूट-फूटकर रोने लगी, उसका पूरा शरीर काँप रहा था। वह आगे की ओर झुक गई, अपना चेहरा हाथों में छिपा लिया और उसी घुटन भरी तीव्रता से सिसकने लगी, जैसे उस रात वो मेरे साथ सिसक रही थी। रेइको ने अपना गिटार नीचे रख दिया और उसकी बग़ल में बैठकर उसकी पीठ पर हाथ फेरने लगी। जब रेइको ने अपना हाथ उसके कन्धे पर रखा, तो नाओको ने एक शिशु की तरह अपना चेहरा उसके वक्ष में छिपा लिया।

"देखो," रेइको ने मुझसे कहा, "यह अच्छा होगा अगर तुम थोड़ी देर के लिए बाहर टहलने चले जाओ। बीरा गिनट के लिए। सॉरी, लेकिन मुझे लगता है, इससे मदद मिलेगी।"

मैंने सिर हिलाया और अपनी शर्ट पर स्वेटर डालते हुए उठ खड़ा हुआ। "तुम्हारे इस हस्तक्षेप के लिए शुक्रिया," मैंने रेइको से कहा।

"इसका ज़िक्र मत करना," उसने आँख मारते हुए कहा। "वह तुम्हारी ग़लती नहीं है। चिन्ता मत करो, जब तक तुम लौटोगे, वह ठीक हो चुकी होगी।"

मेरे पैर मुझे सड़क तक ले गए, जो चन्द्रमा की विचित्र-सी अवास्तविक रोशनी से जगमगा रही थी, और फिर जंगल में। चाँदनी के तले सारी आवाज़ों में एक अजीबो-ग़रीब प्रतिध्वनियाँ थीं। मेरे अपने पैरों की खोखली आवाज़ किसी और दिशा से आती लग रही थी, जैसे मैं किसी के समुद्र-तल में चलने की आवाज़ सुन रहा था। मेरे पीछे, जब-तब मुझे किसी चीज़ के चटकने या सरसराने की आवाज़ सुनाई दे जाती थी। जंगल के ऊपर एक विशाल भारीपन छाया हुआ था, जैसे रात के जानवर अपनी साँस रोक, मेरे गुज़र जाने की प्रतीक्षा कर रहे हों।

जहाँ सड़क से पेड़ों के परे, ऊपर की ओर जाती एक चढ़ाई शुरू होती थी, मैं वहाँ बैठ गया और उस इमारत की ओर देखने लगा, जहाँ नाओको रहती थी। आसानी-से बताया जा सकता था कि उसका कमरा कौन-सा था। मुझे केवल पीछे की ओर की वह खिड़की ढूँढ़ने की ज़रूरत थी, जहाँ एक हल्की-सी रोशनी टिमटिमा रही थी। मैं रोशनी के उस बिन्दु पर देर तक अपनी आँखें गड़ाए रहा। इसने मुझे किसी आत्मा की बुझती चिंगारियों की अन्तिम धड़कन जैसी किसी चीज़ की याद दिला दी। मैं चाहता था कि जो कुछ बच रहा था उसे अपने हाथों में समेटकर जीवित बचा लूँ। मैं उसे उसी तरह देखता रहा, जैसे जे गैट्सबी विपरीत तट की छोटी-सी रोशनी को रातों-रात देखता रहता था।

जब मैं आधा घण्टे बाद वापस इमारत के सामने के प्रवेश-द्वार पर पहुँचा, तो मुझे रेइको के गिटार का अभ्यास करने की आवाज़ सुनाई दी। मैं आहिस्ता-आहिस्ता सीढ़ियाँ चढ़ा और अपार्टमेंट के दरवाज़े को थपथपाया। अन्दर जाने पर मुझे नाओको की मौजूदगी का कोई संकेत नहीं मिला। रेइको अकेली कार्पेट पर बैठी आपना गिटार बजा रही थी। उसने बेडरूम के दरवाज़े की ओर इशारा कर मुझे बताया कि नाओको वहाँ है। उसके बाद उसने गिटार फ़र्श पर रख दिया और सोफ़े पर बैठकर मुझे बग़ल में बैठने को कहा, और बची हुई वाइन को दो गिलासों में बाँट दिया।

"नाओको एकदम ठीक है," उसने मेरा घुटना छूते हुए कहा। "चिन्ता मत करो, उसे बस कुछ देर आराम करने की ज़रूरत है। वह शान्त हो जाएगी।

वह बस थोड़ी-सी बेचैन थी। इस बीच मेरे साथ चहलक़दमी करने के बारे में क्या ख़याल है?"

"ठीक है," मैंने कहा।

रेइको और मैं स्ट्रीटलैम्प से रोशन एक रास्ते पर चहलक़दमी करने लगे। जब हम टेनिस और बास्केटबॉल कोर्ट की बग़ल के इलाक़े में पहुँचे, तो हम एक बेंच पर बैठ गए। उसने बेंच के नीचे से एक बास्केटबॉल उठाई और उसे अपने हाथों में घुमाने लगी। फिर उसने मुझसे पूछा कि क्या मैं टेनिस खेलता हूँ। मैंने बताया कि मैं यह तो जानता हूँ कि उसे कैसे खेला जाता है, लेकिन मैं बुरा खिलाड़ी हूँ।

"और बास्केटबॉल?"

"वह मेरा सबसे मज़बूत खेल नहीं है," मैंने कहा।

"तुम्हारा मज़बूत खेल कौन-सा है?" रेइको ने मुस्कराकर अपनी आँख के कोरों पर सिलवटें पैदा करते हुए पूछा। "लड़कियों के साथ सोने के अलावा।"

"मैं उसमें भी बहुत अच्छा नहीं हूँ," मैंने उसके शब्दों से आहत होकर कहा।

"मैं यूँ ही मज़ाक़ कर रही थी," उसने कहा। "नाराज़ मत होना। लेकिन वाक़ई, तुम किस चीज़ में अच्छे हो।"

"ऐसी कोई ख़ास चीज़ नहीं है। कुछ चीज़ें हैं, जो मुझे पसन्द हैं।"

"जैसे?"

"देहाती इलाक़ों की पैदल यात्रा। तैरना। पढ़ना।"

"तो तुम अकेले ही सब कुछ करते हो?"

"मेरा ख़याल है। मैं ऐसे खेलों को लेकर कभी उत्साहित नहीं हो सकता, जो तुम दूसरे लोगों के साथ खेलते हो। मैं उनमें शामिल नहीं हो सकता। मेरी दिलचस्पी ख़त्म हो जाती है।"

"तब तो तुम्हें यहाँ सर्दियों में आना होगा। हम लोग क्रॉस-कण्ट्री स्कीइंग करते हैं। मुझे यक़ीन है, वह तुम्हें पसन्द आएगा, सारे दिन बर्फ़ में घूमना, ख़ूब पसीना बहाना।" स्ट्रीट लाइट के नीचे, रेइको ने अपनी दाईं तरफ ऐसे देखा,

जैसे वह किसी पुराने और अनोखे वाद्य यंत्र को देख रही हो। "क्या नाओको के साथ अक्सर ऐसा होता है," मैंने पूछा।

"कभी-कभार," रेइको ने कहा, वह अब अपने बाँईं ओर देख रही थी। "जब-तब वह बेचैन हो जाती है और इसी तरह रोती है। लेकिन वह ठीक है। वह अब अपनी भावनाओं को व्यक्त कर रही है। डराने वाली बात वैसा ना कर पाना है। तब आपकी भावनाएँ जमा होती जाती हैं और सख़्त हो जाती हैं और अन्दर-ही-अन्दर मर जाती हैं। यही वह स्थिति होती है, जब तुम सबसे ज़्यादा मुश्किल में होते हो।"

"क्या मैंने ऐसा कुछ कहा था, जो मुझे नहीं कहना चाहिए था?"

"एक भी बात नहीं। चिन्ता मत करो। तुम अपनी बात ईमानदारी से कहो। वह सबसे अच्छी चीज़ है। उससे कभी-कभी थोड़ी चोट पहुँच सकती है, और कोई व्यक्ति उत्तेजित हो सकता है, जैसी कि नाओको हो गई थी, लेकिन लम्बे समय के दौरान यही सबसे अच्छी चीज़ साबित होती है। यही तुम्हें करना चाहिए, अगर तुम नाओको को फिर से ठीक करने को लेकर गम्भीर हो। जैसा कि मैंने शुरू में तुमसे कहा था, तुम्हें उसकी मदद करने को लेकर उतना नहीं जितना ख़ुद को उबारकर उसके उबरने में मदद करने के बारे में सोचना चाहिए। यहाँ ऐसा ही किया जाता है। इसलिए तुम्हें ईमानदार होने की और वह सबकुछ कह डालने की ज़रूरत है, जो तुम्हारे दिमाग़ में आता है, कम-से-कम तब तक जब तक कि तुम यहाँ हो। बाहर की दुनिया में ऐसा कोई नहीं करता, ठीक है?"

"ठीक कहती हो, मेरा ख़याल है, वैसा कोई नहीं करता," मैंने कहा।

"मैंने अपने सात वर्षों के दौरान यहाँ तमाम तरह के लोगों को आते-जाते देखा है," रेइको ने कहा, "शायद बहुत-सारे लोगों को। इसलिए मैं सामान्यत: व्यक्ति को देखकर ही, लगभग अपने सहज बोध से, कह सकती हूँ कि वह ठीक हो पाएगा या नहीं। लेकिन नाओको के मामले में, मैं यक़ीन से ऐसा नहीं कह सकती। मुझे ज़रा भी पता नहीं है कि उसके साथ क्या होने वाला है। मैं तो सिर्फ़ इतना जानती हूँ कि वह अगले महीने तक सौ फ़ीसदी ठीक हो सकती है, या वह वर्षों ऐसी ही बनी रह सकती है। "इसलिए मैं तुमसे इसके अलावा

और कुछ नहीं कह सकती–हाँ, बस इतनी सामान्य-सी सलाह दे सकती हूँ कि ईमानदारी बरतो और एक-दूसरे की मदद करो।"

"वह क्या चीज़ है, जो नाओको के मामले को तुम्हारे लिए इतना मुश्किल बना रही है?"

"शायद इसलिए कि मैं उसको बहुत ज़्यादा पसन्द करती हूँ। मुझे लगता है कि मेरी भावनाएँ आड़े आ जाती हैं और मैं साफ़-साफ़ नहीं देख पाती। मेरा मतलब है, मैं वाक़ई उसे पसन्द करती हूँ। लेकिन इसके अलावा, उसकी ढेर सारी और भी अलग-अलग समस्याएँ हैं, जो सब आपस में गुँथी हुई हैं, इसलिए उनमें से किसी एक को सुलझा पाना मुश्किल है। उन सबको सुलझाने में लम्बा समय लग सकता है, या अचानक से कोई ऐसी घटना हो सकती है कि वे एक झटके-से सुलझ जाएँ। यह उस तरह की स्थिति है। यही वजह है कि मैं उसके बारे में निश्चित नहीं हूँ।"

उसने फिर से बास्केटबॉल उठा ली, उसे हाथों में घुमाया और ज़मीन पर उछाल दिया।

"सबसे ज़रूरी बात यह है कि तुम खुद को अधीर न होने दो," रेइको ने कहा। "यह मेरी तुम्हें एक और सलाह है–अधीर मत बनो। चाहे चीज़ें इतनी उलझी हुई क्यों न हों कि तुम कुछ भी न कर सको, फिर भी हताश मत होना और न ही अपना आपा खोकर किसी एक धागे को तब तक खींचना शुरू कर देना, जब तक वह अपने-आप खुलने के लिए तैयार न हो। तुम्हें यह समझना होगा कि यह एक लंबी प्रक्रिया होगी, और तुम्हें चीज़ों पर धीरे-धीरे, एक-एक करके काम करना होगा। क्या तुम्हें लगता है कि तुम ऐसा कर पाओगे?"

"मैं कोशिश कर सकता हूँ," मैंने कहा।

"इसमें बहुत लम्बा समय लग सकता है, और मुमकिन है कि तब भी पूरी तरह ना उबर सके। क्या तुमने इस बारे में सोचा है?"

मैंने "हाँ" में सिर हिलाया।

"इन्तज़ार कठिन होता है," उसने गेंद को उछालते हुए कहा। "ख़ास तौर से तुम्हारी उम्र के व्यक्ति के लिए। बस बैठकर उसके ठीक होने का इन्तज़ार

कराना। बिना समय-सीमा या गारण्टियों के। क्या तुम्हें लगता है कि तुम ऐसा कर सकते हो? क्या तुम नाओको से इतना प्यार करते हो?"

"मैं यक़ीन के साथ नहीं कह सकता," मैंने ईमानदारी के साथ कहा। "नाओको की ही तरह मैं भी निश्चित तौर पर नहीं जानता कि दूसरे व्यक्ति को प्यार करने का क्या मतलब होता है। हालाँकि, उसके कहने का मतलब थोड़ा अलग था। वैसे, मैं अपनी ओर से भरसक कोशिश करना चाहता हूँ। मुझे करनी होगी, अन्यथा मुझे समझ में नहीं आएगा कि मैं कहाँ जाऊँ। जैसाकि तुमने पहले कहा था, नाओको और मुझे एक-दूसरे को बचाना है। हम दोनों की ही रक्षा का यह एकमात्र तरीक़ा है।

"और क्या तुम पहले की ही तरह उस हर लड़की के साथ सोने जा रहे हो, जो तुम्हारे हाथ लगती है?"

"उस बारे में मुझे भी नहीं मालूम कि क्या किया जाए," मैंने कहा। "तुम्हारा क्या ख़याल है? क्या मुझे बस इन्तज़ार करते रहना चाहिए और हस्तमैथुन करते रहना चाहिए? उस मामले में भी मेरा अपने ऊपर पूरा नियन्त्रण नहीं है।"

रेइको ने गेंद को ज़मीन पर रख दिया और मेरे घुटने को थपथपाया। "देखो," उसने कहा, "मैं तुमसे यह नहीं कह रही हूँ कि तुम लड़कियों के साथ सोना बन्द कर दो। अगर तुम्हें वह ठीक लगता है तो ठीक है। यह आख़िरकार तुम्हारी ज़िन्दगी है, यह ऐसी चीज़ है, जिसका फ़ैसला तुम्हें ही करना है। मैं सिर्फ़ इतना कह रही हूँ कि तुम्हें किसी अस्वाभाविक ढंग से ख़ुद को खपा नहीं देना चाहिए। तुम समझ रहे हो कि मैं क्या कहना चाह रही हूँ? यह बहुत बड़ी बर्बादी होगी। उन्नीस और बीस की उम्र चरित्र के परिपक्व होने में बहुत निर्णायक उम्र होती है, और अगर तुम उस उम्र में ख़ुद को भटक जाने देते हो, तो बाद की उम्र में तुम्हें तकलीफ़ होगी। यह सच है। इसलिए इसके बारे में गम्भीरता से सोचो। अगर तुम नाओको की देखभाल करना चाहते हो, तो अपनी भी देखभाल करो।"

मैंने कहा कि मैं इस बारे में सोचूँगा।

"एक समय था जब मैं भी बीस की थी। एक समय। तुम विश्वास करोगे?"

"मुझे विश्वास है। बेशक।"

"दिल से ?"

"दिल से ," मैंने मुस्कराते हुए कहा।

"और मैं क्यूट भी थी। नाओको जितनी क्यूट नहीं, लेकिन ख़ासी क्यूट। तब ये सारी सिलवटें नहीं थीं।"

मैंने उससे कहा कि मुझे ये सिलवटें बहुत अच्छी लगती हैं। उसने मुझे धन्यवाद दिया।

"लेकिन कभी किसी दूसरी औरत से यह मत कहना कि तुम्हें उसकी सिलवटें आकर्षक लगती हैं," उसने कहा। "मुझे तो यह सुनना अच्छा लगा, लेकिन मैं एक अपवाद हूँ।"

"मैं ध्यान रखूँगा," मैंने कहा।

उसने अपनी पैंट की जेब से बटुआ निकाला और उसके कार्ड होल्डर में से एक तसवीर निकालकर मुझे थमा दी। वह लगभग दस वर्ष की एक क्यूट लड़की की रंगीन तसवीर थी, जिसमें वह स्की और चमकीले रंग के स्की वस्त्र पहने हुए बर्फ़ पर खड़ी कैमरे की ओर देखकर मुस्करा रही थी।

"तुम्हें नहीं लगता, वह सुन्दर है? मेरी बेटी," रेइको ने कहा। "उसने यह मुझे जनवरी में भेजा था। वह – किस क्लास में है? – हाँ, चौथी क्लास में है।"

"उसने तुम्हारी मुस्कराहट पाई है," तसवीर वापस करते हुए मैंने कहा। रेइको ने बटुआ वापस अपनी जेब में रखा और हल्का-सा सूँघकर सिगरेट होंठों के बीच रखकर उसे जला लिया।

"मैं कन्सर्ट पियानो वादक होने जा रही थी," उसने कहा। "मुझमें प्रतिभा थी, और लोग उसे पहचानते थे और मेरी तारीफ़ किया करते थे। मैंने प्रतियोगिता जीती थी और कॅन्ज़र्वेटॅरी में मेरी टॉप ग्रेड आई थी, और मैं स्नातक होने के बाद जर्मनी में पढ़ने जाने वाली थी। कोई बाधा नहीं थी। हर चीज़ बढ़िया ढंग से काम कर रही थी, और जब नहीं करती थी तो कोई-न-कोई होता था, जो उसे ठीक कर देता था। लेकिन फिर एक दिन कुछ हुआ, और उसने सब कुछ तहस-नहस कर दिया। मैं कन्ज़र्वेटरी की वरिष्ठ छात्र थी और एक बहुत ही महत्त्वपूर्ण प्रतियोगिता होने जा रही थी। मैंने लगातार उसके लिए अभ्यास

किया, लेकिन अचानक मेरे बाँएं हाथ की छोटी अँगुली ने हरक़त करना बन्द कर दिया। मुझे समझ में नहीं आया क्यों, लेकिन उसने हरक़त करना बन्द कर दिया। मैंने मालिश करने की कोशिश की, गर्म पानी से उसकी सिंकाई की, कुछ दिनों के लिए अभ्यास बन्द कर दिया; कोई चीज़ काम नहीं आई। तब मैं घबरा गई और डॉक्टर के पास गई। उन्होंने तमाम तरह की जाँचें कीं, लेकिन उनके हाथ कुछ नहीं लगा। उन्होंने बताया कि अपने आप में अँगुली के साथ कोई समस्या नहीं थी, और नसें एकदम ठीक थीं : कोई वजह नहीं थी कि अँगुली काम करना बन्द कर देती। उनका कहना था कि समस्या मनोवैज्ञानिक होनी चाहिए। इसलिए मैं साइकियाट्रिस्ट के पास गई, लेकिन उसे भी कुछ समझ में नहीं आया। उसने कहा कि शायद प्रतियोगिता के पहले का तनाव हो, और उसने मुझे कुछ समय के लिए पियानो से दूर रहने की सलाह दी।"

रेइको ने गहरा क़श लिया और धुआँ छोड़ दिया। फिर उसने अपनी गर्दन कई बार एक ओर झुकाई।

"इसलिए मैं स्वस्थ होने के लिए इज़ू के तट पर स्थित अपनी दादी के घर चली गई। मैंने सोचा कि मैं उस प्रतियोगिता के बारे में भूल जाऊँगी और सचमुच तनाव-मुक्त रहूँगी, और कुछ हफ़्तों के लिए पियानो से दूर रहकर मनचाहे काम करूँगी। लेकिन वह भी निराशाजनक साबित हुआ। पियानो ही था, जिसके बारे में, मैं सोच पाती थी। हो सकता है, मेरी अँगुली फिर कभी हरक़त में ना आए। अगर ऐसा हुआ तो मैं ज़िन्दा कैसे रहूँगी? यही विचार मेरे दिमाग़ में लगातार घूमते रहे। और आश्चर्य की बात नहीं थी : पियानो ही उस क्षण तक मेरा पूरा जीवन हुआ करता था। जब मैं चार साल की थी, तभी से मैंने उसे बजाना शुरू कर दिया था और सिर्फ़ पियानो के बारे में सोचती हुई ही मैं बड़ी हुई थी। मैं कभी घर का काम नहीं करती थी, केवल यह सुनिश्चित करने के लिए कि कहीं मैं अपनी अँगुलियों को घायल ना कर बैठूँ। लोग केवल उसी एक चीज़ की वजह से मेरी ओर ध्यान देते थे। जो लड़की इस तरह पियानो के साथ बड़ी हुई है, उससे पियानो छीन लें, तो फिर क्या बचता है? इसलिए, चटाक! मेरा दिमाग़ पूरी तरह गड्डमड्ड हो गया। पूरी तरह अँधेरा छा गया।"

उसने सिगरेट नीचे गिराकर पैरों से बुझा दी, और फिर अपनी गर्दन दोबारा कई बार मोड़ी।

"वह कन्सर्ट पियानो वादक बनने के मेरे सपने का अन्त था। मैंने दो महीने अस्पताल में गुज़ारे। अस्पताल जाने के कुछ ही दिनों बाद मेरी अँगुली हरकत करने लगी, इसलिए मैं कन्ज़र्वेटरी लौटने और स्नातक करने में सक्षम थी, लेकिन मेरे अन्दर की कोई चीज़ ग़ायब हो चुकी थी। मेरे शरीर के भीतर से ऊर्जा की कोई अनमोल चीज़ या कुछ और लुप्त हो गया था – उड़ गया था। डॉक्टर ने मुझसे कहा कि मुझमें व्यावसायिक पियानो वादक बनने के लिए ज़रूरी दिमाग़ी क्षमता का अभाव है और मुझे सलाह दी कि मैं इस विचार को ही दिमाग़ से निकाल दूँ। इसलिए स्नातक करने के बाद मैंने कुछ विद्यार्थियों को घर पर सिखाना शुरू कर दिया। लेकिन जो पीड़ा मैं महसूस कर रही थी, वह असहनीय थी। लगता था, जैसे मेरा जीवन ही समाप्त हो गया था। मैं अभी बीस साल की थी और मेरी ज़िन्दगी का सर्वश्रेष्ठ हिस्सा समाप्त हो गया था। तुम समझ पा रहे हो कि वह कितना भयावह रहा होगा? मेरे हाथों में इतनी ग़ज़ब की सम्भावना थी, और एक सुबह उठकर अचानक मैंने पाया कि वह सब ख़त्म हो चुका था। अब कोई मेरे लिए तालियाँ नहीं बजाएगा, अब कोई मेरी तरफ़ ध्यान नहीं देगा, कोई मुझसे नहीं कहेगा कि मैं कितनी अद्भुत हूँ। मैं पड़ोस के बच्चों को घर पर बेयर अभ्यास और सोनाटिना सिखाते हुए दिन-पर-दिन गुज़ारती गई। मैं इस क़दर दयनीय महसूस करती थी कि सारे समय रोती रहती थी। यह सोचना कि मैंने क्या खो दिया था! मैं अपने से बहुत-बहुत कम प्रतिभाशाली लोगों के बारे में सुनती कि वे किसी प्रतियोगिता में द्वितीय स्थान प्राप्त कर रहे हे या अमुक हॉल में वादन कर रहे हैं, और मेरी आँखों से आँसुओं की झड़ी लग जाती।

"मेरे माता-पिता मेरे आसपास से दबे पाँव निकलते कि वे कहीं मुझे चोट ना पहुँचा दें। लेकिन मैं जानती थी कि वे कितने दुखी थे। अपनी जिस बेटी को लेकर वे इतना गर्व करते थे, वह अचानक दिमाग़ी अस्पताल से वापस लौटी लड़की में बदल गई थी। वे मेरी शादी तक नहीं कर सकते थे। जब आप लोगों के साथ रहते हैं, तो समझ जाते हैं कि वे क्या महसूस कर रहे हैं, और मुझे इससे नफ़रत थी। मुझे बाहर निकलने में डर लगता था, यह डर कि पड़ोसी मेरे बारे में बात करते होंगे। फिर अचानक–चटाक! वह फिर से हुआ–सब कुछ उलझ गया, अँधेरा छा गया। यह तब हुआ जब मैं चौबीस साल की थी, और इस बार

मुझे सात महीने एक सेनेटोरियम में बिताने पड़े। यह जगह नहीं–एक सामान्य पागलखाना था, ऊँची दीवारों और बंद फाटकों वाला। गंदा-सा स्थान, जहाँ पियानो भी नहीं थे। मुझे समझ नहीं आता था कि मैं अपने साथ क्या करूँ। बस इतना जानती थी कि मुझे वहाँ से जितनी जल्दी हो सके निकलना है, इसलिए मैं ठीक होने के लिए बेतहाशा कोशिश करती रही। सात महीने–बहुत लंबे सात महीने। तभी से मेरे चेहरे पर सिलवटें पड़नी शुरू हुईं।

रेइको मुस्कराई और उसने अपने होंठों को दाँए-बाँए खींचा।

“मुझे अस्पताल से आए ज़्यादा वक़्त नहीं हुआ था कि मुझे एक आदमी मिल गया और मैंने शादी कर ली। वह मुझसे एक साल छोटा था, इंजीनियर, जो हवाई जहाज़ बनाने वाली एक कम्पनी में काम करता था। अच्छा आदमी था। वह ज़्यादा नहीं बोलता था, लेकिन था वह गर्मजोश और नेकनीयत। उसे मुझसे पियानो सीखते हुए छह महीने हुए थे कि अचानक, एक दिन जब हम सीखने-सिखाने के बाद चाय पी रहे थे, उसने मुझसे शादी करने का प्रस्ताव रखा। क्या तुम विश्वास कर सकते हो? हम लोगों ने कभी अकेले में मुलाक़ातें नहीं की थीं या हाथ नहीं थामे थे। उसने मुझे एकदम चौंका दिया। मैंने उससे कहा कि मैं शादी नहीं कर सकती। मैंने कहा कि तुम मुझे पसन्द हो और मैं समझती हूँ कि तुम एक अच्छे इन्सान हो, लेकिन कुछ ख़ास वजहों से मैं तुमसे शादी नहीं कर सकती। उसने वे वजहें जाननी चाही, इसलिए मैंने पूरी ईमानदारी से उसे सारी बातें बता दीं – यही कि मैं दिमाग़ी विकार की वजह से दो बार अस्पताल में भरती रह चुकी हूँ। मैंने उसे सब कुछ बता दिया – क्या कारण रहे थे, अपनी हालत, और यह सम्भावना कि ऐसा फिर से हो सकता है। उसने कहा कि उसे सोचने के लिए वक़्त चाहिए, और मैंने उसे प्रोत्साहित किया कि उसे जितने भी समय की ज़रूरत हो, वह ले। लेकिन जब वह एक सप्ताह बाद सीखने को आया, उसने कहा कि वह शादी करना चाहता है। मैंने कहा कि हम लोग एक-दूसरे से तीन महीनों तक मिलते रहेंगे, और अगर वह तब भी शादी करना चाहेगा तो हम एक बार फिर इस बारे में बात करेंगे।

“हम तीन महीनों तक हफ़्ते में एक बार मिलते रहे। हम हर कहीं जाते थे, और तमाम चीज़ों के बारे में बातें किया करते थे, और इस दौरान मैं उसे बहुत पसन्द करने लगी। जब मैं उसके साथ होती थी, तो मुझे लगता कि मेरा जीवन

अन्ततः मेरे पास वापस लौट आया है। उसके साथ अकेले रहने में मुझे राहत का अद्भुत अहसास होता था; मैं उन तमाम भयावह चीज़ों को भूल जाती थी, जो मेरे साथ घटी थीं। इससे क्या फ़र्क़ पड़ता है कि मैं कन्सर्ट पियानोवादक नहीं बन सकी? इससे क्या फ़र्क पड़ता है कि मुझे मानसिक अस्पतालों में अपने दिन गुज़ारने पड़े हैं? मेरी ज़िन्दगी ख़त्म नहीं हो गई है। ज़िन्दगी अभी भी उन अद्भुत चीज़ों से भरी हुई है, जिन्हें मैंने अब तक अनुभव ही नहीं किया है। सिर्फ़ मुझे ऐसा महसूस कराने के लिए भी मैं उसके प्रति बहुत शुक्रगुज़ार महसूस करती थी। जब तीन महीने बीत गए, उसने मेरे सामने फिर से शादी का प्रस्ताव रखा। और मैंने उससे जो कहा, वह यह था : 'अगर तुम मेरे साथ सोना चाहते हो, तो मुझे कोई आपत्ति नहीं है। मैं कभी किसी के साथ नहीं सोई हूँ, और मैं तुम्हें बहुत चाहती हूँ, इसलिए अगर तुम मुझसे संसर्ग करना चाहते हो, तो मुझे ज़रा भी आपत्ति नहीं होगी। लेकिन मुझसे शादी करना एक बिलकुल अलग मामला है। अगर तुम मुझसे शादी करते हो, तो तुम मेरी सारी मुसीबतों को अपने ऊपर ले लोगे, और वे इतनी बुरी हैं, जिनकी तुम्हें कल्पना भी नहीं है।'

उसने कहा, "मुझे परवाह नहीं है, कि मैं सिर्फ़ तुम्हारे साथ सोना नहीं चाहता, मैं तुमसे शादी करना चाहता हूँ, तुम्हारे अन्दर जो भी कुछ है, मैं उसमें हिस्सा बँटाना चाहता हूँ। और वह सच कह रहा था। वह उस तरह का इन्सान था, जो केवल वही कहता है, जो वह वास्तव में कहना चाहता है, और वही करता है, जो वह कहता है। इसलिए मैं उससे शादी करने को राज़ी हो गई। यही था, जो मैं कर सकती थी। चार महीने बाद हमने शादी कर ली। उसने मुझे लेकर अपने माँ-बाप से झगड़ा किया, और उन्होंने उसे त्याग दिया। वह एक पुरानी सोच वाले परिवार से था, जो शिकोकू के देहाती इलाक़े में रहते थे। उन्होंने मेरी पृष्ठभूमि की जाँच कराई और पाया कि मैं दो बार अस्पताल में रह चुकी हूँ। आश्चर्य की बात नहीं थी कि उन्होंने इस शादी का विरोध किया था। ख़ैर, हमारी शादी का कोई जश्न नहीं मनाया गया। हम महज़ वार्ड ऑफ़िस में गए, अपनी शादी रजिस्टर कराई और दो रातों के लिए हैकोने की यात्रा पर गए। इतना हमारे लिए बहुत था कि हम सुखी थे। और इस तरह अन्ततः शादी के दिन तक मैं कुँवारी बनी रही। मैं छब्बीस साल की थी! तुम विश्वास करोगे?"

रेइको ने गहरी साँस ली और बॉस्केटबॉल को फिर से उठा लिया।

"मैं सोचती थी कि जब तक मैं उसके साथ हूँ, मैं बिलकुल ठीक रहूँगी।" उसने बात जारी रखते हुए कहा। "जब तक मैं उसके साथ रहूँगी मेरी परेशानियाँ मुझसे दूर बनी रहेंगी। हमारे तरह की बीमारी के सन्दर्भ में यह सबसे ज़्यादा महत्त्वपूर्ण चीज़ है; भरोसे का अहसास। अगर मैं ख़ुद को इस आदमी के हाथों में सौंप दूँगी, तो मैं ठीक बनी रहूँगी। अगर मेरी हालत थोड़ी भी बिगड़ती है – कोई पेंच ढीला होता है – तो वह तुरन्त समझ जाएगा और ज़बरदस्त देखभाल और धीरज के साथ उस समस्या को हल कर देगा। अगर हममें भरोसे का यह बोध होता है, तो हमारी बीमारी दूर बनी रहती है। अब और कोई झटका नहीं। मैं बहुत ख़ुश थी! ज़िन्दगी भव्य थी! मुझे लगता था, जैसे किसी ने मुझे बर्फ़ीले, उफ़नते हुए समुद्र से बाहर खींच लिया था और मुझे कम्बल में लपेटकर गर्म बिस्तर पर लिटा दिया था। शादी करने के दो साल बाद मैंने एक बच्ची को जन्म दिया, और तब मेरे हाथ वाक़ई बहुत व्यस्त हो गए! मैं अपनी बीमारी को लगभग भूल गई। मैं सुबह उठती, घर के काम निपटाती और बच्ची की देखभाल करती। जब मेरा पति काम से लौटता, उसे खाना खिलाती। यह रोज़ का सिलसिला था, लेकिन मैं ख़ुश थी। वह शायद मेरी ज़िन्दगी का सबसे सुखद समय रहा था। मैं याद करती हूँ, यह कितने वर्षों तक ऐसा ही बना रहा था? कम-से-कम तब तक जब तक कि मैं इकत्तीस की नहीं हो गई थी। और तभी, अचानक, वह फिर हुआ। मैं टुकड़े-टुकड़े हो गई।"

रेइको ने एक सिगरेट सुलगा ली। हवा थम गई थी। धुआँ सीधा ऊपर की ओर उठकर अँधेरे में विलीन हो जाता था। तभी मुझे अहसास हुआ कि आकाश तारों से भरा हुआ था।

"कुछ हुआ था?" मैंने पूछा।

"हाँ," उसने कहा, "कुछ बहुत ही विचित्र क़िस्म की चीज़, जैसे मुझे फँसाने के लिए कोई जाल तैयार किया गया था। आज भी, उसके बारे में सोचने मात्र से मेरा शरीर सिहर उठता है।" रेइको ने अपने ख़ाली हाथ से अपनी कनपटी को रगड़ा। "हालाँकि, मुझे अफ़सोस है कि तुम्हें मेरे बारे में ये सारी बातें सुननी पड़ रही हैं। तुम यहाँ नाओको से मिलने आए थे, मेरा क़िस्सा सुनने को नहीं।"

"लेकिन, मुझे यह सुनना सचमुच अच्छा लग रहा है," मैंने कहा। "अगर तुम्हें आपत्ति ना हो तो मैं बाक़ी का हिस्सा भी सुनना चाहता हूँ।"

"ख़ैर," रेइको ने कहा, "जब हमारी बेटी किंडरगार्टन में दाख़िल हुई, मैंने थोड़ा-थोड़ा करके फिर से पियानो बजाना शुरू कर दिया। किसी और के लिए नहीं, सिर्फ़ स्वयं के लिए। मैंने बाख़, मोज़ार्ट, स्कार्लेटी की छोटी-छोटी रचनाओं के साथ शुरुआत की। बेशक, इतने लम्बे ख़ाली वक़्त के बाद, संगीत के प्रति मेरी संवेदना तुरन्त वापस नहीं आ गई थी। और मेरी अँगुलियाँ उस तरह नहीं चल रही थीं, जैसी वे पहले चला करती थीं। लेकिन मैं इस बात से रोमांचित थी कि मैं फिर से पियानो बजा रही थी। पियानो की कुंजियों पर अपना हाथ रखे हुए, मुझे अहसास हुआ कि मैं संगीत से कितना प्यार करती थी – और मेरे भीतर उसकी कितनी भूख थी। आप ख़ुद के लिए संगीत बजा पाएँ, तो यह अद्भुत होता है।"

"जैसाकि मैंने पहले कहा था, मैं तब से बजाती आ रही थी, जब मैं चार साल की थी, लेकिन मुझे याद आया कि मैंने कभी एक बार भी अपने लिए नहीं बजाया था। मैं हमेशा कोई परीक्षा पास करने की या किसी सौंपे गए काम के नाते अभ्यास करने की या किसी को प्रभावित करने की कोशिश करती रही थी। बेशक, अगर आप वाद्ययन्त्र में महारथ हासिल करना चाहते हैं तो वे सब महत्त्वपूर्ण चीज़ें हैं। लेकिन एक ख़ास उम्र के बाद आपको ख़ुद के लिए बजाना होता है। "संगीत का मतलब यही है। मुझे यह समझने के लिए विशिष्ट पाठ्यक्रम छोड़ना पड़ा और अपना इकतीसवाँ जन्मदिन पार करना पड़ा। में अपने बच्चे को किंडरगार्टन भेजती, जल्दी-जल्दी घर का काम निपटाती, और फिर एक-दो घंटे अपनी पसंद का संगीत बजाती। अब तक सब ठीक ही लग रहा है, है न?"

गैंने सिर हिलाकर हामी भरी।

फिर एक दिन मेरे पड़ोस की एक महिला मुझसे मिलने आई। मैं उसे इतना तो जानती थी कि सड़क पर मिलने पर उसे हैलो सकूँ। वह मुझसे अपनी बेटी को पियानो सिखाने का अनुरोध करने आई थी। बेटी के बारे में मैं कुछ नहीं जानती थी – हालाँकि हम एक ही इलाके में रहते थे, फिर भी हमारे घर एक-दूसरे से काफ़ी दूर थे – लेकिन उस महिला के अनुसार, उसकी बेटी अक्सर मेरे

घर के सामने से गुज़रती थी और उसे मेरा पियानो बजाना सुनना बहुत पसन्द था। किसी समय उसने मुझे भी देख लिया था, और अब वह अपनी माँ के पीछे पड़ी हुई थी कि वे मुझसे उसे सिखाने के लिए कहें। वह मिडिल स्कूल के दूसरे वर्ष में थी और कई लोगों से पियानो सीख चुकी थी, लेकिन किसी-न-किसी कारण से बात बनी नहीं थी, और अब उसके पास कोई शिक्षक नहीं था।

"मैंने उसे मना कर दिया। मेरी ज़िंदगी में कई सालों का एक खालीपन रहा था, और भले ही मेरे लिए किसी बिल्कुल नौसिखिया विद्यार्थी को लेना ठीक रहता, लेकिन किसी ऐसे को पढ़ाना, जो कई सालों से सीख रहा हो, मेरे लिए असंभव था। इसके अलावा, मैं अपने ही बच्चे की देखभाल में बहुत व्यस्त थी। और हालांकि मैंने उस औरत से यह बात नहीं कही, लेकिन जो बच्चा बार-बार शिक्षक बदलता रहता है, उसके साथ कोई भी ठीक से काम नहीं कर सकता। तब उस औरत ने मुझसे कम-से-कम उसकी बेटी से एक बार मिलने की गुज़ारिश की। वह काफ़ी ज़िद्दी महिला थी, और मुझे समझ आ गया कि वह मुझे आसानी से नहीं छोड़ेगी, इसलिए मैं उससे मिलने के लिए तैयार हो गई–सिर्फ़ मिलने के लिए। तीन दिन बाद वह लड़की अकेले ही मेरे घर आई। वह सचमुच एक परी जैसी थी–एक ऐसी पवित्र, मधुर और पारदर्शी सुंदरता के साथ। मैंने पहले कभी–और बाद में भी कभी–इतनी सुंदर छोटी लड़की नहीं देखी। उसके लंबे, चमकदार बाल थे, जो ताज़ा बनी स्याही की तरह काले थे; उसकी बाँहें और टाँगें पतली और लचीली थीं; आँखें चमकदार थीं, और उसका छोटा-सा मुँह ऐसा लगता था, मानो अभी-अभी किसी ने उसे गढ़ा हो। उसे पहली बार देखकर मैं कुछ बोल ही नहीं पाई–वह इतनी सुंदर थी। जब वह मेरे सोफ़े पर बैठी, तो मेरा बैठक-कमरा एक खूबसूरत कक्ष में बदल गया। उसे सीधे देखना भी कठिन था–मुझे आँखें सिकोड़नी पड़ती थीं। खैर, वह कुछ ऐसी ही थी। मैं आज भी उसे साफ़-साफ़ याद कर सकती हूँ।"

रेइको ने अपनी आँखें सिकोड़ीं जैसे वह सचमुच उस लड़की की कल्पना कर रही हो।

कॉफ़ी पीते हुए हम पूरे एक घंटे तक बात करते रहे–हर तरह की बातें, जैसे संगीत, उसका स्कूल वगैरह। मुझे तुरंत समझ आ गया कि वह बहुत समझदार थी। उसे बातचीत करना अच्छी तरह आता था। उसकी बातें साफ़

और असरदार थीं, और वह सामने वाले को आसानी से प्रभावित कर लेती थी–कुछ ज़्यादा ही। मुझे ठीक-ठीक समझ नहीं आ रहा था कि उसमें ऐसा क्या था जो थोड़ा डराने वाला लगता था, लेकिन इतना ज़रूर लगा कि वह असाधारण रूप से बुद्धिमान थी। उसके सामने मेरी सोचने-समझने की सामान्य क्षमता जैसे खत्म हो गई थी। वह इतनी जवान और सुंदर थी कि मैं खुद को बहुत छोटा और घटिया महसूस करने लगी–जैसे मैं एक बुरा इंसान हूँ, जो अपने ही उलझे और गंदे दिमाग की वजह से उसके बारे में सिर्फ़ नकारात्मक ही सोच सकता है।

रेइको ने कई बार अपना सिर हिलाया।

"अगर मैं उस जैसी सुन्दर और स्मार्ट होती, तो मैं अधिक सामान्य इन्सान होती। अगर आप उतने स्मार्ट और सुन्दर हैं, तब फिर आपको और क्या चाहिए? अगर हर कोई आपको बहुत प्यार करता है तब फिर आपको अपने से कमज़ोर हीन लोगों को सताने और उन पर हावी होने की क्या ज़रूरत है? फिर उस तरह का आचरण करने की क्या वजह हो सकती है?"

"क्या उसने तुम्हारे साथ कुछ भयावह किया था?"

"मुझे यह कहना ज़रूरी लगता है कि वह लड़की आदतन झूठी थी। वह बीमार थी, विशुद्ध और साफ़ तौर पर। उसकी हर बात मनगढ़न्त होती थी। और जहाँ वह अपने क़िस्से गढ़ रही होती, वहीं उन पर विश्वास करने भी लगती थी। फिर वह अपने आसपास की चीज़ों को इस तरह बदल देती कि वे उसके गढ़े हुए क़िस्से में फ़िट हो सकें। उसका दिमाग़ इतना फ़ुर्तीला था कि वह हरदम आपसे एक क़दम आगे रह सकती थी और उन चीज़ों का भी ध्यान रखती थी, जो आम तौर पर आपको अजीब लगतीं; इसलिए आपके दिमाग़ में कभी यह बात नहीं आती कि वह झूठ बोल रही है। सबसे पहले तो, किसी के मन में कभी यह सन्देह नहीं जागेगा कि इस क़दर सुन्दर लड़की नितान्त साधारण चीज़ों के बारे में झूठ बोलेगी। मेरे मन में तो निश्चय ही नहीं जागा। वह छह महीनों तक मुझसे ढेरों झूठ बोलती रही, तब जाकर मुझे हल्का-सा आभास हुआ कि कहीं कुछ गड़बड़ है। वह हर चीज़ के बारे में झूठ बोलती रही, और मुझे कभी शक नहीं हुआ। मैं जानती हूँ कि यह बात बेहूदी लगती है।"

"वह किन चीज़ों के बारे में झूठ बोलती थी?"

"जब मैं कहती हूँ हर चीज़, तो मेरा मतलब है हर चीज़," रेइको व्यंग्यात्मक ढंग से हँसी। "जब लोग किसी भी चीज़ के बारे में झूठ बोलते हैं, तो उन्हें उस एक झूठ से मेल खाने वाले कई और झूठ बोलने पड़ते हैं। इसके लिए एक शब्द है : *माइथोमेनिया*। जब कोई आम माइथोमेनियाक झूठ बोलता है, तो वे निर्दोष क़िस्म के झूठ होते हैं, और ज़्यादातर लोग उन्हें पहचान लेते हैं। लेकिन उस लड़की के साथ ऐसा नहीं था। खुद को बचाने के लिए वह बिना पलक झपकाए चोट पहुँचाने वाले झूठ बोल देती थी। अपना उल्लू सीधा करने के लिए वह हर चीज़ का इस्तेमाल करती थी। और उसका ज़्यादा या कम झूठ बोलना इस पर निर्भर करता था कि वह किससे बात कर रही है। अपनी माँ से या अपने क़रीबी दोस्तों से, जो तुरन्त समझ जाएँगे, वह बमुश्किल ही कभी झूठ बोलती थी, या अगर उसे कोई झूठ बोलना ज़रूरी हो जाता था, तो वह इस बात की सचमुच बहुत सावधानी बरतती थी कि कहीं वह झूठ सामने ना आ जाए। या अगर वह सामने आ जाता था तो वह कोई बहाना ढूँढ़ लेती थी या अपनी ख़ूबसूरत आँखों से आँसू बहाती हुई अपनी आकर्षक आवाज़ में माफ़ी माँग लेती थी। तब उससे कोई नाराज़ नहीं बना रह सकता था।

"मैं आज भी नहीं जानती कि उसने मुझे क्यों चुना था। क्या मैं उसकी एक और शिकार थी, या उसके निस्तार का साधन? मैं नहीं जानती। बेशक, अब उससे वैसे भी कोई फ़र्क़ नहीं पड़ता। अब जबकि सबकुछ ख़त्म हो चुका है। अब जबकि मैं इस हालत में हूँ।"

इसके बाद थोड़ी देर ख़ामोशी बनी रही।

"उसने वह बात दोहराई जो उसकी माँ ने मुझसे कही थी कि मेरे घर के सामने से गुज़रते हुए जब वह मुझे बजाते हुए सुनती थी तो वह उससे बहुत प्रभावित होती थी। उसने मुझे कुछ बार सड़क पर भी देखा था, और उसने मुझे पूजना शुरू कर दिया था। उसने सचमुच इसी शब्द का इस्तेमाल किया था : *पूजना*। यह सुनकर मेरा चेहरा लाल हो गया था। मेरा मतलब है, एक इतनी ख़ूबसूरत गुड़िया जैसी लड़की द्वारा 'पूजा जाना'! हालाँकि मैं नहीं समझती कि वह कोई पूरी तरह झूठ बात थी। बेशक, मैं तीस से ऊपर की थी, और मैं उस जैसी सुन्दर और होशियार कभी नहीं हो सकती थी, और मुझमें कोई ख़ास क़िस्म की प्रतिभा भी नहीं थी, लेकिन मुझमें ऐसा ज़रूर कुछ रहा होगा, जिसने

उसे मेरी ओर आकर्षित किया होगा, कोई ऐसी चीज़ जिसकी, मेरा ख़याल है, उसमें कमी रही होगी। सबसे पहले तो वही चीज़ रही होगी, जिसकी वजह से उसमें मेरे प्रति दिलचस्पी जागी होगी। अब वापस मुड़कर देखने पर मुझे इस बात का विश्वास होता है। मैं कोई डींग नहीं हाँक रही हूँ।"

"नहीं, मैं समझता हूँ कि मैं वह समझ रहा हूँ, जो तुम कह रही हो।"

"वह अपने साथ कुछ संगीत लेकर आई थी और उसने मुझे वह संगीत सुनाना चाहा। इसलिए मैंने इजाज़त दे दी। वह एक बाख़ इन्वेंशन था। उसकी प्रस्तुति... दिलचस्प थी। या शायद यह कहूँ कि अजीबो-ग़रीब थी? वह एकदम साधारण नहीं थी। बेशक वह परिष्कृत नहीं थी। वह किसी व्यावसायिक प्रशिक्षण देने वाले स्कूल में नहीं जाती रही थी, और उसने जो भी सीखा था, वह कभी-कभार का सीखना रहा था; वह बहुत कुछ स्वत:शिक्षण था। उसकी आवाज़ अप्रशिक्षित थी। "लेकिन अगर यह किसी संगीत विद्यालय की प्रवेश-परीक्षा होती, तो उसे तुरन्त ख़ारिज कर दिया जाता। फिर भी, उसने उसे सफल बना दिया। उसका नब्बे प्रतिशत हिस्सा तो बिल्कुल ख़राब था, लेकिन बाक़ी दस प्रतिशत वहाँ मौजूद था – और उसी ने उसे गाने पर मजबूर कर दिया; वह सचमुच संगीत बन गया था। और यह कोई बाख इन्वेन्शन थी! बस, यहीं से मेरी उसमें दिलचस्पी जागी। मैं जानना चाहती थी कि आख़िर वह लड़की है क्या।"

"कहने की ज़रूरत नहीं कि दुनिया ऐसे बच्चों से भरी पड़ी है, जो बाख़ को उससे बेहतर ढंग से बजा सकते हैं। बीस गुना बेहतर ढंग से। लेकिन उनकी अधिकांश प्रस्तुतियों का कोई मतलब नहीं होगा। वे खोखले होंगे, ख़ाली। इस लड़की की तकनीक बुरी थी, लेकिन उसकी प्रस्तुति में कुछ था, जो लोगों को आकर्षित कर सकता था – या कम-से-कम मुझे तो उसने आकर्षित किया ही था। इसलिए मैंने तय किया कि उसे सिखाना उचित होगा। बेशक, इस बात का तो सवाल ही नहीं उठता था कि मैं उसे उस बिन्दु तक प्रशिक्षित करती, जहाँ वह एक पेशेवर कलाकार बन सकती। लेकिन मुझे लगा कि यह तो मुमकिन है ही कि उसे उस तरह की खुश पियानो-वादक बना सकती जैसी तब मैं थी – और अभी भी हूँ – एक ऐसी कलाकार जो ख़ुद के लिए संगीत रचने का आनन्द ले सकती। लेकिन, यह एक खोखली उम्मीद साबित हुई। वह उस तरह

के व्यक्तियों में से नहीं थी, जो सिर्फ़ अपने लिए चुपचाप अपना काम करती रहती। वह एक ऐसी बच्ची थी, जो दूसरे लोगों को प्रभावित करने के लिए हर तरह के तरीक़े अपनाने के विस्तृत गणित लगाती रहती थी। उसे ठीक-ठीक पता था कि लोगों की सराहना और प्रशंसा हासिल करने के लिए उसे क्या करना चाहिए। और वह ठीक-ठीक जानती थी कि मुझे आकर्षित करने के लिए उसे किस तरह का प्रदर्शन करना होगा। मुझे पूरा विश्वास है कि उसने हर चीज़ का हिसाब लगा रखा था और मुझे प्रभावित करने की ख़ातिर, उसने बार-बार सबसे ज़्यादा महत्त्वपूर्ण हिस्सों का अभ्यास करने में अपनी सारी प्रतिभा लगा दी थी। मैं उसे ऐसा करते देख सकती थी।"

"फिर भी, आज भी, जबकि यह सब मेरे सामने पूरी तरह स्पष्ट हो चुका है, मैं मानती हूँ कि वह एक अद्भुत प्रस्तुति थी, और अगर मैं उसे दोबारा सुन पाती, तो वही सिहरन फिर मेरी रीढ़ में दौड़ जाती। उसकी कमज़ोरियों, उसकी चालाकी और उसके झूठों के बारे में मैं आज जो कुछ जानती हूँ, उसे जानते हुए भी मेरे भीतर वही अनुभूति जागती। मैं तुमसे कह रही हूँ, दुनिया में ऐसी चीज़ें सचमुच होती हैं।"

रेइको ने अपनी सूखी कर्कश आवाज़ में अपना गला साफ़ किया और अपना क़िस्सा अचानक रोक दिया।

"तो, तुमने उसे अपनी शिष्या बनाया?"

"बेशक, मैंने बनाया। हफ़्ते में एक दिन की कक्षा। शनिवार की सुबह में। शनिवार को उसके स्कूल की छुट्टी होती थी। वह कभी अपनी कक्षा नहीं छोड़ती थी, ना उसे कभी देर होती थी, वह एक आदर्श शिष्या थी। वह अपने सबक़ का हमेशा रियाज़ करती थी। हर सबक़ के बाद, हम लोग केक खाते और बातचीत करते।

तभी रेइको ने अपनी घड़ी देखी, जैसे उसे कुछ याद आ गया हो।

"तुम्हें नहीं लगता कि हमें कमरे पर वापस चलना चाहिए? मुझे नाओको की थोड़ी चिन्ता हो रही है। मुझे यक़ीन है कि तुम उसे भूल नहीं गए होगे, है ना?"

"बिलकुल नहीं।" मैं हँस दिया। "मैं तो बस तुम्हारे क़िस्से के प्रति आकर्षित हूँ।"

"अगर तुम चाहो तो मैं बाक़ी हिस्सा कल सुना दूँगी। यह एक लम्बी कहानी है – एक बैठक के लिहाज़ से बहुत लम्बी।"

"तुम एक पक्की शहेरज़ाद हो ।"

"मैं जानती हूँ," मेरी हँसी से अपनी हँसी को मिलाते हुए उसने कहा। "तुम कभी टोक्यो वापस नहीं लौट पाओगे।"

हम जंगल के अपने रास्ते से होते हुए अपार्टमेंट में वापस लौट आए। मोमबत्तियाँ बुझ चुकी थीं और बैठक कक्ष की बत्तियाँ बुझी हुई थीं। बेडरूम का दरवाज़ा खुला हुआ था और नाइट टेबल पर रखा हुआ लैम्प जल रहा था, जिसकी पीली रोशनी बैठक कक्ष तक आ रही थी। नाओको उस धुँधली रोशनी में सोफ़े पर अकेली बैठी हुई थी। उसने कपड़े बदल लिए थे और अब एक ढीला-ढाला नीला नाइट-गाउन पहन लिया था, जिसका कॉलर उसकी गर्दन के चारों ओर कसा हुआ था, उसके पैरे सोफ़े के नीचे मुड़े हुए थे। रेइको ने उसके पास पहुँचकर अपना हाथ उसके ऊपर रख दिया।

"तुम ठीक हो?"

"मैं ठीक हूँ। सॉरी," नाओको ने बहुत धीमी आवाज़ में जवाब दिया। फिर वह मेरी ओर मुड़ी और मुझसे भी वैसे ही माफ़ी माँगी। "मैंने तुम्हें डरा दिया होगा।"

"थोड़ा-सा," मैंने मुस्कराते हुए कहा।

"यहाँ आओ," उसने कहा। जब मैं उसके बगल में बैठ गया, नाओको अपने पैरों को मोड़े हुए, मेरी ओर तब तक झुकती गई जब तक कि उसका चेहरा मेरे कान को लगभग छूने नहीं लगा, मानो वह मुझे कोई गोपनीय बात बताने वाली हो। उसने मेरे कान के पास एक हल्का-सा चुम्बन लिया। "सॉरी," उसने एक बार फिर कहा, इस बार सीधे मेरे कानों में। उसकी आवाज़ हल्की थी। फिर वह मुझसे दूर खिसक गई।

"कभी-कभी," उसने कहा, "मैं इतनी भ्रमित हो जाती हूँ कि मुझे समझ में नहीं आता कि क्या हो रहा है।"

"यह मेरे साथ हमेशा होता रहता है," मैंने कहा।

नाओको ने मुस्कराकर मेरी ओर देखा।

"अगर तुम्हें आपत्ति ना हो," मैंने कहा, "तो मैं तुम्हारे बारे में और ज़्यादा जानना चाहता हूँ। तुम्हारी यहाँ की ज़िन्दगी के बारे में। तुम हर दिन क्या करती हो। किन लोगों से मिलती हो।"

नाओको ने संक्षिप्त किन्तु एकदम स्पष्ट शब्दों में, यहाँ की अपनी दिनचर्या के बारे में बताया। सुबह छह बजे उठना, अपार्टमेंट में नाश्ता करना, बर्डहाउस की सफ़ाई करना। फिर आम तौर से खेत सम्बन्धी काम। वह सब्ज़ियों की देखभाल करती थी। लंच के पहले या लंच के बाद वह अपने डॉक्टर के साथ बात करती थी या सामूहिक चर्चा में भाग लेती थी। दोपहर के बाद वह अपनी रुचि का कोर्स चुन सकती थी, बाहर का काम या खेल। उसने कई पाठ्यक्रमों में हिस्सा ले रखा था; फ्रांसीसी भाषा, बुनाई, पियानो, प्राचीन इतिहास।

"रेइको मुझे पियानो सिखाती है," उसने कहा। "वह गिटार भी सिखाती है। हम सब बारी-बारी से छात्र और शिक्षक की भूमिका निभाते हैं। जो व्यक्ति फ्रांसीसी में पारंगत होता है, वह फ्रांसीसी सिखाता है; जिसने सामाजिक अध्ययन की पढ़ाई की होती है, वह प्राचीन इतिहास पढ़ाता है; और जो बुनाई में दक्ष होता है, वह बुनाई सिखाता है। यह एक बहुत ही प्रभावशाली स्कूल है। बदक़िस्मती से मेरे पास ऐसा कुछ नहीं है, जो मैं दूसरों को सिखा सकूँ।"

"ना ही मेरे पास है," मैंने कहा।

"मैं यहाँ की पढ़ाई पर उससे कहीं ज़्यादा ऊर्जा ख़र्च करती हूँ, जितनी मैं कॉलेज में किया करती थी। मैं कड़ी मेहनत करती हूँ और उसका बहुत आनन्द लेती हूँ – सचमुच बहुत ज़्यादा।"

"रात के खाने के बाद तुम क्या करती हो?"

"रेइको से गपशप, पढ़ना, रिकॉर्ड सुनना, दूसरे लोगों के अपार्टमेंट में जाकर खेल खेलना, इस तरह की चीज़ें।"

"मैं गिटार का अभ्यास करती हूँ और अपनी आत्मकथा लिखती हूँ," रेइको ने कहा।

"आत्मकथा?"

"अरे, मज़ाक़ कर रही हूँ। हम दस बजे के आसपास बिस्तर पर चले जाते हैं। ख़ासी अच्छी जीवन-शैली, है ना? हम छोटे बच्चों की तरह सोते हैं।"

मैंने अपनी घड़ी की ओर देखा। नौ बजने में कुछ मिनट बाकी थे। "मेरा ख़याल है, तुम लोग जल्दी ही उनींदे हो जाओगे।"

"नहीं, कोई मुश्किल नहीं। हम आज देर तक जाग सकते हैं," नाओको ने कहा। "मैंने तुम्हें इतने लंबे अरसे से नहीं देखा है, मैं और ज़्यादा बात करना चाहती हूँ। इसलिए, बात करो।"

"जब मैं पहले अकेला था, तो अचानक पुराने दिनों के बारे में सोचने लगा था," मैंने कहा। "तुम्हें याद है, जब मैं और किज़ुकी तुमसे मिलने अस्पताल आया करते थे? समुद्र-तट वाले अस्पताल में। मेरा ख़याल है, वह हाई स्कूल का दूसरा साल था।"

"जब मेरी छाती का ऑपेरशन हुआ था," नाओको ने मुस्कराते हुए कहा। "बिलकुल, मुझे याद है। तुम और किज़ुकी मोटरसाइकल से आया करते थे। तुम मेरे लिए चॉकलेट का डिब्बा लेकर आए थे और वे सारी चॉकलेटें पिघलकर आपस में मिल गई थीं। वे इतनी ठोस थीं कि उन्हें खाने में मुश्किल होती थी! पता नहीं, लगता है, जैसे बहुत लम्बा अरसा गुज़र गया है।"

"हाँ, वाक़ई। मैं समझता हूँ, तुम तब कोई कविता लिख रही थीं, कोई लम्बी कविता।"

"उस उम्र में सारी लड़कियाँ कविता लिखती हैं," नाआको ने हल्के-से हँसते हुए कहा। "तुम्हें अचानक इस सबकी याद कैसे आ गई?"

"कह नहीं सकता। समुद्र की हवा की गंध, ओलिअंडर के फूल–पता ही नहीं चला, कब ये सब मेरे मन में उभर आए। क्या किज़ुकी तुमसे अस्पताल में अक्सर मिलने आता था?"

"असम्भव! बाद में तो इस बारे में हमारा बहुत झगड़ा हुआ था। वह एक बार आया था, और दोबारा तुम्हारे साथ, और उसके लिए इतना ही काफ़ी था। वह भयानक था। और उस पहली बार में भी वह शान्ति से नहीं बैठा था और वह लगभग सिर्फ़ दस मिनट ही रुका था। वह मेरे लिए कुछ सन्तरे लाया था और किसी चीज़ के बारे में बड़बड़ाता रहा, जो मेरी समझ में नहीं आई थी, और उसने मुझे एक सन्तरा छीलकर दिया और फिर और भी बड़बड़ाता रहा और चला गया। उसका कहना था कि उसे अस्पताल को लेकर समस्या होती

थी।" नाओको हँस दी। "इस तरह के मामलों में वह हमेशा बच्चा साबित होता था। मेरा मतलब है, अस्पताल किसी को पसन्द नहीं आता, ठीक? यही वजह है कि लोग लोगों से मिलने अस्पताल जाते हैं – ताकि वे बेहतर महसूस करें, और उनकी उदासी दूर हो, वग़ैरह। लेकिन किज़ुकी को यह बात समझ में नहीं आती थी।"

"लेकिन, जब हम दोनों आए थे, तब तो उसके साथ कोई गड़बड़ नहीं थी। उस समय तो उसका व्यवहार बिलकुल सामान्य था।"

"क्योंकि तुम वहाँ थे," नाओको ने कहा। "तुम्हारे साथ वह हमेशा वैसा ही व्यवहार करता था। वह अपनी इस कमज़ोरी को छिपाने का संघर्ष करता रहता था। मेरा ख़याल है, वह तुम्हें बहुत प्यार करता था। वह तुम्हें अपना सिर्फ़ सर्वश्रेष्ठ पक्ष दिखाने की कोशिश करता था। मेरे साथ वह ऐसा नहीं होता था। वह अपनी सारी सतर्कता खो देता था। वह सचमुच बहुत मूडी हो सकता था–एक मिनट पहले लगातार चहकता रहता, और अगले ही पल अवसाद में डूब जाता। यह हमेशा होता था। वह जब बहुत छोटा था, तभी से ऐसा था। हालाँकि, वह खुद को बदलने और सुधारने की कोशिश करता रहता था।"

नाओको सोफ़े पर पालथी मारकर बैठ गई।

"उसने बहुत कोशिश की, लेकिन उससे कुछ भला नहीं हुआ, और इससे वह सचमुच बहुत नाराज़ और उदास हो जाता था। उसमें बहुत कुछ ऐसा था, जो बहुत अच्छा और सुन्दर था, लेकिन उसमें वह आत्मविश्वास कभी नहीं आ सका, जिसकी उसको ज़रूरत थी। वह हमेशा सोचता रहा, आख़िरी तक, 'मुझे वह करना होगा, मुझे यह बदलना होगा।' बेचारा किज़ुकी!"

"तब भी," मैंने कहा, "अगर यह सही है कि वह मेरे सामने अपना सर्वश्रेष्ठ पक्ष उजागर करने का संघर्ष करता रहता था, तो मैं कहूँगा कि वह इसमें सफल हुआ था। मैं उसके सर्वश्रेष्ठ पक्ष को ही देख पाता था।"

नाओको मुस्करा दी। "अगर वह तुम्हें यह कहते सुन सकता तो वह रोमांचित हो उठता। तुम उसके एकमात्र दोस्त थे।"

"और किज़ुकी मेरा एकमात्र दोस्त था," मैंने कहा। ऐसा कभी कोई नहीं था, जिसे वास्तव में, मैं अपना दोस्त कह सकता, ना उसके पहले ना उसके बाद।"

"यही वजह है कि मुझे तुम दोनों के साथ रहना अच्छा लगता था। तब मैं भी उसके सर्वश्रेष्ठ पक्ष को देख पाती थी। जब हम तीनों साथ होते थे, तो मैं तनाव और चिन्ता से मुक्त हो जाती थी। वे मेरे सबसे प्यारे दिन थे। पता नहीं तुम इस बारे में कैसा महसूस करते हो।"

"मैं इस बारे में चिन्तित रहा करता था कि पता नहीं तुम क्या सोच रही हो," मैंने सिर हिलाते हुए कहा।

"समस्या यह थी कि उस तरह की चीज़ हमेशा जारी नहीं रह सकती थी," नाओको ने कहा। "इस तरह के आदर्श समूहों को बरकरार रखना असम्भव होता है। किज़ुकी यह बात जानता था, और मैं जानती थी, और उसी तरह तुम भी जानते थे। मैं ठीक कह रही हूँ?"

मैंने सहमति में सिर हिलाया।

"हालाँकि, सच कहूँ तो," नाओको ने कहा, "मुझे उसके कमज़ोर पक्ष से भी प्रेम था। मैं उसे उतना ही प्यार करती थी, जितना उसके अच्छे पक्ष को करती थी। उसमें घटिया या तुच्छ जैसा कुछ नहीं था। वह कमज़ोर था; बस इतना ही। मैंने उसे यह समझाने की कोशिश की, लेकिन वह मुझ पर विश्वास नहीं करता था। वह हमेशा कहता था कि ऐसा इसलिए है क्योंकि हम तीन साल की उम्र से साथ रहे थे। वह कहता, मैं उसे बहुत अच्छी तरह जानती हूँ, इसलिए उसके गुण और उसकी कमियाँ–मेरे लिए सब एक-सी हो गई हैं, मैं उनमें फर्क ही नहीं कर पाती। लेकिन वह अपने बारे में मेरी धारणा को नहीं बदल सका। मैं उससे उसी तरह प्रेम करती रही, और मैं किसी दूसरे में कभी दिलचस्पी नहीं ले सकी।"

नाओको ने एक उदास मुस्कराहट के साथ मेरी ओर देखा।

"हमारा लड़का-लड़की का सम्बन्ध भी वाक़ई असामान्य था। यह कुछ ऐसा था मानो हम किसी जगह पर शारीरिक रूप से जुड़े थे। अगर हम अलग हो जाते, तो कोई विशेष गुरुत्वाकर्षण शक्ति हमें वापस खींचकर एक-दूसरे से जोड़ देती। हमारा बॉयफ्रैण्ड और गर्लफ्रेंड बनना दुनिया की सबसे स्वाभाविक चीज़ थी। वह ऐसी चीज़ नहीं थी, जिसके बारे में हमें सोचना होता या चुनना होता। हमने बारह की उम्र में चूमना और तेरह की उम्र में एक-दूसरे को सहलाना शुरू कर दिया था। मैं उसके कमरे में चली जाती या वह मेरे कमरे

में आ जाता और मैं अपने हाथों का इस्तेमाल कर उसे सन्तुष्ट कर देती। मुझे कभी यह ख़याल ही नहीं आया कि हम अपनी उम्र से पहले कुछ कर रहे थे। यह एकदम स्वाभाविक तरीक़े से हो जाता था। अगर वह मेरे स्तनों या योनि से खेलना चाहता, तो मैं इस पर बिलकुल भी आपत्ति नहीं करती थी, या फिर अगर वह अपने वीर्य से छुटकारा पाना चाहता तो मुझे इसमें भी मदद करने में कोई आपत्ति नहीं होती थी। मुझे यक़ीन है कि अगर कोई हम पर कुछ ग़लत करने का आरोप लगाता, तो हम दोनों को ही इससे आघात पहुँचता। क्योंकि हम ग़लत नहीं कर रहे होते थे। हम तो सिर्फ़ वही कर रहे होते थे, जो हमें करना चाहिए था। हम लोग एक-दूसरे के शरीर का हर हिस्सा देख चुके थे। यह लगभग ऐसा था, जैसे हम संयुक्त रूप से एक-दूसरे के शरीर के मालिक थे। हालाँकि, कम-से-कम कुछ समय तक, हमने यह सुनिश्चित कर रखा था कि हमें उससे आगे नहीं जाना है, जितना मैंने तुम्हें अभी बताया है। हमें मेरे गर्भ ठहर जाने का डर लगता था, और उस समय हम यह नहीं जानते थे कि इसे कैसे रोका जाए... ख़ैर, किज़ुकी और मैं इस तरह बड़े हुए थे, हाथों में हाथ डाले, एक ऐसी जोड़ी, जिसे अलग नहीं किया जा सकता था। हम एक अजीब-सी जोड़ी थे। हमें सेक्स के बोझिलपन का, या उस पीड़ा का लगभग कोई एहसास ही नहीं था, जो आम तौर पर बच्चों को किशोरावस्था में पहुँचने पर अहं के अचानक उभर आने के साथ महसूस होती है। हम सेक्स के बारे में पूरी तरह खुले थे, और जहाँ तक हमारे अहं का सवाल था, हम जिस तरह एक-दूसरे को अपने भीतर समेटते और बाँटते थे, उसमें हमें उसका कोई खास बोध ही नहीं था। समझ रहे हो मैं क्या कहना चाह रही हूँ?

"मुझे ऐसा लगता है," मैंने कहा।

"हम एक-दूसरे से अलग होना बर्दाश्त नहीं कर सकते थे। इसलिए अगर किज़ुकी जीवित रहा होता, तो हम दोनों साथ होते, एक-दूसरे को प्यार कर रहे होते, और धीरे-धीरे दुखी हो रहे होते।"

"दुखी? ऐसा क्यों?"

नाओको ने अपने बालों में अपनी अँगुलियों से कई बार कंघी जैसी की। उसने अपना बैरेट निकाल लिया था, जिसकी वजह से जब वह अपना सिर आगे की ओर करती थी तो उसके बाल उसके चेहरे पर आ जाते थे।

"क्योंकि हमें दुनिया को उस सबका भुगतान करना होता, जो हमने उससे लिया था," उसने अपनी नज़रें मेरी नज़रों की ओर उठाते हुए कहा। "बड़े होने की पीड़ा। हमने तब भुगतान नहीं किया था, जब हमें करना चाहिए था, इसलिए अब उन बिलों का भुगतान बाक़ी है। यही वजह है कि किज़ुकी ने वह किया जो उसने किया है, और जिस वजह से मैं यहाँ हूँ। हम उन बच्चों की तरह थे, जो एक निर्जन द्वीप पर नग्न अवस्था में बड़े हुए थे। अगर हमें भूख महसूस होती, तो हमें तुरन्त केला तोड़ना पड़ता; अगर हम अकेलापन महसूस करते तो हमें एक-दूसरे की बाँहों में सोना पड़ता। लेकिन इस तरह की चीज़ हमेशा नहीं बनी रहती। हम तेज़ी-से बड़े हुए थे और हमें समाज में प्रवेश करना था। यही वजह है कि तुम हमारे लिए इतने महत्त्वपूर्ण थे। तुम वह सूत्र थे, जो हमें बाहर की दुनिया से जोड़ता था। हम तुम्हारे माध्यम से बाहर की दुनिया में फिट होने का भरसक संघर्ष कर रहे थे। अन्त में, ज़ाहिर है, वह कारगर नहीं हुआ।"

मैंने सिर हिलाया।

"लेकिन, मैं नहीं चाहती कि तुम सोचो कि हम तुम्हारा इस्तेमाल कर रहे थे। किज़ुकी तुमसे वाक़ई प्यार करता था। यह बस यूँ हुआ कि तुम्हारे साथ हमारा रिश्ता किसी के भी साथ हमारा पहला रिश्ता था। और वह अब भी है। किज़ुकी भले ही अब इस दुनिया में नहीं है, लेकिन तुम बाहरी दुनिया के साथ अब भी मेरा एकमात्र सम्पर्क-सूत्र हो। और जिस तरह किज़ुकी तुमसे प्यार करता था, उसी तरह मैं भी तुमसे प्यार करती हूँ। हमने तुम्हें कभी दुख नहीं पहुँचाना चाहा था, लेकिन शायद हमने पहुँचाया; हमने शायद तुम्हारे दिल में एक गहरा घाव पैदा कर दिया। यह हमें कभी सूझा ही नहीं कि इस तरह की कोई चीज़ हो सकती है।"

नाओको ने एक बार फिर अपना सिर झुका लिया और ख़ामोश हो गई।

"एक कप कोको के बारे में क्या ख़याल है?" रेइको ने सुझाव दिया।

"अच्छा रहेगा, मैं पीना चाहूँगी," नाओको ने कहा।

"मैं थोड़ी-सी ब्राण्डी लेना चाहूँगा, जो मैं अपने साथ लाया हूँ, अगर तुम्हें इस पर आपत्ति ना हो," मैंने कहा।

"ओह, बिलकुल," रेइको ने कहा। "क्या मैं एक घूँट ले सकती हूँ?"

"बिलकुल," मैंने हँसते हुए कहा।

रेइको दो गिलास लाई और हमने एक-दूसरे को टोस्ट किया। इसके बाद वह कोको बनाने किचन में चली गई।

"क्या हम थोड़ी देर के लिए कुछ सुखद बात कर सकते हैं?" नाओको ने पूछा।

मेरे पास ऐसी कोई सुखद बात करने के लिए नहीं थी। मैंने सोचा, काश स्टॉर्म ट्रूपर अब भी होता! वह आदमी क़िस्सों के सिलसिले को आगे बढ़ा सकता था। वह उन लोगों में से था, जो हर किसी को अच्छा महसूस कराते हैं। मैं ज़्यादा-से-ज़्यादा यही कर सकता था कि छात्रावास के लड़कों की गंदी आदतों के बारे में देर तक बतियाता। इस तरह की घटिया बातें करने को लेकर मुझे बुरा महसूस हो रहा था, लेकिन नाओको और रेइको हँसते-हँसते दोहरी हो रही थीं। उनके लिए यह सब नया था। इसके बाद रेइको ने दिमागी मरीज़ों की नकल उतारी – इसमें भी बहुत मज़ा आया। जब ग्यारह बजने को हुए, तो नाओको उनींदी दिखाई देने लगी, इसलिए रेइको ने सोफ़ा खोल दिया और मुझे तकिया, चादरें और कंबल लाकर दे दिए।

"अगर आधी रात को तुम्हारा मन किसी के साथ बलात्कार करने का हो, तो ग़लत स्त्री को मत चुन लेना," रेइको ने कहा। "बाएँ बिस्तर पर सिलवटों से रहित शरीर नाओको का है।"

"झूठी! मेरा दायाँ बिस्तर है," नाओको ने कहा।

रेइको ने कहा, "बाइ द वे, मैंने हमारे कल दोपहर के कार्यक्रम में से कुछ को छोड़ देने का इन्तज़ाम किया है। क्यों ना हम तीनों एक छोटी-सी पिकनिक कर लें? मुझे पास की ही एक सुन्दर जगह के बारे में पता है।"

"अच्छा ख़याल है," मैंने कहा।

दोनों स्त्रियों ने बारी-बारी से ब्रश किया और बिस्तर पर चली गईं। मैंने अपने लिए गिलास में थोड़ी-सी ब्राण्डी डाली और अपने सोफ़ा बिस्तर पर लेटकर सुबह से शाम तक की दिनभर की घटनाओं के बारे में सोचने लगा। वह एक अत्यन्त लम्बा दिन प्रतीत हो रहा था। कमरे का सफ़ेद चाँदनी में चमकना जारी था। जब-तब बिस्तर की हल्की-सी चरमराहट के अलावा उस बेडरूम

से कोई आवाज़ नहीं आ रही थी, जहाँ नाओको और रेइको सोई हुई थीं। मैंने अपनी आँखें बन्द कीं तो अँधेरे में छोटी-छोटी आकृतियाँ तैरती महसूस हुईं, और मेरे कानों ने रेइको के गिटार की हल्की सी गूँज महसूस कीं, लेकिन इनमें से कोई भी चीज़ ज़्यादा देर तक नहीं टिकी रही। नींद आई और मुझे गर्म कीचड़ के अम्बार में ले गई। मुझे विलो का सपना आया। पहाड़ी सड़क के दोनों ओर कतार से विलो के पेड़ खड़े हुए थे। काफ़ी तेज़ हवा चल रही थी, लेकिन विलो की शाखाएँ बिलकुल भी नहीं झूम रही थीं। ऐसा क्यों? मैं सोचने लगा, और तभी मैंने देखा कि हर पेड़ की हर शाख से छोटे-छोटे परिन्दे चिपके हुए थे। उनका वज़न शाखाओं को हिलने से रोके हुए था। मैंने एक लकड़ी उठाई और पास की एक शाख पर इस उम्मीद में प्रहार किया कि इस तरह मैं परिन्दों को उड़ा दूँगा, जिससे वह शाख हवा में डोलने लगेगी। लेकिन परिन्दे हटे नहीं। उड़ जाने की बजाय वे परिन्दों के आकार के धातु के टुकड़ों में बदल गए, जो ज़मीन पर तड़ातड़ गिरने लगे।

जब मैंने अपनी आँखें खोलीं, तो मुझे लगा जैसे मेरा सपना अभी भी जारी हो। चाँदनी उसी कोमल, सफ़ेद आभा के साथ कमरे को भर रही थी। स्वत: प्रतिक्रिया करते हुए मैंने धातु के उन परिन्दों को खोजना शुरू कर दिया, जो बेशक वहाँ नहीं थे। इसके बजाय मैंने नाओको को देखा, जो बिस्तर पर एक किनारे अकेली बैठी खिड़की से बाहर देख रही थी। उसने अपने घुटने ऊपर की ओर मोड़ रखे थे और अपनी ठोड़ी को उन पर टिका रखा था। वह किसी भूखे अनाथ की तरह दिख रही थी। मैंने अपनी घड़ी खोजी जिसे मैंने अपने तकिए की बग़ल में रख दिया था, लेकिन वह वहाँ नहीं थी, जहाँ उसे होना चाहिए था। चन्द्रमा की स्थिति से मैंने अनुमान लगाया कि उस समय रात के दो या तीन बजे होना चाहिए। मुझे ज़बरदस्त प्यास लग रही थी, लेकिन मैंने बिना हिले-डुले नाओको को देखते रहने का निश्चय किया। उसने वही नीला नाइटगाउन पहन रखा था, जो मैंने उसे पहले पहने हुए देखा था, और उसके बालों का एक हिस्सा उस तितलीनुमा बैरेट से कसा हुआ था, जिससे चाँदनी में उसके चेहरे की ख़ूबसूरती उजागर हो रही थी। विचित्र बात है, मैंने सोचा; उसने बिस्तर पर जाने से पहले बैरेट उतार दिया था।

नाओको बिना हिले-डुले वहीं बनी रही, जैसे वह चाँदनी द्वारा फुसलाया

गया कोई छोटा-सा रात्रिकालीन प्राणी हो। चाँदनी की रोशनी उसके होंठों की बनावट को और उभार रही थी। वह बहुत नाज़ुक और छूने भर से टूट जाने जैसी लग रही थी। उसका शरीर दिल की धड़कनों के साथ बहुत हल्के-हल्के काँप रहा था–इतना हल्का कि लगभग दिखता ही नहीं था, जैसे वह अँधेरे में चुपचाप कुछ बुदबुदा रही हो।

मैंने अपनी प्यास कम करने की उम्मीद में थूक निगला, लेकिन रात की उस गहरी खामोशी में मेरी निगलने की आवाज़ बहुत तेज़ सुनाई दी। इसे मानो एक संकेत की तरह लेते हुए, नाओको उठ खड़ी हुई और बिस्तर के सिरहाने की ओर बढ़ गई, उसका गाउन हल्की-सी सरसराहट कर रहा था। वह मेरे तकिए की बग़ल में फ़र्श पर घुटनों के बल बैठ गई, उसकी आँखें मेरी आँखों पर जमी हुई थीं। मैंने उसकी ओर देखा, लेकिन उसकी आँखों ने मुझसे कुछ नहीं कहा। विचित्र ढंग से पारदर्शी वे आँखें किसी दूसरी दुनिया में खुलती खिड़कियों की तरह लग रही थीं, लेकिन उनमें कितना ही गहरे झाँकने के बावजूद मैं कुछ भी नहीं देख सका। हमारे चेहरे दस इंच से ज़्यादा दूर नहीं रहे होंगे, लेकिन वह मुझसे कई प्रकाश वर्ष दूर थी।

मैंने हाथ बढ़ाकर उसे छूने की कोशिश की, लेकिन नाओको पीछे को हट गई, उसके होंठ हल्के-हल्के थरथरा रहे थे। पल भर बाद, उसने अपने हाथ ऊपर उठाए और धीरे-धीरे अपने गाउन के बटन खोलने लगी। वे कुल मिलाकर सात थे। जब मैं उसकी पतली, सुन्दर अँगुलियों को ऊपर से नीचे तक एक-एक कर बटन खोलते देख रहा था तो मुझे महसूस हो रहा था, जैसे मेरा सपना अभी भी जारी हो। सात छोटे, सफ़ेद बटन : जब उसने उन सब को खोल दिया तो नाओको ने गाउन को कन्धों से नीचे खिसकाते हुए उतार दिया और उसे पूरी तरह दूर फेंक दिया, मानो किसी कीड़े ने अपनी केंचुल उतार फेंकी हो। उसके शरीर पर अब केवल वह तितलीनुमा बैरेट ही था। वह पूरी तरह नग्न थी और अब भी मेरे बिस्तर की बग़ल में घुटनों के बल झुकी हुई थी। उसने मुझे देखा। चाँदनी की हल्की रोशनी में नाओको का शरीर एक नरम चमक से भरा हुआ लग रहा था। जब वह हिली–और बहुत हल्के, लगभग नज़र न आने वाले तरीके से–तो उसके शरीर पर रोशनी और छाया खेल-सा करने लगीं। उसके उभरे हुए स्तनों की गोलाई, छोटे-से उभरे अग्रभाग, नाभि की गहराई , कूल्हे

और जाँघों के बीच के बाल–इन सबकी छायाएँ पड़ रही थीं, जो ऐसे बदल रही थीं जैसे शांत पानी पर हल्की-हल्की लहरें बनती रहती हैं।

कितनी निर्दोष और परिपूर्ण काया है! मैंने सोचा। नाओको को ऐसी परिपूर्ण काया कब मिली? उस काया का क्या हुआ, जिसे मैंने पिछले वसन्त की उस रात में अपनी बाँहों में लिया था?

नाओको की काया ने मुझे उस रात एक अपूर्णता का अहसास कराया था, जब वह रो रही थी और मैं कोमलता के साथ उसके कपड़े उतार रहा था। उसके स्तन कठोर लग रहे थे, उनके अग्रभाग विचित्र रूप से उभरे हुए थे, उसके नितम्ब अजीब ढंग से सख़्त लग रहे थे। बेशक, वह सुन्दर लड़की थी, उसकी काया शानदार और लुभाने वाली थी। उसने उस रात मुझे उत्तेजित कर दिया था और भीषण ताक़त के साथ मुझे अपने साथ बहा ले गई थी। लेकिन तब भी, जब मैं उसे थामे हुए था, और उसकी नग्न काया को सहला और चूम रहा था, तो मैं इन्सानी देह के असन्तुलन और उसकी असहजता बहुत तीव्रता के साथ महसूस कर रहा था। नाओको को अपनी बाँहों में थामे हुए मैं उससे कहना चाहता था, "अब मैं तुम्हारे साथ सम्भोग कर रहा हूँ, मैं तुम्हारे अन्दर हूँ। लेकिन वास्तव में यह कुछ भी नहीं है। यह मायने नहीं रखता। यह दो शरीरों के आपस में जुड़ जाने के सिवा और कुछ नहीं है। हम सिर्फ़ एक-दूसरे से वे बातें कर रहे हैं, जो सिर्फ़ एक-दूसरे को रगड़ते मांस के दो अपूर्ण लोथड़ों द्वारा ही की जा सकती हैं। ऐसा करते हुए हम अपनी अपूर्णताओं को आपस में बाँट रहे हैं।" लेकिन, स्वाभाविक है, मैं ऐसी बात कभी इस उम्मीद में नहीं कह सकता था कि वह उसे समझ पाएगी। मैं बस उसे कसकर थामे रहा। और ऐसा करते हुए, मैं उसके भीतर किसी तरह की पत्थर जैसी, अजनबी-सी चीज़ महसूस कर पा रहा था–कुछ अतिरिक्त, जिसे मैं कभी अपने करीब नहीं ला सकता था। और उस एहसास ने एक ओर मेरे दिल को नाओको के लिए भर दिया, और दूसरी ओर मेरी उत्तेजना को एक भयावह तीव्रता दे दी।

लेकिन इस समय नाओको का जो शरीर मेरे सामने था, वह उस शरीर जैसा नहीं था जिसे मैंने उस रात थागा था। ऐसा लग रहा था कि चाँदनी में नहाकर उसका शरीर बदल चुका है, जैसे उसका नया जन्म हुआ हो। किज़ुकी की मौत के बाद उसकी बचपन जैसी मासूमियत भरी गोलाई खत्म हो गई थी,

और उसकी जगह एक परिपक्व स्त्री का शरीर आ गया था। इस वक्त उसका सौंदर्य इतना पूरा और संतुलित था कि मेरे अंदर कोई वासना नहीं जगी। मैं बस हैरान होकर उसे देखता रह गया—उसकी कमर से नितम्बों तक की सुंदर बनावट, स्तनों की गोलाई, हर साँस के साथ हल्का-सा उठता-गिरता पेट, और उसके नीचे की कोमल, गहरी छाया।

अपनी नग्नता को उसने इस तरह शायद पाँच मिनट तक उजागर रखा होगा। अन्त में, उसने ख़ुद को गाउन में लपेटकर ऊपर से नीचे तक सारे बटन बन्द कर लिए। जैसे ही आख़िरी बटन बन्द हुआ, वह उठी और बेडरूम की तरफ़ बढ़ी, धीरे-से उसका दरवाज़ा खोला और अन्दर ग़ायब हो गई।

मैं बहुत देर तक अपनी जगह पर स्थिर बना रहा तब जाकर मुझे बिस्तर से हटने की बात सूझी। मैंने फ़र्श पर उस जगह से अपनी घड़ी उठाई जहाँ वह गिर गई थी, और उसे चन्द्रमा की रोशनी की ओर मोड़ा। तीन बजकर चालीस मिनट हो रहे थे। मैंने किचिन में जाकर कुछ गिलास पानी पिया और वापस अपने बिस्तर पर लेट गया, लेकिन मुझे तब तक नींद नहीं आई जब तक कि सुबह की धूप ने कमरे के हर कोने में फैलकर चाँदनी की आभा को मिटा नहीं दिया। मैं नींद की कगार पर ही कहीं था, जब रेइको आई और उसने मेरे गाल पर चपत लगाकर आवाज़ दी, "मॉर्निंग! मॉर्निंग!"

रेइको ने मेरे सोफ़ा बेड को खड़ा किया और नाओको नाश्ता तैयार करने किचन में चली गई। वह मेरी ओर देखकर मुस्कराई और मुझसे कहा, "गुड मार्निंग।" "गुड मॉर्निंग," मैंने जवाब दिया। मैं नाओको के बग़ल में खड़ा रहा जिस दौरान उसने पानी उबलने रखा और ब्रेड के टुकड़े काटे। इस पूरे समय वह गुनगुनाती रही, लेकिन उसके हाव-भाव से मैं ऐसा कुछ भी महसूस नहीं कर सका, जिससे यह संकेत मिलता कि पिछली रात उसने मेरे सामने अपना नग्न शरीर उजागर किया था।

"तुम्हारी आँखें लाल हो रही हैं," मेरे कप में कॉफ़ी उँड़ेलते हुए उसने कहा। "तुम ठीक तो हो ना?"

"मैं आधी रात को जाग गया था, जिसके बाद मैं सो नहीं सका।"

"मैं दावे से कह सकती हूँ कि हम खर्राटे ले रहे थे," रेइको ने कहा।

"क़तई नहीं," मैंने कहा।

"यह अच्छा है," नाओको ने कहा।

"वह महज़ विनम्रता दिखा रहा है," रेइको ने जम्हाई लेते हुए कहा।

शुरू में, मैंने सोचा कि नाओको लजाई हुई थी या रेइको के सामने मासूम बनने का नाटक कर रही थी, लेकिन जब रेइको कुछ पल के लिए कमरे से बाहर गई तब भी उसका व्यवहार जस-का-तस बना रहा, और उसकी आँखें हमेशा की तरह पारदर्शी बनी रहीं।

"तुम्हारी नींद कैसी रही?" मैंने नाओको से पूछा

"मैं तो लकड़ी के लट्ठे की तरह सोई," उसने सहज ढंग से जवाब दिया। उसने बिना किसी साज-सज्जा के सिर्फ़ एक सादी-सी हेयरपिन लगा रखी थी।

मैं नहीं समझ पाया कि इसका क्या मतलब निकाला जाए, पूरे नाश्ते के दौरान मैं ऐसा ही महसूस करता रहा। अपनी ब्रेड पर मक्खन लगाते हुए या अपना अण्डा छीलते हुए, मैं किसी तरह के संकेत की खोज में मेज़ के दूसरी तरफ़ बैठी नाओको को बार-बार देखता रहा।

"तुम मुझे लगातार ऐसे क्यों देख रहे हो?" उसने मुस्कराते हुए पूछा।

"मुझे लगता है, उसे किसी से इश्क़ हो गया है," रेइको ने कहा।

"क्या तुम्हें किसी से प्रेम है?" नाओको ने मुझसे पूछा।

"हो सकता है," मैंने उसकी मुस्कराहट का जवाब अपनी मुस्कराहट से देते हुए कहा। जब दोनों स्त्रियों ने मुझे मज़ाक़ का विषय बनाना शुरू कर दिया, तो मैंने इस बारे में सोचना बन्द कर दिया कि रात को क्या हुआ था और अपने नाश्ते पर ध्यान लगा दिया।

नाश्ते के बाद, जब रेइको और नाओको ने कहा कि वे बर्ड हाउस में परिन्दों को खाना खिलाने जा रही हैं, तो मैंने भी साथ जाने का आग्रह किया। उन्होंने कपड़े बदलकर जीन्स और काम के वक़्त पहनी जाने वाली शर्ट और रबर के जूते पहन लिए। टेनिस कोर्ट के पीछे एक छोटे-से पार्क में स्थित इस बर्ड हाउस में चूज़ों और कबूतरों से लेकर मोर और तोतों तक हर तरह के पक्षी थे और वह फूलों की क्यारियों तथा झाड़ियों और बेंचों से घिरा हुआ था।

चालीस से ऊपर की उम्र के दो आदमी, जो सेनेटोरियम के मरीज़ लगते थे, रास्ते में पड़ी हुई पत्तियों को समेट रहे थे। दोनों स्त्रियों ने उनके पास जाकर उन्हें गुड मॉर्निंग कहा, और रेइको ने अपना कोई मज़ाक़ किया जिस पर वे दोनों आदमी हँस पड़े। फूलों की क्यारियों में कॉस्मॉस खिल रहे थे, और झाड़ियों को भी अच्छी तरह काट-छाँटकर रखा गया था। परिन्दों ने रेइको को देखकर पिंजरे के भीतर चहचहाना और उड़ना शुरू कर दिया।

स्त्रियाँ पिंजरे की बग़ल में बने शेड में दाख़िल हुईं और वहाँ से एक थैले में परिन्दों का भोजन और एक गार्डन होज़ लेकर वापस आ गईं। नाओको ने होज़ को स्पिगट से जोड़ा और पानी चालू कर दिया। इस बात का ध्यान रखते हुए कि कोई परिन्दा बाहर ना उड़ जाए, वे दोनों पिंजरे में घुस गईं। नाओको गन्दगी को बहाने लगी और रेइको डेक ब्रश से फ़र्श को रगड़ने लगी। पानी की फुहारें सुबह की धूप में चमक रही थीं। मोर पानी के छीटों से बचने के लिए पिंजरे के अन्दर फड़फड़ाने लगे। एक टर्की अपना सिर उठाकर मुझे किसी नाराज़ बुड्ढे की तरह घूरने लगा, वहीं ऊपर बैठा एक तोता अपनी नाख़ुशी ज़ाहिर करता हुआ चीख़ने लगा और अपने पंख फड़फड़ाने लगा। रेइको ने तोते की ओर देखकर म्याऊँ की आवाज़ निकाली। तोता खिसककर पिंजरे के दूर वाले कोने में चला गया, लेकिन थोड़ी ही देर में फिर बोलने लगा– "थैंक यू! क्रेज़ी! शिटहैड!"

"इन्हें इस तरह की भाषा किसने सिखाई है?" नाओको ने गहरी साँस छोड़ते हुए कहा।

"मैंने नहीं," रेइको ने कहा। "मैं इस क़िस्म की हरक़त कभी नहीं करूँगी।" उसने एक बार फिर म्याऊँ की आवाज़ निकाली, और तोता चुप हो गया।

रेइको ने हँसते हुए बताया, "इसका एक बार एक बिल्ली से सामना हो गया था। अब वह उनसे बहुत डरता है।"

जब उन्होंने सफ़ाई का काम निपटा लिया तो उन्होंने अपने उपकरण नीचे रख दिए और हर कटोरे में दाना डालने लगीं। फ़र्श पर जमा पानी के बीच से अपना रास्ता बनाते हुए टर्की अपने भोजन की कटोरी की ओर दौड़ा और अपना सिर उसमें डाल दिया। वह खाने में इतना मग्न था कि अपनी पूँछ पर नाओको की थपकी की परवाह नहीं कर रहा था।

"तुम यह हर रोज़ सुबह करती हो?" मैंने नाओको से पूछा।

"हर सुबह!" उसने कहा। "वे लोग यह काम आम तौर से नई स्त्रियों को सौंपते हैं। यह बहुत आसान जो है। जैसे कि खरगोशों की देखभाल करना।"

"वाक़ई," मैंने कहा। खरगोशों का पिंजरा बर्ड हाउस के पीछे था। उसके अन्दर कोई दस खरगोश थे, जो पुआल पर सो रहे थे। नाओको ने उनके मैले को झाड़ा, उनके डिब्बों में खाना रखा, और खरगोश के एक छोटे बच्चे को उठाकर अपने गाल से रगड़ा।

"यह बहुत प्यारा नहीं है?" उसने कहा। उसने उसे मुझे थमा दिया। रोंओं की वह छोटी-सी गेंद मेरी बाहों में सिमट गई और अपनी नाक हिलाने लगी।

"चिन्ता मत करो, वह तुम्हें नुक़सान नहीं पहुँचाएगा," उसने मुस्कराते हुए उस खरगोश के सिर को अपनी अँगुलियों से थपथपाते हुए कहा। किसी छाया के हल्के-से भी स्पर्श से मुक्त वह इतनी उज्ज्वल मुस्कराहट थी कि मैं ख़ुद भी मुस्कराए बग़ैर नहीं रह सका। और कल रात की नाओको? मैं सोचने लगा। मैं यह निश्चित तौर पर जानता था कि वह वास्तविक नाओको थी, सपना नहीं : उसने निश्चय ही अपने कपड़े उतारकर अपना नग्न शरीर मुझे दिखाया था।

रेइको सीटी के माध्यम से "प्राउड मैरी" की सुन्दर धुन गुनगुनाती जा रही थी और समेटे गए कचरे को विनाइल बैग में भरकर उसका मुँह बन्द कर रही थी। मैंने उपकरणों और दाने के बैग को वापस शेड में ले जाने में उनकी मदद की।

"सुबह का वक़्त मेरा दिन का सबसे प्रिय समय होता है," नाओको ने कहा। "जैसे सब कुछ ताज़ा और नए ढंग से शुरू हो रहा हो। दोपहर के आसपास मुझे उदासी घेरने लगती है, और जब सूरज डूबने लगता है, तो मुझे सबसे ज़्यादा नफ़रत होती है। मैं इसी तरह के अहसास के साथ एक-के-बाद-एक दिन गुज़ारती हूँ।"

"और इस तरह के अहसासों के साथ दिन गुज़ारते हुए तुम नौजवान लोग मेरी तरह बूढ़े होते जाते हो," रेइको ने मुस्कराते हुए कहा। "आप सोच

रहे होते हैं कि अभी सुबह है या रात, और अगली चीज़ जो आप पाते हैं, वह यह कि आप बूढ़े हो गए हैं।"

"लेकिन तुम्हें तो बूढ़ा होना पसन्द है," नाओको ने कहा।

"सच कहूँ तो नहीं," रेइको ने कहा। "लेकिन निश्चय ही मैं यह कामना नहीं करती कि मैं फिर से युवा हो जाऊँ।"

"क्यों?" मैंने पूछा।

"क्योंकि वह बहुत तकलीफ़देह है!" उसने कहा। फिर उसने अपनी झाड़ू शेड के अन्दर फेंकी और दरवाज़ा बन्द कर दिया। इस दौरान वह सीटी के माध्यम से "प्राउड मैरी" की धुन बजाती रही।

अपार्टमेंट में वापस आकर, स्त्रियों ने रबर के जूते उतारकर टेनिस के जूते पहन लिए और कहा कि वे लोग फ़ार्म पर जा रहे हैं। रेइको ने सुझाव दिया कि उस दौरान मैं घर पर ही रहकर कुछ पढ़ूँ या और कुछ करूँ, क्योंकि वहाँ के काम को देखने में मुझे मज़ा नहीं आएगा और वे वह काम समूह के हिस्से के रूप में करेंगी। "और जिस दौरान तुम इन्तज़ार कर रहे होगे, उस दौरान तुम वे गन्दे अण्डरवियर साफ़ कर देना, जिनका ढेर हमने सिंक की बग़ल में लगा दिया है," उसने कहा।

"तुम मज़ाक़ कर रही हो," मैंने चौंकते हुए कहा।

"बेशक, मैं मज़ाक़ ही कर रही हूँ।" वह हँस दी। "तुम इतने प्यारे जो हो। है ना, नाओको?"

"वह सचमुच है," नाओको ने उसके साथ हँसते हुए कहा।

"मैं अपनी जर्मन पर काम करूँगा," मैंने गहरी साँस छोड़ते हुए कहा।

"हाँ, तुम अच्छे बच्चे की तरह अपना होमवर्क करना," रेइको ने कहा। "हम लंच के पहले वापस आ जाएँगे।"

वे दोनों हँसती हुई चली गईं। मैंने सीढ़ियों के नीचे से गुज़रते कई लोगों के पदचाप और आवाजें सुनीं।

मैंने बाथरूम में जाकर एक बार फिर से अपना चेहरा धोया, फिर नेलकटर लेकर अपने नाख़ून काटे। दो स्त्रियों द्वारा इस्तेमाल किए जा रहे बाथरूम के

लिहाज़ से उसमें रखी हुई चीज़ें आश्चर्यजनक रूप से सादगीपूर्ण थीं। नहाने की क्रीम की करीने से जमी हुई कुछ बोतलों, लिप मॉइश्चराइज़र और सनब्लॉक के अलावा, वहाँ ऐसा कुछ भी नहीं था, जिसे सौन्दर्य प्रसाधन की सामग्री कहा जा सके। जब मैंने अपने नाख़ून काट लिए, तो मैंने अपने लिए कॉफ़ी बनाई और किचिन की मेज़ पर बैठकर उसे पीने लगा। जर्मन पुस्तक मेरे सामने खुली हुई थी। धूप से भरे हुए किचिन में, मात्र एक टी-शर्ट पहने हुए मैं ग्रामर चार्ट के सारे रूपों को याद करने बैठा ही था कि सहसा मुझे एक विचित्र-सा अहसास हुआ। मुझे लगा, अनियमित जर्मन क्रियाओं के रूपों और इस रसोई की मेज़ के बीच कल्पना की जा सकने वाली सबसे लम्बी दूरी पसरी हुई है।

दोनों स्त्रियाँ साढ़े ग्यारह बजे फ़ार्म से लौट आईं। उन्होंने बारी-बारी से नहाया और ताज़ा कपड़े पहने। हम तीनों लंच के लिए भोजनालय में गए, फिर पैदल चलते हुए सामने के गेट तक गए। इस समय गार्ड हाउस में एक आदमी ड्यूटी पर था। वह अपनी मेज़ पर बैठा उस लंच का आनन्द ले रहा था, जो निश्चय ही उसे भोजनालय से लाकर दिया गया होगा। शेल्फ़ पर रखा ट्रांजिस्टर रेडियो एक भावुकतापूर्ण पुरानी पॉप धुन बजा रहा था। जब हम उसके क़रीब पहुँचे, उसने दोस्ताना अन्दाज़ में हाथ हिलाकर "हाय" कहा, जिसके जवाब में हमने भी उसे हैलो किया।

रेइको ने उसे बताया कि हम ग्राउण्ड के बाहर चहलक़दमी करने जा रहे हैं और तीन घण्टे में लौटेंगे।

"ग्रेट," उसने कहा। "मौसम के मामले में आप लोग ख़ुशक़िस्मत हैं। लेकिन, वैली रोड से दूर रहना। उस भारी बारिश में उसका एक बड़ा हिस्सा बह गया था। बाक़ी किसी जगह कोई समस्या नहीं है।"

रेइको ने बाहर जाने वालों के लिए निर्धारित रजिस्टर में अपना और नाओको का नाम, तारीख़ और समय लिखा।

"मज़े कीजिए," गार्ड ने कहा। "और अपना ख़याल रखिए।"

"भला आदमी है," मैंने कहा।

"वह थोड़ा अजीब है," रेइको ने अपने सिर को छूते हुए कहा।

हालाँकि, मौसम के बारे में उसका कहना सही था। आकाश अभी-अभी

धुलकर नीला हुआ लगता था; बस सफ़ेद बादलों की एक हल्की-सी लकीर ऐसे आकाश के गुंबद से चिपकी हुई थी, जैसे किसी ने जाँचने के लिए पेंट की एक पतली रेखा खींच दी हो। हम कुछ देर तक एमी छात्रावास की पत्थर की निचली दीवार के बराबर चलते रहे, जिसके बाद एक खड़ी चढ़ाई वाली, एक आदमी के चलने लायक़, सँकरी पगडण्डी पर चढ़ने के लिए आगे बढ़े। रेइको सबसे आगे चल रही थी, नाओको बीच में और मैं सबसे पीछे चल रहा था। रेइको उस तरह आत्मविश्वास से भरे क़दम बढ़ाती हुई चढ़ रही थी, जैसे उसे उस इलाक़े की हर पहाड़ी के एक-एक स्थान की जानकारी हो। लगभग एक भी शब्द बोले बिना, हमारा पूरा ध्यान चलने पर केंद्रित था। नाओको ने नीली जीन्स और सफ़ेद ब्लाउज़ पहन रखा था और अपनी जैकेट हाथ में ले रखी थी। मैं उसके लम्बे, सीधे बालों को उसके कन्धों पर दाँएं-बाँएं उड़ते देख रहा था। वह बीच-बीच में मुड़कर मेरी ओर देख लेती थी, और हमारी नज़रें मिलने पर मुस्करा देती थी। वह पगडण्डी इतनी लम्बी ऊँचाई तक चली गई थी कि दिमाग़ लगभग चकराता हुआ लग रहा था, लेकिन रेइको की रफ़्तार में कोई कमी नहीं आ रही थी। नाओको उसके साथ बने रहने के लिए बहुत तेज़ी से चल रही थी और बार-बार अपने चेहरे से पसीना पोंछ रही थी। चूँकि पिछले कुछ समय से मैं इस तरह की गतिविधियों से दूर बना रहा था, इसलिए मैं हाँफ़ रहा था।

"क्या तुम यह अक्सर करती हो?" मैंने नाओको से पूछा।

"हफ़्ते में एकाध बार," उसने जवाब दिया। "मुश्किल लग रहा है?"

"एक तरह से," मैंने कहा।

"हम लगभग पहुँच ही गए हैं," रेइको ने कहा। "दो-तिहाई रास्ता कट चुका है। कम ऑन, तुम तो अभी लड़के हो, है ना?"

"हाँ, लेकिन इन दिनों मैं शारीरिक मेहनत से कटा हुआ हूँ।"

"सारे वक़्त लड़कियों के साथ रास रचाते रहते हो," नाओको ने जैसे ख़ुद से ही बुदबुदाते हुए कहा।

मैं उसे जवाब देना चाहता था, लेकिन हाँफने के कारण बोलना मुश्किल लग रहा था। जब-तब नीले आसमान की पृष्ठभूमि में चमकते, कलगीदार लाल

परिन्दे हमारे रास्ते से उड़ते हुए चले जाते थे। हमारे चारों ओर के खेत सफ़ेद, नीले और पीले फूलों से भरे हुए थे, और हर कहीं मधुमक्खियों की भिनभिनाहट गूँज रही थी। मैं एक-एक क़दम आगे बढ़ाते हुए अपनी आँखों के सामने से गुज़रते नज़ारे के अलावा और किसी चीज़ के बारे में नहीं सोच रहा था।

अगले दस मिनट बाद ढलान समाप्त हो गई, और हमने एक सपाट पहाड़ी मैदान में प्रवेश किया। वहाँ हमने थोड़ा विश्राम किया, पसीना पोंछा, हाँफ़ने से राहत पाई और अपनी-अपनी बोतलों से पानी पिया। रेइको ने एक पत्ती उठाई और उसकी सीटी बना ली।

पगडण्डी ऊँची लहराती घास की झाड़ियों के बीच से होती हुई एक हल्की ढलान में प्रवेश कर गई। हम क़रीब पन्द्रह मिनट तक चलते रहे जिसके बाद हम एक गाँव से होकर गुज़रे। इन्सानों के कोई संकेत यहाँ नहीं थे और लगभग एक दर्जन मकान क्षरण की विभिन्न अवस्थाओं में थे। मकानों के बीच कमर तक ऊँची घास उगी थी, और दीवारों के छेदों में कबूतरों की बीट के सफ़ेद ढेले भरे हुए थे। जो मकान ढह चुके थे, उनके केवल खम्भे ही साबुत बचे थे, वहीं कुछ मकान ऐसे थे, जिनको देखकर लगता था कि अगर उनके स्टॉर्म शटर खोल दिए जाते तो वे रहने के लिए तैयार थे। ये मृत, ख़ामोश मकान सड़क के दोनों ओर खड़े थे।

"अब से सात या आठ साल पहले तक लोग इनमें रहा करते थे," रेइको ने मुझे बताया। "चारों ओर खेती की ज़मीन थी। लेकिन वे सब इन्हें छोड़कर चले गए। यहाँ जीवन बहुत मुश्किल था। सर्दियों में जब बर्फ़ के ढेर लग जाते थे, तो वे फँसकर रह जाते थे। और मिट्टी भी विशेष उपजाऊ नहीं है। वे शहर में बेहतर जीवन जी सकते थे।"

"क्या बर्बादी है," मैंने कहा। "कुछ मकान तो एकदम इस्तेमाल करने लायक़ लगते हैं।"

"कुछ हिप्पियों ने कुछ समय के लिए यहाँ रहने की कोशिश की थी, लेकिन उन्होंने भी हार मान ली। वे सर्दियां बर्दाश्त नहीं कर सके।"

गाँव से थोड़ा आगे आने पर हम एक ऐसे इलाके में पहुँचे, जो चारों ओर से बाड़ से घिरा हुआ था और जो चरागाह प्रतीत होता था। दूसरी तरफ़ मेरी

नज़र चरते हुए कुछ घोड़ों पर पड़ी। हम बाड़ के साथ-साथ चलते रहे और एक बड़ा कुत्ता भागता हुआ हमारे पास आकर पूँछ हिलाने लगा। वह दो पैरों पर खड़ा होकर रेइको से टिक गया और उसके चेहरे को सूँघने लगा। फिर वह मस्ती में नाओको पर कूद पड़ा। मैंने सीटी बजाई तो वह मेरे पास आकर अपनी लम्बी जीभ से मेरे हाथों को चाटने लगा।

नाओको ने कुत्ते की पीठ थपथपाई और बताया कि वह चरागाह का कुत्ता है। "मैं दावे से कह सकती हूँ कि वह बीस के आसपास होगा," उसने कहा। "उसके दाँत इतने ख़राब हो चुके हैं कि वह कोई भी कठोर चीज़ नहीं खा सकता। वह पूरे दिन दुकान के सामने सोया रहता है और जब उसे किसी के पैरों की आहट सुनाई पड़ती है तो वह भागता हुआ आ जाता है।"

रेइको ने अपने कन्धे पर लटके बैग से चीज़ का एक टुकड़ा निकालकर ज़मीन पर डाल दिया। उसकी गन्ध पाकर कुत्ता उसके पास आया और चीज़ के टुकड़े को चबाने लगा।

"हम ज़्यादा समय तक इस दोस्त को नहीं देख पाएँगे," रेइको ने कुत्ते के सिर को थपथपाते हुए कहा। "अक्टूबर के मध्य में वे लोग घोड़ों और गायों को ट्रकों में लादकर खलिहान में ले जाते हैं।वे उन्हें केवल गर्मियों में ही चरने देते हैं, जब वे पर्यटकों के लिए कॉफ़ी हाउस जैसी एक छोटी-सी दुकान खोलते हैं।'पर्यटक!' एक दिन में शायद बीस पर्वतारोही। बोलो, पीने के लिए कुछ हो जाए?"

"अच्छा विचार है," मैंने कहा।

कुत्ता आगे-आगे कॉफ़ी हाउस की ओर चल पड़ा। यह कॉफ़ी हाउस एक छोटा-सा, सफ़ेद मकान था, जिसके सामने एक पोर्च था और उसके छज्जे पर कॉफ़ी कप के आकार का एक साइनबोर्ड लटक रहा था। कुत्ता हमें सीढ़ियों तक ले गया और अपनी आँखें सिकोड़कर पोर्च में पसर गया। जब हम पोर्च में एक मेज़ के इर्द-गिर्द बैठ गए, तो एक लड़की ने आकर पुराने दोस्तों की तरह रेइको और नाओको को नमस्कार किया। लड़की ने चोटी बाँध रखी थी, और गर्म शर्ट और सफ़ेद जीन्स पहन रखी थी।

"ये नाओको का दोस्त है," रेइको ने मेरा परिचय कराते हुए कहा।

"हाय," उसने कहा।

"हाय," मैंने जवाब दिया। वे तीनों स्त्रियाँ हल्की-फुल्की बातचीत करने लगीं और मैं मेज़ के नीचे कुत्ते की गर्दन थपथपाता रहा। यह एक बूढ़े कुत्ते की सख़्त, बालों से भरी गर्दन थी। जब मैंने उसके उभरे हुए हिस्से को छुआ, तो उसने अपनी आँखें बन्द कर लीं और आनन्द से कराहने लगा।

"इसका नाम क्या है?" मैंने लड़की से पूछा।

"पेपे," उसने कहा।

"हे, पेपे," मैंने कुत्ते से कहा, लेकिन उसने कोई हरक़त नहीं की।

"उसे कम सुनाई पड़ता है," लड़की ने कहा। "आपको ज़ोर-से बोलना होगा, नहीं तो वह नहीं सुनेगा।

"पेपे!" मैं ज़ोर-से चिल्लाया। कुत्ते ने आँखें खोलीं और सचेत होकर भौंकने लगा।

"कोई बात नहीं, पेपे," लड़की ने कहा। "ख़ूब नींद लो और लम्बी उमर पाओ।" पेपे फिर से मेरे पैरों पर लोट गया।

नाओको और रेइको ने ठण्डे दूध का ऑर्डर दिया और मैंने अपने लिए एक बियर मँगाई।

"रेडियो सुनते हैं," रेइको ने कहा। लड़की ने एक एम्प्लीफ़ायर का स्विच ऑन किया और एक एफएम स्टेशन लगा दिया। उस पर 'ब्लड, स्वेट ऐंड टीयर्स' का 'स्पिनिंग व्हील' बजने लगा।

नाओको ख़ुश दिखाई दे रही थी। "ये है, जिसकी वजह से हम यहाँ हैं! हमारे कमरों में रडियो नहीं हैं, अगर मैं कभी-कभी यहाँ नहीं आऊँ तो मुझे पता ही नहीं चलेगा की बाहर क्या गाया-बजाया जा रहा है।

"क्या तुम यहाँ सोती हो?" मैंने लड़की से पूछा।

"सवाल ही नहीं उठता!" वह हँस दी। "अगर मैंने यहाँ रात बिताई तो मैं अकेलेपन के मारे मर जाऊँगी। चरागाह के लोग मुझे अपनी गाड़ी में बिठाकर शहर में ले जाते हैं, जहाँ से मैं सुबह फिर आ जाती हूँ।" उसने चरागाह के कार्यालय के सामने खड़े हुए फ़ोर ह्वील ड्राइव ट्रक की ओर इशारा किया।

"अब तो जल्दी ही तुम्हारी छुट्टियाँ भी होने वाली होंगी?" रेइको ने पूछा।

"हाँ, जल्दी ही हम लोग यह जगह बन्द कर देंगे," लड़की ने कहा। रेइको ने उसे सिगरेट दी, और दोनों सिगरेट पीने लगीं।

"मुझे तुम्हारी याद आएगी," रेइको ने कहा।

"लेकिन, मैं मई में वापस आ जाऊँगी," लड़की ने हँसते हुए कहा।

रेडियो पर 'क्रीम' का 'व्हाइट रूम' बजने लगा। एक विज्ञापन के बाद 'गार्फ़ंकल' का 'स्कारबरो फ़ेयर' सुनाई दिया।

"मुझे यह पसन्द है," जब वह समाप्त हो गया, तो रेइको ने कहा।

"मैंने यह फ़िल्म देखी है," मैंने कहा।

"इसमें कौन है?"

"डस्टिन हाफ़मेन।"

"मैं उसे नहीं जानती," उसने उदास ढंग से हल्का-सा सिर हिलाते हुए कहा। "दुनिया पागलों की तरह बदलती चली जाती है, और मुझे पता ही नहीं होता कि कहाँ क्या हो रहा है।"

उसने लड़की से गिटार लाने को कहा। "ज़रूर," लड़की ने कहा। उसने रेडियो बन्द कर दिया और एक पुराना गिटार लाकर दे दिया। कुत्ते ने अपना सिर उठाकर वाद्ययन्त्र को सूँघा।

"तुम इसे खा नहीं सकते," रेइको ने नक़ली सख़्ती दर्शाते हुए कहा। पोर्च में घास की गन्ध लिए मंद हवा बह रही थी। हमारे सामने पर्वत-श्रंखलाएँ फैली हुई थीं, जिनकी चोटियाँ आकाश की पृष्ठभूमि में साफ़ नज़र आ रही थीं।

"यह *साउण्ड ऑफ़ म्यूज़िक* के दृश्य जैसा है," रेइको ने स्वर मिलाए तो मैंने उससे कहा।

"यह क्या है?" उसने पूछा।

उसने "स्कारबरो फ़ेयर" के शुरुआती कॉर्ड खोजने के लिए गिटार के तार छेड़े। लगता था, वह इस गीत को पहली बार बजाने की कोशिश कर रही थी, लेकिन कुछ ग़लत शुरुआतों के बाद वह बिना रुके उसे पूरा बजाने लगी। तीसरी बार तक तो गीत उसकी उँगलियों में पूरी तरह उतर चुका था, और उसने उसमें अपनी ओर से कुछ छोटी-छोटी सजावटें भी जोड़नी शुरू कर दीं।

"सुनने की अच्छी क्षमता है," उसने मुझे आँख मारते हुए कहा। "मैं आम तौर पर कोई भी चीज़ तीन बार सुन लूँ, तो उसे बजा सकती हूँ।"

धीरे-धीरे धुन गुनगुनाते हुए उसने "स्कारबरो फ़ेयर" पूरा सुनाया। हम तीनों ने ताली बजाई, और रेइको ने शालीनता से सिर झुकाकर उसका उत्तर दिया। "पहले मुझे किसी मोज़ार्ट कॉन्सर्टो पर इससे ज़्यादा तालियाँ मिला करती थीं," उसने कहा।

लड़की ने कहा कि अगर वह "बीटल्स" का "हियर कम्स द सन" बजाए, तो दूध उसकी तरफ़ से रहेगा। रेइको ने अंगूठा उठाकर हामी भरी और गीत शुरू कर दिया। उसकी आवाज़ बहुत भरपूर नहीं थी, और बहुत ज़्यादा धूम्रपान ने उसमें हल्की-सी भारी खराश भर दी थी, लेकिन फिर भी वह बेहद सुंदर थी, उसमें एक सजीव उपस्थिति थी। बीयर पीते हुए, पहाड़ों को देखते हुए और उसे सुनते हुए मुझे लगभग ऐसा महसूस होने लगा, जैसे सचमुच सूरज फिर से उग आया हो। वह एक नरम, गर्म एहसास था।

रेइको ने गिटार वापस कर दिया और फिर से रेडियो सुनने की इच्छा जताई। उसके बाद उसने नाओको और मुझसे कहा कि हम एक घंटे के लिए बाहर घूम आएँ।

"मैं थोड़ा और रेडियो सुनना चाहती हूँ और यहीं उस लड़की के साथ समय बिताना चाहती हूँ।" अगर तुम लोग तीन बजे तक आ जाओगे, तो ठीक होगा।"

"क्या यह ठीक होगा कि हम इतनी देर तक एक-साथ अकेले रहें?"

"यूँ तो यह दरअसल उसूलों के ख़िलाफ़ है, लेकिन यह बकवास है। आख़िर मैं कोई पहरेदार नहीं हूँ। मैं छुट्टी का इस्तमाल कर सकती हूँ। और तुम इतनी दूर टोक्यो से चलकर आए हो, मुझे पक्का यक़ीन है कि तुम्हारे पास ऐसी ढेरों बातें होंगी, जिन्हे तुम करना चाहते होगे।"

बोलते-बोलते रेइको ने एक सिगरेट और सुलगा ली।

"चलो, हम चलते हैं," नाओको ने खड़े होते हुए कहा।

मैं भी खड़ा हुआ और उसके पीछे चल पड़ा। कुत्ता जाग पड़ा और कुछ दूर तक हमारे साथ चलता रहा, लेकिन जल्दी ही उसने दिलचस्पी खो दी और

वापस पोर्च में अपनी जगह पर लौट गया। हम फेंस के साथ-साथ एक समतल रास्ते पर चलते रहे। नाओको बीच-बीच में मेरा हाथ अपने हाथ में ले लेती या अपनी बाँह मेरी बाँह में डाल देती।

"यह पुराने दिनों की तरह है, नहीं?" उसने कहा।

"वे 'पुराने दिन नहीं थे,"' मैं हँस दिया। वह इसी साल का वसन्त था! अगर वे 'पुराने दिन' हैं, तो दस साल पहले का समय तो प्राचीन इतिहास कहलाएगा।"

"वह प्राचीन इतिहास जैसा ही लगता है," नाओको ने कहा। "लेकिन, ख़ैर, कल रात के लिए सॉरी। मैं बहुत तनाव में थी। तुम्हारे इतनी दूर टोक्यो से आने के बाद मुझे वाक़ई वैसा नहीं करना चाहिए था।"

"कोई बात नहीं," मैंने कहा। "हम दोनों के बहुत सारे जज़्बात हैं, जिन्हें खुले में लाने की ज़रूरत है। इसलिए अगर तुम उन जज़्बातों के साथ किसी पर चोट करना चाहती हो, तो मुझ पर करो। तब हम एक-दूसरे को बेहतर ढंग से समझ सकेंगे।"

"तो अगर तुम मुझे बेहतर ढंग से समझ लोगे तो उसके बाद क्या होगा?"

"तुम समझी नहीं, है ना?" मैंने कहा। "यह 'उसके बाद' का सवाल नहीं है। कुछ लोगों को रेल रोड का टाइमटेबल पढ़ने में मज़ा आता है, और वे सारे दिन यही करते रहते हैं। कुछ लोग माचिस की काड़ियों से नावों के विशाल नमूने तैयार करते हैं। इसलिए अगर दुनिया का कोई व्यक्ति तुम्हें ठीक-से समझने में आनन्द लेना चाहता है तो इसमें क्या हर्ज़ है?"

"एक तरह का शौक?" उसने मज़े लेते हुए कहा।

"बेशक, मेरा ख़याल है तुम उसे शौक कह सकती हो। ज़्यादातर लोग उसे दोस्ती या प्रेम या ऐसा ही कुछ कहेंगे, लेकिन अगर तुम इसे शौक कहना चाहती हो, तो चलो यही सही।"

"मुझे बताओ," नाओको ने कहा, "तुम किज़ुकी को भी पसन्द करते थे ना?"

"बेशक," मैंने कहा।

"और रेइको के बारे में क्या ख़याल है?"

"वह मुझे बहुत अच्छी लगती है," मैंने कहा। "वह वाक़ई बहुत भली है।"

"तुम्हें हम जैसे लोग कैसे पसन्द आ जाते हैं – मेरा मतलब है, हम जैसे लोग? हम सब एक तरह के विचित्र और विकृत और डूबते हुए लोग हैं – मैं और किज़ुकी और रेइको। तुम ज़्यादा स्वस्थ लोगों को पसन्द क्यों नहीं कर पाते?"

"क्योंकि मैं तुम्हें उस तरह नहीं देखता," मैंने कुछ पल सोचने के बाद कहा। "मैं तुम्हें या किज़ुकी या रेइको को किसी भी तरह से 'विकृत' रूप में नहीं देखता। जिन लोगों को मैं विकृत समझता हूँ, वे बाहर घूम रहे हैं।"

"लेकिन हम विकृत हैं," नाओको ने कहा। "मैं इसे देख सकती हूँ।"

हम कुछ देर ख़ामोश चलते रहे। सड़क फेंन्स को छोड़ चुकी थी और एक घास के गोल मैदान से जा मिली थी, जिसके दोनों तरफ़ कुछ इस तरह पेड़ लगे हुए थे, जैसे वह मैदान ना होकर कोई सरोवर हो।

"कभी-कभी मैं आधी रात को बहुत डरी हुई जाग पड़ती हूँ," नाओको ने मेरी बाँह से सटते हुए कहा। "मुझे यह डर सता रहा होता है कि मैं अब कभी ठीक नहीं होऊँगी। मैं हमेशा इसी तरह विकृत बनी रहूँगी और बूढ़ी हो जाऊँगी और यहीं मर-खप जाऊँगी। मैं इस क़दर ठिठुरन महसूस करती हूँ, जैसे अन्दर से जम गई हूँ। यह भयानक है... इस क़दर ठण्ड..."

मैंने उसे अपनी बाँहों में घेरकर क़रीब खींच लिया।

"मुझे लगता है, जैसे किज़ुकी अँधेरे में से मेरी ओर हाथ बढ़ाता हुआ बोल रहा है, 'ऐ नाओको हम अलग नहीं रह सकते।' जब मैं उसे यह कहते हुए सुनती हूँ, तो मुझे समझ में नहीं आता कि क्या करूँ।"

"तुम क्या करती हो?"

"देखो... अब इसे ग़लत मत समझना।"

"ठीक है, नहीं समझूँगा।"

"मैं रेइको से कहती हूँ कि वह मुझे थाम ले। मैं जाग जाती हूँ और रेंगती हुई उसके बिस्तर पर चली जाती हूँ और वह मुझे कसकर पकड़ लेती है। और मैं रोती हूँ। वह मुझे तब तक सहलाती है, जब तक कि बर्फ़ नहीं पिघल जाती

और मुझमें फिर से ऊष्मा नहीं लौट आती। क्या तुम्हें लगता है, यह बीमारी के लक्षण हैं ?"

"नहीं, यह बीमारी नहीं है। हालाँकि, मुझे लगता है कि तुम्हें थामने वाला मैं होता," मैंने कहा।

"तो मुझे थामो। अभी। यहीं पर।"

हम घास के सूखे मैदान में बैठ गए और एक-दूसरे को बाँहों में भर लिया। ऊँची घास ने हमें चारों ओर से घेर रखा था, और ऊपर हमें सिर्फ़ आसमान और बादल दिखाई दे रहे थे। मैंने धीरे से नाओको को लिटाया और उसे अपनी बाँहों में भर लिया। वह मुलायम और गरमाहट भरी थी, और उसके हाथ मेरी ओर बढ़ आए। हमने पूरे एहसास के साथ एक-दूसरे को चूमा।

"मुझे कुछ बताओ, तोरू," नाओको ने मेरे कान में फुसफुसाकर कहा।

"क्या?" मैंने पूछा।

"क्या तुम मेरे साथ सोना चाहते हो?"

"बेशक चाहता हूँ," मैंने कहा।

"क्या तुम इंतज़ार कर सकते हो?"

"बेशक कर सकता हूँ।"

"दोबारा ऐसा करने से पहले मैं थोड़ा बेहतर हो जाना चाहती हूँ। मैं खुद को तुम्हारे उस शौक़ के योग्य इंसान बनाना चाहती हूँ। क्या तुम तब तक मेरा इंतज़ार करोगे?"

"बेशक, मैं इंतज़ार करूँगा।"

"क्या तुम अभी उत्तेजित हो?"

"तुम्हारा मतलब मेरे पैरों के तलवों से है?"

"बेवकूफ़," नाओको खिलखिलाई।

"अगर तुम पूछ रही हो कि क्या मुझे उत्तेजना हो रही है, तो हाँ, हो रही है।"

"क्या तुम मेरे लिए एक काम करोगे और 'बेशक' कहना बंद करोगे?"

"ठीक है, बंद कर दूँगा।"

"क्या यह मुश्किल होता है?"

"क्या?"

"इस तरह उत्तेजित होना।"

"मुश्किल?"

"मेरा मतलब, क्या इससे तुम्हें तकलीफ़ होती है?"

"खैर, यह इस बात पर निर्भर करता है कि तुम उसे किस नज़र से देखती हो।"

"क्या तुम चाहते हो कि मैं तुम्हें इससे छुटकारा दिला दूँ?"

"तुम्हारे हाथों से?"

"अ-अ। तुमसे सच कहूँ," नाओको ने कहा, "वह मुझे तभी से गड़ रहा है, जब से हम लेटे हैं। उससे तकलीफ़ होती है।"

मैंने अपने नितम्बों को दूर कर लिया। "बेहतर?"

"शुक्रिया।"

"जानती हो?" मैंने कहा

"क्या?"

"मैं चाहता हूँ, तुम वह करो।"

"ओके," उसने भली सी मुस्कराहट के साथ कहा। फिर उसने मेरी पेण्ट की ज़िप खोली और मेरा सख़्त लिंग अपने हाथ में ले लिया।

"यह गर्म है," उसने कहा।

उसने अपने हाथ चलाना शुरू किए, लेकिन मैंने उसे रोक दिया और उसके ब्लाउज़ के बटन खोल कर उसकी ब्रा की पट्टी खोलने के लिए हाथ पीछे ले गया। मैंने उसके उसके स्तनों के कोमल, गुलाबी अग्रभाग चूम लिए। उसने आँखें बन्द कर लीं और धीरे-धीरे अपनी अँगुलियों को चलाना शुरू कर दिया।

"अरे तुम तो यह करने में माहिर हो," मैंने कहा।

"अच्छे बच्चे की तरह चुप रहो," नाओको ने कहा।

जब मैं स्खलित हो गया, तो मैंने उसे बाँहों में भरकर फिर से चूम लिया।

नाओको ने अपनी ब्रा और ब्लाउज़ पहन लिए, और मैंने अपनी ज़िप बन्द कर ली।

"अब तुम्हें चलने में आसानी रहेगी?" उसने पूछा।

"यह सब तुम्हारी मेहरबानी है।"

"तो, ठीक है, सर, अगर आपको सुविधाजनक हो, तो हम थोड़ा और आगे चलें?"

"बिलकुल।"

हम घास के उस मैदान को पार कर, पेड़ों के एक समूह से होते हुए, घास के एक और मैदान को पार कर गए। नाओको ने अपनी मृत बहन के बारे में बात करते हुए बताया कि हालाँकि उसने कभी किसी से इस बारे में बात नहीं की लेकिन उसे लगता है कि यह बात मुझे बतानी चाहिए।

"वह मुझसे छह साल बड़ी थी और हमारे स्वभाव पूरी तरह अलग थे, लेकिन तब भी हमारे बीच बहुत निकटता थी। हम कभी झगड़े नहीं, एक बार भी नहीं। यह सच है। बेशक, हमारी उम्र में इतना बड़ा फ़र्क़ था कि झगड़ने के लिए हमारे पास कुछ ख़ास था भी नहीं।"

उसकी बहन उन लड़कियों में से थी, जो हर मामले में सबसे ऊपर होती हैं – उत्कृष्ट छात्र, उत्कृष्ट एथलीट, लोकप्रिय, दयालु, निष्कपट, लड़के उसे पसन्द करते थे, उसके अध्यापक उससे स्नेह करते थे और उसकी दीवारें मैरिट के प्रमाण-पत्रों से भरी हुई थीं। किसी भी पब्लिक स्कूल में एक लड़की ऐसी ज़रूर होती है। "मैं यह इसलिए नहीं कह रही हूँ कि वह मेरी बहन है, लेकिन इनमें से कोई भी चीज़ उसे ना तो कभी बिगाड़ सकी, ना उसे कभी घमण्ड हुआ ना ही वह कभी इतराई। यह बस इतना ही है कि आप उसे कोई भी काम करने को दें, तो वह उस काम को बहुत ही स्वाभाविक ढंग से किसी भी दूसरे के मुक़ाबले बेहतर करेगी।"

"इसलिए, जब मैं छोटी थी, मैंने तय किया कि मैं एक प्यारी-सी बच्ची बनूँगी।" बात करते हुए नाओको घास की एक पत्ती को गोल-गोल घुमा रही थी। "मेरा मतलब है, मैं हर किसी के मुँह से यह बात सुनती हुई बड़ी हुई थी कि वह कितनी स्मार्ट है, खेल में कितनी अच्छी है और किस क़दर लोगों

की पसन्दीदा है। बेशक मैं यह कहने जा रही हूँ कि मैं कभी भी उसके साथ प्रतिस्पर्धा नहीं कर सकती थी। कम से कम मेरा चेहरा उसकी तुलना में थोड़ा ज़्यादा सुन्दर था, इसलिए मुझे लगता है कि मेरे माँ-बाप ने फ़ैसला कर लिया था कि वे मुझे एक क्यूट लड़की के रूप में ही बड़ा करेंगे। एकदम शुरुआत से ही उन्होंने मुझे उसी क़िस्म के स्कूल में डाला। वे मुझे मखमल की पोशाक और झालरदार ब्लाउज़ और साफ़ चमड़े के जूते पहनाते और पियानो और बैले सिखाते।इस चीज़ ने मेरी बहन को मेरे प्रति और भी ज़्यादा दीवाना बना दिया था। तुम समझ रहे होगे – मैं उसकी प्यारी-सी छोटी बहन थी। वह मुझे तरह-तरह के प्यारे तोहफ़े देती, अपने साथ हर जगह ले जाती और मेरे होमवर्क में मदद करती। यहाँ तक कि वह डेट पर जाते समय भी मुझे अपने साथ ले जाती थी। वह दुनिया की सबसे अच्छी बड़ी बहन थी।"

"कोई नहीं जानता कि उसने आत्महत्या क्यों की थी। ठीक उसी तरह जैसे किज़ुकी के साथ हुआ था। वह भी सत्रह साल की थी और उसने कभी ज़रा भी कोई ऐसा संकेत नहीं दिया था कि वह आत्महत्या करने वाली है। वह कोई चिट्ठी भी नहीं छोड़ गई थी। वाक़ई वह एकदम एक-जैसा था, है ना?"

"लगता तो ऐसा ही है।"

"हर कोई कहता था कि वह कुछ ज़्यादा ही स्मार्ट थी या उसने बहुत सारी पुस्तकें पढ़ रखी थीं। और वह सचमुच बहुत पढ़ती थी। उसके पास ढेरों पुस्तकें थीं। उसके मरने के बाद मैंने उनमें से कई पुस्तकें पढ़ी थीं, और वह बहुत दुखद था। उन पुस्तकों के हाशियों पर उसकी टिप्पणियाँ थीं और पन्नों के बीच फूल और उसके बॉयफ्रैण्ड के ख़त दबे हुए थे, और हर बार जब भी मुझे ऐसी कोई चीज़ मिलती, मैं रोने लगती थी। मैं बहुत रोई थी।"

नाओको कुछ सेकण्ड के लिए फिर ख़ामोश होकर घास की पत्ती को घुमाने लगी।

"वह उस तरह की व्यक्ति थी, जो हर चीज़ का ध्यान ख़ुद ही रखती थी। वह कभी किसी से सलाह या मदद नहीं माँगती थी। मैं समझती हूँ, यह उसका घमण्ड नहीं था। वह तो सिर्फ़ वही करती थी, जो उसे स्वाभाविक लगता था। मेरे अभिभावक इसके अभ्यस्त थे और और सोचते थे कि वे अगर उसे

अकेला छोड़ देंगे, तो ठीक रहेगा। मैं अपनी बहन के पास सलाह माँगने जाती और वह सलाह देने के लिए हमेशा तत्पर रहती थी, लेकिन वह स्वयं कभी किसी के पास नहीं गई। वह वही करती थी, जो करना ज़रूरी होता था, और अपने स्तर पर करती थी। वह कभी नाराज़ या बदमिज़ाज़ नहीं होती थी। मेरा मतलब है, मैं बढ़ा-चढ़ाकर नहीं बता रही हूँ। ज़्यादातर लड़कियाँ, जब उनके पीरियड होते हैं या कुछ और, चिड़चिड़ी हो जाती हैं और अपनी चिड़चिड़ाहट दूसरों पर उतारती हैं, लेकिन वह ऐसा कभी नहीं करती थी। अपना मूड ख़राब करने की बजाय, वह बहुत ख़ामोश हो जाती थी। शायद दो-तीन महीने में एक बार उसके साथ यह होता था; वह ख़ुद को अपने कमरे में बन्द कर लेती और बिस्तर पर पड़ जाती, स्कूल से छुट्टी ले लेती, बमुश्किल ही कुछ खाती, बत्तियाँ बुझा लेती, और आसपास की घटनाओं से कान मूँद लेती। लेकिन वह बुरे मूड में नहीं होती थी। जब मैं स्कूल से आती, तो वह मुझे अपने कमरे में बुलाती और अपने बग़ल में बिठा लेती और मुझसे उस दिन की घटनाओं के बारे में पूछती। मैं उसे सारी छोटी-छोटी बातें बता दिया करती – जैसे कि मैंने अपने दोस्तों के साथ क्या-क्या खेल खेले या अध्यापक ने मेरे टेस्ट ग्रेड के बारे में क्या कहा, इस तरह की तमाम बातें। वह सारी बातें सुनती, उन पर टिप्पणियाँ करती या सुझाव देती, लेकिन जैसे ही मैं वहाँ से जाती – जैसे कि अपने दोस्त के साथ खेलने या बैले की क्लास के लिए – वह फिर आसपास की दुनिया के प्रति उदासीन हो जाती। दो दिन बाद, वह इस स्थिति से बाहर निकाल आती और स्कूल चली जाती। इस तरह का सिलसिला, पता नहीं, शायद चार साल तक चलता रहा। मेरे अभिभावक इस चीज़ से चिन्तित थे, और मैं समझती हूँ कि वे परामर्श लेने किसी डॉक्टर के पास भी गए थे, लेकिन मेरा मतलब है, दो दिन गुज़र जाने के बाद वह एकदम ठीक हो जाती थी, इसलिए वे सोचते कि यह अपने आप ही ठीक हो जाएगा और वे उसे उसके हाल पर छोड़ देते। वह इस तरह की प्रतिभाशाली और गम्भीर लड़की थी।"

"लेकिन उसके मर जाने के बाद, मैंने अपने अभिभावकों को मेरे पिता के एक छोटे भाई के बारे में बात करते हुए सुना जो काफ़ी पहले मर चुके थे। वे भी बहुत प्रतिभाशाली थे, लेकिन वे चार वर्षों तक अपने कमरे में बन्द रहे थे – जब वे सत्रह वर्ष के थे तब से इक्कीस वर्ष की उम्र तक। और फिर अचानक,

एक दिन वे घर से गए और एक ट्रेन के सामने कूद गए। मेरे पिता कहते थे, "यह शायद हमारे ख़ून में ही है, मेरी तरफ़ से ”

जिस दौरान नाओको बात कर रही थी, उसकी अँगुलियाँ उसके अनजाने ही घास के तिनकों के रेशों को तोड़ती रहीं, और जब वे सारे रेशे हवा में उड़ गए तो उसने उसके तिनके को अपनी अँगुलियों के इर्द-गिर्द लपेट लिया।

“मैंने ही सबसे पहले अपनी बहन को मरा हुआ पाया था,” उसने बात जारी रखते हुए कहा। “शरद के मौसम में जब मैं छठवीं कक्षा में थी। नवम्बर। एक अँधेरे, बारिश के दिन। मेरी बहन उस समय हाई स्कूल की सीनियर थी। मैं शाम साढ़े छह बजे अपनी पियानो की कक्षा से लौटी थी और मेरी माँ डिनर लगा रही थी। उसने मुझसे कहा कि मैं जाकर बहन से कहूँ कि डिनर तैयार है। मैं सीढ़ियों से ऊपर गई, दरवाज़ा खटखटाया और ज़ोर-से बोली, ‘डिनर तैयार है,’ लेकिन अन्दर से कोई जवाब नहीं आया। उसके कमरे में पूरी तरह शान्ति थी। मुझे यह कुछ अजीब-सा लगा, इसलिए मैंने एक बार फिर दस्तक दी और दरवाज़ा खोलकर अन्दर झाँका। मुझे लगा कि वह शायद सोई हुई है। लेकिन, वह बिस्तर में नहीं थी। वह खिड़की के बग़ल में खड़ी थी, बाहर झाँकती हुई और उसकी गर्दन एक कोण पर झुकी हुई थी। जैसे वह कुछ सोच रही हो। कमरे में अँधेरा था और बत्तियाँ बुझी हुई थीं, और कुछ भी देख पाना मुश्किल था। ‘तुम क्या कर रही हो?’ मैंने उससे कहा। ‘डिनर तैयार है’। तभी मैंने ध्यान दिया कि वह सामान्य से कुछ ज़्यादा लम्बी लग रही थी। यह क्या हो रहा है? मैंने सोचा; यह अजीब है! क्या उसने ऊँची ऐड़ी की सैण्डिल पहन रखी हैं? क्या वह किसी चीज़ पर खड़ी है? मैं उसके और क़रीब गई और उससे फिर से बोलने ही वाली थी कि तभी मैंने देखा, उसके सिर के ऊपर एक रस्सी थी। वह छत की बीम से सीधी लटकी हुई थी – मेरा मतलब है, वह आश्चर्यजनक ढंग से सीधी थी, जैसे किसी ने ख़ाली जगह में रूलर की मदद से लकीर खींच दी हो। मेरी बहन ने सफ़ेद ब्लाउज़ – हाँ, सादा-सा सफ़ेद ब्लाउज़, इस तरह का – और स्लेटी रंग का स्कर्ट पहन रखा था, और उसके पैरों की अँगुलियाँ किसी बैले नर्तकी की तरह नीचे की ओर इशारा कर रही थीं, सिवा इसके कि उसके पैरों की अँगुलियों के सिरे और फ़र्श के बीच लगभग सात-आठ इंच की दूरी थी। मैंने एक-एक चीज़ की ओर ध्यान दिया। उसके चेहरे की ओर भी। मैंने उसकी ओर

देखा। मुझसे रहा नहीं गया। मैंने सोचा; मुझे तुरन्त नीचे जाकर अपनी माँ को बताना होगा। मुझे चीख़ना होगा। लेकिन मेरे शरीर ने मेरी उपेक्षा कर दी। वह मेरे सचेतन दिमाग़ से स्वतन्त्र अपने ही स्तर पर हरक़त कर रहा था। वह उसे रस्सी से नीचे उतारने की कोशिश कर रहा था, जबकि मेरा दिमाग़ कह रहा था कि मैं नीचे भागूँ। निश्चय ही, एक छोटी-सी लड़की में ऐसा करने की सामर्थ्य का सवाल ही नहीं उठता था, इसलिए मैं वहाँ, शायद पाँच-छह मिनट तक, खड़ी रही, आसपास की चीज़ों से बेख़बर, पूरी तरह हक्की-बक्की, जैसे मेरे अन्दर की कोई चीज़ मर गई हो। मैं वहाँ उसी तरह खड़ी रही, अपनी बहन के साथ, उस ठण्डे, अँधेरे स्थान पर, जब तक कि मेरी माँ पता लगाने ऊपर नहीं आ गई।"

नाओको ने अपना सिर हिलाया।

"उसके बाद तीन दिन तक मैं बात नहीं कर सकी। मैं किसी मृत व्यक्ति की तरह बिस्तर में पड़ी रही, आँखें फाड़े, शून्य में ताकती हुई। मैं नहीं जानती थी कि क्या हो रहा है।" नाओको मेरी बाँह से सट गई। "मैंने तुम्हें अपने ख़त में लिखा था, नहीं? मैं उससे कहीं ज़्यादा बुरी इन्सान हूँ, जितने का तुम्हें अहसास है। मेरी बीमारी उससे कहीं बहुत ज़्यादा बुरी है, जितनी तुम सोचते हो; उसकी जड़ें बहुत गहरी हैं। और इसीलिए मैं चाहती हूँ कि अगर तुम्हारे लिए मुमकिन हो तो तुम मुझे छोड़कर आगे निकल जाओ। मेरा इन्तज़ार मत करो। अगर तुम्हारी इच्छा हो तो दूसरी लड़कियों के साथ सोओ। मेरे ख़यालों को इजाज़त मत दो कि वे तुम्हारे क़दम रोकें। वह करो जो तुम करना चाहते हो। नहीं तो, मैं अपने साथ तुम्हें ले डूबूँगी, और यही मैं करना नहीं चाहती। मैं तुम्हारी ज़िन्दगी में दख़ल नहीं देना चाहती। मैं किसी की भी ज़िन्दगी में दख़ल नहीं देना चाहती। जैसा कि मैंने पहले कहा था, मैं चाहती हूँ कि तुम कभी-कभार मुझसे मिलने आते रहना, और मुझे हमेशा याद रखना। बस मैं इतना ही चाहती हूँ।"

"लेकिन मैं इतना ही नहीं चाहता," मैंने कहा।

"तुम मेरे झमेलों में फँसकर अपनी ज़िन्दगी बर्बाद कर रहे हो।"

"मैं कुछ भी बर्बाद नहीं कर रहा हूँ।"

"लेकिन हो सकता है कि मैं कभी स्वस्थ ना हो पाऊँ। क्या तुम हमेशा-हमेशा के लिए मेरा इन्तज़ार करते रहोगे? क्या तुम दस साल तक, बीस साल तक इन्तज़ार कर सकते हो?"

"तुम बहुत सारी चीज़ों से डरी हुई हो," मैंने कहा। "स्याह, बुरे ख़्वाब, मरे हुए लोगों का प्रभाव। तुम्हें यह सब भूलना होगा। मुझे यक़ीन है, अगर तुम ऐसा करोगी, तो तुम ठीक हो जाओगी।"

"काश मैं ऐसा कर सकती," नाओको ने इनकार में सिर हिलाते हुए कहा।

"अगर तुम इस जगह से निकल सकती हो, तो क्या तुम मेरे साथ रहोगी?" मैंने पूछा। "तब मैं तुम्हें अँधेरे से, बुरे ख़्वाबों से बचा सकता हूँ। तब, मुश्किल परिस्थितियों में तुम्हें थामने के लिए रेइको की जगह मैं रहूँगा।"

नाओको मुझसे और भी सख़्ती से सट गई। "वह अद्भुत होगा," उसने कहा।

हम तीन बजे से कुछ पहले ही कॉफ़ी हाउस में वापस लौट आए। रेइको एक किताब पढ़ रही थी और रेडियो पर ब्राह्म्स का "सेकंड पियानो कॉन्सर्टो" सुन रही थी। दूर-दूर तक किसी इंसान का नामोनिशान न हो और घास के मैदान के किनारे ब्राह्म्स का संगीत बज रहा हो–उसमें कुछ अद्भुत-सा था। रेइको तीसरे मूवमेंट की शुरुआत में आने वाले सेलो वाले हिस्से के साथ सीटी बजा रही थी।

"बैकहाउस और बोहम," उसने कहा। "बहुत पहले कभी मैंने इस रिकॉर्ड को इतना सुना था कि सचमुच घिस डाला था। सचमुच। हर सुर को सुनते-सुनते उसकी लकीरें तक घिस गई थीं। मैंने उसका सारा संगीत जैसे चूस लिया था।" मैंने और नाओको ने कॉफ़ी मँगाई।

"बहुत बातें कीं?" रेइको ने पूछा।

"ढेर सारी," नाओको ने कहा।

"बाद में मुझे उसकी... उह... तुम समझ रही हो न... सारी बातें बताना।"

"हमने वैसा कुछ भी नहीं किया," नाओको ने शर्म से लाल पड़ते हुए कहा।

"वाक़ई?" रेइको ने मुझसे पूछा। "कुछ भी नहीं?"

"कुछ भी नहीं," मैंने कहा।

"बोऽऽरिंग!" उसने अपने चेहरे पर ऊब का भाव लाते हुए कहा।

"सचमुच," मैंने अपनी कॉफ़ी की चुस्की लेते हुए कहा।

भोजनालय का दृश्य वैसा ही था, जैसा वह एक दिन पहले था – माहौल, आवाज़ें, चेहरे। सिर्फ़ व्यंजनों की सूची बदल गई थी। सफ़ेद कोट वाला वह गंजा आदमी जो, कल भारहीनता की स्थिति में गैस्ट्रिक जूस के रिसाव के बारे में बात कर रहा था, हमारी मेज़ पर आकर हम लोगों के साथ शामिल हो गया और मस्तिष्क के आकार और बुद्धिमत्ता के आपसी सम्बन्ध के बारे में बहुत देर तक बात करता रहा। सोयाबीन हैम्बर्गर स्टीक खाते हुए हम बिस्मार्क के और नैपोलियन के मस्तिष्कों के बारे में तमाम बातें सुनते रहे। उसने अपनी प्लेट एक ओर सरकाकर मस्तिष्कों की आकृतियाँ उकेरने के लिए बालप्वाइण्ट पेन और नोट पेपर का इस्तेमाल किया। वह उकेरना शुरू करता, कहता, "नहीं, यह बिलकुल नहीं है," और नया चित्र बनाने लगता। ऐसा कई बार हुआ। जब उसने वे बना लिए तो उसने बचे हुए नोट पेपर सावधानी के साथ अपनी सफ़ेद जैकेट की जेब में रख लिए और पेन सामने की जेब में खोंस लिया। उस जेब में उसके पास तीन पेन थे, साथ ही एक रूलर और पेंसिलें भी थीं। जब उसने खाना खा लिया, तो उसने फिर उसी बात को दोहराया, जो उसने मुझसे कल कही थी, "यहाँ की सर्दियाँ बहुत सुन्दर होती हैं। सर्दियों में ज़रूर आना," और भोजनालय से चला गया।

"यह आदमी डॉक्टर है या मरीज़?" मैंने रेइको ने पूछा।

"तुम क्या सोचते हो?"

"मैं वाक़ई नहीं कह सकता। जो भी हो, वह उतना नॉर्मल नहीं लगता।"

"वह डॉक्टर है," नाओको ने कहा। "डॉक्टर मियाता।"

"हाँ," रेइको ने कहा, "लेकिन मैं दावे से कह सकती हूँ कि यह यहाँ सबसे ज़्यादा पागल है।"

"मिस्टर ओमुरा, गेटकीपर, भी ख़ासे पागल हैं," नाओको ने जवाब दिया।

"सही बात," रेइको ने अपनी ब्रोकली में काँटा चुभोते हुए सिर हिलाकर कहा।

"वह हर सुबह बड़ी अजीब तरह की कसरतें करता है और पूरे ज़ोर से बेतुकी बातें चिल्लाता रहता है। और तुम्हारे आने से पहले, नाओको, दफ़्तर में काम करने वाली एक लड़की थी–मिस किनोशिता–जिसने आत्महत्या करने की कोशिश की थी। और पिछले साल उन्होंने एक पुरुष नर्स, तोकुशिमा, को निकाल दिया था, जिसे शराब पीने की बहुत बुरी लत थी।"

"सुनकर तो लगता है कि मरीज़ों और कर्मचारियों को अपनी जगहें बदल लेनी चाहिए," मैंने कहा।

"बिल्कुल सही," रेइको ने हवा में अपना काँटा लहराते हुए कहा। "तुम आख़िरकार समझने लगे हो कि यहाँ चीज़ें कैसे चलती हैं।"

"शायद।"

"हमारे सबसे सामान्य होने की वजह," रेइको ने कहा, "यह है कि हमें पता है कि हम सामान्य नहीं हैं।"

कमरे पर वापस लौटकर नाओको और मैं कार्ड खेलने लगे और रेइको गिटार पर बाख़ का अभ्यास करने लगी।

"कल तुम्हें किस वक़्त जाना है?" रेइको ने गिटार से कुछ देर को छुट्टी पाकर सिगरेट सुलगाते हुए पूछा।

"नाश्ते के तुरन्त बाद," मैंने कहा। "बस नौ बजे के बाद आती है। उस तरह मैं कल रात काम पर जाने के लिए समय पर वापस पहुँच जाऊँगा।"

"बहुत बुरा है। अगर तुम और लम्बे समय तक रुक सकते तो बहुत अच्छा होता।"

"अगर मैं ज़्यादा समय तक यहाँ रहा, तो अन्त में यहीं रहने लग जाऊँगा," मैंने हँसते हुए कहा।

"मुमकिन है," रेइको ने कहा। फिर वह नाओको से बोली, "अरे हाँ, मुझे कुछ अंगूर लाने के लिए ओका के यहाँ जाना है। मैं तो पूरी तरह भूल ही गई थी।"

"क्या मैं चलूँ तुम्हारे साथ?" नाओको ने पूछा।

"अगर मैं तुम्हारे मिस्टर वातानबे को उधार ले लूँ, तो कैसा रहेगा?"

"बिलकुल," नाओको ने कहा।

"ठीक है। चलो हम दोनों एक और रात की चहलक़दमी करते हैं," रेइको ने मेरा हाथ पकड़ते हुए कहा। "हम लोग कल वहाँ लगभग पहुँच ही गए थे। चलो, आज रात चलते हैं।"

"अच्छा है," नाओको ने दबी हुई हँसी के साथ कहा। "जैसा तुम्हें पसन्द हो।"

रात की हवा ठण्डी थी। रेइको ने अपनी शर्ट के ऊपर नीला कार्डिगन पहन रखा था और वह अपने दोनों हाथ जीन्स की जेबों में डाले चल रही थी। उसने आकाश की ओर देखते हुए किसी कुत्ते की तरह हवा को सूँघा। "बारिश जैसी गन्ध है," उसने कहा। मैंने भी सूँघने की कोशिश की, लेकिन मुझे कोई गन्ध नहीं आई। हाँ, आकाश में बादल बहुत थे, जो चन्द्रमा को ढँक रहे थे।

"अगर तुम यहाँ पर्याप्त लम्बे समय तक रुको, तो हवा को सूँघकर मौसम के बारे में काफ़ी कुछ समझ सकते हो," रेइको ने कहा। हमने उस जंगली इलाक़े में प्रवेश किया, जहाँ कर्मचारियों के मकान थे। रेइको ने मुझे एक मिनट रुकने को कहा और एक मकान के सामने के दरवाज़े पर जाकर घण्टी बजाई। एक स्त्री – जो निस्सन्देह उस मकान की मालकिन थी – दरवाज़े पर आई और रेइको के साथ गपियाने और हँसने लगी। फिर वह अन्दर गई और प्लास्टिक का एक बड़ा-सा बैग लेकर आ गई। रेइको ने उसे धन्यवाद दिया और "गुडनाइट" कहकर उस जगह लौट आई जहाँ मैं खड़ा था।

"देखो," उसने बैग खोलते हुए कहा।

बैग में ढेर सारे अंगूर के गुच्छे भरे हुए थे।

"तुम्हें अंगूर पसन्द हैं?"

"मुझे बहुत पसन्द हैं।"

उसने सबसे ऊपर का गुच्छा उठाकर मुझे दे दिया। "ये खाने लायक़ हैं। धुले हुए हैं।"

हम अंगूर खाते हुए और उसके छिलके तथा बीज ज़मीन पर थूकते हुए चलने लगे। अंगूर एकदम ताज़ा और स्वादिष्ट थे।

"मैं उनके लड़के को जब-तब पियानो सिखाती रहती हूँ, और वे मुझे इस

तरह-तरह की चीज़ें देते रहते हैं। जो वाइन हमने पी थी, वह उन्हीं की दी हुई थी। मैं कभी-कभी उनसे शहर से कुछ खरीदारी करने का आग्रह करती हूँ।"

"मैं उस कहानी का बाक़ी हिस्सा सुनना चाहता हूँ, जो तुम कल सुना रही थीं," मैंने कहा।

"ठीक है," रेइको ने कहा। "लेकिन अगर हम इसी तरह देर से लौटते रहे, तो नाओको को शक होने लगेगा।"

"मैं यह जोख़िम उठाने को तैयार हूँ।"

"तब, ओके। लेकिन मैं सिर पर थोड़ी-सी छाया चाहती हूँ। आज रात थोड़ी ठण्ड है।"

जब हम टेनिस कोर्ट के क़रीब पहुँचे, तो वह बाँएं मुड़ी। हम सँकरी सीढ़ियों के रास्ते नीचे उतरे और एक ऐसी जगह पहुँचे, जहाँ मकानों की क़तार के एक ब्लॉक की भाँति कई माल गोदाम खड़े हुए थे। रेइको ने सबसे क़रीब के गोदाम का दरवाज़ा खोला और अन्दर चली गई और उसकी बत्तियाँ जला दीं। "अन्दर आ जाओ," उसने कहा। "हालाँकि, यह यूँ ही-सी जगह है।" उस गोदाम में क्रॉस कण्ट्री स्की, जूतों और खम्भों की साफ़-सुथरी कतारें थीं, और फ़र्श पर बर्फ़ हटाने के उपकरण और सेंधे नमक की बोरियाँ रखी हुई थीं।

"मैं हमेशा यहाँ गिटार के अभ्यास के लिए आया करती थी – जब मैं अकेली होना चाहती थी। बढ़िया और आरामदायक जगह है, हैं ना?"

रेइको सेंधे नमक की बोरियों पर बैठ गई और मुझे अपने बग़ल में बैठने के लिए बुला लिया। मैंने वैसा ही किया, जैसा कहा गया।

"यहाँ हवा के आने-जाने की ज़्यादा जगह नहीं है, लेकिन तुम्हें आपत्ति तो नहीं होगी अगर मैं धूम्रपान करूँ तो?"

"ज़रूर, करो।"

"यह ऐसी आदत है, जो लगता है, मैं छोड़ नहीं सकती," उसने भौंहें सिकोड़ते हुए कहा, लेकिन उसने स्पष्ट आनन्द लेते हुए एक सिगरेट सुलगा ली। बहुत से लोग तम्बाक़ू का उतना आनन्द नहीं ले पाते जितना रेइको लेती थी। मैं अपने अंगूर खाता रहा – उन्हें सावधानीपूर्वक छीलते हुए और छिलकों तथा बीजों को कचरे के डिब्बे का काम करते एक टिन में फेंकते हुए।

"अब, देखते हैं, कल रात हम कितनी दूर तक पहुँचे थे?" रेइको ने पूछा।

"वह अँधेरी रात थी, और तुम परिन्दों का घोंसला उठाने खड़ी चढ़ाई चढ़ रही हो।"

"तुम कमाल के आदमी हो, जिस तरह तुम ऐसा गम्भीर चेहरा बनाए रखते हुए मज़ाक़ करते हो।" रेइको ने कहा। "देखते हैं, मेरा ख़याल है, मैं वहाँ तक पहुँच गई थी, जहाँ मैं हर शनिवार की सुबह उस लड़की को पियानो सिखाने लगी थी।"

"बिलकुल सही।"

"मान लो, तुम दुनिया के लोगों को दो समूहों में बाँट दो – एक उन लोगों का समूह जो लोगों को ठीक-से सिखाते हैं, और दूसरा उनका जो ठीक-से नहीं सिखा पाते, तो मैं पहले समूह में आती हूँ," रेइको ने कहा। "जब मैं युवा थी, तब मैं ऐसा नहीं सोचती थी, और मैं समझती हूँ कि मैं अपने बारे में उस तरह सोचना भी नहीं चाहती थी, लेकिन मुझे इस बात की सच्चाई का अहसास तब हुआ, जब मैंने एक निश्चित उम्र तक पहुँचने के बाद अपने बारे में किसी हद तक जान लिया था। मैं लोगों को चीज़ें सिखाने के मामले में दक्ष हूँ। वाक़ई दक्ष हूँ।"

"एकदम ठीक कह रही हो।"

"मुझमें दूसरों को लेकर उससे कहीं बहुत ज़्यादा धीरज है, जितना ख़ुद को लेकर है, और मैं ख़ुद से कहीं ज़्यादा दूसरों के भीतर छिपी हुई प्रतिभा को सामने लाने के मामले में भी अच्छी हूँ। तो, मैं इस तरह की व्यक्ति हूँ। मैं माचिस की बग़ल का खुरदुरा हिस्सा हूँ। लेकिन मुझे इससे कोई परेशानी नहीं है। मुझे इससे कोई आपत्ति नहीं है। दूसरे दर्ज़े की तीली होने से अव्वल दर्ज़े की माचिस होना ज़्यादा अच्छा है। मैं समझती हूँ, यह बात मेरे दिमाग़ में तब स्पष्ट हुई, जब मैंने उस लड़की को सिखाना शुरू किया था। जब मैं उम्र में थोड़ी कम थी तब मैंने कुछ दूसरे लोगों को सिखाया था, पूरी तरह अतिरिक्त काम के रूप में, ख़ुद के साथ इसका कोई रिश्ता रखे बिना। उसको सिखाना शुरू करने के बाद ही मैंने अपने बारे में उस तरह सोचना शुरू किया कि मैं लोगों को सिखाने के मामले में दक्ष हूँ। इस तरह सिखाने की प्रक्रिया भली-भाँति चल पड़ी।"

"जैसाकि मैंने कल कहा था, जहाँ तक तकनीक का सवाल था, उस लड़की में कुछ ख़ास नहीं था, और उसके पेशेवर संगीतकार बन जाने का तो कोई प्रश्न ही नहीं था, इसलिए मैं उसे आसानी-से निभा सकी। साथ ही, वह लड़कियों के उस तरह के स्कूल में पढ़ती थी, जहाँ थोड़ी भी ठीक-ठाक ग्रेड वाली लड़की स्वत: ही कॉलेज में पहुँच जाती थी, जिसका मतलब था कि उसे ख़ुद को पढ़ाई में बहुत ज़्यादा खपाना ज़रूरी नहीं था, और उसकी माँ भी इसे आसानी-से लेने के पक्ष में थी। इसलिए मैंने उस पर किसी भी चीज़ के लिए ज़ोर नहीं डाला। मैं पहली बार उससे मिली तभी समझ गई था कि वह ऐसी लड़की है, जिसे किसी भी काम के लिए मजबूर नहीं किया जा सकता। वह ऐसी बच्ची थी जो पूरी मिठास के साथ 'हाँ, हाँ' कह देगी, लेकिन जो काम वह नहीं करना चाहती, उसे किसी भी हालत में नहीं करेगी। इसलिए सबसे पहले मैंने उसे किसी रचना को बिल्कुल अपने तरीके से बजाने दिया–पूरी तरह, सौ प्रतिशत उसी की शैली में। फिर मैं वही रचना उसके सामने अलग-अलग तरीकों से बजाती, और हम दोनों मिलकर इस पर चर्चा करते कि कौन-सा तरीका बेहतर है या उसे कौन-सा अधिक पसंद है। इसके बाद मैं उसे वही रचना फिर से बजाने देती, और उसकी प्रस्तुति पहली बार की प्रस्तुति के मुक़ाबले दस गुना अच्छी होती। वह ख़ुद ही देख पाती थी कि वह कौन सी चीज़ थी, जो सर्वश्रेष्ठ थी और उस चीज़ को वह अपने बजाने में ले आती।"

रेइको कुछ पल के लिए रुककर अपनी सिगरेट के सुलगते सिरे को देखती रही। मैं चुपचाप अपने अंगूर खाता रहा।

"मैं जानती हूँ कि मुझमें संगीत की पर्याप्त अच्छी समझ है, लेकिन वह मुझसे बेहतर थी। मुझे लगता था कि यह बहुत बर्बादी है! मैंने सोचा, 'काश कि उसने किसी अच्छे गुरु के साथ शुरुआत की होती और उचित प्रशिक्षण लिया होता, तो वह बहुत आगे होती!' लेकिन मेरा यह सोचना ग़लत था। वह उस तरह की बच्ची नहीं थी, जो उचित प्रशिक्षण लेती रह पाती। इस तरह के लोग होते हैं। उनमें अद्भुत प्रतिभा होती है, लेकिन वे उसे व्यवस्थित रूप देने की कोशिश नहीं करते। वे उसे टुकड़ों-टुकड़ों में बर्बाद कर देते हैं। मैंने इस तरह के बहुत-से लोग देखे हैं। शुरू में आपको लगता है, वे कमाल के हैं। जैसे कि वे किसी अत्यन्त कठिन रचना को पढ़ते ही उसके सांगीतिक रूपान्तरण को ग्रहण

कर लेते हैं और उसे अन्त तक बहुत अच्छे ढंग से बजा सकते हैं। आप उन्हें ऐसा करते देखते हैं, और अभिभूत हो जाते हैं। आप सोचते हैं, 'ऐसा तो मैं लाखों साल की कोशिश के बाद भी नहीं कर सकता था।' लेकिन वे बस इतनी ही दूर तक जाते हैं। वे उसे उससे आगे नहीं ले जा पाते। और क्यों नहीं ले जा पाते? क्योंकि वे कोशिश ही नहीं करते। क्योंकि उनमें अनुशासन की भावना नहीं भरी गई होती है। वे बिगड़ चुके होते हैं। चूँकि उनमें पर्याप्त प्रतिभा होती है, इसलिए वे बिना किसी प्रयत्न के रचना को बजा ले गए होते हैं और उन्हें ऐसे लोग मिल जाते हैं, जो उन्हें बचपन से ही महान कहने लगते हैं, इसलिए कड़ी मेहनत उन्हें बेवकूफ़ी लगती है। वे कुछ ऐसी रचनाएँ लेंगे, जिन पर किसी दूसरे बच्चे को तीन हफ़्ते तक काम करना पड़ा था और उसे आधे समय में ही सीख लेते, और अध्यापक सोचेगा कि उन्होंने उस पर बहुत मेहनत की होगी और इस तरह वह उन्हें आगे की रचना थमा देगा। और वे उसे भी आधे समय में प्रस्तुत कर देंगे, और अगली रचना पर पहुँच जाएँगे। वे कभी नहीं समझ पाते कि शिक्षक द्वारा पीटे जाने का क्या मतलब होता है; वे चरित्र-निर्माण के लिए आवश्यक एक तत्त्व से वंचित रह जाते हैं। यह त्रासदी है। ख़ुद मुझमें उस तरह की प्रवृत्तियाँ हुआ करती थीं, लेकिन ख़ुशक़िस्मती से, मुझे एक बहुत ही सख़्त अध्यापक मिला था, इसलिए मैं उन प्रवृत्तियों पर अंकुश लगा सकी।"

"ख़ैर, उसे सिखाने में आनन्द तो आता ही था। यह हाइवे पर एक ऐसी उच्च क्षमता वाली स्पोर्ट कार को चलाने जैसा था, जो ज़रा-सा छूने पर भी प्रतिक्रिया करती है, कभी-कभी शायद ज़रूरत से ज़्यादा तीव्र प्रतिक्रिया करती है। इस तरह के बच्चों को सिखाने की युक्ति यह है कि आप उनकी बहुत ज़्यादा तारीफ़ ना करें। वे तारीफ़ के इतने आदी हो चुके होते हैं कि उनके लिए वह बहुत मायने नहीं रखती। आपको इसका समझदारी से इस्तेमाल करना होता है। और आप उनपर कोई चीज़ थोप नहीं सकते। आपको उन्हें अपने लिए ख़ुद चुनने देना होता है। और आप उन्हें एक चीज़ से दूसरी चीज़ की ओर जल्दबाज़ी में भागने नहीं देते; आप उन्हें रुककर सोचने पर मजबूर करते हैं। लेकिन बस इतना ही। अगर आप ये बातें करें, तो अच्छे परिणाम मिलेंगे।"

रेइको ने अपनी सिगरेट का टुकड़ा फ़र्श पर गिराया और उसे पैर से कुचल दिया। फिर उसने अपनी भावनाओं को शांत करने जैसे एक गहरी साँस ली।

"जब उसे सिखाने का सिलसिला ख़त्म हो जाता, तो हम चाय पीते और गपशप करते। कभी-कभी मैं उसे कोई ख़ास जैज़ पियानो की शैलियाँ बताती – जैसे, यह बड पावेल है या यह थेलोनियस मांक है। लेकिन ज़्यादातर वक़्त वह बात करती। और वह क्या ही बातूनी थी! वह आपको अपनी ओर खींच सकती थी। जैसाकि मैंने कल तुम्हें बताया था, उसकी ज़्यादातर बातें मनगढ़न्त होती थीं, लेकिन वे दिलचस्प होती थीं। वह चीज़ों को बहुत उत्सुकता से देखती थी और भाषा का सटीक इस्तेमाल करती थी, तीख़ी ज़ुबान और मज़ेदार। वह आपके जज़्बातों को उभार सकती थी। हाँ, वाक़ई, इसमें वह बहुत माहिर थी – लोगों के जज़्बातों को उभारने में, आपको द्रवित कर देने में। और वह जानती थी कि उसमें यह क्षमता है। वह इसका इस्तेमाल भरसक दक्षतापूर्वक और कारगर ढंग से करती थी। वह आपके अन्दर वह भावना जगा सकती थी, जो वह चाहती थी – नाराज़गी या उदासी या सहानुभूति या निराशा या ख़ुशी की। वह लोगों की भावनाओं को कठपुतली-सा नचाती थी, जिसके पीछे सिवा इसके और कोई वजह नहीं होती थी कि वह अपनी क्षमता को परखना चाहती थी। बेशक, इसका अहसास मुझे बाद में हुआ था। उस समय, मुझे ज़रा भी अंदाज़ा नहीं था कि वह मेरे साथ क्या कर रही है।"

रेइको ने अपना सिर हिलाया और कुछ अंगूर खाए।

"वह एक तरह की बीमारी थी," उसने कहा। "वह लड़की बीमार थी। वह उस सड़े हुए सेब की तरह थी, जो बाक़ी सेबों को भी बर्बाद कर देता है। और कोई नहीं था, जो उसे ठीक कर पाता। यह बीमारी उसमें उसके मरने के दिन तक बनी रहेगी। उस अर्थ में, वह एक दयनीय प्राणी थी। अगर मैं ख़ुद उसकी शिकारों में से एक न रही होती, तो शायद मुझे भी उस पर दया आती। तब मैं भी उसे एक पीड़ित के रूप में ही देखती।

रेइको ने कुछ और अंगूर खाए। लगता था, वह सोच रही थी कि अपनी कहानी को किस तरह आगे बढ़ाया जाए।

"ख़ैर, मैंने पूरे छह महीनों तक उसका आनन्द लिया। कभी-कभी उसकी कही कोई बात मुझे कुछ आश्चर्य में डालने वाली या विचित्र-सी लगती थी। या फिर वह बात कर रही होती और मुझे यह जानकर भय लगता रहता कि किसी

व्यक्ति के प्रति उसकी घृणा की तीव्रता तर्क से परे है, या फिर मुझे लगता कि वह बहुत ज़्यादा चतुर है, और मैं सोचने लगती कि पता नहीं वह क्या सोच रही है। लेकिन, आख़िरकार हर व्यक्ति की अपनी काजोरियाँ होती हैं, ठीक? और अन्त में, मुझे इससे क्या लेना-देना था कि मैं उसके व्यक्तित्व या चरित्र पर सवाल उठाती? मैं तो महज़ उसे पियानो सिखाने वाली उसकी अध्यापक थी। मुझे तो बस इस बात का ख़याल रखना ज़रूरी था कि उसने रियाज़ किया है या नहीं। और इसके अलावा, सचाई यह है कि मैं उसे पसन्द करती थी। मैं उसे बहुत पसन्द करती थी।

"तब भी, मैं इस बात का ख़याल रखती थी कि अपने बारे में बहुत निजी क़िस्म की कोई बात उससे न करूँ। मुझमें यह सहज बोध था कि बेहतर है कि मैं इस तरह की चीज़ों पर बात करने से बचूँ। वह मुझसे सैकड़ों सवाल पूछती थी – वह मेरे बारे में ज़्यादा-से-ज़्यादा जानने को बेचैन रहती थी – लेकिन मैं उसे केवल अत्यन्त सुरक्षित क़िस्म की बातें ही बताती थी, जैसेकि अपने बचपन के बारे में या मैं किस स्कूल में पढ़ी थी, जैसी बातें। वह कहती कि वह मेरे बारे में और ज़्यादा जानना चाहती है, लेकिन मैं उससे कह देती कि कहने लायक़ कुछ है ही नहीं : मेरी एक उबाऊ क़िस्म की ज़िन्दगी है, एक साधारण पति है, साधारण बेटी है, और मुझे ढेर सारा घरेलू काम करना पड़ता है। 'लेकिन आप मुझे बहुत अच्छी लगती हैं,' वह कहती, और वह अपने चिपकू अन्दाज़ में सीधे मेरी आँखों में देखती। जब वह ऐसा करती तो मेरे भीतर एक सिहरन-सी पैदा हो जाती – एक अच्छी सिहरन। लेकिन तब भी, मैंने उसे उससे ज़्यादा कभी नहीं बताया, जितना मुझे बताना चाहिए था।"

"और तभी एक दिन – मई के एक दिन, मैं समझती हूँ वह मई का ही कोई दिन था – अपने सीखने के दौरान बीच में, उसने कहा कि उसे अपनी तबीयत ठीक नहीं लग रही है। मैंने देखा कि वह पीली पड़ चुकी थी और पसीने से भीग रही थी और इसलिए मैंने उससे पूछा कि क्या वह घर जाना चाहती है, लेकिन उसने कहा कि अगर वह थोड़ी देर के लिए लेट जाएगी तो बेहतर महसूस करने लगेगी। इसलिए मैं उसे बेडरूम में ले गई – लगभग उठाकर ले गई। हमारा सोफ़ा बहुत छोटा था, बिस्तर एकमात्र जगह थी, जहाँ वह लेट सकती थी। उसने मेरी परेशानी के लिए मुझसे माफ़ी माँगी, लेकिन मैंने उसे

आश्वस्त किया कि इसमें परेशानी जैसी कोई बात नहीं है और उससे पूछा कि क्या वह कुछ पीना चाहती है। उसने मना कर दिया और कहा कि वह इतना भर चाहती है कि मैं कुछ देर उसके साथ वहीं बनी रहूँ, मैंने कहा कि ऐसा करके मुझे ख़ुशी होगी"

"कुछ मिनट बाद उसने मुझसे उसकी पीठ मलने को कहा। उसकी बात से ऐसा लग रहा था कि उसे सचमुच तकलीफ़ हो रही थी और वह बुरी तरह पसीना-पसीना हो रही थी, इसलिए मैं उसकी अच्छी तरह मालिश करने लगी। फिर उसने माफ़ी माँगते हुए मुझसे कहा कि मुझे उसकी ब्रा उतारने पर कोई आपत्ति तो नहीं होगी, क्योंकि वह उसे चुभ रही थी। इसलिए, पता नहीं, मैंने वह उतार दी। वह एकदम कसा हुआ ब्लाउज़ पहने हुई थी, इसलिए मुझे उसके बटन खोलने पड़े और पीछे हाथ ले जाकर उसकी ब्रा का हुक खोलना पड़ा। उसके स्तन तेरह साल की लड़की के लिहाज़ से बहुत बड़े थे। मेरे स्तनों से दुगुने बड़े। और वह कोई स्टार्टर ब्रा नहीं, बल्कि वयस्कों वाला मॉडल पहने हुई थी, बहुत महँगे किस्म का। बेशक, उस समय मैं इतना ध्यान नहीं दे रही थी और बेवकूफ़ों की तरह उसकी पीठ मलती जा रही थी। वह अपनी दीन-हीन आवाज़ में लगातार माफ़ी माँगे जा रही थी, जैसे कि उसे वाक़ई अफ़सोस हो रहा हो, और मैं 'कोई बात नहीं, कोई बात नहीं' कहे जा रही थी।"

रेइको ने अपनी अगली सिगरेट की राख फ़र्श पर झाड़ दी। तब मैं अंगूर खाना बंद कर चुका था आर अपना पूरा ध्यान उसकी कहानी पर दे रहा था।

"थोड़ी देर बाद उसने सिसकना शुरू कर दिया। 'क्या बात है?' मैंने उससे पूछा। 'कुछ नहीं,' उसने कहा।

'ज़ाहिर है, कुछ तो बात है,' मैं कहती। 'मुझे सच बताओ। तुम्हें क्या चीज़ परेशान किए हुए है?'

इस पर उसने कहा, 'मेरे साथ ऐसा कभी-कभी हो जाता है। मुझे समझ में नहीं आता कि क्या करूँ। मैं बहुत अकेली और दुखी हूँ, और मैं किसी से बात नहीं कर सकती, और कोई मेरी परवाह नहीं करता। और इससे इतनी तकलीफ़ होती है कि मैं ऐसी हो जाती हूँ। मैं रात में सो नहीं पाती, और मेरा खाने को मन नहीं करता, और यहाँ आपसे सीखने आना ही एकमात्र ऐसी चीज़ है, जिसका मैं इंतज़ार करती रहती हूँ।'

इस पर मैं कहती हूँ, 'तुम मुझसे बात कर सकती हो। मुझे बताओ, तुम्हारे साथ ऐसा क्यों होता है।'

'घर के हालात ठीक नहीं हैं,' वह कहती है। वह अपने माँ-बाप को प्यार नहीं कर सकती और वे भी उसे प्यार नहीं करते। उसके पिता का किसी दूसरी औरत से मिलना-जुलना चल रहा है और वे बमुश्किल ही कभी घर आते हैं, और इससे उसकी माँ अधपागली सी हो जाती है और अपना सारा गुस्सा लड़की पर उतारती है; वह लगभग हर रोज़ उसे पीटती है और उसे घर जाने से नफ़रत होती है।

अब लड़की सचमुच रो रही है और उसकी आँखें आँसुओं से भरी हुई हैं–उसकी वे सुन्दर आँखें। यह दृश्य परमात्मा को भी रुलाने के लिए काफ़ी था। इसलिए मैं उससे कहती हूँ, 'अगर तुम्हें घर इतना भयावह लगता है, तो तुम जब चाहो मेरे घर आ सकती हो।'

जब वह यह सुनती है, तो लड़की मुझसे लिपट जाती है और कहती है, 'ओह, मुझे बहुत अफ़सोस है, लेकिन अगर आप न होतीं तो मुझे समझ में नहीं आता कि मैं क्या करूँ। प्लीज़, मुझसे मुँह मत मोड़ना। अगर आपने वैसा किया, तो मेरा कोई नहीं होगा।'"

"इसलिए, पता नहीं, मैं उसका सिर सीने से लगाए उसे सहला रही हूँ और कहे जा रही हूँ, 'अब बस करो, अब मत रोओ,' और वह मुझे अपनी बाँहों में घेरकर मेरी पीठ सहला रही है, और जल्दी ही मुझे अजीब-सा महसूस होने लगता है, मेरा पूरा बदन तप उठता है। मेरा मतलब है, यहाँ यह एक बेदाग़ ख़ूबसूरत लड़की है और मैं उसके साथ बिस्तर पर हूँ, और हम आलिंगन कर रहे हैं, और उसके हाथ इस क़दर कामुक ढंग से मेरी पीठ को सहला रहे हैं कि मेरा पति भी उसका मुक़ाबला नहीं कर सकता, और जितनी बार वह मुझे छू रही है, उतनी बार मैं अपने बदन के एक-एक स्क्रू को ढीला होता हुआ महसूस कर रही हूँ, और मुझे पता भी नहीं चलता कि कब वह मेरे ब्लाउज़ और ब्रा को हटा देती है और मेरे स्तनों को सहलाने लगती है। और तब जाकर मुझे अन्त में एक झटके के साथ यह बात समझ में आती है कि वह पक्की लेस्बियन है। यह मेरे साथ हाई स्कूल में एक बार हो चुका था, अपर क्लास की एक लड़की के साथ। इसलिए मैं उससे रुक जाने को कहती हूँ।"

"'ओह, प्लीज़,' वह कहती है, 'बस थोड़ी देर और। मैं बहुत अकेली हूँ। मैं बहुत अकेली हूँ। प्लीज़, मेरा विश्वास कीजिए, मेरे पास आपके अलावा कोई नहीं है। ओह, प्लीज़, मुझसे मुँह मत मोड़िए।' और फिर वह मेरा हाथ पकड़कर उसे अपने सीने पर रख देती है–उसके सुडौल स्तन पर। और हाँ, मैं एक औरत हूँ, लेकिन जैसे ही मेरा हाथ उससे छूता है, मेरे भीतर बिजली-सी दौड़ जाती है। मुझे समझ नहीं आता कि क्या करूँ। मैं बस किसी बेवकूफ़ की तरह 'नहीं, नहीं, नहीं, नहीं' दोहराती रहती हूँ। मैं जैसे लकवाग्रस्त हो गई हूँ, हिल तक नहीं पा रही। हाई स्कूल में मैं उस लड़की को ख़ुद से दूर धकेलने में कामयाब हो गई थी, लेकिन अब मैं कुछ भी नहीं कर पा रही हूँ। मेरा शरीर जैसे मेरी बात मानने से इंकार कर रहा था। वह अपने बाएँ हाथ से मेरा दायाँ हाथ अपने ऊपर दबाए हुए है, और मेरे स्तनों को चूम और चाट रही है, जबकि उसका दायाँ हाथ मेरी पीठ, कमर और नितम्बों को सहला रहा है। तो अब हाल यह है कि बन्द परदों वाले उस शयनकक्ष में एक तेरह साल की लड़की ने मुझे लगभग निर्वस्त्र कर दिया है–न जाने कब से वह धीरे-धीरे मेरे कपड़े उतारती जा रही थी–और वह मुझे हर जगह छू रही है, और उस स्पर्श से मेरा शरीर सिहर उठा था। अब पीछे मुड़कर देखती हूँ, तो यह सब अविश्वसनीय लगता है। मेरा मतलब है, यह पागलपन था, क्या तुम्हें नहीं लगता? लेकिन उस समय ऐसा लग रहा था जैसे उसने मुझ पर कोई जादू कर दिया हो।"

रेइको सिगरेट का कश लेने के लिए रुकी।

"जानते हो, यह पहली बार है, जब मैंने किसी मर्द को यह बात बताई है," उसने मेरी ओर देखते हुए कहा। 'मैं तुम्हें इसलिए बता रही हूँ, क्योंकि मुझे लगता है कि बताना चाहिए, लेकिन यह मुझे बेहद शर्मनाक लग रहा है।"

"मुझे अफ़सोस है," मैंने कहा, क्योंकि मुझे समझ में नहीं आया कि मैं और क्या कहूँ।

"यह सिलसिला कुछ देर जारी रहा, और फिर उसका दायाँ हाथ नीचे की ओर सरकने लगा, और उसने मेरी पेण्टीज़ के ऊपर से मुझे छुआ। तब तक मैं पूरी तरह तर हो चुकी थी। मुझे यह कहते हुए शर्म आ रही है, लेकिन उसके पहले या उसके बाद मैं कभी इतनी गीली नहीं हुई। मैं अपने बारे में हमेशा सोचा करती थी कि मैं सेक्स के प्रति उदासीन हूँ, इसलिए मैं इस क़दर

उत्तेजना को देखकर चकित थी। फिर उसने अपनी पतली, कोमल अँगुलियाँ मेरी पेण्टीज़ के भीतर डाल दीं, और... ख़ैर तुम समझ सकते हो कि मैं उसे शब्दों में बयान नहीं कर सकती। मेरा मतलब है, वह उससे पूरी तरह भिन्न था, जब कोई मर्द अपने अनाड़ी हाथों को वहाँ रखता है। वह अद्भुत था। वाक़ई। किसी कोमल पंख की तरह। मुझे लगा कि मेरे सिर के सारे फ़्यूज़ उड़ जाने वाले हैं। तब भी, मेरे धुँधलाते दिमाग़ के भीतर कहीं यह विचार सुगबुगा रहा था कि मुझे इसको रोकना होगा। अगर मैंने इसे होने दिया, तो यह कभी ख़त्म नहीं होगा, और अगर मुझे इस तरह के राज को अपने अन्दर छिपाए रहना पड़ा, तो मेरा दिमाग़ फिर से पूरी तरह गड़बड़ा जाएगा। मैंने अपनी बेटी के बारे में भी सोचा। अगर वह मुझे इस हालत में देख ले तो क्या होगा? शनिवार के दिनों में उसे आम तौर से तीन बजे तक मेरे माँ-बाप के यहाँ रहना होता था, लेकिन अगर किसी वजह से वह अचानक घर लौट आई तो? इस ख़याल ने मुझे अपनी ताक़त बटोरने और बिस्तर पर उठकर बैठ जाने में मदद की। 'यह बन्द करो अब, प्लीज़ बन्द करो!' मैं चिल्लाई।

"लेकिन वह नहीं रुकी। इसकी बजाय, उसने मेरी पेण्टीज़ एक झटके-से नीचे खींच दी और और अपनी जीभ का इस्तेमाल करने लगी। यह चीज़ मुझे इतनी शर्मनाक लगती थी कि अपने पति को भी मैं शायद ही कभी ऐसा करने देती थी, लेकिन अभी वह तेरह साल की लड़की मुझे उस जगह लगातार चाटे जा रही थी। मैंने हार मान ली। मैं केवल रो सकती थी। और वह नितान्त स्वर्गिक सुख था।"

"'बन्द करो!' मैं एक बार और चिल्लाई और उसके चेहरे पर एक थप्पड़ मारा। पूरी ताक़त से। अन्त में, वह रुक गई और उसने सिर उठाकर मेरी आँखों में देखा। हम दोनों पूरी तरह नग्न, अपने घुटनों पर, बिस्तर में, एक-दूसरे को घूर रहे थे। वह तेरह साल की थी और मैं इकत्तीस की, लेकिन पता नहीं, उसका वह शरीर देखते हुए मैं पूरी तरह अभिभूत थी। वह छवि अभी भी मेरी आँखों में जीवित है। मैं विश्वास ही नहीं कर पा रही थी कि मैं एक तेरह साल की लड़की के शरीर को देख रही थी, और मैं अभी भी विश्वास नहीं कर पाती। उसकी तुलना में, शरीर के नाम पर मेरे पास जो कुछ था, उसे देखकर तुम रो देते। विश्वास करो।"

मेरे पास कहने के लिए कुछ नहीं था, इसलिए मैंने कुछ नहीं कहा।

"'क्या बात है?" उसने मुझसे पूछा। 'आपको इसमें मज़ा आया, नहीं? मैं तभी समझ गई थी, जब मैं आपसे पहली बार मिली थी। मैं जानती हूँ, आपको यह अच्छा लगा। यह किसी पुरुष के साथ करने से बेहतर है – है ना? देखिए, आप किस क़दर गीली हो गई हैं। मैं आपको इससे ज़्यादा आनन्द दे सकती हूँ अगर आप मुझे करने दें। मैं आपको ऐसा महसूस करा सकती हूँ, जैसे आपका शरीर पिघल रहा हो। आप चाहती हैं कि मैं करूँ, है ना?' और उसका कहना सही था। उसके साथ यह करना, अपने पति के साथ करने से ज़्यादा अच्छा था। और मैं सचमुच चाहती थी कि वह करे, और भी ज़्यादा करे! लेकिन मैं यह होने नहीं दे सकती थी। 'हम हफ़्ते में एक बार किया करेंगे,' उसने कहा। 'सिर्फ़ हफ़्ते में एक बार। यह हमारा छोटा-सा राज होगा।'

"लेकिन मैं बिस्तर से उठ गई, अपने कपड़े पहने और उससे कहा कि वह जाए और फिर कभी वापस ना आए। वह सिर्फ़ मेरी ओर देखती रही। उसकी आँखें पूरी तरह भावशून्य थीं। मैंने उन्हें उस रूप में उसके पहले कभी नहीं देखा था। ऐसा लगता था, जैसे वे कार्डबोर्ड पर चित्रित हों। उनमें कोई गहराई नहीं थी। कुछ देर तक मुझे उसी तरह घूरने के बाद, एक भी शब्द बोले बिना, उसने अपने कपड़े समेटे और बहुत धीमे-धीमे, जैसे वह कोई प्रदर्शन कर रही हो, एक-एक कर अपने कपड़े पहनने लगी। फिर उसने उस कमरे में जाकर जहाँ पियानो था, अपने बैग से एक ब्रश निकाला। उसने ब्रश से अपने बाल सँवारे, रूमाल से अपने होंठ पोंछे, जूते पहने, और बाहर निकल गई। जाते-जाते उसने कहा, 'जानती हैं, आप लेस्बियन हैं। यह सच है। आप इसे छिपाने की कोशिश कर सकती हैं, लेकिन आप मरने के दिन तक लेस्बियन बनी रहेंगी।'

"क्या यह सच है?" मैंने पूछा।

रेइको ने अपने होंठ सिकोड़े और कुछ देर सोचती रही। "सच है भी और नहीं भी है। मैंने निश्चय ही उसके साथ अपने पति के मुक़ाबले बेहतर महसूस किया था। यह एक तथ्य है। एक ऐसा वक़्त था, जब मैं इस सवाल को लेकर बहुत परेशान रही थी। शायद मैं सचमुच लेस्बियन थी और उसके पहले मैंने इस ओर ध्यान नहीं दिया था। लेकिन अब मैं ऐसा नहीं सोचती। जिसका मतलब यह नहीं कि मुझमें वैसी प्रवृत्तियाँ नहीं हैं। मुझमें शायद वे मौजूद हैं। लेकिन

इस शब्द के सच्चे अर्थ में, मैं लेस्बियन नहीं हूँ। जब मैं किसी स्त्री को देखती हूँ तो मैं कभी उसकी लालसा महसूस नहीं करती। समझ रहे हो, मैं क्या कह रही हूँ?"

मैंने सहमति में सिर हिलाया।

"हालाँकि, कुछ ख़ास तरह की लड़कियाँ मुझ पर प्रतिक्रिया करती हैं, और जब वैसा होता है तो मैं महसूस करती हूँ। सिर्फ़ ऐसे ही मौक़ों पर मेरे मन में यह बात आती है। लेकिन, मैं नाओको को अपनी बाँहों में ले सकती हूँ और मैं कुछ ख़ास महसूस नहीं करती। जब बहुत गर्मी होती है, तो हम अपार्टमेंट में लगभग बिना कपड़ों के घूमते रहते हैं, और हम साथ-साथ नहाते हैं, यहाँ तक कि कभी-कभी एक ही बिस्तर पर सो जाते हैं, लेकिन कुछ नहीं होता। मैं कुछ भी महसूस नहीं करती। मैं देख सकती हूँ कि उसका एक सुन्दर शरीर है, लेकिन बस इतना ही। दरअसल, नाओको और मैंने एक बार एक खेल खेला था। हमने लेस्बियन होने का ढोंग रचा था। इस बारे में सुनना चाहते हो?"

"ज़रूर। मुझे बताओ।"

"जब मैंने उसे यह क़िस्सा सुनाया जैसे अभी तुम्हें सुनाया है – हम लोग एक-दूसरे को सारी बातें बताते हैं – तो नाओको ने एक प्रयोग करके देखा। हम दोनों ने कपड़े उतारे और उसने मुझे सहलाने की कोशिश की, लेकिन उससे कुछ हुआ नहीं। बस गुदगुदी भर हुई। मुझे लगा मैं हँस-हँसकर मर जाऊँगी। उसके बारे में सोचते हुए ही मुझे खुजली होने लगती है। वह बहुत अनाड़ी थी! मुझे विश्वास है, यह सुनकर तुम्हें अच्छा लगा होगा।"

"हाँ, सच कहूँ तो मुझे अच्छा लगा।"

"ख़ैर, जो भी हो, कुल मिलाकर बात इतनी ही थी," रेइको ने अपनी छोटी उँगली की नोक से भौंह के पास खुजलाते हुए कहा।

"उस लड़की के मेरे घर से जाने के बाद मैं एक कुर्सी ढूँढ़कर उस पर बैठ गई और कुछ देर तक शून्य में खोई रही, समझ नहीं पा रही थी कि क्या करूँ। मुझे अपने शरीर के भीतर कहीं गहराई से अपने दिल की धीमी धड़कन सुनाई दे रही थी।" अपनी बाँहें और पैर मुझे बहुत भारी लग रहे थे, और मुँह में ऐसा लग रहा था, जैसे मैंने कोई कीड़ा या ऐसा ही कुछ चबा लिया हो। यह जानते

हुए कि मेरी बेटी जल्दी ही वापस आने को है, मैं ख़ुद को घसीटती हुई बाथटब तक ले गई। मैं उन जगहों को धो डालना चाहती थी, जहाँ उस लड़की ने छुआ और चाटा था। मैंने बार-बार साबुन मला, लेकिन मैं उस चिपचिपेपन के अहसास से नहीं उबर सकी, जो वह लड़की अपने पीछे छोड़ गई थी। मैं जानती थी कि मैं शायद कल्पना मात्र कर रही थी, लेकिन इससे कोई मदद नहीं मिली। उस रात मैंने उस मलिनता से छुटकारा पाने के एक रास्ते के तौर पर अपने पति से सम्भोग करने का आग्रह किया। बेशक, मैंने उसे कुछ नहीं बताया – बता नहीं सकती थी। मैंने उससे सिर्फ़ इतना ही कहा कि मैं चाहती हूँ कि वह धीरे-धीरे करे और मुझे उससे ज़्यादा समय दे, जितना वह आम तौर पर दिया करता था। और उसने वैसा ही किया। उसने वाक़ई हर छोटी-छोटी चीज़ पर अपना ध्यान एकाग्र किया, वाक़ई लम्बा, लम्बा समय लिया, और जिस तरह उस रात मैं सन्तुष्ट हुई वैसा मैंने कभी अनुभव नहीं किया था, अपने वैवाहिक जीवन में कभी नहीं। और तुम क्या सोचते हो, वैसा क्यों हुआ? क्योंकि उस लड़की की अँगुलियों का स्पर्श अभी भी मेरी काया पर बना हुआ था। बस इतना ही।"

"ओह, मैन, यह शर्मनाक है! देखो, मुझे पसीना आ रहा है। मुझे विश्वास नहीं होता कि मैं ये बातें कर रही हूँ – उसने मेरे साथ 'सम्भोग किया',मैं 'सन्तुष्ट हुई'!" रेइको मुस्कराई, उसके होंठ फिर से मुड़ गए।

"लेकिन इससे भी मदद नहीं मिली। दो दिन बीत गए, तीन दिन बीत गए, और उसका स्पर्श अभी भी बना हुआ था। और उसके आख़िरी शब्द बार-बार मेरे कानों में गूँजते रहे।"

"अगले शनिवार को वह मेरे घर नहीं आई। इन्तज़ार करते हुए मेरा दिल पूरे वक़्त धड़कता रहा। मैं सोच रही थी कि अगर वह आ गई तो मैं क्या करूँगी। मेरा मन किसी चीज़ में नहीं लग रहा था। लेकिन, वह नहीं आई। बेशक। वह एक घमण्डी छोटी-सी लड़की थी, और अन्त में मेरे साथ विफल हो गई थी। वह अगले हफ़्ते भी नहीं आई, उसके बाद के हफ़्ते में भी नहीं आई, और यूँ पूरा एक महीना गुज़र गया। मैंने सोचा, जब पर्याप्त वक़्त बीत जाएगा तो जो भी कुछ हुआ है, उसे मैं भूल सकूँगी, लेकिन मैं भूली नहीं। जब मैं घर में अकेली होती, मैं उसकी मौजूदगी महसूस करती रहती और बैचेन रहती। मैं पियानो नहीं बजा पाती थी, सोच नहीं पाती थी, उस पहले महीने के दौरान मैं

कुछ नहीं कर सकी। और एक दिन मुझे अहसास हुआ कि जब कभी मैं घर से बाहर जाती थी, तो कुछ गड़बड़ होती थी। पड़ोस के लोग मुझे अजीब-सी नज़रों से देखते थे। उनकी आँखों में एक नई दूरी होती। वे अभिवादन तो उसी विनम्र ढंग से करते थे, लेकिन उनके लहज़े में और मेरे प्रति उनके व्यवहार में कोई चीज़ अलग होती थी। बग़ल में रहने वाली औरत, जो कभी-कभार मेरे घर आ जाया करती थी, लगा वह मुझे नज़रन्दाज़ कर रही है। हालाँकि मैंने इन चीज़ों से परेशान ना होने की कोशिश की। इस तरह की चीज़ों पर ध्यान देना शुरू करते ही आप बीमारी के पहले लक्षण महसूस करने लगते हैं।"

"तभी एक दिन एक और गृहिणी मेरे घर आई, जिससे मेरे दोस्ताना रिश्ते थे। हम एक ही उम्र के थे और वह मेरी माँ की एक दोस्त की बेटी थी, और उसकी बच्ची भी उसी किंडरगार्टन में पढ़ने जाती थी, जिसमें मेरी बच्ची जाती थी, इसलिए हमारे बीच काफ़ी निकटता थी। बस वह यूँ ही एक दिन आई और मुझसे पूछने लगी कि क्या मुझे जानकारी है कि मेरे बारे में कितनी भयानक अफ़वाह फैली हुई है। मैंने कहा, मुझे नहीं मालूम।"

"'किस तरह की अफ़वाह?' मैंने पूछा।

"'वह इतनी भद्दी है कि मैं कह भी नहीं सकती,' उसने कहा।

"'अरे जब तुमने इतनी बात बता दी तो बाक़ी भी बता ही दो।'

"तब भी वह बताने से बचती रही, लेकिन आख़िर में, मैंने उसके मुँह से उगलवा ही लिया। मेरा मतलब है, वह आई ही मुझे वह बताने के लिए थी, जो उसने सुना था; इसलिए अन्ततः तो वह उगलने ही वाली थी। उसके मुताबिक़, लोग कह रहे थे कि मैं घोषित रूप से लेस्बियन हूँ और इसकी वजह से कई बार मानसिक रोगियों के अस्पताल में जाती रही हूँ। उनका कहना था कि मैंने पियानो सीखने आने वाली अपनी शिष्या के कपड़े उतार दिए थे और उसके साथ वह सब करने की कोशिश की थी और जब उसने इसका विरोध किया तो मैंने उसे इतनी ज़ोर का तमाचा मारा कि उसका चेहरा सूज गया था। ज़ाहिर है, उन्होंने कहानी को उलट दिया था, जो अपने आप में बहुत बुरा था, लेकिन जिस चीज़ ने मुझे वाक़ई चोट पहुँचाई, वह यह थी कि लोगों को यह मालूम था कि मैं अस्पताल में भर्ती रही थी।"

"मेरी दोस्त ने कहा कि वह हर किसी को यह बताती फिर रही है कि वह मुझे हमेशा-से जानती है और मैं उस तरह की नहीं हूँ, लेकिन लड़की के माँ-बाप उसकी बात पर विश्वास करते हैं और इसीलिए वे सारे पड़ोस में यह बात फैला रहे हैं। इसके अतिरिक्त, उन्होंने मेरे अतीत की छानबीन की है और पता लगा लिया है कि मेरे साथ दिमाग़ी समस्याएँ जुड़ी रही हैं।"

"जिस तरह मेरी दोस्त ने सुना था, उसके मुताबिक़, वह लड़की जब एक दिन – ज़ाहिर है, उसी दिन – पियानो की अपनी कक्षा से वापस घर लौटी तो उसका चेहरा फूला हुआ था, उसके होंठ कटे हुए और ख़ून के दाग़ लिए हुए थे, उसके ब्लाउज़ के बई बटन ग़ायब थे, यहाँ तक कि उसका अण्डरवियर फटा हुआ था। क्या तुम विश्वास कर सकते हो? ज़ाहिर है, उसने अपने अपनी कहानी को सही साबित करने के लिए यह सब किया था, जो उसकी माँ ने उससे उगलवाया था। मैं उसे यह सब करते हुए देख सकती थी – अपने ब्लाउज़ पर ख़ून के निशान लगाना, उसके बटन तोड़ना, अपनी ब्रा की लेस फाड़ लेना, आँखों के लाल हो जाने तक रोते रहना, अपने बालों को बिखरा लेना, अपनी माँ से ढेर सारे झूठ बोलना।"

"ऐसा नहीं है कि उस पर विश्वास करने के लिए लोगों को दोष दे रही हूँ। मैंने ख़ुद शैतानी ज़ुबान वाली उस ख़ूबसूरत गुड़िया की बात पर विश्वास कर लिया होता। वह रोती हुई घर आती है, शर्म के मारे बात नहीं करना चाहती, लेकिन फिर सब कुछ उगल देती है। बेशक, लोग उस पर विश्वास करेंगे। और स्थिति इससे और बदतर हो जाती है कि यह सच है कि दिमाग़ी समस्याओं की वजह से अस्पताल में भर्ती रहने का मेरा एक इतिहास रहा है, मैंने पूरी ताक़त से उसे तमाचा मारा था। मेरी बात पर कौन विश्वास करेगा? हो सकता है, मेरा पति कर ले, बस।"

"कुछ दिन और गुज़र गए, जिस दौरान मैं इस सवाल से जूझती रही कि मैं उसे बताऊँ या ना बताऊँ, लेकिन जब मैंने बता दिया तो उसने मेरा विश्वास किया। बेशक। मैंने उसे वह सब कुछ बता दिया, जो उस दिन हुआ था – उसने जिस तरह की लेस्बियन हरक़त मेरे साथ की थी, जिस तरह मैंने उसके चेहरे पर तमाचा मारा था। बेशक, मैंने उसे यह नहीं बताया कि मैंने कैसा महसूस किया था। सवाल ही नहीं उठता कि मैं उसे यह बता सकती। तो ख़ैर, वह आग बबूला

हो उठा और सीधे उस लड़की के परिवार के पास जाने पर ज़ोर देने लगा। उसने कहा, 'आख़िरकार, तुम एक शादीशुदा औरत हो। तुम मुझसे विवाहित हो। और तुम एक माँ हो! तुम्हारे लेस्बियन होने का सवाल ही नहीं उठता! साला क्या मज़ाक़ है!'

"लेकिन मैंने उसे नहीं जाने दिया! वह हालात और भी बिगाड़ देता! वाक़ई, मैं जानती थी! मैं जानती थी कि वह बीमार है। मैंने सैकड़ों बीमार लोग देखे थे, इसलिए मैं जानती थी। वह लड़की अन्दर से सड़ी हुई थी। तुम उस ख़ूबसूरत चमड़ी को छीलते, और तुम्हें वहाँ सड़े हुए मांस के सिवा कुछ भी ना मिलता! मैं जानती हूँ कि ऐसा कहना भयानक है, लेकिन यह सच है। और मैं जानती थी कि साधारण लोग उसकी इस सच्चाई को कभी नहीं जान पाते, इसका सवाल ही नहीं उठता था कि हम जीत पाते। वह अपने आसपास के वयस्क लोगों की भावनाओं को अँगुलियों पर नचाने में उस्ताद थी, और फिर हमारे पास ऐसा कोई सबूत नहीं था, जिससे हम अपनी बात साबित कर पाते। सबसे पहली बात तो यही थी कि कौन था, जो भरोसा करता कि एक तेरह साल की लड़की ने तीस साल से ऊपर की एक औरत को फाँसने के लिए समलैंगिकता का जाल बिछाया था? हम कुछ भी कहते, लोग उसी चीज़ पर विश्वास करते जिस पर वे विश्वास करना चाहते थे। हम जितना ही लड़ते, उतने ही कमज़ोर पड़ते जाते।

"हम सिर्फ़ एक ही काम कर सकते थे, मैंने कहा; हमें यहाँ से चले जाना होगा! अगर मैं उस इलाक़े में और ज़्यादा रुकती, तो तनाव मुझे खा जाता; मेरा दिमाग़ फिर से बेक़ाबू हो जाता। यह होने ही लगा था। हमारा वहाँ से चले जाना अनिवार्य था, किसी ऐसी जगह जहाँ मुझे कोई ना जानता होता। हालाँकि, मेरा पति जाने को तैयार नहीं था। उसे अभी यह अहसास ही नहीं था कि मेरी हालत कितनी ख़राब थी! और समय भी बेहद बुरा था। उसे अपना काम बहुत पसंद आने लगा था, और बड़ी मुश्किल से वह हमें हमारे अपने घर में बसाने में सफल हुआ था–हम एक छोटे-से प्रीफ़ैब्रिकेटेड घर में रहते थे–और हमारी बेटी भी अपने किंडरगार्टन में अच्छी तरह घुल-मिल गई थी।

"ज़रा ठहरो," उसने कहा, "हम यूँ ही सब कुछ छोड़कर तुरंत कहीं और नहीं जा सकते। मैं इतनी आसानी से कोई नई नौकरी नहीं ढूँढ़ सकता। हमें

यह घर बेचना पड़ेगा, और बेटी के लिए दूसरा किंडरगार्टन भी ढूँढ़ना होगा। कम-से-कम दो महीने तो लग ही जाएँगे।"

"मैं दो महीने इंतज़ार नहीं कर सकती," मैंने उससे कहा। "यह मुझे हमेशा के लिए ख़त्म कर देगा। मैं मज़ाक नहीं कर रही। मेरा विश्वास करो, मैं जानती हूँ कि मैं क्या कह रही हूँ।" लक्षण पहले ही दिखाई देने लगे थे–मेरे कानों में लगातार भनभनाहट हो रही थी, मुझे तरह-तरह की आवाज़ें सुनाई देने लगी थीं, और मैं सो भी नहीं पा रही थी। तब उसने सुझाव दिया कि मैं पहले अकेले कहीं चली जाऊँ, और वह यहाँ के ज़रूरी काम निपटाने के बाद मेरे पास आ जाएगा।" 'नहीं,' मैंने कहा। मैं अकेली कहीं नहीं जाना चाहती। अगर तुम नहीं होगे तो मैं टूट जाऊँगी। मुझे तुम्हारी ज़रूरत है। प्लीज़, मुझे अकेला मत छोड़ो।'

"उसने मुझे थाम लिया और समझाने लगा कि मैं कुछ समय और इन्तज़ार करूँ! सिर्फ़ एक महीना, उसने कहा। वह सब कुछ सँभाल लेगा – नौकरी छोड़ देगा, मकान बेच देगा, किण्डरगार्टन का इन्तज़ाम कर लेगा, और कोई नई नौकरी तलाश लेगा। उसने कहा कि ऑस्ट्रेलिया में उसके लिए नौकरी मिलने की संभावना है। वह सिर्फ़ एक महीना इन्तज़ार करना चाहता था, और सब कुछ ठीक हो जाने वाला था। इस पर मैं और ज़्यादा कुछ नहीं कह सकी। अगर मैं आपत्ति करने की कोशिश करती, तो इससे मैं और भी अलग-थलग पड़ जाती।"

रेइको ने गहरी साँस ली और सीलिंग की रोशनी की ओर देखा।

"लेकिन, मैं एक महीना इन्तज़ार नहीं कर सकती थी। एक दिन, वह फिर हुआ : चटाक! और इस बार वह वाक़ई बुरा था। मैंने नींद की गोलियाँ खा लीं और गैस चालू कर दी। मेरी नींद अस्पताल के बिस्तर पर खुली, और सब कुछ समाप्त हो चुका था। एक महीना लग गया, जब मेरा चित्त इतना शान्त हो सका कि मैं सोच सकती, और तब मैंने अपने पति से कहा कि वह मुझे तलाक़ दे दे। मैंने उससे कहा कि यह उसके लिए और हमारी बेटी के लिए ठीक होगा। उसने कहा, मुझे तलाक देने का उसका कोई इरादा नहीं है।"

"हम एक नई शुरुआत कर सकते हैं," उसने कहा। "हम किसी नई जगह पर जा सकते हैं, बस हम तीनों, और सब कुछ फिर से शुरू कर सकते हैं।"

"अब बहुत देर हो चुकी है," मैंने उससे कहा। "जब तुमने मुझसे महीना भर इंतज़ार करने को कहा था, तभी सब कुछ ख़त्म हो गया था। अगर तुम वाक़ई नए सिरे से शुरू करना चाहते थे, तो तुम्हें मुझसे वह नहीं कहना चाहिए था। अब हम कहीं भी चले जाएँ, हम कितनी ही दूर चले जाएँ, वही सब कुछ फिर से होगा। और मैं तुमसे उसी चीज़ के लिए कहूँगी और तुम्हें दुखी करूँगी! मैं अब वैसा और नहीं करना चाहती।"

"और इस तरह हमने तलाक़ ले लिया। या यूं कहना चाहिए, मैंने उसे तलाक़ दे दिया। हालाँकि, दो साल पहले उसने फिर से शादी कर ली। मैं अभी भी ख़ुश हूँ कि मैंने उसे मुझसे मुक्त कर दिया! सचमुच। मैं जानती थी कि मैं अब बाक़ी ज़िन्दगी भर ऐसी ही रहूँगी, और मैं किसी को भी अपने साथ घसीटना नहीं चाहती थी। मैं नहीं चाहती थी कि कोई लगातार इस ख़ौफ़ के साथ जीता कि मेरा दिमाग़ किसी भी पल बेक़ाबू हो सकता है।"

"उसका रवैया मेरे प्रति बहुत अच्छा रहा था–एक आदर्श पति: वफ़ादार, मज़बूत और धैर्यवान; एक ऐसा व्यक्ति, जिस पर मैं पूरा भरोसा कर सकती थी। उसने मुझे ठीक करने के लिए वह सब कुछ किया, जो वह कर सकता था, और मैंने भी ख़ुद को स्वस्थ कर सकने के लिए वह सब कुछ किया, जो मैं कर सकती थी–उसकी ख़ातिर और हमारी बेटी की ख़ातिर। और मुझे अपने ठीक हो जाने का विश्वास था। शादी के बाद के छह साल मैं सुखी रही थी। उसके निन्यान्वे प्रतिशत का श्रेय उसी को जाता था, लेकिन बाक़ी एक प्रतिशत गड़बड़ा गया। चटाक! जो कुछ भी हमने खड़ा किया था, वह ढह गया। और यह उस लड़की ने किया था।"

रेइको ने सिगरेट के जिन ठूँठों को पैरों से कुचल दिया था, उन्हें इकट्ठा किया और उन्हें टीन के कैन में फेंक दिया।

"यह भयानक क़िस्सा है। अपनी दुनिया खड़ी करने में हमने बहुत मेहनत की थी, बहुत मेहनत, एक-एक ईंट जमाते हुए। और जब वह ढही, तो वह अचानक से हुआ। इसके पहले कि तुम्हें पता चल पाता, सब कुछ ख़त्म चुका था।"

रेइको खड़ी हो गई और उसने अपने हाथ अपनी पेण्ट की जेबों में डाल लिए। "हमें वापस चलना चाहिए। देर हो गई है।"

आसमान काला था, बादल पहले से ज़्यादा घने थे, चन्द्रमा अदृश्य था। अब, मुझे अहसास हुआ कि रेइको की तरह मैं भी बारिश को सूँघ सकता था। और उसकी गन्ध में उन अंगूरों की ताज़ा गन्ध मिली हुई थी, जिनका थैला मैं अपने हाथ में लिए हुए था।

"यही वजह है कि मैं इस जगह को छोड़ नहीं सकती," उसने कहा। "मुझे यह जगह छोड़ने और बाहर की दुनिया में शामिल होने से डर लगता है। मैं नए लोगों से मिलने और नए अहसासों को महसूस करने से डरती हूँ।"

"मैं समझता हूँ," मैंने कहा। "लेकिन मुझे लगता है, तुम यह कर सकती हो। मुझे लगता है, तुम बाहर जा सकती हो और कामयाब हो सकती हो।"

रेइको मुस्कराई, लेकिन उसने कुछ कहा नहीं।

नाओको एक पुस्तक लिए सोफ़े पर बैठी थी। उसका एक पैर दूसरे पर रखा हुआ था और पढ़ते हुए उसने अपनी हथेली से कनपटी को दबा रखा था। लगता था, उसकी अँगुलियाँ उस एक-एक शब्द को छू और परख रही थीं, जो उसके दिमाग़ में प्रवेश कर रहा था। बिखरी-बिखरी पानी की बूँदें छत पर टप-टप करने लगी थीं। लैम्प की रोशनी ने नाओको को लपेट रखा था, वह उसके चारों ओर बारीक़ धूल की तरह मँडरा रही थी। रेइको के साथ अपनी लम्बी बातचीत के बाद, नाओको का यौवन मुझे एकदम नए रूप में महसूस हो रहा था।

"सॉरी, हमें बहुत देर हो गई," रेइको ने नाओको के सिर को थपथपाते हुए कहा।

"मज़े किए?" नाओको ने सिर ऊपर उठाते हुए पूछा।

"बेशक," रेइको ने कहा।

"क्या किया?" नाओको ने मुझसे पूछा "- तुम दोनों ने।"

"बताने की छूट नहीं है, मिस," मैंने जवाब दिया।

नाओको मुस्करा दी और उसने अपनी पुस्तक नीचे रख दी। उसके बाद हम तीनों ने बारिश की आवाज़ सुनते हुए अंगूर खाए।

"जब इस तरह बारिश होती है," नाओको ने कहा, "तो लगता है कि

दुनिया में केवल हम ही हैं। काश! इसी तरह बारिश होती रहे ताकि हम तीनों एक-साथ बने रहें।"

"ओह, बिलकुल," रेइको ने कहा, "और जिस दौरान तुम दोनों लगे रहो, मैं तुम्हें पंखा झलती रहूँ या किसी गूँगे ग़ुलाम की तरह अपनी गिटार पर बैकग्राउण्ड संगीत बजाती रहूँ। नहीं, शुक्रिया!"

"ओह, मैं उसे कभी-कभार तुम्हारे लिए छोड़ दूँगी," नाओको ने हँसते हुए कहा।

"ओ.के, तब मुझे शामिल समझो," रेइको ने कहा। "आओ बारिश, जम के बरसो!"

बारिश सचमुच ज़ोरों से हो रही थी, और लगातार होती जा रही थी। समय-समय पर बिजली की गरज से पूरी जगह काँप उठती थी। जब हमने अंगूर ख़त्म कर लिए, तो रेइको फिर से अपनी सिगरेटों की ओर लौट गई, बिस्तर के नीचे से गिटार निकाला और बजाने लगी–पहले "डेसाफिनाडो" और "द गर्ल फ्रॉम इपानेमा", फिर कुछ बैकरैक के गीत और कुछ लेनन और मैकार्टनी के गाने।

रेइको और मैंने फिर से वाइन की चुस्कियाँ लीं, और जब वह भी समाप्त हो गई, तो मेरी फ्लास्क में बची ब्रैंडी हम दोनों ने बाँटकर पी। हम तीनों रात गहराने तक बातें करते रहे, और एक गरमाहट भरा, आत्मीय माहौल हम पर छा गया। नाओको की तरह मैं भी यह चाहने लगा था कि बारिश यूँ ही लगातार बरसती रहे। "क्या तुम मुझसे मिलने फिर से आओगे?" नाओको ने मेरी ओर देखते हुए पूछा।

"निश्चय ही मैं आऊँगा," मैंने कहा।

"और तुम लिखोगे?"

"हर हफ़्ते।"

"और क्या तुम उसमें मेरे लिए भी कुछ लाइनें जोड़ोगे?" रेइको ने पूछा।

"वह मैं ज़रूर करूँगा," मैंने कहा। "मुझे ख़ुशी होगी।"

ग्यारह बजे, रेइको ने सोफे को खोला और पिछली रात की तरह मेरा बिस्तर तैयार कर दिया। हमने गुडनाइट कहा और बत्तियाँ बुझा दीं और अपने-

अपने बिस्तर पर चले गए। नींद नहीं आ रही थी, इसलिए मैंने अपने बैग से द *मैजिक माउण्टेन* और फ़्लैश लाइट निकाली और कुछ देर पढ़ता रहा। आधी रात के ठीक पहले, बेडरूम का दरवाज़ा खुला और नाओको आई और घिसटती हुई मेरे बग़ल में आकर लेट गई। पिछली रात से भिन्न, आज नाओको सामान्य थी। उसकी आँखों में एकाग्रता थी, उसकी हरकतों में चपलता थी। अपना मुँह मेरे कान के पास लाकर वह फुसफुसाई, "पता नहीं, मैं सो नहीं पा रही।"

"मैं भी नहीं," मैंने कहा। अपनी पुस्तक नीचे रखकर और फ़्लैश लाइट बन्द कर, मैंने उसे बाँहों में समेटा और उसे चूम लिया। अँधेरा और बारिश की आवाज़ हमें ढँके हुए थी।

"रेइको?"

"चिन्ता मत करो, वह गहरी नींद में है। और जब वह सोती है, तो सोती है।" फिर नाओको ने पूछा, "क्या तुम वाक़ई मुझसे मिलने फिर से आओगे?"

"मैं आऊँगा, पक्के तौर पर।"

"तब भी जबकि मैं तुम्हारे लिए कुछ नहीं कर सकती?"

मैंने अँधेरे में सिर हिलाया। मैं अपनी छाती पर उसके स्तनों की समूची बनावट को महसूस कर रहा था। मैंने अपनी हथेली की सपाट सतह से उसके गाउन के ऊपर से उसके शरीर की रूपरेखा को महसूस किया। कंधों से पीठ तक, फिर कूल्हों तक, मैं बार-बार अपना हाथ फिराता रहा, मानो उसके शरीर की उन रेखाओं और उसकी कोमलता को अपने मस्तिष्क में गहराई से अंकित कर लेना चाहता हूँ।

कुछ देर तक हम इसी कोमल आलिंगन में पड़े रहे। फिर नाओको ने अपने होंठ मेरे माथे से छुआए और बिस्तर से निकल गई। अँधेरे में उसका हल्का नीला गाउन ऐसे चमका, जैसे कोई मछली पानी में लहराकर गुज़र गई हो।

"गुड-बाइ," उसने हल्की-सी आवाज़ में पुकारा।

मैं बारिश की आवाज़ सुनता हुआ मीठी नींद में डूब गया।

बारिश अगली सुबह भी जारी थी – हल्की, लगभग अदृश्य-सी पतझड़ की बारिश जो पिछली रात की तेज़ बारिश से भिन्न थी। आपको केवल पोखरों में

उठती तरंगों और छज्जे से टपकती पानी की बूँदों की आवाज़ से पता चलता था कि बारिश हो रही थी। जब मैं जागा तो दूधिया सफ़ेद धुन्ध खिड़की पर छाई हुई थी, लेकिन जैसे ही सूरज उगा, एक मंद पवन उस धुन्ध को उड़ा ले गई, और आसपास के जंगल और पहाड़ियाँ दिखना शुरू हो गए।

जैसाकि हमने एक दिन पहले किया था, हम तीनों ने नाश्ता किया और बर्ड हाउस के लिए चल पड़े। नाओको और रेइको ने हुड वाली विनाइल रेन कैप पहनी हुई थी। मैंने एक स्वेटर और वॉटरप्रूफ विण्डब्रेकर पहन लिया था। बाहर की हवा नम और ठण्डी थी। परिन्दे भी बारिश से बचते हुए लग रहे थे, जो पिंजरे के पिछले हिस्से में एक-दूसरे से सटे बैठे थे।

"जब यहाँ बारिश होती है, तो मौसम ठण्डा हो जाता है, है ना?" मैंने रेइको से कहा।

"अब, जब भी बारिश होगी, थोड़ी-सी ठण्डक हो जाएगी, और यह सिलसिला ठण्डक के बर्फ़ में बदल जाने तक जारी रहेगा," उसने कहा। "जब जापानी समुद्र के बादल यहाँ से गुज़रते हैं तो वे टनों बर्फ़ यहाँ छोड़ जाते हैं।"

"जाड़ों में तुम इन परिन्दों का क्या करती हो?"

"ज़ाहिर है, उन्हें अन्दर ले जाते हैं। और हमें क्या करना चाहिए – वसन्त में जमी हुई बर्फ़ से उन्हें खोद कर बाहर निकालना चाहिए? तुम्हें क्या लगता है – हम उनकी बर्फ़ पिघलाकर उन्हें वापस जीवित करते हैं और चिल्लाते हैं, ठीक है, आओ और ले जाओ!"

मैंने तार की जाली को छेड़ा तो तोते ने अपने पंख फड़फड़ाए और चीख़ा, "शिटहैड! थैंक यू! क्रेज़ी!"

"*इसको* मैं ज़रूर जमा दूँगी," नाओको ने चेहरे पर उदासी का भाव लाते हुए कहा। "मुझे सचमुच लगता है कि अगर मुझे हर सुबह इसे सुनना पड़ा तो मैं पागल हो जाऊँगी!"

बर्ड हाउस की सफ़ाई करने के बाद हम वापस अपार्टमेंट में चले गए। जिस दौरान मैंने अपना सामान पैक किया, उन स्त्रियों ने फ़ॉर्म के कपड़े पहन लिए। हम साथ-साथ इमारत से निकले और टेनिस कोर्ट के परे जाकर हमने अपने रास्ते बदल लिए। वे दाएं मुड़ गईं और मैं सीधा आगे बढ़ता गया। हमने

एक-दूसरे को गुड-बाई कहा और मैंने फिर से आने का वादा किया। नाओको हल्की-सी मुस्कराई और नुक्कड़ पर जाकर ग़ायब हो गई।

गेट तक जाते हुए मुझे कई लोग मिले। सभी ने उसी तरह की पीले रंग की बारिश की टोपियाँ पहन रखी थीं, जैसी नाओको और रेइको ने पहनी हुई थीं, सब के हुड उठे हुए थे। बारिश में रंग असाधारण स्पष्टता के साथ चमक रहे थे। ज़मीन गहरी काली थी, देवदार की शाखाएँ चमकीली हरी थीं, और पीले कपड़ों में लिपटे हुए लोग उन विशिष्ट आत्माओं की तरह लग रहे थे, जिन्हें सिर्फ़ बरसात की सुबहों में धरती पर भटकने की इजाज़त मिली हुई थी। वे खेती के औज़ार और टोकरियाँ और एक तरह की बोरी लिए हुए खामोश धरती पर चल रहे थे।

गेटकीपर को मेरा नाम याद था और जब मैं बाहर निकला तो उसने मुलाक़ातियों की सूची में मेरे नाम पर निशान लगा दिया। "आप टोक्यो से हैं," उस बुज़ुर्ग ने कहा। "मैं एक बार वहाँ गया था। सिर्फ़ एक बार। वहाँ बहुत अच्छा पोर्क मिलता है।"

"अच्छा?" मैंने पूछा, मुझे समझ नहीं आ रहा था कि मैं उसे क्या जवाब दूँ।

"टोक्यो में, मैंने जो कुछ भी खाया, वह मुझे बहुत पसन्द नहीं आया, लेकिन पोर्क बहुत लजीज़ था। मेरा ख़याल है, वे किसी ख़ास ढंग से सूअरों को पालते हैं?"

मैंने कहा मैं नहीं जानता, मैंने यह पहली बार सुना था। "वैसे, यह कब की बात है, जब आप टोक्यो गए थे?"

"आँ, याद करने की कोशिश करता हूँ," उसने सिर तिरछा करते हुए कहा, "क्या ये तब की बात है, जब हिज़ मैजेस्टी द क्राउन प्रिंस की शादी हुई थी? मेरा बेटा टोक्यो में था और उसने मुझसे कहा कि मुझे कम-से-कम एक बार वह जगह ज़रूर देखनी चाहिए। उस समय। उन्नीस सौ उनसठ।"

"ओह, अच्छा, निश्चय ही, तब टोक्यो का पोर्क अच्छा रहा होगा," मैंने कहा।

"इन दिनों कैसा है?" उसने पूछा।

मुझे पक्का नहीं मालूम, मैंने कहा, लेकिन मुझे उसके बारे में कोई विशेष बात सुनने को नहीं मिली। लगा, यह सुनकर वह बहुत निराश हो गया था। उसने हमारी बातचीत को जारी रखने के सारे संकेत दिए, लेकिन मैंने कहा कि मुझे एक बस पकड़नी है, और मैंने सड़क की दिशा में चलना शुरू कर दिया। जहाँ सड़क नदी से लगी थी, वहाँ कोहरे के कुछ टुकड़े तैर रहे थे, लेकिन हवा उन्हें पास की पहाड़ी की खड़ी ढलानों की ओर उड़ा ले जा रही थी। चलते-चलते बीच-बीच में, मैं ठहर जाता, मुड़ता और बिना किसी ख़ास वजह के गहरी साँस लेता। मुझे कुछ ऐसा लग रहा था मानो मैं ऐसे ग्रह पर चला आया था, जहाँ का गुरुत्वाकर्षण थोड़ा अलग था। हाँ, निश्चय ही, मैंने उदास महसूस करते हुए ख़ुद से कहा : अब मैं बाहरी दुनिया में था।

साढ़े चार बजे मैं छात्रावास पहुँच गया। वहाँ मैंने जल्दी से कपड़े बदले और अपना काम करने शिन्जुकू की रिकॉर्ड की दुकान के लिए निकल पड़ा। छह से साढ़े दस बजे तक मैंने दुकान संभाली और कुछ रिकॉर्ड बेचे, लेकिन ज़्यादातर समय मैं वहीं बैठा बाहर आने-जाने वाले अलग-अलग तरह के लोगों को देखता रहा। वहाँ परिवार थे, प्रेमी जोड़े थे, शराबी थे, गिरोहों में घूमने वाले लड़के थे, छोटी स्कर्ट पहने चंचल लड़कियाँ थीं, दाढ़ी वाले हिप्पी थे, बार में काम करने वाली लड़कियाँ थीं, और कुछ ऐसे लोग भी थे जिन्हें किसी एक तरह से समझना मुश्किल था। जब भी मैं हार्ड रॉक बजाता, तो हिप्पी और घर से भागे हुए बच्चे बाहर इकट्ठा होकर नाचने लगते, पेंट थिनर सूँघते या चुपचाप ज़मीन पर बैठे रहते। और जैसे ही मैं टोनी बेनेट के गाने बजाता, वे सब वहाँ से गायब हो जाते।

बगल में एक दुकान थी, जहाँ एक अधेड़ उम्र का, हमेशा उनींदा-सा दिखने वाला आदमी "एडल्ट टॉयज़" बेचता था। मैं समझ नहीं पाता था कि कोई उन अजीब-सी सेक्स से जुड़ी चीज़ों को क्यों खरीदना चाहेगा, लेकिन उसका काम अच्छा चलता दिखाई देता था।

रिकॉर्ड स्टोर के सामने वाली गली में मैंने एक नशे में धुत छात्र को उल्टी करते देखा। दूसरी ओर, हमारे सामने बने खेल-केंद्र में पास के भोजनालय का एक रसोइया अपने खाली समय में पैसों वाला बिंगो खेल रहा था। और एक

दुकान, जो रात के लिए बंद हो चुकी थी, उसके छज्जे के नीचे एक साँवले चेहरे वाला बेघर आदमी चुपचाप सिकुड़कर बैठा था। फीकी गुलाबी लिपिस्टिक लगाए एक लड़की, जो जूनियर हाई स्कूल से ज़्यादा उम्र की ना रही होगी, अन्दर आई और उसने मुझसे रोलिंग स्टोन का "जम्पिन जैक फ़्लैश" बजाने को कहा। जब मैंने वह रिकॉर्ड उठाया और उसे बजाना शुरू किया, तो वह लड़की गाने की लय पर चुटकियाँ बजाने लगी और कूल्हे हिलाकर दुकान में नाचने लगी। उसके बाद उसने मुझसे एक सिगरेट माँगी। मैंने मैनेजर की सिगरेट निकालकर उसे दे दी, जिसे उसने ज़ाहिर तौर पर आनन्द लेते हुए पिया, और जब रिकॉर्ड समाप्त हो गया तो वह धन्यवाद दिए बिना ही दुकान से चली गई। हर पंद्रह मिनट में कभी एम्बुलेंस तो कभी पुलिस की गाड़ी का सायरन सुनाई दे जाता। सूट और टाई पहने तीन नशे में धुत कंपनी कर्मचारी वहाँ से गुज़रे। वे एक टेलीफ़ोन बूथ में खड़ी सुंदर, लंबे बालों वाली लड़की को देखकर हर बार ऊँची आवाज़ में "पीस ऑफ़ ऐस!" चिल्लाते और फिर ज़ोर-ज़ोर से हँसने लगते।

मैं जितना ही देखता गया, उतना ही मेरा दिमाग़ अस्त-व्यस्त होता गया। यह सब क्या है? मैं सोचने लगा। इस सबका क्या मतलब हो सकता है?

मैनेजर अपने डिनर से लौट आया और बोला, "ऐ वातानबे, जानते हो? परसों रात मैं उस बुटीक वाली लड़की के साथ सोया था।" पिछले कुछ समय से उसकी नज़रें पास के बुटीक में काम करने वाली उस लड़की पर टिकी हुई थीं। वह कभी-कभी दुकान से कोई रिकॉर्ड निकालकर उसे उपहार में भी दे देता था।

"अच्छा है," मैंने कहा। इसके बाद वह अपनी इस जीत का पूरा किस्सा सुनाने लगा।

"अगर तुम किसी लड़की को पटाना चाहते हो, तो तुम्हें बस यह करना होगा," वह बड़े आत्ममुग्ध अंदाज़ में बोला। "पहले उसे तोहफ़े दो। फिर उसे शराब पिलाओ–मेरा मतलब है, इतना पिलाओ कि वह पूरी तरह नशे में हो जाए। उसके बाद जो करना हो, कर लो। बहुत *आसान* है। समझ रहे हो न मैं क्या कह रहा हूँ?"

हमेशा की तरह अस्त-व्यस्त दिमाग़ लिए मैंने एक कम्यूटर ट्रेन पकड़ी और अपने छात्रावास में वापस आ गया। परदे बन्द कर, बत्तियाँ बुझाकर मैं बिस्तर पर तनकर लेट गया, और मुझे लगा जैसे नाओको किसी भी पल रेंगती हुई मेरे बगल में आकर लेट जाएगी। अपनी आँखें बन्द कर मैं अपनी छाती पर उसके स्तनों के कोमल उभार को, उसकी फुसफुसाहट को महसूस कर सकता था, और अपनी हथेलियों में उसके शरीर की रूपरेखा को अनुभव कर सकता था। उस अँधेरे में मैं फिर उसकी उस छोटी-सी दुनिया में लौट गया। मुझे वहाँ के चरागाह की घास की गंध महसूस हुई और रात की बारिश की आवाज़ सुनाई दी। मैंने चाँदनी में देखे उसके नग्न शरीर को याद किया, और पीली रेन कैप पहने उसके कोमल, सुंदर शरीर की छवि आँखों के सामने उभर आई–वह बर्ड हाउस साफ़ कर रही थी और सब्ज़ियों की देखभाल कर रही थी। अपने तने हुए लिंग को पकड़े, मैं नाओको के बारे में सोचता रहा, जब तक मेरा स्खलन नहीं हो गया। इससे मेरा दिमाग़ कुछ हल्का हुआ, लेकिन नींद आने में इससे कोई मदद नहीं मिली। मैं बेहद थका हुआ था, यहाँ तक कि सोने के लिए बेचैन भी, फिर भी नींद मुझसे दूर रही।

मैं बिस्तर से उठा और खिड़की के पास जाकर खड़ा हो गया। मेरी भटकती निगाहें ध्वज-स्तंभ की ओर टिक गईं। बिना राष्ट्रीय ध्वज के वह स्तंभ रात के अँधेरे को चीरती किसी विशाल सफ़ेद हड्डी जैसा लग रहा था।

मैंने सोचा, इस समय नाओको क्या कर रही होगी? शायद वह सो रही होगी–गहरी नींद में, अपनी उस अजीब-सी छोटी दुनिया के अँधेरे में लिपटी हुई। मैंने मन ही मन कामना की कि वह किसी दर्दभरे सपने से बची रहे।

7

अगली सुबह, गुरुवार को पी.ई. की क्लास में, मैंने पचास मीटर लंबे पूल को तैरकर कई बार पार किया। इस कड़े व्यायाम ने मेरे दिमाग़ के धुँधलके को काफ़ी हद तक दूर कर दिया, और मुझे भूख लगने लगी। अपने भरपूर लंच के लिए प्रसिद्ध छात्रों के उस भोजनालय में भरपूर लंच खाने के बाद मैं कुछ शोध के इरादे से साहित्य विभाग के पुस्तकालय की ओर जा रहा था कि तभी मुझे अपने सामने सहसा मिदोरी कोबायाशी दिखाई दी। उसके साथ कोई था, चश्मे पहने हुए एक दुबली-सी लड़की, लेकिन जब उसने मुझे देखा तो वह अकेली ही मेरी ओर बढ़ी।

"तुम कहाँ जा रहे हो?" उसने पूछा।

"लिटरेचर लाइब्रेरी," मैंने कहा।

"क्यों ना तुम उसे भुला कर मेरे साथ लंच के लिए चलो?"

"मैं खाना खा चुका हूँ।"

"तो क्या हुआ? फिर से खा लो।"

अन्ततः हम पास के एक कैफ़े में पहुँच गए, जहाँ उसने एक प्लेट करी ली और मैंने कॉफ़ी पी। उसने पीले रंग की ऊनी स्वेटर के नीचे लम्बी आस्तीन वाली एक सफेद कमीज़ पहन रखी थी, जिस पर मछली की डिज़ाइन बुनी हुई थी, और एक पतला-सा सोने का नैक्लेस और डिज़्नी की घड़ी पहन रखी थी। लग रहा था कि करी उसे बहुत पसन्द आई थी, जिसके साथ उसने तीन गिलास पानी पिया।

"तुम इस दौरान कहाँ रहे?" मिदोरी ने पूछा। "पता नहीं, मैंने तुम्हें कितनी बार फ़ोन किया होगा।"

"क्या कोई ख़ास बात थी, जो तुम मुझसे करना चाहती थी?"

"कुछ ख़ास नहीं। बस यूँ ही फ़ोन कर लिया।"

"समझा।"

"क्या समझे?"

"कुछ नहीं। बस 'समझा'," मैंने कहा। "बाद में कोई आगजनी?"

"वह काफ़ी मज़ेदार था, है न? उससे बहुत ज़्यादा नुक़सान नहीं हुआ था, लेकिन धुएँ की वजह से ऐसा लग रहा था, जैसे सचमुच बहुत कुछ जल रहा हो। वह कमाल था।"

मिदोरी ने एक और घूँट पानी पिया, गहरी साँस ली और कुछ देर तक ध्यान से मेरे चेहरे को देखती रही। "अरे, क्या बात है?" उसने पूछा। "तुम्हारा चेहरा कुछ बुझा-बुझा-सा लग रहा है। तुम्हारी नज़रें भी कहीं खोई हुई-सी हैं।"

"मैं ठीक हूँ," मैंने कहा। "अभी-अभी एक यात्रा से लौटा हूँ, इसलिए थोड़ा थका हुआ हूँ।"

"तुम ऐसे लग रहे हो, जैसे तुमने अभी-अभी कोई भूत देख लिया हो।"

"अच्छा।"

"अरे, क्या आज दोपहर में तुम्हारी कोई क्लासें हैं?"

"जर्मन और रिलीजन।"

"क्या तुम उन्हें छोड़ सकते हो?"

"जर्मन नहीं। आज मेरा एक टैस्ट है।"

"वह कब ख़त्म होगा?"

"दो बजे।"

"ठीक है। क्या तुम मेरे साथ शहर चलोगे और उसके बाद कुछ ड्रिंक्स?"

"दोपहर दो बजे ड्रिंक?"

"बदलाव के लिए, क्यों नहीं? तुम काफ़ी विचलित लग रहे हो। कम ऑन, मेरे साथ पियो जिससे तुममें कुछ जान आ जाए। मैं भी यही चाहती हूँ – तुम्हारे साथ पीना ताकि मुझमें कुछ जान आ जाए। क्या कहते हो?"

"ठीक है, चलो," मैंने एक लंबी साँस लेते हुए कहा। "मैं तुम्हारा दो बजे साहित्य विभाग के प्रांगण में इंतज़ार करूंगा"

जर्मन कक्षा के बाद हमने शिन्जुकू जाने वाली बस पकड़ी और किनोकुनिया बुक स्टोर के पीछे डी.यू.जी. नामक एक अण्डरग्राउण्ड बार में गए। हम दोनों ने दो वोद्का और टॉनिक के साथ शुरुआत की।

"मैं यहाँ कभी-कभार आती रहती हूँ," उसने कहा। "यहाँ के लोग दोपहर में पीने को लेकर तुम्हें शर्मिन्दा नहीं करते।"

"क्या तुम दोपहर में अक्सर पीती हो?"

"कभी-कभी," अपने गिलास में बर्फ़ को हिलाते हुए उसने कहा। "कभी-कभी, जब दुनिया में रहना मुश्किल लगने लगता है, तब मैं यहाँ वोद्का और टॉनिक पीने आ जाती हूँ।"

"क्या दुनिया में रहना मुश्किल लगता है?"

"कभी-कभी," मिदोरी ने कहा। "मेरी कई ख़ास तरह की समस्याएँ हैं।"

"जैसे?"

"जैसे परिवार, जैसे बॉयफ़्रैण्ड्स, जैसे अनियमित पीरियड। इस तरह की चीज़ें।"

"तो एक ड्रिंक और लो।"

"मैं लूँगी।"

मैंने वेटर की ओर हाथ हिलाया और दो और वोद्का और टॉनिक लाने को कहा।

"याद है, जब तुम पिछले इतवार को आए थे तो तुमने मुझे किस तरह चूमा था?" मिदोरी ने पूछा। "मैं उसके बारे में सोच रही थी। वह बहुत अच्छा था। वाक़ई अच्छा।"

"यह अच्छा है।"

"'यह अच्छा है'," उसने मेरी नक़ल उतारते हुए कहा। "तुम जिस तरह बात करते हो, वह अजीब होता है!"

“ऐसा?”

“ख़ैर, मैं उस समय के बारे में सोच रही थी। मैं सोच रही थी कि कितना अच्छा होता, अगर मेरी ज़िन्दगी में पहली बार कोई लड़का मुझे चूम रहा होता। अगर मैं अपनी ज़िन्दगी की दिशा बदल सकती, तो मैं सचमुच चाहती कि वही मेरा पहला चुम्बन होता। फिर मैं अपनी बाकी ज़िन्दगी उसी बात को याद करते हुए बिताती। मैं सोचती कि वातानबे नाम के उस लड़के का क्या हुआ होगा, जिसे मैंने लॉण्ड्री के डेक पर अपना पहला चुम्बन दिया था, अब जबकि वह अट्ठावन साल का हो चुका है। क्या वह अद्भुत नहीं होता?”

“हाँ, सचमुच,” मैंने एक पिस्ता को तोड़ते हुए कहा।

“हे, यह तुम्हारे साथ क्या हो रहा है? तुम इतने विचलित क्यों हो? तुमने अभी तक मुझे जवाब नहीं दिया।”

“मैंने शायद अभी तक दुनिया को पूरी तरह अपनाया नहीं है,” मैंने कुछ देर सोचने के बाद कहा। “पता नहीं, मुझे लगता है, जैसे यह वास्तविक दुनिया नहीं है। लोग, ये परिदृश्य; ये मुझे वास्तविक लगते ही नहीं।”

मिदोरी ने अपनी कोहनी बार से टिकाई और मेरी ओर देखा। “इस तरह की कोई बात जिम मॉरीसन के गाने में थी, मैं पक्के तौर पर जानती हूँ।”

“‘लोग विचित्र लगते हैं, जब तुम अजनबी होते हो।”’

“शांति,” मिदोरी ने कहा।

“शांति,” मैंने कहा।

“तुम्हें सचमुच मेरे साथ उरुग्वे चलना चाहिए,” मिदोरी ने कहा, जो अभी भी बार पर झुकी हुई थी। “गर्लफ्रेंड, परिवार, स्कूल – उन सबको एक तरफ़ फेंक दो।”

“ख़याल बुरा नहीं है,” मैंने हँसते हुए कहा।

“क्या तुम्हें नहीं लगता कि यह अद्भुत होगा कि हर चीज़ और हर व्यक्ति से पिण्ड छुड़ाकर किसी ऐसी जगह चल दिया जाए, जहाँ तुम किसी को भी नहीं जानते। कभी-कभी मेरा ऐसा करने को मन करता है। मैं वाक़ई कभी ऐसा करना चाहती हूँ। इसलिए, जैसे, मान लो तुम मुझे कहीं बहुत, बहुत दूर ले जाओ। मैं तुम्हारे लिए ढेर सारे बच्चे पैदा करूँगी, जो छोटे-छोटे बैलों जैसे

मज़बूत होंगे। उसके बाद हम हमेशा-हमेशा के लिए ख़ुश रहेंगे, फ़र्श पर लोट-पोट होते हुए।"

मैं हँसा और मैंने अपनी तीसरी वोद्का और टॉनिक पी डाली।

"मेरा ख़याल है, तुम वाक़ई छोटे बैलों जैसे मज़बूत ढेर सारे बच्चे अभी नहीं चाहते," मिदोरी ने कहा।

"मेरी ज़बरदस्त दिलचस्पी है," मैंने कहा। "मैं देखना चाहूँगा कि वे कैसे दिखते हैं।"

"कोई बात नहीं, तुम्हें उन्हें चाहने की ज़रूरत नहीं है," मिदोरी ने पिस्ता खाते हुए कहा। "मैं यहाँ दोपहर में शराब पी रही हूँ और जो भी मन में आ रहा है, वही बोलती जा रही हूँ – 'सब कुछ छोड़कर कहीं भाग जाना चाहती हूँ।' अब उरुग्वे जाने का भी क्या मतलब है? वहाँ है ही क्या, गधों की लीद के अलावा?"

"हो सकता है, तुम सही कह रही हो," मैंने कहा।

"हर कहीं गधों की लीद। यहाँ लीद, वहाँ लीद, सारी दुनिया गधों की लीद है। अरे यार, ये मुझसे नहीं टूट रहा है। इसे लो।" मिदोरी ने मुझे एक बिना टूटा हुआ पिस्ता पकड़ा दिया। मैंने काफ़ी संघर्ष के बाद आखिरकार उसे तोड़ ही लिया। "लेकिन ओह, क्या बात है, पिछला इतवार कितना राहत से भरा हुआ था! तुम्हारे साथ लॉण्ड्री डेक पर जाना, आग देखना, बियर पीना, गाने गाना – पता नहीं कितना वक़्त बीत गया था, जब से मैंने वैसी पूरी राहत महसूस नहीं की थी। लोग मुझ पर हमेशा थोपना चाहते हैं। वे जैसे ही मुझे देखते हैं, वे बताना शुरू कर देते हैं कि क्या करना है। तुम कम-से-कम मेरे ऊपर ऐसा दबाव नहीं डालते।"

"मैं अभी तुम्हें इतना पर्याप्त नहीं जानता कि तुम्हारे ऊपर दबाव डालने लगूँ।"

"तुम्हारा मतलब है, अगर तुम मुझे बेहतर तरीक़े से जानते होते, तो तुम भी दूसरों की तरह मुझ पर दबाव डालते?"

"मुमकिन है," मैंने कहा। "दुनिया में लोग इसी तरह तो रहते हैं; एक-दूसरे पर दबाव डालते हुए।"

"तुम वैसा नहीं करते। यह मैं कह सकती हूँ। जहाँ तक दबाव डालने और दबाव डलवाने का सवाल है, मैं इस मामले में विशेषज्ञ हूँ। तुम उस तरह के नहीं हो। यही वजह है कि मैं तुम्हारे साथ ख़ुद को हल्का महसूस करती हूँ। क्या तुम्हें ज़रा भी अन्दाज़ है कि इस दुनिया में कितने ऐसे लोग हैं, जो लोगों पर दबाव डालना और दबाव डलवाना पसन्द करते हैं? ढेरों! और फिर वे बतंगड़ खड़ा करते हैं, जैसे, 'मैंने उस पर दबाव डाला,' 'तुमने मुझ पर दबाव डाला'! उन्हें यही सब पसन्द आता है। लेकिन मुझे यह अच्छा नहीं लगता। मैं सिर्फ़ इसलिए वैसा करती हूँ, क्योंकि मुझे करना पड़ता है।"

"किस तरह की चीज़ तुम लोगों पर थोपती हो या वे तुम पर थोपते हैं?"

मिदोरी ने बर्फ़ का एक टुकड़ा मुँह में डाला और कुछ देर तक उसे चूसती रही।

"क्या तुम मुझे बेहतर तरीक़े से जानना चाहते हो?" उसने पूछा।

"हाँ, एक तरह से।"

"ये, देखो, मैंने तुमसे पूछा कि 'क्या तुम मुझे बेहतर तरीक़े से जानना चाहते हो?' यह कमबख़्त किस तरह का जवाब है?"

"हाँ, मिदोरी, मैं तुम्हें बेहतर तरीक़े से जानना चाहूँगा," मैंने कहा।

"वाक़ई?"

"हाँ, वाक़ई।"

"भले ही तुम्हें जो कुछ दिखाई दे, उससे तुम्हें आँखें क्यों ना फेर लेना पड़ें?"

"क्या तुम इतनी बुरी हो?"

"एक तरह से," मिदोरी ने त्यौरियाँ चढ़ाते हुए कहा। "मैं एक और ड्रिंक चाहती हूँ।"

मैंने वेटर को बुलाकर चौथा राउण्ड ड्रिंक लाने को कहा। जब तक वह आई, मिदोरी ने बार पर कुहनी टिकाए हुए अपनी ठुड्डी हथेली पर रख ली। मैं चुपचाप बैठा थेलोनियस मॉंक का "हनीसकल रोज़" सुनता रहा। उस जगह पाँच-छह और ग्राहक थे, लेकिन अल्कोहल पीने वाले हम अकेले ही थे। कॉफ़ी की तेज़ गन्ध ने वहाँ के उदास माहौल को एक आत्मीयता से भर दिया।

"क्या तुम इस इतवार को ख़ाली हो?" मिदोरी ने पूछा!

"मैं समझता हूँ, मैं तुमसे पहले भी कह चुका हूँ कि मैं इतवार को हमेशा ख़ाली रहता हूँ। शाम को छह बजे काम पर जाने के समय तक।"

"तब, ठीक है, इस इतवार को, क्या तुम मेरे साथ वक़्त बिताओगे?"

"पक्का," मैंने कहा।

"मैं इतवार की सुबह तुम्हें तुम्हारे हॉस्टल से ले लूँगी। हालाँकि, ठीक-ठीक किस समय, यह मैं नहीं जानती। ठीक है?"

"ठीक है," मैंने कहा। "कोई समस्या नहीं।"

"अब मैं तुमसे एक बात पूछना चाहती हूँ : क्या तुम सोच सकते हो कि मैं ठीक इस वक़्त क्या करना चाहूँगी?"

"मैं कल्पना नहीं कर सकता।"

"सबसे पहले, मैं एक बड़े, चौड़े, नरम बिस्तर पर लेट जाना चाहती हूँ। मैं आराम चाहती हूँ, धुत्त पड़ जाना चाहती हूँ, और चाहती हूँ कि आसपास कहीं कोई लीद न हो, और तुम मेरी बग़ल में लेटे हो। और फिर, एक-एक कर तुम मेरे कपड़े उतारो। बहुत नाज़ुक ढंग से। जैसे कोई माँ अपने बच्चे के कपड़े उतारती है। बहुत कोमलता से।"

"हूँऽऽऽ..."

"और मैं बस यूँ ही खोई-सी, बहुत अच्छा महसूस कर रही होती हूँ कि अचानक मुझे एहसास होता है कि क्या हो रहा है, और मैं तुम पर चिल्ला उठती हूँ, 'रुको, वातानबे!' फिर मैं कहती हूँ, 'मैं तुम्हें सच में पसंद करती हूँ, वातानबे, लेकिन मैं किसी और के साथ हूँ। मैं ऐसा नहीं कर सकती। इन बातों को लेकर मैं बहुत संजीदा हूँ, यकीन मानो, इसलिए प्लीज़ रुक जाओ।'

लेकिन तुम रुकते नहीं।"

"लेकिन मैं रुक *जाता*," मैंने कहा।

"मुझे पता है। छोड़ो, ये तो बस मेरी कल्पना है," मिदोरी ने कहा। "फिर तुम मुझे वो दिखाते हो... अपनी चीज़। पूरी तरह तनकर खड़ी हुई। मैं तुरंत अपनी आँखें ढक लेती हूँ, जाहिर है, लेकिन एक पल के लिए उसे देख ही लेती

हूँ। और फिर कहती हूँ, 'बस करो! ऐसा मत करो! मुझे इतनी बड़ी और सख़्त चीज़ नहीं चाहिए!'"

"इतनी भी बड़ी नहीं है। बस सामान्य-सी है।"

"छोड़ो भी, ये कल्पना है। फिर तुम बहुत उदास सा चेहरा बना लेते हो, और मुझे तुम पर तरस आने लगता है। मैं तुम्हें दिलासा देने लगती हूँ–'अरे-अरे, बेचारे।'"

"और तुम कह रही हो कि अभी यही करना चाहती हो?"

"हाँ, बस वही।"

"हे भगवान।"

वोद्‌का और टॉनिक के पाँच दौर पूरे करने के बाद हम बार से निकले। जब मैंने बिल चुकाने की कोशिश की, तो मिदोरी ने मेरा हाथ झटक दिया और अपने पर्स से दस हज़ार येन का एकदम नया नोट निकालकर बिल का भुगतान कर दिया।

"कोई बात नहीं," उसने कहा। "मुझे अभी-अभी पैसे मिले हैं, और मैंने तुम्हें आमन्त्रित किया था। बेशक, अगर तुम पक्के फ़ासिस्ट हो और तुम किसी महिला द्वारा शराब पिलाए जाने से इनकार करते हो..."

"नहीं, नहीं, मुझे कोई आपत्ति नहीं।"

"और वैसे भी मैंने तुम्हें अन्दर नहीं डालने दिया।"

"क्योंकि वह बहुत बड़ा और सख़्त है," मैंने कहा।

"हाँ, सही कहा," मिदोरी हँसते हुए बोली, "क्योंकि वह बहुत बड़ा और सख़्त है।"

थोड़ा नशे में होने की वजह से मिदोरी का पैर सीढ़ी पर फिसल गया और हम दोनों गिरते-गिरते बचे। जो बादल पहले आसमान पर छाए हुए थे, वे अब हट चुके थे और शाम से पहले की हल्की धूप शहर की सड़कों पर फैल रही थी।

मैं और मिदोरी कुछ देर तक सड़कों पर यूँ ही घूमते रहे। मिदोरी ने कहा कि उसका मन शिन्जुकू में किसी पेड़ पर चढ़ने का कर रहा है, लेकिन वहाँ चढ़ने लायक कोई पेड़ नहीं था, और शिन्जुकू इम्पीरियल गार्डन भी बंद होने वाला था।

"कितना बुरा है," मिदोरी ने कहा। "मुझे पेड़ों पर चढ़ना बहुत पसंद है।"

हम चलते रहे, दुकानों को देखते रहे, और थोड़ी देर बाद सड़क का नज़ारा मुझे पहले से कहीं ज़्यादा असली और साफ़ महसूस होने लगा।

"अच्छा हुआ तुम अचानक मिल गई," मैंने कहा। "अब मुझे लग रहा है कि मैं इस दुनिया के साथ थोड़ा बेहतर तालमेल बिठा पा रहा हूँ।"

मिदोरी एक पल के लिए रुकी और मेरी तरफ देखने लगी।

"सच कहूँ," उसने कहा, "अब तुम्हारी नज़रें पहले से ज़्यादा ठहरी हुई लगती हैं। देखा, मेरे साथ समय बिताने का तुम्हें कितना फ़ायदा हुआ?"

"इसमें कोई शक नहीं," मैंने कहा।

शाम के साढ़े पाँच बजे मिदोरी ने कहा कि उसे घर जाकर रात का खाना बनाना है। मैंने कहा कि मैं छात्रावास जाने के लिए बस लेने वाला हूँ और उसे स्टेशन तक छोड़ सकता हूँ।

जाते-जाते मिदोरी ने पूछा, "जानते हो, इस समय मेरा क्या करने का मन है?"

मैंने कहा, "मुझे तो ज़रा भी अंदाज़ा नहीं लग सकता कि तुम्हारे दिमाग़ में क्या चल रहा है।"

"मैं चाहती हूँ कि समुद्री डाकू हमें पकड़ लें," उसने कहा। "फिर वे हमारे कपड़े उतरवा दें और हमें पूरी तरह नंगा करके आमने-सामने कसकर बाँध दें।"

"वे ऐसा क्यों करेंगे?" मैंने पूछा।

"क्योंकि वे ठरकी किस्म के समुद्री डाकू हैं," उसने जवाब दिया।

"ठरकी तो तुम हो," मैंने कहा।

"फिर वे हमें रस्सियों से बाँधकर कहें, 'एक घंटे बाद हम तुम दोनों को समुद्र में फेंक देंगे, इसलिए तब तक जितना मज़ा लेना है ले लो।'"

"फिर?"

"फिर हम एक घंटे तक एक-दूसरे से लिपटकर, इधर-उधर लुढ़कते हुए, बस मस्ती करते रहें।"

"तो अभी तुम्हारा यही करने का मन है?"

"बिलकुल।"

"हे भगवान!" मैंने सर हिलाते हुए कहा।

इतवार की सुबह साढ़े नौ बजे मिदोरी मुझे लेने आ गई। मैं अभी जागा ही था और मैंने मुँह भी नहीं धोया था। किसी ने मेरे दरवाज़े को ज़ोर-से पीटा और चिल्लाया, "ऐ, वातानबे, कोई महिला तुमसे मिलने आई है!" मैं नीचे लॉबी में गया, जहाँ मैंने देखा कि मिदोरी अविश्वसनीय रूप से शॉर्ट जीन्स स्कर्ट पहने, एक पैर पर दूसरा पैर रखे बैठी जम्हाई ले रही थी। वहाँ से नाश्ते के लिए गुज़रते हर व्यक्ति की रफ़्तार धीमी हो जाती और वह उसकी लम्बी, दुबली टाँगों को देखने लगता। उसकी टाँगें वाक़ई ख़ूबसूरत थीं।

"क्या मैं ज़्यादा जल्दी आ गई हूँ?" उसने पूछा। "मैं पक्के तौर पर कह सकती हूँ कि तुम अभी-अभी जागे हो।"

"क्या तुम मुझे पन्द्रह मिनिट दोगी? तब तक मैं मुँह धो लूँगा और शेव कर लूँगा।"

"मुझे इन्तज़ार करने में कोई दिक़्क़त नहीं है, लेकिन ये सारे लोग मेरी टाँगों को घूर रहे हैं।"

"तुम क्या उम्मीद करती हो, इस तरह का शॉर्ट स्कर्ट पहनकर तुम मर्दों के हॉस्टल में आओगी तो और क्या होगा? बेशक वे तुम्हें घूरेंगे।"

"ओह, ख़ैर, ठीक है। मैं आज वाक़ई ख़ूबसूरत पैंटीज़ पहने हुए हूँ – गुलाबी, झालरदार और लेस वाली।"

"यह और भी बदतर है," मैंने गहरी साँस लेते हुए कहा। मैं वापस अपने कमरे में गया और जितनी जल्दी हो सकता था उतनी जल्दी मैंने अपना मुँह धोया और दाढ़ी बनाई, एक नीली बटन-डाउन शर्ट और सलेटी रंग का ट्वीड स्पोर्ट कोट पहना और वापस नीचे जाकर मिदोरी को जल्दी से डॉर्मेट्री के गेट से बाहर ले गया। मुझे ठण्डा पसीना आ रहा था।

"बताओ न, वातानबे," मिदोरी ने छात्रावास की इमारतों की ओर देखते हुए कहा, "क्या यहाँ रहने वाले सारे लड़के हस्तमैथुन करते हैं?"

"शायद," मैंने कहा।

"और क्या वे ऐसा करते समय लड़कियों के बारे में सोचते हैं?"

"मेरा तो यही ख़याल है। मुझे नहीं लगता कि कोई हस्तमैथुन करते समय शेयर बाज़ार, क्रियाओं के रूप या स्वेज़ नहर के बारे में सोचता होगा। ज़्यादातर लोग लड़कियों के बारे में ही सोचते होंगे।"

"स्वेज़ नहर?"

"अरे, उदाहरण के तौर पर कह रहा हूँ।"

"तो वे किसी ख़ास लड़की के बारे में सोचते होंगे, है न?"

"तुम्हें ये सब अपने बॉयफ्रेंड से नहीं पूछना चाहिए?" मैंने कहा। "रविवार की सुबह मुझे ये सब क्यों समझानी पड़ रही है?"

"मैं बस जानना चाहती थी," उसने कहा। "और वैसे भी, अगर मैं उससे पूछती, तो वह नाराज़ हो जाता। वह कहेगा, 'लड़कियों को इस तरह के सवाल नहीं करने चाहिए।'"

"मैं कहूँगा, एकदम सही नज़रिया है।"

"लेकिन मैं जानना चाहती हूँ। यह शुद्ध जिज्ञासा है। क्या जब लड़के हस्तमैथुन करते हैं तो किन्हीं लड़कियों के बारे में सोचते हैं।"

मैंने सवाल से बचने की कोशिश छोड़ दी।

"ऐसा है कि कम-से-कम मैं तो सोचता हूँ। दूसरों के बारे में, मैं नहीं जानता।"

"क्या तुमने वैसा करते हुए कभी मेरे बारे में सोचा? सच बताना। मैं बुरा नहीं मानूँगी।"

"नहीं, मैंने नहीं सोचा, सच कहता हूँ," मैंने ईमानदारी से जवाब दिया।

"क्यों नहीं? क्या मैं पर्याप्त आकर्षक नहीं हूँ।"

"ओह, तुम बहुत आकर्षक हो, ठीक है। तुम क्यूट हो, और सेक्सी कपड़े तुम पर फबते हैं।"

"तब फिर तुम मेरे बारे में क्यों नहीं सोचते?"

"ऐसा है, सबसे पहली बात तो यह है कि मैं तुम्हें एक दोस्त मानकर

तुम्हारे बारे में सोचता हूँ, इसलिए मैं तुम्हें अपनी कामुक कल्पनाओं में नहीं घसीटना चाहता, और दूसरी बात-"

"कोई और है, जिसके बारे में तुम सोचते होगे।"

"यही बात है," मैंने कहा।

"लगता है, इन बातों में भी तुम बड़े शरीफ़ हो," मिदोरी ने कहा। "मुझे तुम्हारी यही बात पसंद है। लेकिन क्या तुम कम-से-कम एक बार, थोड़ी देर के लिए, मेरे बारे में नहीं सोच सकते? मैं तुम्हारी किसी कामुक कल्पना या दिवास्वप्न–जो भी उसे कहो–का हिस्सा बनना चाहती हूँ। मैं तुमसे इसलिए कह रही हूँ क्योंकि हम दोस्त हैं। भला और किससे कोई ऐसी बात कह सकता है? मैं किसी भी आदमी के पास जाकर यह तो नहीं कह सकती–'आज रात जब तुम हस्तमैथुन करो, तो ज़रा मेरे बारे में सोच लेना।' मैं यह सिर्फ इसलिए कह पा रही हूँ क्योंकि मैं तुम्हें अपना दोस्त मानती हूँ। और हाँ, बाद में मैं यह भी जानना चाहूँगी कि तुम्हें कैसा लगा था... मतलब, तुम्हारे मन में क्या चल रहा था और तुमने क्या सोचा वगैरह।" मैंने एक गहरी साँस ली।

"हालाँकि, तुम अन्दर नहीं डाल सकते। क्योंकि हम महज़ दोस्त हैं। ठीक? जब तक तुम उसे अन्दर नहीं डालते, तो तुम जो जी में आए कर सकते हो, सोच लो, तुम जो भी चाहो।"

"मैं नहीं जानता, मैंने इसके पहले इतने सारे प्रतिबन्धों के साथ किया नहीं है," मैंने कहा।

"क्या तुम सिर्फ़ मेरे बारे में सोचोगे?"

"ठीक है, मैं तुम्हारे बारे में सोचूँगा।"

"जानते हो, वातानबे, मैं नहीं चाहती कि तुम मेरे बारे में यह सोचो कि मैं बहुत कामुक हूँ, दबी हुई इच्छाओं से भरी हूँ या हर समय इश्क़ लड़ाने वाली लड़की हूँ। मुझे बस इन बातों को जानने की जिज्ञासा है। मैं लड़कियों के स्कूल में लड़कियों से घिरी हुई बड़ी हुई हूँ। मैं जानना चाहती हूँ कि लड़के किस तरह सोचते हैं, उनके शरीर किस तरह बने हैं, और यह सब मैं औरतों की पत्रिकाओं के लेख पढ़कर नहीं, बल्कि असली अनुभवों और लोगों से जानना चाहती हूँ।"

"केस स्टॅडीज़?" मैंने एक ठंडी श्वास छोड़ी।

"लेकिन जब मैं इन चीज़ों के बारे में जानना चाहती हूँ या उन्हें आज़माना चाहती हूँ, तो मेरा बॉयफ्रैण्ड इसे पसन्द नहीं करता। वह गुस्सा जाता है, मुझे निम्फो या पगली कहता है। वह तो मुझे मुखमैथुन भी नहीं करने देता। मैं इस चीज़ को जानने के लिए मरी जा रही हूँ।"

"अच्छा..."

"तुम्हें ऐसा किया जाना बुरा लगता है?"

"नहीं, ऐसा नहीं है। मुझे बुरा नहीं लगता।"

"तो क्या तुम्हें यह अच्छा लगता है?"

"हाँ, कह सकता हूँ कि अच्छा लगता है। लेकिन क्या हम यह बातें अगली बार कर सकते हैं? इतनी अच्छी रविवार की सुबह है, और मैं हस्तमैथुन और ऐसी बातों में इसे खराब नहीं करना चाहता। चलो, कुछ और बात करते हैं। क्या तुम्हारा बॉयफ्रेंड भी हमारी ही यूनिवर्सिटी में पढ़ता है?"

"नहीं, वह दूसरी यूनिवर्सिटी में है। हमारी मुलाक़ात हाई स्कूल में क्लब एक्टिविटी के दौरान हुई थी। मैं लड़कियों के स्कूल में थी और वह लड़कों के स्कूल में था, और तुम तो जानते हो कि वहाँ क्या होता है, मिली-जुली संगीत सभाएँ और ऐसी ही तमाम चीज़ें। लेकिन ग्रैजुएशन के बाद हम गम्भीर हुए। अरे, वातानबे।"

"क्या?"

"तुम्हें सिर्फ़ एक बार यह करना होगा। बस मेरे बारे में सोचना, ओ.के.?"

"ओ.के., मैं अगली बार कोशिश करूँगा," मैंने हार मानते हुए कहा।

हमने ओकानोमिज़ू के लिए कम्यूटर ट्रेन पकड़ी। जब हमने शिन्जुकु में ट्रेन बदली तो मैंने स्टेशन के एक स्टेण्ड से एक सैण्डविच ख़रीदा ताकि वह मेरे उस नाश्ते की जगह ले सके, जो मैंने नहीं किया था। उसके साथ मैंने जो कॉफ़ी पी वह छापाखाने की उबली हुई स्याही की तरह लग रही थी। इतवार की सुबह की ट्रेनें उन युगलों और परिवारों से भरी हुई थीं, जो सैर के लिए निकले थे। बेसबॉल के बल्लों और उनसे मेल खाते यूनिफ़ॉर्म के साथ लड़कों का एक समूह डिब्बे में तेज़ी से आ-जा रहा था। ट्रेन में कई लड़कियाँ थीं, जिन्होंने स्कर्ट पहन

रखे थे, लेकिन मिदोरी जितना छोटा स्कर्ट किसी ने भी नहीं पहना हुआ था। मिदोरी अपनी स्कर्ट को बीच-बीच में नीचे खींच लेती थी। कुछ आदमी उसकी जाँघों की ओर देख रहे थे, जिससे मुझे असहज लग रहा था, लेकिन मिदोरी इससे परेशान नहीं लगती थी।

"जानते हो, मैं ठीक इस वक़्त क्या करना चाहूँगी?" जब हमें ट्रेन में चढ़े हुए दस मिनट हो चुके थे तो मिदोरी ने पूछा।

"कह नहीं सकता," मैंने कहा। "लेकिन, प्लीज़ उस सब के बारे में यहाँ बात मत करना। कोई सुन लेगा।"

"बहुत बुरा है। यह तो एक क़िस्म का जंगलीपन है।"

"वैसे हम ओकानोमिज़ू जा क्यों रहे हैं?"

"चलो, फिर तुम्हें पता चलेगा।"

ओकानोमिज़ू स्टेशन के आसपास इतने सारे स्कूल थे कि इतवार को भी वहाँ जूनियर हाई और हाई स्कूल के बच्चों की भीड़ लगी रहती थी। वे अभ्यास परीक्षाओं या अतिरिक्त कक्षाओं के लिए जा रहे थे। मिदोरी ने एक हाथ से अपने कंधे पर टंगे बैग की पट्टी पकड़ रखी थी और दूसरे हाथ से मेरा हाथ थामे हुए वह भीड़ के बीच रास्ता बनाते हुए आगे बढ़ती चली गई।

बिना किसी चेतावनी के उसने पूछा, "अरे, वातानबे, क्या तुम मुझे अंग्रेज़ी के सब्जंक्टिव प्रेज़ेंट और सब्जंक्टिव पास्ट का फ़र्क समझा सकते हो?"

"मुझे लगता है, समझा सकता हूँ," मैंने कहा। "तो फिर बताओ, रोज़मर्रा की ज़िंदगी में ऐसी चीज़ों का क्या काम पड़ता है?"

"सीधे तौर पर तो कोई काम नहीं," मैंने कहा। "हो सकता है इनका कोई ठोस इस्तेमाल न हो, लेकिन इस तरह की पढ़ाई तुम्हें चीज़ों को ज़्यादा व्यवस्थित तरीके से समझने की ट्रेनिंग देती है।"

मिदोरी ने इस बात पर कुछ देर गंभीरता से सोचा। "तुम कमाल के हो," उसने कहा। "मेरे दिमाग़ में यह बात कभी आई ही नहीं। मैं तो हमेशा सब्जंक्टिव केस, डिफरेंशियल कैलकुलस और केमिकल सिंबल्स जैसी चीज़ों को पूरी तरह बेकार समझती थी–सिरदर्द जैसी। इसलिए मैं उन्हें हमेशा

नज़रअंदाज़ करती रही। अब मुझे लग रहा है कि कहीं मेरी पूरी ज़िंदगी ही ग़लत तरीके से तो नहीं गुज़री।"

"तुमने उनको नज़रअन्दाज़ किया है?"

"हाँ, मानो मेरे लिए उनका वजूद ही ना हो। मुझे ज़रा भी अंदाज़ा नहीं है कि 'साइन' और 'कोसाइन' का क्या मतलब है।"

"यह तो अद्भुत है! तुमने हाई स्कूल कैसे पास किया होगा? तुम कॉलेज में कैसे गई होगी?"

"बेवक़ूफ़ी की बात मत करो," मिदोरी ने कहा। कॉलेज की प्रवेश परीक्षा पास करने के लिए तुम्हें कुछ भी जानने की ज़रूरत नहीं होती! बस थोड़ी-सी सूझ-बूझ चाहिए – और मेरे पास सूझ-बूझ बहुत है। 'नीचे दिए गए तीन विकल्पों में से सही जवाब चुनिए।' मैं तुरन्त समझ जाती हूँ कि सही जवाब क्या है।"

"मेरी सूझ-बूझ तुम्हारी तरह अच्छी नहीं है, इसलिए मुझे कुछ हद तक व्यवस्थित ढंग से सोच-विचार करना सीखना पड़ता है। ठीक उसी तरह जैसे एक कौआ पेड़ के खोखले तने में काँच के टुकड़े जमा करता है।"

"इससे कोई उद्देश्य पूरा होता है?"

"मेरा ख़याल है। इससे शायद कुछ क़िस्म के काम करना आसान हो जाता है।"

"किस तरह के काम? उदाहरण दो।"

"उदाहरण के लिए, मैटाफ़िज़िकल चिन्तन। कई भाषाओं पर पकड़।"

"इससे क्या भला होता है?"

"यह उस व्यक्ति पर निर्भर करता है, जो यह करता है। यह किसी के उद्देश्य को पूरा करता है और किसी के लिए नहीं। लेकिन मुख्य रूप से यह प्रशिक्षण है। इससे कोई उद्देश्य पूरा होता है या नहीं, यह एक अलग सवाल है। जैसा कि मैंने कहा।"

"हूँऽऽऽ," मिदोरी ने कहा, जो लग रहा था, प्रभावित थी। वह मुझे हाथ पकड़ कर पहाड़ी के नीचे ले गई। "जानते हो, वातानबे, तुम वाक़ई लोगों को बहुत अच्छे से समझा पाते हो।"

"मेरा ख़याल है," मैंने कहा।

"यह सच है। मैंने सैकड़ों लोगों से पूछा कि इंग्लिश सब्जंक्टिव का क्या फ़ायदा है, और उनमें से किसी ने भी तुम्हारी तरह अच्छा, स्पष्ट जवाब नहीं दिया। यहाँ तक कि अँग्रेज़ी के अध्यापकों ने भी नहीं। या तो उनको कुछ समझ में नहीं आया या वे नाराज़ हो उठे या उन्होंने मेरे सवाल को हँसी में उड़ा दिया। इसके पहले किसी ने भी मुझे अच्छा जवाब नहीं दिया। जब मैंने यह सवाल पूछा था, तब तुम जैसा कोई व्यक्ति होता और उसने मुझे ठीक से समझाया होता, तो सब्जंक्टिव में मेरी तक दिलचस्पी जाग गई होती। लानत है!"

"हूँऽऽऽ," मैंने कहा।

"तुमने कभी *दास कैपिटल* पढ़ी?"

"हाँ। बेशक, पूरी नहीं, लेकिन हिस्सों में, ज़्यादातर लोगों की तरह।"

"क्या वह तुम्हें समझ में आई?"

"कुछ हिस्से मेरी समझ में आए, कुछ नहीं। *दास कैपिटल* जैसी पुस्तक पढ़ने के लिए आवश्यक बौद्धिक औज़ार हासिल करना ज़रूरी है। हालाँकि, मुझे लगता है कि मैं मार्क्सवाद के सामान्य विचार को समझ गया था।"

"क्या तुम्हें लगता है कि कॉलेज में नया-नया दाख़िल हुआ कोई छात्र, जिसने उस तरह की किताब ना पढ़ी हो, वह *दास कैपिटल* को पढ़ने मात्र से समझ जाएगा?"

"मैं तो यही कहूँगा कि यह लगभग नामुमकिन है।"

"जानते हो, जब मैंने यूनिवर्सिटी में दाख़िला लिया, तो मैं लोकसंगीत क्लब में शामिल हो गई। मैं गाने गाना चाहती थी। लेकिन क्लब के सदस्य पाखण्डियों का पुलिन्दा थे। उनके बारे में सोचते हुए मुझे सिरहन होने लगती है। जैसे ही आप क्लब में दाख़िल होते हैं, जो पहली चीज़ वे तुमसे कहते हैं, वह यह है कि तुम्हें मार्क्स को पढ़ना होगा। 'अगली बार के लिए फलाँ से फलाँ पेज तैयार कर लें।' किसी ने लैक्चर दिया कि किस तरह लोकगीतों का समाज और क्रान्तिकारी आन्दोलन से कितना गहरा सम्बन्ध होना चाहिए। क्या बकवास है! ख़ैर, मैं घर गई, मैंने पढ़ने की भरसक कोशिश की, लेकिन मुझे ख़ाक समझ में नहीं आया। यह तो सब्जंक्टिव से भी बदतर था। तीन पेज पढ़ने के बाद

मैंने हार मान ली। इसलिए मैं एक आज्ञाकारी स्काउट की तरह अगले हफ़्ते की बैठक में गई और कहा कि मैंने उसे पढ़ा, लेकिन मैं उसे समझ नहीं पाई। तब के बाद से उन्होंने मेरे साथ किसी बुद्धू की तरह व्यवहार करना शुरू कर दिया। उन्होंने कहा, मुझमें वर्ग संघर्ष को लेकर कोई आलोचनात्मक जागरूकता नहीं है, मैं एक सामाजिक विकलांग हूँ। मेरा मतलब है, यह गम्भीर था। और सिर्फ़ इसलिए कि मैंने कहा था कि मैं उस लेखन को समझ नहीं पाई। तुम्हें नहीं लगता कि वे भयानक थे?"

"बिलकुल," मैंने कहा।

"और उनकी तथाकथित चर्चाएँ भी भयानक थीं। हर व्यक्ति भारी-भरकम शब्दों का इस्तेमाल करेगा और ऐसा स्वाँग करेगा, जैसे कि उसे मालूम है कि क्या चल रहा है। लेकिन मुझे जब भी कोई बात समझ में नहीं आएगी, तो मैं सवाल करूँगी। 'यह साम्राज्यवादी शोषण क्या चीज़ है, जिसके बारे में तुम बात कर रहे हो? क्या यह किसी रूप में ईस्ट इण्डिया कम्पनी से जुड़ा हुआ है?' 'क्या शैक्षणिक-औद्योगिक कॉम्प्लैक्स को तोड़ देने का मतलब यह है कि कॉलेज से ग्रेजुएट करने के बाद हमें किसी कम्पनी के लिए काम नहीं करना है?' और इस तरह की तमाम बातें। लेकिन मुझे समझाने के लिए कोई इच्छुक नहीं था। समझाना तो दूर की बात है, इसकी बजाय वे मुझसे नाराज़ हो गए। क्या तुम विश्वास कर सकते हो?"

"हाँ, मैं कर सकता हूँ," मैंने कहा।

"एक लड़का मुझ पर चिल्लाया, 'तू बेवकूफ़ लड़की, जब तेरे दिमाग़ में कुछ है ही नहीं तो तू जी कैसे रही है?' बस, मेरे लिए वहीं बहुत हो गया। मैं ऐसी बात सहने वाली नहीं थी। ठीक है, मैं बहुत होशियार नहीं हूँ। मैं कामगार वर्ग से आती हूँ। लेकिन दुनिया चलाने वाले भी तो यही लोग हैं, और सबसे ज़्यादा शोषण भी इन्हीं का होता है। फिर कैसी क्रांति है यह, जिसमें तुम ऐसे भारी-भरकम शब्द इस्तेमाल करते हो जिन्हें आम लोग समझ ही नहीं पाते? ऐसी सामाजिक क्रांति का क्या मतलब? *मैं भी* चाहती हूँ कि दुनिया बेहतर बने। अगर सच में किसी का शोषण हो रहा है, तो उसे रोकना चाहिए। मैं यही मानती हूँ, इसलिए सवाल पूछती हूँ। बताओ, क्या मैं ग़लत कह रही हूँ?"

"तुम्हारा कहना सही है।"

"तभी मुझे अहसास हुआ। ये लोग ढोंगी हैं। इनके दिमाग़ में तो बस नई लड़कियों को अपने भारी-भरकम शब्दों से प्रभावित करना और उनके स्कर्ट के अन्दर हाथ डालने के अलावा कुछ नहीं करना है। और जब वे सीनियर हो जाते हैं, वे अपने बाल छोटे-छोटे कटवा लेते हैं और मित्सुबिशी या आई.बी.एम. या फ़ूजी बैंक में काम करने चल देते हैं। वे उन ख़ूबसूरत लड़कियों से शादी कर लेते हैं, जिन्होंने कभी मार्क्स को नहीं पढ़ा होता है और अपने बच्चों को ऐसे अजीबोग़रीब नाम देते हैं कि उन्हें सुनकर आपको उल्टी आ जाए। कौन-सा शैक्षणिक-औद्योगिक तन्त्र तोड़ना है? मुझे हँसाओ मत! और नए सदस्य भी उतने ही बुरे थे। उन्हें भी कुछ खाक समझ नहीं आता था, लेकिन स्वाँग वे ऐसा करते थे, जैसे समझ रहे हों और वे मुझ पर हँस रहे होते थे। मीटिंग के बाद उन्होंने मुझसे कहा, 'बेवक़ूफ़ मत बनो! क्या फर्क पड़ता है, अगर तुम्हें समझ में नहीं आता? वे जो कहते हैं, उससे सहमत होती जाओ।' वातानबे, मेरे पास ऐसी बातें हैं, जो मुझे उससे भी ज़्यादा ग़ुस्सा दिलाती हैं। सुनोगे?"

"बिलकुल, क्यों नहीं?"

"तो एक रात उन्होंने देर-रात गए एक राजनीतिक बैठक बुलाई, और लड़कियों से कहा कि वे आधी रात के नाश्ते के लिए चावल के बीस राइस बॉल्स बनाकर लाएँ। मतलब, अगर लैंगिक भेदभाव की बात करें तो वह इससे बड़ा और क्या होगा! लेकिन इस बार मैंने चुप रहने का फ़ैसला किया और एक अच्छी लड़की की तरह वहाँ पहुँच गई, अपने बीस राइस बॉल लेकर, जिनके अन्दर *उमेबोशी* था और बाहर नोरी लगी हुई थी। और तुम क्या सोचते हो, मेरी इस मेहनत के बदले में मुझे क्या मिला? बाद में लोगों ने शिकायत की कि मेरे राइस बॉल के भीतर *सिर्फ़ उमेबोशी* था और उनमें उनके साथ खाने के लिए कुछ नहीं था! दूसरी लड़कियों ने अपने राइस बॉल कॉड रो और साल्मन से भरे हुए थे, उनमें तले हुए अण्डे के मोटे-मोटे टुकड़े भी डाले हुए थे। मुझे इतना ग़ुस्सा आया कि मेरे मुँह से शब्द भी नहीं निकले! राइस बॉल पर हंगामा करने वाले 'क्रान्ति' के ये ठेकेदार आख़िर कहाँ जा रहे हैं? उन्हें *उमेबोशी* और नोरी के लिए शुक्रगुज़ार होना चाहिए था। ज़रा भारत में भूखे मरते बच्चों के बारे में सोचो!"

मैं हँस दिया। "फिर तुम्हारे क्लब का क्या हुआ?"

"मैंने जून में क्लब छोड़ दिया, मैं बहुत गुस्सा थी," मिदोरी ने कहा। ये यूनिवर्सिटी क़िस्म के ज़्यादातर लोग ढोंगी होते हैं। उन्हें इस बात का जानलेवा डर लगा रहता है कि कोई यह ना पता लगा ले कि वे कुछ नहीं जानते। वे सब एक ही तरह की पुस्तकें पढ़ते हैं और एक जैसे शब्द उगलते हैं, और वे जॉन कोल्ट्रेन को सुनते हैं और पैसोलीनी की फ़िल्में देखते हैं। तुम इसे 'क्रान्ति' कहते हो?"

"ये, मुझसे मत पूछो। मैंने वास्तव में कभी कोई क्रान्ति नहीं देखी।"

"अगर यही क्रान्ति है तो तुम ही रखो इसे। वे राइस बॉल में उमेबोशी रखने के लिए मुझे गोली मार देंगे। वे तुम्हें भी सब्जंक्टिव समझने की वजह से गोली मार देंगे।"

"यह हो सकता है।"

"मेरा विश्वास करो, मैं जानती हूँ कि मैं किस बारे में बात कर रही हूँ। मैं मेहनतकश वर्ग से हूँ। क्रान्ति हो या ना हो, मेहनतकश वर्ग को तो वैसे ही पुराने गन्दे हालात में जीना पड़ेगा। और क्रान्ति क्या है? ये सिर्फ़ सिटी हॉल का नाम बदल देना तो बिलकुल नहीं है। लेकिन वे लोग यह नहीं जानते – वे भारी-भरकम शब्दों वाले लोग। मुझे बताओ, वातानबे, तुमने कभी टैक्स अफ़सर को देखा है?"

"कभी नहीं।"

"मैंने देखा है। कई बार। वे घड़घड़ाते हुए आते हैं और ख़ुद को बहुत बड़ा तीसमारखाँ समझते हैं। 'ये लेज़र किस लिए है?' 'अरे, तुम्हारा रिकॉर्ड रखने का तरीक़ा बड़ा ही ढीला है।' 'इसे तुम *व्यापारिक* ख़र्च कहते हो?''मैं *इसी वक़्त* तुम्हारी सारी रसीदें देखना चाहता हूँ।' इस बीच हम एक कोने में दुबके रहते हैं, और जब रात के खाने का वक़्त आता है तो हमें उन्हें होम डिलीवर्ड डीलक्स सुशी खिलानी पड़ती है। हालाँकि, एक बात मैं कहूँगी, मेरे पिता ने कभी टैक्स की चोरी नहीं की। वे ऐसे ही हैं, पुरानी सोच वाले सीधे-सादे इन्सान। लेकिन यह बात टैक्स अफ़सर को समझाओ। उसका तो बस एक ही काम है – खोदना, खोदना और खोदते ही चले जाना। 'यहाँ आय कम है, क्या तुम्हें नहीं लगता?' अरे, ज़ाहिर-सी बात है, जब तुम पैसा कमा ही नहीं रहे हो

तो आय कम होगी ही! मैं चीख़कर कहना चाहती थी! 'वहाँ जाकर करो यह सब जहाँ पैसा हो!' क्या तुम्हें लगता है कि अगर क्रान्ति हो गई तो इस टैक्स अफ़सर का रवैया बदल जाएगा?"

"इसकी संभावना बहुत काम है, बहुत काम ।"

"मुझे भी यही लगता है। मैं किसी क्रान्ति में भरोसा करने वाली नहीं हूँ। मैं तो सिर्फ़ प्रेम में भरोसा करूँगी।"

"शान्ति," मैंने कहा।

"शान्ति," मिदोरी ने कहा।

"बताओ तो, हम जा कहाँ रहे हैं?" मैंने पूछा।

"अस्पताल," उसने कहा। "मेरे पिता वहाँ हैं। आज उनके साथ पूरे दिन रुकने की मेरी बारी है।"

"तुम्हारे पिता?! मैं सोचता था वे उरुग्वे में हैं!"

"वह एक झूठ था," मिदोरी ने यूँ कहा जैसे कुछ हुआ ही ना हो। "वे लगातार उरुग्वे जाने के बारे में चिल्लाते रहे हैं, लेकिन वे वैसा कभी कर नहीं सके। वे तो टोक्यो से बाहर भी नहीं निकल सकते।"

"उनकी हालत कितनी ख़राब है?" मैंने पूछा।

"सिर्फ़ समय की बात है," उसने कहा।

हम बिना एक शब्द बोले कई क़दम चलते रहे।

"मैं जानती हूँ, मैं क्या कह रही हूँ। यही मेरी माँ के साथ हुआ था। ब्रेन ट्यूमर। क्या तुम विश्वास कर सकते हो? अभी मुश्किल से दो साल हुए हैं, जब उन्हे ब्रेन ट्यूमर ने ख़त्म कर दिया था, और अब इन्हे भी वही हो गया है।"

यूनिवर्सिटी अस्पताल के गलियारों में शोरगुल था और वे इतवार को आए आगन्तुकों और हल्के-फुल्के लक्षणों वाले मरीज़ों की भीड़ से भरे हुए थे। हर तरफ़ अस्पताल की ख़ास गन्ध फैली हुई थी, जिसमें कीटाणुनाशकों, आगन्तुकों के गुलदस्तों, पेशाब और गद्दों की महक का अजीब-सा मिश्रण था। इसी सब के बीच नर्सें अपनी एड़ियाँ खटखटाती हुई यहाँ से वहाँ भागदौड़ कर रही थीं।

मिदोरी के पिता एक सेमी-प्राइवेट कमरे में भर्ती थे। उनका बिस्तर

दरवाज़े के पास था। बिस्तर पर लेटे हुए वे किसी घायल छोटे से जीव जैसे लग रहे थे। वे करवट लेकर चुपचाप पड़े थे। उनका बायाँ हाथ ढीला और लगभग बेकार-सा पड़ा था, जिसमें ड्रिप की सुई लगी हुई थी। वे दुबले-पतले और छोटे कद के आदमी थे, और उन्हें देखकर लगता था मानो वे दिन-ब-दिन और भी छोटे और कमज़ोर होते जा रहे हों। उनके सिर पर सफ़ेद पट्टी बँधी थी, और उनके फीके हाथों पर इंजेक्शन और ड्रिप की सुइयों के कई निशान दिखाई दे रहे थे। उनकी आधखुली आँखें खालीपन में टिकी हुई थीं, लेकिन जैसे ही हम कमरे में दाखिल हुए, उनकी लालिमा से भरी आँखें हमारी तरफ मुड़ीं। करीब दस सेकंड तक वे हमें देखते रहे, फिर उनकी नज़र दोबारा उसी खाली शून्य में खो गई।

उन आँखों को देखकर ही तुम समझ सकते थे कि वे जल्दी ही मरने वाले थे। उनके जिस्म में जीवन का कोई निशान नहीं था, बस उस पर उनके गुज़रे हुए जीवन की हल्की सी छाया बची हुई थी। उनका जिस्म एक जर्जर पुरानी इमारत की तरह था, जिससे सारा फ़र्नीचर और सामान हटा दिया गया हो और जो अब सिर्फ़ अपने आख़िरी श्वांस का इन्तज़ार कर रही हो। उनके सूखे होंठों के इर्दगिर्द झाड़ी की तरह बेतरतीब दाढ़ी उगी हुई थी, जिसे देखकर मैं सोचने लगा कि इन्सान भले ही अपनी लगभग सारी जीवनी-शक्ति खो दे, तब भी उसकी दाढ़ी बढ़ती ही रहती है।

मिदोरी ने खिड़की के पास वाले बिस्तर पर लेटे भारी-भरकम आदमी को हैलो कहा। उसने सिर हिलाकर मुस्कुरा दिया, मानो बोल पाने की हालत में न हो। वह कुछ बार खाँसा और तकिए के पास रखे गिलास से थोड़ा पानी पीकर बिस्तर पर करवट बदलते हुए खिड़की की ओर देखने लगा। खिड़की के बाहर सिर्फ़ एक बिजली का खंभा और कुछ तार दिखाई दे रहे थे। और कुछ नहीं–आसमान में एक बादल तक नहीं।

"कैसा महसूस कर रहे हो, पापा?" मिदोरी ने अपने पिता के कान के पास झुककर कहा, मानो माइक्रोफ़ोन जाँच रही हो। "आज तबीयत कैसी है?"

उसके पिता ने होंठ हिलाए। <अच्छा नहीं लग रहा है>, जैसे वाक़ई बोल ना रहे हों, बल्कि अपने सूखे गले की गहराइयों से निकलती हवा से शब्दों को आकार दे रहे हों। "सिर," उन्होंने कहा।

“तुम्हारे सिर में दर्द हो रहा है?” मिदोरी ने पूछा।

<हाँ>, उन्होंने कहा, मानो एक बार में एक-दो अक्षर से ज़्यादा बोल पाना उनके लिए असम्भव हो।

“इसमें आश्चर्य की बात नहीं है,” उसने कहा। “आपका सिर कुछ ही समय पहले काटकर खोला गया है। निश्चय ही उसमें दर्द होता होगा। बहुत बुरा है, लेकिन कुछ समय इसे और सहन करो। ये मेरा दोस्त है, वातानबे।”

“आपसे मिलकर ख़ुशी हुई,” मैंने कहा। मिदोरी के पिता ने अपने होंठ हल्के से खोले और फिर बन्द कर लिए।

मिदोरी ने बिस्तर के पास रखे हुए स्टूल की ओर इशारा कर मुझे बैठने को कहा। मैंने वैसा ही किया, जैसा मुझसे कहा गया था। मिदोरी ने पिता को पीने के लिए पानी दिया और पूछा कि क्या वे कोई फल या फल की कोई जैली खाना चाहेंगे। <नहीं>, उन्होंने कहा, और जब मिदोरी ने ज़िद की कि उन्हें कुछ तो खाना ही चाहिए, तो उन्होंने बस इतना कहा कि <मैं खा चुका हूँ>।

बिस्तर के सिरहाने एक मेज़ रखी हुई थी, जिस पर पानी की बोतल, एक गिलास, एक कटोरी, और एक छोटी-सी घड़ी रखी हुई थी। मेज़ के नीचे रखे काग़ज़ के एक बड़े बैग से मिदोरी ने स्वच्छ पायजामे, अण्डरवियर और कुछ दूसरी चीज़ें निकालीं, उन्हें ठीक-से मोड़ा और दरवाज़े के पास रखे लॉकर में रख दिया। बैग में नीचे मरीज़ के लिए कुछ खाने की चीज़ें पड़ी थीं : अंगूर, फ्रूट जैली, और तीन खीरे।

“खीरे?! ये यहाँ क्या कर रहे हैं?” मिदोरी ने पूछा। “मैं कल्पना नहीं कर सकती कि मेरी बहन क्या सोच रही थी। मैंने उससे फ़ोन पर कहा था कि मुझे ठीक-ठीक क्या चीज़ें ख़रीदनी हैं, और मुझे यक़ीन है कि मैंने खीरे का ज़िक्र नहीं किया था! उसे कीवीफ्रूट लाना थे।”

“हो सकता है, उसे तुम्हारी बात ठीक से समझ ना आई हो,” मैंने कहा।

“हाँ, हो सकता है, लेकिन अगर उसने इसके बारे में सोचा होता तो उसे समझ में आता कि खीरे ठीक नहीं हो सकते। मेरा मतलब है, अस्पताल में भर्ती मरीज़ से क्या उम्मीद की जाती है? कि वह बिस्तर पर बैठकर कच्चे खीरे चबाएगा? डैडी, खीरा खाना है?”

<नहीं>, मिदोरी के पिता ने कहा।

मिदोरी बिस्तर के सिरहाने बैठ गई और अपने पिता को घर की छोटी-बड़ी बातें बताने लगी। टीवी की तस्वीर ख़राब हो गई थी, इसलिए उसने मिस्त्री को बुलाया था। ताकाइदो वाली मौसी ने कहा था कि वे कुछ दिनों में मिलने आएँगी। दवा की दुकान वाले मियावाकी साहब साइकिल से गिर पड़े थे–ऐसी ही इधर-उधर की बातें।

उसके पिता बीच-बीच में हल्की-सी आवाज़ निकालकर जवाब देते रहे। "पक्का, आपको खाने के लिए कुछ नहीं चाहिए?"

<नहीं>, उसके पिता ने जवाब दिया।

"तुम्हारा क्या ख़याल है, वातानबे? कुछ अंगूर?"

"नहीं," मैंने जवाब दिया।

कुछ मिनट बाद, मिदोरी मुझे टी.वी. कक्ष में ले गई और उसने सोफ़े पर बैठकर सिगरेट पी। पायजामा पहने तीन मरीज़ भी वहाँ बैठे सिगरेट पी रहे थे और टेलिविज़न पर चल रही कोई राजनीतिक चर्चा देख रहे थे।

"अरे," मिदोरी आँखों में चमक लिए हुए फुसफुसाई। "वह बैसाखी वाला बूढ़ा हमारे यहाँ आने के बाद से ही मेरी टाँगों को घूरे जा रहा है। वह जो चश्मा लगाए है और नीला पायजामा पहने हुए है।"

"इस तरह का स्कर्ट पहनने के बाद तुम क्या उम्मीद करती हो?"

"लेकिन, यह अच्छा है। मैं यक़ीन के साथ कह सकती हूँ कि वे ऊबे हुए हैं। इससे शायद उनका भला ही हो रहा है। हो सकता है, उत्तेजना की वजह से वे जल्दी ठीक हो जाएँ।"

"जब तक कि उन पर उल्टा असर नहीं होता, मेरा ख़याल है।"

मिदोरी ने अपनी सिगरेट से उठते हुए धुएँ को देखा।

"जानते हो," उसने कहा, "मेरे पिता उस तरह से बुरे आदमी नहीं हैं। मैं कभी-कभी उनसे नाराज़ ज़रूर हो जाती हूँ, क्योंकि वे भयानक बातें करने लगते हैं, लेकिन अन्दर से वे ईमानदार हैं और वे वाक़ई मेरी माँ को प्यार करते थे। उन्होंने अपने तरीक़े से अपनी पूरी ताक़त झोंककर ज़िन्दगी जी है। हाँ, वे थोड़े कमज़ोर हैं शायद, और बिज़नेस की उन्हें ज़रा भी समझ नहीं है, और लोग उन्हें

ज़्यादा पसन्द भी नहीं करते, लेकिन वे उन धूर्त और झूठे लोगों से लाख गुना बेहतर हैं, जो अपनी चिकनी-चुपड़ी बातों से सब को ख़ुश करने में लगे रहते हैं। मैं भी उनकी तरह ही हूँ, एक बार कुछ कह दिया तो पीछे नहीं हटती, इसलिए हमारी ख़ूब लड़ाइयाँ होती हैं। लेकिन सच कहूँ तो वे बुरे इन्सान नहीं हैं।"

मिदोरी ने मेरा हाथ थामा, जैसे वह सड़क से किसी के द्वारा गिरा दी गई कोई चीज़ उठा रही हो, और उसे अपनी गोद में रख लिया। मेरा आधा हाथ उसकी स्कर्ट के कपड़े पर था और आधा हाथ उसकी जाँघ को छू रहा था। वह कुछ पल मेरी आँखों में देखती रही।

"तुम्हें इस तरह की जगह पर लाने के लिए सॉरी," उसने कहा, "लेकिन क्या तुम कुछ देर और मेरे साथ रुक सकते हो?"

"अगर तुम चाहो तो मैं तुम्हारे साथ पूरे दिन रुकूँगा," मैंने कहा। "पाँच बजने तक। मुझे तुम्हारे साथ वक़्त बिताना अच्छा लगता है और वैसे भी मुझे और कुछ करना भी नहीं है।"

"तुम आम तौर पर अपना इतवार किस तरह बिताते हो?"

"कपड़े धोते हुए," मैंने कहा। "और उन पर इस्त्री करते हुए।"

"मेरा ख़याल है, तुम मुझे उसके बारे में ज़्यादा कुछ नहीं बताना चाहते... तुम्हारी गर्लफ्रेंड के बारे में?"

"हाँ, शायद नहीं। बात थोड़ी उलझी हुई है, और मुझे नहीं लगता, मैं इसे ठीक से समझा पाऊँगा।"

"ठीक है। तुम्हें कुछ भी समझाने की ज़रूरत नहीं है," मिदोरी ने कहा। "लेकिन अगर मैं तुम्हें बताऊँ कि मैं क्या सोच रही हूँ, तो चलेगा?"

"हाँ बताओ, मेरा ख़याल है, तुम जो भी सोच रही होगी वह दिलचस्प ही होगा।"

"मुझे लगता है कि वह एक शादीशुदा औरत है।"

"सच में?"

"हाँ, उसकी उम्र बत्तीस-चौंतीस साल होगी। वह अमीर और ख़ूबसूरत है, फर के कोट पहनती है, चार्ल्स जॉर्डन के जूते और सिल्क के अण्डरवियर पहनती है। उसे सेक्स की बहुत भूख है और वह बहुत अजीब-अजीब चीज़ें

करना पसन्द करती है। तुम दोनों कामकाजी दिनों की दोपहर में मिलते हो और एक-दूसरे के जिस्म की भूख शांत करते हो। लेकिन इतवार को उसका पति घर पर होता है, इसलिए वह तुम से मिल नहीं पाती। क्या मैं ठीक कह रही हूँ?"

"बहुत, बहुत दिलचस्प।"

"वह तुमसे अपने हाथ-पैर बँधवाती है, आँखों पर पट्टी बँधवाती है, और चाहती है कि तुम उसके शरीर के हर हिस्से को चूमो। फिर वह तुमसे तरह-तरह की अजीब हरकतें करवाती है, शरीर को किसी बाज़ीगर की तरह मोड़ती है, और तुम उसकी पोलरॉइड कैमरे से तस्वीरें लेते हो।"

"सुनने में तो मज़ेदार लग रहा है।"

"उसे हर वक़्त इसकी तलब लगी रहती है, इसलिए वो हर वह चीज़ आज़माती है, जो उसके दिमाग़ में आती है। और वो इसके बारे में हर दिन सोचती है। उसके पास करने को और कुछ नहीं होता, इसलिए वह सारे समय योजना बनाती रहती है; हाँ, अगली बार जब वातानबे आएगा तो हम ये करेंगे... या वो करेंगे। फिर जैसे ही तुम दोनों बिस्तर पर जाते हो, वह पागल सी हो जाती है–नई-नई मुद्राएँ आज़माती है और हर बार पूरी तरह बहक जाती है। और फिर तुमसे कहती है, 'क्या मेरा शरीर कमाल का नहीं है? अब तुम्हें जवान लड़कियाँ पसंद नहीं आ सकतीं। वे तुम्हारे लिए यह सब नहीं करेंगी... या यह। तुम्हे अच्छा लग रहा है? लेकिन अभी नहीं... अभी ख़त्म मत करना!'"

"तुम बहुत ज़्यादा पॉर्न फ़िल्में देख रही हो," मैंने हँसते हुए कहा।

"सच? मैं भी इस बात को लेकर थोड़ा परेशान थी। लेकिन मुझे पॉर्न फ़िल्में बहुत पसन्द हैं। अगली बार मुझे भी ले चलना, ठीक है?"

"ठीक है," मैंने कहा। "जब भी तुम्हें फुर्सत मिले।"

"सच? फिर तो मुझसे इंतज़ार नहीं होगा। चलो किसी असली एस एंड एम वाले शो में चलते हैं–जहाँ कोड़े वगैरह होते हैं, और जहाँ लड़की को सबके सामने पेशाब तक करवाते हैं। मुझे वही सबसे ज़्यादा पसंद है।"

"ठीक है, चलेंगे।"

"जानते हो, पोर्नो थिएटरों की कौन सी बात मुझे सबसे अच्छी लगती है?"

"मैं तो अंदाज़ा भी नहीं लगा सकता।"

"जब भी कोई सेक्स वाला दृश्य शुरू होता है, तो पूरे हॉल में एक साथ लोगों के निगलने की 'गल्प!' जैसी आवाज़ आती है," मिदोरी ने कहा। "मुझे वह 'गल्प!' की आवाज़ बहुत प्यारी लगती है।"

अस्पताल के कमरे में लौटकर मिदोरी ने फिर से अपने पिता पर बातचीत की झड़ी लगा दी, और वे या तो हल्की सी आवाज़ में प्रतिक्रिया देते या फिर चुप बने रहते। क़रीब ग्यारह बजे, दूसरे बिस्तर वाले मरीज़ की पत्नी आई। उसने अपने पति का पायजामा बदला, उसके लिए फल छीले और बाक़ी छोटी-मोटी देखभाल की। उसका चेहरा गोल था और वह एक भली इन्सान लग रही थी। वह और मिदोरी आपस में इधर-उधर की बातें करने लगे। थोड़ी देर बाद एक नर्स आई, उसने नई इंट्रावीनस ड्रिप लगाई और मिदोरी तथा उस दूसरी औरत से कुछ बातें करने के बाद चली गई। मैंने अपनी नज़रें कमरे में और खिड़की के बाहर के तारों पर दौड़ाईं। बीच-बीच में कुछ गौरइयाँ वहाँ आकर बैठ जाती थीं। मिदोरी अपने पिता से बतियाती रही, उनके माथे का पसीना पोंछती रही, टिश्यू पेपर में बलगम थूकने में उनकी मदद करती रही, जिसके बीच-बीच में वह मुझसे भी कुछ कह देती और इंट्रावीनस ड्रिप की भी जाँच करती रहती।

साढ़े ग्यारह बजे डॉक्टर राउण्ड पर आया, इसलिए मिदोरी और मैं कमरे से बाहर आकर गलियारे में इन्तज़ार करने लगे। जब वह बाहर आया, तो मिदोरी ने उससे अपने पिता की हालत के बारे में पूछा।

"अभी-अभी उनकी सर्जरी हुई है, और हमने उन्हें पेनकिलर्स दे रखी हैं, तो हाँ वे काफी निचुड़ चुके हैं।" डॉक्टर ने कहा। "ऑपरेशन का रिज़ल्ट देखने में मुझे दो-तीन दिन लगेंगे। अगर सब सही रहा होगा, तो ये ठीक हो जाएँगे, और अगर नहीं, तो हमें उस वक़्त कुछ फ़ैसले लेने पड़ेंगे।"

"आप फिर से उनके सिर को खोलने तो नहीं जा रहे हैं, ना?"

"इस बारे में अभी मैं वाक़ई कुछ नहीं कह सकता," डॉक्टर ने कहा। फिर अचानक उसकी नज़रें नीचे गईं, "वैसे तुम्हारी स्कर्ट काफ़ी छोटी है!"

"अच्छी है ना?"

"सीढ़ियों पर तुम क्या करती हो?" डॉक्टर ने पूछा।

"कुछ ख़ास नहीं। मैं यूँ ही लटकने देती हूँ," मिदोरी ने कहा। पीछे खड़ी नर्स उसकी बात सुनकर धीरे-से हँस पड़ी।

"अविश्वसनीय। तुम्हें भी कभी यहाँ आकर अपना सिर खुलवाना चाहिए, ताकि हमें पता चल सके कि वहाँ अन्दर क्या चल रहा है। मेरी एक बात ज़रूर मान लो – जब तक तुम अस्पताल में हो, लिफ़्ट का इस्तेमाल किया करो। मुझमें नए मरीज़ों को सँभालने की ताक़त नहीं है, मैं पहले से ही बहुत व्यस्त हूँ।"

डॉक्टर का राउण्ड ख़त्म होने के कुछ ही समय बाद लंच का समय हो गया। एक नर्स खाने से भरी हुई ट्रॉली को धकेलते हुए कमरों में घूम रही थी। मिदोरी के पिता को पोटाज, फल, उबली हुई बिना हड्डी की मछली और पिसी हुई सब्ज़ियों से बनी जैली दी गई। मिदोरी ने उन्हें पीठ के बल टिकाया और बिस्तर के नीचे लगे हैण्डिल को घुमाकर उनका सिर ऊँचा किया। फिर उसने उन्हें चम्मच से धीरे-धीरे सूप पिलाया। पाँच-छह घूँट पीने के बाद उन्होंने चेहरा घुमा लिया और कहा, <अब और नहीं>।

"आप को कम-से-कम इतना तो खाना ही चाहिए," मिदोरी ने कहा।

<बाद में>, उन्होंने कहा।

"आप बिलकुल हिम्मत हार चुके हो – अगर तुम ठीक-से खाओगे नहीं तो तुम्हारी ताक़त कभी वापस नहीं आएगी," उसने कहा। "आपको अब तक पेशाब नहीं आई?"

<नहीं>, उन्होंने कहा।

"चलो, वातानबे, नीचे कैफ़ेटेरिया चलते हैं।"

मैं जाने के लिए तैयार तो हो गया, लेकिन खाने का मेरा बिल्कुल मन नहीं था। कैफ़ेटेरिया डॉक्टरों, नर्सों और मरीज़ों से मिलने आए लोगों से भरा हुआ था। वह बिना खिड़कियों वाला विशाल भूमिगत हॉल कुर्सियों और मेज़ों की लंबी कतारों से अटा पड़ा था। हर कोई खाते-खाते बातें कर रहा था–शायद बीमारियों के बारे में–और चारों तरफ़ आवाज़ें इस तरह गूँज रही थीं, जैसे किसी सुरंग में हों। बीच-बीच में पी.ए. सिस्टम पर किसी डॉक्टर या नर्स को

बुलाने की घोषणा सुनाई दे जाती थी। जब तक मैं एक मेज़ पकड़कर बैठा, मिदोरी खाना लेने चली गई। थोड़ी देर बाद वह ऐल्यूमिनियम की ट्रे में दो सेट खाना लेकर लौटी। उसमें क्रीम सॉस वाली क्रोकेट्स, आलू का सलाद, बारीक कटी पत्तागोभी, उबली हुई सब्ज़ियाँ, चावल और मिसो सूप था। सब कुछ उसी तरह सफ़ेद प्लास्टिक की प्लेटों में सजा हुआ था, जैसा मरीज़ों को परोसा जाता है। मैंने अपना खाना आधा खाया और बाक़ी छोड़ दिया। इसके उलट, मिदोरी ने अपने खाने का आख़िरी कौर तक पूरा आनन्द लिया।

"तुम्हें ज़्यादा भूख नहीं है?" उसने गर्म चाय की चुस्कियाँ लेते हुए पूछा।

"सचमुच नहीं," मैंने कहा।

"यह अस्पताल है," उसने कैफ़ेटरिया का जायज़ा लेते हुए कहा। "जब लोग इस तरह की जगहों के अभ्यस्त नहीं होते तो ऐसा हमेशा होता है। गन्धें, आवाज़ें, बासी हवा, मरीज़ों के चेहरे, तनाव, चिड़चिड़ाहट, निराशा, दर्द, थकान – इन सारी चीज़ों की वजह से ऐसा होता है। ये तुम्हारा पेट जकड़ लेती हैं और भूख को मार देती हैं। लेकिन, जैसे ही तुम इनके अभ्यस्त हो जाते हो, तब वे बिलकुल समस्या नहीं रह जातीं। साथ ही, जब तक तुम ठीक से खाते नहीं हो, तुम बीमार आदमी की देखभाल नहीं कर सकते। यह सच है। मुझे मालूम है कि मैं क्या कह रही हूँ, क्योंकि मैंने यह अपने दादा के साथ, दादी के साथ, माँ के साथ किया है और अब अपने पिता के साथ कर रही हूँ। तुम्हें कभी अन्दाज़ नहीं होता कि कब ऐसा अवसर आ सकता है, जब तुम अगली बार खाना नहीं खा पाओगे, इसलिए जब भी मुमकिन हो, खा लेना चाहिए।"

"मैं समझ रहा हूँ, तुम क्या कह रही हो," मैंने कहा।

"रिश्तेदार मिलने आते हैं और वे यहाँ मेरे साथ खाते हैं, और वे हमेशा आधा खाना छोड़ देते हैं, तुम्हारी तरह। और वे हमेशा कहते हैं, 'ओह, मिदोरी, यह बहुत अच्छा है कि तुम्हें अच्छी भूख लगती है। मैं तो इतना ज़्यादा परेशान हूँ कि खा ही नहीं सकता।' लेकिन ज़रा गम्भीर हो जाओ, असल में मरीज़ की देखभाल तो मैं कर रही हूँ! उन्हें तो बस यहाँ आकर थोड़ी-सी सहानुभूति दिखानी होती है। असली काम तो मैं कर रही हूँ – मैं ही हूँ, जो गन्दगी साफ़ करती हूँ, थूक साफ़ करती हूँ, शरीर पोंछती हूँ। अगर सिर्फ़ सहानुभूति से

गन्दगी साफ़ हो सकती, तो मुझमें किसी और से पचास गुना ज़्यादा सहानुभूति होती! लेकिन वे मुझे खाना खाते हुए देखते हैं, और मुझे इस नज़र से देखते हैं, मानो कह रहे हों, 'ओह मिदोरी, तुम्हारी भूख कितनी अच्छी है!' वे मुझे क्या समझते हैं, कोई गाड़ी खींचने वाला गधा? वे इतने बड़े हो चुके हैं कि दुनिया का असली सच समझ सके, तब फिर वे इतने मूर्ख क्यों हैं? "बड़ी-बड़ी बातें करना आसान होता है, लेकिन असली बात यह है कि क्या तुम सचमुच गंदगी साफ़ कर सकते हो या नहीं। मुझे भी दर्द होता है, मैं भी किसी और की तरह थक जाती हूँ। कभी-कभी इतना बुरा लगता है कि रोने का मन करने लगता है। ज़रा सोचो, डॉक्टरों की पूरी टीम किसी का सिर खोलकर ऑपरेशन कर रही हो, जबकि उन्हें खुद पता हो कि उसके बचने की कोई उम्मीद नहीं है। फिर वे उसके दिमाग़ के साथ बार-बार कुछ-न-कुछ करते रहें, और हर बार उसके बाद उसकी हालत पहले से और बिगड़ती जाए, वह थोड़ा-थोड़ा अपना मानसिक संतुलन खोता जाए... तब कैसा लगता होगा! और इसके साथ तुम्हें अपना बैंक बैलेंस भी खत्म होता दिखाई दे। मुझे तो अब यह भी नहीं पता कि मैं साढ़े तीन साल और पढ़ाई जारी रख पाऊँगी या नहीं। और मेरी बहन की शादी ठीक से हो पाएगी, यह तो अब लगभग नामुमकिन लगता है।"

"तुम हफ़्ते में कितने दिन यहाँ आती हो?" मैंने पूछा।

"आम तौर पर चार दिन," मिदोरी ने कहा। "यहाँ के लोग दावा करते हैं कि वे पूरी तरह से देखभाल करते हैं, और नर्सें तो बहुत ही अच्छी हैं, लेकिन उनके पास काम बहुत ज़्यादा होता है। परिवार के किसी सदस्य को आकर बाक़ी काम सँभालना ही पड़ता है। मेरी बहन दुकान सँभाल रही है, और मेरी अपनी कक्षाएँ हैं। फिर भी वह हफ़्ते में तीन दिन आ ही जाती है, और मैं चार दिन आती हूँ। और हम किसी तरह डेट के लिए भी थोड़ा-सा वक़्त चुरा ही लेते हैं। यक़ीन मानो, हमारा शिड्यूल पूरा भरा हुआ है।"

"अगर तुम इतनी व्यस्त हो, तो तुम मेरे साथ समय कैसे बिता पाती हो?"

"मुझे तुम्हारे साथ समय बिताना अच्छा लगता है," मिदोरी ने प्लास्टिक के कप के साथ खेलते हुए कहा।

"कुछ घण्टों के लिए यहाँ से चली जाओ, और चहलक़दमी कर आओ," मैंने कहा। "उतनी देर तुम्हारे पिता की देखभाल मैं करूँगा।"

"क्यों?"

"तुम्हें अस्पताल से बाहर जाकर थोड़ी राहत पाने की ज़रूरत है – किसी से बात मत करना, बस अपना दिमाग़ हल्का करो।"

मिदोरी ने एक मिनट सोचा और फिर सिर हिलाया। "हाँ, हो सकता है, तुम्हारा कहना सही हो। लेकिन तुम्हें पता है कि क्या करना है? उनकी देखभाल कैसे करनी है?"

"मैं देखता रहा हूँ। मैंने काफ़ी कुछ समझ लिया है। तुम इंट्रावीनस चैक करती हो, उन्हें पानी देती हो, उनका पसीना पोंछती हो, और कफ़ थूकने में उनकी मदद करती हो। बेडपेन बिस्तर के नीचे है, और अगर उन्हें भूख लगी तो बचा हुआ लंच उन्हें खिला दूँगा। अगर मुझे कुछ समझ में नहीं आया, तो मैं नर्स से पूछ लूँगा।"

"मुझे लगता है, इतना काफ़ी होगा," मिदोरी ने मुस्कराते हुए कहा। "बस एक चीज़ है। उनका दिमाग़ थोड़ा अजीब होने लगा है, इसलिए वे कभी-कभी अजीब बातें कहने लगते हैं – ऐसी बातें जो कोई समझ नहीं पाता। अगर वे ऐसा कुछ कहें, तो दिल पर मत लेना।"

"चिन्ता मत करो," मैंने कहा।

कमरे में वापस आकर, मिदोरी ने अपने पिता से कहा कि उसे कुछ ज़रूरी काम निपटाने हैं और जब तक वह बाहर रहेगी, मैं उनकी देखभाल करूँगा। इस पर उन्होंने कोई प्रतिक्रिया नहीं दी। शायद उनके लिए इसका कोई मतलब ही नहीं था। वे बस पीठ के बल लेटे हुए छत को घूरते रहे। अगर वे कभी-कभी पलकें ना झपका रहे होते, तो उन्हें मरा हुआ समझा जा सकता था। उनकी आँखें लाल हो रही थीं, जैसे उन्होंने शराब पी रखी हो, और जब भी वे गहरी साँस लेते, उनकी नाक ज़रा-सी फूल जाती। इसके अलावा वे ज़रा भी नहीं हिले, ना ही उन्होंने मिदोरी को कोई जवाब देने की कोशिश की। मैं समझ पाने में असमर्थ था कि वे अपनी चेतना के धुँधलके में क्या सोच या महसूस कर रहे होंगे।

मिदोरी के चले जाने के बाद, मैंने उसके पिता से बात करने की कोशिश करने के बारे में सोचा, लेकिन मुझे समझ में नहीं आ रहा था कि मैं उनसे क्या कहूँ या कैसे कहूँ, और इसलिए मैं ख़ामोश बना रहा। उन्होंने जल्दी ही अपनी आँखें बन्द कर लीं और सो गए। मैं उनके सिरहाने रखे स्टूल पर बैठा रहा और बीच-बीच में उनकी नाक की हल्की-हल्की फड़कन को देखता रहा, मन-ही-मन यह उम्मीद करता हुआ कि वे अचानक यहाँ मेरी आँखों के सामने मर ना जाएँ।

कितना अजीब होगा, मैंने सोचा, अगर यह आदमी अपनी आख़िरी साँस मेरे सामने ले। आख़िरकार मैंने उन्हें अपनी ज़िन्दगी में पहली बार आज ही देखा था, और हमारे बीच का एकमात्र सम्बन्ध-सूत्र मिदोरी थी- वह लड़की जिसे मैं बस अपनी हिस्ट्री ऑफ़ ड्रामा क्लास के ज़रिए जानता था।

लेकिन, वे मर नहीं रहे थे, बस गहरी नींद में सो रहे थे। अपने कान को उनके चेहरे के क़रीब ले जाकर, मैं उनकी बुझी-बुझी-सी साँस को सुन सकता था। इससे मुझे थोड़ा सहज महसूस हुआ और मैं पास वाले बिस्तर पर लेटे आदमी की पत्नी से बात करने लगा। वह पूरे वक़्त सिर्फ़ मिदोरी के बारे में ही बात करती रही, यह मानकर कि मैं उसका बॉयफ्रैण्ड हूँ।

"वह सचमुच एक बहुत अच्छी लड़की है," उसने कहा। "वह अपने पिता की बहुत अच्छी तरह देखभाल करती है; वह दयालु, कोमल, संवेदनशील और मजबूत है, और इन सबके ऊपर, वह सुन्दर भी है। उसे कभी मत छोड़ना। तुम्हें उसके जैसी कोई और नहीं मिलेगी।"

"मैं उसका अच्छी तरह से ख़याल रखूँगा," मैंने बिना कोई और बात बढ़ाए जवाब दिया।

"घर पर मेरा बेटा और बेटी हैं। बेटा सत्रह साल का है और बेटी इक्कीस साल की है, और उनमें से कोई भी कभी अस्पताल में आने के बारे में नहीं सोचता है। स्कूल से छूटते ही वे या तो सर्फ़िंग करने निकल जाते हैं, या डेट पर, या पता नहीं कहाँ। वे भयानक हैं। मुझसे जितना हो सके उतना पॉकेट मनी ऐंठ लेते हैं और फिर ग़ायब हो जाते हैं।"

डेढ़ बजे श्रीमती जी कुछ ख़रीदारी करने के लिए अस्पताल के कमरे से

बाहर चली गईं। दोनों आदमी गहरी नींद में सो रहे थे। कमरे में दोपहर की हल्की धूप फैली हुई थी, और मुझे लग रहा था कि मैं किसी भी पल स्टूल पर बैठे-बैठे ही सो जाऊँगा। खिड़की के पास मेज़ पर रखे फूलदान में सजे सफ़ेद और पीले गुलदाउदी के फूल बता रहे थे कि शरद ऋतु आ चुकी है। हवा में दोपहर के खाने से बची मछली की मीठी महक तैर रही थी। नर्सें गलियारे में लगातार ऊपर-नीचे आती-जाती रहीं और आपस में साफ़ और तेज़ आवाज़ में बातें करती रहीं। बीच-बीच में वे कमरे के अंदर झाँक लेतीं, और जब देखतीं कि दोनों मरीज़ सो रहे हैं, तो मेरी तरफ़ देखकर हल्का सा मुस्करा देतीं। काश, मेरे पास पढ़ने के लिए कुछ होता। लेकिन कमरे में न कोई किताब थी, न पत्रिका और न ही अख़बार। बस दीवार पर एक कैलेंडर टँगा हुआ था।

मैंने नाओको के बारे में सोचा। मैंने उसके सिर्फ़ अपनी बैरेट पहने नग्न रूप में कल्पना की। उसकी कमर की हल्की गोलाई और उसकी जाँघों के बीच के बालों की गहरी छाया मेरे दिमाग़ में उभर आई। उसने ख़ुद को मेरे सामने इस तरह प्रकट क्यों किया था? क्या वह नींद में चल रही थी? या वह सब मेरी कल्पना थी? समय बीतने के साथ वह छोटी-सी दुनिया मुझसे और दूर होती गई और मैं इस बात को लेकर और भी अनिश्चित होता गया कि उस रात जो हुआ, वह वास्तव में हुआ था या नहीं। अगर मैं ख़ुद से कहता कि वह सब सच था, तो मुझे वह सच लगता, और अगर मैं ख़ुद से कहता कि वह महज़ एक कल्पना थी, तो वह कल्पना जैसी ही लगती। वे यादें इतनी साफ़ और भरी-पूरी थीं कि वे वास्तविक नहीं लगती थीं – नाओको की काया और चाँदनी।

मिदोरी के पिता अचानक जाग पड़े और खाँसने लगे, जिससे मेरी तन्द्रा टूट गई। मैंने टिश्यू पेपर में उनका कफ़ थुकवाया और तौलिए से उनकी भौहों का पसीना पोंछ दिया।

“क्या आप थोड़ा-सा पानी पिएँगे?” मैंने पूछा जिस पर उन्होंने हल्के-से सिर हिलाया। मैंने छोटी काँच की पानी की बोतल उठाई ताकि वे धीरे-धीरे घूँट भर सकें। उनके सूखे होंठ हल्के-हल्के काँप रहे थे, गला फड़क रहा था। उन्होंने बोतल में बचा सारा गुनगुना पानी पी लिया।

“और चाहिए?” मैंने पूछा। वह बोलने की कोशिश करते लग रहे थे, इसलिए मैं अपना कान उनके मुँह के क़रीब ले गया।

<इतना काफ़ी है>, उन्होंने धीमी, सूखी आवाज़ में कहा – ऐसी आवाज़ जो पहले से भी ज़्यादा धीमी और सूखी थी।

"आप कुछ खा क्यों नहीं लेते? आप भूखे होंगे।" उन्होंने हल्का सा सिर हिलाकर जवाब दिया। जैसा मिदोरी ने किया था, मैंने उनके बिस्तर को ऊपर उठाया और उन्हें खिलाना शुरू कर दिया – एक चम्मच सब्ज़ियों की जैली और फिर उबली हुई मछली, बारी-बारी से। आधा खाना ख़त्म होने में ही बहुत लम्बा समय लग गया। फिर उन्होंने हल्के-से सिर हिलाया, यह संकेत देने के लिए कि बस, अब और नहीं चाहिए। उनकी यह हरक़त इतनी हल्की थी कि मुश्किल से दिखी। शायद उनके लिए ज़्यादा हिलना-डुलना दर्दनाक था।

"फल खाएँगे?" मैंने पूछा।

<नहीं> उन्होंने कहा। मैंने तौलिए से उनके मुँह के कोने साफ़ किए और बिस्तर को फिर से सीधा कर दिया, जिसके बाद मैंने बरतनों को गलियारे में रख दिया।

"खाना ठीक था?" मैंने पूछा

<बहुत बुरा >, उन्होंने जवाब दिया।

"हाँ," मैंने मुस्कराते हुए कहा। "काफ़ी बुरा लग रहा था।" मिदोरी के पिता चुपचाप लेटे रहे, मुझे घूरते हुए, जैसे वे यह तय ना कर पा रहे हों कि अपनी आँखें खुली रखें या बन्द कर लें। मैं सोचने लगा, उन्हें क्या पता कि मैं कौन हूँ। मिदोरी के सामने उनकी मुद्रा थोड़ी सख्त लगती थी, लेकिन मेरे साथ अकेले रहने पर वे ज़्यादा सहज दिख रहे थे। शायद वे ग़लती से मुझे कोई और समझ रहे थे। या कम-से-कम मैं यही सोचना चाहता था।

"बाहर का मौसम बहुत सुन्दर है," मैंने स्टूल पर बैठकर अपने एक पैर को दूसरे पैर पर रखते हुए कहा। "शरद ऋतु का एक शानदार इतवार, मौसम बढ़िया है, और जहाँ भी जाओ, भीड़ ही भीड़। ऐसे दिन में आराम-से घर के अन्दर रहना सबसे सही होता है। भीड़ में जाना थकाने वाला होता है, और वहाँ की हवा भी अच्छी नहीं होती। इतवार के दिन मैं अक्सर कपड़े धोता हूँ- सुबह धोकर उन्हें अपने छात्रावास की छत पर सुखाने डालता हूँ, फिर सूरज ढलने से पहले उन्हें उतार लेता हूँ और अच्छे से इस्त्री करता हूँ। मुझे इस्त्री करने में

कोई दिक़्क़त नहीं होती। सलवटों को हटाकर कपड़ों को एकदम चिकना बना देना, एक अलग तरह की सन्तुष्टि देता है। और मैं इसमें काफ़ी अच्छा भी हूँ। शुरुआत में, ज़ाहिर है, बहुत ख़राब था- हर जगह ग़लती से क्रीज़ डाल देता था। लेकिन एक महीने के अभ्यास के बाद मुझे इसमें महारत हासिल हो गई। तो इतवार मेरा कपड़े धोने और इस्त्री करने का दिन होता है। आज मैं यह नहीं कर सका, ज़ाहिर है। अफ़सोस, एक परफ़ेक्ट लॉण्ड्री-डे बर्बाद हो गया।"

"लेकिन, वह ठीक है। कल मैं सुबह जल्दी उठ जाऊँगा और वह काम निपटा लूँगा। चिन्ता मत कीजिए। इतवार के दिन मुझे और कुछ करने को नहीं होता।"

"कल सुबह कपड़े धोने के बाद मैं उन्हें बाहर सूखने डाल दूँगा और फिर मैं दस बजे की अपनी क्लास के लिए चला जाऊँगा। यह वही कक्षा है, जिसमें, मैं मिदोरी के साथ हूँ – नाटक का इतिहास। मैं यूरीपिडीज़ पर काम कर रहा हूँ। आप यूरीपिडीज़ से परिचित हैं? वह एक प्राचीन ग्रीक था – त्रासदी के 'तीन दिग्गजों' में से एक, बाक़ी दो हैं, ऐकिलस और सोफ़ोक्लीज़। वह शायद किसी कुत्ते के काटने से मैसिडोनिया में मर गया था, लेकिन हर कोई इस बात पर विश्वास नहीं करता। मुझे सोफ़ोक्लीज़ ज़्यादा अच्छा लगता है, लेकिन मेरा ख़याल है, यह रुचि का मामला है। मैं सचमुच नहीं कह सकता कि दोनों में बेहतर कौन है।"

"उसके नाटकों की ख़ासियत यह है कि उनमें चीज़ें इतनी ज़्यादा उलझ जाती हैं कि उनके किरदार उनमें फँस जाते हैं। समझ रहे हैं, ना? अलग-अलग लोग आते हैं, हर किसी की अपनी परिस्थितियाँ, अपनी वजहें और बहाने होते हैं, और हर कोई अपनी तरह से न्याय या ख़ुशी को पाने में लगा रहता है। नतीजा? कोई कुछ नहीं कर पाता। यह तो साफ़ है, है ना? न्याय की सबकी परिभाषा सही नहीं हो सकती, सब की ख़ुशियाँ पूरी नहीं हो सकतीं। तो सब गड़बड़ हो जाता है। और फिर क्या होता है? आसान – आख़िर में एक देवता प्रकट होता है और सब कुछ सँभालने लगता है। 'तुम वहाँ जाओ, तुम यहाँ आओ, तुम उसके साथ जाओ, तुम बस अभी यहीं रुको।' कुछ इस तरह। वह एक तरह का फ़िक्सर होता है, और आख़िर में सब कुछ बिलकुल सही तरीक़े- से सुलझ जाता है। इसे कहते हैं, 'देउस एक्स मशीना।' यूरीपिडीज के नाटकों

में लगभग हमेशा देउस एक्स मशीना होता है, और इसी पर आलोचकों की राय बँट जाती है।

"लेकिन सोचिए – अगर असली ज़िन्दगी में भी कोई देउस एक्स मशीना होता तब क्या होता? सब कुछ कितना आसान हो जाता! जब भी आप फँसे हुए या असहाय महसूस करते, कोई देवता ऊपर से नीचे आता और सारी समस्याएँ हल कर देता। इससे आसान और क्या हो सकता है? ख़ैर, यही है नाटक का इतिहास। यूनिवर्सिटी में हम कमोबेश इसी तरह की चीज़ें पढ़ते हैं।"

मिदोरी के पिता ने कुछ नहीं कहा, लेकिन जितनी देर मैं बोलता रहा, वे अपनी सूनी आँखें मुझ पर टिकाए रहे। बेशक, मैं उन आँखों को देखकर यह नहीं कह सकता था कि जो मैं कह रहा था, वे उसे समझ भी पा रहे थे या नहीं।

"शान्ति," मैंने कहा।

"इतनी सारी बातें करने के बाद मुझे ज़ोर की भूख लगने लगी थी। सुबह नाश्ते के नाम पर मैंने लगभग कुछ नहीं खाया था, और दोपहर का खाना भी आधा ही खाया था। अब मुझे अफ़सोस हो रहा था कि मैंने दोपहर का खाना ठीक से नहीं खाया था, लेकिन अफ़सोस करने से अब कोई फ़ायदा नहीं था। मैंने कैबिनेट में कुछ खाने के लिए देखा, लेकिन वहाँ सिर्फ़ नोरी और कुछ विक्स की खाँसी की गोलियाँ और सोया सॉस ही मिला। काग़ज़ का थैला अभी भी वहीं रखा हुआ था, जिसमें खीरे और अंगूर थे।

"अगर आपको कोई आपत्ति ना हो, तो मैं कुछ खीरे खाने जा रहा हूँ," मैंने मिदोरी के पिता से कहा। उन्होंने जवाब नहीं दिया। मैंने तीन खीरे सिंक में धोए और एक कटोरी में थोड़ा-सा सोया सॉस ले लिया। फिर मैंने एक खीरे को नोरी में लपेटा, उसे सोया सॉस में डुबाया, और उसे खा लिया।

"हूँ, शानदार!" मैंने मिदोरी के पिता से कहा। ताज़ा, सादा, और एकदम जीवन से भरी ख़ुशबू। वाक़ई अच्छे खीरे हैं। कीवी फ्रूट से कहीं ज़्यादा समझदारी भरा खाना।

मैंने एक खीरा चट किया और दूसरे पर टूट पड़ा। मरीज़ों के उस कमरे में सिर्फ़ खीरे की कुर्र-कुर्र गूँज रही थी। दूसरा पूरा खीरा ख़त्म करने के बाद ही मुझे थोड़ा रुकने का मन हुआ। मैंने हॉल में जाकर गैस पर कुछ पानी उबाला और अपने लिए चाय बना ली।

"आप कुछ पीना चाहेंगे? पानी? जूस?" मैंने मिदोरी के पिता से पूछा।

<खीरा>, उन्होंने कहा।

"बहुत अच्छे," मैंने मुस्कराते हुए कहा। "नोरी के साथ?"

उन्होंने हल्के-से सिर हिलाया। मैंने बिस्तर को फिर से ऊपर उठाया। फिर मैंने खीरे का एक छोटा-सा टुकड़ा काटा, उस पर नोरी की एक पट्टी लपेटी, उसे सोया सॉस में डुबाया और उसे मरीज़ के इन्तज़ार करते मुँह में पहुँचा दिया। मिदोरी के पिता ने चेहरे का भाव बदले बिना, उस कुरकुरे टुकड़े को बार-बार चबाया और फिर अन्त में उसे निगल लिया।

"कैसा था? अच्छा, नहीं?"

<अच्छा>, उन्होंने कहा।

"जब खाना स्वादिष्ट लगने लगे, तो यह अच्छी बात है," मैंने कहा। यह एक तरह से इस बात का सबूत है कि आप में जीवनी शक्ति है।"

उन्होंने आख़िरकार पूरा खीरा खा लिया। खाने के बाद उन्होंने पानी माँगा, तो मैंने बोतल से उन्हें पानी पिला दिया। कुछ मिनटों बाद उन्होंने पेशाब करने की इच्छा ज़ाहिर की, इसलिए मैंने बिस्तर के नीचे से पेशाब का जार उठाया और उसे उनके लिंग के सिरे के क़रीब ले गया। काम ख़त्म होने के बाद मैंने जार को टॉयलेट में ख़ाली किया, उसे अच्छी तरह धोया और फिर मरीज़ के कमरे में आकर अपनी चाय ख़त्म करने लगा।

"कैसा महसूस कर रहे हैं?" मैंने पूछा।

<मेरा... सिर>, उन्होंने कहा।

"दर्द करता है?"

<हल्का-सा>, उसने थोड़ा सा मुँह सिकोड़ते हुए कहा।

"कोई आश्चर्य की बात नहीं है। अभी-अभी आपकी सर्जरी हुई है। वैसे मैंने कभी ऑपरेशन नहीं कराया, इसलिए मुझे अन्दाज़ नहीं है कि कैसा लगता होगा।

<टिकट>, उन्होंने कहा।

"टिकट? कौन-सा टिकट?"

<मिदोरी>, उन्होंने कहा। <टिकट>।

मुझे कुछ समझ में नहीं आया कि वह किस चीज़ के बारे में बात कर रहे हैं, इसलिए मैं चुप बना रहा। वह भी कुछ समय ख़ामोश रहे। फिर लगा जैसे वह कह रहे हों, <प्लीज़>। उन्होंने अपनी आँखें पूरी तरह खोलकर मुझे देखा। लग रहा था कि वह मुझसे कुछ कहने की कोशिश कर रहे थे, लेकिन मैं अन्दाज़ नहीं लगा पा रहा था कि वह क्या कहना चाहते थे।

<उइनो>, उन्होंने कहा। <मिदोरी>।

"उइनो स्टेशन?"

उन्होंने हल्के-से सिर हिलाया।

मैंने कोशिश की कि उनकी बात का कोई मतलब निकाल सकूँ: "टिकट, मिदोरी, प्लीज़, उइनो स्टेशन।" लेकिन इसका क्या मतलब था, मुझे कोई अन्दाज़ नहीं था। मुझे लगा कि उनका दिमाग़ थोड़ा उलझा हुआ है, लेकिन उनकी आँखों में पहले की तुलना में भयानक स्पष्टता थी। उन्होंने अपना वह हाथ उठाया जिसमें ड्रिप नहीं लगी थी और मेरी ओर बढ़ाया। यह उनके लिए बहुत बड़ी कोशिश रही होगी, क्योंकि उनका हाथ हवा में काँप रहा था। मैं खड़ा हुआ और उनके कमज़ोर, झुर्रियों भरे हाथ को थाम लिया। उन्होंने अपनी बची-खुची ताक़त से मेरे हाथ को हल्के से दबाया और कहा, <प्लीज़>।

"चिन्ता मत करें," मैंने कहा। "मैं टिकट का भी ख़याल रखूँगा और मिदोरी का भी।" उन्होंने अपना हाथ बिस्तर पर गिरा दिया और आँखें बन्द कर लीं। मैंने यह सुनिश्चित करने के लिए कि वह अभी भी जीवित हैं, उनकी हल्की साँसों को सुना और चाय के लिए कुछ और पानी गरम करने बाहर चला गया। गर्म चाय की चुस्की लेते हुए मुझे अहसास हुआ कि मैं मृत्यु की कगार पर खड़े इस छोटे से इन्सान के प्रति एक अजीब सा स्नेह महसूस करने लगा था।

कुछ मिनट बाद दूसरे मरीज़ की पत्नी वापस लौट आई और उसने पूछा सब ठीक-ठाक है। मैंने उसे आश्वस्त किया कि हाँ, सब ठीक है। उसका पति भी गहरी नींद में सो रहा था और गहरी साँसें ले रहा था।

मिदोरी तीन बजे के बाद वापस आ गई।

"मैं पार्क में थी, बस यूँ ही बैठी-बैठी सोच रही थी," उसने कहा। "मैंने वही किया जो तुमने कहा था – किसी से बात नहीं की, बस अपना दिमाग़ ख़ाली छोड़ दिया।"

"कैसा लगा?" मैंने पूछा।

"शुक्रिया। अब मैं काफ़ी बेहतर महसूस कर रही हूँ। अभी भी वह भारीपन और थोड़ी थकान तो है, लेकिन मेरा शरीर पहले की तुलना में बहुत हलका लग रहा है। लगता है, मैं जितना समझ रही थी, उससे ज़्यादा थकी हुई थी।"

उसके पिता गहरी नींद में थे, इसलिए हमारे पास करने को कुछ नहीं था। हम वेण्डिंग मशीन से कॉफ़ी लेकर टीवी रूम में बैठकर पीने लगे। मैंने मिदोरी को उसकी ग़ैरमौजूदगी में जो कुछ हुआ था, उसकी जानकारी दी – कि उसके पिता ने अच्छी नींद ली, फिर जागकर अपने बचे हुए खाने में से थोड़ा-सा खाया, फिर मुझे खीरा खाते देखा और ख़ुद भी एक माँगा। पूरा खीरा खा लिया, और फिर पेशाब की।

"वातानबे, तुम कमाल हो," मिदोरी ने कहा। "हम सब पागल हो रहे थे कि उन्हें खाने के लिए कैसे मनाएँ, और तुमने उन्हें पूरा खीरा खिला दिया! अविश्वसनीय!"

"मुझे पता नहीं," मैंने कहा। "शायद उन्होंने बस मुझे खीरा खाते हुए देखा और ख़ुद भी खाने का मन बना लिया।"

"या फिर हो सकता है, तुम्हारे अन्दर लोगों को सहज बनाने की ख़ूबी हो," मिदोरी ने कहा।

"बिलकुल नहीं," मैंने हँसते हुए कहा। "बहुत-से लोग तो ठीक उलट कहेंगे इसके बारे में।"

"तुम्हें मेरे पापा कैसे लगे?"

"अच्छे लगे। हालाँकि, हमारी ज़्यादा बातचीत नहीं हुई। लेकिन, पता नहीं क्यों, वह मुझे अच्छे इन्सान लगे।"

"क्या वो चुप बने रहे?"

"बहुत चुप।"

"तुम्हें उन्हें एक हफ़्ते पहले देखना चाहिए था। भयानक थे," मिदोरी ने सिर हिलाते हुए कहा। "बिलकुल पागल हो गए थे, बेक़ाबू हो गए थे। मुझ पर गिलास फेंका और भयानक बातें कहीं 'काश! तू मर जाए, बेवक़ूफ़ लड़की!' यह बीमारी ऐसा ही कर देती है, लोगों के साथ। पता नहीं क्यों, लेकिन यह इन्सान को बहुत बेरहम बना सकती है। मेरी माँ के साथ भी ऐसा ही हुआ था। जानते हो, उन्होंने मुझसे क्या कहा था? 'तुम मेरी बेटी नहीं हो! मुझे तुमसे सख़्त नफ़रत है!' जब उन्होंने यह कहा तो एक पल के लिए सारी दुनिया मेरे लिए अंधकारमय हो गई। लेकिन यह इस बीमारी की एक ख़ासियत है। जब दिमाग़ के किसी हिस्से पर दबाव पड़ता है, तो लोग अजीब-अजीब बातें कहने लगते हैं। हम जानते हैं कि यह सब बीमारी का असर है, लेकिन, फिर भी, दिल पर चोट तो लगती ही है। और मैं क्या उम्मीद करूँ? मैं उनके लिए अपना सब कुछ झोंक रही हूँ, और वे मुझसे ऐसी भयानक बातें कह रहे हैं।"

"मैं तुम्हारा मतलब समझ रहा हूँ," मैंने कहा। फिर मुझे मिदोरी के पिता के वे अजीब शब्द याद आए, जो उन्होंने मुझसे बुदबुदाए थे।

"टिकट? उइनो स्टेशन?" मिदोरी ने कहा। "पता नहीं, इस सब का क्या मतलब है।"

"और फिर उन्होंने कहा 'प्लीज़' और 'मिदोरी'।"

"'प्लीज़, मिदोरी का ध्यान रखना'?"

"या शायद उनका मतलब यह हो कि तुम उइनो जाकर टिकट खरीदो। इन चार शब्दों का क्रम इतना उलझा हुआ है कि समझना मुश्किल है कि वह कहना क्या चाहते हैं। क्या 'उइनो स्टेशन' का तुम्हारे लिए कोई विशेष महत्व है?"

"आँऽऽऽ, उइनो स्टेशन," मिदोरी ने कुछ देर सोचा। "जो एकमात्र बात मुझे याद आ रही है वो है, जब मैंने दो बार घर से भागने की कोशिश की थी – तीसरी और पाँचवीं कक्षा में। दोनों बार मैंने उइनो से फुकुशिमा की ट्रेन पकड़ी थी। टिकट मैंने कैश रजिस्टर से चुराए पैसों से ख़रीदे थे। घर में किसी ने मुझे बहुत गुस्सा दिलाया था, और मैंने ये सब बदला लेने के लिए किया था। मेरी

एक मौसी फुकुशिमा में रहती थी, और वो मुझे अच्छी लगती थी, इसलिए मैं उन्हीं के पास चली गई थी। मेरे पिता ही थे, जो मुझे वापस घर ले जाने आए थे। वे पूरे सौ मील का सफ़र करके फुकुशिमा आए थे। वापस उइनो की ट्रेन में हमने साथ में बॉक्स लंच खाया था। रास्ते में उन्होंने मुझसे बहुत सारी बातें कीं – छोटी-छोटी बातें, जिनके बीच लम्बे विराम होते थे। जैसे 1923 के बड़े भूकम्प के बारे में, युद्ध के बारे में, या फिर जब मैं पैदा हुई थी, उन दिनों की बातें। वो आम तौर पर ऐसी बातें नहीं किया करते थे। अब जब सोचती हूँ तो लगता है कि यही दो मौक़े थे, जब मैंने और मेरे पिता ने अकेले में इतने अच्छे-से बात की थी। बताओ तो ज़रा, तुम इस बात पर यक़ीन कर सकते हो? – मेरे पिता ठीक टोक्यो के बीचों-बीच थे, जब इतिहास के सबसे बड़े भूकम्पों में से एक आया था, और उन्हें इसका पता तक नहीं चला था!"

"हो ही नहीं सकता!"

"यह सच है! वे अपनी मोटरसाइकल से जुड़ा ठेला लिए कोईशिकावा से गुज़र रहे थे और उन्हें कुछ भी महसूस नहीं हुआ। जब वे घर पहुँचे तो मुहल्ले के सारे घरों की टाइलें गिर चुकी थीं और परिवार के सभी लोग खम्भों को पकड़कर काँप रहे थे। फिर भी उन्हें कुछ समझ में नहीं आया, और जैसा कि वे बताते हैं, उन्होंने पूछा, 'यहाँ क्या बवाल मचा हुआ है?' यही है मेरे पिता की ग्रेट कान्तो भूकम्प की 'मीठी याद'।" मिदोरी हँस पड़ी। "पुराने दिनों की उनकी सारी कहानियाँ ऐसी ही हैं। ज़रा भी नाटकीयता नहीं होती। सब कुछ थोड़ा सा अलग कोण से देखने जैसा लगता है। मुझे पता नहीं, लेकिन जब वे ये कहानियाँ सुनाते हैं, तो ऐसा लगता है, जैसे पिछले पचास-साठ सालों में जापान में कुछ भी महत्त्वूपर्ण नहीं हुआ। उन्नीस सौ छत्तीस में युवा अधिकारियों का विद्रोह, पैसीफ़िक युद्ध – सब कुछ उनके लिए बस 'अरे हाँ, जब तुमने ज़िक्र किया तो याद आया, कुछ ऐसा हुआ था शायद' वाली बातें हैं। यह बहुत मज़ेदार है!"

"तो, ख़ैर,ट्रेन में वो टुकड़ों-टुकड़ों में ये कहानियाँ सुनाते थे, जब हम फुकुशिमा से उइनो जा रहे होते थे। और आख़िर में, वो हमेशा कहते, 'तो इसका मतलब ये हुआ मिदोरी कि जहाँ भी जाओ, सब जगहें एक जैसी होती हैं।' इस तरह की चीज़ों से प्रभावित होने की दृष्टि से मैं पर्याप्त युवा थी।"

"तो क्या यही है तुम्हारी 'मीठी याद' उइनो स्टेशन की?" मैंने पूछा।

"बिलकुल," मिदोरी ने कहा। "क्या तुमने कभी घर से भागने की कोशिश की वातानबे?"

"कभी नहीं की।"

"क्यों?"

"कल्पना की कमी। मुझे कभी भागने का ख़याल ही नहीं आया।"

"तुम सच में *अजीब* हो!" मिदोरी ने अपना सिर टेढ़ा करते हुए कहा, जैसे सच में प्रभावित हो गई हो।

"पता नहीं," मैंने कहा।

"ख़ैर, जो भी हो, मुझे लगता है कि मेरे पिता कहना चाह रहे थे कि वो चाहते हैं कि तुम मेरा ख़याल रखो।"

"सचमुच?"

"सचमुच! मैं इस तरह की चीज़ें समझती हूँ। सहज रूप से। तो बताओ, तुमने उन्हें क्या जवाब दिया?"

"ख़ैर, मुझे समझ में नहीं आया कि वो क्या कह रहे थे, इसलिए मैंने कह दिया, ठीक है, चिन्ता मत कीजिए। मैं तुम्हारा और टिकट दोनों का ख़याल रखूँगा।"

"तुमने मेरे पिता से यह वादा किया? तुमने कहा कि तुम मेरा ख़याल रखोगे?" उसने सीधे मेरी आँखों में देखते हुए एकदम गम्भीर भाव से पूछा।

"*ऐसा* नहीं," मैंने जल्दी-से उसे सुधारते हुए कहा। "मैं वाक़ई नहीं जानता था कि वे क्या कह रहे थे, और –"

"चिन्ता मत करो, मैं तो बस मज़ाक़ कर रही थी," उसने मुस्कराते हुए कहा। "मुझे तुम्हारी यही बात पसन्द है।"

मिदोरी और मैंने अपनी कॉफ़ी ख़त्म की और वापस कमरे में चले गए। उसके पिता अब भी गहरी नींद में थे। अगर थोड़ा पास जाकर सुना जाता, तो उनकी शान्त, स्थिर साँसें सुनी जा सकती थीं। दोपहर गहराने के साथ, अस्पताल की खिड़की के बाहर की रोशनी शरद ऋतु के नरम, कोमल रंग में ढल गई। बाहर बिजली के तार पर पक्षियों का एक झुण्ड बैठा, फिर उड़ गया।

मिदोरी और मैं कमरे के एक कोने में बैठे-बैठे धीरे-धीरे बातें करते रहे। उसने मेरा हाथ देखा और भविष्यवाणी की कि मैं एक सौ पाँच साल तक जिऊँगा, तीन बार शादियाँ करूँगा, और किसी सड़क दुर्घटना में मारा जाऊँगा। बुरा जीवन नहीं है, मैंने कहा।

जब उसके पिता चार बजे के बाद जागे, तो मिदोरी उनके सिरहाने जाकर बैठ गई, उसने उनके माथे का पसीना पोंछा, उन्हें पानी दिया और उनसे उनके सिर के दर्द के बारे में पूछा। एक नर्स आई और उसने उनका बुख़ार नापा, उनके पेशाब की मात्र दर्ज़ की और ड्रिप चैक की। मैं टी.वी. रूम में चला गया और थोड़ी देर फ़ुटबॉल देखता रहा।

पाँच बजे मैंने मिदोरी से कहा कि मैं अब जाऊँगा। उसके पिता से मैंने कहा, "मुझे काम पर जाना है। मैं शिन्जुकु में छह से साढ़े दस तक रिकॉर्ड बेचता हूँ।"

उन्होंने हल्की-सी नज़र उठाई और सिर हिलाकर मुझे छोटा-सा इशारा किया।

"सुनो, वातानबे, मुझे समझ नहीं आ रहा कि कैसे कहूँ, लेकिन आज के लिए मैं सच में तुम्हें धन्यवाद देना चाहती हूँ।" मुझे फ्रण्ट लॉबी तक छोड़ने आई मिदोरी ने कहा।

"मैंने कुछ ख़ास तो नहीं किया," मैंने कहा। "लेकिन अगर मैं मदद कर सकूँ, तो मैं अगले हफ़्ते भी आऊँगा। मैं तुम्हारे पिता को फिर से देखना चाहूँगा।"

"सचमुच?"

"छात्रावास में मुझे ज़्यादा करने को कुछ नहीं होता, और अगर मैं यहाँ आता हूँ तो मुझे खीरे खाने को मिलते हैं।"

मिदोरी ने अपनी बाँहें मोड़ीं और अपनी एड़ियों से लिनोलियम पर हल्की-सी थाप दी।

"मैं फिर से तुम्हारे साथ पीना चाहूँगी," उसने हल्का-सा सिर झुकाते हुए कहा।

"तो फिर पॉर्न फ़िल्म देखने के बारे में क्या ख़याल है?"

"पहले वो देखेंगे फिर पीने चलेंगे। और हमेशा की तरह घिनौनी बातों पर चर्चा करेंगे।"

"घिनौनी बातें करने वाला मैं नहीं हूँ," मैंने विरोध जताया। "वो तो तुम हो।"

"ख़ैर, हम ऐसी ही बातें करेंगे, ख़ूब पिएँगे और फिर बिस्तर पर जाएँगे।"

"और उसके बाद क्या होता है, वह मुझे पता ही है," मैंने एक आह भरते हुए कहा। "मैं कोशिश करूँगा और तुम मुझे करने नहीं दोगी। है ना?"

वो अपनी नाक से हँस पड़ी।

"जो भी हो," मैंने कहा, "अगले इतवार को फिर मुझे लेने आ जाना। हम साथ-साथ यहाँ आएँगे।"

"मैं थोड़ी लम्बी स्कर्ट पहनूँगी, तभी ना?"

"निश्चय ही," मैंने कहा।

लेकिन मैं अगले इतवार को अस्पताल नहीं गया। मिदोरी के पिता शुक्रवार की सुबह मर गए।

उसने मुझे यह बताने के लिए सुबह साढ़े छह बजे फ़ोन किया। फ़ोन काल का संकेत देने वाला बज़र बजा, और मैं अपने पायजामे के ऊपर एक कार्डिगन डालकर नीचे लॉबी की तरफ़ दौड़ा। बाहर बिना आवाज़ के ठण्डी बारिश हो रही थी। "कुछ मिनट पहले मेरे पिता का निधन हो गया," मिदोरी ने थीमी, शान्त आवाज़ में कहा। मैंने पूछा कि क्या मेरे लायक़ कोई काम है।

"शुक्रिया," उसने कहा। "वाक़ई कुछ भी करने को नहीं है। हम अन्तिम संस्कार के आदी हैं। बस तुम्हें बताना चाहती थी।"

उसके होंठों से एक तरह की आह निकल गई।

"अन्तिम संस्कार में मत आना, ठीक है? मुझे इस तरह की चीज़ें पसन्द नहीं हैं। मैं तुम्हें वहाँ नहीं देखना चाहती।"

"समझ गया," मैंने कहा।

"क्या तुम सच में मुझे पॉर्न फ़िल्म दिखाने ले जाओगे?"

"बिलकुल ले जाऊँगा।"

"एकदम घिनौनी वाली।"

"मैं इस बारे में अच्छी तरह रिसर्च करूँगा।"

"अच्छा। मैं तुम्हें फ़ोन करूँगी," मिदोरी ने कहा और फ़ोन काट दिया।

एक हफ़्ता बीत गया, लेकिन मिदोरी की कोई ख़बर नहीं मिली। कोई फ़ोन नहीं, क्लास में उसके आने का कोई संकेत नहीं। मैं जब भी छात्रावास लौटता, तो उम्मीद करता कि उसका कोई सन्देश होगा। लेकिन कभी कुछ नहीं मिला। एक रात मैंने अपना वादा निभाने की कोशिश की और हस्तमैथुन करते हुए मिदोरी के बारे में सोचने की कोशिश की, लेकिन कुछ असर नहीं हुआ। फिर मैंने नाओको की छवि मन में लाने की कोशिश की, लेकिन उस समय नाओको की याद भी कोई मदद नहीं कर पाई। यह सब इतना बेहूदा लगने लगा कि मैंने कोशिश ही छोड़ दी। इसकी बजाय मैंने ह्विस्की का एक बड़ा घूँट लिया और सोने चला गया।

इतवार की सुबह मैंने नाओको को एक ख़त लिखा। उसमें, मैंने उसे मिदोरी के पिता के बारे में भी बताया। "मैं अपनी क्लास की एक लड़की के पिता से मिलने अस्पताल गया था और उनके कमरे में खीरे खाए। जब उन्होंने मेरे खीरा खाने की आवाज़ सुनी, तो उन्हें भी खाने का मन हुआ। उन्होंने भी खीरा खाया और वही कुर्र, कुर्र की आवाज़ आई। लेकिन पाँच दिन बाद उनकी मौत हो गई। आज भी मैं उनके खीरा चबाने की हल्की-सी आवाज़ को साफ़-साफ़ याद कर सकता हूँ। लोग जब मरते हैं तो अपने पीछे अजीब-सी छोटी-छोटी यादें छोड़ जाते हैं।" आगे मेरी चिट्ठी में लिखा था :

> मैं सुबह जागने के बाद बिस्तर में लेटे हुए तुम्हारे, रेइको और बर्ड हाउस के बारे में सोचता हूँ। मैं मोर, कबूतर, तोते और टर्की – और उन खरगोशों के बारे में भी सोचता हूँ। मुझे वह पीली रेनकोट याद आती है, जो तुमने और रेइको ने उस बरसात की सुबह हुड लगाकर पहनी थी। जब मैं अपने बिस्तर में गरमाहट महसुस कर रहा होता हूँ, तो तुम्हारे बारे में सोचना अच्छा लगता है। ऐसा लगता है, जैसे

तुम मेरे बग़ल में सिमटी हुई सो रही हो। और मैं सोचता हूँ, काश! ये सच होता।

कभी-कभी मुझे तुम्हारी बहुत ज़्यादा याद आती है, लेकिन, कुल मिलाकर, मैं अपनी पूरी ताक़त से जीने की कोशिश करता हूँ। जिस तरह तुम हर सुबह पौधों और पक्षियों की देखभाल करती हो, वैसे ही मैं भी हर सुबह अपनी घड़ी में चाबी भरता हूँ। जब तक मैं उठता हूँ, दाँत साफ़ करता हूँ, शेव करता हूँ, नाश्ता करता हूँ, कपड़े बदलता हूँ, छात्रावास से निकलता हूँ और यूनिवर्सिटी पहुँचता हूँ, तब तक मैं इसे अच्छी तरह से छत्तीस बार घुमा चुका होता हूँ। मैं ख़ुद से कहता हूँ, "ठीक है, चलो, आज का दिन भी अच्छा बनाते हैं।" पहले मैंने ध्यान नहीं दिया था, लेकिन अब लोग कहते हैं कि मैं इन दिनों ख़ुद से बहुत बातें करता हूँ। शायद मैं अपनी घड़ी की चाबी घुमाते हुए बड़बड़ाता रहता हूँ।

तुमसे मिल न पाना मुश्किल है, लेकिन अगर तुम मेरी ज़िंदगी में न होतीं, तो टोक्यो में मेरी ज़िंदगी कहीं ज़्यादा बदतर होती। हर सुबह बिस्तर पर लेटे-लेटे जब मैं तुम्हारे बारे में सोचता हूँ, तभी मुझमें दिन की शुरुआत करने की ताक़त आती है और मैं ख़ुद से कह पाता हूँ कि मुझे एक और अच्छा दिन जीना है। मैं जानता हूँ कि मुझे यहाँ अपनी पूरी कोशिश करनी है, ठीक वैसे ही जैसे तुम वहाँ कर रही हो।

आज, हालाँकि इतवार है, वह दिन जब मे अपनी घड़ी में चाबी नहीं भरता। मैं अपने कपड़े धो चुका हूँ, और अब मैं अपने कमरे में हूँ, और तुम्हें ख़त लिख रहा हूँ। जैसे ही मैं यह ख़त पूरा कर लूँगा, और इस पर टिकट चिपका दूँगा और इसे मेल बॉक्स में डाल दूँगा, वैसे भी सूरज के डूबने तक मेरे पास करने के लिए कुछ नहीं होगा। मैं इतवार के दिन पढ़ाई भी नहीं करता। मैं हफ़्ते के दिनों में ही क्लासों के बीच लाइब्रेरी में इतनी अच्छी तरह पढ़ाई कर लेता हूँ कि इतवार को करने के लिए कुछ बचता ही नहीं है। इतवार की दोपहरें शांत और सुकूनभरी होती हैं, लेकिन मेरे लिए वे अक्सर अकेलेपन से भरी रहती हैं। मैं पुस्तकें पढ़ता हूँ या संगीत सुनता हूँ। कभी-कभी मैं उन अलग-अलग रास्तों के बारे में सोचता हूँ, जिन

पर हम टोक्यो में अपनी इतवार की सैर के लिए जाया करते थे। मैं यह तक साफ़-साफ़ याद कर सकता हूँ कि किसी ख़ास दिन तुमने कौन-से कपड़े पहने हुए थे। इतवार की दोपहरों में मुझे हर तरह की बातें याद आती हैं।

रेइको को मेरी तरफ़ से हाय कहना। मुझे रात में उसका गिटार सच में याद आता है।

जब मैंने ख़त समाप्त कर लिया, तो मैं कुछ ब्लॉक पैदल चलकर उसे एक मेल-बॉक्स में डाल आया। फिर मैं पास की एक बेकरी में गया, जहाँ से मैंने अण्डे का एक सैण्डविच और कोक ख़रीदा। लंच के तौर पर इन दोनों चीज़ों का आनन्द लेते हुए मैं एक स्थानीय खेल के मैदान में बेंच पर बैठकर लिटिल लीग देखता रहा। गहराती हुई शरद ऋतु ने आकाश की नीलिमा को और भी गहरा और विस्तृत कर दिया था। मैंने ऊपर नज़र डाली तो रेल की पटरियों की भाँति भाप की दो समानान्तर रेखाएँ पश्चिम की ओर जाती दिखीं। एक फ़ाउल बॉल मेरी ओर लुढ़कती हुई आई, और जब मैंने उसे वापस फेंका तो युवा खिलाड़ियों ने अपने कैप उतारकर विनम्रता से कहा, "धन्यवाद सर"। ज़्यादातर लिटिल लीग मैचों की तरह, इस खेल में भी बहुत से वॉक और स्टोलन बेस थे।

दोपहर के बाद, मैं वापस अपने कमरे में आ गया, यह सोचकर कि पढ़ूँगा, लेकिन पढ़ाई में मेरा मन नहीं लगा। इसकी बजाय, मैं छत को घूरते हुए मिदोरी के बारे में सोचने लगा। मुझे यह ख़याल आया कि क्या उसके पिता सचमुच कह रहे थे कि मैं उनके बाद मिदोरी का ख़याल रखूँ? लेकिन मुझे इस बात का अन्दाज़ नहीं था कि उनके मन में क्या था। शायद वे मुझे भ्रमवश कोई और समझ बैठे थे। जो भी हो, वो शुक्रवार की सुबह ठण्डी बारिश में गुज़र गए थे और अब सच्चाई जानना नामुमकिन था। मैंने कल्पना की कि मौत के बाद वो पहले से भी ज़्यादा सिकुड़ गए होंगे। और फिर उन्हें भट्टी में जलाया गया होगा, जब तक कि वे केवल राख बनकर नहीं रह गए होंगे। और उन्होंने अपने पीछे क्या छोड़ा? एक साधारण से मोहल्ले में किताबों की एक मामूली-सी दुकान और दो बेटियाँ, जिनमें कम-से-कम एक तो थोड़ी अजीब थी। यह किस तरह

की ज़िन्दगी थी? मैंने सोचा। अस्पताल के उस बिस्तर पर अपने सिर की कटी हुई चमड़ी और उलझे हुए दिमाग़ के साथ, जब वे मेरी ओर देख रहे थे, तो उनके दिमाग़ में क्या चल रहा होगा?

मिदोरी के पिता के बारे में यह सब सोचते-सोचते, मेरा मन इतना ख़राब हो गया कि मैं छत से कपड़े उतार लाया, बावजूद इसके कि वे अभी पूरी तरह सूखे नहीं थे। फिर मैं शिन्जुकु चला गया, बस यूँ ही समय बिताने के लिए, सड़कों पर बिना किसी मकसद के घूमने। इतवार की भीड़ ने मुझे थोड़ी राहत दी। किनोकुनिया बुक स्टोर में इतनी भीड़ थी, जैसे वह किसी व्यस्त घण्टे की ट्रेन हो। मैंने वहाँ से फ़ॉकनर की लाइट इन अगस्त ख़रीदी और फिर सबसे ज़्यादा शोरगुल वाले एक कैफ़े में चला गया। मैंने अपनी किताब पढ़ी, जिस दौरान ऑर्नेट कोलमेन और बड पावेल की धुनें कानों में बजती रहीं। मैंने गाढ़ी, गर्म और बेहद कड़वी कॉफ़ी पी। साढ़े पाँच बजे मैंने किताब बन्द की, बाहर निकला, और हल्का-सा डिनर किया। ऐसे कितने इतवार – कितने सैकड़ों इतवार – मुझे और बिताने होंगे? "शान्त, सुकून भरे और अकेले," मैंने ख़ुद से ऊँची आवाज़ में कहा। इतवार के दिन मैं अपने ऊपर किसी तरह का कोई दबाव नहीं रखता।

8

हफ़्ते के बीच एक दिन मैंने ग़लती से अपनी हथेली काँच के एक टूटे हुए टुकड़े से काट ली। मैंने ध्यान ही नहीं दिया था कि रिकॉर्ड शेल्फ़ की काँच की एक पट्टी पहले से ही दरकी हुई थी। मुझे यक़ीन नहीं हो रहा था कि मेरे हाथ से इतना ख़ून कैसे बह सकता है – मेरे पैरों के पास की ज़मीन पूरी तरह चमकते हुए लाल रंग में बदल गई थी। स्टोर मैनेजर ने जल्दी से कई तौलिए ढूँढ़े और उन्हें कसकर मेरे ज़ख़्म पर बाँध दिया। फिर उसने रातभर खुले रहने वाले इमरजेंसी मेडिकल का पता लगाने के लिए फ़ोन किया। आम तौर पर वह आदमी ज़्यादा काम का नहीं था, लेकिन इस बार उसने आश्चर्यजनक दक्षता दिखाई। अस्पताल, सौभाग्य से पास में ही था, लेकिन जब तक मैं वहाँ पहुँचा, तौलिए लाल रंग में रँग चुके थे, और जो ख़ून तौलियों में नहीं समा पाया था, वह डामर की सड़क पर टपकता जा रहा था। लोग जल्दी से हटकर मुझे रास्ता देने लगे, शायद उन्हें लगा, मैं किसी लड़ाई में घायल हो गया हूँ। मुझे ज़्यादा दर्द तो महसूस नहीं हो रहा था, लेकिन ख़ून रुक ही नहीं रहा था।

डॉक्टर पूरी तरह शान्त था। उसने पहले ख़ून से भीगे तौलियों को हटाया और फिर मेरी कलाई पर एक टूर्निकेट लगाकर ख़ून रोक दिया। इसके बाद उसने घाव को डिसइन्फ़ेक्ट किया और टाँके लगाए, साथ ही मुझसे अगले दिन फिर आने को कहा। रिकॉर्ड की दुकान पर लौटने पर मैनेजर ने मुझसे कहा कि मैं घर चला जाऊँ, वह मेरी हाज़िरी दर्ज़ कर देगा, जैसे मैंने पूरा समय काम किया हो। मैंने छात्रावास के लिए बस पकड़ी और वहाँ पहुँचकर मैं नागासावा के कमरे में गया। कट लगने की वजह से मैं घबराया हुआ था और मुझे किसी से बात करने की ज़रूरत महसूस हो रही थी। इसके अलावा मुझे ऐसा लग रहा था कि मैं नागासावा से बहुत दिनों से नहीं मिला था।

मैंने उसे उसके कमरे पर पाया। वह बियर की कैन पी रहा था और टी.वी. पर स्पेनिश सीखने का प्रोग्राम देख रहा था। उसने मेरी बैण्डेज को देखकर पूछा, "तुम्हें क्या हो गया, यार?" मैंने कहा कि मैंने ग़लती से ख़ुद को काट लिया था, लेकिन कोई बड़ी बात नहीं थी। उसने पूछा, "बियर लोगे?" मैंने कहा, "नहीं, शुक्रिया।"

"रुको ज़रा, बस एक मिनट में ख़त्म हो जाएगा," नागासावा ने कहा और स्पेनिश उच्चारण का अभ्यास करता रहा। मैंने पानी उबाला और उसमें एक टीबैग डालकर अपने लिए चाय बनाई। टीवी पर एक स्पेनिश महिला उदाहरण वाक्य पढ़ रही थी : "मैंने कभी इतनी भयानक बारिश नहीं देखी, बार्सिलोना के कई पुल बह गए।" नागासावा ने वही मज़मून ज़ोर से पढ़ा और फिर बड़बड़ाया, "कितने बेकार वाक्य हैं! वे हमेशा ऐसी ही बकवास सिखाते हैं।"

जब वह कार्यक्रम ख़त्म हो गया, तो नागासावा ने टी.वी. बन्द कर दिया और अपने छोटे से रेफ्रिजरेटर से एक और बियर निकाल ली।

"पक्का है, मैं व्यवधान नहीं डाल रहा हूँ?" मैंने पूछा।

"अरे, बिलकुल नहीं," उसने कहा। "मैं तो वैसे भी बोर हो रहा था, तुम्हें पक्का बियर नहीं चाहिए?"

"नहीं, सच में नहीं," मैंने कहा।

"अरे हाँ, कुछ दिन पहले परीक्षा के नतीजे आ गए थे, मैं पास हो गया!"

"विदेश मन्त्रालय की परीक्षा?"

"हाँ, वही। उसका अधिकारिक नाम है, 'फ़ॉरेन अफ़ेयर्स पब्लिक सर्विस पर्सनल फ़र्स्ट क्लास सर्विस एक्ज़ामिनेशन।' कितना मज़ेदार है!"

"बधाई!" मैंने अपने बाँएं हाथ से उससे हाथ मिलाते हुए कहा।

"शुक्रिया।"

"वैसे, तुम्हारे पास होने पर मुझे अचरज नहीं हुआ।"

"हाँ, मुझे भी कोई हैरानी नहीं हुई," नागासावा हँसा। "लेकिन इसे अधिकारिक तौर पर पास करना अच्छा लगा।"

"मेरा ख़याल है, प्रवेश लेते ही किसी दूसरे देश जाओगे?"

"नहीं, पहले एक साल की ट्रेनिंग होगी। फिर वे कुछ समय के लिए विदेश भेजते हैं।"

मैं अपनी चाय की चुस्कियाँ लेता रहा और वह बियर का आनन्द लेता रहा।

"जब मैं यहाँ से जाऊँगा, तो यह रेफ्रिजरेटर तुम्हें दे जाऊँगा," नागासावा ने कहा। "तुम्हें अच्छा लगेगा ना? बियर के लिए बढ़िया है।"

"हाँ, बिलकुल, लेकिन क्या तुम्हें इसकी ज़रूरत नहीं होगी? तुम तो किसी अपार्टमेंट में रहोगे।"

"बेवक़ूफ़ मत बनो, जब मैं यहाँ से निकलूँगा तो बड़ा वाला फ़्रिज ख़रीदूँगा। शानदार ज़िन्दगी जीने का समय आ गया है! चार साल इस गटर जैसे छात्रावास में काफ़ी थे। मैं यहाँ की किसी चीज़ को अपने पास नहीं देखना चाहता। तुम जो भी कहो, मैं तुम्हें दे दूँगा – टी.वी., थर्मस बॉटल, रेडियो..."

"तुम जो भी दोगे, मैं ले लूँगा।"

मैंने उसकी डेस्क पर पड़ी हुई स्पेनिश की पाठ्यपुस्तक उठाई और उसे घूरने लगा। "स्पेनिश सीखना शुरू कर रहे हो?"

"हाँ। जितनी ज़्यादा भाषाएँ सीखो, उतना अच्छा है। और मुझमें यह हुनर भी है। मैंने ख़ुद से फ़्रेंच सीखी और उसमें पर्फ़ेक्ट हो गया। भाषाएँ खेल की तरह हैं। तुम एक के नियम समझ लेते हो, तो वे सभी पर लागू होते हैं। औरतों की तरह।"

"आह, विचारशील जीवन!" मैंने व्यंगात्मक लहज़े में कहा।

"ख़ैर, कभी बाहर खाने चलें।"

"तुम्हारा मतलब है, औरतों की तलाश में घूमने?"

"अरे नहीं, एक असली डिनर। तुम, मैं और हात्सुमी, किसी अच्छे रेस्तराँ में। मेरी नई नौकरी का जश्न मनाने। मेरा बूढ़ा बाप इसका ख़र्च उठा रहा है, इसलिए हम किसी सचमुच की ख़र्चीली जगह पर जाएँगे।"

"क्या यह बस तुम्हें और हात्सुमी को नहीं करना चाहिए?"

"नहीं, तुम रहोगे तो बेहतर होगा। मैं ज़्यादा सहज रहूँगा, और हात्सुमी भी।"

ओह नहीं। फिर से वही कहानी – किज़ुकी, नाओको, और मैं।

"बाद में, मैं हात्सुमी के साथ अपनी रात बिताऊँगा, इसलिए तुम बस खाने के लिए आना।"

"ठीक है, अगर तुम दोनों सच में चाहते हो तो," मैंने कहा। "लेकिन, वैसे, हात्सुमी को लेकर क्या सोचा है तुमने? जब तुम्हारी ट्रेनिंग ख़त्म हो जाएगी, तो तुम्हें विदेश भेज दिया जाएगा, और फिर तुम शायद वर्षों तक वापस नहीं आओगे। ऐसे में उसका क्या होने वाला है?"

"ये उसकी समस्या है, मेरी नहीं।"

"मैं नहीं समझा," मैंने कहा।

मेज़ पर पैर रखे, नागासावा ने बियर का घूँट लिया और ऊबकर जम्हाई ली।

"देखो, मैं शादी करने का कोई इरादा नहीं रखता। यह बात मैंने हात्सुमी को साफ़-साफ़ बता दी है। अगर उसे किसी और से शादी करनी है, तो कर ले। मैं उसे नहीं रोकूँगा। अगर वह मेरा इन्तज़ार करना चाहती है, तो वह इन्तज़ार करे। मेरा मतलब यह है।"

"मानना पड़ेगा तुम्हें," मैंने कहा।

"तुम सोचते हो कि मैं एक घटिया इन्सान हूँ, है ना?"

"हाँ, सोचता हूँ।"

"देखो, दुनिया स्वभाव से ही एक नाइन्साफ़ जगह रही है। ये नियम मैंने नहीं बनाए हैं। ऐसा हमेशा से रहा है। मैंने हात्सुमी को कभी धोखा नहीं दिया। वो जानती है कि मैं एक घटिया इन्सान हूँ और वह मुझे कभी भी छोड़ सकती है। मैंने उसे यह साफ़-साफ़ कह दिया था।"

नागासावा ने अपनी बियर समाप्त की और सिगरेट जला ली।

"क्या तुम्हें ज़िन्दगी में किसी चीज़ से डर नहीं लगता?" मैंने पूछा।

"अरे यार, मैं कोई बेवक़ूफ़ नहीं हूँ," नागासावा ने कहा। "निश्चय ही ज़िन्दगी मुझे कभी-कभी डराती है। लेकिन मैं इसे हर किसी चीज़ की बुनियाद नहीं बनाता। मैं पूरी ताक़त से जितना आगे जा सकता हूँ, जाऊँगा। जो चाहूँगा, उसे लूँगा, जो नहीं चाहूँगा, उसे छोड़ दूँगा। मैं ज़िन्दगी को इसी तरह जीने का

इरादा रखता हूँ, और अगर हालात बिगड़ते हैं, तो उस वक़्त सोचूँगा। अगर ग़ौर किया जाए तो, एक नाइन्साफ़ समाज ही वो जगह है, जहाँ तुम अपनी क़ाबिलियत का पूरा फ़ायदा उठा सकते हो।"

"सुनने में तो बड़ा ख़ुदगर्ज़ी भरा लगता है।"

"हो सकता है, लेकिन मैं आसमान की ओर ताकता हुआ फल के टपकने का इन्तज़ार नहीं कर रहा हूँ। मैं अपनी तरफ़ से कड़ी मेहनत कर रहा हूँ। तुमसे दस गुना ज़्यादा मेहनत कर रहा हूँ।"

"शायद यह सच हो," मैंने कहा।

"कभी-कभी मैं अपने आसपास देखता हूँ, तो मुझे घिन आने लगती है। ये हरामज़ादे कुछ करते क्यों नहीं? मैं सोचता हूँ। ख़ुद कुछ नहीं करते, बस शिकायतें करते रहते हैं।"

मैं नागासावा की कठोरता से भरी आवाज़ सुनकर हैरान रह गया।

"मेरी नज़र में तो लोग कड़ी मेहनत कर रहे हैं। कड़ी मेहनत। या फिर मैं चीज़ों को ग़लत तरीक़े से देख रहा हूँ?"

"वह मेहनत नहीं है, वह तो बस शारीरिक श्रम है," नागासावा ने ठोस स्वर में कहा। "जिस 'कड़ी मेहनत' की मैं बात कर रहा हूँ, वह अधिक आत्म-निर्देशित और उद्देश्यपूर्ण होती है।"

"मतलब, जैसे नौकरी के मौसम के ख़त्म होने के बाद, जब बाकी सब लोग आराम कर रहे हों, तब स्पैनिश पढ़ना?"

"बिलकुल। अगले वसंत तक मैं स्पैनिश पर भी पूरा अधिकार कर लूँगा। अंग्रेज़ी, जर्मन और फ्रेंच तो मुझे अच्छी तरह आती ही हैं, और इटालियन पर भी मेरी अच्छी पकड़ हो चुकी है। तुम्हें क्या लगता है, यह सब बिना मेहनत के हो जाता है?"

नागासावा ने सिगरेट का कश लिया, वहीं मैं मिदोरी के पिता के बारे में सोचने लगा। वह शायद ऐसा आदमी था, जिसने कभी टी.वी. पर स्पेनिश सीखने के बारे में सोचा भी नहीं होगा। उसने शायद कभी कठोर मेहनत और शारीरिक श्रम के बीच के अन्तर पर विचार नहीं किया होगा। वह इतना व्यस्त रहा होगा कि इन सारी चीज़ों के बारे में सोचने का उसके पास वक़्त ही नहीं रहा

होगा – अपने काम में व्यस्त और अपनी उस लड़की को वापस लाने में व्यस्त, जो फुकुशीमा भाग गई थी।

"तो हमारा डिनर," नागासावा ने कहा। "क्या यह शनिवार तुम्हारे लिए ठीक रहेगा?"

"ठीक है," मैंने कहा।

नागासावा ने अजाबु की एक शान्त पिछली गली में स्थित एक शानदार फ्रेंच रेस्तराँ चुना। उसने दरवाज़े पर अपना नाम बताया और हमें एक अलग प्रायवेट कमरे में ले जाया गया। उस छोटे-से कमरे में दीवारों पर लगभग पन्द्रह चित्र लगे हुए थे। हात्सुमी के आने का इन्तज़ार करते हुए, नागावासा और मैंने एक स्वादिष्ट वाइन का आनन्द लिया और जोसेफ़ कोनराड के उपन्यासों पर बातचीत की। उसने एक महँगा सलेटी सूट पहना था, जबकि मैंने एक सादे नीले ब्लेज़र में ही आने का फ़ैसला किया था।

हात्सुमी पन्द्रह मिनट बाद पहुँची। उसने बहुत ही ख़ूबसूरती से मेकअप किया हुआ था और सोने की बालियाँ, सुन्दर गहरे नीले रंग की पोशाक, और सुरुचिपूर्ण लाल जूते पहने हुए थे। जब मैंने उसकी पोशाक के नीले रंग की तारीफ़ की तो उसने बताया कि इसे 'मिडनाइट ब्लू' कहते हैं।

"क्या शानदार रेस्तराँ है," हात्सुमी ने कहा।

"मेरा बाप जब भी टोक्यो आता है, यहीं खाना खाता है," नागासावा ने कहा। "मैं एक बार उनके साथ यहाँ आया था। ऐसी ऊँचे दर्ज़े की जगहें मुझे ज़्यादा पसन्द नहीं हैं।"

"कभी-कभार ऐसी जगहों पर खाने में कोई बुराई नहीं है," हात्सुमी ने कहा। फिर मेरी तरफ़ मुड़कर पूछने लगी, "तुम्हें क्या लगता है?"

"मेरा ख़याल है, तुम्हारा कहना सही है," मैंने कहा, "जब तक मुझे बिल न चुकाना पड़े।"

"मेरे पिता आम तौर पर अपनी महिला मित्र को यहाँ लाते हैं," नागासावा ने कहा। "टोक्यो में उनकी एक महिला मित्र है, जानती हो?"

"सच में?" हात्सुमी ने पूछा।

मैंने वाइन का एक घूँट लिया, जैसेकि मैंने कुछ सुना ही ना हो।

आख़िरकार एक वेटर आया और उसने हमारा ऑर्डर लिया। स्टार्टर और सूप चुनने के बाद नागासावा ने बतख मँगवाई, जबकि हात्सुमी और मैंने सी बास मछली का ऑर्डर दिया। खाना धीरे-धीरे परोसा गया, जिससे हमें वाइन पीने और आराम से बातचीत करने का भरपूर समय मिल गया। सबसे पहले नागासावा विदेश मंत्रालय की परीक्षा की बातें करने लगा। उसका कहना था कि ज़्यादातर परीक्षार्थी इतने निकम्मे थे कि उन्हें किसी गहरे गड्ढे में फेंक देना चाहिए, हालाँकि उसे यह भी लगा कि उनमें कुछ अच्छे लोग भी रहे होंगे।

मैंने उससे पूछा कि उसके हिसाब से अच्छे और बुरे लोगों का अनुपात आम समाज की तुलना में ज़्यादा था या कम।

"वह वैसा ही है," उसने कहा। "बिलकुल।" हर कहीं एकसा ही होता है, उसने कहा; एक अटूट नियम। जब हम वाइन की पहली बोतल ख़त्म कर चुके तो नागासावा ने दूसरी बोतल मँगवाई और अपने लिए डबल स्कॉच का ऑर्डर दिया।

इसके बाद हात्सुमी ने एक लड़की के बारे में बताना शुरू कर दिया, जिससे वह मुझे मिलवाना चाहती थी। यह हमारे बीच हमेशा चर्चा का विषय रहता था। वह हमेशा मुझे किसी "क्यूट फ्रेशर" के बारे में बताती थी और मैं हमेशा उससे बचने की कोशिश करता था।

"लेकिन, वह सचमुच बहुत भली और सचमुच बहुत क्यूट है। मैं अगली बार उसे अपने साथ लेकर आऊँगी। तुम्हें उससे ज़रूर बात करना चाहिए। मुझे यक़ीन है, तुम उसे पसन्द करोगे।"

"यह वक़्त की बरबादी है, हात्सुमी," मैंने कहा। "मैं तुम्हारे स्कूल की लड़कियों के साथ घूमने के लिहाज़ से बहुत गरीब हूँ। मैं उनसे बात नहीं कर सकता।"

"बेवक़ूफ़ी मत करो," उसने कहा। "यह लड़की बहुत सरल, सहज और बिना किसी बनावट वाली है।"

"कम ऑन, वातानबे," नागासावा ने कहा। "कम-से-कम मिल तो लो। तुम्हें उसके साथ सोना थोड़े ही है।"

"बिलकुल *नहीं*!" हात्सुमी ने कहा। "यह लड़की अब तक कुँवारी है।"

"जैसे तुम पहले हुआ करती थी," नागासावा ने कहा।

"बिलकुल," हात्सुमी ने चमकती हुई मुस्कान के साथ कहा। "जैसी मैं हुआ करती थी। लेकिन सच में," उसने मुझसे कहा, "मुझे यह 'गरीब होने' वाली बात मत सुनाओ। इसका किसी चीज़ से कोई लेना-देना नहीं है। हाँ, हर क्लास में कुछ घमण्डी लड़कियाँ होती हैं, लेकिन बाक़ी सब आम लोग ही हैं। हम सब स्कूल के कैफ़ेटेरिया में 250 येन में लंच करते हैं –"

"अब रुको ज़रा हात्सुमी," मैंने उसे बीच में रोकते हुए कहा। मेरे स्कूल के कैफ़ेटेरिया में तीन लंच होते हैं : ए, बी और सी। ए लंच एक सौ बीस येन का होता है, बी लंच एक सौ येन का होता है, और सी लंच अस्सी येन का होता है। जब मैं ए. लंच खाता हूँ, तो सब लोग मुझे बुरी नज़रों से घूरते हैं, और जो लोग सी. लंच भी नहीं ख़रीद सकते, वे साठ येन में रामेन नूडल्स खाते हैं। मेरा स्कूल ऐसा है। अब भी तुम्हें लगता है कि मैं तुम्हारे स्कूल की लड़कियों से बात कर सकता हूँ?"

हात्सुमी हँसते-हँसते रुक नहीं पा रही थी। "यह तो बहुत सस्ता है!" उसने कहा। "शायद मुझे भी वहाँ लंच करने आना चाहिए! लेकिन सच में, तोरू, तुम इतने अच्छे इन्सान हो, मुझे यक़ीन है, तुम्हारी उस लड़की से अच्छी दोस्ती हो जाएगी। हो सकता है, उसे भी एक सौ बीस येन वाला लंच पसन्द आ जाए।"

"कोई चांस नहीं," मैंने हँसते हुए कहा। "वो खाना कोई भी इसलिए नहीं खाता कि उन्हें वह पसन्द आता है, बल्कि इसलिए खाते हैं, क्योंकि उनके पास और कोई चारा नहीं होता।"

"ख़ैर पुस्तक को उसके कवर से मत आँको। यह सच है कि हम ऊँचे तबके की लड़कियों के स्कूल में पढ़ते हैं, लेकिन हम में से बहुत सारी लड़कियाँ गम्भीर होती हैं, जो ज़िन्दगी के बारे में गहराई से सोचती हैं। हर कोई स्पोर्ट्स कार वाले बॉयफ्रैण्ड की तलाश में नहीं होती।"

"ये तो मैं भी जानता हूँ," मैंने कहा।

"वातानबे के पास एक लड़की है। वह उसे प्यार करता है," नागासावा

ने कहा। "लेकिन वो उसके बारे में एक शब्द भी नहीं कहता। जितना चुप हो सकता है, उतना चुप रहता है। एक पहेली जो रहस्य में लिपटी हुई है।"

"वाक़ई?" हात्सुमी ने मुझसे पूछा।

"वाक़ई," मैंने कहा। लेकिन वहाँ कोई पहेली नहीं है। सिर्फ़ स्थिति पेचीदा है और उसके बारे में बात करना मुश्किल है।"

"एक नाजायज़ रिश्ता? ऊह! तुम मुझसे बात तो कर सकते हो!"

मैंने जवाब को टालने के लिए वाइन का एक घूँट लिया।

"देखा, मैं क्या कह रहा था?" नागासावा ने अपनी तीसरी ह्विस्की पीते हुए कहा। "एकदम चुप्पा। जब ये बन्दा तय कर लेता है कि किसी चीज़ के बारे में नहीं बोलना है, तो कोई भी उससे बात नहीं उगलवा सकता।"

"कितनी अफ़सोस की बात है," हात्सुमी ने टेरीन का एक छोटा-सा टुकड़ा काटकर मुँह में डालते हुए कहा। "अगर तुम्हारी उससे अच्छी बनती, तो हम डबल डेट पर जा सकते थे।"

"हाँ, हम नशे में धुत होकर थोड़ी अदला-बदली कर सकते थे," नागासावा ने कहा।

"अब बस, ऐसी बातें मत करो," हात्सुमी ने कहा।

"क्या मतलब 'ऐसी बातें'? वातानबे की नज़र तुम पर है," नागासावा ने कहा।

"इसका मेरे कहने से कोई लेना-देना नहीं है," हात्सुमी ने धीरे-से कहा। "वो उस तरह का व्यक्ति नहीं है। वह ईमानदार और परवाह करने वाला है। मैं कह सकती हूँ। यही वजह है कि मैं उसकी जोड़ी बनाने की कोशिश कर रही थी।"

"ओह, हाँ, वो तो बहुत ईमानदार है। जैसे उस समय जब हमने औरतों की अदला-बदली की थी, बहुत पहले। याद है, वातानबे?" नागासावा ने बेपरवाह अन्दाज़ में कहा, फिर अपनी ह्विस्की ख़त्म कर एक और का ऑर्डर किया।

हात्सुमी ने अपना चाकू और काँटा नीचे रखा और नैपकिन से अपना मुँह पोंछा। फिर मेरी ओर देखते हुए पूछा, "तोरू, क्या तुमने वाक़ई वैसा किया था?"

मुझे समझ में नहीं आया कि उसकी बात का जवाब कैसे दूँ, इसलिए मैंने कुछ नहीं कहा।

"बताओ उसे," नागासावा ने कहा। "क्या फ़र्क़ पड़ता है।" अब बात घिनौना रूप लेने लगी थी। नागासावा जब नशे में होता था तो वह बदतमीज़ी पर उतारू हो सकता था, लेकिन आज रात उसकी बदतमीज़ी के निशाने पर मैं नहीं, बल्कि हात्सुमी थी। यह जानने के बाद मेरे लिए वहाँ बैठना और भी मुश्किल हो गया।

"मैं इसके बारे में सुनना चाहूँगी," हात्सुमी ने कहा। "यह बहुत दिलचस्प लग रहा है!"

"हम नशे में थे," मैंने कहा।

"कोई बात नहीं, तोरू, मैं तुम्हें दोष नहीं दे रही हूँ। मैं तो बस यह जानना चाहती हूँ कि हुआ क्या था।"

"हम दोनों शिबुया के एक बार में शराब पी रहे थे, और वहीं दो लड़कियों से हमारी दोस्ती हो गई। वे किसी जूनियर कॉलेज में पढ़ती थीं और वे भी काफ़ी नशे में थीं। तो ख़ैर, हम एक होटल में गए और हमने उनके साथ रात बिताई। हमारे कमरे एक-दूसरे के ठीक बग़ल में थे। आधी रात को नागासावा ने दरवज़े पर दस्तक दी और कहा, हमें लड़कियाँ बदल लेना चाहिए, तो मैं उसके कमरे में चला गया और वो मेरे कमरे में आ गया।"

"क्या लड़कियों ने आपत्ति नहीं की?"

"नहीं, वे भी नशे में थीं।"

"ख़ैर, मेरे पास वैसा करने की एक अच्छी वजह थी," नागासावा ने कहा।

"अच्छी वजह?"

"देखो, दोनों लड़कियाँ बहुत अलग थीं। उनमें से एक तो सचमुच ख़ूबसूरत थी, लेकिन दूसरी बिलकुल भी आकर्षक नहीं थी। यह मुझे अनुचित लगा। मुझे अच्छी वाली मिली, लेकिन वातानबे दूसरी के साथ फँस गया। इसलिए हमने अदला-बदली कर ली। सही कहा ना, वातानबे?"

"हाँ, शायद," मैंने कहा। लेकिन सच तो यह था कि मुझे कम ख़ूबसूरत वाली लड़की ज़्यादा पसंद आई थी। उससे बातें करना अच्छा लगा था, और

वह अच्छी इंसान भी थी। हम दोनों के साथ सोने के बाद बिस्तर पर लेटे-लेटे बातें कर रहे थे कि तभी नागासावा आ गया और उसने साथी बदलने का सुझाव दिया। मैंने उस लड़की से पूछा कि क्या उसे इससे कोई आपत्ति है, तो उसने कहा कि अगर हम लोग ऐसा चाहते हैं, तो उसे कोई दिक़्क़त नहीं। शायद उसने सोचा होगा कि मैं ख़ूबसूरत वाली लड़की के साथ रहना चाहता हूँ।

"क्या मज़ा आया था?" हात्सुमी ने पूछा।

"तुम्हारा मतलब है, बदलने में?"

"पूरे मामले में।"

"ख़ास नहीं। ये तो बस ऐसा है कि आप कर लेते हैं। इस तरह लड़कियों के साथ सोने में बहुत मज़ा नहीं आता।"

"तब फिर तुम यह क्यों करते हो?"

"मेरी वजह से," नागासावा ने कहा।

"मैं तोरू से पूछ रही हूँ," हात्सुमी ने नागासावा को झिड़कते हुए कहा। "फिर तुम इस तरह की चीज़ क्यों करते हो?"

"क्योंकि कभी-कभी मेरे मन में किसी लड़की के साथ सोने की ज़बरदस्त इच्छा होती है।"

"अगर तुम प्यार करते हो, तो क्या तुम किसी-न-किसी तरह उसी के साथ नहीं रह सकते?" हात्सुमी ने कुछ पल सोचने के बाद पूछा।

"यह पेचीदा है।"

हात्सुमी ने गहरी साँस ली।

उसी समय दरवाज़ा खुला और वेटर खाना लेकर आ गए। नागासावा को उसकी भुनी हुई बतख परोसी गई, जबकि हात्सुमी और मुझे हमारा सी बास मिला। वेटरों ने हमारी प्लेटों में ताज़ा पकी हुई सब्ज़ियाँ परोसीं और उन पर सॉस डालकर, हमें फिर से अकेला छोड़कर, चुपचाप कमरे से बाहर चले गए। नागासावा ने अपनी बतख का एक टुकड़ा काटा और स्वाद लेकर खाया, फिर एक और घूँट ह्विस्की पी। मैंने अपने काँटे से थोड़ा पालक उठाया। हात्सुमी ने अपने खाने को हाथ तक नहीं लगाया।

"ऐसा है, तोरू," उसने कहा, "मैं नहीं जानती कि तुम्हारी स्थिति इतनी

'पेचीदा' क्यों है, लेकिन मुझे लगता है कि जिस तरह की बात तुमने मुझे अभी बताई, वह तुम्हारे लिए सही नहीं है। तुम उस तरह के इन्सान नहीं हो। तुम क्या सोचते हो?" उसने अपने हाथ मेज़ पर रखे और मेरी आँखों में झाँका।

"हाँ," मैंने कहा, "कई बार मैंने ख़ुद भी ऐसा ही महसूस किया है।"

"तब तुम यह सब छोड़ क्यों नहीं देते?"

"क्योंकि कभी-कभी मुझे इन्सानी गरमाहट की ज़रूरत महसूस होती है," मैंने ईमानदारी से जवाब दिया। "कई बार, अगर मैं किसी औरत की त्वचा की गर्मी महसूस नहीं कर पाता, तो मैं इतना अकेला महसूस करता हूँ कि उसे सह नहीं पाता।"

"मैं बताता हूँ कि यह सब क्या है," नागासावा ने बीच में टोकते हुए कहा। "वातानबे को एक लड़की पसन्द है, लेकिन कुछ पेचीदा वजहों से वे एक-साथ नहीं हो सकते। तो वह ख़ुद से कहता है, 'सेक्स तो बस सेक्स है', और अपनी ज़रूरत किसी और के साथ पूरी कर लेता है। इसमें ग़लत क्या है? यह पूरी तरह तार्किक है। वह हमेशा अपने कमरे में बन्द होकर हस्तमैथुन तो नहीं कर सकता, है ना?"

"लेकिन अगर तुम उसे सचमुच प्रेम करते हो, तोरू, तो क्या तुम्हारे लिए ख़ुद पर क़ाबू करना मुमकिन नहीं होना चाहिए?"

"हो सकता है," मैंने कहा और क्रीम सॉस में लिपटा सी बास का एक टुकड़ा मुँह में डाल लिया।

"तुम एक पुरुष के सेक्स की ज़रूरतों को नहीं समझतीं," नागासावा ने हात्सुमी से कहा। "उदाहरण के लिए, मुझे देखो। मैं तुम्हारे साथ पिछले तीन सालों से हूँ, और इस दौरान मैं कई औरतों के साथ सो चुका हूँ। लेकिन उनके बारे में मुझे कुछ भी याद नहीं है। ना उनके नाम, ना उनके चेहरे। मैं हर एक के साथ सिर्फ़ एक बार सोया। मिलो, करो, अलविदा। बस इतना ही। इसमें ग़लत क्या है?"

"तुम्हारी यही अहंकार भरी बातें मुझसे सहन नहीं होतीं," हात्सुमी ने नरम आवाज़ में कहा। "तुम दूसरों के साथ सोते हो या नहीं, वो बात नहीं है। मैंने तुम्हारी बेवफ़ाई पर कभी गुस्सा किया है क्या?"

"मैं जो करता हूँ, उसे बेवफ़ाई कहना भी सही नहीं होगा। ये बस एक खेल है। इसमें किसी को चोट नहीं पहुँचती," नागासावा ने कहा।

"मुझे चोट पहुँचती है," हात्सुमी ने कहा। "मैं तुम्हारे लिए काफ़ी क्यों नहीं हूँ?"

नागासावा कुछ पल चुप रहा और अपने गिलास में ह्विस्की घुमाता रहा। "ये बात नहीं कि तुम मेरे लिए काफ़ी नहीं हो। यह एक अलग सवाल है, एक अलग स्थिति। अगर मैंने तुम्हें चोट पहुँचाई है, तो मुझे खेद है। लेकिन यह सवाल नहीं है कि तुम मेरे लिए काफ़ी हो या नहीं हो। मैं केवल उस भूख के साथ जी सकता हूँ। मैं ऐसा ही इन्सान हूँ। यही मुझे वह बनाता है, जो मैं हूँ। मैं इसमें कुछ नहीं कर सकता, समझती हो?"

आख़िरकार हात्सुमी ने अपने काँटे-चम्मच उठाए और मछली खाने लगी। "कम-से-कम तोरू को तो तुम्हें अपने 'खेलों' में नहीं घसीटना चाहिए।"

"हम दोनों काफ़ी कुछ एक जैसे हैं, वातानबे और मैं," नागासावा ने कहा। "असल में, हम दोनों को ही अपने अलावा और किसी चीज़ में दिलचस्पी नहीं है। ठीक है, मैं घमण्डी हूँ और वो नहीं, लेकिन हम दोनों ही अपने अलावा किसी और की सोच, भावना या काम में दिलचस्पी नहीं ले सकते। यही वजह है कि हम चीज़ों के बारे में इस तरह सोच सकते हैं, जो किसी और से पूरी तरह अलग हो। यही चीज़ मुझे उसके बारे में पसन्द है। बस फ़र्क़ इतना है कि उसे अब तक इस बात का अहसास नहीं हुआ है, इसलिए वह झिझकता है और तकलीफ़ महसूस करता है।"

"ऐसा कौन-सा इन्सान है, जो झिझकता और तकलीफ़ महसूस नहीं करता?" हात्सुमी ने पूछा। "क्या तुम यह कहने की कोशिश कर रहे हो कि तुमने कभी उन चीज़ों को महसूस नहीं किया?"

"बिलकुल किया है, लेकिन मैंने ख़ुद को इस क़दर अनुशासित कर लिया है कि मैं उन्हें छोटा कर सकता हूँ। अगर किसी चूहे को बार-बार झटका दिया जाए, तो वह कम दर्दनाक रास्ता ही चुनेगा।"

"लेकिन चूहों को इश्क़ नहीं होता।"

"'चूहों को इश्क़ नहीं होता।'" नागासावा ने मेरी ओर देखा। "यह

कमाल की बात कही तुमने। इसके लिए तो बैकग्राउण्ड संगीत होना चाहिए था – पूरा ऑर्केस्ट्रा, जिसमें दो हार्प्स और –"

"मज़ाक़ मत उड़ाओ मेरा, मैं गम्भीर हूँ।"

"हम खाना खा रहे हैं," नागासावा ने कहा। "और वातानबे यहाँ है। यह ज़्यादा शालीनतापूर्ण होगा, अगर हम 'गम्भीर' बातें किसी और मौक़े के लिए छोड़ दें।"

"मैं जा सकता हूँ," मैंने कहा।

"नहीं," हात्सुमी ने कहा। "प्लीज़ रुको। तुम्हारा साथ होना बेहतर है।"

"कम-से-कम डेज़र्ट तो लो ही," नागासावा ने कहा।

"मुझे सच में कोई ऐतराज़ नहीं है।"

हम तीनों ने कुछ देर तक चुपचाप खाना जारी रखा। मैंने अपनी मछली समाप्त की। हात्सुमी ने अपनी मछली आधी छोड़ दी। नागासावा अपनी बतख काफ़ी पहले ख़त्म कर चुका था और अब अपना पूरा ध्यान ह्विस्की पर दे रहा था।

"यह समुद्री मछली बेहतरीन थी," मैंने कहा, लेकिन किसी ने मेरी बात पर प्रतिक्रिया नहीं की। ऐसा लगा जैसे मैंने किसी गहरे कुएँ में पत्थर फेंका हो।

वेटरों ने हमारी प्लेटें हटा दीं और नीबू का शरबत और एस्प्रेसो लाकर रख दिया। नागासावा ने अपने डेज़र्ट और कॉफ़ी को मुश्किल से छुआ और सीधा सिगरेट फूँकने में लग गया। हात्सुमी ने अपने शरबत को छुआ तक नहीं। "ओह, भगवान..." मैंने मन-ही-मन सोचा, जबकि मैं अपना शरबत और कॉफ़ी ख़त्म कर रहा था। हात्सुमी मेज़ पर रखे अपने हाथों को देखती रही। उसकी बाकी चीज़ों की तरह उसके हाथ भी बेहद सलीकेदार, नाज़ुक और महँगे लग रहे थे। मैं नाओको और रेइको के बारे में सोचने लगा। वे इस समय क्या कर रही होंगी? शायद नाओको सोफ़े पर लेटी कोई किताब पढ़ रही होगी, और रेइको गिटार पर "नॉर्वेजियन वुड" बजा रही होगी।

अचानक मुझे उनके उस छोटे-से कमरे में वापस लौट जाने की तीव्र इच्छा हुई। मैं यहाँ आख़िर कर क्या रहा था? "जहाँ वातानबे और मैं एक-जैसे हैं, वहीं हम इस बात की ज़रा भी परवाह नहीं करते कि कोई हमें समझता है

या नहीं," नागासावा ने कहा। "यही चीज़ हमें बाक़ी सब से अलग बनाती है। वे सब इस बात को लेकर परेशान रहते हैं कि उनके आसपास के लोग उन्हें समझते हैं या नहीं। लेकिन मैं और वातानबे उनमें से नहीं हैं। हमें ज़रा भी परवाह नहीं। 'स्वयं' तथा अन्य में अंतर है"

"क्या यह सच है?" हात्सुमी ने मुझसे पूछा।

"बिलकुल नहीं," मैंने कहा। "मैं इतना मज़बूत नहीं हूँ। मुझे यह ठीक नहीं लगता कि कोई मुझे न समझे। कुछ लोग हैं, जिन्हें मैं समझना चाहता हूँ और जिनके द्वारा समझा जाना चाहता हूँ। लेकिन उन कुछ लोगों को छोड़कर, ख़ैर, मुझे लगता है कि यह निराशाजनक है। मैं नागासावा से सहमत नहीं हूँ। मुझे इस बात की परवाह है कि लोग मुझे समझें।"

"यह तो लगभग वही बात हुई, जो मैं कह रहा हूँ," नागासावा ने अपना कॉफ़ी का चम्मच उठाते हुए कहा। "यह वही है! यह बस, देर से नाश्ता करने और दोपहर का खाना जल्दी खाने जैसा फ़र्क़ है। वही समय, वही भोजन, बस नाम अलग हैं।"

अब हात्सुमी ने नागासावा से कहा। "क्या तुम्हें इस बात की परवाह नहीं है कि मैं तुम्हें समझती हूँ या नहीं?"

"मुझे लगता है, तुम मेरी बात समझ नहीं पाईं," नागासावा ने कहा। "व्यक्ति ए, व्यक्ति बी को इसलिए समझता है क्योंकि वह उसके लिए सही समय होता है, इसलिए नहीं कि व्यक्ति बी चाहता है कि व्यक्ति ए उसे समझे।"

"तो क्या मेरा यह चाहना ग़लत है कि कोई मुझे समझे – उदाहरण के लिए तुम?"

"नहीं, यह कोई ग़लती नहीं है," नागासावा ने जवाब दिया। "अगर तुम सोचती हो कि तुम मुझे समझना चाहती हो, तो ज़्यादातर लोग इसे प्यार कहेंगे। मेरे जीने का तरीक़ा बाक़ी लोगों के जीने के तरीक़े से बिलकुल अलग है।"

"तो तुम कहना चाहते हो कि तुम मुझे प्यार नहीं करते, है ना?"

"देखो, मेरा तरीक़ा और तुम्हारा तरीक़ा ..."

"भाड़ में जाए तुम्हारा बकवास तरीक़ा!" हात्सुमी चिल्लाई। यह पहली और आख़िरी बार था, जब मैंने उसे चिल्लाते सुना था।

नागासावा ने मेज़ के पास लगे बटन को दबाया, और वेटर बिल लेकर आ गया। नागासावा ने उसे अपना क्रेडिट कार्ड थमा दिया।

"सॉरी वातानबे," नागासावा ने कहा। "मैं हात्सुमी को छोड़ने घर जा रहा हूँ। तुम अकेले छात्रावास वापस चले जाओ, ठीक है?"

"तुम्हें माफ़ी माँगने की ज़रूरत नहीं है। खाना शानदार था," मैंने कहा, लेकिन किसी ने कोई प्रतिक्रिया नहीं की।

वेटर कार्ड वापस ले आया और नागासावा ने पैसे की जाँच करने के बाद बालप्वाइण्ट पेन से उस पर दस्तख़त कर दिए। फिर हम तीनों उठे और बाहर आ गए। नागासावा टैक्सी बुलाने के लिए सड़क पर क़दम बढ़ाने वाला ही था कि हात्सुमी ने उसे रोक दिया।

"शुक्रिया, लेकिन मैं आज तुम्हारे साथ और समय नहीं बिताना चाहती। मुझे घर छोड़ने की ज़रूरत नहीं है। खाने के लिए शुक्रिया।"

"जैसा तुम ठीक समझो," नागासावा ने कहा।

"मैं चाहती हूँ कि तोरू मुझे घर छोड़ आए।"

"जैसा तुम चाहो," नागासावा ने कहा। "लेकिन वातानबे लगभग मेरे जैसा ही है। वह एक अच्छा व्यक्ति हो सकता है, लेकिन दिल की गहराई में वह सचमुच किसी से प्यार करने में असमर्थ है। उसके भीतर हमेशा कोई-न-कोई हिस्सा होता है, जो पूरी तरह जागा हुआ और तटस्थ होता है। उसमें एक भूख है, जो कभी ख़त्म नहीं होती। मुझ पर भरोसा करो, मुझे अच्छी तरह पता है कि मैं क्या कह रहा हूँ।"

मैंने एक टैक्सी रोकी और हात्सुमी को पहले अन्दर बैठने दिया। "ख़ैर," मैंने नागासावा से कहा, "मैं इन्हें सही सलामत घर पहुँचा दूँगा।"

"तुम्हें इस सब में घसीटने के लिए माफ़ी चाहता हूँ," नागासावा ने कहा, लेकिन मैं देख सकता था कि उसका दिमाग़ किसी और चीज़ में उलझ चुका था।

टैक्सी में बैठते ही मैंने हात्सुमी से पूछा, "तुम कहाँ जाना चाहती हो? वापस इबिसू?" उसका अपार्टमेंट इबिसू में था।

उसने इनकार में सिर हिलाया।

"ओ.के. कहीं ड्रिंक के लिए जाना चाहती हो?"

"हाँ," उसने सिर हिलाते हुए कहा।

"शिबुया," मैंने ड्राइवर से कहा।

हात्सुमी अपने हाथ बाँधकर और अपनी आँखें बन्द कर सीट के कोने में धीरे-से सिमट गई। टैक्सी के हल्के झटकों के साथ उसकी छोटी, सुनहरी बालियाँ रोशनी में चमक उठतीं। उसकी गहरी नीली पोशाक टैक्सी के अँधेरे से पूरी तरह मेल खा रही थी, जैसे उसे ख़ास तौर से इसी माहौल के लिए बनाया गया हो। हर थोड़ी देर में उसके हल्के रँगे, ख़ूबसूरत होंठ हल्के-से काँप उठते थे, जैसे वह ख़ुद से कुछ कहने की कगार पर हो। उसे देखते हुए, मैं समझ सकता था कि नागासावा ने उसे अपनी ख़ास साथी के रूप में क्यों चुना था। हात्सुमी से ज़्यादा ख़ूबसूरत और कई दूसरी स्त्रियाँ थीं, और नागासावा किसी को भी अपना बना सकता था। लेकिन हात्सुमी में कुछ ऐसा था, जो आपके दिल की गहराइयों में कम्पन पैदा कर सकता था। यह कोई ज़बरदस्ती थोपी गई चीज़ नहीं थी, बल्कि एक कोमल मगर गहरी पहुँच रखने वाली शक्ति थी, जिसकी गूँज भीतर कहीं थी। मैं उसे शिबुया तक पूरे रास्ते देखता रहा और सोचता रहा कि यह जो मैं महसूस कर रहा था, वह कैसी भावनात्मक गूँज थी, लेकिन मुझे कोई जवाब नहीं मिला।

आख़िरकार, एक दशक बाद मुझे इसका अहसास हुआ। मैं एक चित्रकार का इण्टरव्यू लेने सान्ता फे गया था और वहाँ के एक पिज़्ज़ा पार्लर में बैठा हुआ बियर पीते हुए पिज़्ज़ा खा रहा था, और चमत्कारी रूप से ख़ूबसूरत सूर्यास्त को देख रहा था। सब कुछ एक चमकदार लाल रंग में डूबा हुआ था – मेरा हाथ, प्लेट, मेज़, पूरी दुनिया – जैसे किसी ख़ास तरह के फल के रस ने सब कुछ भिगो दिया हो। इस सम्मोहित कर देने वाले सूर्यास्त के बीच हात्सुमी की छवि अचानक मेरे दिमाग़ में कौंधी और उसी समय मुझे समझ में आया कि वह दिल की हलचल आख़िर क्या थी। एक तरह की बचपन की लालसा थी, जो हमेशा अधूरी रही थी, और हमेशा अधूरी ही रहने वाली थी। मैं उस मासूम, लगभग जल चुकी, लेकिन अब भी भीतर कहीं सुलग रही उस लालसा के अस्तित्व को ही भूल चुका था। सालों तक मुझे याद भी नहीं आया था कि कभी मेरे भीतर

ऐसी भावनाएँ थीं। हात्सुमी ने मेरे भीतर जिसे जगाया था, वह मेरे स्वयं का ही एक हिस्सा था, जो लम्बे समय से सोया हुआ था। और जब यह अहसास मेरे ऊपर उतरा, तो ऐसा तीव्र दुख उमड़ा कि मैं लगभग रो पड़ा। वह एक बेहद ख़ास और अनमोल स्त्री थी। किसी को कुछ करना चाहिए था – कुछ भी – उसे बचाने के लिए।

लेकिन ना तो नागासावा और ना ही मैं उसे बचा सके। जैसा कई और भी लोगों के साथ हुआ था, जिन्हें मैं जानता था, हात्सुमी भी जीवन के एक ख़ास मुकाम पर पहुँची, और उसने अचानक, लगभग बिना किसी पूर्व चेतावनी के, इसे ख़त्म करने का फ़ैसला कर लिया। नागासावा के जर्मनी जाने के दो साल बाद, उसने शादी कर ली और उसके दो साल बाद उसने ब्लेड की धार से अपनी कलाई काट ली।

निस्सन्देह यह नागासावा ही था, जिसने मुझे इस घटना के बारे में बताया था। बॉन से आए उसके ख़त में लिखा था; “हात्सुमी की मौत ने कुछ बुझा दिया है। यह असहनीय रूप से दुखद और तकलीफ़देह है, यहाँ तक कि मेरे लिए भी।” मैंने उसके ख़त को फाड़कर टुकड़े-टुकड़े कर दिया और फेंक दिया। इसके बाद मैंने उसे कभी कोई चिट्ठी नहीं लिखी।

हात्सुमी और मैं एक छोटे-से बार में गए, और हमने कई पैग पी डाले। हम दोनों में से किसी ने भी ज़्यादा कुछ नहीं कहा। एक ऊबे हुए, बूढ़े विवाहित जोड़े की तरह, हम एक-दूसरे के सामने चुपचाप बैठे रहे, शराब पीते हुए और मूँगफली चबाते हुए। जब बार में भीड़ बढ़ने लगी तो हम बाहर निकल गए, टहलने के लिए। हात्सुमी ने कहा कि वह बिल चुकाएगी, लेकिन मैंने ज़ोर देकर कहा कि भुगतान मैं करूँगा, क्योंकि ड्रिंक का विचार मेरा था।

रात की हवा गें गहरी सिहरन घुली हुई थी। हत्सुमी ने अपना हल्का भूरे रंग का स्वेटर कसकर ओढ़ लिया और खामोशी से मेरे साथ-साथ चलती रही। मेरे मन में कोई मंज़िल नहीं थी, बस यूँ ही रात की सड़कों पर टहलते हुए मैं दोनों हाथ जेब में डाले चला जा रहा था। यह बिलकुल वैसा ही था, जैसे मैं नाओको के साथ चला करता था, यह ख़याल अचानक मेरे मन में आया।

"क्या तुम्हें यहाँ आसपास की किसी ऐसी जगह की जानकारी है, जहाँ हम पूल खेल सकें?" हात्सुमी ने अचानक मुझसे पूछा।

"पूल?! तुम पूल खेलती हो?"

"हाँ, और मैं उसमें काफ़ी दक्ष हूँ। तुम कैसा खेलते हो?"

"मैं तो थोड़ा-बहुत फोर-बॉल खेलता हूँ, लेकिन बहुत अच्छा नहीं।"

"ठीक है, तो चलो चलते हैं।"

हमने पास ही में एक पूल हॉल ढूँढ़ निकाला और अन्दर चले गए। यह एक सँकरी गली के आख़िरी छोर पर स्थित एक छोटी-सी जगह थी। हात्सुमी अपनी आकर्षक पोशाक में थी और मैं अपनी नीली ब्लेज़र और रेजीमेण्टल टाई में। हम दोनों उस जगह के बेतकल्लुफ़ और बेतरतीब माहौल से पूरी तरह अलग लग रहे थे। लेकिन हात्सुमी को इससे ज़रा भी फ़र्क़ नहीं पड़ा। उसने इत्मीनान से अपना क्यू स्टिक चुना और उस पर चाक रगड़ने लगी। फिर उसने अपने बैग से एक हेयर क्लिप निकाला और उसे अपनी एक कनपटी पर लगाकर बालों को साइड में किया, ताकि वे उसके खेल में बाधा ना डालें।

हमने फ़ोर-बॉल के दो राउण्ड खेले। हात्सुमी वाक़ई उतनी ही अच्छी थी, जितना उसने दावा किया था, जबकि मुझे चोट लगी हुई थी और हाथ में बँधी मोटी पट्टी मेरे खेल में बाधा डाल रही थी। उसने मुझे बुरी तरह हरा दिया।

"तुम कमाल की हो," मैंने प्रशंसा करते हुए कहा।

"तुम्हारा मतलब है, दिखावा धोखा दे सकता है?" उसने मुस्कराते हुए अगले शॉट का बारीक़ी-से निरीक्षण करते हुए पूछा।

"तुमने इतना बढ़िया खेलना कहाँ सीखा?"

"मेरे दादा पुराने ज़माने के प्लेबॉय थे। उनके घर में एक पूल टेबल थी। मैं अपने भाई के साथ बस मज़े के लिए खेलती थी, और जब मैं बड़ी हुई तो दादा ने मुझे सही तरीक़े सिखाए। वे अद्भुत इन्सान थे – सुरुचिपूर्ण, सुन्दर। अब हालाँकि उनकी मृत्यु हो चुकी है। वो हमेशा इस बात की शान बघारते थे कि किस तरह उन्होंने एक बार न्यू यॉर्क में डीआना डर्बिन से टक्कर ली थी।"

हात्सुमी ने लगातार तीन शॉट मारे, लेकिन चौथे पर चूक गई। मैंने किसी तरह एक गेंद डाली फिर एक आसान-सा शॉट चूक गया।

"यह पट्टी की वजह से हुआ," हात्सुमी ने मुझे दिलासा देने के लिए कहा।

"नहीं, ऐसा इसलिए हुआ, क्योंकि मैंने लम्बे समय से खेला ही नहीं," मैंने जवाब दिया। "दो साल पाँच महीने हो गए।"

"तुम समय को इतने यक़ीन के साथ कैसे गिन सकते हो?"

"उस रात जब मैंने आख़िरी बार पूल खेला था, मेरे दोस्त की मौत हो गई थी," मैंने कहा।

"तो तुमने उसके बाद पूल खेलना छोड़ दिया?"

"नहीं, ऐसा नहीं है," मैंने थोड़ा सोचने के बाद कहा। "उसके बाद खेलने का मौक़ा ही नहीं मिला। बस इतना ही।"

"तुम्हारे दोस्त की मौत कैसे हुई?"

"सड़क हादसे में," मैंने कहा।

हात्सुमी ने अत्यन्त गम्भीरता के साथ निशाना साधते हुए और बड़ी बारीकी से क्यू बॉल की गति को नियन्त्रित करते हुए कुछ और शॉट मारे। उसे खेलते देखना किसी प्रदर्शन को देखने जैसा था – उसके करीने से बँधे बाल आँखों से पीछे हटे हुए थे, उसकी सुनहरी बालियाँ चमक रही थीं, उसके जूते मज़बूती से ज़मीन पर टिके हुए थे, और जब वह शॉट लेने झुकी, तो उसकी सुन्दर नाज़ुक अँगुलियाँ टेबल की हरी फेल्ट पर मज़बूती-से टिकी हुई थीं। मुझे उस क्षण ऐसा लगा मानो उस बेतरतीब पूल पार्लर का वह कोना किसी भव्य सामाजिक आयोजन में बदल गया हो। मैंने पहले कभी हात्सुमी के साथ अकेले समय नहीं बिताया था और यह मेरे लिए एक अद्भुत अनुभव था – मानो मैं जीवन के किसी ऊँचे स्तर पर खींच लाया गया था। तीसरे गेम के अन्त में जिसमें ज़ाहिर है, उसने मुझे फिर से बुरी तरह हरा दिया था, मेरी चोट का दर्द तेज़ होने लगा और इसलिए हमने खेलना बन्द कर दिया।

"मुझे माफ़ करना," हात्सुमी ने कहा, उसकी आवाज़ में सच्ची चिन्ता झलक रही थी। "मुझे यह सुझाव नहीं देना चाहिए था।"

"कोई बात नहीं," मैंने कहा। "यह कोई बड़ी चोट नहीं है। खेलने में मज़ा आया। सच में।"

"जब हम पूल पार्लर से बाहर निकल रहे थे, तो वहाँ की दुबली-पतली मालिक ने हात्सुमी से कहा, "तुम्हारा स्ट्रोक काफ़ी अच्छा है, सिस्टर।" हात्सुमी ने उसकी ओर प्यार-भरी मुस्कान के साथ देखा और उसे शुक्रिया कहा और फिर बिल चुका दिया।

बाहर निकलते ही उसने मुझसे पूछा, "ज़्यादा दर्द हो रहा है?"

"बहुत ज़्यादा नहीं," मैंने कहा।

"तुम्हें लगता है कि ज़ख़्म फिर से खुल गया है?"

"नहीं, यह शायद ठीक है।"

"मुझे एक आइडिया आया," हात्सुमी ने कहा। "तुम मेरे अपार्टमेंट चलो, मैं तुम्हारी पट्टी बदल देती हूँ। मेरे पास डिसइन्फ़ेक्टेण्ट और बाक़ी सब कुछ है। चलो ना, मेरा घर यहीं पास में है। मैंने उसे समझाने की कोशिश की कि इतनी चिन्ता करने की ज़रूरत नहीं है, मैं ठीक हूँ, लेकिन उसने ज़िद पकड़ ली कि पहले यह देखना ज़रूरी है कि कहीं घाव खुल तो नहीं गया है।

"या फिर यह बात है कि तुम मेरे साथ समय नहीं बिताना चाहते, तुम्हें जल्दी-से-जल्दी अपने कमरे पर लौटना है, यही बात है, है ना?" उसने शरारती मुस्कान के साथ पूछा।

"ऐसा बिलकुल भी नहीं है," मैंने जवाब दिया।

"तो फिर ठीक है। इतनी औपचारिकता मत बरतो। बस थोड़ी ही दूर चलना है।"

हात्सुमी का अपार्टमेंट शिबुया से इबिसू की दिशा में पन्द्रह मिनट की पैदल दूरी पर था। वह कोई आलीशान इमारत नहीं थीं, लेकिन साफ़-सुथरी और अच्छी थी, जिसमें एक छोटी-सी सुन्दर लॉबी और लिफ़्ट भी थी। उसने मुझे किचिन टेबल पर बिठाया और ख़ुद बेडरूम में कपड़े बदलने चली गई। जब वह वापस आई तो उसने प्रिंस्टन की हुडैड स्वेटशर्ट और कॉटन के स्लैक्स पहन रखे थे – और अब उसके कानों में सोने की बालियाँ नहीं थीं। उसने टेबल पर फ़र्स्ट-एड-बॉक्स रखा, मेरी पट्टी खोली, यह देखा कि ज़ख़्म अभी भी ठीक-से बन्द था, फिर थोड़ा सा डिसइन्फ़ेक्टेण्ट लगाया और नए सिरे से पट्टी बाँध

दी। यह सब उसने इतनी सहजता और कुशलता से किया मानो उसे इसका गहरा अनुभव हो।

"तुम इतनी सारी चीज़ों में इतनी अच्छी कैसे हो?" मैंने पूछा।

"मैंने एक बार एक अस्पताल में वॉलण्टियर के रूप में काम किया था, कुछ-कुछ नर्स की तरह," हात्सुमी ने कहा। "वहीं से मैंने यह सब सीखा।"

जब पट्टी बाँधने का काम पूरा हो गया, तो हात्सुमी फ्रिज से दो कैन बियर ले आई। उसने अपनी आधी बियर पी और मैंने अपनी पूरी और उसकी बची हुई आधी भी ख़त्म कर दी। फिर उसने अपने कॉलेज की फ्रेशर लड़कियों की तसवीरें दिखाईं। वह सही कह रही थी – उनमें से कुछ सच में बहुत क्यूट थीं।

"अगर तुम्हें गर्लफ्रेंड चाहिए हो तो मुझसे कहना," उसने कहा। "मैं चुटकियों में तुम्हारा इन्तज़ाम कर दूँगी।"

"जी, मैडम।"

"अच्छा, तोरू, सच बताओ। तुम्हें लग रहा है ना कि मैं कोई पुरानी मैचमेकर टाइप की औरत हूँ?"

"कुछ हद तक," मैंने हँसते हुए सच कह दिया। हात्सुमी भी मुस्करा दी। जब वह मुस्कराती थी तो और भी अच्छी लगती थी।

फिर वह थोड़ी गम्भीर हुई और बोली, "एक और बात बताओ, तोरू, तुम्हें नागासावा और मेरे बारे में क्या लगता है?"

"'मैं क्या सोचता हूँ' से तुम्हारा क्या मतलब है?" किस बारे में?"

"इस बारे में कि मुझे अब क्या करना चाहिए। आगे कैसे बढ़ना चाहिए?"

"मेरी राय का कोई मतलब नहीं है," मैंने कहा और ठण्डी बियर का एक घूँट लिया।

"कोई बात नहीं। बस ईमानदारी से बताओ कि तुम क्या सोचते हो।"

"अगर मैं तुम्हारी जगह होता तो उसे छोड़ देता," मैंने कहा। "मैं किसी ऐसे इन्सान को चुनता जिसकी सोच ज़्यादा सामान्य हो, और फिर ख़ुशी-ख़ुशी ज़िन्दगी बिताता। नागासावा के साथ तो तुम कभी ख़ुश नहीं रह सकतीं। वह जिस तरह से ज़िन्दगी जीता है, उसमें ख़ुद को या दूसरों को ख़ुश करने का ख़याल ही नहीं आता। उसके साथ रहने से सिर्फ़ तुम्हारा मानसिक सन्तुलन

बिगड़ेगा। मेरे हिसाब से तो यह पहले ही एक चमत्कार है कि तुम उसके साथ तीन साल तक टिकी रहीं। बेशक, मैं अपने तरीक़े-से उसे पसन्द करता हूँ। वह मज़ेदार इन्सान है और उसमें कई अच्छी बातें भी हैं। उसके पास ऐसी ताक़त और क्षमताएँ हैं, जिनके बारे में, मैं सोच भी नहीं सकता। लेकिन आख़िरकार चीज़ों को देखने का उसका नज़रिया और उसका जीने का तरीक़ा सामान्य नहीं है। कभी-कभी जब मैं उससे बात करता हूँ, तो लगता है, जैसे मैं एक दायरे में घूम रहा हूँ, वहीं का वहीं। वही प्रक्रिया जो उसे ऊपर और ऊपर ले जाती है, मुझे बस एक गोल चक्कर में फँसा देती है। यह चीज़ मुझे भीतर से खोखला महसूस कराती है! अन्तत: हमारी सोच और जीवन के तरीक़े पूरी तरह अलग हैं। तुम समझ रही हो, मैं क्या कह रहा हूँ?"

"समझ रही हूँ," हात्सुमी ने कहा और फ्रिज से मेरे लिए एक और बियर निकाल लाई।

"इसके अलावा, जब नागासावा विदेश मन्त्रालय में चला जाएगा और एक साल की ट्रेनिंग पूरी कर लेगा, तो वह बाहर चला जाएगा। तब तुम क्या करोगी? उसका इन्तज़ार करोगी? उसका किसी से शादी करने का कोई इरादा नहीं है।"

"यह भी मैं जानती हूँ," हात्सुमी ने हल्की आवाज़ में कहा।

"तो फिर मेरे पास कहने के लिए कुछ नहीं बचा।"

"समझ गई," हात्सुमी बोली।

मैंने धीरे-धीरे अपना गिलास बियर से भरा।

"तुम्हें पता है, जब हम पूल खेल रहे थे, तो अचानक मेरे मन में एक अजीब ख़याल आया था," मैंने कहा। "मैं अपने माता-पिता की इकलौती सन्तान था, लेकिन बड़े होते हुए मुझे कभी ऐसा महसूस नहीं हुआ कि मुझे भाई-बहनों की कमी खल रही है। मैं अकेला होने में पूरी तरह सन्तुष्ट था। लेकिन अचानक, तुम्हारे साथ पूल खेलते हुए, मुझे लगा कि काश! मेरे पास तुम्हारे जैसी एक बड़ी बहन होती – वाक़ई स्टाइलिश, एक मिडनाइट ब्लू ड्रेस और सुनहरी बालियों में कमाल की दिखने वाली, और पूल क्यू पकड़ने में माहिर।"

हात्सुमी मेरी ओर देखकर ख़ुशनुमा ढंग से मुस्कराई। "यह शायद पिछले एक साल में किसी ने भी मेरे लिए सबसे अच्छी बात कही है," उसने कहा। "सच में।"

"मैं सिर्फ़ यही चाहता हूँ," मैंने थोड़ा शर्माते हुए कहा, "कि तुम ख़ुश रहो। लेकिन, यह अजीब है। तुम्हे देखकर ऐसा लगता है, जैसे तुम किसी के भी साथ ख़ुश रह सकती हो, फिर नागासावा के साथ ही क्यों?"

"ऐसी चीज़ें बस हो जाती हैं। शायद तुम इसके बारे में ज़्यादा कुछ नहीं कर सकते। मेरे मामले में तो यही सच है। बेशक, नागासावा कहेगा कि यह मेरी ज़िम्मेदारी है, उसकी नहीं।"

"मुझे पूरा यक़ीन है कि वह यही कहेगा।"

"लेकिन वैसे भी, तोरू, मैं दुनिया की सबसे समझदार लड़की तो हूँ नहीं। सच कहूँ तो, मैं थोड़ी बेवक़ूफ़ और पुरानी सोच वाली हूँ। मुझे 'सिस्टम' और 'ज़िम्मेदारी' जैसी बातों से कोई मतलब नहीं है। मैं बस शादी करना चाहती हूँ, किसी ऐसे इन्सान से जिसे मैं प्यार करूँ, जो हर रात मुझे अपनी बाँहों में ले और हमारे बच्चे हों। बस, मेरे लिए यही बहुत है। यही मैं अपनी ज़िन्दगी से चाहती हूँ।"

"और जो नागासावा अपनी ज़िन्दगी से चाहता है, उसका तुम्हारी इस चाह से कोई लेना-देना नहीं है।"

"हालांकि, लोग बदलते भी तो हैं, तुम्हें नहीं लगता?" हात्सुमी ने पूछा।

"तुम्हारा मतलब है, वे समाज में जाते हैं, मुश्किलों का सामना करते हैं, फिर परिपक्व हो जाते हैं?"

"हाँ, और अगर वह मुझसे लम्बे समय तक दूर रहता है, तो मेरे प्रति उसकी जो भावनाएँ हैं, वे भी तो बदल सकती हैं, तुम्हें नहीं लगता?"

"हो सकता है, अगर वह एक साधारण क़िस्म का इन्सान होता," मैंने कहा। "लेकिन वह अलग क़िस्म का है। उसमें ज़बरदस्त इच्छाशक्ति है – इतनी मज़बूत कि तुम या मैं उसकी कल्पना भी नहीं कर सकते। और हर गुज़रते दिन के साथ वह ख़ुद को और मज़बूत बनाता जाता है। अगर कोई चीज़ उससे टकराती है, तो वह बस और भी ताक़तवर बनने की कोशिश करता

है। वह किसी के सामने झुकने की बजाय घोंघे तक खा सकता है। तुम ऐसे इन्सान से क्या उम्मीद रखती हो?"

"लेकिन मैं कर भी क्या सकती हूँ, सिवा इसके कि उसका इन्तज़ार करूँ?" हात्सुमी ने ठुड्डी पर हाथ रखते हुए कहा।

"तुम उसे इतना प्यार करती हो?"

"हाँ," उसने एक पल गँवाए बिना जवाब दिया।

"हे भगवान," मैंने एक गहरी साँस लेते हुए कहा और अपनी बियर का आख़िरी घूँट पी लिया। "यह एहसास कितना सुंदर होगा कि तुम किसी को प्यार करते हो।"

हात्सुमी ने हल्की मुस्कान के साथ कहा, "मैं एक बेवकूफ़, पुराने ख़यालों वाली लड़की हूँ।" फिर उसने पूछा, "एक और बियर लोगे?"

"नहीं, शुक्रिया। अब निकलना होगा। पट्टी और बियर के लिए धन्यवाद," मैंने कहा।

मैं दरवाज़े के पास खड़ा होकर जूते पहन रहा था, तभी फ़ोन की घण्टी बजी। हात्सुमी ने मेरी ओर देखा, फिर फ़ोन की ओर, और फिर दोबारा मेरी ओर।

"गुड नाइट," मैंने कहा और बाहर क़दम रखा।

जैसे ही मैं दरवाज़ा बन्द करने लगा, मैंने एक झलक देखी – हात्सुमी की, रिसीवर उठाते हुए।

वह आख़िरी बार था, जब मैंने उसे देखा था।

जब मैं वापस छात्रावास पहुँचा, तब साढ़े ग्यारह बज चुके थे। मैं सीधा नागासावा के कमरे में गया और उसका दरवाज़ा खटखटाया। दसवीं बार दरवाज़ा खटखटाने के बाद मुझे सूझा कि यह शनिवार की रात थी। नागासावा को हमेशा शनिवार को रातभर बाहर रहने की अनुमति मिल जाती थी, माना जाता था, उस रात वह अपने रिश्तेदारों के घर ठहरता था।

मैं अपने कमरे में वापस आया, अपनी टाई उतारी, जैकेट और पैण्ट को हैंगर पर टाँगा, पायजामा पहना और अपने दाँत ब्रश किए। ओह नहीं, कल

फिर इतवार है, मैंने सोचा। ऐसा लगने लगा था, जैसे रविवार हर चार दिन में आ रहा हो। बस, दो और रविवार और मैं बीस साल का हो जाऊँगा। मैं बिस्तर पर लेट गया और अपने कैलेण्डर को घूरते हुए एक अजीब तरह का अन्धकार मेरे भीतर उतरने लगा।

मैं नाओको को रविवार की सुबह का ख़त लिखने अपनी डेस्क पर बैठ गया- बड़े-से कप से कॉफ़ी पीते हुए और पुराने माइल्स डेविस के रिकॉर्ड सुनते हुए। बाहर हल्की बारिश हो रही थी, जबकि मेरे कमरे में एक्वेरियम जैसी ठण्डक भरी हुई थी। अभी-अभी स्टोरेज बॉक्स से निकाले गए मोटे स्वेटर में नेपथलीन की गन्ध भरी हुई थी। खिड़की के ऊपरी शीशे पर एक बड़ी मोटी मक्खी चिपकी हुई थी, एकदम स्थिर। हवा की एक लहर तक नहीं चल रही थी और "राइज़िंग सन" नामक झण्डा खम्भे से ऐसा लटका था, जैसे वह किसी रोमन सीनेटर का चोगा हो। चौक में एक दुबला-पतला, डरपोक सा भूरे रंग का कुत्ता भटकता हुआ फूल की क्यारी के हर फूल को सूँघ रहा था। मैं सोच भी नहीं सकता था कि आख़िर कोई कुत्ता बारिश में फूलों को सूँघता हुआ क्यों घूम रहा होगा।

मेरा ख़त लम्बा था और जब भी मेरी कटी हुई दाहिनी हथेली में दर्द होता, मैं अपनी नज़रें बरसात से भीगते हुए चौक की ओर घुमा देता।

मैंने ख़त की शुरुआत नाओको को यह बताने के साथ की कि रिकॉर्ड स्टोर में काम करते हुए मैंने अपनी दाहिनी हथेली को बुरी तरह काट लिया था। फिर मैंने नागासावा और हात्सुमी के साथ बिताई गई पिछली रात के बारे में लिखा – हमने नागासावा के विदेश मन्त्रालय की परीक्षा पास करने की ख़ुशी में एक छोटा-सा जश्न मनाया था। मैंने रेस्तराँ और खाने का वर्णन किया। मैंने लिखा कि खाना तो बहुत अच्छा था, लेकिन बीच में माहौल असहज हो गया था।

मैं सोच रहा था कि क्या हात्सुमी के साथ पूल खेलने के सन्दर्भ में किज़ुकी के बारे में लिखना ठीक रहेगा या नहीं, फिर मुझे लगा कि यह लिखना ही चाहिए।

मुझे आज भी किज़ुकी का वह आख़िरी शॉट याद है – जिस दिन वह मरा था। वह एक मुश्किल कुशन शॉट था, जिसे उसके द्वारा लगाए जाने की मैंने कभी उम्मीद नहीं की थी। लेकिन लगता था, क़िस्मत उसके साथ थी; शॉट बिलकुल अचूक था और सफ़ेद और लाल गेंदें हरे फेल्ट पर एक-दूसरे को छूते हुए लगभग बेआवाज़ निकल गई थीं, जिससे खेल का आख़िरी अंक बना। यह इतना ख़ूबसूरत शॉट था कि उसे मैं आज भी अपने दिमाग़ में स्पष्ट रूप से देख सकता हूँ। उसके बाद मैंने ढाई साल तक कभी क्यू को हाथ नहीं लगाया था।

लेकिन जिस रात मैंने हात्सुमी के साथ पूल खेला, किज़ुकी का ख़याल मेरे दिमाग़ में तब तक नहीं आया, जब तक पहला गेम ख़त्म नहीं हुआ, और यह अहसास मेरे लिए एक बड़ा झटका था। मैं हमेशा सोचता था कि जब भी मैं पूल खेलूँगा, किज़ुकी की याद ज़रूर आएगी। लेकिन पहला गेम ख़त्म होने के बाद, जब मैंने वेण्डिंग मशीन से एक पेप्सी ख़रीदी और उसे पीना शुरू किया, तभी मुझे किज़ुकी की याद आई। शायद उस पेप्सी मशीन ने मुझे याद दिलाया – हम जिस पूल हॉल में खेलते थे, वहाँ भी एक ऐसी ही मशीन थी, और अक्सर हम अपने खेलों के नतीज़ों पर पेय पदार्थों की बाज़ी लगाते थे।

मुझे इस बात का अपराध-बोध हुआ कि मैंने तुरन्त किज़ुकी के बारे में नहीं सोचा, जैसे मैंने उसे किसी तरह त्याग दिया हो। लेकिन जब मैं अपने कमरे में वापस आया, तो मुझे अहसास हुआ कि ढाई साल बीत चुके हैं, लेकिन किज़ुकी अब भी सत्रह साल का ही है। इसका यह मतलब नहीं कि मेरी यादों में उसकी छवि धुँधली पड़ गई है। उसके मरने के बाद जो भावनाएँ मेरे अन्दर जागी थीं, वे अब भी उतनी ही जीवन्त और स्पष्ट हैं, बल्कि कुछ तो पहले से भी ज़्यादा स्पष्ट हो गई हैं। जो मैं कहना चाहता हूँ वह यह है; मैं जल्दी ही बीस का होने वाला हूँ। वह सब कुछ जो किज़ुकी और मैंने सोलह-सत्रह साल की उम्र में साझा किया था, उसका एक हिस्सा अब ग़ायब हो चुका है, और कितना भी रोने से वह वापस नहीं आ सकता। मैं इसे इससे बेहतर तरीक़े से नहीं समझ सकता, लेकिन मुझे लगता है कि तुम शायद समझ सकती हो कि मैंने क्या महसूस किया और क्या

कहना चाहता हूँ। सच कहूँ तो, शायद इस दुनिया में तुम अकेली हो जो इसे समझ सकती हो।

मैं आजकल तुम्हारे बारे में पहले से भी ज़्यादा सोचता हूँ। आज बारिश हो रही है। बरसात वाले रविवार मुझे परेशान कर देते हैं। जब बारिश होती है, तो मैं कपड़े नहीं धो पाता, इसलिए इस्त्री भी नहीं कर सकता। मैं टहलने भी नहीं जा सकता, ना ही छत पर लेट सकता हूँ। बस, मैं रिकॉर्डप्लेयर को ऑटो रिपीट पर लगा सकता हूँ और काइण्ड ऑफ़ ब्लू एलबम को बार-बार सुन सकता हूँ, जिस दौरान अपनी खिड़की से चौक में गिरती बारिश को देखता रह सकता हूँ। जैसाकि मैंने पहले लिखा था, मैं रविवार को अपनी घड़ी में चाबी नहीं भरता। शायद इसलिए यह ख़त इतना लम्बा हो गया। अब इसे यहीं रोकता हूँ। मैं खाने के लिए डाइनिंग हॉल जा रहा हूँ।

गुड बाय

9

अगले दिन के लेक्चर में भी मिदोरी का कोई नामोनिशान नहीं था। आख़िर उसके साथ क्या हो रहा था? दस दिन बीत चुके थे, जब मैंने उसके साथ आख़िरी बार फ़ोन पर बात की थी। मैंने उसे कॉल करने के बारे में सोचा, लेकिन फिर इरादा बदल दिया। उसने कहा था कि वह ख़ुद मुझे कॉल करेगी।

उस गुरुवार को मैंने नागासावा को डायनिंग हॉल में देखा। वह खाने की ट्रे लेकर मेरे पास बैठ गया और उस दिन की "पार्टी" का माहौल बिगाड़ने के लिए माफ़ी माँगने लगा।

"कोई बात नहीं," मैंने कहा। "मुझे तो बढ़िया डिनर के लिए तुम्हारा शुक्रिया अदा करना चाहिए। हालाँकि, यह अपनी पहली नौकरी का जश्न मनाने का अजीब तरीक़ा था।"

"बिलकुल," उसने कहा।

हम कुछ मिनट तक चुपचाप खाते रहे। फिर उसने कहा, "मैंने हात्सुमी से सुलह कर ली।"

"मुझे ज़रा भी हैरानी नहीं हुई," मैंने कहा।

"मुझे याद है कि मैं तुम पर कुछ ज़्यादा ही सख़्त हो गया था।"

"यह अचानक माफ़ी माँगने का क्या सिलसिला है?" मैंने पूछा। "तुम्हें कहीं कोई बीमारी तो नहीं हो गई?"

"हो सकता है," उसने हल्के-से सिर हिलाते हुए कहा। "हात्सुमी ने बताया कि तुमने उसे मुझसे अलग होने की सलाह दी थी।"

"हाँ, वही सही होता," मैंने कहा।

"हाँ, शायद," नागासावा बोला।

"वह बहुत अच्छी लड़की है," मैंने अपना मिसो सूप पीते हुए कहा।

"मैं जानता हूँ," उसने गहरी साँस लेते हुए कहा। "शायद मेरे लिए ज़रूरत से ज़्यादा अच्छी।"

मैं गहरी नींद में था, जब बज़र बजा, मुझे यह बताने के लिए कि मेरे लिए फ़ोन था। इसने मुझे नींद के गहरे तल से पूरी तरह उलझन की स्थिति में खींच लिया। ऐसा लगा जैसे मैं पूरी तरह पानी में भीगे हुए सिर के साथ सो रहा था, जिससे मेरा सिर फूल गया था। घड़ी 6:15 दिखा रही थी, लेकिन मुझे कोई ख़बर नहीं थी कि यह सुबह के 6:15 थे या शाम के, ना ही मुझे यह याद था कि वह कौन-सा दिन था। मैंने खिड़की के बाहर झाँका और देखा कि झण्डे का खम्भा ख़ाली था। वह शायद शाम का समय था। तो झण्डा फहराने का कुछ तो मतलब निकला।

"अरे वातानबे, तुम अभी ख़ाली हो?" मिदोरी ने पूछा।

"पता नहीं, आज कौन-सा दिन है?"

"शुक्रवार।"

"सुबह है या शाम?"

"अरे, ज़ाहिर-सी बात है कि शाम है। तुम भी कितने अजीब हो! देखो, ये शाम के छह बजकर अठारह मिनट हो रहे हैं।"

तो यह सच में शाम थी! ठीक तो है, मैं अपने बिस्तर पर फैला हुआ कोई किताब पढ़ रहा था, जब मेरी आँख लग गई। शुक्रवार। मैंने अपना दिमाग़ दौड़ाया। शुक्रवार की रात को मुझे रिकॉर्ड स्टोर नहीं जाना पड़ता था। "हाँ, मैं ख़ाली हूँ। तुम कहाँ हो?"

"उइनो स्टेशन। तुम मुझसे शिन्जुकु में आकर क्यों नहीं मिलते? मैं अभी निकल रही हूँ।"

हमने समय और जगह तय की और फ़ोन रख दिया।

जब मैं डी.यू.जी. पहुँचा, तो मिदोरी काउण्टर के आख़िरी छोर पर अपना ड्रिंक लिए बैठी थी। उसने पुरुषों वाला, सलवटों भरा बालमाकान कोट, पतला पीला स्वेटर, नीली जींस और कलाई पर दो कंगन पहने हुए थे।

"क्या पी रही हो?" मैंने पूछा।

"टॉम कॉलिन्स।"

मैंने ह्विस्की और सोडा का ऑर्डर दिया, तभी मेरा ध्यान गया कि मिदोरी के पैरों के पास एक बड़ा सूटकेस रखा हुआ था।

"मैं सफ़र पर गई थी," उसने कहा। "अभी-अभी लौटी हूँ।"

"कहाँ गई थी?"

"दक्षिण में नारा और उत्तर में आओमोरी।"

"एक ही सफ़र में?!"

"बेवकूफ़ मत बनो। मैं अजीब हो सकती हूँ, लेकिन एक साथ उत्तर और दक्षिण नहीं जा सकती। मैं पहले अपने बॉयफ्रैण्ड के साथ नारा गई थी, और फिर अकेले आओमोरी चली गई थी।"

मैंने अपनी ह्विस्की और सोडा की एक चुस्की ली और माचिस से वह मार्लबोरो सिगरेट जला दी, जिसे मिदोरी ने अपने होंठों से दबा रखा था। "दाह-संस्कार वग़ैरह करना तो बहुत आसान नहीं रहा होगा।"

"नहीं, दाह-संस्कार तो बहुत आसान होता है। हमें इसका पर्याप्त अभ्यास था। तुम तो बस काला किमोनो पहन कर वहाँ किसी लेडी की तरह बैठ जाओ और बाक़ी सारे लोग उस काम को सँभाल लेते हैं – अंकल, पड़ोसी, वग़ैरह। वही लोग साके लाते हैं, सुशी का ऑर्डर देते हैं, दिलासा देने वाली बातें कहते हैं, रोते हैं, औपचारिकताएँ निभाते हैं, निशानियाँ बाँट लेते हैं। सचमुच बहुत आसान है। पिकनिक जैसा। किसी की रात-दिन देखभाल करने की तुलना में यह सचमुच पिकनिक जैसा लगता है। हम पूरी तरह निचुड़ चुके थे – मैं और मेरी बहन। हमें तो रोना तक नहीं आया। हमारी आँखों में आँसू नहीं बचे थे। सचमुच। लेकिन जब तुम ऐसा करते हो, तो लोग फुसफुसाते हैं, 'ये लड़कियाँ तो पत्थर दिल हैं'। तो फिर, हमने तय कर लिया कि हम कभी नहीं रोएँगे, यही हमारा तरीक़ा था। हम चाहतीं तो दिखावा कर सकती थीं, लेकिन हम ऐसा कभी नहीं करतीं। कमबख़्त लोग! वे जितना ही हमें रोता हुआ देखना चाहते थे, उतना ही हमने तय कर लिया कि हम उन्हें यह सन्तोष नहीं देंगे। मैं और मेरी बहन स्वभाव में बिलकुल अलग हैं, लेकिन इस तरह के मामलों में हम दोनों एक जैसे हैं।"

जब मिदोरी ने एक और टॉम कॉलिन्स और एक छोटी कटोरी पिस्ता मँगाने के लिए वेटर को हाथ के इशारे से बुलाया, तो उसकी कलाई में लटके कंगन खनखना उठे।

"इस तरह जब दाह-संस्कार ख़त्म हुआ और सब लोग अपने-अपने घर चले गए, तो हम दोनों ने शाम तक साके पी। आधे गैलन की एक बड़ी बोतल तो पूरी ख़त्म कर ही दी, दूसरी भी आधी निपटा दी। और इस दौरान हम सब लोगों की बुराइयाँ ही करते रहे – वो बेवकूफ़ है, वो कमीना है, एक आदमी तो बिलकुल भूखे कुत्ते जैसा दिखता है, दूसरा पूरा सूअर है, फलाँ ढोंगी है, और वो वाला पूरा ठग। तुम्हें अन्दाज़ भी नहीं होगा कि हमें कितना अच्छा लग रहा था!"

"मैं समझ सकता हूँ," मैंने कहा।

"हम पूरा धुत्त हो गए और सीधे सो गए – दोनों एकदम बेहोश। घण्टों सोते रहे और अगर फ़ोन बजता भी था तो उसे जाने देते। दुनिया से कट चुके थे। आख़िरकार, जब हम जागे तो हमने सुशी का ऑर्डर किया और इस बारे में बात करने लगे कि अब आगे क्या करना है। हमने तय किया कि दुकान को कुछ समय के लिए बन्द कर देंगे और मज़े करेंगे। हम महीनों से ख़ुद को झोंकते आ रहे थे और अब हमें कुछ दिनों की छुट्टी की ज़रूरत थी। मेरी बहन कुछ समय के लिए अपने बॉयफ्रैण्ड के साथ रहना चाहती थी, और मैंने तय किया कि मैं भी अपने बॉयफ्रैण्ड के साथ एक ट्रिप पर जाऊँगी और जमकर सेक्स करूँगी।" मिदोरी ने अचानक अपना मुँह बन्द कर लिया और अपने कान मलने लगी। "ओह, सॉरी।"

"ठीक है, कोई बात नहीं," मैंने कहा। "इसलिए तुम नारा चली गईं।"

"हाँ, मुझे वह जगह हमेशा अच्छी लगती रही है। वहाँ के मन्दिर, डियर पार्क।"

"और तुमने जमकर सेक्स किया?"

"नहीं, बिलकुल नहीं, एक बार भी नहीं," उसने आह भरते हुए कहा। "जैसे ही हमने होटल के कमरे में क़दम रखा और अपने बैग पटके, मेरे पीरियड शुरू हो गए। धाराप्रवाह।"

मैं अपनी हँसी नहीं रोक सका।

"हे, यह मज़ाक़ की बात नहीं है। वे पूरे एक हफ़्ते पहले शुरू हो गए थे! मैं तो रोने ही लगी थी, जब यह हुआ। लगता है, इसकी वजह वह सारा तनाव था, जिसे मैं झेलती रही थी। मेरा बॉयफ्रैण्ड तो ग़ज़ब का गुस्सा हो गया था! वह ऐसा ही है, तुरन्त गुस्सा हो जाता है। हालाँकि इसमें मेरी कोई ग़लती नहीं थी। ऐसा तो था नहीं कि मैं ख़ुद ही पीरियड लाना चाहती थी। और वैसे भी, मेरे पीरियड्स काफ़ी भारी होते हैं। पहले दो दिन तो मैं कुछ भी करने के मूड में नहीं रहती। उन दिनों में मुझसे दूर ही रहना।"

"मैं रहना तो चाहूँगा, लेकिन मुझे पता कैसे चलेगा?"

"ठीक है, जब मेरे पीरियड्स शुरू होंगे, तो मैं दो-तीन दिन तक एक टोपी पहनूँगी। लाल रंग की। उससे काम चल जाएगा," उसने हँसते हुए कहा। "अगर तुम मुझे सड़क पर लाल टोपी पहने हुए देखो, तो मुझसे बात मत करना, बस, भाग जाना।"

"बहुत बढ़िया। काश सारी लड़कियाँ ऐसा ही करतीं," मैंने कहा। "तो तुमने नारा में क्या किया?"

"और कर भी क्या सकते थे? हिरणों को खाना खिलाया और पूरे शहर में घूमते रहे। बहुत बुरा था! हमारे बीच बहुत झगड़ा हुआ और तब के बाद से मैं उससे मिली भी नहीं हूँ। मैं कुछ दिन वहीं रुकी और सोचा कि अपने स्तर पर एक अच्छी यात्रा करूँ। तो मैं आओमोरी चली गई। पहली दो रातें हिरोसाकी में अपनी एक दोस्त के साथ बिताईं और फिर घूमना शुरू कर दिया – शिमोकीता, टप्पी, और ऐसी ही और जगहें। बहुत ही ख़ूबसूरत जगहें हैं। मैंने कभी वहाँ के लिए एक मैप ब्रोशर भी लिखा था। तुम कभी गए हो वहाँ?"

"कभी नहीं।"

"तो ख़ैर," मिदोरी ने टॉम कॉलिन्स का एक घूँट लेते हुए कहा और एक पिस्ता तोड़ने की कोशिश की। "पूरे वक़्त, जब मैं अकेले सफ़र कर रही थी, तो मैं तुम्हारे बारे में सोच रही थी। मैं सोच रही थी, कितना अच्छा होता अगर तुम मेरे साथ होते।"

"क्यों?"

"क्यों?!" मिदोरी ने मेरी ओर देखा, उसकी आँखें शून्य में टिकी थीं। "'क्यों' से तुम्हारा क्या मतलब है?"

"बस, यही कि तुम मेरे बारे में क्यों सोच रही थीं।"

"शायद इसलिए कि तुम मुझे पसन्द हो, इसलिए। और किस वजह से सोचती? कौन किसी ऐसे इन्सान के साथ रहने की इच्छा रखता है, जो उसे पसन्द ना हो?"

"लेकिन तुम्हारा तो एक बॉयफ़्रैण्ड है," मैंने कहा। "तुम्हें तो मेरे बारे में सोचने की ज़रूरत नहीं है।" मैंने धीरे-धीरे अपनी ह्विस्की और सोडा का घूँट लिया।

"मतलब अगर मेरा बॉयफ़्रैण्ड है तो मैं तुम्हारे बारे में नहीं सोच सकती?"

"नहीं, मेरा मतलब वो नहीं था, बस-"

"अब ध्यान से सुनो वातानबे," मिदोरी ने मुझ पर उँगली तानते हुए कहा। "मैं तुम्हें चेतावनी दे रही हूँ, मेरे अन्दर पूरे एक महीने का दुख भरा पड़ा है, और अब वो फट पड़ने को तैयार है। इसलिए सोच-समझकर बात करो। अगर तुमने ऐसा कुछ और कहा, तो मैं इस जगह को आँसुओं से डुबो दूँगी। एक बार जब मैं शुरू हो जाती हूँ, तो रातभर रो सकती हूँ। क्या तुम उसके लिए तैयार हो? मैं रोने लगती हूँ, तो एकदम जानवर बन जाती हूँ। फिर जगह की परवाह नहीं करती! मैं मज़ाक़ नहीं कर रही हूँ।"

"मैंने सिर हिलाया और चुप रहा। एक और ह्विस्की और सोडा ऑर्डर करते हुए मैंने कुछ पिस्ता खाए। कहीं दूर, शेकर्स के हिलने, गिलासों के टकराने और बर्फ़ बनाने वाली मशीन की आवाज़ के बीच, सारा वॉन एक पुराना रोमाण्टिक गीत गा रही थी।

"टैम्पोन वाली घटना के बाद से मेरे और मेरे बॉयफ़्रैण्ड के बीच सब कुछ ठीक नहीं चल रहा है।"

"टैम्पोन वाली घटना?"

"हाँ, लगभग एक महीने पहले, मैं अपने बॉयफ़्रैण्ड और उसके कुछ दोस्तों के साथ पीने गई थी और मैंने उन्हें अपने मुहल्ले की एक औरत की

कहानी सुनाई, जिसने छींक मारी तो उसका टैम्पोन बाहर आ गया। मज़ेदार है ना?"

"वाक़ई मज़ेदार है," मैंने हँसते हुए कहा।

"हाँ, बाक़ी सब लड़कों को भी मज़ा आया, लेकिन वो गुस्सा हो गया और कहने लगा, मुझे इस तरह की गन्दी बातें नहीं करनी चाहिए। कितना उबाऊ इन्सान है!"

"ओह।"

"वैसे वो एक शानदार इन्सान है, लेकिन इस तरह के मामलों में उसकी सोच बहुत संकीर्ण है," मिदोरी ने कहा। "जैसे अगर मैं सफ़ेद के अलावा किसी और रंग का अण्डरवियर पहनूँ, तो उसे ग़ुस्सा आ जाता है। क्या तुम्हें नहीं लगता कि ये दकियानूसी सोच है?"

"शायद हाँ," मैंने कहा, "लेकिन ये बस पसन्द की बात है।" मुझे यह बात अविश्वसनीय लगी कि ऐसा लड़का मिदोरी जैसी लड़की को चाहता होगा, लेकिन मैंने यह सोच अपने तक ही रखी।

"तो तुम क्या कर रहे थे, इन दिनों?" उसने पूछा।

"कुछ नहीं। हमेशा की तरह," मैंने कहा, लेकिन फिर मुझे याद आया कि मैंने मिदोरी के बारे में सोचते हुए हस्तमैथुन करने की कोशिश की थी, जैसा कि मैंने उससे वादा किया था। मैंने उसे यह बात धीमी आवाज़ में बताई ताकि आसपास के लोग ना सुन सकें।

मिदोरी की आँखें चमक उठीं। उसने अँगुलियाँ चटकाईं। "कैसा रहा? अच्छा था?"

"नहीं, मैं बीच में ही शर्मिन्दगी महसूस करने लगा और मैंने छोड़ दिया।"

"मतलब तुम्हारा इरेक्शन चला गया?

"कुछ ऐसा ही हुआ।"

"कमाल है," उसने झुँझलाते हुए मुझे देखा। "तुम्हें शर्मिन्दा नहीं होना चाहिए। किसी ज़बरदस्त सेक्सी चीज़ के बारे में सोचो। कोई बात नहीं, तुम्हें इसकी इजाज़त दे रही हूँ। अरे, मुझे पता है। अगली बार मैं फ़ोन पर तुम्हारे साथ रहूँगी; 'ओह, ओह, ये कमाल है...ओह, मुझे महसूस हो रहा है...रुको,

मेरा हो रहा है...ओह, ऐसा मत करो!' जब तुम कर रहे होगे, तो मैं तुम्हें इस तरह की बातें बोलकर उत्तेजित कर दूँगी।"

"छात्रावास का फ़ोन सामने दरवाज़े के पास है, जहाँ लोग आते-जाते रहते हैं," मैंने उसे बताया। अगर छात्रावास का वॉर्डन मुझे वहाँ ऐसी हरक़त करते देख लेगा, तो वह मुझे अपने हाथों से मार डालेगा।"

"ओह, ये तो बहुत बुरा है।"

"कोई बात नहीं," मैंने कहा। "किसी और दिन फिर से अकेले ही कोशिश करूँगा।"

"पूरी मेहनत लगाना," मिदोरी ने कहा।

"बिलकुल," मैंने जवाब दिया।

"मुझे लगता है, शायद मैं ही उतनी सेक्सी नहीं हूँ, अंदर से," उसने कहा।

"ऐसा नहीं है," मैंने उसे भरोसा दिलाया। "ये बस एक एटीट्यूड की बात है।"

"जानते हो, मेरी पीठ बहुत सेंसिटिव है। अगर उस पर कोई हल्के-से अँगुलियाँ फिराए... म्म्म।"

"मैं इसे ध्यान में रखूँगा।"

"अरे, हम क्यों ना अभी चलकर कोई गन्दी फ़िल्म देखें," मिदोरी ने सुझाव दिया। "कोई असली गन्दी एस ऐण्ड एम फ़िल्म।"

हम बार से निकलकर पहले एक खाने की दुकान पर गए, और फिर शिन्जुकु के एक पुराने, जर्जर थिएटर में पहुँचे जहाँ वयस्कों की तीन फ़िल्में दिखाई जा रही थीं। अख़बार में सिर्फ़ यही एक ऐसा थिएटर मिला, जहाँ एस ऐण्ड एम मूवी चल रही थी। अन्दर घुसते ही थिएटर से एक अजीब और अनजानी सी बदबू आई। हम बिल्कुल सही समय पर पहुँचे थे; हमने जैसे ही अपनी सीट ली, एस ऐण्ड एम फ़िल्म शुरू हो गई।

कहानी एक स्त्री सचिव और उसकी हाई स्कूल की उम्र की छोटी बहन की थी, जिनका कुछ आदमी अपहरण कर लेते हैं और उन्हें तरह-तरह की यातनाएँ देकर उनका आनन्द लेते हैं। वे आदमी बड़ी बहन को तरह-तरह की

भयानक चीज़ें करने को मजबूर करते हैं, यह धमकी देते हुए कि अगर उसने मना किया तो वे उसकी छोटी बहन के साथ बलात्कार करेंगे। धीरे-धीरे बड़ी बहन ख़ुद ही एक क्रूर कामुक स्त्री में बदल जाती है और छोटी बहन उसके ये कृत्य देखकर पागल हो जाती है। फ़िल्म इतनी मनहूस और दोहरावों से भरी हुई थी कि मैं थोड़ी ही देर में बोर होने लगा।

"अगर मैं उस छोटी बहन की जगह होती, तो इतनी आसानी से पगला ना जाती," मिदोरी ने कहा। मैं बस देखती रहती।"

"मुझे यक़ीन है, तुम ऐसा ही करतीं," मैंने कहा।

"और वैसे भी, तुम्हें नहीं लगता कि उसके निप्पल, एक हाई स्कूल की लड़की – एक कुँवारी लड़की – के लिहाज़ से कुछ ज़्यादा ही गहरे रंग हैं?"

"बिलकुल," मैंने सहमति जताई।

मिदोरी की नज़रें पर्दे पर जमी हुई थीं। मैं प्रभावित हुए बिना नहीं रह सका; जो कोई भी इतनी तल्लीनता के साथ फ़िल्म देखता है , वह अपने टिकट के पैसे का पूरा, बल्कि उससे भी ज़्यादा वसूल करता है। वह लगातार अपने विचार मुझे बताती जा रही थी : "हे भगवान, ज़रा देखो तो," या "एक बार में तीन-तीन आदमी! ये तो उसे चीर कर रख देंगे!" या "मैं भी किसी पर यह आज़माना चाहूँगी, वातानबे।" मुझे फ़िल्म से ज़्यादा मिदोरी का साथ मज़ेदार लग रहा था।

जब इण्टरवल में बत्तियाँ जलीं, तब मुझे अहसास हुआ कि थिएटर में और कोई औरत नहीं थी। हमारे पास बैठे एक नौजवान – शायद कोई छात्र – ने मिदोरी को देखा और अपनी सीट बदलकर दूर जा बैठा।

"बताओ वातानबे, क्या तुम इस तरह की फ़िल्में देखकर उत्तेजित हो जाते हो?"

"हाँ, कभी-कभी," मैंने कहा। "इसीलिए तो ये फ़िल्में बनाई जाती हैं।"

"तो, तुम्हारा मतलब है, जब भी इनमें से कोई सीन शुरू होता है, थिएटर में बैठे हर आदमी की वो चीज़ खड़ी हो जाती है? तीस-चालीस लोगों की एक-साथ! अगर तुम सोचो तो यह कितना अजीब लगता है, है ना?"

"हाँ, अब जब तुमने कहा तो लगता है, सचमुच अजीब है।"

दूसरी फ़िल्म एक साधारण सेक्स फिल्म थी, जिसका मतलब था कि यह पहले से ज़्यादा उबाऊ थी। इसमें बहुत सारे मुख-मैथुन के दृश्य थे, और हर बार जब वे लिंग को चूसना शुरू करतीं या कोई पुरुष स्त्री की योनि को चाटता या स्त्री और पुरुष 69 की मुद्रा में एक-दूसरे के साथ मुख-मैथुन करते, तो साउण्ड ट्रैक में चूसने या चाटने की ज़ोर की आवाज़ें गूँजने लगती थीं। उन्हें सुनते हुए मुझे अजीब सा अहसास हुआ कि मैं किस विचित्र ग्रह पर अपनी ज़िन्दगी जी रहा हूँ।

"सोचता हूँ कि ये आवाज़ें कौन लेकर आता होगा," मैंने मिदोरी से कहा।

"मुझे तो ये ग़ज़ब लगती हैं," मिदोरी ने कहा।

एक आवाज़ तो पुरुष के लिंग के योनि में अन्दर-बाहर होने की भी थी। मुझे अन्दाज़ नहीं था कि ऐसी आवाज़ें भी होती हैं। आदमी गहरी साँसें ले रहा था और औरत उसके नीचे तड़पते हुए – हमेशा की तरह – "आहा" या "और" जैसे शब्द बोल रही थी। बिस्तर के चरमराने की भी आवाज़ें आ रही थीं। ये दृश्य एक-के-बाद-एक आते जा रहे थे। शुरू में तो मिदोरी इनका आनन्द लेती रही, लेकिन फिर वह भी ऊब गई और उसने बाहर चलने का सुझाव दिया। हम बाहर आए और गहरी साँस ली। यह मेरी ज़िन्दगी में पहली बार था, जब मुझे शिन्जुकु की हवा ताज़गी से भरी महसूस हुई।

"मज़ा आया," मिदोरी ने कहा। "चलो कभी फिर से देखेंगे।"

"ये लोग बस वही सब करते रहते हैं," मैंने कहा।

"और वे कर भी क्या सकते हैं? हम सब भी तो वही-वही करते रहते हैं।"

उसकी इस बात में वाक़ई दम था।

हमने एक और बार ढूँढा और ड्रिंक्स ऑर्डर की। मैंने और ह्विस्की ली और मिदोरी ने तीन-चार अजीब से कॉकटेल पी लिए। बाहर आने के बाद मिदोरी ने कहा, उसे पेड़ पर चढ़ना है।

"यहाँ आसपास कोई पेड़ नहीं हैं," मैंने कहा। "और अगर होता भी तो तुम इतनी लड़खड़ा रही हो कि चढ़ नहीं पातीं।"

"तुम हमेशा इतने समझदार क्यों बने रहते हो, तुम सब कुछ बर्बाद कर

देते हो। मैं इसलिए नशे में हूँ, क्योंकि मैं नशे में रहना चाहती हूँ। इसमें ग़लत क्या है? और अगर मैं नशे में हूँ भी, तो भी मैं पेड़ पर चढ़ सकती हूँ। कमाल है! मैं एक बड़े, ऊँचे पेड़ की सबसे ऊपर की डाल तक चढ़ूँगी और सबके ऊपर सूसू कर दूँगी।"

"कहीं तुम्हें टॉयलेट तो नहीं जाना है?"

"हाँ।"

मैं मिदोरी को शिन्जुकु स्टेशन के टॉयलेट तक ले गया, स्लॉट में एक सिक्का डाला, और उसे अन्दर भेज दिया, फिर मैंने पास के स्टेण्ड से शाम का एक अख़बार ख़रीदा और मिदोरी के बाहर आने का इन्तज़ार करते हुए अख़बार पढ़ने लगा। लेकिन वह बाहर नहीं आई। पन्द्रह मिनट बाद मैं चिन्तित होने लगा, और अन्दर जाकर देखने ही वाला था कि अन्ततः वह बाहर आ गई। उसका चेहरा कुछ उतरा हुआ लग रहा था।

"सॉरी," उसने कहा। "मैं टायलेट में सो गई थी।"

"तुम ठीक तो हो ना?" मैंने अपना कोट उसके कन्धों पर डालते हुए पूछा।

"सच कहूँ तो नहीं हूँ," उसने कहा।

"मैं तुम्हें घर ले जाऊँगा। तुम्हें घर जाकर अच्छी तरह देर तक नहाने की और बिस्तर पर जाने की ज़रूरत है। तुम थकी हुई हो।"

"मैं घर नहीं जा रही हूँ। वहाँ जाने का क्या मतलब है। वहाँ कोई नहीं है। मैं उस तरह की जगह पर जाकर अकेले नहीं सोना चाहती।"

"बेहतरीन," मैंने कहा। "तो फिर तुम क्या करने वाली हो?"

"किसी लव होटल में जाकर रातभर तुम्हारी बाँहों में सोना चाहती हूँ। बेसुध। कल सुबह हम कहीं नाश्ता करेंगे और साथ-साथ स्कूल जाएँगे।"

"तुमने पहले से ही यह सारी योजना बना रखी थी, है ना? इसीलिए तुमने मुझे बुलाया था।"

"बिलकुल।"

"तुम्हें अपने बॉयफ्रैण्ड को बुलाना चाहिए था, ना कि मुझे। ठीक तो यही होता। बॉयफ्रैण्ड होते ही इसलिए हैं।"

"लेकिन मैं तुम्हारे साथ रहना चाहती हूँ।"

"तुम मेरे साथ नहीं रह सकतीं," मैंने कहा। "सबसे पहली बात, मुझे आधी रात से पहले हॉस्टल लौटना ज़रूरी है, नहीं तो मैं कर्फ़्यू तोड़ दूँगा। एक बार मैंने ऐसा किया था, तो बहुत महँगा पड़ा था। और दूसरी बात, अगर मैं किसी लड़की के साथ सोने जाऊँगा तो मैं उसके साथ करना भी चाहूँगा। मैं नहीं चाहता कि मैं ख़ुद को रोकने के लिए तड़पता रहूँ। मैं मज़ाक़ नहीं कर रहा। हो सकता है, मैं ख़ुद को रोक ना पाऊँ और तुम्हें मजबूर कर दूँ।"

"तुम्हारा मतलब है, तुम मुझे मारोगे, बाँध दोगे और पीछे से मेरा बलात्कार करोगे?"

"ऐ, देखो, मैं गम्भीर हूँ।"

"लेकिन मैं बहुत अकेली हूँ! मैं किसी के साथ होना चाहती हूँ! मुझे पता है कि मैं तुम्हारे साथ बहुत ग़लत कर रही हूँ, तुमसे उम्मीदें लगा रही हूँ और बदले में तुम्हें कुछ नहीं दे रही हूँ, जो मन में आता है, वह कहे जा रही हूँ, तुम्हें ज़बरदस्ती तुम्हारे कमरे से निकाल रही हूँ और तुम्हें हर जगह घसीटती फिर रही हूँ – लेकिन तुम ही एकमात्र इन्सान हो, जिसके साथ मैं ऐसा कर सकती हूँ! बीस साल की ज़िन्दगी में, मैं कभी किसी के साथ अपनी मर्ज़ी नहीं चला पाई। मेरे पिता, मेरी माँ – उन्होंने कभी मेरी परवाह नहीं की। और मेरा बॉयफ्रैण्ड, वो भी ऐसा इन्सान नहीं है। अगर मैं अपनी मर्ज़ी से कुछ करने की कोशिश करूँ, तो वह ग़ुस्सा हो जाता है, और फिर हमारा झगड़ा हो जाता है। लेकिन तुम, तुम ही अकेले हो, जिससे मैं यह सब कह सकती हूँ। "और अब मैं बहुत, बहुत, बहुत थक गई हूँ। मैं बस सो जाना चाहती हूँ, किसी की आवाज़ सुनते हुए, जो मुझसे कहे कि वह मुझे पसन्द करता है, कि मैं ख़ूबसूरत हूँ, और ऐसी ही प्यार-भरी बातें।" बस यही चाहती हूँ। और जब मैं जागूँगी, तो पूरी तरह तरोताज़ा रहूँगी और फिर कभी तुम्हें अपनी इन स्वार्थी ज़िदों से परेशान नहीं करूँगी। क़सम से। मैं एक अच्छी लड़की बन जाऊँगी।"

"मैं तुम्हारी बात सुन रहा हूँ, सच में, लेकिन मैं कुछ कर नहीं सकता।"

"ओह प्लीज़, वरना मैं यहीं ज़मीन पर बैठ जाऊँगी और पूरी रात फूट-फूट कर रोऊँगी। और फिर जो भी मुझसे सबसे पहले बात करेगा, उसी के साथ सो जाऊँगी।"

अब बात हद से गुज़र चुकी थी। मैंने छात्रावास में फ़ोन कर नागासावा को बुलवाया। जब वह फ़ोन पर आया, तो मैंने उससे पूछा कि क्या वह ऐसा दिखावा कर सकता है कि जैसे मैं रात में लौट आया हूँ। मैंने उसे समझाया कि मैं एक लड़की के साथ हूँ।

"कोई बात नहीं," उसने कहा। "यह तो नेक काम है, मैं ख़ुशी से मदद करूँगा। बस, तुम्हारे नाम का टैग 'अन्दर' की तरफ़ पलट दूँगा। चिन्ता मत करो, जितना समय चाहिए, लो। सुबह मेरी खिड़की से अन्दर आ जाना।"

"धन्यवाद, तुम्हारा शुक्रगुज़ार रहूँगा," मैंने कहा और फ़ोन रख दिया।

"सब ठीक हो गया?" मिदोरी ने पूछा।

"लगभग," मैंने गहरी साँस लेते हुए कहा।

"शानदार। चलो किसी डिस्को में चलते हैं, अभी तो बहुत जल्दी है।"

"रुको ज़रा, अभी तो तुम थकी हुई थीं!"

"ऐसी चीज़ों के लिए मैं बिलकुल ठीक हूँ।

"हे भगवान," मैंने कहा।

और उसका कहना सही था। हम एक डिस्को में गए, और जैसे-जैसे हम नाचे, उसकी ऊर्जा लौटने लगी। उसने दो ह्विस्की और कोक पी, और तब तक डांस फ़्लोर पर रही जब तक कि उसका माथा पसीने से नहीं भीग गया।

"यह बहुत मज़ेदार है," उसने ब्रेक के दौरान टेबल पर बैठते हुए कहा। "कितने दिनों बाद इस तरह का डांस किया है। पता नहीं क्यों, जब तुम अपने शरीर को हिलाते हो, तो ऐसा लगता है, जैसे तुम्हारी आत्मा आज़ाद हो जाती है।"

"मैं कहूँगा, तुम्हारी आत्मा तो हमेशा आज़ाद रहती है।"

"बिलकुल नहीं," उसने सिर हिलाकर मुस्कराते हुए कहा। "ख़ैर, अब जब मैं बेहतर महसूस कर रही हूँ, तो मुझे ज़बरदस्त भूख लग रही है। चलो, पिज़्ज़ा खाने चलते हैं।"

मैं उसे एक पिज़्ज़ा रेस्तराँ में ले गया, जिसे मैं जानता था और वहाँ ड्रॉट बियर और एंकोवी पिज़्ज़ा ऑर्डर किया। मुझे ज़्यादा भूख नहीं थी; इसलिए मैंने बारह में से सिर्फ़ चार टुकड़े खाए। मिदोरी ने बाक़ी सब ख़त्म कर दिए।

"तुम्हारी तबीयत कितनी जल्दी ठीक हो गई," मैंने कहा। अभी थोड़ी देर पहले तुम्हारा चेहरा पीला था और तुम लड़खड़ा रही थीं।"

"क्योंकि मेरी ज़िद किसी ने मान ली," उसने जवाब दिया। "इसने मुझे मुक्त कर दिया। वाह! पिज़्ज़ा तो कमाल का है!"

"मुझे सच बताओ, क्या घर पर कोई नहीं है?"

"सच है, मेरी बहन अपने दोस्त के घर पर ठहरी हुई है। वह लड़की सचमुच डरपोक है। अगर मैं घर पर नहीं रहती, तो वह अकेली घर पर नहीं सो पाती।"

"तो फिर उस लव होटल की बात छोड़ो। ऐसी किसी जगह जाने से सिर्फ़ सस्तेपन का अहसास होता है। चलो तुम्हारे घर चलते हैं। वहाँ मेरे लिए बिस्तर तो होगा, ना?"

मिदोरी ने कुछ देर सोचा और फिर सिर हिलाया। "ठीक है, आज रात हम मेरे घर रुकेंगे।"

हम यामानोते लाइन से ओत्सुका पहुँचे और जल्द ही हम कोबायाशी बुकस्टोर के सामने लगे मैटल शटर को उठा रहे थे। शटर पर एक काग़ज़ी बोर्ड लगा था, जिस पर लिखा था "अस्थाई रूप से बन्द"। अँधेरी दुकान में पुराने काग़ज़ों की गन्ध भरी हुई थी, जैसे शटर को लम्बे समय से ना खोला गया हो। आधी अलमारियाँ ख़ाली थीं, और ज़्यादातर पत्रिकाएँ वापसी के लिए बण्डलों में बँधी हुई थीं। पहली बार जब मैं यहाँ आया था, तब जो वीरान, ठण्डा-सा अहसास हुआ था, वह अब और भी गहरा हो गया था। यह जगह एक परित्यक्त जहाज़ की तरह लग रही थी, जिसे किनारे पर छोड़ दिया गया हो।

"तुम इस दुकान को दोबारा खोलने की योजना नहीं बना रही हो?" मैंने पूछा।

"नहीं, हम इसे बेचने वाले हैं," मिदोरी ने कहा। हम पैसे बाँट लेंगे और कुछ समय बिना किसी 'सुरक्षा' के अपनी ज़िन्दगी जिएँगे। मेरी बहन अगले साल शादी करने वाली है, और मुझे अभी स्कूल में तीन और साल बिताने हैं। हमें इतना तो मिल ही जाएगा कि हम इस दौरान गुज़ारा कर सकें। मैं अपनी पार्ट टाइम नौकरी भी रखूँगी। जब यह जगह बिक जाएगी, तब मैं कुछ समय के लिए अपनी बहन के साथ किसी अपार्टमेंट में रहूँगी।"

"तुम्हें लगता है कि कोई इसे ख़रीदना चाहेगा?"

"शायद। मैं एक औरत को जानती हूँ, जो यहाँ ऊन की दुकान खोलना चाहती है। हाल ही में उसने मुझसे पूछा था कि क्या मैं इसे बेचना चाहती हूँ। बेचारे पापा, उन्होंने इस जगह को बनाने में कितनी मेहनत की थी, और जो लोन लिया था, उसे थोड़ा-थोड़ा करके चुकाते रहे। और अन्त में उनके पास कुछ भी नहीं बचा। सब कुछ ऐसे बह गया, जैसे नदी का झाग।"

"लेकिन उनके पास तुम थीं," मैंने कहा।

"मैं?!" मिदोरी हँस पड़ी। उसने एक गहरी साँस ली और बाहर छोड़ दी। "चलो, ऊपर चलते हैं, यहाँ ठण्ड है।"

ऊपर जाकर उसने मुझे किचन की मेज़ पर बिठाया और नहाने के पानी को गर्म करने चली गई। जब वह इसमें व्यस्त थी तब तक मैंने केतली में पानी रखा और चाय बना ली। पानी गर्म होने का इन्तज़ार करते हुए, हम किचन की मेज़ पर आमने-सामने बैठकर चाय पीने लगे। उसने अपना हाथ ठुड्डी पर टिकाया और मुझे गहरी नज़रों से देखा। कमरे में बस घड़ी की टिक-टिक और फ्रिज की मोटर की हल्की गूँज थी, जो समय-समय पर थर्मोस्टेट के ऑफ़ और ऑन होने पर बदल रही थी। घड़ी ने आधी रात के क़रीब होने का संकेत दिया।

"जानते हो, वातानबे, अगर ध्यान से देखा जाए, तो तुम्हारा चेहरा काफ़ी दिलचस्प है।"

"सच में?" मैंने पूछा, थोड़ा आहत महसूस करते हुए।

"अच्छा चेहरा मेरे लिए बहुत मायने रखता है," उसने कहा। "और तुम्हारा... जितना मैं इसे देखती हूँ, उतना ही सोचती हूँ, 'यह चलेगा'।"

"मैं भी," मैंने कहा। "कभी-कभी मैं अपने बारे में सोचता हूँ, 'आखिर मैं क्या करूँगा'।"

"अरे, मेरा मतलब यह नहीं था कि वह बुरा है। मैं अपनी भावनाओं को शब्दों में अच्छे-से नहीं रख पाती, इसलिए लोग अक्सर मुझे ग़लत समझ लेते हैं। मैं बस इतना कह रही थी कि मुझे तुम पसन्द हो। क्या मैंने तुम्हें पहले यह बताया?"

"बताया था," मैंने कहा।

"मेरा मतलब है, सिर्फ़ मैं ही नहीं, हर लड़की के लिए लड़कों को समझना मुश्किल होता है। लेकिन मैं धीरे-धीरे सीख रही हूँ।"

मिदोरी ने एक मार्लबोरो सिगरेट निकाली और सुलगाई। "जब तुम शून्य से शुरू करते हो, तो सीखने के लिए बहुत कुछ होता है।"

"मुझे ज़रा भी आश्चर्य नहीं होगा।"

"अरे, मैं तो भूल ही गई! क्या तुम मेरे पापा के लिए एक अगरबत्ती जलाना चाहोगे?"

मैं मिदोरी के साथ बौद्ध वेदी वाले कमरे में गया और मैंने उसके पापा की तसवीर के सामने एक अगरबत्ती जलाई और हाथ जोड़ लिए।

"जानते हो, मैंने उस दिन क्या किया?" मिदोरी ने पूछा। "मैं अपने पिता की तस्वीर के सामने पूरी तरह निर्वस्त्र हो गई थी। कपड़े का एक-एक टुकड़ा उतार दिया और उन्हें देर तक मुझे देखने दिया। कुछ योग जैसी मुद्रा में। जैसे कह रही हूँ – 'देखिए, पापा, ये मेरे स्तन हैं, और यह मेरी योनि है।'"

"तुमने ऐसा किया क्यों?" मैंने पूछा।

"पता नहीं, मैं सिर्फ़ उन्हें दिखाना चाहती थी। मेरा आधा हिस्सा उनके शुक्राणु से बना है, ठीक है? तब फिर मैं उन्हें क्यों ना दिखाऊँ? 'यह है वह लड़की जिसे तुमने बनाया है'। उस समय मैं थोड़ी नशे में थी। शायद यह बात भी रही होगी।"

"मुझे ऐसा ही लगता है।"

"मेरी बहन अंदर आई और लगभग गिर ही पड़ी।" वहाँ मैं अपने पिता की यादगार के तौर पर लगाई गई तसवीर के सामने अपने पैर फैलाए पूरी तरह नग्न बैठी थी। मेरा ख़याल है, कोई भी ऐसा नज़ारा देखेगा तो चौंक जाएगा।"

"मेरा भी ऐसा ही ख़याल है।"

"मैंने उसे समझाया कि मैं वैसा क्यों कर रही थी, और कहा, 'इसलिए तुम भी अपने कपड़े उतारो और उन्हें दिखाओ, मोमो (उसका नाम मोमो है), लेकिन उसने ऐसा करने से मना कर दिया। वह बहुत हैरान हो गई और बाहर चली गई। वह स्वभाव से थोड़ी पारम्परिक क़िस्म की है।"

"दूसरे शब्दों में कहें, तो तुम यह कहना चाहती हो कि वह अपेक्षाकृत सामान्य है," मैंने कहा।

"बताओ, वातानबे, तुम्हें मेरे पिता कैसे लगे?"

"मुझे नए लोगों के साथ घुलना-मिलना ज़्यादा अच्छा नहीं लगता, लेकिन उनके साथ अकेले रहने में कोई दिक़्क़त नहीं हुई। मैं उनके साथ काफ़ी सहज महसूस कर रहा था। हमने कई तरह की बातें कीं।"

"किस तरह की बातें?"

"यूरीपिडीज़," मैंने कहा।

मिदोरी ज़ोर से हँस पड़ी। "तुम सचमुच अजीब हो! कोई भी मरते हुए इन्सान से, जिससे वह पहली बार मिला हो, यूरीपिडीज़ के बारे में बातें नहीं करता!"

"हाँ, कोई भी अपने पिता के स्मृति-चित्र के सामने टाँगें फैलाकर नहीं बैठता।"

मिदोरी हँसी और उसने वेदी पर लगी हुई घण्टी बजाई। "गुड नाइट डैडी। अब हम लोग थोड़ा मज़ा करने वाले हैं। चिन्ता मत करना, चैन से सो जाओ। अब तुम्हें कोई तकलीफ़ नहीं हो रही है, सही है? तुम मर चुके हो, सही है? मुझे यक़ीन है कि अब तुम्हें कोई दर्द नहीं हो रहा है। अगर हो रहा है, तो बेहतर है तुम देवताओं से इसकी शिकायत करो। उन से कह देना कि यह बहुत ज़्यादा क्रूरता है। उम्मीद करती हूँ कि तुम्हारी मुलाक़ात मम्मी से हो और तुम दोनों सच में एक-दूसरे के साथ अच्छे से रहो। जब मैंने पेशाब करने में तुम्हारी मदद की थी तो तुम्हारा वो देखा था। वह काफ़ी प्रभावशाली था! तो इसके लिए तुम पूरी ताक़त लगा देना। गुड नाइट।"

हमने बारी-बारी से नहाया और पायजामे पहन लिए। मैंने उसके पिता का लगभग नया पायजामा उधार लिया। वो थोड़ा छोटा था, लेकिन कुछ ना होने से बेहतर था। मिदोरी ने मेरे लिए वेदी वाले कमरे में एक गद्दा बिछा दिया।

"तुम वेदी के सामने सोने से डरोगे तो नहीं?" उसने पूछा।

"बिलकुल नहीं। मैंने कुछ बुरा तो किया नहीं है," मैंने मुस्कराते हुए कहा।

"लेकिन तुम मेरे साथ रहोगे और तब तक मुझे अपनी बाँहों में थामे रहोगे, जब तक मैं सो नहीं जाती, ठीक है?"

"ठीक है," मैंने कहा।

मिदोरी के छोटे-से बिस्तर के एकदम किनारे से लगभग गिरते हुए, मैंने उसे अपनी बाँहों में थाम लिया। उसकी नाक मेरे सीने से लगी हुई थी और उसके हाथ मेरी कमर पर टिके थे। मेरा दायाँ हाथ उसकी कमर से लिपटा हुआ था, जबकि अपने बाएं हाथ से बिस्तर के फ़्रेम को पकड़कर मैं ख़ुद को गिरने से बचाने की कोशिश कर रहा था। यह कोई ऐसा माहौल नहीं था, जो यौन उत्तेजना के लिए उपयुक्त होता। मेरी नाक उसके सिर पर टिकी थी और उसके छोटे कटे बाल बीच-बीच में मुझे गुदगुदी कर रहे थे।

"कुछ बोलो ना मुझसे," मिदोरी ने अपना चेहरा मेरी छाती में छिपाते हुए कहा।

"क्या बोलना है?"

"कुछ भी। ऐसा कुछ भी जिससे मुझे अच्छा महसूस हो।"

"तुम बहुत प्यारी हो," मैंने कहा।

"मिदोरी," उसने कहा। "मेरा नाम लो।"

"तुम बहुत प्यारी हो, मिदोरी," मैंने अपना वाक्य सुधारते हुए कहा।

"क्या मतलब 'बहुत प्यारी'?"

"इतनी प्यारी की पहाड़ ढह जाएँ और समुद्र सूख जाए।"

मिदोरी ने अपना चेहरा उठाकर मुझे देखा। "तुम्हारे शब्दों में एक ख़ास बात है।"

"जब तुम ऐसा कहती हो, तो मुझे लगता है, जैसे मेरा दिल पिघल रहा है," मैंने मुस्कराते हुए कहा।

"कुछ और भी अच्छा कहो।"

"मिदोरी, तुम सच में मुझे बहुत पसन्द हो।"

"कितना बहुत?"

"जैसे एक वसन्त का भालू," मैंने कहा।

"वसन्त का भालू?" मिदोरी ने फिर सिर उठाकर देखा। "ये क्या बात हुई? वसन्त का भालू।"

"तुम एक दिन वसन्त में अकेले ही एक खेत से गुज़र रही हो, तभी एक प्यारा सा भालू का बच्चा, जिसके बाल मखमली हैं और जिसकी छोटी-छोटी चमकती आँखें हैं, तुम्हारे पास आता है। और वह तुमसे कहता है, 'हाय छोटी-सी लड़की, मेरे साथ लुढ़कना चाहोगी?' फिर तुम और वह भालू का बच्चा पूरे दिन एक-दूसरे की बाँहों में क्लोवर से ढँकी पहाड़ी पर लुढ़कते रहते हो। अच्छा लगता है, ना?"

"हाँ, *सच* में बहुत अच्छा।"

"बस उतना ही मैं तुम्हें पसन्द करता हूँ।"

"यह सबसे प्यारी बात है, जो मैंने पहली बार सुनी है," मिदोरी ने मेरी छाती से लिपटते हुए कहा। "अगर तुम मुझे *इतना* पसन्द करते हो, तो तुम मेरी हर बात मानोगे, ठीक है?, तुम गुस्सा नहीं होंगे, ठीक है ?"

"हाँ, मैं गुस्सा नहीं होऊँगा।"

"और तुम हमेशा मेरी देखभाल करोगे, हमेशा।"

"बिलकुल," मैंने उसके छोटे, मुलायम, लड़कों जैसे बालों को सहलाते हुए कहा। "चिन्ता मत करो, सब कुछ ठीक होगा।"

"लेकिन मुझे डर लगता है," उसने कहा।

मैंने उसे हल्के-से अपने पास खींच लिया, और जल्दी ही उसके कन्धे ऊपर और नीचे होने लगे, और मैं उसकी नींद में नियमित हो गई साँसों को सुन सकता था। मैं धीरे से उसके बिस्तर से बाहर आ गया, किचिन में गया जहाँ मैंने एक बियर पी। मुझे ज़रा भी नींद नहीं आ रही थी, इसलिए मैंने कोई पुस्तक पढ़ने के बारे में सोचा, लेकिन मुझे आसपास पढ़ने लायक़ कुछ नहीं मिला। मैंने मिदोरी के कमरे में जाकर वहाँ कोई पुस्तक ढूँढ़ने के बारे में सोचा, लेकिन वहाँ पुस्तक की खोजबीन करते हुए, मैं उसकी नींद में खलल नहीं डालना चाहता था।

मैं कुछ देर यूँ ही बियर पीते हुए शून्य में ताकता रहा, तभी मुझे अचानक सूझा कि मैं एक बुक स्टोर में था। मैं नीचे गया और वहाँ पेपरबैक शेल्फ़ देखने

लगा। वहाँ ज़्यादातर किताबें ऐसी थीं, जिन्हें मैं पहले ही पढ़ चुका था, और बाक़ी में कोई ख़ास दिलचस्पी नहीं जागी, लेकिन मुझे किसी भी हाल में कुछ तो पढ़ना ही था। आख़िरकार, मैंने हर्मन हेस की *बिनीथ द व्हील* की एक पुरानी, रंग उड़ी हुई कॉपी उठा ली, जो शायद काफ़ी समय से बिना बिके दुकान में पड़ी थी। मैंने उसकी क़ीमत के बराबर पैसा कैश रजिस्टर पर रख दिया। यह कोबायाशी बुक स्टोर के स्टॉक को थोड़ा कम करने में मेरा छोटा-सा योगदान था।

मैं रसोई की मेज़ पर बैठकर बियर पीते हुए *बिनीथ द व्हील* पढ़ने लगा। मैंने यह उपन्यास पहली बार तब पढ़ा था, जब मैंने मिडिल स्कूल में दाख़िला लिया था। और अब, आठ साल बाद, मैं उसी किताब को एक लड़की की रसोई में बैठकर पढ़ रहा था, उसके मृत पिता का छोटा पायजामा पहने हुए। अजीब था। अगर ये असामान्य परिस्थितियाँ ना होतीं तो शायद मैं *बिनीथ द व्हील* को दोबारा नहीं पढ़ता।

पुस्तक गुज़र चुके ज़माने का प्रभाव देती थी, लेकिन एक उपन्यास के रूप में वह बुरी नहीं थी। मैं उस शान्त बुक स्टोर में, आधी रात के सन्नाटे में, उसे धीरे-धीरे हर पंक्ति का आनन्द लेते हुए पढ़ता रहा। रसोई की एक शेल्फ़ पर ब्राण्डी की एक धूल-भरी बोतल रखी हुई थी। मैंने थोड़ी-सी ब्राण्डी एक कप में डाली और धीरे-धीरे घूँट भरने लगा। ब्राण्डी ने मेरे शरीर को गरम तो कर दिया, लेकिन इससे मुझे नींद आने में कोई मदद नहीं मिली।

तीन बजे के थोड़ा पहले मैं मिदोरी को देखने गया, लेकिन वह गहरी नींद में सोई हुई थी। वह निश्चय ही बहुत थकी रही होगी। खिड़की के पार दुकानों से आती रोशनी कमरे में हल्की सफ़ेद चमक बिखेर रही थी, जैसे चाँदनी हो। मिदोरी उस रोशनी की ओर पीठ करके सो रही थी। वह इतनी स्थिर लेटी थी कि ऐसा लग रहा था, जैसे वह जम गई हो। मैंने थोड़ा झुककर उसकी साँसों की आवाज़ सुनी। वह ठीक अपने पिता की तरह सो रही थी।

उसकी हाल की यात्रा से लौटा सूटकेस बिस्तर के पास रखा था। उसका सफ़ेद कोट कुर्सी की पीठ पर टँगा था। उसकी डेस्क बड़े ही करीने से सजी थी और डेस्क की ऊपर की दीवार पर एक स्नूपी वाला कैलेण्डर लटका था। मैंने पर्दे को धीरे से हटाया और नीचे सुनसान दुकानों की ओर झाँका। हर दुकान बन्द

थी, उनके लोहे के शटर गिरे हुए थे। केवल शराब की दुकान के सामने लगी वेण्डिंग मशीन ही ऐसा अहसास करा रही थी कि कोई सुबह का इन्तज़ार कर रहा है। बीच-बीच में दूर से गुज़रते ट्रकों के टायरों की गूँज हवा में कम्पन पैदा कर रही थी। मैं वापस रसोई में गया, कप में थोड़ी-सी और ब्राण्डी डाली और *बिनीथ द ह्वील* पढ़ता रहा।

जब तक मैंने पुस्तक समाप्त की, आकाश रोशन होने लगा था। मैंने अपने लिए इंस्टेण्ट कॉफ़ी बनाई और मेज़ पर पड़े नोट पेपर पर बालप्वाइण्ट पेन से मिदोरी के लिए एक सन्देश लिखा : "मैंने तुम्हारी थोड़ी-सी ब्राण्डी पी। मैंने *बिनीथ द ह्वील* की एक कॉपी ख़रीदी। अब उजाला हो गया है, इसलिए घर जा रहा हूँ। गुड बाई।" फिर, थोड़ी-सी हिचकिचाहट के बाद लिखा, "जब तुम सोई होती हो तो सचमुच बहुत क्यूट दिखती हो।" मैंने अपना कॉफ़ी का कप धोया, रसोई की बत्तियाँ बुझाईं, नीचे गया, शटर को धीरे-से उठाया और बाहर निकल आया। मुझे लगा कि कहीं कोई पड़ोसी मुझे संदिग्ध न समझ बैठे, लेकिन उस सुबह पाँच बजकर पचास मिनट पर सड़क पूरी तरह सुनसान थी। केवल कौवे अपनी छतों पर बैठे नीचे की सड़क को घूर रहे थे। मैंने ऊपर मिदोरी की खिड़की पर पड़े हल्के गुलाबी पर्दों पर एक नज़र डाली और फिर स्ट्रीट कार स्टॉप तक चला गया, अन्तिम स्टॉप तक की सवारी ली और अपने छात्रावास की ओर चल पड़ा। रास्ते में मुझे एक भोजनालय खुला दिखा, जहाँ मैंने चावल, मिसो सूप, अचार और तले हुए अण्डों का नाश्ता किया। छात्रावास के पिछले हिस्से में जाकर, मैंने नागासावा की पहली मंज़िल की खिड़की पर हल्की दस्तक दी। उसने तुरन्त मुझे अन्दर आ जाने दिया।

"कॉफ़ी?" उसने पूछा।

"नहीं।"

मैंने उसे धन्यवाद दिया, ऊपर अपने कमरे में गया। दाँत ब्रश किए, पैण्ट उतारी, कम्बल में घुसा और आँखें कसकर बन्द कर लीं। आख़िरकार, एक बिना सपनों की नींद मुझ पर ऐसे छा गई, जैसे सीसे का बना कोई भारी दरवाज़ा बन्द हो गया हो।

*

मैं नाओको को हर सप्ताह ख़त लिखता था, और वह अक्सर जवाब देती थी। उसका कोई भी ख़त लम्बा नहीं होता था। जल्दी ही उन ख़तों में नवम्बर की ठण्डी सुबहों और शामों का ज़िक्र आने लगा।

तुम ठीक उस वक़्त टोक्यो लौटे थे, जब पतझर का मौसम गहराने लगा था, इसलिए कुछ समय तक मैं समझ ही नहीं पाई कि मेरे भीतर जो ख़ालीपन पैदा हुआ है, वह तुम्हारी कमी के कारण है या बदलते मौसम की वजह से। रेइको और मैं तुम्हारे बारे में हमेशा बातें करते हैं। वह कहती है कि मैं तुम्हें ज़रूर 'हैलो' बोलूँ। वह हमेशा की तरह मेरे प्रति बहुत अच्छी है। अगर रेइको मेरे साथ यहाँ ना होती, तो मुझे नहीं लगता, मैं इस जगह को सहन कर पाती। जब मैं अकेली होती हूँ, तो रोती हूँ। रेइको कहती है कि रो पाना अच्छी बात है। लेकिन अकेलापन सच में बहुत तकलीफ़ देता है। जब रात में, मैं अकेलापन महसूस करती हूँ, तो अँधेरे में लोग मेरे साथ बात करने लगते हैं। वे मुझसे वैसे ही बातें करते हैं, जैसे रात में पेड़ हवा में कराहते हैं। वे भी अकेले हैं और किसी से बात करने के लिए तरस रहे हैं।

अक्सर, जब मैं अकेली और परेशान होती हूँ, तो तुम्हारी चिट्ठियों को फिर से पढ़ती हूँ। बाहर की दुनिया से आने वाली कई चीज़ें मुझे उलझन में डाल देती हैं, लेकिन तुम्हारे द्वारा बयां किए गए दृश्य मुझे अद्भुत सुकून देते हैं। यह बहुत अजीब है! मैं सोचती हूँ, ऐसा क्यों होता होगा? इसलिए मैं उन्हें बार-बार पढ़ती हूँ, और रेइको भी उन्हें पढ़ती है। फिर हम उन चीज़ों के बारे में बात करते हैं, जो तुमने मुझसे कही होती हैं। मुझे मिदोरी नामक उस लड़की के पिता वाला वह हिस्सा वाक़ई बहुत अच्छा लगा। हम हर हफ़्ते तुम्हारी चिट्ठी का इन्तज़ार करते हैं, जो हमारे थोड़े-से मनोरंजनों में से एक होती है – इस तरह की जगह पर ख़त हमारा मनोरंजन होते हैं।

मैं पूरी कोशिश करती हूँ कि हफ़्ते में एक बार तुम्हें लिखने के लिए समय निकालूँ, लेकिन जब मैं ख़ाली काग़ज़ के सामने बैठती हूँ, तो उदासी महसूस करने लगती हूँ। यह चिट्ठी लिखने के लिए भी मुझे ख़ुद को ज़बरदस्ती तैयार करना पड़ा। रेइको मुझ पर चिल्ला रही थी कि मैं तुम्हें जवाब क्यों नहीं दे रही! लेकिन ग़लत मत समझना।

मेरे पास तुम्हें बताने के लिए बहुत सारी बातें हैं। बस, उन्हें शब्दों में पिरोना मुश्किल हो जाता है। इसी वजह से चिट्ठियाँ लिखना मेरे लिए तकलीफ़देह होता है। जहाँ तक मिदोरी का सवाल है, वह एक दिलचस्प इन्सान लगती है। तुम्हारी चिट्ठी पढ़कर मुझे ऐसा महसूस हुआ कि वह शायद तुमसे प्यार करती है। जब मैंने यह बात रेइको से कही, तो वह हँस पड़ी और बोली, 'अरे ज़ाहिर है कि वह वातानबे से प्यार करती है! मैं ख़ुद वातानबे से प्यार करती हूँ!' हम यहाँ जंगल से मशरूम और शाहबलूत बटोरते हैं और रोज़ वही खाते हैं। सचमुच हर दिन : शाहबलूत के साथ चावल, मात्सुटके मशरूम के साथ चावल, लेकिन उनका स्वाद इतना अद्भुत होता है कि हम उन्हें रोज़-रोज़ खाते हुए भी थकते नहीं हैं। हालाँकि, रेइको उतना नहीं खाती। उसके लिए तो अभी भी एक के बाद एक सिगरेट ज़रूरी है। परिन्दे और खरगोश मज़े में हैं।

गुड बाय।

मेरे बीसवें जन्मदिन के तीन दिन बाद मुझे नाओको की ओर से एक पैकेट प्राप्त हुआ। उसके अन्दर एक वाइन के रंग का गोल गले का स्वेटर और एक ख़त था।

हैप्पी बर्थडे! मुझे उम्मीद है कि तुम्हारा बीसवाँ साल ख़ुशियों से भरा होगा। मेरा बीसवाँ साल तो लगता है हमेशा की तरह दुखी होकर ख़त्म होगा, लेकिन मैं सच कहती हूँ कि तुम्हें अपनी ख़ुशियों के साथ मेरी भी ख़ुशी मिल जाए। सच में। रेइको और मैंने मिलकर यह स्वेटर बुना है। अगर मैंने इसे अकेले बनाया होता, तो इसे पूरा करते-करते अगला वैलेण्टाइन डे आ जाता! इसका अच्छा वाला आधा हिस्सा रेइको ने बनाया है, और ख़राब वाला आधा मेरा है। रेइको हर काम में इतनी अच्छी है कि कभी-कभी उसे देखकर मुझे ख़ुद से नफ़रत होने लगती है। मेरा मतलब है, कोई भी एक ऐसा काम नहीं है, जिसमें मैं अच्छी होऊँ!

गुड-बाय। ख़ुश रहना।

पैकेट में रेइको का लिखा एक छोटा-सा नोट भी था।

> कैसे हो? तुम्हारे लिए नाओको ख़ुशियों की पराकाष्ठा हो सकती है, लेकिन मेरे लिए वह महज़ एक अनाड़ी लड़की है। तब भी हम तुम्हारे जन्मदिन के लिए यह स्वेटर पूरा करने में सफल रहे। सुन्दर है, है ना? हमने रंग और स्टाइल चुना है। हैप्पी बर्थडे।

10

साल 1969 के बारे में सोचते हुए, मेरे दिमाग़ में सिर्फ़ एक दलदल उभरता है – एक गहरा, चिपचिपा कीचड़, जो ऐसा लगता है, जैसे हर क़दम पर मेरे जूतों को निगल जाएगा। मैं इस कीचड़ में थका-हारा चल रहा हूँ। मेरे आगे, मेरे पीछे, जहाँ भी देखता हूँ, बस एक अन्तहीन दलदली अन्धकार फैला हुआ है।

समय ख़ुद मेरे क़दमों की ताल के साथ धीरे-धीरे घिसटता चलता है। मेरे आसपास के लोग बहुत पहले ही आगे निकल चुके थे, जबकि मैं और मेरा समय पीछे अटके इस कीचड़ से जूझते रह गए। दुनिया बड़े बदलावों के मुहाने पर थी। मौत जॉन कोल्ट्रेन को ले जा चुकी थी, और अब कई और लोग भी उसके साथ जा चुके थे। लोग चिल्ला रहे थे कि जल्दी ही क्रान्तिकारी परिवर्तन आएँगे – जो हमेशा रास्ते के अगले मोड़ पर ही प्रतीत होते थे। लेकिन जो "बदलाव" आए, वे महज़ दो–आयामी मंच-सज्जा की तरह थे–पृष्ठभूमि का एक ऐसा दृश्य, जिसमें कोई ठोस अर्थ या सार नहीं था। मैं हर दिन को वैसे ही घसीटता हुआ चलता रहा, मुश्किल से कभी ऊपर देखता, मेरी आँखें बस उस अन्तहीन दलदल पर टिकी रहतीं, जो मेरे सामने फैला था। दाएँ पैर को टिकाना, बाएँ को उठाना, बाएँ को टिकाना, दाएँ को उठाना – कभी भी यह निश्चित नहीं होता था कि मैं कहाँ हूँ या क्या मैं सही दिशा में जा रहा हूँ। बस इतना पता था कि मुझे चलते रहना है, एक क़दम फिर दूसरा।

मैं बीस साल का हो गया। शरद ऋतु ने सर्दी का रूप ले लिया, लेकिन मेरी ज़िन्दगी में कोई बड़ा बदलाव नहीं आया। बिना किसी उत्साह के, मैं अपनी कक्षाओं में जाता, हफ़्ते में तीन रातें रिकॉर्ड स्टोर में काम करता, कभी-कभी द ग्रेट गेट्सबी दोबारा पढ़ता, और जब रविवार आता, तो अपने कपड़े धोता और नाओको को एक लम्बा ख़त लिखता। कभी-कभी मैं मिदोरी के साथ

खाने, चिड़ियाघर या फ़िल्म देखने चला जाता। कोबायाशी बुकस्टोर की बिक्री योजना के अनुसार पूरी हो गई थी और मिदोरी तथा उसकी बहन म्यागादानी के पास दो कमरों वाले एक अपार्टमेंट में रहने चली गईं, जो एक बेहतर इलाक़ा था। मिदोरी ने कहा कि जब उसकी बहन की शादी हो जाएगी, तो वह वहाँ से निकलकर अपने लिए एक अलग अपार्टमेंट ले लेगी। इस बीच मिदोरी ने मुझे अपने नए अपार्टमेंट में लंच के लिए आमन्त्रित किया। वह एक सुन्दर, धूप से भरा हुआ अपार्टमेंट था, और मिदोरी यहाँ रहने का उससे कहीं ज़्यादा आनन्द ले रही थी, जितना कि वह कोबायाशी बुकस्टोर में लिया करती थी।

कभी-कभार नागासावा मुझे सुझाव देता कि हम अपनी पुरानी आदत के मुताबिक़ बाहर चलें, लेकिन मैं हमेशा कोई-न-कोई बहाना बना लेता। सच कहूँ तो, मुझे अब उस झंझट में पड़ने का मन नहीं करता था। ऐसा नहीं था कि मुझे लड़कियों के साथ सोने में कोई आपत्ति थी, लेकिन जब मैं उस पूरे सिलसिले के बारे में सोचता – शहर में शराब पीना, सही तरह की लड़कियों को ढूँढ़ना, फिर किसी होटल में जाना – तो यह सब बेकार की मशक्कत लगती थी। मुझे नागासावा की इस बात के लिए और भी सराहना करनी पड़ी कि वह इस पूरे अनुष्ठान को निभाने में कभी नहीं ऊबता था। शायद हात्सुमी की कही बातों का मेरे ऊपर कुछ असर पड़ा था; किसी बेवक़ूफ़, अजनबी लड़की के साथ रात बिताने से कहीं ज़्यादा ख़ुशी मुझे सिर्फ़ नाओको के बारे में सोचने से ही मिल जाती थी। उस घास के मैदान में जब नाओको की अँगुलियों ने मुझे चरम आनन्द की अवस्था में पहुँचाया था, वह अहसास मेरे भीतर अब भी उतना ही जीवन्त था।

दिसम्बर की शुरुआत में, मैंने नाओको को पत्र लिखा और उससे पूछा कि क्या मैं सर्दियों की छुट्टी में उससे मिलने आ सकता हूँ। कुछ दिनों बाद मुझे रेइको का उत्तर मिला। उसने लिखा कि मेरे आने से उन्हें बहुत ख़ुशी होगी। उसने समझाया कि नाओको को लिखने में दिक़्क़त हो रही थी, इसलिए वह उसकी ओर से जवाब दे रही है। इसका यह मतलब नहीं निकालना चाहिए कि नाओको की हालत बहुत खराब है–मुझे चिंता करने की ज़रूरत नहीं थी। ऐसी चीज़ें लहरों की तरह आती-जाती रहती हैं।

जब छुट्टियाँ आईं, तो मैंने अपना सामान बैग में भरा, स्नो बूट्स पहने और क्योटो के लिए निकल पड़ा। उस विचित्र-से डॉक्टर का कहना सही निकला;

बर्फ़ से ढँके सर्दियों के पहाड़ अविश्वसनीय रूप से सुन्दर थे। पहले की तरह मैंने अपार्टमेंट में दो रातें बिताईं और तीन दिन उनके साथ उसी तरह की चीज़ें करते हुए गुज़ारे, जैसी हमने पिछली बार की थीं। सूरज ढलने के बाद रेइको गिटार बजाती और हम तीनों साथ बैठकर बातें करते। इस बार हमने पिकनिक की बजाय क्रॉस-कण्ट्री स्कीइंग की। जंगलों में स्की के साथ एक घण्टे तक घूमने के बाद हम सब बुरी तरह हाँफ़ने लगे और पसीने से तर हो गए। जब समय मिलता, तो हम वहाँ के राहवासियों और कर्मचारियों के साथ मिलकर बर्फ़ हटाने में भी मदद करते। डिनर के समय डॉक्टर मियाता हमारी टेबल पर आए और समझाने लगे कि क्यों लोगों की बीच की अँगुली तर्जनी से लम्बी होती है, जबकि पैरों में इसका उल्टा होता है। गेटकीपर ओमुरा ने मुझसे फिर टोक्यो के पोर्क के बारे में बातचीत की। रेइको को वे रिकॉर्ड बहुत पसन्द आए, जो मैं शहर से उसके लिए उपहार के रूप में लाया था। उसने उनमें से कुछ धुनें लिखीं और गिटार पर उन्हें बजाना सीख लिया।

नाओको पतझड़ के उन दिनों की तुलना में और भी कम बोलने लगी थी। जब हम तीनों साथ होते, तो वह सोफ़े पर बैठी मुस्कराती रहती और शायद ही कोई बात कहती। रेइको माहौल बनाए रखने के लिए लगातार बातें करती रहती। “लेकिन चिन्ता मत करो,” नाओको ने मुझसे कहा। “यह बस ऐसा ही एक दौर है। तुम्हारी और रेइको की बातें सुनना मेरे लिए ख़ुद बोलने से ज़्यादा मज़ेदार है।”

रेइको ने ख़ुद को कुछ कामों में व्यस्त कर लिया, ताकि नाओको और मैं अकेले में समय बिता सकें। मैंने उसके गले, कन्धों और स्तनों को चूमा, और उसने पहले की तरह अपने हाथों का इस्तेमाल कर मुझे चरम सुख की अवस्था तक पहुँचाया। इसके बाद, उसे अपने क़रीब समेटते हुए मैंने कहा कि इन दो महीनों में उसका स्पर्श मेरे साथ बना रहा था, मैं उसे याद करता था और हस्तमैथुन करता था।

“तुम किसी और के साथ तो नहीं सोए?” नाओको ने पूछा।

“एक बार भी नहीं,” मैंने कहा।

“ठीक है, तो यह एक और यादगार तुम्हारे लिए।” फिर वह नीचे की ओर सरकी और उसने अपने होंठों से मेरे लिंग को छुआ। फिर उसे अपनी

गरमाहट में समेट लिया और अपनी जीभ को उस पर धीरे-धीरे फिराने लगी। उसकी लम्बी, सीधी बालों की लटें मेरे पेट और कमर पर लहराती रहीं, जब तक कि मैं दूसरी बार स्खलित नहीं हो गया।

"तुम इसे याद रख सकोगे?" उसने पूछा।

"बिलकुल," मैंने कहा। "मैं इसे हमेशा याद रखूँगा।"

मैंने उसे कसकर पकड़ लिया और अपना हाथ उसकी पेण्टी के अन्दर सरकाया, ताकि उसकी उस योनि को छू सकूँ, जो अब भी सूखी थी। नाओको ने सिर हिलाया और मेरा हाथ हटा दिया। हम दोनों चुपचाप एक-दूसरे को पकड़े रहे।

"स्कूल ख़त्म होने के बाद मैं एक अपार्टमेंट में रहने की सोच रहा हूँ," मैंने कहा। "मैं छात्रावास की ज़िन्दगी से तंग आ चुका हूँ। अगर मैं पार्ट टाइम काम करता रहूँगा, तो अपना ख़र्च आसानी से चला सकता हूँ। क्यों ना तुम टोक्यो आकर मेरे साथ रहो, जैसाकि मैंने पहले सुझाया था?"

"ओह, तोरू, शुक्रिया कि तुमने मुझे ऐसा कुछ करने को कहा!"

"ऐसा नहीं है कि मुझे इस जगह में कोई ख़राबी लगती है," मैंने कहा। "यह शान्त है, आसपास का माहौल भी अच्छा है और रेइको तो बेहतरीन इन्सान है ही। लेकिन यह रहने की जगह नहीं है, कम-से-कम लम्बे समय के लिए नहीं। यह जगह एक ख़ास ज़रूरत के लिए बनी है और इसलिए यहाँ लम्बे समय तक नहीं रहा जा सकता। तुम जितने लम्बे समय तक यहाँ रहोगी, यहाँ से निकलना उतना ही मुश्किल होता जाएगा।"

मेरी बात का जवाब देने की बजाय, नाओको बाहर देखने लगी। खिड़की के उस पार सिर्फ़ बर्फ़ ही बर्फ़ थी। आसमान में भारी, घने बादल लटके हुए थे, और उनके तथा नीचे फैली बर्फ़ीली ज़मीन के बीच बस थोड़ा-सा अन्तर था।

"आराम-से सोच लो," मैंने कहा। "जो भी हो, मैं मार्च के अन्त तक शिफ़्ट करने ही वाला हूँ। जब भी तुम्हें लगे कि तुम मेरे साथ आना चाहती हो, आ सकती हो।"

नाओको ने सिर हिलाया। मैंने उसे ऐसे बाँहों में भर लिया, जैसे वह काँच से बनी कोई नाज़ुक कलाकृति हो। उसने अपनी बाँहें मेरे गले में डाल दीं। मैं

पूरी तरह नग्न था और उसने केवल हल्की-सी सफ़ेद अण्डरवियर पहनी हुई थी। उसका शरीर इतना सुन्दर था कि मैं उसे पूरे दिन निहार सकता था।

"मैं गीली क्यों नहीं होती?" नाओको बुदबुदाई। "वह एक बार ही हुआ था, मेरी बीसवीं सालगिरह के दिन, उस अप्रैल में। जिस रात तुमने मुझे अपनी बाँहों में भर लिया था। मेरे साथ क्या ग़लत है?"

"यह पूरी तरह से मानसिक मसला है, मुझे यक़ीन है," मैंने कहा। "समय दो। कोई जल्दी नहीं है।"

"मेरी सारी समस्याएँ मानसिक ही हैं," नाओको ने कहा। "अगर मैं कभी ठीक नहीं हुई, तो? अगर मैं अपनी पूरी ज़िन्दगी सेक्स नहीं कर पाई, तो? क्या तुम फिर भी मुझसे वैसे ही प्यार करोगे? क्या तुम्हारे लिए मेरे हाथ और होंठ ही काफ़ी होंगे? या फिर तुम दूसरी लड़कियों के साथ सो कर अपनी सेक्स की समस्या हल करोगे?"

"मैं जन्मजात आशावादी हूँ," मैंने कहा।

नाओको बिस्तर पर बैठ गई और उसने एक टी-शर्ट डाल ली। उसके ऊपर उसने एक फ़्लेनल की शर्ट डाली और फिर उसने अपनी जीन्स पहन ली। मैंने भी अपने कपड़े पहन लिए।

"मुझे इस बारे में सोचने दो," नाओको ने कहा। "और तुम भी इसके बारे में सोचो।"

"ज़रूर," मैंने कहा। "और जहाँ तक होंठों की बात है, अभी तुमने जो किया, वह कमाल का था।"

नाओको का चेहरा हल्का सा लाल हो गया और वह मुस्करा दी। "किज़ुकी भी यही कहता था।"

"हम दोनों की पसन्द और सोच काफ़ी हद तक एक-जैसी थी," मैंने मुस्कराते हुए कहा।

हम रसोई की मेज़ के दोनों ओर बैठे कॉफ़ी पीते हुए पुराने दिनों की बातें करते रहे। अब वह किज़ुकी के बारे में पहले से ज़्यादा बात करने लगी थी। वह थोड़ा ठहरती और शब्दों को सावधानी से चुनती। बीच-बीच में बर्फ़ गिरती और फिर रुक जाती। मेरे प्रवास के उन तीन दिनों में आसमान एक बार भी पूरी

तरह साफ़ नहीं हुआ। जब मैं जाने लगा, तो मैंने कहा, "मेरा ख़याल है, मैं मार्च में फिर यहाँ आ सकूँगा। मैंने अपनी मोटी सर्दियों की जैकेट में उसे आख़िरी बार कसकर गले लगाया और उसके होंठों को चूमा। "गुडबाइ," उसने कहा।

1970 – एक ऐसा साल, जिसमें एक बिलकुल नई ध्वनि थी – आ गया था, और इसने मेरी किशोरावस्था का अन्त कर दिया। अब मैं एक नए दलदल में क़दम रख सकता था। फिर फ़ायनल परीक्षा का समय आया, और मैंने उसे बिना किसी ख़ास परेशानी के पास कर लिया। अगर आपके पास करने के लिए कुछ नहीं है और आप सारा समय कक्षाओं में जाते हैं, तो फ़ायनल पास करने के लिए किसी ख़ास पढ़ाई की ज़रूरत नहीं होती।

हालाँकि, छात्रावास में कुछ समस्याएँ खड़ी हो गई थीं। एक राजनीतिक गुट से जुड़े कुछ लड़के अपने कमरों में हेलमेट और लोहे की पाइपें छिपाकर रखते थे। छात्रावास-प्रमुख के संरक्षण में रहने वाले कुछ खिलाड़ियों से उनकी झड़प हो गई, जिसके परिणामस्वरूप दो लोग घायल हुए और छह छात्रों को छात्रावास से निकाल दिया गया। इस घटना के असर लंबे समय तक बने रहे और लगभग रोज़ छोटी-मोटी लड़ाइयाँ होने लगीं। छात्रावास का माहौल बेहद दमनकारी हो गया था और लोगों की नसें तनी रहती थीं। मैं खुद भी एक खिलाड़ी से पिटने ही वाला था कि तभी नागासावा ने बीच-बचाव कर मामला शांत करा दिया। किसी भी हालत में, अब मेरे लिए वहाँ से निकल लेना ही बेहतर था।

जैसे ही मेरी अधिकतर परीक्षाएँ ख़त्म हुईं, मैंने गम्भीरता से अपार्टमेंट ढूँढ़ना शुरू कर दिया। एक हफ़्ते की तलाश के बाद, मुझे किचिजोजी के बाहरी इलाक़े में एक सही जगह मिल गई। यह जगह सुविधाजनक स्थान पर नहीं थी, लेकिन यह एक घर था – एक स्वतन्त्र घर – एक असली खोज। यह मूल रूप में किसी माली के रहने का स्थान या इसी तरह का कोई कॉटेज जो एक अच्छे ख़ासे भूखण्ड के कोने में अलग-थलग खड़ा था, जहाँ इसे एक बड़ा उपेक्षित बग़ीचा मुख्य मकान से अलग करता था। मकान मालिक सामने के फाटक से आता-जाता था और मैं पिछले दरवाज़े से, जिससे मेरी प्राइवेसी बनी रह सकती थी। इसमें एक अच्छा ख़ासा बड़ा कमरा, एक छोटा किचन और बाथरूम और एक अविश्वसनीय रूप से बड़ा भण्डार गृह था। यहाँ तक कि उसमें एक बरामदा

भी था, जो बग़ीचे की ओर खुलता था। एक भला बुज़ुर्ग युगल इस घर को बाज़ार दर से काफ़ी कम किराए पर दे रहा था, इस शर्त पर कि अगर अगले साल उनका पोता टोक्यो आने का फ़ैसला करता है, तो किराएदार को वह जगह ख़ाली करनी पड़ेगी। उन्होंने मुझे भरोसा दिलाया कि मैं वहाँ अपनी मर्ज़ी से रह सकता हूँ; वे मुझसे कोई विशेष अपेक्षा नहीं रखेंगे।

नागासावा ने मकान शिफ़्ट करने में मेरी मदद की। उसने एक छोटा ट्रक कहीं से उधार ले लिया और उसमें मेरा सारा सामान लाद दिया। जैसा कि उसने वादा किया था, उसने अपना फ़्रिज, टी.वी. और बड़ा थर्मस भी दे दिया। हो सकता है, अब उसे उनकी ज़रूरत न रही हो, लेकिन मेरे लिए वे बिल्कुल उपयुक्त थे। वैसे भी, वह दो दिन बाद मीता इलाके के एक अपार्टमेंट में शिफ़्ट होने वाला था।

"शायद अब हम लम्बे समय तक एक-दूसरे से नहीं मिलेंगे," उसने जाते-जाते कहा। "लेकिन मुझे यक़ीन है कि हम किसी अजीब जगह पर सालों बाद फिर टकरा जाएँगे।"

"मैं अभी से उस पल का इन्तज़ार करूँगा," मैंने कहा।

"और हाँ, उस बार जब हमने लड़कियाँ बदली थीं, तो जो अजीब सी दिखती थी, वह काफ़ी बेहतर थी।"

"बिलकुल सही," मैंने हँसते हुए जवाब दिया। "लेकिन, नागासावा, हात्सुमी का ख़याल रखना। उसके जैसी अच्छी लड़कियाँ आसानी से नहीं मिलतीं। और वह जितनी मज़बूत दिखती है, असल में उससे कहीं ज़्यादा नाज़ुक है।"

"हाँ, मैं जानता हूँ," उसने सिर हिलाते हुए कहा। "इसीलिए तो मैं चाहता था कि जब मैं उससे ऊब जाऊँ, तो तुम उसे अपना लो। तुम दोनों की अच्छी जोड़ी बनती।"

"गम्भीर हो जाओ!" मैंने कहा।

"यूँ ही मज़ाक़ कर रहा था," नागासावा ने कहा। "ख़ैर, ख़ुश रहना। मुझे लगता है, तुम्हारी ज़िन्दगी में बहुत सारी उथल-पुथल आने वाली है, लेकिन तुम साले ज़िद्दी हो, तुम सँभाल लोगे। एक सलाह दूँ?"

"बिलकुल, बताओ।"

"ख़ुद पर कभी तरस मत खाना," उसने कहा। "केवल बेवकूफ़ लोग ऐसा करते हैं।"

"इसे ध्यान में रखूँगा," मैंने कहा। हम दोनों ने हाथ मिलाया और फिर अपनी-अपनी राह चल पड़े – वह अपनी नई दुनिया की ओर और मैं वापस अपने दलदल में।

जब मैंने अपने नए घर में शिफ़्ट होने के तीन दिन बाद नाओको को चिट्ठी लिखी, तो उसे अपने नए घर के बारे में बताया और यह भी कि मैं छात्रावास के उन मूर्ख लड़कों और उनकी मूर्खताओं से दूर रहकर कितनी राहत महसूस कर रहा था। अब मैं एक नई मनोदशा के साथ अपनी नई ज़िन्दगी की शुरुआत कर सकता था।

> मेरी खिड़की एक बड़े आँगन की ओर खुलती है, जिसे आस-पड़ोस की सारी बिल्लियाँ एक बैठक-स्थल के रूप में इस्तेमाल करती हैं। मुझे बरामदे में लेटकर उन्हें देखना अच्छा लगता है। मैं निश्चित तौर पर नहीं कह सकता कि उनकी संख्या कितनी है, लेकिन वह एक बड़ा गिरोह है। वे सामूहिक रूप से धूप सेंकती हैं। शायद उन्हें यहाँ मेरा रहना ज़्यादा पसन्द नहीं आया, लेकिन जब मैंने वहाँ पुराने चीज़ का एक टुकड़ा रखा, तो कुछ बिल्लियाँ हिम्मत करके उसे खाने आ गईं। शायद कुछ दिनों में ये मेरी दोस्त बन जाएँगी। इस झुण्ड में एक धारीदार बिल्ला भी है, जिसके कान आधे कुतरे हुए हैं। हैरानी की बात यह है कि वह बिलकुल मेरे पुराने छात्रावास के वॉर्डन जैसा दिखता है। मुझे लगता है, वह कभी भी झण्डा फहराना शुरू कर सकता है।
>
> यहाँ से स्कूल थोड़ा दूर है, लेकिन जब मैं अपनी मेजर स्टडीज़ शुरू करूँगा तो मेरी ज़्यादातर सुबह की कक्षाएँ नहीं होंगी, इसलिए कोई खास दिक़्क़त नहीं होनी चाहिए। हो सकता है कि यह अच्छा ही हो, क्योंकि ट्रेन में सफ़र के दौरान मुझे पढ़ने का समय मिलेगा। अब बस मुझे यहाँ कोई हल्का-फुल्का काम खोजना है, जो मैं हफ़्ते में तीन-चार दिन कर सकूँ। फिर मैं अपनी सक्रिय ज़िन्दगी में वापस लौट सकता हूँ।

मैं तुम्हें कोई जल्दी करने के लिए नहीं कह रहा, लेकिन अप्रैल नई चीज़ें शुरू करने के लिए अच्छा समय होता है, और मुझे लगता है, हमारे लिए सबसे अच्छा यही होगा कि हम तब से साथ रहना शुरू कर दें। अगर सब ठीक रहा, तो तुम दोबारा स्कूल में भी दाख़िला ले सकती हो। अगर हमारे साथ रहने में कोई दिक़्क़त हो, तो मैं तुम्हारे लिए इसी इलाक़े में कोई अपार्टमेंट ढूँढ़ सकता हूँ। सबसे ज़रूरी बात यही है कि हम एक-दूसरे के पास रहें। यह ज़रूरी नहीं कि यह सब वसन्त में ही हो। अगर तुम्हें लगता है कि गर्मी का मौसम ज़्यादा अच्छा रहेगा, तो वह भी मेरे लिए ठीक है। बस, मुझे बता देना कि तुम क्या सोच रही हो, ठीक है?

अभी मैं कुछ समय तक और ज़्यादा काम करने की योजना बना रहा हूँ, ताकि अपने शिफ़्टिंग के ख़र्चे पूरे कर सकूँ। अकेले रहने पर मुझे कई चीज़ों के लिए ठीक-ठाक पैसों की ज़रूरत पड़ेगी – बर्तन, प्लेटें और ऐसी ही दूसरी चीज़ों के लिए। लेकिन मार्च में, मैं फ़्री रहूँगा, और मैं निश्चित रूप से तुमसे मिलने आना चाहता हूँ। तुम्हारे लिए कौन से दिन ठीक रहेंगे? मैं उसी हिसाब से क्योटो का सफ़र प्लान कर लूँगा। तुम्हें देखने और तुम्हारे जवाब का इन्तज़ार रहेगा।

मैंने अगले कुछ दिन किचिजोजी के बाज़ार से अपनी ज़रूरत की चीज़ें ख़रीदने में बिताए और घर पर ही साधारण खाना बनाना शुरू कर दिया। मैंने लकड़ी के एक स्थानीय यार्ड से कुछ तख़्ते ख़रीदे और उन्हें नाप के मुताबिक़ कटवाया ताकि मैं अपने लिए एक डेस्क तैयार कर सकूँ। मैंने सोचा कि मैं इस पर पढ़ाई कर सकता हूँ और फ़िलहाल अपने खाना खाने के लिए भी इसे इस्तेमाल कर सकता हूँ। मैंने कुछ शेल्फ़ बनाए और मसालों का अच्छा संग्रह रख लिया। लगभग छह महीने की एक बिल्ली को मुझसे लगाव हो गया और उसने मेरे यहाँ खाना खाना शुरू कर दिया। मैंने उसका नाम सीगल रख दिया।

जब मेरा घर कुछ हद तक ठीक-ठाक हो गया, तो मैं शहर गया और एक पेंटर के सहायक के रूप में एक अस्थाई नौकरी ढूँढ़ ली। मैंने पूरे दो हफ़्ते इसी में बिता दिए। तनख़्वाह अच्छी थी, लेकिन काम जानलेवा था और पेंट की गन्ध से मेरा सिर चकराने लगता था। हर रात मैं काम के बाद किसी सस्ते

रेस्तराँ में रात का खाना बियर के साथ गटकता, घर लौटकर बिल्ली के साथ खेलता और फिर मरे हुए आदमी की तरह सो जाता। उस दौरान नाओको की कोई चिट्ठी नहीं आई।

मैं पेंटिंग कर रहा था, जब मेरे दिमाग़ में अचानक मिदोरी का ख़याल आया। मुझे अहसास हुआ कि मैंने लगभग तीन हफ़्तों से उससे सम्पर्क नहीं किया था, यहाँ तक कि उसे यह भी नहीं बताया था कि मैं शिफ़्ट हो गया हूँ। मैंने सिर्फ़ इतना ज़िक्र किया था कि मैं शिफ़्ट होने की सोच रहा हूँ, और उसने कहा था, "अच्छा, सच में?" और वही हमारी आख़िरी बात हुई थी।

मैं एक फ़ोन बूथ पर गया और मिदोरी के अपार्टमेंट का नम्बर डायल किया। फ़ोन उठाने वाली महिला शायद उसकी बहन थी। जब मैंने अपना नाम बताया तो उसने कहा, "ज़रा रुको," लेकिन मिदोरी फ़ोन पर नहीं आई।

फिर वही बहन, या जो भी वह थी, लाइन पर आई और बोली, 'मिदोरी कह रही है कि वह तुमसे बहुत नाराज़ है, इसलिए बात नहीं कर सकती। तुम बस अचानक चले गए और उसे कुछ बताया तक नहीं, है ना? बिना यह बताए कि तुम कहाँ जा रहे हो, बस ग़ायब हो गए, है ना? अब वह तुम पर बुरी तरह ग़ुस्सा है, और जब उसे ग़ुस्सा आता है, तो वह देर तक बना रहता है–बिलकुल किसी जानवर की तरह।

"देखो, क्या तुम उसे बस फ़ोन पर ला सकती हो? मैं सब कुछ समझा सकता हूँ।"

"उसका कहना है कि उसे कोई सफ़ाई नहीं सुननी है।"

"तो क्या मैं तुम्हें समझा सकता हूँ?" मैंने कहा। "मुझे अफ़सोस है कि मैं तुम्हें इसमें शामिल कर रहा हूँ, लेकिन क्या तुम मेरी बात सुन सकती हो और उसे बता सकती हो?"

"मुझे क्यों फँसा रहे हो, भाई," उसने जवाब दिया। "यह तुम्हारी ज़िम्मेदारी है, तुम्ही सँभालो और ठीक-से संभालो।"

अब कोई उम्मीद नहीं बची थी। मैंने उसे धन्यवाद दिया और फ़ोन रख दिया। मैं मिदोरी को दोष नहीं दे सकता था। शिफ़्टिंग, घर सैट करने और पैसे कमाने की भाग-दौड़ में, मैंने उसके बारे में सोचा तक नहीं था। यहाँ तक कि

नाओको का ख़याल भी मेरे दिमाग़ में नहीं आया। यह मेरे लिए कोई नई बात नहीं थी, जब भी मैं किसी चीज़ में उलझ जाता, बाक़ी सब कुछ जैसे ग़ायब हो जाता था।

लेकिन फिर मैंने सोचा, अगर स्थिति उल्टी होती, तो? अगर मिदोरी बिना कुछ बताए कहीं चली गई होती और तीन हफ़्तों तक उसने मुझसे सम्पर्क ना किया होता? मुझे गहरा दुख पहुँचता, इसमें कोई शक नहीं। नहीं, हम प्रेमी नहीं थे, लेकिन कहीं-न-कहीं, हम एक-दूसरे के सामने वैसे खुल चुके थे, जैसे शायद प्रेमी खुलते हैं। इस ख़याल ने मुझे बेचैन कर दिया। किसी ऐसे व्यक्ति को ठेस पहुँचाना, जिससे आप सच में प्यार करते हैं, वह भी अनजाने में – यह कितनी भयानक बात है।

जैसे ही मैं काम से घर लौटा, मैं अपने नए डेस्क पर बैठ गया और मिदोरी को एक चिट्ठी लिखी। मैंने अपने दिल की बात उतनी ही ईमानदारी से कही जितनी मैं कह सकता था। बिना किसी सफ़ाई या बहाने के, मैंने अपनी लापरवाही और असंवेदनशीलता के लिए माफ़ी माँगी। "मुझे तुम्हारी याद आती है," मैंने लिखा। "मैं तुमसे जल्द-से-जल्द मिलना चाहता हूँ। मैं चाहता हूँ कि तुम मेरा नया घर देखो। प्लीज़, मुझे लिखो।" मैंने यह ख़त स्पेशल डिलीवरी से भेज दिया।

जवाब कभी नहीं आया।

यहीं से मेरे अजीब-से वसन्त की शुरुआत हुई। मैंने अपनी पूरी छुट्टियाँ चिट्ठियों का इन्तज़ार करते हुए बिता दीं। मैं कहीं घूमने नहीं जा सकता था, ना ही अपने माता-पिता से मिलने जा सकता था, ना ही कोई पार्ट टाइम काम कर सकता था, क्योंकि यह अन्दाज़ लगाना नामुमकिन था कि कब नाओको की चिट्ठी आ जाए और वह कहे कि वह किसी तारीख़ को मुझसे मिलना चाहती है। दोपहर मैं किचिजोजी के पास के बाज़ार में बिताता, कभी डबल-फ़ीचर फ़िल्में देखकर, तो कभी किसी जैज़ कॉफ़ी हाउस में किताबें पढ़कर। मैंने किसी से मुलाक़ात नहीं की, किसी से ज़्यादा बातें नहीं कीं। हफ़्ते में एक बार मैं नाओको को पत्र लिखता। मैंने कभी यह संकेत भी नहीं दिया कि मैं उसके जवाब का इन्तज़ार कर रहा हूँ। मैं उस पर किसी भी तरह का दबाव नहीं डालना चाहता था। मैं उसे अपने पेंटिंग के काम के बारे में लिखता, सीगल के बारे में, बग़ीचे में

खिले आड़ू के फूलों के बारे में, उस दयालु बूढ़ी औरत के बारे में, जो टोफू बेचती थी, उस चिड़चिड़ी बूढ़ी औरत के बारे में, जो लोकल खाने की दुकान चलाती थी, और उस खाने के बारे में, जो मैं अपने लिए बना रहा था। लेकिन फिर भी नाओको ने कभी कोई जवाब नहीं दिया।

जब भी कभी मैं पढ़ाई या रिकॉर्ड सुनने से ऊब जाता, तो मैं बग़ीचे में थोड़ा काम कर लेता। मैंने अपने मकान मालिक से एक कुदाल, झाड़ू और छंटाई की कैंची उधार ली और समय बिताने के लिए घास हटाने और झाड़ियों की छंटाई करने लगा। ज़्यादा मेहनत नहीं करनी पड़ी और जल्दी ही प्रांगण सुन्दर दिखने लगा। एक दिन मकान मालिक ने मुझे चाय पीने के लिए बुलाया। हम मुख्य घर के बरामदे में बैठे ग्रीन टी पीते हुए और चावल के क्रेकर्स खाते हुए हल्की-फुल्की बातचीत करने लगे। उन्होंने बताया कि रिटायरमेण्ट के बाद उन्होंने एक इंश्योरेंस कम्पनी में काम करना शुरू किया था, लेकिन दो साल बाद वह नौकरी भी छोड़ दी और अब आराम की ज़िन्दगी बिता रहे थे। यह घर और ज़मीन कई पीढ़ियों से उनके परिवार में थी। उनके बच्चे बड़े हो चुके थे और आत्मनिर्भर थे, इसलिए उन्हें अब काम करने की ज़रूरत नहीं थी। इसी वजह से वह और उनकी पत्नी हमेशा घूमने-फिरने में लगे रहते थे।

"अच्छा है," मैंने कहा।

"नहीं, ऐसा नहीं है," उन्होंने जवाब दिया। "यात्रा करना कोई मज़ेदार बात नहीं है। मैं इसके बजाय काम करना कहीं अधिक पसंद करूँगा।"

उन्होंने बताया कि उन्होंने प्रांगण में घास को यूँ ही बढ़ने दिया, क्योंकि इलाक़े में कोई अच्छा माली नहीं था और उन्हें एलर्जी हो गई थी, जिससे वे ख़ुद बागवानी नहीं कर सकते थे। घास काटने से उन्हें छींके आने लगती थीं।

जब हम चाय ख़त्म कर चुके तो उन्होंने एक स्टोर रूम दिखाया और कहा कि मैं वहाँ रखी कोई भी चीज़ इस्तेमाल कर सकता हूँ। यह मेरे बागवानी करने के लिए उनके धन्यवाद देने का एक तरीक़ा था। "हम इन चीज़ों का कोई उपयोग नहीं करते," उन्होंने कहा, "तो बेझिझक इस्तेमाल करो।"

वह जगह सचमुच तरह-तरह की चीज़ों से भरी हुई थी – एक पुराना नहाने का लकड़ी का टब, बच्चों का स्विमिंग पूल, बेसबॉल बैट। मैंने वहाँ एक

पुरानी साइकिल, एक छोटी-सी खाने की मेज़ दो कुर्सियों के साथ, एक आईना और एक गिटार भी पाया।

"अगर आपको आपत्ति ना हो, तो मैं ये चीज़ें उधार लेना चाहूँगा," मैंने कहा।

"बेझिझक," उन्होंने फिर से कहा।

मैंने एक दिन साइकिल को ठीक करने में बिताया – जंग हटाई, बियरिंग्स में तेल डाला, टायरों में हवा भरी, गियर को ठीक किया और फिर एक साइकिल मरम्मत की दुकान पर जाकर नया गियर केबल लगवाया। जब मैं उसे ठीक कर चुका, तो वह एक नई साइकिल जैसी दिखने लगी। मैंने मेज़ की मोटी धूल साफ़ की, और उस पर एक नई वार्निश की परत चढ़ाई। मैंने गिटार के तार बदले और उसके ढीले हुए हिस्से को चिपका दिया, फिर मैंने तारों के पेंच पर जमी जंग हटाई और उन्हें ठीक-से ट्यून किया। यह कोई ख़ास गिटार नहीं था, लेकिन कम-से-कम अब वह सुर में तो था। तभी मुझे अहसास हुआ कि मैंने हाई स्कूल के बाद से गिटार को हाथ तक नहीं लगाया था। मैं बरामदे में बैठा और द ड्रिफ्टर्स के "अप ऑन द रूफ़" को जितना हो सका, बजाने की कोशिश की। यह देखकर मुझे हैरानी हुई कि मुझे अब तक ज़्यादातर स्वर याद थे।

इसके बाद मैंने लकड़ी के कुछ टुकड़ों से अपना एक मेल बॉक्स बनाया। उसे लाल रंग से रँगा, उस पर अपना नाम लिखा और अपने दरवाज़े के सामने रख दिया। 3 अप्रैल तक मेरे मेल बॉक्स में जो एकमात्र डाक आई, वह छात्रावास से फ़ॉरवर्ड की गई एक चिट्ठी थी – मेरे हाई स्कूल की पुनर्मिलन समिति की ओर से एक सूचना। हाई स्कूल के दोस्तों से मिलने का ख़याल मुझे ज़रा भी पसन्द नहीं आया। यही वह कक्षा थी जिसमें, मैं किज़ुकी के साथ था। मैंने वह चिट्ठी कूड़ेदान में फेंक दी।

4 अप्रैल की दोपहर, मैंने अपने मेलबॉक्स में एक पत्र पाया। लिफ़ाफ़े के पीछे लिखा था, "रेइको इशिदा"। मैंने कैंची से सील को सफाई के साथ काटा और बरामदे में जाकर पत्र पढ़ने लगा। मुझे पहले से ही आभास था कि उसमें कोई अच्छी ख़बर नहीं होगी, और मेरा अन्दाज़ सही निकला।

सबसे पहले रेइको ने मुझे इतने लम्बे समय तक जवाब का इन्तज़ार कराने के लिए माफ़ी माँगी। उसने कहा कि नाओको मुझे कई बार ख़त लिखने का संघर्ष कर चुकी थी, लेकिन वह कभी उसे पूरा नहीं कर पाई।

> मैंने उसकी जगह ख़ुद पत्र लिखने की पेशकश की, लेकिन जब भी मैंने उसे समझाने की कोशिश की कि तुम्हें इस तरह इन्तज़ार कराना सही नहीं है, वह ज़िद करने लगती कि यह बहुत ही निजी मामला है और वह ख़ुद ही तुम्हें लिखेगी। यही कारण है कि मैं तुम्हें पहले ख़त नहीं लिख पाई। मुझे सच में अफ़सोस है। उम्मीद है कि तुम मुझे माफ़ कर सकोगे।
>
> मुझे यह पता है कि तुम्हारे लिए यह महीना जवाब के इन्तज़ार में बहुत कठिनाई से बीता होगा, लेकिन यक़ीन मानो, नाओको के लिए भी यह महीना उतना ही मुश्किल रहा है। प्लीज़, यह समझने की कोशिश करो कि वह किस दौर से गुज़र रही है। मुझे यह ईमानदारी से कहना होगा कि उसकी हालत अच्छी नहीं है। उसने अपनी ज़िन्दगी को सँवारने की पूरी कोशिश की, लेकिन अब तक नतीजे अच्छे नहीं रहे हैं।
>
> अब जब मैं पीछे मुड़कर देखती हूँ, तो मुझे अहसास होता है कि उसकी समस्या का पहला संकेत पत्र लिखने की क्षमता खोना था। यह सब नवम्बर के अन्त या दिसम्बर की शुरुआत में शुरू हुआ। फिर उसे अजीब-अजीब आवाज़ें सुनाई देने लगीं। जब भी वह ख़त लिखने की कोशिश करती, उसे अजनबी आवाज़ें सुनाई देतीं, जिससे उसके लिए कुछ भी लिख पाना असम्भव हो जाता। ये आवाज़ें उसके शब्दों के चयन में दख़ल देने लगतीं। शुरुआत में यह उतनी गम्भीर बात नहीं थी, इसलिए मैंने उसे ज़्यादा तवज्जो नहीं दी। हमारे यहाँ इस तरह के लक्षण अक्सर आते-जाते रहते हैं। लेकिन तुम्हारी दूसरी यात्रा के बाद यह समस्या गम्भीर हो गई। अब उसे सामान्य बातचीत करने में भी कठिनाई हो रही है। उसे सही शब्द नहीं सूझते जिससे वह बेहद उलझन और डर महसूस करती है। साथ ही जो "आवाज़ें" वह सुन रही है, वे पहले से अधिक बदतर हो गई हैं।

हम हर दिन एक विशेषज्ञ के साथ एक सत्र करते हैं। नाओको, डॉक्टर और मैं एक-साथ बैठकर यह समझने की कोशिश करते हैं कि उसका कौन-सा हिस्सा टूटा हुआ है। मैंने सुझाव दिया कि यदि सम्भव हो तो तुम्हें भी इन सत्रों में शामिल किया जाए। डॉक्टर को यह सुझाव पसन्द आया, लेकिन नाओको इसके ख़िलाफ़ थी। मैं तुम्हें ठीक-ठीक बता सकती हूँ कि उसका कारण क्या था; "जब मैं उससे मिलूँ, तो मेरा शरीर इन सारी चीज़ों से मुक्त होना चाहिए।" मैंने उसे समझाने की कोशिश की कि असली समस्या यह नहीं है, बल्कि उसे जल्द-से-जल्द ठीक करना ज़रूरी है। मैंने पूरी कोशिश की कि वह अपनी राय बदले, लेकिन उसने इनकार कर दिया।

शायद मैंने तुम्हें पहले भी बताया था कि यह कोई विशेषज्ञतापूर्ण अस्पताल नहीं है। यहाँ चिकित्सा-विशेषज्ञ तो हैं, और वे प्रभावी उपचार भी देते हैं, लेकिन गहन चिकित्सा यहाँ की प्रक्रिया का हिस्सा नहीं है। इस केन्द्र का उद्देश्य ऐसा वातावरण तैयार करना है, जहाँ मरीज़ ख़ुद को ठीक कर सकें। इसका मतलब यह है कि अगर नाओको की हालत बिगड़ती है, तो शायद हमें उसे किसी दूसरे अस्पताल या चिकित्सा-केन्द्र में ले जाना पड़ेगा। व्यक्तिगत रूप से मेरे लिए यह बहुत तक़लीफ़देह होगा, लेकिन हमें ऐसा करना पड़ेगा। हालाँकि, ऐसा नहीं है कि वह फिर कभी यहाँ लौट नहीं सकेगी। वह यहाँ अस्थाई इलाज के लिए आ सकती है, सबसे अच्छा यही होगा कि वह पूरी तरह से ठीक हो जाए और अस्पतालों से छुटकारा पा ले। किसी भी हाल में, हम अपनी पूरी कोशिश कर रहे हैं, और नाओको भी अपनी पूरी कोशिश कर रही है। तुम्हारे लिए सबसे अच्छा यही होगा कि तुम उसके जल्द-से-जल्द ठीक होने की कामना करते रहो और उसे ख़त लिखते रहो।

पत्र 31 मार्च का लिखा हुआ था। उसे पढ़ने के बाद मैं बरामदे में बैठा रहा और मेरी नज़र बहार से भरे हुए बग़ीचे पर घूमने लगी। वहाँ एक पुराना चेरी का पेड़ था, जिसकी कलियाँ अब अपनी सम्पूर्ण सुन्दरता के क़रीब पहुँच चुकी थीं। हल्की हवा बह रही थी, और दिन की रोशनी ने हर चीज़ को एक विचित्र से धुँधले धुएँ जैसे रंग से भर दिया था। सीगल कहीं से टहलती हुई आ गई।

बरामदे की लकड़ी को थोड़ा खरोंचने के बाद, वह मेरे पास आकर लेट गई और सो गई।

मैं जानता था कि मुझे गम्भीरता से कुछ सोचना चाहिए, लेकिन कैसे शुरू करूँ, यह समझ में नहीं आ रहा था। सच कहूँ तो, इस वक़्त मैं सोचना ही नहीं चाहता था। जल्दी ही वो समय आने वाला था, जब मेरे पास सोचने के अलावा कोई चारा नहीं होगा, और जब वो समय आएगा तो मैं अच्छी तरह और गहराई से हर चीज़ पर विचार करूँगा। लेकिन अभी नहीं। अभी नहीं।

मैंने वह पूरा दिन बग़ीचे को निहारते हुए बिताया। मैं खम्भे से टिककर बैठा रहा और सीगल को सहलाता रहा। मैं पूरी तरह ख़ाली महसूस कर रहा था। दोपहर ढलती गई, साँझ क़रीब आई, और नीले साए धीरे-धीरे बग़ीचे को अपने आगोश में लेने लगे। सीगल कहीं ग़ायब हो गई, लेकिन मैं अब भी चेरी के फूलों को घूर रहा था। इस वसन्त की मद्धिम रोशनी में वे ऐसे लग रहे थे, जैसे सड़ते हुए घावों से मांस फटकर बाहर आ रहा हो। पूरा बग़ीचा सड़े हुए मांस की मीठी, भारी बदबू से भर गया। और तभी मुझे नाओको के शरीर का ख़याल आया। नाओको का ख़ूबसूरत शरीर मेरे सामने था, अँधेरे में, उसकी कोमल त्वचा से अनगिनत कोंपलें फूट रही थीं, हरी और मंद-मंद हवा से काँपती हुईं। इतना ख़ूबसूरत शरीर इतना बीमार क्यों था? मैं सोचने लगा। उसे बस अकेला क्यों नहीं छोड़ दिया गया?

मैं अन्दर गया, परदे खींच लिए, लेकिन वसन्त की महक से बच पाना नामुमकिन था। वह हर चीज़ में घुली हुई थी, ज़मीन से आसमान तक। लेकिन अब वह सुगन्ध सिर्फ़ सड़ते हुए मांस की बदबू में बदल गई थी। परदों के पीछे क़ैद, मैं वसन्त के प्रति एक अजीब-सी नफ़रत महसूस करने लगा। मुझे उससे घिन आने लगी, जो वह मेरे लिए लेकर आया था, उससे जो उसने मेरे अन्दर जगा दिया था। मैंने पहली बार जिन्दगी में किसी चीज़ से इतनी शिद्दत से नफ़रत महसूस की थी।

अगले तीन दिनों तक मैं ऐसा महसूस करता रहा मानो समुद्र की गहराइयों में चल रहा हूँ। लोग मुझसे कुछ कहते, लेकिन मैं मुश्किल से सुन पाता। और जब मैं बोलता, तो उन्हें भी मेरी बात समझने में उतनी ही परेशानी होती। मुझे ऐसा लगता जैसे मेरा पूरा शरीर किसी झिल्ली में लिपटा हुआ है – एक ऐसी

झिल्ली, जो मुझे बाहर की दुनिया से काटे हुए थी। मैं बाहर के "उन्" लोगों तक नहीं पहुँच सकता था और "वे" मुझ तक नहीं पहुँच सकते थे।

मैं दीवार से टेक लगाए बैठा रहता और छत को घूरता रहता। जब भी भूख लगती, मैं जो कुछ भी आसपास मिलता उसे खा लेता। पानी पीता और जब अकेलेपन और दुख की गहराई बर्दाश्त से बाहर हो जाती, तो ह्विस्की के सहारे ख़ुद को बेहोश कर लेता। ना मैंने नहाया, ना शेव बनाई। इसी तरह तीन दिन बीत गए।

6 अप्रैल को मिदोरी का ख़त आया। उसने मुझे कैम्पस में मिलने और 10 अप्रैल के लंच पर साथ आने का न्यौता दिया, जब हमें क्लास रजिस्ट्रेशन कराना था। "मैंने तुम्हें लिखने में जितनी देर की, उतनी ही देर तुमने की। अब हम बराबर हो गए। सच कहूँ तो मुझे तुम्हारी याद आ रही है।" मैंने उसका ख़त बार-बार पढ़ा, लेकिन फिर भी मैं समझ नहीं पा रहा था कि वह मुझसे क्या कहना चाह रही थी। इसका क्या मतलब हो सकता था? मेरा दिमाग़ कोहरे से ढँका हुआ था। मैं एक वाक्य को दूसरे से जोड़ ही नहीं पा रहा था। कैसे रजिस्ट्रेशन के दिन मिलना हमें "बराबर" कर सकता था? और वह मुझे लंच क्यों कराना चाहती थी? मैं सच में सब कुछ खोता जा रहा था। मेरा दिमाग़ पूरी तरह सुस्त हो चुका था, जैसे किसी अँधेरे में दबे हुए पौधे की भीगी हुई जड़ें। लेकिन कहीं-न-कहीं मुझे यह अहसास था कि मुझे इस हालत से बाहर निकलना होगा। और तभी नागासावा की कही हुई बात मेरे दिमाग़ में गूँजने लगी; "ख़ुद पर तरस मत खाओ। सिर्फ़ बेवक़ूफ़ लोग ही ऐसा करते हैं।"

"ठीक है, नागासावा। सही कहा तुमने," मैंने मन ही मन सोचा। मैंने एक गहरी साँस ली और ख़ुद को उठाया।

मैंने हफ़्तों बाद अपने कपड़े धोए, सार्वजनिक स्नानगृह गया, हज़ामत बनाई, घर को अच्छे-से साफ़ किया, ख़ुद के लिए बढ़िया खाना बनाया, भूखी सीगल को खाना खिलाया, सिर्फ़ बियर पी, और तीस मिनट तक व्यायाम किया। हज़ामत बनाते हुए आईने में अपनी शक्ल देखी, तो पाया कि मैं काफ़ी दुबला हो गया था। आँखें अन्दर धँस गई थीं। मुझे ख़ुद को पहचानने तक में दिक़्क़त हो रही थी।

अगली सुबह मैं लम्बी साइकिल राइड पर निकल पड़ा। घर लौटकर लंच किया और रेइको का ख़त एक बार फिर पढ़ा। इसके बाद मैंने पहली बार गम्भीरता से सोचा कि मुझे क्या करना चाहिए। रेइको के ख़त ने मुझे बहुत झकझोर दिया था, क्योंकि उसने मेरी उस आशावादी सोच को तोड़ दिया था कि नाओको की हालत सुधर रही थी। नाओको ख़ुद कह चुकी थी, "मेरी बीमारी उससे कहीं ज़्यादा गहरी है, जितना तुम सोचते हो। यह अन्दर तक जड़ें जमा चुकी है।" और रेइको ने भी मुझे पहले ही आगाह किया था कि कुछ भी हो सकता है। फिर भी मैंने नाओको को दो बार देखा और मुझे लगा, वह ठीक हो रही है। मैंने मान लिया था कि समस्या सिर्फ़ इतनी है कि वह असली दुनिया में लौटने की हिम्मत जुटा पाएगी या नहीं। अगर वह ऐसा कर पाती तो हम दोनों ज़िन्दगी में आगे बढ़ सकते थे।

रेइको के ख़त ने मेरे उस काल्पनिक महल को पूरी तरह ढहा दिया था, जो मैंने उन कमज़ोर उम्मीदों के सहारे खड़ा किया था, और अब मेरे पास एक समतल जगह बची थी, जो किसी भी अहसास से ख़ाली थी। मुझे कुछ-न-कुछ करना ज़रूरी था, ताकि मैं अपना सन्तुलन बना सकता। नाओको को ठीक होने में बहुत लम्बा वक़्त लगने वाला था। और जब वह ठीक भी होगी, तो शायद पहले से ज़्यादा कमज़ोर होगी। उसका आत्मविश्वास पहले से ज़्यादा बिखर चुका होगा। मुझे ख़ुद को इस नई सच्चाई के हिसाब से ढालना था। मैं चाहे कितना ही मज़बूत हो जाता, यह हर समस्या का हल नहीं था। इतना तो मैं समझ चुका था। लेकिन मेरे पास और कोई चारा भी नहीं था; बस, ख़ुद को सँभाले रखना था और उसके ठीक होने का इन्तज़ार करना था।

सुन रहे हो किज़ुकी, मैंने सोचा। तुम्हारे उलट मैंने ज़िन्दा रहने का फ़ैसला किया है – और जितनी अच्छी तरह जी सकता हूँ, उतनी अच्छी तरह जिऊँगा। निश्चय ही, तुम्हारे लिए वह मुश्किल था। लेकिन वह मेरे लिए भी मुश्किल है। वाक़ई मुश्किल है। और सिर्फ़ इसलिए, क्योंकि तुमने ख़ुद को ख़त्म कर लिया और नाओको को इस दुनिया में अकेला छोड़ दिया। लेकिन मैं ऐसा कभी नहीं करूँगा। कभी नहीं। मैं उसे अकेला नहीं छोड़ूँगा। सबसे पहले इसलिए कि मैं उसे प्यार करता हूँ। और मैं उससे ज़्यादा मज़बूत हूँ। और मैं बस और ज़्यादा मज़बूत होता जाऊँगा। मैं परिपक्व हो जाऊँगा। मैं वयस्क बनने जा रहा हूँ।

क्योंकि यही मुझे करना है। कभी मैं सोचता था कि अगर ज़िन्दगी में ठहराव होता, तो मैं सत्रह-अठारह साल का ही बना रहता। लेकिन अब नहीं सोचता। अब मैं किशोर नहीं रह गया हूँ। अब मुझमें ज़िम्मेदारी की भावना पैदा हो गई है। अब मैं वही व्यक्ति नहीं हूँ, जो मैं तब हुआ करता था, जब हम साथ-साथ वक़्त बिताया करते थे। अब मैं बीस का हो चुका हूँ। और अब मुझे जीते चले जाने की क़ीमत चुकानी होगी।

"चक्कर क्या है वातानबे," मिदोरी ने पूछा। "तुम तो एकदम हड्डी-पसली होकर रह गए हो!"

"इतना बुरा हाल है?"

"ज़रूर, मुझे लगता है कि यह हाल तुम्हारी उस शादीशुदा गर्लफ्रेंड के साथ बहुत ज़्यादा 'वो' करने की वजह से हुआ होगा।"

मैं मुस्कराया और इनकार में सिर हिलाया। "मैं अक्टूबर की शुरुआत से ही किसी लड़की के साथ नहीं सोया हूँ।"

"ओह! ये मुमकिन ही नहीं है। पूरे छह महीने हो गए!"

"तुमने सही सुना।"

"तो फिर तुम्हारा वज़न इतना कैसे घट गया?"

"बड़े होने की वजह से," मैंने कहा।

मिदोरी ने मेरे कन्धे पर हाथ रखा और मेरी आँखों में झाँकते हुए पहले अजीब सा मुँह बनाया, फिर उसे हल्की-सी मुस्कान में बदल दिया। "सच में," उसने कहा। "कुछ बदला-बदला सा लग रहा है। तुम बदल गए हो।"

"मैंने कहा, ना, मैं बड़ा हो गया हूँ। अब मैं वयस्क हूँ।"

"तुम कमाल के आदमी हो, जिस तरह तुम्हारा दिमाग़ काम करता है," उसने इस भाव से कहा, जैसे वह सचमुच प्रभावित हुई हो। "चलो खाने चलते हैं। मुझे बहुत ज़ोर की भूख लगी है।"

हम साहित्य विभाग के पीछे के एक छोटे से रेस्तराँ में गए। मैंने स्पेशल लंच का ऑर्डर दिया और उसने भी वही मँगाया।

"क्यों वातानबे, तुम मुझसे नाराज़ हो?"

"किस बात पर?"

"इसलिए कि मैंने जवाब नहीं दिया, सिर्फ़ हिसाब बराबर करने के लिए। क्या तुम्हें लगता है कि मुझे वैसा नहीं करना चाहिए था? मेरा मतलब है, तुमने तो मुझसे माफ़ी भी माँग ली थी।"

"हाँ, लेकिन ग़लती मेरी थी। ऐसा ही होता है।"

"मेरी बहन कहती है, मुझे ऐसा नहीं करना चाहिए था। बहुत बेरहम और बचकाना रवैया था वो।"

"हाँ, लेकिन इससे तुम्हें अच्छा लगा है ना, उस तरह हिसाब बराबर करके?"

"हम्म...हाँ।"

"तो फिर बस हो गया, मामला खत्म।"

"तुम सच में बहुत ही दयालु हो, नहीं?" मिदोरी ने कहा। "लेकिन मुझे सच बताओ, वातानबे, तुमने छह महीने से सेक्स नहीं किया?"

"एक बार भी नहीं।"

"तो उस रात जब तुमने मुझे बिस्तर पर सुलाया था, तब तुम्हारा बहुत मन किया होगा, है ना?"

"हाँ, शायद।"

"लेकिन तुमने वह किया नहीं, है ना?"

"देखो, तुम इस वक़्त मेरी सबसे अच्छी दोस्त हो," मैंने कहा। "मैं तुम्हें खोना नहीं चाहता।"

"जानते हो, अगर तुमने उस समय मेरे साथ ज़बरदस्ती की होती, तो मैं विरोध ना कर पाती, मैं बहुत ज़्यादा थकी हुई थी।"

"लेकिन मैं कुछ ज़्यादा ही उत्तेजित था," मैंने कहा।

मिदोरी मुस्कराई और उसने मेरी कलाई छुई। "उसके थोड़ी देर पहले, मैंने फ़ैसला कर लिया था कि मैं तुम पर विश्वास करूँगी। सौ प्रतिशत। यही वजह है कि मैं उस तरह सो पाई, पूरी दिमाग़ी शान्ति के साथ। मैं जानती थी कि मुझे कुछ नहीं होगा, तुम्हारे साथ मैं सुरक्षित रहूँगी। और सच में, मैं गहरी नींद सोई थी, है ना?"

"बिलकुल," मैंने कहा।

"दूसरी ओर, अगर तुमने मुझसे कहा होता, 'ऐ! मिदोरी, चल अपन करते हैं। सब कुछ ठीक हो जाएगा,' तो शायद मैंने तुम्हारे साथ वह किया होता। अब, ये मत समझना कि मैं तुम्हें रिझाने या चिढ़ाने की कोशिश कर रही हूँ। मैं बस पूरी ईमानदारी से अपनी बात कह रही हूँ।"

"जानता हूँ, जानता हूँ।"

खाना खाते हुए हमने एक-दूसरे को अपने रजिस्ट्रेशन कार्ड दिखाए और पाया कि हम दोनों ने एक-जैसे कोर्स चुने थे। इसका मतलब था कि हम हफ़्ते में दो बार तो मिलेंगे ही। इसके बाद मिदोरी अचानक मुझे अपने रहने के नए इन्तज़ामों के बारे में बताने लगी। कुछ समय तक, वो और उसकी बहन अपार्टमेंट में रहने के आदी नहीं हो पाए थे – क्योंकि वह ज़रूरत से ज़्यादा आसान था, उसने बताया। वे हमेशा भाग-दौड़ से भरी ज़िन्दगी जीने के अभ्यस्त थे – बीमार लोगों की देखभाल करना, बुक स्टोर में मदद करना, और ना जाने क्या-क्या।

"लेकिन, अब हम इसके आदी होते जा रहे हैं," उसने कहा। "हमें शुरू से ही ऐसे रहना चाहिए था – किसी और की ज़रूरतों की चिन्ता किए बिना, बस अपनी मर्ज़ी से जीते हुए। शुरू में हमें यह अजीब लगा, जैसे हमारे शरीर ज़मीन से कुछ ऊपर तैर रहे हों। यह असली नहीं लग रहा था, ऐसा लग रहा था कि असली ज़िन्दगी ऐसी हो ही नहीं सकती। हम दोनों घबराए हुए थे, जैसे किसी भी समय सब कुछ उलट-पुलट हो सकता था।"

"दो परेशान रहने वाले इंसान," मैंने मुस्कराते हुए कहा।

"असल में, ज़िन्दगी हमारे प्रति अब तक बहुत बेरहम रही है," मिदोरी ने कहा। "लेकिन कोई बात नहीं। हम उससे वह सब वापस ले लेंगे, जो उसने हमसे छीना है।"

"जितना मैं तुम्हें जानता हूँ, मुझे यक़ीन है कि तुम वैसा ही करोगी," मैंने कहा। "लेकिन बताओ, तुम्हारी बहन आजकल क्या कर रही है?"

"उसकी एक दोस्त ने हाल ही में एक शानदार एक्सेसरीज़ की दुकान खोली है। मेरी बहन हफ़्ते में तीन दिन वहाँ मदद करने जाती है। बाक़ी समय में वह खाना पकाना सीख रही है, अपने मंगेतर के साथ डेट पर जा

रही है, फ़िल्में देख रही है, आराम कर रही है, और बस ज़िन्दगी का मज़ा ले रही है।"

फिर मिदोरी ने मेरी नई ज़िन्दगी के बारे में पूछा। मैंने उसे अपने घर की बनावट, बड़े आँगन, सीगल नाम की बिल्ली और अपने मकान मालिक के बारे में बताया।

"क्या तुम ख़ुश हो वहाँ?" उसने पूछा।

"ज़्यादातर हाँ," मैंने कहा।

"मुझे तो ऐसा नहीं लगता," मिदोरी ने कहा।

"और ऊपर से वसन्त का मौसम भी है," मैंने कहा।

"और तुम वो कूल स्वेटर पहने हुए हो, जो तुम्हारी गर्लफ्रेंड ने तुम्हारे लिए बुना था?"

यह सुनकर मैं चौंक गया। मैंने अपनी वाइन रंग की स्वेटर की ओर देखा। "तुम्हें कैसे पता?"

"तुम्हारे जैसे ईमानदार आदमी के बारे में अन्दाज़ा लगाना मुश्किल नहीं है," मिदोरी ने कहा। "मैंने बस यूँ ही कहा था। वैसे तुम्हें हुआ क्या है?"

"पता नहीं। मैं थोड़ा जोश जुटाने की कोशिश कर रहा हूँ।"

"बस, याद रखना, ज़िन्दगी कुकीज़ का एक डिब्बा है।"

मैंने कुछ बार इनकार में सिर हिलाया और उसकी ओर देखा। "शायद मैं ज़्यादा होशियार नहीं हूँ, लेकिन कभी-कभी मुझे समझ में नहीं आता कि तुम क्या कह रही हो।"

"तुम जानते नहीं हो, जैसे मिक्स्ड कुकीज़ का डिब्बा आता है, जिनमें कुछ तुम्हें पसन्द आती हैं, कुछ नहीं? तो तुम पहले पसन्दीदा कुकीज़ खा लेते हो, और फिर बाद में वही बचती हैं, जो तुम्हें कम पसन्द होती हैं? मेरे साथ जब भी कुछ दर्दनाक होता है, मैं यही सोचती हूँ – 'बस, इन्हें भी ख़तम कर लो, फिर सब ठीक हो जाएगा।' ज़िन्दगी कुकीज़ का डिब्बा है।"

"हम इसे एक फ़लसफ़ा कह सकते हैं।"

"यह सच है। मैंने इसे ख़ुद के अनुभव से सीखा है।"

*

हम अपनी कॉफ़ी पी रहे थे, तभी दो लड़कियाँ अन्दर आईं। मिदोरी शायद उन्हें स्कूल से जानती थी। तीनों ने अपने रजिस्ट्रेशन कार्ड की तुलना की और अलग-अलग चीज़ों पर बात करने लगीं–'जर्मन में तुम्हें कितने ग्रेड मिले?' 'कैम्पस के दंगों में अमुक घायल हो गया।' 'बहुत बढ़िया जूते हैं, कहाँ से खरीदे?' मैं उनकी बातें आधे मन से सुन रहा था; ऐसा लग रहा था मानो उनकी टिप्पणियाँ दुनिया के किसी दूसरे छोर से आ रही हों। मैं अपनी कॉफ़ी की चुस्कियाँ लेता रहा और दुकान की खिड़की के बाहर से गुज़रते दृश्यों को देखता रहा। नया शैक्षणिक वर्ष शुरू हो रहा था, इसलिए वहाँ विश्वविद्यालय के वसंतकाल का एक परिचित-सा दृश्य फैला हुआ था – आसमान में हल्की-सी धुंध तैर रही थी, चेरी के पेड़ों पर फूल खिले हुए थे, और नए छात्र (जिन्हें एक नज़र में पहचाना जा सकता था) अपने हाथों में नई-नई किताबों का ढेर उठाए घूम रहे थे।मेरा ध्यान धीरे-धीरे भटकने लगा और मैं नाओको के बारे में सोचने लगा, जो इस वर्ष भी दोबारा विश्वविद्यालय नहीं लौट सकी थी। खिड़की के पास एक छोटा सा काँच का गिलास रखा था, जिसमें एनीमोन के फूल सजे हुए थे।

जब वे दो लड़कियाँ अपनी मेज़ पर लौट गईं, तो मैं और मिदोरी आसपास की गलियों में घूमने निकल पड़े। हमने कुछ पुरानी किताबों की दुकानें देखीं, कुछ किताबें ख़रीदीं, फिर एक और कॉफ़ी पीने के लिए दूसरी कॉफ़ीशॉप गए, गेम सेंटर में पिनबॉल खेला और एक पार्क की बेंच पर बैठ गए बातें करने के लिए या यूँ कहें कि मिदोरी बोलती रही और मैं बस हूँ-हाँ करता रहा। जब उसने कहा कि उसे प्यास लगी है, तो मैं पास की कैण्डी शॉप से दो कोला ले आया। वापस आकर देखा, तो वह लाइन वाले काग़ज़ की एक शीट पर बालप्वाइण्ट पेन से कुछ लिख रही थी।

"ये क्या है?" मैंने पूछा।

"कुछ नहीं," उसने जवाब दिया।

साढ़े तीन बजे उसने अचानक कहा, "मुझे अब जाना होगा। मेरी बहन से गिंज़ा में मिलने का प्लान है।"

हम साथ में सबवे स्टेशन तक गए और फिर अलग-अलग दिशाओं में निकल पड़े। जाते-जाते मिदोरी ने वह काग़ज़ का टुकड़ा, जिसे उसने चार बार

मोड़ रखा था, मेरी जेब में डाल दिया। "घर जाकर पढ़ना," उसने कहा। मैंने ट्रेन में ही उसे खोलकर पढ़ लिया।

मैं ये ख़त तुम्हें तब लिख रही हूँ, जब तुम ड्रिंक्स लेने गए हो। यह मेरी ज़िन्दगी का पहला मौक़ा है, जब मैं बेंच पर मेरी बग़ल में बैठे किसी को चिट्ठी लिख रही हूँ, लेकिन मुझे लगता है कि यही एक तरीक़ा है, जिससे मैं अपनी बात तुम तक पहुँचा सकती हूँ। मेरा मतलब है, तुम मेरी बातों पर ज़रा भी ध्यान नहीं दे रहे थे। सही कह रही हूँ, ना?

क्या तुम्हें अहसास है कि आज तुमने मेरे साथ कितना बुरा किया है? तुमने इस ओर तक ध्यान नहीं दिया कि मेरे बालों की स्टाइल बदल गई है, है ना? मैं इतने दिनों से मेहनत कर रही थी, बाल बढ़ा रही थी, और आख़िरकार, पिछले हफ़्ते मैंने उन्हें ऐसी स्टाइल में सैट कर लिया, जो थोड़ी "गर्लिश" लगती है। लेकिन तुमने इस ओर ज़रा भी ध्यान नहीं दिया! मैं सोच रही थी कि इतने समय बाद जब तुम मुझे देखोगे तो तुम्हें ज़रा झटका लगेगा, लेकिन तुम्हारे चेहरे पर कोई असर ही नहीं दिखा! क्या तुम्हें नहीं लगता कि यह भयानक है? मुझे यक़ीन है कि तुम ये तक याद नहीं कर सकते कि मैं आज क्या पहनकर आई थी। अरे, मैं लड़की हूँ! क्या हुआ अगर तुम्हारे दिमाग़ में कुछ चल रहा है? कम-से-कम एक बार मुझे ठीक से देख तो सकते थे! बस, एक बार अगर तुमने कह दिया होता, "बाल बहुत क्यूट लग रहे हैं", तो मैं तुम्हारे गहरे सोच में डूबे रहने को माफ़ कर देती, लेकिन नहीं!

इसलिए अब मैं तुम्हें एक झूठ बताने जा रही हूँ। ये सच नहीं है कि मुझे अपनी बहन से गिंज़ा में मिलना था। असल में, मैं आज रात तुम्हारे यहाँ रुकने का प्लान बनाकर आई थी। यहाँ तक कि मैं अपने साथ अपना पायजामा भी लाई थी। यह सच है। मेरे बैग में मेरा पायजामा और टूथब्रश था। शायद मैं एक बेवक़ूफ़ हूँ। मेरा मतलब है, तुमने अब तक मुझे अपने नए घर पर बुलाया तक नहीं! लेकिन कोई बात नहीं, तुम्हें अकेले रहना पसन्द है, तो मैं तुम्हें अकेला छोड़ देती हूँ। जितना सोचना है, सोचते रहो!

लेकिन ग़लत मत समझना। मैं तुमसे पूरी तरह नाराज़ नहीं हूँ। मैं बस उदास हूँ। जब मैं मुश्किल में थी, तुमने मेरे साथ कितना अच्छा बरताव किया था। लेकिन अब जब तुम अपनी मुश्किलों से गुज़र रहे हो, तो ऐसा लगता है, मैं तुम्हारे लिए कुछ भी नहीं कर सकती। तुम ख़ुद को अपनी उस छोटी-सी दुनिया में बन्द कर चुके हो, और जब मैं तुम्हारे दरवाज़े पर दस्तक देती हूँ, तो तुम बस एक पल के लिए ऊपर देखते हुए और फिर वापस अन्दर चले जाते हो।

अब मैं देख रही हूँ कि तुम हमारे ड्रिंक्स लेकर वापस आ रहे हो – चलते और सोचते हुए। मैं सोच रही थी कि तुम रास्ते में ठोकर खा जाओगे, लेकिन ऐसा नहीं हुआ। अब तुम मेरी बग़ल में बैठकर अपनी कोला गटक रहे हो। मुझे आख़िरी उम्मीद थी कि तुम अचानक नोटिस करोगे और कहोगे, "अरे, तुम्हारे बाल बदल गए हैं!" लेकिन ऐसा भी नहीं हुआ। अगर तुमने वैसा कहा होता, तो मैं इस ख़त को फाड़ देती और कहती, "चलो, तुम्हारे घर चलते हैं। मैं तुम्हारे लिए अच्छा-सा डिनर बनाऊँगी। और बाद में हम बिस्तर में जाकर एक-दूसरे से लिपटकर सोएँगे।" लेकिन तुम तो स्टील की प्लेट जितने संवेदनशील हो। गुड बाय।

पी.एस : अगली बार जब हम क्लास में मिलें, तो मुझसे बात मत करना।

जब मैं किचिजोजी स्टेशन पर ट्रेन से उतरा, तो मैंने स्टेशन से ही मिदोरी के अपार्टमेंट में फ़ोन किया, लेकिन कोई जवाब नहीं मिला। करने के लिए कुछ ख़ास नहीं था, इसलिए मैं आसपास घूमने लगा और ऐसा पार्ट टाइम काम ढूँढ़ने की कोशिश करने लगा, जिसे मैं क्लास के बाद कर सकता। शनिवार और रविवार मेरा पूरा दिन ख़ाली था और मैं सोमवार, बुधवार और गुरुवार को शाम पाँच बजे के बाद काम कर सकता था, लेकिन इस ख़ास समय-सारिणी के अनुसार काम ढूँढ़ना आसान नहीं था। आख़िरकार मैंने हार मान ली और घर लौट आया। जब मैं डिनर के लिए किराने का सामान लेने बाहर निकला, तो मैंने मिदोरी के घर फिर फ़ोन किया। उसकी बहन ने बताया कि मिदोरी अभी

तक घर नहीं लौटी है और उसे नहीं पता कि वह कब वापस आएगी। मैंने उसे धन्यवाद कहा और फ़ोन रख दिया।

खाने के बाद मैंने मिदोरी को एक चिट्ठी लिखने की कोशिश की, लेकिन कई बार शुरू करने के बाद भी मैं सफल नहीं हुआ और मैंने उसकी जगह नाओको को लिखने का फ़ैसला किया।

मैंने लिखा कि वसन्त आ गया है और नया स्कूल सत्र शुरू हो रहा है। मैंने उसे बताया कि मैं उसे बहुत याद करता हूँ और यह उम्मीद कर रहा था कि उससे मिल सकूँ और बातें कर सकूँ। "किसी भी हाल में," मैंने लिखा, "मैंने ख़ुद को मज़बूत बनाने का फ़ैसला किया है। जहाँ तक मुझे समझ आता है, यही एक चीज़ है, जो मैं कर सकता हूँ।"

"एक और बात है। शायद सिर्फ़ मेरे लिए मायने रखती हो और तुम्हें इससे कोई फ़र्क़ ना पड़े, लेकिन मैं अब किसी के साथ नहीं सो रहा हूँ। इसलिए क्योंकि मैं वह आख़िरी बार नहीं भूलना चाहता, जब तुमने मुझे छुआ था। वह मेरे लिए शायद उससे कहीं ज़्यादा अहमियत रखता था, जितना तुम सोचती हो। मैं उसके बारे में हर समय सोचता रहता हूँ।"

मैंने चिट्ठी को एक लिफ़ाफ़े में डाला, उस पर टिकट चिपकाया, और अपनी डेस्क पर बैठे उसे लम्बे समय तक देखता रहा। यह आम तौर पर लिखी जाने वाली चिट्ठियों से काफ़ी छोटी थी, लेकिन मुझे लगा कि शायद इस बार नाओको मुझे और अच्छे से समझ सकेगी। मैंने अपने लिए डेढ़ इंच व्हिस्की डाली, उसे दो घूँट में ख़तम किया और सोने चला गया।

अगले दिन मुझे किचिजोजी स्टेशन के पास एक नौकरी मिल गई, जिसे मैं शनिवार और रविवार को कर सकता था; एक छोटे-से इतालवी रेस्तराँ में वेटर का काम। शर्तें कुछ ख़ास नहीं थीं, लेकिन आने-जाने का ख़र्च और दोपहर का खाना शामिल था। जब भी सोमवार, बुधवार या गुरुवार को कोई लेट शिफ़्ट पर ना आ पाता (जो अक्सर होता था) तो मैं उसकी जगह काम कर सकता था। यह मेरे लिए बिलकुल सही था। मैनेजर ने कहा कि अगर मैं तीन महीने तक काम करता रहा, तो वे मेरी पगार बढ़ा देंगे, और उन्होंने मुझे इसी शनिवार

से शुरू करने को कहा। वह शिन्जुकु के रिकॉर्ड स्टोर वाले मसखरे मैनेजर से कहीं बेहतर इन्सान लगा।

मैंने एक बार फिर मिदोरी के अपार्टमेंट पर फ़ोन किया और फिर से उसकी बहन ने ही फ़ोन उठाया। उसने थके हुए अन्दाज़ में बताया कि मिदोरी कल से अब तक घर नहीं लौटी थी और अब उसे भी चिन्ता होने लगी थी – क्या मुझे कोई अन्दाज़ था कि वह कहाँ जा सकती है? मुझे सिर्फ़ इतना पता था कि मिदोरी के बैग में उसका पायजामा और टूथब्रश था।

बुधवार को मैं मिदोरी से क्लास में मिला। उसने गहरे हरे रंग का स्वेटर पहना हुआ था और वही काला चश्मा लगाए हुए थी, जो वह गर्मियों में अक्सर पहना करती थी। वह आख़िरी क़तार में बैठी थी और एक दुबली-पतली, चश्मा पहने लड़की से बात कर रही थी, जिसे मैं पहले एक बार देख चुका था। मैं उसके पास गया और कहा कि मैं क्लास के बाद उससे बात करना चाहता हूँ। पहले चश्मे वाली लड़की ने मेरी ओर देखा फिर मिदोरी ने। सच में, उसकी हेयरस्टाइल पहले से थोड़ी ज़्यादा आकर्षक लग रही थी – ज़्यादा परिपक्व।

"मुझे किसी से मिलना है," मिदोरी ने हल्का सा सिर झुकाकर कहा।

"मैं ज़्यादा समय नहीं लूँगा," मैंने कहा। "सिर्फ़ पाँच मिनट।"

मिदोरी ने अपना चश्मा उतार दिया और अपनी आँखें सँकरी कर लीं। ऐसा लगा जैसे वह मुझसे सौ गज दूर किसी जर्जर उजाड़ पड़े मकान को देख रही हो।

"मुझे तुमसे बात नहीं करनी है। सॉरी," उसने कहा।

चश्मेवाली लड़की ने मुझे ऐसी नज़रों से देखा जैसे कह रही हो, उसने कह दिया ना उसे तुमसे बात नहीं करनी है। सॉरी।

मैंने लेक्चर के दौरान (जो टेनिसी विलियम के काम और अमेरिकी साहित्य में उनके स्थान पर था) सबसे आगे की पंक्ति में दाईं ओर की सीट ली। जब लेक्चर समाप्त हुआ, तो मैंने मन ही मन तीन तक गिना और पीछे मुड़कर देखा। मिदोरी जा चुकी थी।

अप्रैल अकेले बिताने के लिहाज़ से बहुत उदास महीना था। अप्रैल में मेरे आसपास हर कोई ख़ुश दिखता था। लोग अपने कोट उतार फेंकते और धूप में एक-दूसरे के साथ हो लेते – बातें करते, गेंद से कैच-कैच खेलते, हाथों में हाथ डालते। लेकिन मैं हमेशा अकेला रहता। नाओको, मिदोरी, नागासावा, सब चले गए थे, वहाँ से जहाँ मैं खड़ा था। अब मेरे पास कोई नहीं था, जिसे मैं "गुड मार्निंग" या "हैव अ नाइस डे" कह सकता। मुझे तो स्टॉर्म ट्रूपर तक की याद आने लगी थी। पूरा महीना मैंने इस बेबस अकेलेपन के अहसास के साथ गुज़ारा। मैंने कई बार मिदोरी से बात करने की कोशिश की, लेकिन उसका जवाब हर बार वही होता; "मैं अभी तुमसे बात नहीं करना चाहती," और उसके लहज़े से मुझे पता चल जाता कि वह सच में ऐसा ही महसूस कर रही थी। वह हमेशा उस चश्मे वाली लड़की के साथ होती। या फिर एक लम्बे, छोटे बालों वाले लड़के के साथ। उस लड़के के पैर असाधारण रूप से लम्बे थे और वह हमेशा सफ़ेद बॉस्केटबॉल जूते पहने रहता था।

अप्रैल बीत गया और मई आ गया, लेकिन मई अप्रैल से भी ज़्यादा बुरा था। मई के गहराते वसन्त में, मुझे अपने दिल के कम्पन को स्वीकार करना ही पड़ा। यह अक्सर तब होता जब सूरज ढल रहा होता। हल्की साँझ के धुँधलके में, जब मैगनोलिया के फूलों की मद्धिम ख़ुशबू हवा में घुली होती, तब मेरा दिल अचानक बिना किसी चेतावनी के भर उठता, काँपता और तेज़ दर्द के साथ धड़कने लगता। मैं अपनी आँखें कसकर बन्द कर लेता, दाँत भींच लेता, और बस इन्तज़ार करता कि यह अहसास गुज़र जाए। और वह गुज़र भी जाता – लेकिन धीरे-धीरे, अपनी ही गति से, और एक सुस्त, गहरी टीस पीछे छोड़ जाता।

ऐसे समय में, मैं नाओको को पत्र लिखता। अपने पत्रों में, मैं केवल वही बातें लिखता जो छू लेने वाली, सुखद या सुन्दर होतीं; वसन्त की ख़ुशबू, वसन्त की हवा का कोमल स्पर्श, चाँदनी की रोशनी, कोई फ़िल्म जो मैंने देखी होती, कोई गाना जो मुझे पसन्द आया होता, कोई किताब जिसने मुझे प्रभावित किया होता। जब मैं अपने ही लिखे हुए पत्रों को दोबारा पढ़ता, तो मुझे भी सान्त्वना मिलती। और मुझे महसूस होता कि जिस दुनिया में, मैं जी रहा था, वह एक

ख़ूबसूरत दुनिया थी। मैंने इस तरह के कई पत्र लिखे, लेकिन नाओको या रेइको से मुझे कोई जवाब नहीं मिला।

जिस रेस्तराँ में, मैं काम करता था, वहाँ मेरी मुलाक़ात मेरी ही उम्र के एक अन्य छात्र से हुई, जिसका नाम इतोह था। एक आर्ट कॉलेज के आयल पेंटिंग डिपार्टमेण्ट के इस शान्त और विनम्र छात्र से मुझे बात करने में काफ़ी समय लगा, लेकिन धीरे-धीरे हम काम के बाद पास के एक बार में जाने लगे और तमाम तरह की बातें करने लगे। उसे भी किताबें पढ़ने और संगीत सुनने का शौक था, इसलिए हमारी बातचीत ज़्यादातर हमारी पसन्दीदा किताबों और रिकॉर्डों पर केन्द्रित होती। वह आकर्षक और आम छात्रों की तुलना में काफ़ी साफ़-सुथरा और छोटे बालों वाला लड़का था। वह ज़्यादा बात नहीं करता था, लेकिन उसकी अपनी पसन्द और ठोस राय होती थी। उसे फ्रांसीसी उपन्यास पसन्द थे, ख़ास तौर से जॉर्ज बटाय और बोरिस वियाँ के। संगीत में वह मोज़ार्ट और रावेल को प्राथमिकता देता था। और मेरी ही तरह, वह भी एक ऐसा दोस्त खोज रहा था, जिससे वह इन विषयों पर खुलकर बात कर सके।

इतोह ने एक बार मुझे अपने अपार्टमेंट पर बुलाया। वहाँ पहुँचना मेरे अपार्टमेंट की तुलना में थोड़ा आसान था – इनोकाशिरा पार्क के पीछे बना एक अजीब-सा, एक मंज़िला अपार्टमेंट हाउस। उसका कमरा पेंटिंग की सामग्रियों और कैनवस से भरा हुआ था। मैंने उसके बनाए चित्र दिखाने का आग्रह किया, लेकिन उसने संकोच में सिर हिला दिया और कहा कि वह दिखाने में शर्म महसूस कर रहा है। हमने उसके पिता के घर से चोरी-छिपे लाई हुई शिवाज़ रीगल ह्विस्की पी, चारकोल के चूल्हे पर स्मेल्ट मछलियाँ भूनकर खाईं, और बैकग्राउण्ड में बजते हुए रॉबर्ट कैसाडेसस के मोज़ार्ट पियानो कन्सर्टो को सुना।

इतोह नागासाकी का रहने वाला था। उसने बताया कि जब भी वह घर जाता था, तो अपनी गर्लफ्रेंड के साथ रात बिताता था, लेकिन हाल के दिनों में उनके बीच सब कुछ ठीक नहीं चल रहा था।

"तुम जानते हो, लड़कियाँ कैसी होती हैं," उसने कहा। "बीस-इक्कीस की होते ही उनके दिमाग़ में ठोस विचार आने लगते हैं। वे हद से ज़्यादा व्यावहारिक हो जाती हैं। और जब ऐसा होता है, तो उनकी सारी बातें, जो कभी प्यारी और आकर्षक लगती थीं, अचानक से साधारण और उबाऊ लगने लगती

हैं। अब जब मैं उससे मिलता हूँ, तो अक्सर हमारे कर चुकने के बाद वह मुझसे पूछती है, "ग्रैजुएशन के बाद तुम क्या करने वाले हो?"

"तो फिर ग्रैजुएशन के बाद तुम क्या करने वाले हो," मैंने उससे पूछा।

स्मेल्ट मछली का एक टुकड़ा मुँह में डालते हुए उसने सिर हिला दिया। "मैं क्या कर सकता हूँ? मैं ऑयल पेंटिंग में हूँ! अगर ऐसी चीज़ों की चिन्ता करने लगे, तो कोई भी ऑयल पेंटिंग में महारत हासिल नहीं करेगा। यह पेट भरने के लिए तो नहीं किया जाता। लेकिन वह चाहती है कि मैं नागासाकी में वापस जाकर आर्ट टीचर बन जाऊँ। वह ख़ुद अँग्रेज़ी की अध्यापिका बनने की योजना बना रही है।"

"अब तुम उसके उतने दीवाने नहीं हो, है ना?

"यही तो बात है," इतोह ने स्वीकार किया। "और भला आर्ट टीचर बनना भी कौन चाहता है? मैं अपनी पूरी ज़िंदगी मिडिल स्कूल के बंदरों को ड्रॉइंग सिखाने में नहीं बिताने वाला!"

"यह अलग बात है," मैंने कहा। "लेकिन तुम्हें नहीं लगता कि तुम्हें उससे अलग हो जाना चाहिए? तुम दोनों के भले के लिए।"

"बिलकुल लगता है। लेकिन मैं यह उससे कहूँ तो कहूँ कैसे? उसने तो अपनी पूरी ज़िन्दगी मेरे साथ बिताने की योजना बना ली है। मैं कैसे कह दूँ कि 'सुनो, हमें अलग हो जाना चाहिए। मैं तुम्हें पसन्द नहीं करता'?"

हमने अपनी शिवाज़ बिना बर्फ़ के सीधे ही पी गए, और जब स्मेल्ट ख़त्म हो गई, तो खीरे और सलाद काटकर मिसो में डुबाकर खाने लगे। जब मेरे दाँत खीरे के टुकड़ों पर लगे, तो मुझे मिदोरी के पिता की याद आई, उसी के साथ यह एहसास भी लौट आया कि मिदोरी के बिना मेरी ज़िंदगी कितनी सपाट और बेस्वाद हो गई थी, और मेरा मूड ख़राब हो गया। मुझे ख़ुद इसका एहसास भी नहीं हुआ था कि वह मेरे भीतर कितनी बड़ी मौजूदगी बन चुकी थी।

"तुम्हारी कोई गर्लफ्रेंड है?" इतोह ने पूछा।

"है," मैंने कहा, फिर थोड़ी देर रुककर जोड़ा, "लेकिन अभी मैं उसके साथ नहीं हो सकता।"

"लेकिन तुम दोनों एक-दूसरे की भावनाएँ समझते हो, है ना?"

"मुझे तो ऐसा ही लगता है। वरना इस सब का क्या मतलब है?" मैंने हल्की हँसी के साथ कहा।

इतोह धीमी आवाज़ में मोज़ार्ट की महानता के बारे में बात करने लगा। वह मोज़ार्ट को ऐसे जानता था, जैसे कोई पहाड़ी लड़का अपने गाँव की पगडण्डियों को जानता है। उसके पिता को यह संगीत बहुत पसन्द था और उन्होंने बचपन से ही उसे सुनने की आदत डाल दी थी। मुझे शास्त्रीय संगीत की उतनी जानकारी नहीं थी, लेकिन इतोह की समझदार और दिल से की गई टिप्पणियों के साथ ("वहाँ-वो हिस्सा," "उसके बारे में क्या कहते हो?") मैं लम्बे समय बाद पहली बार भीतर से शान्त महसूस कर रहा था। हम इनोकाशिरा पार्क के ऊपर लटके अधूरे चाँद को देखते रहे और अपनी शिवाज़ रीगल आख़िरी घूँट तक ख़त्म कर दी। ग़ज़ब की व्हिस्की थी। इतोह ने कहा, मैं रात उसके यहाँ बिता सकता हूँ, लेकिन मैंने उससे कहा मुझे एक ज़रूरी काम है। मैंने ह्विस्की के लिए शुक्रिया कहा और रात नौ बजे से पहले उसके अपार्टमेंट से निकल गया। वापसी के रास्ते में, मैंने एक सार्वजनिक टेलिफ़ोन से मिदोरी को फ़ोन किया। मेरी हैरानी की हद नहीं रही जब उसने फ़ोन उठा लिया।

"सॉरी," उसने कहा। "लेकिन मैं अभी तुमसे बात नहीं करना चाहती।"

"जानता हूँ, जानता हूँ। लेकिन मैं नहीं चाहता कि हमारा रिश्ता इस तरह से ख़त्म हो। तुम उन गिने-चुने दोस्तों में से हो जो मेरे लिए बहुत मायने रखते हैं, और तुमसे ना मिल पाना मुझे तकलीफ़ देता है। मैं तुमसे कब बात कर सकता हूँ? कम-से-कम इतना तो बता सकती हो।"

"जब मुझे लगेगा कि मैं तुमसे बात करना चाहती हूँ," उसने कहा।

"तुम कैसी हो?" मैंने पूछा।

"ठीक हूँ," उसने कहा, और फ़ोन काट दिया।

मई के मध्य में रेइको का एक ख़त आया।

> शुक्रिया, जो तुमने इतनी बार ख़त लिखे। नाओको को तुम्हारे ख़त पसन्द आते हैं। और मुझे भी। तुम्हें कोई आपत्ति तो नहीं कि मैं उन्हें पढ़ती हूँ?

माफ़ करना कि मैं काफ़ी समय तक जवाब नहीं दे पाई। सच कहूँतो मैं थोड़ी थक चुकी महसूस कर रही थी। और कोई अच्छी ख़बर देने के लिए भी नहीं थी। नाओको की तबीयत ठीक नहीं है। उसकी माँ कुछ दिन पहले कोबे से आई थीं। हम चारों–उन्होंने, नाओको, डॉक्टर और मैंने–लम्बी बात की और इस नतीजे पर पहुँचे कि नाओको को कुछ समय के लिए किसी अच्छे अस्पताल में भर्ती कराया जाना चाहिए, ताकि उसे गहन चिकित्सा मिल सके। अगर सब कुछ ठीक रहा, तो शायद वह फिर से यहाँ लौट सके। नाओको चाहती है कि वह यहीं रहकर ठीक हो जाए, और मुझे भी उसकी बहुत याद आएगी और उसकी चिन्ता लगी रहेगी, लेकिन सचाई ये है कि उसे यहाँ सँभाल पाना मुश्किल होता जा रहा है। वह ज़्यादातर समय ठीक रहती है, लेकिन कभी-कभी उसकी भावनाएँ इतनी अस्थिर हो जाती हैं कि हमें एक पल के लिए भी उस पर से नज़र नहीं हटानी चाहिए। पता नहीं, वह क्या कर बैठे। जब उसे आवाज़ें सुनाई देने लगती हैं, तो वह पूरी तरह अपने भीतर सिमट जाती है और सबसे कट जाती है।

यही वजह है कि मैं भी मानती हूँ कि उसके लिए कुछ समय तक किसी सही चिकित्सा-संस्थान में रहना ही बेहतर होगा।यह स्वीकार करना बहुत कठिन है, लेकिन हमारे पास और कोई विकल्प नहीं है। जैसा कि मैंने तुमसे पहले कहा था, धैर्य सबसे ज़रूरी चीज़ है। हमें उलझी हुई गाँठों को एक-एक करके खोलना होगा, उम्मीद नहीं छोड़नी चाहिए। भले ही उसकी हालत कितनी ही निराशाजनक लगे, लेकिन हमें किसी-न-किसी मोड़ पर हल्की-सी आशा की किरण ज़रूर मिलेगी। अगर तुम घने अँधेरे में हो, तो सबसे अच्छा यही है कि धैर्य रखो और अपनी आँखों को अँधेरे के अनुकूल ढलने दो।

जब तक तुम्हें यह ख़त मिलेगा, नाओको नए अस्पताल में शिफ़्ट हो चुकी होगी। मुझे माफ़ करना कि मैंने यह बात पहले नहीं बताई, लेकिन यह सब कुछ बहुत जल्दी हुआ। नया अस्पताल बहुत अच्छा है और वहाँ के डॉक्टर भी। मैं नीचे उसका नया पता लिख रही हूँ : प्लीज़, उसे वहाँ ख़त लिखना। वे मुझे भी उसकी प्रगति के बारे में जानकारी देते रहेंगे, तो मैं तुम्हें ख़बर देती रहूँगी। उम्मीद है,

कोई अच्छी ख़बर मिलेगी। मुझे पता है कि यह तुम्हारे लिए भी बहुत मुश्किल होगा, लेकिन आशा बनाए रखना। और भले ही नाओको यहाँ नहीं है, फिर भी मुझे कभी-कभी ख़त लिखते रहना।

गुड बाय।–

उस वसन्त में, मैंने ढेरों चिट्ठियाँ लिखीं; हर हफ़्ते एक नाओको को, कई रेइको को, और कुछ मिदोरी को भी। ये चिट्ठियाँ मैं क्लास रूम में लिखता था, अपने घर की मेज़ पर सीगल को गोद में लेकर लिखता था, और इतालवी रेस्तराँ में अपने ब्रेक के दौरान ख़ाली टेबलों पर भी लिखता था। ऐसा लगता था, जैसे मैं चिट्ठियाँ इसलिए लिख रहा हूँ ताकि अपने बिखरते हुए जीवन के टुकड़ों को किसी तरह जोड़े रखूँ।

मिदोरी को मैंने लिखा, "अप्रैल और मई मेरे लिए बहुत दर्दनाक और अकेलेपन से भरे हुए महीने थे, क्योंकि मैं तुमसे बात नहीं कर सका। मुझे पता नहीं था कि वसन्त ऋतु इतनी तकलीफ़देह और तन्हा हो सकती है। ऐसा वसन्त तो तीन फ़रवरियों से भी बदतर है। मुझे पता है, तुमसे यह कहने का अब कोई मतलब नहीं है, लेकिन तुम्हारा नया हेयर स्टाइल तुम पर बहुत अच्छा लग रहा है। सचमुच बहुत प्यारा है। मैं अब एक इतालवी रेस्तराँ में काम कर रहा हूँ, और वहाँ के शेफ़ ने मुझे स्पेगेटी बनाने का एक बहुत शानदार तरीक़ा सिखाया है। मैं चाहता हूँ कि जल्द ही वह तुम्हारे लिए बनाऊँ।"

मैं हर रोज़ स्कूल जाता था, सप्ताह में दो-तीन दिन रेस्तराँ में काम करता था, इतोह से किताबों और संगीत पर बातें करता था, सीगल के साथ खेलता था, स्पेगेटी बनाता था, बग़ीचे में काम करता था, नाओको के बारे में सोचते हुए हस्तमैथुन करता था, और ढेरों फ़िल्में देखता था।

जब तक मिदोरी ने मुझसे बात करना शुरू किया, तब तक लगभग जून का मध्य आ चुका था। हमने दो महीनों तक एक-दूसरे से एक शब्द भी नहीं कहा था। एक लेक्चर ख़त्म होने के बाद, वह आकर मेरे बग़ल की सीट पर बैठ गई, ठुड्डी को हाथ पर टिकाया और बिना कुछ कहे वहीं बैठी रही। खिड़की के बाहर तेज़ बारिश हो रही थी – बरसात के मौसम वाली असली बारिश, बिना

किसी हवा के सीधे नीचे गिरती हुई, नीचे की हर चीज़ को पूरी तरह भिगोती हुई। बाक़ी सभी छात्र बहुत पहले कक्षा से जा चुके थे, लेकिन मिदोरी अब भी बिना कुछ कहे मेरे पास बैठी रही। फिर उसने अपनी जींस जैकेट की जेब से एक मार्लबोरो निकाली, होंठों के बीच रखी और माचिस मुझे पकड़ा दी। मैंने माचिस जलाई और उसकी सिगरेट सुलगा दी। मिदोरी ने होंठ सिकोड़कर धीरे-से धुआँ मेरी ओर फूँका।

"मेरा हेयरस्टाइल पसन्द आया?" उसने पूछा।

"बहुत अच्छा है।"

"कितना अच्छा?"

"इतना अच्छा कि दुनिया के सारे जंगलों के सारे पेड़ गिर जाएँ।"

"तुम्हें सच में ऐसा लगता है?"

"सच में ऐसा ही लगता है।"

उसने कुछ पल तक मेरी आँखों में देखा फिर अपना दायाँ हाथ मेरी ओर बढ़ाया। मैंने उसका हाथ थाम लिया। वह मुझसे भी ज़्यादा राहत महसूस करती लगी। उसने राख ज़मीन पर झाड़ी और खड़ी हो गई।

"चलो, कुछ खाएँ। मैं बहुत भूखी हूँ," उसने कहा।

"तुम कहाँ जाना चाहती हो?" मैंने पूछा।

"निह्नोनबाशी में ताकाशिमाया डिपार्टमेण्ट स्टोर के रेस्तराँ में।"

"सारी जगहें छोड़कर वहीं क्यों?"

"मुझे कभी-कभी वहाँ जाना अच्छा लगता है, बस यूँ ही।"

और इसलिए हमने निहोनबाशी जाने के लिए सबवे पकड़ा। शायद सुबह से बारिश हो रही थी; इसलिए वहाँ लगभग सुनसान था। पूरे विशाल डिपार्टमेण्ट स्टोर में बारिश की महक फैली हुई थी और सारे कर्मचारी ऐसे लग रहे थे मानो सोच रहे हों, अब क्या करें? मिदोरी और मैं बेसमेंट के रेस्तराँ में गए और शोकेस में रखे प्लास्टिक के व्यंजनों को ध्यान से देखने के बाद, हमने पुराने ढंग का ठंडा लंच लेने का फैसला किया–जिसमें चावल, अचार, ग्रिल्ड मछली, टेम्पुरा और तेरीयाकी चिकन था। अंदर, दोपहर का समय होने के बावजूद, ज़्यादा भीड़ नहीं थी।

"यार कितने साल हो गए, जब मैंने आख़िरी बार डिपार्टमेण्ट स्टोर के रेस्तराँ में लंच किया था?" मैंने ग्रीन टी का घूँट लेते हुए कहा, जो उस चिकने सफ़ेद कप में दी गई थी, जो केवल डिपार्टमेण्ट स्टोर रेस्तराँओं में ही मिलते हैं।"

"मुझे इस तरह की चीज़ें करना अच्छा लगता है," मिदोरी ने कहा। "पता नहीं, मुझे ऐसा महसूस होता है, जैसे मैं कुछ ख़ास कर रही हूँ। शायद यह मुझे बचपन की याद दिलाता है। मेरे माता-पिता मुझे कभी डिपार्टमेण्ट स्टोर में नहीं ले गए।"

"और मुझे शक है कि मेरे तो हमेशा वही करते थे। मेरी माँ तो डिपार्टमेण्ट स्टोर की दीवानी थी।"

"क़िस्मत वाले हो!"

"क्या बात कर रही हो? मुझे डिपार्टमेण्ट स्टोर जाना कोई ख़ास पसन्द नहीं था।"

"नहीं, मेरा मतलब है, तुम क़िस्मत वाले थे कि तुम्हारे माँ-बाप तुम्हें कहीं ले जाने की परवाह करते थे।"

"मैं इकलौता बच्चा था," मैंने कहा।

"जब मैं छोटी थी तो सपना देखती थी कि बड़ी होकर अकेली डिपार्टमेण्ट स्टोर के रेस्तराँ में जाऊँगी और जो मन हो, खाऊँगी। लेकिन कितना खोखला सपना था वो! ऐसी जगह अकेले बैठकर चावल ठूँसने में क्या मज़ा है? खाना कोई ख़ास नहीं है और जगह बड़ी है, भीड़भाड़ वाली, घुटन भरी और शोरगुल वाली। फिर भी, कभी-कभी यहाँ आने का मन हो ही जाता है।"

"मैं पिछले दो महीनों से बहुत अकेला रहा हूँ," मैंने कहा।

"हाँ, जानती हूँ। तुमने अपने ख़तों में लिखा था," मिदोरी ने सपाट लहज़े में कहा। "ख़ैर, चलो अब खा लेते हैं। बस, अभी तो खाने की ही सोच रही हूँ।"

हमने अपने सजे-सँवरे लकड़ी के अर्ध-चन्द्र जैसे लंच बॉक्स के अलग-अलग खानों में रखी तली, भुनी और अचार वाली चीज़ें ख़त्म कीं, पारम्परिक लकड़ी के प्यालों में सूप पिया और उन सफ़ेद कपों में ग्रीन टी पी। मिदोरी ने खाना ख़त्म करके एक सिगरेट सुलगाई। जब उसने सिगरेट ख़त्म कर ली, तो

वह बिना कुछ कहे उठ खड़ी हुई और अपना छाता उठा लिया। मैं भी खड़ा हो गया और अपना छाता उठा लिया।

"अब तुम कहाँ जाना चाहती हो?" मैंने पूछा।

"छत पर, और कहाँ? जब डिपार्टमेण्ट स्टोर के रेस्तराँ में खाना खा लिया जाए, तो अगला स्टॉप होता है, छत।"

बारिश में छत पर कोई नहीं था। पालतू जानवरों के सामान वाले विभाग में भी कोई क्लर्क मौजूद नहीं था, और खोमचों तथा बच्चों की सवारी के टिकट-बूथ के शटर बंद थे। हमने अपनी छतरियाँ खोल लीं और बारिश में भीगे लकड़ी के घोड़ों, बगीचे की कुर्सियों और स्टॉलों के बीच टहलने लगे। मुझे यह बात अविश्वसनीय लगी कि टोक्यो के बीचोंबीच भी कोई जगह इतनी सुनसान हो सकती है। मिदोरी ने कहा कि वह दूरबीन से देखना चाहती है, तो मैंने उसमें एक सिक्का डाला और उसकी छतरी थामे खड़ा रहा, जबकि वह आँखें सिकोड़कर आईपीस से झाँकती रही। छत के एक हिस्से में एक ढँका हुआ गेम्स एरिया था, जहाँ बच्चों की सवारियों की एक क़तार थी। मिदोरी और मैं किसी प्लेटफ़ॉर्म जैसी जगह पर एक-दूसरे के पास बैठ गए और बारिश को देखने लगे।

"तो बोलो," मिदोरी ने कहा। "मैं जानती हूँ कि तुम्हें मुझसे कुछ कहना है।"

"मैं कोई बहाना नहीं बना रहा," मैंने कहा, "लेकिन उस वक़्त मैं सचमुच बहुत डिप्रेस्ड था। मेरा दिमाग़ धुँधला पड़ा हुआ था। कुछ भी ठीक से समझ में नहीं आ रहा था। लेकिन जब मैं तुमसे नहीं मिल पाया, तो एक बात मेरे लिए पूरी तरह साफ़ हो गई कि अब तक मैं सिर्फ़ इसलिए ज़िन्दा रह पाया था, क्योंकि तुम मेरी ज़िन्दगी में थीं। जब मैंने तुम्हें खो दिया, तो अकेलापन और दर्द मुझे अन्दर से तोड़ गया।"

"क्या तुम्हें अन्दाज़ भी है कि इन दो महीनों में मेरे लिए तुम्हारे बिना कितनी तकलीफ़ और अकेलापन रहा है?"

यह सुनकर मैं बुरी तरह चौंक गया। "नहीं," मैंने कहा। "ये तो कभी मुझे सूझा ही नहीं। मुझे लगा तुम मुझसे नाराज़ हो और मुझसे मिलना नहीं चाहतीं।"

"तुम इतने बेवक़ूफ़ कैसे हो सकते हो? बेशक मैं मिलना चाहती थी तुमसे! मैंने तुमसे कहा था ना कि तुम मुझे बहुत पसन्द हो! मेरे साथ ऐसा नहीं होता कि एक पल में मुझे वैसा लगे और फिर ना लगे। क्या तुम्हें मेरे बारे में इतनी भी समझ नहीं है?"

"अरे हाँ, लेकिन –"

"इसीलिए तो मैं तुमसे इतनी नाराज़ थी! मैं सच में तुम्हें एक ज़ोरदार लात मारना चाहती थी। सोचो, इतने समय से हम एक-दूसरे से नहीं मिले थे और तुम उस दूसरी लड़की को लेकर इतना खोए हुए थे कि तुमने मेरी तरफ़ देखा तक नहीं! मैं तुमसे नाराज़ क्यों न होती? लेकिन इस सब के अलावा, मैं काफ़ी समय से महसूस कर रही थी कि मेरे लिए बेहतर यही होगा कि मैं कुछ समय तुमसे दूर रहूँ। ताकि मैं अपने दिमाग़ में चीज़ों को साफ़-साफ़ समझ सकूँ।"

"किस तरह की चीज़ें?"

"ज़ाहिर है, हमारे रिश्ते। बात यहाँ तक पहुँच गई थी कि तुम्हारे साथ समय बिताना मुझे उसके साथ समय बिताने से ज़्यादा अच्छा लगने लगा था। मेरा मतलब है, क्या तुम्हें यह अजीब बात नहीं लगती? और मुश्किल भी? हाँ, मुझे वह अब भी पसन्द है। वह थोड़ा ख़ुद में डूबा रहने वाला है, दकियानूसी सोच वाला है, और थोड़ा फ़ासिस्ट भी है, लेकिन उसमें बहुत-सी अच्छी बातें भी हैं। वह पहला लड़का था, जिसके प्रति मैं गम्भीर हुई थी। लेकिन तुम... तुम मेरे लिए ख़ास हो। तुम्हारे साथ रहकर लगता है, जैसे सब कुछ सही है। मैं तुम पर भरोसा करती हूँ। तुम मुझे पसन्द हो। मैं तुम्हें खोना नहीं चाहती। मैं बहुत कन्फ्यूज़ हो गई थी, इसलिए मैं उसके पास गई और उससे पूछा कि मुझे क्या करना चाहिए। उसने कहा कि अगर मैं तुमसे मिलती रहूँगी, तो मुझे उससे रिश्ता तोड़ लेना चाहिए।"

"तो फिर तुमने क्या किया?"

"मैंने उससे रिश्ता तोड़ लिया। बस, ऐसे ही।" मिदोरी ने अपने मुँह में मार्लबोरो दबाई, उसे जलाते समय हाथ से लौ को ढका और एक लंबा कश लिया।

"क्यों?"

"'क्यों?'!" उसने चिल्लाकर कहा। "क्यों?'" वह चीख़ी। "क्या तुम

पागल हो? तुम्हें अंग्रेज़ी का सब्जंक्टिव आता है, तुम ट्रिगनोमेट्री समझते हो, मार्क्स को पढ़ सकते हो, और इतनी-सी बात का जवाब नहीं जानते? तुम्हें यह पूछने की ज़रूरत ही क्यों पड़ी? तुम किसी लड़की से ऐसी बात कहलवाना क्यों चाहते हो? मैं उसे जितना पसंद करती हूँ, उससे कहीं ज़्यादा तुम्हें करती हूँ, बस इतनी-सी बात है। हाँ, मैं चाहती थी कि मुझे तुमसे थोड़ा ज़्यादा ख़ूबसूरत लड़के से प्यार हुआ होता। लेकिन ऐसा नहीं हुआ। मुझे तुमसे प्यार हो गया।"

मैंने बोलने की कोशिश की, लेकिन शब्द मेरे गले में अटक गए।

मिदोरी ने सिगरेट को पानी से भरे एक गड्ढे में फेंक दिया। "प्लीज़, अपने चेहरे से वह भाव हटा लो। वरना मैं रो पड़ूँगी। चिन्ता मत करो, मैं जानती हूँ कि तुम किसी और से प्यार करते हो। मैं तुमसे कोई उम्मीद नहीं कर रही हूँ, लेकिन तुम कम-से-कम इतना तो कर ही सकते हो कि मुझे गले लगा लो। ये दो महीने मेरे लिए बहुत मुश्किल रहे हैं।"

मैंने अपनी छतरी ऊपर उठाई, और हम गेम्स एरिया के पीछे गए और एक-दूसरे को कस कर गले लगाया। हमारे शरीर एक-दूसरे से टकरा रहे थे और हमारे होंठ आपस में मिल गए। बारिश की ख़ुशबू उसके बालों और जीन्स जैकेट में बसी हुई थी। लड़कियों का शरीर कितना मुलायम और गर्म होता है! मैं उसके स्तनों का दबाव कपड़ों के पीछे अपने सीने पर महसूस कर रहा था। कितना समय हो गया था किसी इन्सान के साथ इस तरह का शारीरिक सम्पर्क हुए?

"जिस दिन मैंने तुम्हें आख़िरी बार देखा था, उसी रात मैं उससे मिली और हमने रिश्ता तोड़ लिया," मिदोरी ने कहा।

"मैं तुमसे प्यार करता हूँ," मैंने उससे कहा। "अपने दिल की गहराइयों से। मैं तुम्हें फिर कभी खोना नहीं चाहता। लेकिन मैं कुछ नहीं कर सकता। मैं कोई क़दम नहीं उठा सकता।"

"उसकी वजह से?"

मैंने हाँ में सिर हिलाया।

"मुझे बताओ, क्या तुम उसके साथ सोए हो?"

"एक बार। एक साल पहले।"

"और फिर तुम उसके बाद उससे नहीं मिले?"

"मैं उससे दो बार मिला हूँ। लेकिन हमने कुछ किया नहीं।"

"क्यों? क्या वह तुमसे प्रेम नहीं करती?"

"यह कहना मुश्किल है," मैंने कहा। "यह वास्तव में बहुत पेचीदा मसला है। और उलझा हुआ भी। और यह सब इतने लम्बे समय से चल रहा है कि अब मुझे ख़ुद ही समझ में नहीं आता कि क्या-क्या है। और न ही उसे। मुझे बस इतना पता है कि इंसान होने के नाते मेरी इसमें कुछ ज़िम्मेदारी बनती है, और मैं बस यूँ ही मुँह मोड़कर नहीं जा सकता। कम-से-कम अभी तो मैं यही महसूस करता हूँ, भले ही वह मुझसे प्यार न करती हो।"

"सुनो वातानबे," मिदोरी ने अपना गाल मेरी गर्दन पर टिकाते हुए कहा। "मैं एक असल ज़िन्दा लड़की हूँ, जिसकी नसों में असली ज़िन्दा ख़ून दौड़ रहा है। मैं तुम्हारी बाँहों में हूँ और कह रही हूँ, मैं तुमसे प्यार करती हूँ। मैं वो सब करने को तैयार हूँ, जो तुम कहो। हो सकता है, मैं थोड़ी-सी पागल हूँ, लेकिन मैं एक अच्छी लड़की हूँ, ईमानदार हूँ, मेहनती हूँ, थोड़ी-सी क्यूट भी हूँ, मेरी बॉडी भी ठीक है, अच्छा खाना बनाती हूँ, और मेरे पापा ने मेरे लिए एक ट्रस्ट फण्ड छोड़ा है। मेरा मतलब है, मैं एक बढ़िया सौदा हूँ, है ना? अगर तुमने मुझे स्वीकार नहीं किया तो मैं कहीं और चली जाऊँगी।"

"मुझे समय चाहिए," मैंने कहा। "मुझे सोचने, स्थितियों को समझने, और कुछ फ़ैसले लेने के लिए वक़्त चाहिए। माफ़ करना, लेकिन अभी मैं सिर्फ़ इतना ही कह सकता हूँ।"

"हाँ, लेकिन तुम मुझे दिल की गहराइयों से प्यार करते हो, है ना?"

"मैंने यही कहा है, और मेरा मतलब भी वही है।"

मिदोरी मुझसे थोड़ा-सा दूर हटकर मुस्कराई। "ठीक है, मैं इन्तज़ार करूँगी! मैं तुम पर विश्वास करती हूँ," उसने कहा। "लेकिन जब तुम मुझे अपनाओगे, तो सिर्फ़ मुझे अपनाना होगा। और जब तुम मुझे बाँहों में लोगे, तो सिर्फ़ मेरे बारे में सोचना होगा। समझे?"

"मैं तुम्हारी बात पूरी तरह समझता हूँ।"

"तुम मेरे साथ कुछ भी कर लो, लेकिन मैं नहीं चाहती कि तुम मुझे

तकलीफ़ पहुँचाओ। मुझे अपनी ज़िन्दगी में पहले ही बहुत तकलीफ़ मिली है। अब मैं बस ख़ुश रहना चाहती हूँ।"

मैंने उसे अपने पास खींचा और उसके होंठों पर चूमा।

"छोड़ो वह छतरी और दोनों बाँहों से मुझे कसकर पकड़ो! मैं पूरे दो महीने से इस पल का इन्तज़ार कर रही हूँ!"

मैंने छतरी नीचे रख दी और बारिश में उसे अपनी बाँहों में भर लिया। हाईवे पर दौड़ते टायरों की मद्धिम सरसराहट हमें धुंध की तरह घेरे हुए थी। बारिश बिना रुके, बिना कोई आवाज़ किए गिरती रही–उसके और मेरे बालों को भिगोती हुई, हमारे गालों पर आँसुओं की तरह बहती हुई, उसकी जींस जैकेट और मेरे पीले नायलॉन विंडब्रेकर तक उतरती हुई, जहाँ वह गहरे धब्बों की तरह फैल रही थी।

"क्या कहती हो, वापस छत के नीचे चलें?" मैंने कहा।

"मेरे घर चलो। अभी घर पर कोई नहीं है। इस तरह तो हम दोनों को ज़ुकाम हो जाएगा।"

"ये तो सच है।"

"ऐसा लग रहा है, जैसे हमने अभी-अभी किसी नदी को तैरकर पार किया हो," मिदोरी ने मुस्कराते हुए कहा। "कितना अच्छा लग रहा है।"

हम लिनेन विभाग से एक बड़ा तौलिया खरीद लाए और बारी-बारी से बाथरूम में जाकर अपने बाल सुखाने लगे। फिर ज़रूरी ट्रेनें बदलते हुए हम सबवे से मियोगाडानी स्थित उसके अपार्टमेंट पहुँचे। उसने मुझे पहले नहाने दिया और उसके बाद वह ख़ुद नहाने गई। जब तक मेरे कपड़े सूख रहे थे, मिदोरी ने मुझे पहनने के लिए एक बाथरोब दे दिया। ख़ुद उसने पोलो शर्ट और स्कर्ट पहन ली। फिर हम रसोई की मेज़ पर बैठकर कॉफ़ी पीने लगे।

"अपने बारे में बताओ," मिदोरी ने कहा।

"मेरे बारे में क्या क्या बताऊँ?"

'हूँ... पता नहीं, तुम्हें किस चीज़ से नफ़रत है।"

"चिकन, यौन रोगों से, और ज़्यादा बातें करने वाले नाइयों से।"

"और क्या?"

"अकेली अप्रैल की रातें और झीने टेलिफ़ोन कवर।"

"और क्या?"

मैंने अपना सिर हिलाया। "अब कुछ और याद नहीं आ रहा है।"

"मेरे बॉयफ्रैण्ड – मतलब, अब भूतपूर्व बॉयफ्रैण्ड – को बहुत-सी चीज़ें नापसन्द थीं। जैसे, जब मैं बहुत छोटी स्कर्ट पहनती थी, या सिगरेट पीती थी, या जल्दी नशे में आ जाती थी, या गन्दी बातें करती थी, या उसके दोस्तों की बुराई करती थी। तो अगर मेरे बारे में तुम्हें कुछ भी नापसन्द हो, तो बस बता देना। और अगर मुझसे हो सका, तो मैं उसे सुधार लूँगी।"

"मुझे कुछ याद नहीं पड़ता," मैंने थोड़ा सोचने के बाद कहा। "ऐसा कुछ भी नहीं है।"

"सचमुच?"

"मुझे तुम्हारी पोशाकें पसन्द हैं, तुम जो करती और कहती हो, वो मुझे पसन्द है और जिस तरह तुम नशे में धुत्त हो जाती हो, वह भी पसन्द है। सब कुछ।"

"मतलब मैं जैसी हूँ, वैसी ही ठीक हूँ?"

"मैं नहीं जानता कि तुम ख़ुद को कैसे बदल सकती हो। तुम जैसी हो वैसी ही बढ़िया हो।"

"तुम मुझसे कितना प्यार करते हो," मिदोरी ने पूछा।

"इतना कि दुनिया के सारी बर्फ़ को पिघलाकर मक्खन बना दूँ," मैंने कहा।

"हूँ," उसने थोड़े सन्तोष के साथ कहा। "क्या तुम मुझे फिर से गले लगाओगे?"

हम उसके बिस्तर में गए और एक-दूसरे से लिपट गए, एक-दूसरे को चूमते हुए। बारिश की आवाज़ हमारे कानों में गूँज रही थी। फिर हम ब्रह्माण्ड की उत्पत्ति से लेकर उबले अण्डों की सख़्ती तक हर चीज़ पर बात करते रहे।

"मैं सोच रही थी कि बारिश के दिनों में चींटियाँ क्या करती होंगी?" मिदोरी ने पूछा।

"कह नहीं सकता," मैंने कहा। "वो बहुत मेहनती होती हैं, इसलिए शायद घर की सफ़ाई या सामान का रख-रखाव करने में दिन बिताती होंगी।"

"अगर वो इतनी मेहनती हैं, तो फिर विकसित क्यों नहीं होतीं? वो तो हमेशा से वैसी-की-वैसी बनी हुई हैं।"

"पता नहीं," मैंने कहा। "शायद उनका ही शरीर ऐसा हो कि उसमें बदलाव की गुंजाइश ही ना हो – जैसे बन्दरों में होती है।"

"अरे वातानबे, तुम्हें तो बहुत-सी चीज़ें नहीं पता। मुझे तो लगता था, तुम सब कुछ जानते हो।"

"दुनिया बहुत बड़ी है," मैंने कहा।

"ऊँचे पहाड़, गहरे समन्दर," मिदोरी ने कहा। फिर उसने अपना हाथ मेरी बाथरोब के अन्दर डाल दिया और मेरे तने हुए लिंग को थाम लिया। फिर उसने थूक निगलते हुए कहा, "अरे वातानबे, मज़ाक़ एक तरफ़ है, ये तो नहीं चलेगा। इतनी बड़ी और सख़्त चीज़ मैं तो अपने अन्दर नहीं ले पाऊँगी। नामुमकिन है।"

"तुम मज़ाक़ कर रही हो," मैंने आह भरते हुए कहा।

"हाँ," वह हँसते हुए बोली। "चिन्ता मत करो। सब ठीक हो जाएगा। मुझे पूरा भरोसा है, फ़िट हो जाएगा। मैं इसे देख सकती हूँ?

"बेझिझक।"

मिदोरी कम्बल के नीचे घुस गई और नीचे मुझे पूरी तरह से टटोलने लगी, मेरे लिंग की त्वचा खींची, अण्डकोषों को हाथ में लेकर तौला। फिर वह बाहर निकली और साँस छोड़ी। "मुझे बहुत पसन्द आया!" उसने कहा। "कोई चापलूसी नहीं! सच में बहुत अच्छा लगा।"

"शुक्रिया," मैंने सादगी से कहा।

"लेकिन सच बताओ वातानबे, तुम मेरे साथ करना नहीं चाहते – जब तक कि सारी चीज़ें साफ़ नहीं हो जातीं?"

"ऐसा बिलकुल नहीं है कि मैं तुम्हारे साथ करना नहीं चाहता," मैंने कहा। "करना तो इतना चाहता हूँ कि मैं पागल हुआ जा रहा हूँ। लेकिन ये ठीक नहीं होगा।"

"तुम बहुत ज़िद्दी हो! अगर मैं तुम्हारी जगह होती, तो बस कर गुज़रती – और बाद की बाद में सोचती।"

"सच में?"

"मज़ाक़ कर रही थी," मिदोरी ने कहा। "अगर मैं तुम्हारी जगह होती, तो शायद मैं भी ना करती। और तुम्हारी यही बात मुझे बहुत अच्छी लगती है। सचमुच मुझे तुम्हारी यही बात बहुत अच्छी लगती है।"

"तुम मुझे कितना प्यार करती हो?" मैंने पूछा, लेकिन उसने जवाब नहीं दिया। इसकी बजाय वह मुझसे ज़ोर-से सट गई, अपने होंठ मेरे सीने पर रख दिए और मेरे लिंग के चारों ओर लपेटे हुए अपने हाथ को हिलाना शुरू कर दिया। पहली बात जो मेरे दिमाग़ में आई, वह यह थी कि यह नाओको के हाथ हिलाने के तरीक़े से कितना अलग था। दोनों स्पर्श कोमल और अद्भुत थे, लेकिन जिस तरह मिदोरी इसे किया, उसमें कुछ अलग था, और इसलिए यह एक बिलकुल अलग तरह का अनुभव था।

"ऐ वातानबे, मैं दावे से कह सकती हूँ कि तुम उस दूसरी लड़की के बारे में सोच रहे हो।"

"यह सच नहीं है," मैंने झूठ बोला।

"वाक़ई?"

"वाक़ई।"

"क्योंकि अगर तुम सोच रहे होते तो मुझे बहुत बुरा लगता।"

"मैं और किसी के बारे में नहीं सोच सकता," मैंने कहा।

"मेरे स्तन या नीचे वहाँ छूना चाहते हो?" मिदोरी ने पूछा।

"हे भगवान, मुझे बहुत अच्छा लगता, लेकिन बेहतर है कि मैं ऐसा ना करूँ। अगर हम तुरन्त यह सब करने लगेंगे, तो मेरे लिए बहुत मुश्किल हो जाएगा।"

मिदोरी ने सिर हिलाया और नीचे की ओर सरक गई। उसने अपनी पैंटी उतारी और उसे मेरे लिंग के सिरे पर रख दिया।

"तुम इसमें स्खलित हो सकते हो," उसने कहा।

"लेकिन इससे वह गन्दी हो जाएगी।"

"तुम अपनी यह बकवास बन्द करोगे? तुम मुझे रुला दोगे," मिदोरी ने यूँ कहा जैसे वह रोने ही वाली हो। "अरे, मुझे इसे सिर्फ़ धोना ही तो पड़ेगा। इसलिए रुको मत, जितना स्खलित होना हो, हो जाओ। अगर तुम्हें मेरी पैंटी

की ही चिन्ता है, तो एक नई ख़रीद देना। या वह तुम्हें स्खलित होने से रोकेगी, क्योंकि वह मेरी है?"

"ऐसा बिलकुल नहीं है," मैंने कहा।

"तो फिर आगे बढ़ो, होने दो।"

जब मैं स्खलित हो गया, तो मिदोरी ने मेरे वीर्य का निरीक्षण किया। "बाप रे, कितना सारा!"

"बहुत ज़्यादा है?"

"नहीं, ठीक है, मैं बेवकूफ़। जितना चाहे होने दो," उसने मुस्कराते हुए कहा। फिर उसने मुझे चूम लिया।

शाम को मिदोरी ने पड़ोस से कुछ ख़रीददारी की और डिनर तैयार किया। हमने रसोई की मेज़ पर बैठकर हरे मटर के साथ टेम्पुरा और चावल खाए और बियर पी।

"ख़ूब खाओ और ढेर सारा वीर्य बनाओ," मिदोरी ने कहा। "फिर मैं अच्छी लड़की बनकर उसे बाहर निकालने में तुम्हारी मदद कर दूँगी।"

"बहुत शुक्रिया," मैंने कहा।

"मुझे यह सब करने के कई तरीक़े आते हैं। जब हमारे पास बुकस्टोर था, तब मैंने यह महिलाओं की पत्रिका से सीखा था। एक बार उन्होंने एक स्पेशल एडिशन निकाला था – इस बारे में कि तुम जब प्रेग्नेण्ट हो और सेक्स नहीं कर सकती तो अपने पति का ख़याल कैसे रखना है ताकि वह तुम्हें धोखा ना दे। ढेर सारे तरीक़े हैं। आज़माना चाहोगे?"

"मैं बेसब्री से इंतज़ार कर रहा हूँ।"

मिदोरी को गुड बाय कहने के बाद, मैंने स्टेशन से एक अख़बार ख़रीदा, लेकिन जब मैंने ट्रेन में उसे खोला, तो मुझे अहसास हुआ कि अख़बार पढ़ने की मेरी बिलकुल भी इच्छा नहीं थी, और असल में तो मैं समझ नहीं पा रहा था कि उसमें क्या लिखा है। मैं बस उस पेज को घूरता रहा, जो मेरी समझ से परे था, और सोचता रहा कि अब मेरे साथ क्या होने वाला है और मेरे आसपास की चीज़ें कैसे बदलने वाली हैं। मुझे महसूस हो रहा था, जैसे दुनिया थोड़ी-थोड़ी देर में धड़क रही हो। मैंने गहरी साँस छोड़ी और आँखें बन्द कर लीं। जो कुछ

मैंने उस दिन किया, उसको लेकर मुझे ज़रा भी अफ़सोस नहीं था; मैं पूरे यक़ीन के साथ जानता था कि अगर मुझे वह दिन फिर से जीने का मौक़ा मिले, तो मैं उसे बिलकुल वैसे ही जिऊँगा। मैं मिदोरी को छत पर कसकर गले लगाऊँगा; मैं उसके साथ पानी में लथपथ हो जाऊँगा; और उसके बिस्तर पर उसकी अँगुलियों के सहारे चरम आनन्द की अवस्था तक पहुँचूँगा। मैं मिदोरी को प्यार करता था और इस बात से ख़ुश था कि वह मेरे पास वापस लौट आई थी। हम दोनों आपस में निभा सकते थे, यह निश्चित था। जैसाकि मिदोरी ने ख़ुद कहा था, वह एक असली, ज़िन्दा लड़की थी, जिसकी नसों में ख़ून दौड़ रहा था और जो अपना गर्म शरीर मेरी बाँहों को सौंप रही थी। मेरे लिए ख़ुद को रोक पाना मुश्किल था – उस तीव्र इच्छा को दबाना, जिसमें मैं उसे पूरी तरह नग्न कर देना चाहता था, उसके शरीर को अपने सामने खोल देना चाहता था और उसकी गरमाहट में ख़ुद को पूरी तरह डुबो देना चाहता था। जैसे ही उसने मेरा लिंग पकड़ा और अपना हाथ हिलाना शुरू किया, मैं ख़ुद को रोक नहीं सकता था। मैं चाहता था कि वह ऐसा करे, वह भी ऐसा करना चाहती थी, और हम दोनों एक-दूसरे से प्यार करते थे। भला ऐसे किसी पल को कौन रोक सकता था? यह सच था; मैं मिदोरी से प्यार करता था। और शायद यह बात मुझे पहले से ही पता थी। मैं बस इस निष्कर्ष से बहुत लम्बे समय तक बचता रहा था।

समस्या यह थी कि मैं ये सारी बातें नाओको को समझा नहीं सकता था। यूँ तो यह बात किसी भी समय कहना मुश्किल होता, लेकिन नाओको की मौजूदा हालत में यह कहना कि मैं किसी और लड़की से प्यार कर बैठा हूँ, नामुमकिन था। और फिर मैं अब भी नाओको से प्यार करता था। चाहे वह प्यार कितना ही टूटा-फूटा और उलझा हुआ क्यों न हो, वह प्यार मेरे अन्दर अब भी ज़िन्दा था। मेरे भीतर एक बड़ा, खुला, अछूता-सा कोना अब भी नाओको के लिए ही सुरक्षित था – किसी और के लिए नहीं।

मैं जो कर सकता था, वो था – रेइको को एक चिट्ठी लिखना, जिसमें मैं सब कुछ पूरी ईमानदारी से क़बूल करता। घर लौटकर मैं बरामदे में बैठा, रात की बारिश को बग़ीचे में गिरता हुआ देखता रहा और मन ही मन शब्दों को जोड़ता रहा। फिर मैं अपनी मेज़ पर गया और वह चिट्ठी लिखी। मैंने शुरू किया, "मेरे लिए यह लगभग असहनीय है कि अब मुझे तुम्हें ऐसी चिट्ठी

लिखनी पड़ रही है।" मैंने मिदोरी के साथ अपने रिश्ते का सार बताया और उस दिन जो हुआ, वह सब समझाया।

मैं हमेशा से नाओको से प्यार करता आया हूँ और आज भी करता हूँ। लेकिन मिदोरी और मेरे बीच जो कुछ है, उसमें एक निर्णायक अन्तिमता है। उसमें एक ऐसी अपराजेय शक्ति है, जो मुझे भविष्य की ओर खींचे लिए जा रही है। जो प्यार मैं नाओको के लिए महसूस करता हूँ, वह बेहद शान्त, पारदर्शी और कोमल है। लेकिन मिदोरी के लिए मेरा भाव कुछ और ही है। वह अपने आप खड़ा होता है, चलता है, जीता है, साँस लेता है, धड़कता है और मुझे मेरी जड़ों तक झकझोर देता है। मैं नहीं जानता कि मुझे क्या करना चाहिए। मैं उलझा हुआ हूँ। मैं अपने लिए कोई बहाना नहीं बना रहा हूँ, लेकिन मुझे यक़ीन है कि मैंने हमेशा उतनी ही ईमानदारी से जीने की कोशिश की है, जितना मैं जानता था। मैंने कभी किसी से झूठ नहीं बोला और हमेशा इस बात का ख़याल रखा कि किसी को चोट न पहुँचे। फिर भी आज मैं ख़ुद को इस भूल-भुलैया में खड़ा पाता हूँ। यह कैसे हुआ? मैं समझ नहीं पाता। मुझे नहीं पता कि मुझे क्या करना चाहिए। रेइको, क्या तुम मुझे कुछ बता सकती हो? तुम ही एकमात्र इंसान हो, जिससे मैं सलाह माँग सकता हूँ।

मैंने स्पेशल-डिलिवरी पोस्टेज के साथ वह पत्र उसी रात मेल कर दिया।

रेइको का जवाब पाँच दिन बाद आया, जिस पर 17 जून की तारीख़ पड़ी हुई थी।

चलो, पहले अच्छी ख़बर से शुरू करते हैं। नाओको की हालत उम्मीद से कहीं ज़्यादा तेज़ी-से सुधर रही है। मैंने एक बार उससे फ़ोन पर बात की और उसने एकदम साफ़ और स्पष्ट ढंग से बात की। शायद उसे यहाँ वापस आने में ज़्यादा समय नहीं लगेगा।

अब बात करते हैं, तुम्हारी।

मुझे लगता है, तुम हर चीज़ को बहुत ज़्यादा गम्भीरता से ले लेते हो। किसी दूसरे इन्सान से प्यार करना एक अद्भुत चीज़ है, और

अगर वह प्रेम सच्चा है, तो कोई भी व्यक्ति ख़ुद को भूल-भुलैया में फेंक दिया गया नहीं पाता।

मेरा तुम्हें एक बहुत सरल सुझाव है। सबसे पहले, अगर तुम्हारा झुकाव मिदोरी की ओर इतना गहरा है, तो उसका प्रेम में बदल जाना, एक स्वाभाविक बात है। यह रिश्ता सफल भी हो सकता है और नहीं भी। लेकिन प्रेम ऐसा ही होता है। जब तुम्हें प्रेम हो जाता है, तो यह स्वाभाविक बात होती है कि तुम ख़ुद को उस प्रेम के प्रति समर्पित कर दो। यह ईमानदारी का एक रूप है।

दूसरी बात, तुम्हें मिदोरी के साथ शारीरिक सम्बन्ध बनाना चाहिए या नहीं – यह तुम्हें ख़ुद तय करना है। मैं इस बारे में कुछ नहीं कह सकती। मिदोरी से इस बारे में बात करो और ऐसे नतीजे पर पहुँचो, जो तुम्हें ठीक और समझदारी-भरा लगे।

तीसरी बात, यह सब नाओको से मत कहना। अगर हालात ऐसे बन जाएँ कि बताना ज़रूरी हो जाए, तो फिर तुम और मैं मिलकर कोई अच्छा तरीक़ा खोज लेंगे। अभी के लिए, बस ख़ामोश रहो। मुझ पर छोड़ दो।

चौथी और आख़िरी बात यह है कि तुम नाओको के लिए एक बहुत बड़ा सहारा रहे हो। भले ही उसके प्रति तुम्हारे मन में प्रेमी जैसा भाव न रह गया हो, फिर भी तुम उसके लिए बहुत कुछ कर सकते हो। इसलिए हर बात को अपने उस ज़रूरत से ज़्यादा गम्भीर अन्दाज़ में मत लो। हम सब (जिनमें सामान्य और कम-सामान्य, सभी तरह के लोग शामिल हैं) अपूर्ण इंसान हैं, और हम एक अपूर्ण दुनिया में जी रहे हैं। हम बैंक अकाउंट की तरह की मशीनी सटीकता के साथ जीवन नहीं जीते, न ही हर बात को पैमाने या प्रोट्रैक्टर से नापते हैं। है न, सही बात?

मुझे तो व्यक्तिगत तौर पर यही महसूस होता है कि मिदोरी एक बहुत प्यारी लड़की है। सिर्फ़ तुम्हारा ख़त पढ़कर ही मैं समझ सकती हूँ कि तुम उसकी ओर क्यों खिंचे चले गए। और मैं यह भी समझती हूँ कि तुम नाओको की ओर भी क्यों आकर्षित हो। इसमें ज़रा भी पाप जैसी कोई बात नहीं है। इस दुनिया में ऐसी चीज़ें

अक्सर होती रहती हैं। यह वैसा ही है, जैसे किसी ख़ूबसूरत दिन किसी ख़ूबसूरत झील में नाव लेकर जाना और महसूस करना कि आसमान भी सुन्दर है और झील भी। तो ख़ुद को अन्दर ही अन्दर मत खाओ। अगर तुम चीज़ों को उनके स्वाभाविक रास्ते पर चलने दोगे, तो सब कुछ वहीं जाएगा, जहाँ उसे जाना चाहिए। तुम चाहे कितनी भी कोशिश कर लो, कुछ लोग तब ज़रूर आहत होंगे, जब उनके आहत होने का समय आएगा। ज़िन्दगी ऐसी ही होती है। मुझे पता है कि मैं ऐसे बात कर रही हूँ, जैसे किसी मंच पर खड़े होकर भाषण दे रही हूँ, लेकिन तुम्हारे लिए यह सीखने का समय है कि ज़िन्दगी ऐसे ही जी जाती है। तुम बहुत ज़्यादा कोशिश करते हो कि ज़िन्दगी तुम्हारे तरीक़े से चले। अगर तुम पागलख़ाने में वक़्त नहीं बिताना चाहते, तो तुम्हें थोड़ा और खुलना होगा और ज़िन्दगी की स्वाभाविक धारा के साथ बहना सीखना होगा। मैं एक कमज़ोर और अधूरी औरत हूँ, लेकिन फिर भी कई बार मुझे लगता है कि ज़िन्दगी कितनी सुन्दर हो सकती है! यक़ीन करो, यह सच है। तो अभी इसी पल तुम जो कर रहे हो, उसे छोड़ दो – और ख़ुश हो जाओ। ख़ुद को ख़ुश रखने की कोशिश करो!"

कहने की ज़रूरत नहीं कि तुम और नाओको अपनी कहानी को सुखद अन्त तक नहीं पहुँचा सके। लेकिन कौन कह सकता है कि सबसे अच्छा क्या है? यही वजह है कि जहाँ कहीं भी तुम्हें ख़ुश रहने का मौक़ा मिले, उसे पकड़ लो, और दूसरों के बारे में ज़्यादा मत सोचो। मेरे अनुभव ने मुझे सिखाया है कि ज़िन्दगी में हमें ऐसे मौक़े दो या तीन बार से ज़्यादा नहीं मिलते। और अगर हम उन्हें गँवा देते हैं, तो फिर पूरी ज़िन्दगी उसका पछतावा बना रहता है।

मैं हर दिन गिटार बजा रही हूँ – किसी ख़ास व्यक्ति के लिए नहीं, बस यूँ ही। यह सब कुछ थोड़ा निरर्थक सा लगता है। मुझे अँधेरी बरसाती रातें भी पसन्द नहीं हैं। मैं बस ये उम्मीद करती हूँ कि मुझे एक और मौक़ा मिले, जब मैं एक बार फिर तुम्हारे और नाओको के सामने गिटार बजा सकूँ, और अंगूर खाते हुए कुछ वक़्त बिता सकूँ।

ख़ैर तब तक के लिए–

रेइको इशिदा

11

नाओको की मृत्यु के बाद रेइको ने मुझे कई बार चिट्ठियाँ लिखीं। उसने कहा कि इसमें मेरी ग़लती नहीं थी। यह किसी की भी ग़लती नहीं थी – जैसे बारिश के लिए किसी को दोष नहीं दिया जा सकता, वैसे ही। लेकिन मैंने उसे कभी जवाब नहीं दिया। मैं क्या कहता? कहने से क्या फ़र्क पड़ता? नाओको अब इस दुनिया में नहीं थी; वह तो बस मुट्ठीभर राख बन चुकी थी।

अगस्त के अन्त में कोबे में नाओको का शान्तिपूर्ण अन्तिम संस्कार हुआ, और जब सब कुछ ख़त्म हो गया, तो मैं टोक्यो लौट आया। मैंने अपने मकान मालिक से कहा कि मैं कुछ समय के लिए जा रहा हूँ, और इतालवी रेस्तराँ में अपने बॉस को सूचित कर दिया कि अब मैं काम पर नहीं आ पाऊँगा। मिदोरी को मैंने एक छोटा-सा नोट लिखा: मैं फ़िलहाल कुछ कहने की स्थिति में नहीं हूँ, लेकिन मुझे उम्मीद है कि तुम थोड़ा इन्तज़ार करोगी। इसके बाद के तीन दिन मैंने सिनेमाघरों में बिता दिए, और जब मैं टोक्यो की हर नई फ़िल्म देख चुका, तब मैंने अपना बैग पैक किया, बैंक से सारे पैसे निकाल लिए, शिन्जुकु स्टेशन गया, और जो भी पहली एक्सप्रेस ट्रेन मिली, उसमें सवार हो गया – शहर से बाहर, कहीं भी जाने के लिए।

मैं कहाँ-कहाँ गया, यह आज मुझे ठीक से याद नहीं है। मुझे वहाँ के दृश्य, आवाज़ें और गंध तो साफ़ याद हैं, लेकिन उन शहरों के नाम स्मृति से मिट चुके हैं। यह भी याद नहीं कि मैं किस क्रम में एक जगह से दूसरी जगह गया था। मैं ट्रेन, बस या ट्रक से लिफ़्ट लेकर शहर-दर-शहर घूमता रहा। कभी ख़ाली मैदानों, स्टेशन के कोनों, पार्कों, नदी किनारे या समुद्र-तट पर अपना स्लीपिंग बैग बिछाकर सो जाता। एक बार मुहल्ले की पुलिस चौकी में एक कोने में सोने को मिला, और एक बार मैं क़ब्रिस्तान के पास सोया। मुझे इससे कोई

फ़र्क़ नहीं पड़ता था कि मैं कहाँ सो रहा हूँ – बस इतना चाहिए था कि मैं लोगों की नज़रों से दूर रहूँ और अपने स्लीपिंग बैग में जितनी देर चाहे पड़ा रह सकूँ। चलते-चलते थक जाने पर मैं अपने बैग में घुस जाता, सस्ती व्हिस्की के कुछ घूँट पीता और तुरन्त सो जाता। अच्छे शहरों में लोग मुझे खाना और मच्छर भगाने की अगरबत्तियाँ दे जाते, और कुछ शहरों में पुलिस बुला ली जाती और मुझे पार्क से भगा दिया जाता। लेकिन इससे मुझे कोई फ़र्क़ नहीं पड़ता था। मुझे सिर्फ़ यही चाहिए था – अजनबी शहरों में ख़ुद को नींद के हवाले कर देना। जब मेरे पास पैसे कम पड़ने लगते, तो मैं कुछ दिन मज़दूरी कर लेता – जब तक कि मेरी ज़रूरत भर की रक़म इकट्ठी न हो जाए। मेरे लिए हमेशा कहीं-न-कहीं कुछ-न-कुछ काम मिल ही जाता था। मैं बस एक शहर से दूसरे शहर भटकता रहता, बिना किसी मंज़िल के। दुनिया बड़ी थी, अजीब चीज़ों और अजनबी लोगों से भरी हुई। एक बार मैंने मिदोरी को फ़ोन कर लिया, क्योंकि काफ़ी समय से मैंने उसकी आवाज़ नहीं सुनी थी।

"तुम्हें पता है, स्कूल तो कब का शुरू हो चुका है," उसने कहा। "कुछ कोर्सेज़ ने तो पेपर माँगना भी शुरू कर दिया है। अब क्या करने वाले हो तुम? तुम्हें अन्दाज़ है कि तुम पूरे तीन हफ़्तों से बिलकुल ग़ायब हो?"

"सॉरी, लेकिन मैं अभी टोक्यो नहीं लौट सकता। अभी नहीं।"

"और यही सब कुछ है, जो तुम मुझे बताने वाले हो?"

"इस वक़्त मैं इससे ज़्यादा कुछ नहीं कह सकता। शायद अक्टूबर में..."

मिदोरी ने बिना कुछ कहे फ़ोन काट दिया।

मैंने अपनी यात्राएँ जारी रखीं। कभी-कभी मैं किसी सस्ती सराय में रुक जाता, नहा लेता और दाढ़ी बना लेता। आईने में जो चेहरा दिखता, वह ख़स्ता हाल होता। धूप ने मेरी त्वचा को झुलसा दिया था, आँखें धँसी हुई थीं, और गालों की हड्डियों पर कहीं-कहीं अजीब-से निशान और खरोंचें थीं। ऐसा लगता था, जैसे मैं किसी गुफा से रेंगता हुआ बाहर निकला हूँ – लेकिन वह मैं ही था। हाँ, वही मैं।

उस वक़्त मैं टोक्यो से जितनी दूर जा सकता था, समुद्र किनारे की ओर बढ़ चुका था – शायद तोत्तोरी में या ह्योगो के उत्तरी तट पर कहीं। समुद्र के

साथ-साथ चलना आसान था। रेत में सोने की जगह मिल जाती थी। मैं बहकर आई लकड़ियों से आग जलाता और किसी स्थानीय मछुआरे से खरीदी हुई सूखी मछली सेंक लेता। फिर ह्विस्की के कुछ घूँट पीकर लहरों की आवाज़ सुनते हुए नाओको के बारे में सोचता। यह ख़याल अजीब था कि नाओको अब मर चुकी है – कि अब वह इस दुनिया का हिस्सा नहीं रही। मैं उस सच्चाई को अन्दर से स्वीकार नहीं कर पा रहा था। मैं उस पर यक़ीन नहीं कर पा रहा था। मैंने ख़ुद उसके ताबूत पर कीलें ठोंकते हुए उनकी आवाज़ सुनी थी, लेकिन फिर भी मैं यह स्वीकार नहीं कर पा रहा था कि वह अब शून्य में समा चुकी है।

नहीं – उसकी छवि अब भी मेरी स्मृति में बेहद सजीव थी। मैं अब भी उसे साफ़-साफ़ देख सकता था – जब उसने मेरा लिंग अपने मुँह में लिया था और उसके बाल मेरे पेट पर बिखरे हुए थे। मैं अब भी उसकी गर्माहट महसूस कर सकता था, अपनी त्वचा पर उसकी साँसों का स्पर्श... और वह बेबस पल, जब मैं कुछ नहीं कर सका था, सिवा स्खलित हो जाने के। मैं इन सब बातों को उतनी ही स्पष्टता से याद कर सकता था, जैसे यह सब अभी पाँच मिनट पहले ही घटा हो। और मुझे पूरा यक़ीन हो जाता कि नाओको अब भी मेरे पास है – बस हाथ बढ़ाना है और मैं उसे छू सकता हूँ। लेकिन नहीं, वह वहाँ नहीं थी। उसका शरीर अब इस दुनिया में नहीं था।

ऐसी रातों में, जब मुझे नींद नहीं आती थी, नाओको की छवियाँ लौट-लौटकर मेरे पास आ जातीं। उन्हें रोकने का कोई तरीक़ा नहीं था। मेरी अन्दरूनी दुनिया उसकी यादों से इतनी भरी हुई थी कि जैसे ही कोई एक याद बाहर आने का रास्ता पा लेती, बाक़ी सारी यादें भी उसी रास्ते से एक अन्तहीन धारा की तरह निकल पड़तीं – एक ऐसा सैलाब, जिसे रोका नहीं जा सकता था। नाओको अपने पीले रेनकोट में, बरसात की उस सुबह पक्षियों का घर साफ़ करती हुई और चारा उठाए हुए; वह दबा हुआ जन्मदिन का केक और उसके आँसुओं का मेरी कमीज़ में समा जाना (हाँ, उस दिन भी बारिश हो रही थी); सर्दियों में मेरे साथ चलती हुई नाओको, ऊँट के बालों वाला कोट पहने हुए; वह क्लिप, जिसे वह हमेशा अपने बालों में पहनती थी, उसे छूती हुई नाओको; और सोफ़े पर बैठी हुई, नीले नाइटगाउन में अपने पैर मोड़कर, ठुड्डी घुटनों पर टिकाए हुए – वह नाओको।

यादें मुझ पर इस तरह टूटतीं जैसे ज्वार की लहरें किनारे पर आकर टकराती हैं, और फिर वे मुझे बहा ले जातीं किसी अनजाने, अजीब से स्थान की ओर। ऐसा स्थान जहाँ मैं मृतकों के बीच जीता था। वहाँ नाओको जीवित थी और मैं उससे बात कर सकता था, उसे अपनी बाँहों में ले सकता था। उस जगह मृत्यु कोई निर्णायक अन्त नहीं थी, बल्कि जीवन के कई तत्त्वों में से मात्र एक तत्त्व थी। वहाँ नाओको मृत्यु को अपने भीतर लिए जीवित थी। वह मुझसे कहती, "चिन्ता मत करो, ये तो बस मौत है। इसे अपने ऊपर हावी मत होने दो।"

उस अजीब जगह पर मैं कोई दुख महसूस नहीं करता था। मृत्यु, मृत्यु थी; नाओको, नाओको थी। "तो फिर समस्या क्या है?" वह अपनी शर्मीली मुस्कान के साथ पूछती। "मैं तो यहाँ हूँ, है ना?" उसकी वही जानी-पहचानी छोटी-छोटी भंगिमाएँ मेरे दिल को सुकून देती थीं, मुझे कुछ पल की शान्ति और राहत दे जाती थीं। "अगर यही मौत है," मैंने सोचा, "तो मौत इतनी बुरी भी नहीं है।"

"यह सच है," नाओको ने कहा। "मौत कोई बड़ी बात नहीं होती। यह बस... मौत है। यहाँ मेरे लिए सब कुछ आसान है।" वह गहराते काले समन्दर की लहरों की गूँज के बीच-बीच में मुझसे बात करती।

लेकिन अन्ततः ज्वार लौट जाता था...और मैं अकेला रह जाता था – उसी तट पर। बेबस, मैं कहीं भी नहीं जा सकता था। दुख का साया मुझे पूरी तरह ढँक लेता, और फिर आँसू बहने लगते। ऐसा नहीं लगता था कि मैं रो रहा हूँ, बल्कि जैसे मेरे भीतर से आँसू पसीने की तरह रिस रहे हों।

किज़ुकी की मौत से मैंने एक बात सीखी थी, जिसे मैंने अपने भीतर एक जीवन-दर्शन की तरह बसा लिया था: "मृत्यु जीवन का विपरीत नहीं है, बल्कि जीवन का ही एक सहज हिस्सा है।"

हम अपने जीवन को जीते हुए ही मृत्यु को पोषित करते हैं। यह बात चाहे कितनी ही सच हो, यह केवल उन कुछ सच्चाइयों में से एक थी जिन्हें हमें सीखना होता है। नाओको की मृत्यु ने मुझे जो सिखाया, वह यह था : कोई भी सच्चाई उस दुख को नहीं मिटा सकती जो किसी प्रिय के खोने से होता है। कोई सच्चाई, कोई ईमानदारी, कोई ताक़त, कोई करुणा, उस शोक को कभी

पूरी तरह दूर नहीं कर सकती। बस, हम इतना ही कर सकते हैं – उस दुख के अन्त तक उसके साथ बने रहना, और उससे कुछ सीखना। लेकिन जो कुछ हम सीखते हैं, वह अगले दुख का सामना करने में हमारी कोई मदद नहीं करता, क्योंकि अगली पीड़ा बिना किसी चेतावनी के ही आती है।रात में लहरों की आवाज़ सुनते हुए, हवा की सरसराहट महसूस करते हुए, रोज़-ब-रोज़ मैं इन्हीं ख़यालों में डूबा रहा। पीठ पर थैला, बालों में रेत, और पेट में केवल ह्विस्की, रोटी और पानी – मैं पश्चिम की ओर और आगे बढ़ता चला गया।

एक शाम, जब तेज़ हवा चल रही थी, मैं एक पुराने, टूटे हुए जहाज़ के पास अपने स्लीपिंग बैग में लिपटा हुआ पड़ा था और चुपचाप रो रहा था। तभी एक नौजवान मछुआरा वहाँ से गुज़रा और उसने मुझे एक सिगरेट ऑफ़र की। मैंने उसे ले लिया और एक साल से ज़्यादा समय बाद धुआँ खींचा। उसने मुझसे पूछा कि मैं क्यों रो रहा हूँ। लगभग एक स्वाभाविक प्रतिक्रिया के रूप में मैंने कहा कि मेरी माँ मर गई है। मैंने कहा कि मैं उस दुख को सह नहीं पाया, इसलिए घर छोड़ दिया। उसने संवेदना प्रकट की और अपने घर से साके की एक बड़ी बोतल और दो गिलास ले आया।

हम दोनों उस रेतीले तट पर बैठकर साके पी रहे थे, हवा ज़ोरों-से चल रही थी। उसने बताया कि उसकी माँ की मौत तब हुई थी जब वह सोलह साल का था। वह कभी स्वस्थ नहीं रही, और सुबह से रात तक काम करते-करते थककर चूर हो चुकी थी। मैं आधा-अधूरा उसकी बात सुन रहा था, साके की चुस्कियाँ लेते हुए कभी-कभी बस "हूँ" कह देता था। ऐसा लग रहा था, जैसे वह किसी और दुनिया की कहानी सुना रहा हो। ये आदमी क्या बकवास कर रहा है, मैंने सोचा, और अचानक मेरे भीतर भयानक ग़ुस्सा भड़क उठा। मैं उसकी गरदन मरोड़ देना चाहता था। तेरी माँ की किसे परवाह है? मैंने नाओको को खो दिया है! उसका ख़ूबसूरत शरीर अब इस दुनिया में नहीं है! तू अपनी माँ की बकवास क्यों सुना रहा है?!

लेकिन जैसे ग़ुस्सा आया था, वैसे ही चला भी गया। मैंने अपनी आँखें बन्द कर लीं और उसकी अनवरत बातें सुनता रहा – जैसे कोई दूर की आवाज़। आख़िरकार उसने पूछा, "तुमने कुछ खाया है?" मैंने कहा, "नहीं। लेकिन

मेरे बैग में रोटी, चीज़, एक टमाटर और थोड़ी चॉकलेट है।" उसने पूछा कि मैंने दोपहर में क्या खाया था। मैंने वही दोहराया, "रोटी, चीज़, टमाटर और चॉकलेट।" "यहीं रुको," वह बोला और अँधेरे में दौड़ गया। मैंने उसे रोकने की कोशिश की, लेकिन वह बिना पीछे देखे ही ग़ायब हो गया।

अब मैं अकेला वहीं बैठा साके पीता रहा। तट पर उन आतिशबाज़ियों के छोटे-छोटे काग़ज़ बिखरे पड़े थे, जिन्हें वहाँ किसी ने फोड़ा था। लहरें ज़ोर-ज़ोर से किनारे से टकरा रही थीं। एक दुबला-पतला कुत्ता मेरी आग के पास आया, कुछ खाने की तलाश में सूँघता रहा, फिर चला गया।

आख़िरकार, आधा घण्टा बीतने के बाद वह मछुआरा लौटा – उसके हाथ में सुशी के दो डिब्बे और साके की एक नई बोतल थी। उसने कहा कि ऊपर वाले डिब्बे का खाना मुझे अभी ख़त्म करना होगा, क्योंकि उसमें मछली थी; वह जल्दी ख़राब हो जाती है। नीचे वाले डिब्बे में सिर्फ़ नोरी रोल और तला हुआ टोफ़ू था – वह कल तक चल जाने वाला था। उसने नई बोतल से हम दोनों के गिलासों में साके भरा। मैंने उसे धन्यवाद दिया और ऊपर वाला पूरा डिब्बा अकेले ही ख़त्म कर डाला, जबकि उसमें दो लोगों के लिए पर्याप्त खाना था। जब हम जितना साके पी सकते थे, पी चुके, तो उसने मुझे रात में अपने घर पर ठहरने का प्रस्ताव दिया। लेकिन जब मैंने कहा कि मैं अकेले ही समुद्र तट पर सोना चाहूँगा, तो उसने बात वहीं ख़त्म कर दी। जाते समय उसने अपनी जेब से एक मुड़ा हुआ पाँच हज़ार येन का नोट निकाला और मेरी शर्ट की जेब में डाल दिया। "यह लो," उसने कहा, "कुछ अच्छा खा लेना। तुम बहुत बुरे हाल में लग रहे हो।" मैंने कहा कि तुमने पहले ही मेरे लिए बहुत कुछ कर दिया है; मैं इसके अलावा पैसे नहीं ले सकता। लेकिन उसने पैसे वापस लेने से मना कर दिया। "यह पैसा नहीं है," उसने कहा, "यह मेरी भावना है। ज़्यादा मत सोचो, बस रख लो।" मैं बस उसका धन्यवाद ही कर सका और पैसे स्वीकार कर लिए।

जब वह चला गया, तो अचानक मुझे अपनी पुरानी प्रेमिका की याद आई – वही जिससे मैंने हाई स्कूल के तीसरे साल में पहली बार शारीरिक सम्बन्ध बनाए थे। मेरे शरीर में सिहरन दौड़ गई, जब मैंने महसूस किया कि मैंने उसके साथ कितना बुरा व्यवहार किया था। मैंने कभी भी उसके विचारों

या भावनाओं के बारे में नहीं सोचा, ना ही उसकी उस पीड़ा के बारे में जो मैंने उसे पहुँचाई थी। वह कितनी कोमल और प्यारी थी, लेकिन उस समय मैंने उसकी कोमलता को हल्के में लिया और बाद में शायद ही कभी उसे याद किया। अब वह क्या कर रही होगी? मैंने सोचा। क्या उसने मुझे माफ़ कर दिया होगा?

मेरे भीतर अचानक मतली का एक तेज़ दौरा उठा, और मैंने पुराने जहाज़ के पास उल्टी कर दी। बहुत ज़्यादा साके पी लेने से मेरा सिर दर्द कर रहा था, और उस मछुआरे से झूठ बोलकर उसके पैसे ले लेने की वजह से भी मुझे बुरा लग रहा था। मैंने तय किया कि अब मुझे टोक्यो लौट जाना चाहिए; मैं हमेशा ऐसे नहीं रह सकता। मैंने अपने स्लीपिंग बैग को मुख्य बैग में डाला, उसकी पट्टियाँ कन्धों पर डालीं और नज़दीकी रेलवे स्टेशन की ओर चल पड़ा। टिकट खिड़की पर बैठे आदमी से मैंने कहा, "मैं जल्द से जल्द टोक्यो जाना चाहता हूँ।" उसने टाइम-टेबल देखा और कहा कि अगर मैं रात की एक गाड़ी से जाकर दूसरी गाड़ी पकड़ लूँ, तो सुबह तक ओसाका पहुँच सकता हूँ और वहाँ से बुलेट ट्रेन ले सकता हूँ। मैंने उसे धन्यवाद दिया और मछुआरे से मिले पाँच हज़ार येन के नोट से टोक्यो का टिकट ख़रीद लिया। ट्रेन का इन्तज़ार करते हुए मैंने एक अख़बार ख़रीदा और तारीख़ देखी; 2 अक्टूबर, 1970। तो मैं पूरे एक महीने से यात्रा पर था। मुझे पता था कि अब वापस असली दुनिया में लौटने का समय आ गया था।

एक महीने की यह यात्रा न तो मेरे मन को हल्का कर सकी, न ही नाओको की मृत्यु के आघात को कम कर सकी। मैं उसी हालत में टोक्यो लौटा, जिस हालत में मैंने उसे छोड़ा था। मैं तो मिदोरी को फ़ोन भी नहीं कर पाया। मैं उससे क्या कहता? कहाँ से शुरू करता? "अब सब कुछ ख़त्म हो गया है; तुम और मैं साथ में ख़ुश रह सकते हैं?" नहीं, ऐसा कहना तो सोच से बाहर था। मैं चाहे जैसे भी इसे कहता, सच्चाई तो वही रहती; नाओको अब इस दुनिया में नहीं थी, और मिदोरी अभी भी ज़िन्दा थी। नाओको अब एक मुट्ठी सफ़ेद राख बन चुकी थी, और मिदोरी एक ज़िन्दा, साँस लेती हुई इंसान थी।

मुझे अपने ही भीतर गन्दगी का बोध हुआ। हालाँकि मैं टोक्यो लौट आया था, फिर भी कई दिनों तक मैंने कुछ नहीं किया। बस अपने कमरे में

बन्द रहा। मेरी यादें जीने वालों के बजाय मरे हुओं में अटकी रहीं। मैंने अपने मन में जो कमरे नाओको के लिए सहेजकर रखे हुए थे, वे सब बन्द थे। फ़र्नीचर सफ़ेद चादरों से ढँका हुआ था, और खिड़कियों की सिल पर धूल जमी हुई थी। मैं दिन का ज़्यादातर समय उन्हीं कमरों में बिताता था। और मैं किज़ुकी के बारे में सोचता। "तो आख़िर तुमने नाओको को पा ही लिया," मैंने ख़ुद को उससे कहते हुए सुना। "ख़ैर, वह तो शुरू से ही तुम्हारी थी। अब शायद वह वहीं है, जहाँ उसे होना चाहिए। लेकिन इस दुनिया में, जीवितों की इस अधूरी दुनिया में, मैंने नाओको के लिए अपनी तरफ़ से पूरी कोशिश की। हम दोनों के लिए एक नई ज़िन्दगी बनाने की कोशिश की। लेकिन छोड़ो, किज़ुकी। अब मैं उसे तुम्हें सौंप रहा हूँ। आख़िर उसी ने तुम्हें चुना था। अपने दिल की गहराइयों जैसे अँधेरे जंगल में जाकर उसने ख़ुद को फाँसी लगा ली। कभी, बहुत पहले, तुमने मेरे एक हिस्से को मौत की दुनिया में खींच लिया था, और अब नाओको ने मेरा एक और हिस्सा उस दुनिया में खींच लिया है। कभी-कभी मुझे लगता है, जैसे मैं किसी संग्रहालय का रखवाला हूँ – एक बहुत बड़ा, सूना संग्रहालय, जहाँ कभी कोई आता ही नहीं, और मैं उसकी देखभाल केवल अपने लिए कर रहा हूँ।"

टोक्यो लौटने के चौथे दिन मुझे रेइको का एक पत्र मिला। स्पेशल डिलीवरी। वह एक साधारण-सा नोट था: "कई हफ़्तों से तुमसे कोई सम्पर्क नहीं है, और मैं चिन्तित हूँ। प्लीज़, मुझे फ़ोन करो। सुबह नौ बजे और रात नौ बजे मैं फ़ोन के पास तुम्हारा इन्तज़ार करूँगी।"

मैंने उसी रात नौ बजे उसे फ़ोन किया। पहली घण्टी में ही रेइको ने फ़ोन उठा लिया।

"तुम ठीक हो?" उसने पूछा।

"कमोबेश ठीक ही हूँ," मैंने कहा।

"तुम्हें कोई आपत्ति तो नहीं अगर मैं परसों तुमसे मिलने आऊँ?"

"मुझसे मिलने? मतलब यहाँ टोक्यो में?"

"हाँ, बिलकुल। मैं तुमसे लम्बी बात करना चाहती हूँ।"

"क्या तुम सैनेटोरियम छोड़ रही हो?"

"अगर मुझे तुमसे मिलना है, तो और कोई रास्ता नहीं है, है ना? वैसे भी अब इस जगह से निकलने का वक़्त आ गया है। मैं यहाँ आठ साल से हूँ। अगर और देर हुई, तो मैं सड़ने लगूँगी।"

मैं कुछ बोल नहीं पाया। थोड़ी देर की चुप्पी के बाद रेइको ने बात आगे बढ़ाई, "मैं परसों तीन बजकर बीस मिनट की बुलट ट्रेन से आऊँगी। स्टेशन पर मिलोगे मुझसे? या तुम मुझे भूल चुके हो? अब जबकि नाओको नहीं रही, मुझमें तुम्हारी दिलचस्पी तो नहीं ख़त्म हो गई?"

"बिलकुल नहीं," मैंने कहा। "टोक्यो स्टेशन पर तीन बजे मिलते हैं।"

"तुम मुझे पहचान लोगे। मैं वो बूढ़ी औरत हूँ, जिसके पास गिटार-केस होगा। ऐसी बहुत नहीं होतीं।"

और सचमुच, भीड़ में रेइको को ढूँढ़ने में मुझे ज़रा भी कठिनाई नहीं हुई। उसने मर्दों वाला ट्वीड जैकेट, सफ़ेद स्लैक्स और लाल स्नीकर्स पहन रखे थे। उसके बाल हमेशा की तरह छोटे थे, जिनकी कुछ लटें अपनी आदत के मुताबिक़ इधर-उधर खड़ी थीं। उसके दाहिने हाथ में भूरे चमड़े का एक सूटकेस था और बाएँ हाथ में काले रंग का गिटार केस। जैसे ही उसकी नज़र मुझ पर पड़ी, उसने अपनी सिलवटों भरी बड़ी-सी मुस्कान बिखेरी, और अनायास मैं भी मुस्करा उठा। मैंने उसका सूटकेस ले लिया और उसके साथ पश्चिमी उपनगर की ओर जाने वाली ट्रेन की तरफ़ चल पड़ा।

"अरे वातानबे, ये भयानक चेहरा कब से ओढ़ रखा है? या ये अब टोक्यो का नया फ़ैशन है?"

"मैं कुछ दिन सफ़र में था, बस उल्टा-सीधा खाया," मैंने कहा। "बुलेट ट्रेन कैसी लगी?"

"बेकार!" उसने कहा। "खिड़की भी खोल नहीं सकते। मैं प्लेटफ़ॉर्म पर मिलने वाले डिब्बा बंद लंच ख़रीदना चाहती थी।"

"वो ट्रेन के अन्दर भी बेचते हैं।"

"हाँ, वही बेहिसाब महँगे, प्लास्टिक जैसे सैंडविच। भूखा घोड़ा भी उस चीज़ को हाथ न लगाए। मुझे तो गोतेनबा स्टेशन के डिब्बाबंद खाने बहुत पसंद थे।"

"वह बहुत समय पहले बुलेट ट्रेन आने से पहले की बात है।"

"अरे, मैं भी तो उसी ज़माने की हूँ–बुलेट ट्रेन से पहले वाले ज़माने की!"

किचिजोजी की ओर जाते हुए रेइको ट्रेन की खिड़की से बाहर गुज़रते मुसाशिनो के दृश्य को एक पर्यटक जैसी उत्सुकता से देखती रही।

"क्या आठ सालों में बहुत कुछ बदल गया है?" मैंने पूछा।

"तुम समझ नहीं सकते मैं इस वक़्त क्या महसूस कर रही हूँ, वातानबे।"

"नहीं, नहीं समझ सकता।"

"मैं डरी हुई हूँ," उसने कहा। "इतनी डरी हुई कि अभी एक झटके में पागल हो सकती हूँ। मुझे पता नहीं कि अब क्या करना चाहिए, जब मैं अकेली इस दुनिया में फेंक दी गई हूँ।" वह थोड़ी देर चुप रही।

"लेकिन 'एक झटके में पागल हो जाना'... सुनने में कुछ स्टाइलिश-सा लगता है, है ना?"

मैं मुस्कराया और उसका हाथ थाम लिया। "चिन्ता मत करो," मैंने कहा। "तुम ठीक रहोगी। ये तुम्हारी अपनी ताक़त ही तो है, जो तुम्हें यहाँ तक ले आई है।"

"मुझे उस जगह से बाहर निकालने वाली मेरी ख़ुद की ताक़त नहीं थी," रेइको ने कहा। "वो ताक़त नाओको और तुम्हारी थी। नाओको के बिना मैं वहाँ सहन नहीं कर पा रही थी, और मुझे तुमसे बात करने के लिए टोक्यो आना ही था। बस यही वजह थी। अगर कुछ भी ना हुआ होता, तो शायद मैं ज़िन्दगी भर वहीं रह जाती।"

मैंने सिर हिलाया।

"अब आगे क्या करने की सोच रही हो?" मैंने रेइको से पूछा।

"मैं असाहिकावा जा रही हूँ," उसने कहा। "होक्काइदो के सुदूर जंगली इलाक़े में! मेरी एक पुरानी कॉलेज की दोस्त वहाँ संगीत का एक स्कूल चलाती है, और पिछले दो-तीन साल से वह मुझे बुला रही है कि मैं उसकी मदद करूँ। मैं उससे कहती थी कि वहाँ बहुत ठण्ड है। सोचो, इतनी मुश्किल से मुझे अन्ततः आज़ादी मिली है और अब मुझे असाहिकावा जाना है। ऐसी जगह को लेकर ज़्यादा उत्साहित होना तो मुश्किल है – जैसे मैं किसी गड्ढे में जा रही हूँ।"

"इतना बुरा भी नहीं है," मैंने हँसते हुए कहा। "मैं वहाँ जा चुका हूँ। एक छोटी सी लेकिन अच्छी जगह है। अपनी एक अलग ख़ासियत है, वहाँ की।"

"सच में?"

"बिलकुल। टोक्यो में रहने से तो बेहतर है।"

"चलो ठीक है," उसने कहा। मेरे पास और कोई जगह भी नहीं है जाने के लिए, और मैंने अपना सामान पहले ही वहाँ भेज दिया है। ए, वातानबे, वादा करो कि तुम मुझसे मिलने असाहिकावा ज़रूर आओगे।"

"ज़रूर आऊँगा। लेकिन क्या तुम्हें अभी के अभी जाना ज़रूरी है? क्या तुम कुछ दिन टोक्यो में नहीं रुक सकती?"

"अगर मुमकिन हो, तो मैं यहाँ कुछ दिन रुकना चाहूँगी। क्या तुम मुझे अपने पास ठहरा सकते हो? मैं तुम्हारे रास्ते में नहीं आऊँगी।"

"कोई दिक़्क़त नहीं," मैंने कहा। "मेरे पास एक बड़ी सी कोठरी है, जिसमें, मैं अपने स्लीपिंग बैग में आराम-से सो सकता हूँ।"

"मैं तुम्हारे साथ ऐसा नहीं कर सकती," उसने कहा।

"नहीं, सच में। बहुत बड़ी कोठरी है।"

रेइको ने अपने पैरों के बीच रखे गिटार-केस को थपथपाया। "असाहिकावा जाने से पहले मुझे थोड़ा ख़ुद को तैयार करना होगा। मैं अब भी बाहरी दुनिया की आदत नहीं डाल पाई हूँ। बहुत सी चीज़ें मुझे समझ में नहीं आतीं और मैं नर्वस महसूस करती हूँ। क्या तुम मेरी थोड़ी मदद कर सकते हो? एक तुम ही हो, जिससे मैं यह कह सकती हूँ।"

"मैं जो कुछ भी कर सकूँगा, ज़रूर करूँगा," मैंने कहा।

"मैं तुम्हारे रास्ते में तो नहीं आ रही?" उसने पूछा।

"मेरे पास रास्ता ही नहीं है, जिसमें कोई आ सके," मैंने जवाब दिया।

उसने मेरी ओर देखा और हल्की-सी मुस्कान के साथ होंठों के कोने ऊपर उठाए, लेकिन कुछ कहा नहीं।

किचिजोजी स्टेशन तक के रास्ते में और वहाँ से मेरे घर तक की बस-यात्रा के दौरान हम लगभग चुप रहे। हमने टोक्यो में आए बदलावों, रेइको के संगीत

महाविद्यालय में बिताए समय और मेरी असाहिकावा की एकमात्र यात्रा के बारे में कुछ इधर-उधर की बातें कीं, लेकिन नाओको का नाम तक नहीं लिया। रेइको से मिले हुए दस महीने बीत चुके थे, लेकिन जब मैं उसके साथ चल रहा था, तो मुझे एक अजीब तरह की शान्ति और सुकून का अहसास हो रहा था। यह अहसास मुझे जाना-पहचाना लगा। फिर मुझे याद आया – यही अहसास मुझे तब होता था, जब मैं नाओको के साथ टोक्यो की गलियों में घूमता था। और जैसे नाओको और मैंने किज़ुकी की मृत्यु को साझा किया था, अब रेइको और मैं नाओको की मृत्यु को साझा कर रहे थे। इस विचार के मन में आते ही मेरा बोलते रहना असम्भव हो गया। रेइको कुछ देर तक बात करती रही, लेकिन जब उसे अहसास हुआ कि मैं कुछ नहीं कह रहा हूँ, तो वह भी चुप हो गई। फिर हम दोनों ने बस में एक भी शब्द नहीं कहा।

यह शुरुआती शरद ऋतु की एक दोपहर थी, जब रोशनी तीखी और साफ़ होती है – बिलकुल वैसे ही जैसे एक साल पहले, जब मैं नाओको से मिलने क्योटो गया था। बादल सफ़ेद और हड्डियों की तरह पतले थे, आकाश फैला हुआ, खुला और ऊँचा था। हवा की महक, रोशनी की रंगत, घास में खिले नन्हे फूल, ध्वनियों के साथ गूँजती सूक्ष्म प्रतिध्वनियाँ – इन सबने मुझे बताया कि शरद ऋतु फिर से आ गई थी, और हर बीतते मौसम के साथ मैं मृतकों से थोड़ा और दूर होता जा रहा था। किज़ुकी अब भी सत्रह साल का था, और नाओको इक्कीस की – हमेशा के लिए।

जब हम बस से उतरे, तो रेइको ने चारों ओर देखते हुए कहा, "ओह, ऐसी जगह आकर कितना सुकून मिला!"

"क्योंकि यहाँ कुछ भी नहीं है," मैंने कहा।

जब मैं उसे पिछवाड़े के गेट और बग़ीचे से होते हुए अपने कॉटेज की ओर ले जा रहा था, रेइको वहाँ की हर चीज़ से प्रभावित हुई।

"ये तो कमाल का है!" उसने कहा। "ये शेल्फ़ और डेस्क तुमने बनाए?"

"हाँ, बिलकुल!" मैंने कप में चाय डालते हुए कहा।

"तुम्हें तो अपने हाथों से काम करना ख़ूब आता है। और तुमने तो घर भी कितना साफ़ रखा है!"

"स्टॉर्म ट्रूपर का असर है," मैंने कहा। "उसने मुझे सफ़ाई का दीवाना बना दिया, अन्यथा मेरे मकान मालिक को तो कोई शिकायत नहीं होती।"

"अरे हाँ, तुम्हारे मकान मालिक से तो मुझे मिलना पड़ेगा। वो सामने जो घर है, वही है ना?"

"मिलना है? किसलिए?"

"'किसलिए' का क्या मतलब? कोई अजीब सी बूढ़ी औरत अचानक तुम्हारे घर में आकर गिटार बजाने लगे, तो उसे ज़रूर लगेगा कि कुछ गड़बड़ है। शुरुआत सही तरीक़े से करना ही बेहतर होता है। मैं तो उनके लिए मिठाई का एक डिब्बा भी लाई हूँ।"

"बहुत होशियार हो," मैंने कहा।

"उम्र के साथ जो समझदारी आती है। मैं उन्हें बताऊँगी कि मैं तुम्हारी मौसी हूँ, क्योटो से आई हूँ मिलने। तो तुम मुझे झूठा मत साबित कर देना। ऐसे मौक़ों पर उम्र का फ़र्क काम आ जाता है। किसी को शक नहीं होगा।"

रेइको ने बैग से मिठाई का डिब्बा निकाला और मकान मालिक से मिलने चली गई। मैं बरामदे में बैठा एक और कप चाय पीता रहा और बिल्ली से खेलता रहा। बीस मिनट बीत गए, और जब रेइको वापस आई, तो उसने बैग से चावल के क्रैकर्स का एक टिन निकाला और कहा कि यह मेरे लिए तोहफ़ा है।

"इतनी देर क्या बातें कर रही थीं, वहाँ!" मैंने एक क्रैकर चबाते हुए पूछा।

"तुम्हारे बारे में, और क्या," रेइको ने कहा और बिल्ली को गोद में लेकर उसके गाल से अपना चेहरा रगड़ा। "वो कहते हैं, तुम बहुत सभ्य और शालीन युवक हो, एक गम्भीर छात्र।"

"क्या तुम पक्के तौर पर कह सकती हो कि वो मेरे बारे में ही बात कर रहे थे?"

"मुझे ज़रा भी शक नहीं कि वो तुम्हारी ही बात कर रहे थे," उसने हँसते हुए कहा। फिर जब उसकी नज़रें मेरे गिटार पर पड़ीं, तो उसने उसे उठाया, ट्यूनिंग सही की, और एण्टोनियो कार्लोस जोबिम का "डेसाफ़िनाडो" बजाया। महीनों हो गए थे, जब मैंने रेइको की गिटार की धुनें सुनी थीं, और वो पुराना, गर्मजोशी से भरा अहसास वापस आ गया।

"गिटार का अभ्यास कर रहे हो?" उसने पूछा।

"यह मकान मालिक के गोदाम में पड़ा था, तो मैंने उधार ले लिया। कभी-कभी ऐसे ही बजा लेता हूँ, बस इतना ही।"

"मैं तुम्हें सिखाऊँगी। बिलकुल मुफ़्त में।" रेइको ने गिटार नीचे रख दिया और अपना ट्वीड जैकेट उतार दिया। बरामदे के खम्भे के सहारे बैठकर वह सिगरेट पीने लगी। उसने एक मैड्रास पैटर्न वाली आधी बाँह की शर्ट पहनी हुई थी।

"अच्छी शर्ट है, है ना?" उसने पूछा।

"हाँ, बहुत अच्छी है," मैंने कहा। सच में वो शर्ट बहुत सुन्दर थी, एक बढ़िया डिज़ाइन के साथ।

"यह नाओको की है," रेइको ने कहा। "तुम्हें शायद पता नहीं होगा कि हम दोनों का साइज़ एक ही था। ख़ासकर जब वह पहली बार सैनेटोरियम आई थी। उसके बाद उसका वज़न थोड़ा बढ़ गया था, लेकिन फिर भी हम लगभग एक ही साइज़ के थे; ब्लाउज़, पैंट, जूते, टोपियाँ – सब कुछ। बस ब्रा को छोड़कर, बाक़ी सब हम आपस में बाँट लेते थे। असल में, यह साझा इस्तेमाल जैसा ही था।"

अब जब उसने मुझे बताया, तो मुझे भी दिखने लगा कि रेइको की बनावट नाओको से लगभग मिलती-जुलती थी। उसके चेहरे की आकृति और पतले हाथ-पाँव की वजह से वह मुझे हमेशा नाओको से छोटी और दुबली लगी थी, लेकिन असल में वह काफ़ी ठोस क़द-काठी की थी।

"जैकेट और पैण्ट भी उसी के हैं," रेइको ने कहा। "यह सब कुछ उसका है। मुझे उसके कपड़े पहने देखकर तुम्हें कोई परेशानी तो नहीं?"

"बिलकुल नहीं," मैंने कहा। "मुझे पूरा विश्वास है कि नाओको इस बात से ख़ुश होती कि कोई उसके कपड़े पहन रहा है – ख़ास तौर से तुम।"

"अजीब बात है," रेइको ने कहा, नाओको ने कोई वसीयत नहीं छोड़ी – सिवाय अपने कपड़ों के। उसने अपनी डेस्क पर रखे मैमो पैड पर सिर्फ़ एक वाक्य लिखा था; 'मेरे सारे कपड़े रेइको को दे देना।' बड़ी अजीब लड़की थी, है ना? जब वह मरने की तैयारी कर रही थी, तब उसे कपड़ों की ही चिन्ता

क्यों हुई? कपड़ों की परवाह किसे होती है? उसके मन में और भी हज़ार बातें होंगी, जो वह कहना चाहती होगी।"

"शायद नहीं," मैंने कहा।

रेइको सिगरेट का कश लेते हुए कुछ सोच में डूब गई। फिर उसने कहा, "तुम पूरी कहानी सुनना चाहते हो, शुरू से आख़िर तक, है ना?"

"हाँ," मैंने कहा। प्लीज़, सब कुछ बताओ।"

"ओसाका के अस्पताल में की गई जाँचों से पता चला कि नाओको की हालत फ़िलहाल बेहतर हो रही थी, लेकिन डॉक्टरों ने कहा कि उसे थोड़े लम्बे समय तक वहीं रहना चाहिए ताकि इन्टेन्सिव थेरेपी का लाभ भविष्य में मिल सके। वो सब मैंने तुम्हें अपने उस ख़त में लिखा था, जो मैंने क़रीब 10 अगस्त को भेजा था।"

"हाँ, वो पत्र मैंने पढ़ा था," मैंने कहा।

"फिर चौबीस अगस्त को मुझे नाओको की माँ का फ़ोन आया। उन्होंने पूछा कि क्या नाओको मेरे पास सैनेटोरियम में एक दिन के लिए आ सकती है। नाओको अपना सामान समेटना चाहती थी, जो उसने मेरे पास छोड़ा था, और क्योंकि हमारे लम्बे समय तक ना मिल पाने की सम्भावना थी, इसलिए वह मुझसे एक लम्बी बातचीत करना चाहती थी, शायद एक रात हमारे पुराने अपार्टमेंट में भी रुकना चाहती थी। मैंने कहा, 'बिलकुल ज़रूर आओ।' मुझे उसकी बहुत याद आ रही थी और मैं भी उससे बात करना चाहती थी। इसलिए अगले दिन, पच्चीस अगस्त को, नाओको और उसकी माँ टैक्सी में आए। हम तीनों ने मिलकर उसका सामान समेटा और बातें करते रहे। शाम को नाओको ने कहा कि अब उसकी माँ घर जा सकती है, वह ठीक है। तो उन्होंने एक टैक्सी बुलाई और उसकी माँ लौट गई। हम बिलकुल भी चिन्तित नहीं थे, क्योंकि नाओको का मूड बहुत अच्छा लग रहा था। सच कहूँ तो, उससे पहले मैं बहुत परेशान थी। मुझे डर था कि वो उदास, थकी हुई और कमज़ोर होगी। मुझे पता है कि ऐसे अस्पतालों में जो टेस्टिंग और थेरेपी होती है, वो इन्सान को तोड़ सकती है। इसलिए मुझे उसकी इस यात्रा को लेकर शक था। लेकिन उसे एक

बार देखते ही मुझे यक़ीन हो गया कि वह ठीक हो जाएगी। वह मेरी कल्पना से कहीं ज़्यादा स्वस्थ दिख रही थी, मुस्करा रही थी, मज़ाक़ कर रही थी और पहले से कहीं ज़्यादा सामान्य ढंग से बात कर रही थी। वह ब्यूटी पार्लर गई थी और मुझे अपनी नई हेयरस्टाइल दिखा रही थी। तो मैंने सोचा कि अगर उसकी माँ हम दोनों को अकेला छोड़ भी दे, तो कोई परेशानी नहीं होगी। नाओको ने कहा कि इस बार वह अस्पताल के उन डॉक्टरों से अपना पूरा इलाज करवाना चाहती है, और मैंने कहा कि यही सबसे अच्छा होगा। फिर हम दोनों टहलने निकल गए, बातें करते हुए – ज़्यादातर भविष्य के बारे में। नाओको ने कहा कि वह चाहती है कि हम दोनों सैनेटोरियम से निकलें और कहीं साथ में रहें।"

"साथ में रहें? तुम और नाओको?"

"हाँ," रेइको ने हल्का-सा कन्धा उचकाते हुए कहा। "तो मैंने उससे कहा कि सुनने में अच्छा लग रहा है, लेकिन वातानबे का क्या? और उसने कहा, 'चिन्ता मत करो, मैं सब ठीक कर लूँगी।' बस इतना ही। फिर वह बताने लगी कि हम कहाँ रहेंगे और क्या करेंगे – इसी तरह की बातें। उसके बाद हम बर्ड हाउस गए और पक्षियों के साथ खेले।"

मैंने फ्रिज से एक बियर निकाली और खोली। रेइको ने एक और सिगरेट जला ली। बिल्ली उसकी गोद में चैन से सो रही थी।

"उस लड़की ने अपने लिए सब कुछ तय कर लिया था। मुझे यक़ीन है कि इसीलिए वह इतनी जीवन्त, मुस्कराती हुई और स्वस्थ दिख रही थी। जब कोई यह जान ले कि उसे क्या करना है, तो उसके मन का बोझ उतर जाता है। हमने उसका सारा सामान छाँटा और जिन चीज़ों की उसे ज़रूरत नहीं थी, उन्हें आँगन में रखे लोहे के ड्रम में डालकर जला दिया; उसकी डायरी और सारे पत्र। तुम्हारे पत्र भी। यह बात मुझे थोड़ी अजीब लगी, इसलिए मैंने उससे पूछा कि वह ऐसा क्यों कर रही है। वह तो हमेशा तुम्हारे पत्रों को बड़े जतन से सँभालकर रखती थी, उन्हें बार-बार पढ़ती थी। उसने कहा, 'मैं अतीत की सारी चीज़ें मिटा रही हूँ, ताकि मैं भविष्य में नए सिरे से जन्म ले सकूँ।' मैंने उसकी बात पर यक़ीन कर लिया। उसमें एक तरह की तर्कसंगतता थी। उस दिन वह इतनी प्यारी और सुन्दर लग रही थी; काश, तुम उसे उस दिन देख सकते!"

"जब यह सब हो गया, तो हम खाने के लिए डाइनिंग हॉल गए, जैसे पहले जाया करते थे। फिर हमने नहाया और मैंने वह अच्छी वाइन खोली, जो मैं ख़ास मौक़ों के लिए सँभालकर रखती थी, और हमने उसे पिया। फिर मैंने गिटार बजाया। बीटल्स के गाने, हमेशा की तरह – 'नॉर्वेजियन वुड', 'मिशेल' – उसके पसन्दीदा। हम दोनों का मूड बहुत अच्छा था। हमने बत्तियाँ बन्द कीं, कपड़े उतारे और अपने-अपने बिस्तरों में लेट गए। ह बेहद उमस-भरी रात थी। खिड़कियाँ पूरी तरह खुली थीं, लेकिन हवा बिलकुल नहीं चल रही थी। बाहर घना अँधेरा था, झींगुर तेज़ आवाज़ में चिल्ला रहे थे, और गर्मियों की घास की महक कमरे में इतनी गाढ़ी थी कि साँस लेना मुश्किल हो रहा था। अचानक नाओको तुम्हारे बारे में बात करने लगी – उस रात के बारे में, जब उसने तुम्हारे साथ सेक्स किया था। बेहद विस्तार से। कैसे तुमने उसके कपड़े उतारे, कैसे तुमने उसे छुआ, कैसे वह ख़ुद को गीला महसूस करने लगी, कैसे तुम उसके अन्दर गए, और उसे कितना अद्भुत महसूस हुआ; उसने यह सब बेहद स्पष्टता से बताया। मैंने उससे पूछा, 'तुम अचानक मुझे यह सब क्यों बता रही हो?' क्योंकि अब तक उसने मुझसे सेक्स के बारे में खुलकर कभी बात नहीं की थी। ज़रूर, हम थेरेपी के दौरान सेक्स पर कुछ खुली बातचीत कर चुके थे, लेकिन वह कभी भी इतने विस्तार में नहीं गई थी। और अब ऐसा लग रहा था कि उसका रुकने का कोई इरादा ही नहीं था। मैं चौंक गई।"

उसने कहा, "पता नहीं, बस बात करने का मन हो रहा है। अगर तुम नहीं सुनना चाहो तो मैं रुक जाती हूँ।"

मैंने कहा, "नहीं, कोई बात नहीं। अगर तुम्हारे दिल में कुछ है, तो बेहतर है कि सब कुछ कह दो। मैं सब कुछ सुनने को तैयार हूँ।"

तो वह अपनी कहानी सुनाती रही। "जब वह मेरे अन्दर गया, तो इतना दर्द हुआ कि मुझे यक़ीन ही नहीं हुआ। आख़िर यह मेरा पहला अनुभव था। मैं बहुत गीली थी, वह आसानी से अन्दर चला गया, लेकिन फिर भी, मेरे दिमाग़ पर धुन्ध छा गई – इतना ज़्यादा दर्द हो रहा था। मुझे लगा, वह पूरी तरह अन्दर जा चुका है, लेकिन फिर उसने मेरे पैर उठाए और वह और भी गहराई तक चला गया। उस समय मेरे पूरे शरीर में ठण्डक सी दौड़ गई, जैसे मैं बर्फ़ीले पानी में डूब गई हूँ। मेरे हाथ-पैर सुन्न हो गए और एक ठण्डी लहर मेरे भीतर

दौड़ गई। मुझे समझ नहीं आ रहा था कि क्या हो रहा है। मुझे लगा कि मैं उसी वक़्त मर जाऊँगी, और मुझे इसकी कोई परवाह नहीं थी। लेकिन उसे अहसास हो गया कि मुझे दर्द हो रहा है, तो उसने हिलना बन्द कर दिया, और अभी भी मेरे अन्दर बने रहते हुए उसने मुझे चूमना शुरू कर दिया – मेरे बाल, मेरी गर्दन, मेरी छाती – बहुत देर तक। धीरे-धीरे मेरे शरीर में गर्मी वापस आने लगी, और फिर बहुत धीरे-धीरे उसने हिलना शुरू कर दिया। ओह रेइको, वो कितना सुन्दर था! अब ऐसा लग रहा था, जैसे मेरा दिमाग़ पिघलकर बहने लगा है। मैं चाहती थी कि वह पल कभी ख़त्म ना हो, कि मैं उसकी बाँहों में सारी ज़िन्दगी बिता दूँ। इतना सुन्दर था वो अनुभव।"

तो मैंने उससे कहा, "अगर यह इतना सुन्दर था, तो तुम वातानबे के साथ ही क्यों नहीं रह गईं? रोज़-रोज़ यही करतीं।"

लेकिन उसने कहा, "नहीं रेइको, मुझे पता था कि ये दोबारा कभी नहीं होगा। मुझे पता था कि ये कुछ ऐसा था, जो एक बार मेरी ज़िन्दगी में आया था, और अब चला जाने वाला था, और उसे फिर कभी वापस नहीं आना था। ये एक बार मिलने वाला अनुभव था। मैंने पहले कभी ऐसा कुछ अनुभव नहीं किया था, और उसके बाद फिर कभी नहीं किया। मुझे कभी दोबारा ऐसा करने की इच्छा नहीं हुई, और मैं फिर कभी वैसी गीली नहीं हुई।"'

"बेशक, मैंने उसे समझाया कि यह अक्सर जवान लड़कियों के साथ होता है और ज़्यादातर मामलों में उम्र के साथ अपने आप ठीक हो जाता है। और आख़िरकार, एक बार तो ऐसा हुआ ही था – ऐसा तो नहीं था कि कभी हुआ ही न हो। इसलिए चिन्ता करने की ज़रूरत नहीं थी। मेरी ख़ुद की भी शादी के शुरुआती दिनों में तरह-तरह की मुश्किलें थीं।"

लेकिन उसने कहा, "नहीं रेइको, बात वो नहीं है। मुझे इस बात की कोई चिन्ता नहीं है। बस, मैं नहीं चाहती कि कोई और मेरे अन्दर आए। मैं नहीं चाहती कि कोई मुझे इस तरह से छुए – कोई भी।"

मैंने अपनी बियर ख़त्म की, और रेइको ने अपनी दूसरी सिगरेट पूरी की। बिल्ली ने उसकी गोद में अँगड़ाई ली और एक नई आरामदायक जगह ढूँढ़कर फिर से सो गई। रेइको कुछ पल चुप रही, जैसे समझ नहीं पा रही हो कि आगे कैसे कहे, फिर उसने तीसरी सिगरेट सुलगाई।

"उसके बाद, नाओको फूट-फूट कर रोने लगी। मैं उसके बिस्तर के किनारे बैठ गई और उसके बालों को सहलाने लगी। मैंने कहा, 'चिन्ता मत करो, सब ठीक हो जाएगा। एक ख़ूबसूरत लड़की को कोई-न-कोई ऐसा मिलेगा, जो उसे गले लगाए और उसे ख़ुश रखे।' नाओको पसीने और आँसुओं से भीगी हुई थी। मैंने एक तौलिया लिया और उसका चेहरा और शरीर पोंछकर सुखाया। उसकी पैंटी तक भीग चुकी थी, तो मैंने उसे उतारने में उसकी मदद की – अब तुम ग़लत मतलब मत निकालना, इसमें कुछ अजीब नहीं था। हम हमेशा साथ नहाते थे। वह मेरे लिए छोटी बहन जैसी थी।"

"मैं जानता हूँ," मैंने कहा।

"ख़ैर, नाओको ने कहा कि वह चाहती है, मैं उसे गले लगाऊँ। मैंने कहा कि इतनी गर्मी में गले लगाना मुश्किल होगा, लेकिन उसने कहा कि ये आख़िरी बार है, जब हम मिल रहे हैं, तो मैंने उसे गले लगा लिया। हमारे बीच सिर्फ़ तौलिया था ताकि हमारे पसीने से भीगे शरीर एक-दूसरे से चिपकें नहीं। और जब वह शान्त हो गई, तो मैंने फिर से उसे सुखाया, उसको नाइटी पहनाई और बिस्तर पर सुला दिया। वह तुरन्त सो गई। या शायद सोने का नाटक कर रही थी। जो भी हो, उस रात वह इतनी प्यारी और मासूम लग रही थी, जैसे वह कोई तेरह-चौदह साल की लड़की हो, जिसके साथ आज तक कुछ भी बुरा नहीं हुआ था। उसके चेहरे पर वो मासूमियत थी, और उसे देख कर मुझे लगा कि मैं चैन से सो सकती हूँ।"

"जब मैं सुबह छह बजे उठी, वह जा चुकी थी। उसकी नाइटी वहीं थी, जहाँ उसने फेंकी थी, लेकिन उसके कपड़े, जूते और वो टॉर्च जो मैं हमेशा तकिए के पास रखती थी, ग़ायब थे। मुझे उसी वक़्त समझ में आ गया कि कुछ गड़बड़ है। मतलब, सिर्फ़ टॉर्च ले जाने से ही पता चल गया कि वह अँधेरे में निकली थी। मैंने एहतियात के तौर पर उसकी डेस्क की जाँच की, और वहीं वह नोट पड़ा था – 'प्लीज़, मेरे सारे कपड़े रेइको को दे देना।' मैंने तुरन्त सब को जगा दिया, और हम सबने अलग-अलग क्षेत्रों में जाकर उसे ढूँढ़ना शुरू किया। हमने हॉस्टल के कमरों से लेकर आसपास के जंगलों तक एक-एक इंच छान मारा। उसे ढूँढ़ने में हमें पाँच घण्टे लग गए। वह अपनी रस्सी तक ख़ुद लेकर गई थी।"

रेइको ने गहरी साँस ली और बिल्ली को थपथपाया।

"तुम्हें चाय चाहिए?" मैंने पूछा।

"हाँ, शुक्रिया," रेइको ने कहा।

मैंने पानी उबाला और चाय की केतली लेकर बरामदे में वापस आ गया। सूरज डूबने का समय करीब आ रहा था। दिन की रोशनी मद्धम पड़ चुकी थी, और पेड़ों की लंबी परछाइयाँ हमारे पैरों तक फैल चुकी थीं। मैं चाय की चुस्कियाँ लेते हुए उस अजीब से बेतरतीब बगीचे को देखता रहा, जहाँ पीले ग्लोबफ्लॉवर, गुलाबी अज़ेलिया और लंबे हरे नंदिन आपस में एक अनोखे मेल में खड़े थे।

"फिर एम्बुलेंस आई और नाओको को ले गई, और पुलिस ने मुझसे सवाल-जवाब शुरू किए। हालाँकि पूछने के लिए ज़्यादा कुछ था नहीं। एक तरह का सुसाइड नोट मिला था, और यह साफ़ था कि यह आत्महत्या थी। उन्होंने इसे यूँ ही मान लिया, जैसे मानसिक रोगियों के साथ ऐसा होना आम बात हो। पूरी कार्रवाई बस औपचारिकता थी। उनके जाते ही मैंने तुम्हें तार भेज दिया।"

"कितना उदास अन्तिम संस्कार था," मैंने कहा। "उसके परिवार को शायद इस बात से थोड़ी परेशानी थी कि मुझे पता था कि नाओको की मृत्यु कैसे हुई। मुझे यक़ीन है, वे नहीं चाहते थे कि किसी को पता चले कि यह आत्महत्या थी। शायद मुझे वहाँ होना भी नहीं चाहिए था। जिसने मुझे और भी दुखी कर दिया। जैसे ही मैं वापस आया, मैं सड़क पर निकल पड़ा।"

"ऐ, वातानबे, क्या कहते हो, टहलने चलते हैं? शायद खाने के लिए कुछ सामान भी ले आएँ। मुझे बहुत भूख लग रही है।"

"ज़रूर, क्या खाने का मन है?"

"सुकियाकी," उसने कहा। "मैंने सालों से ऐसा कुछ नहीं खाया। मैं सपने देखती थी कि ख़ूब सारा बीफ़, हरे प्याज़, नूडल्स, भुना हुआ टोफ़ू और हरी सब्ज़ियाँ खा रही हूँ।"

"ज़रूर, हम बना सकते हैं, लेकिन मेरे पास सुकुयाकी का पैन नहीं है।"

"वो मुझ पर छोड़ दो। मैं तुम्हारे मकान मालिक से उधार ले लूँगी।"

वह दौड़कर मुख्य मकान में गई और एक पैन, गैस कुकर और रबर की नली लेकर लौटी।

"कैसा लगा?"

"कमाल है!"

हम पास की दुकानों से सारा सामान ले आए – बीफ़, अण्डे, सब्ज़ियाँ, टोफू। मैंने एक ठीक-ठाक सफ़ेद वाइन चुनी। मैंने पैसे देने की कोशिश की, लेकिन रेइको ने सब कुछ ख़ुद ही ख़रीदा।

"ज़रा सोचो, अगर परिवार को पता चले कि मैंने अपने भतीजे से खाने का सामान ख़रीदवाया, तो वे मेरी कितनी हँसी उड़ाएँगे!" रेइको ने कहा। "और फिर, मेरे पास पर्याप्त पैसे भी हैं। चिंता मत करो। मैं सैनेटोरियम से कंगाल होकर नहीं निकली हूँ।"

रेइको ने चावल धोकर चढ़ा दिए और मैं बरामदे में खाना बनाने की तैयारी करने लगा। जब सब कुछ तैयार हो गया, तो रेइको ने अपना गिटार निकाला और एक धीमे बाख़ फ़्यूग के साथ उसे जाँचने लगी। कठिन हिस्सों पर वह जानबूझकर गति को धीमा या तेज़ कर देती, या कभी भावनात्मक तो कभी बिलकुल सपाट बजाती, और उन तमाम ध्वनियों को सुनकर जो वह गिटार से निकाल पा रही थी, साफ़ दिख रहा था कि उसे बेहद आनन्द मिल रहा था। गिटार बजाते हुए रेइको बिलकुल उस सत्रह साल की लड़की जैसी लग रही थी, जो मानो नई पोशाक पहनकर ख़ुद को आईने में देख रही हो। उसकी आँखों में चमक थी, और होंठों पर हल्की मुस्कान थी। जब वह टुकड़ा पूरा हुआ, तो वह खम्भे से टिक गई और आसमान की ओर देखने लगी, जैसे किसी गहरी सोच में डूबी हो।

"क्या मैं तुमसे थोड़ी बात कर सकता हूँ" मैंने पूछा।

"बिलकुल," उसने कहा। "मैं बस यह सोच रही थी कि कितनी भूख लगी है।"

"क्या तुम अपने पति या बेटी से मिलने का सोच रही हो इस दौरान? वो तो टोक्यो में ही होंगे।"

"काफ़ी पास है – योकोहामा में। लेकिन नहीं, मैं उनसे मिलने नहीं जाऊँगी। मैं तुम्हें पहले ही बता चुकी हूँ; उनके लिए यही अच्छा होगा कि मेरा उनके जीवन में कोई दख़ल न हो। उन्होंने एक नई ज़िन्दगी शुरू कर ली है।

और अगर मैं उनसे मिलती भी, तो बस अपराध-बोध से भर जाती। नहीं, सबसे अच्छा यही है कि दूरी बनी रहे।"

उसने सेवन स्टार्स का खाली डिब्बा मसलकर फेंक दिया और अपने सूटकेस से सिगरेट का नया पैकेट निकाला। उसने उसकी सील तोड़ी और एक सिगरेट अपने होंठों में दबा ली, लेकिन उसे जलाया नहीं।

"मैं अब इन्सान नहीं रही," उसने कहा। "तुम जो देख रहे हो, वो बस उस इन्सान की एक बची-खुची याद है, जो मैं हुआ करती थी। जो कुछ भी असल मायनों में 'मैं' थी, जो मेरे अन्दर था, वो बहुत साल पहले मर चुका है। अब तो बस आदत के सहारे जी रही हूँ।"

"लेकिन मुझे तुम अब भी पसन्द हो; रेइको, चाहे वह बची-खुची याद ही क्यों न हो। और मेरे कहने से शायद फ़र्क़ न पड़े, लेकिन मुझे सच में अच्छा लग रहा है कि तुम नाओको के कपड़े पहने हो।"

रेइको मुस्कराई और उसने लाइटर से सिगरेट जला ली। "इतनी कम उम्र के हो, फिर भी एक औरत को ख़ुश करना जानते हो।"

मैं शर्म से लाल हो गया। "मैं तो बस वही कह रहा हूँ, जो सच है।"

"जानती हूँ," रेइको ने मुस्कराते हुए कहा।

थोड़ी ही देर में चावल तैयार हो गए। मैंने तवे को चिकना किया और सुकियाकी के लिए सारी सामग्री सजा दी।

"कहीं ये कोई सपना तो नहीं है?" रेइको ने हवा को सूँघते हुए कहा।

"नहीं, ये बिलकुल असली, सौ प्रतिशत वास्तविक सुकियाकी है," मैंने कहा। "बेशक, अनुभव के आधार पर।

हम बिना कुछ बोले सुकियाकी पर टूट पड़े, ख़ूब बियर पी और चावल के साथ खाना ख़त्म किया। सीगल भी आ गई, शायद ख़ुशबू से खिंचकर, तो हमने उसे भी थोड़ा मांस दे दिया। जब पेट भर गया, तो हम बरामदे के खम्भों से टिककर बैठ गए और चाँद को निहारने लगे।

"सन्तुष्ट हो?" मैंने पूछा।

"पूरी तरह," वह आह भरते हुए बोली। "मैंने अपनी ज़िन्दगी में कभी इतना नहीं खाया।"

"अब क्या करना चाहती हो?"

"एक सिगरेट पिऊँगी और फिर किसी सार्वजनिक स्नानघर जाऊँगी। बाल बहुत गन्दे हो गए हैं, धोने की ज़रूरत है।"

"कोई बात नहीं, यहाँ से थोड़ी दूर पर एक है।"

"एक बात बताओ, वातानबे, अगर बुरा न मानो। क्या तुमने उस लड़की, मिदोरी, के साथ सोना शुरू कर दिया है?"

"तुम पूछ रही हो कि हमने सेक्स किया है या नहीं? अभी नहीं। हमने तय किया था कि जब तक सब कुछ साफ़ ना हो जाए, तब तक नहीं करेंगे।"

"तो अब सब कुछ साफ़ हो गया है, क्या ऐसा नहीं लगता?"

मैंने सिर हिला दिया। "क्योंकि नाओको अब नहीं रही, इसलिए?"

"नहीं, उस वजह से नहीं। तुमने तो बहुत पहले तय कर लिया था – जब नाओको ज़िन्दा थी – कि तुम मिदोरी को नहीं छोड़ सकते। नाओको ज़िन्दा हो या नहीं, उससे तुम्हारे उस फ़ैसले पर कोई असर नहीं पड़ता। तुमने मिदोरी को चुना। नाओको ने मौत को चुना। अब तुम बड़े हो गए हो, तुम्हें अपने फ़ैसलों की ज़िम्मेदारी लेनी होगी। नहीं तो सब कुछ बर्बाद हो जाएगा।"

"लेकिन मैं उसे भूल नहीं सकता," मैंने कहा। "मैंने नाओको से कहा था कि मैं उसका इन्तज़ार करता रहूँगा, लेकिन मैं नहीं कर पाया। आख़िरकार मैंने उससे मुँह मोड़ लिया। मैं किसी को दोष नहीं दे रहा; यह मेरा अपना मसला है। मुझे लगता है कि अगर मैंने मुँह न भी मोड़ा होता, तब भी अन्त यही होता। नाओको ने तो शुरुआत से ही मौत को चुन लिया था। लेकिन बात इतनी-सी नहीं है। मैं ख़ुद को माफ़ नहीं कर पाता। तुम कहती हो कि भावनाओं में बदलाव एक स्वाभाविक बात है, लेकिन मेरा और नाओको का रिश्ता इतना सीधा नहीं था। अगर तुम सोचकर देखो, तो हम दोनों जीवन और मृत्यु की सीमा रेखा पर जुड़े हुए थे। शुरू से ऐसा ही था।"

"अगर नाओको की मौत को लेकर तुम्हें कोई दर्द है," रेइको बोली, "तो मैं कहूँगी कि उस दर्द को ज़िन्दगी भर अपने साथ रखो। और अगर उससे कुछ सीख सकते हो, तो वह भी ज़रूर सीखो। लेकिन इन सब बातों से अलग, तुम्हें मिदोरी के साथ ख़ुश रहना चाहिए। तुम्हारे दर्द में उसका कोई दोष नहीं

है। अगर तुमने उसे और ज़्यादा तकलीफ़ दी, जितनी अब तक दी है, तो यह ज़ख़्म इतना गहरा हो सकता है कि कभी भरे ही नहीं। इसलिए, चाहे जितना भी मुश्किल हो, तुम्हें मज़बूत बनना होगा। और ज़्यादा समझदार बनना होगा, और ज़्यादा वयस्क बनना होगा। मैं सैनेटोरियम छोड़कर, उस ताबूत जैसी ट्रेन से सफ़र करके, यहाँ टोक्यो इसीलिए आई हूँ – तुमसे यह कहने।"

"मैं समझ रहा हूँ, तुम क्या कह रही हो," मैंने रेइको से कहा, "लेकिन मैं अभी भी उस पर अमल करने के लिए तैयार नहीं हूँ। वो अन्तिम संस्कार कितना उदासी से भरा था! किसी को उस तरह नहीं मरना चाहिए।"

रेइको ने अपना हाथ बढ़ाकर मेरे सिर पर फेरा। "हम सभी को एक न एक दिन वैसे ही मरना होता है। मैं भी मरूँगी, और तुम भी।"

हम नदी किनारे पाँच मिनट की पैदल दूरी पर स्थित सार्वजनिक स्नानघर गए और वहाँ से तरोताज़ा होकर लौटे। मैंने वाइन की बोतल खोली और हम बरामदे में बैठकर उसे पीने लगे।

"सुनो वातानबे, क्या तुम एक और गिलास ला सकते हो?"

"ज़रूर," मैंने कहा। "लेकिन किसके लिए?"

"हम नाओको के लिए अपना एक अन्तिम संस्कार करने जा रहे हैं – सिर्फ़ हम दो लोग। ऐसा जो उतना उदासी भरा ना हो।"

जब मैंने उसे गिलास दिया, रेइको ने उसे पूरा भरकर बगीचे की पत्थर की लालटेन पर रख दिया। फिर वह बरामदे में, गिटार गोद में लिए खम्भे से टिककर बैठ गई और सिगरेट पीने लगी।

"और अब क्या तुम एक माचिस की डिब्बी ला सकते हो? जितनी बड़ी हो सके।"

मैं रसोई से सबसे बड़ी माचिस की डिब्बी लेकर आया और उसके पास बैठ गया।

"अब मैं यह चाहती हूँ कि जब भी मैं एक गाना बजाऊँ, तुम माचिस की एक तीली जलाकर उसे एक के बाद एक क़तार में रखते जाओ। मैं हर वह गाना बजाऊँगी जो मुझे याद है।"

सबसे पहले उसने हेनरी मैनसिनी का "डियर हार्ट" बजाया, बहुत ही कोमल और सुन्दर अन्दाज़ में।

"तुमने इसका रिकॉर्ड नाओको को दिया था, है ना?" रेइको ने पूछा।

"हाँ दिया था। पिछले साल क्रिसमस पर। उसे ये गाना बहुत पसन्द था।"

"मुझे भी पसन्द है," रेइको ने कहा। कितना कोमल और सुन्दर है..."

"उसने एक बार फिर उस धुन के कुछ स्वर दोहराए और फिर वाइन की एक चुस्की ली। 'सोच रही हूँ कि इसके पहले कि मैं नशे में पूरी तरह धुत्त हो जाऊँ, देखती हूँ मैं कितने गाने बजा सकती हूँ। यह एक अच्छा अन्तिम संस्कार होगा, है न? उतना उदासी भरा नहीं।'"

रेइको ने बीटल्स की धुनों की तरफ़ रुख किया – "नॉर्वेजियन वुड", "यस्टर्डे", "मिशेल", और "समथिंग" बजाए। उसने "हियर कम्स द सन" गाया और बजाया, फिर "द फूल ऑन द हिल" पर चली गई। मैंने सात माचिस की तीलियाँ क़तार में लगा दीं।

"सात गाने," रेइको ने कहा और वाइन का एक और घूँट लिया और फिर एक और सिगरेट सुलगा ली। "उन लोगों को ज़िन्दगी की उदासी के बारे में कुछ तो पता था, और उसकी कोमलता के बारे में।" यहाँ "उन लोगों" से रेइको का आशय, ज़ाहिर है, जॉन लेनन, पॉल मैकार्टनी और जॉर्ज हैरिसन से था।

थोड़ा विराम लेने के बाद, रेइको ने सिगरेट बुझाई और फिर से गिटार उठाया। उसने "पेनी लेन", "ब्लैकबर्ड", "जूलिया", "ह्वेन आइ'म 64", "नोह्वेयर मैन", "ऐण्ड आय लव हर", और "हेजूड" बजाए।

"कितने गाने हुए?"

"चौदह," मैंने कहा।

उसने एक लम्बी साँस ली और पूछा, "तुम भी कुछ बजा सकते हो – कम से कम एक गाना?"

"बिलकुल नहीं। मैं इसमें बहुत ख़राब हूँ।"

"तो ख़राब ही सही, बजाओ।"

मैंने अपना गिटार निकाला और "अप ऑन द रूफ़" जैसे-तैसे बजाया।

रेइको ने विराम लिया, सिगरेट और शराब पीते हुए। जब मैंने गाना ख़त्म किया तो उसने ताली बजाई।

"इसके बाद उसने रावेल की 'पावाने फ़ॉर ए डेड प्रिंसेस' और डेब्यूसी की 'क्लेयर द ल्यून' बेमिसाल सफ़ाई से बजाई।"

"ये दोनों मैंने नाओको की मौत के बाद सीखे," रेइको ने कहा। "आख़िर तक, संगीत में उसकी रुचि कभी भावुकता के क्षितिज से ऊपर नहीं उठ पाई।"

उसने इसके बाद बैकारक के कुछ गीत बजाए : "क्लोज़ टु यू," "रेनड्रॉप्स कीप फ़ॉलिंग ऑन माई हैड," "वॉक ऑन बाइ," और लारा नायरो का "वेडिंग बेल ब्ल्यूज़"।

"बीस," मैंने कहा।

"मैं तो एक इंसानी ज्यूकबॉक्स बन गई हूँ," रेइको ने कहा। "मेरा प्रोफ़ेसर मुझे अब देख ले तो बेहोश हो जाए।"

"वह फिर पीती रही, सिगरेट पीती रही और बजाती रही; कुछ बोसानोवा गाने, रॉजर्स ऐण्ड हार्ट, गर्शविन, बॉब डिलन, रे चार्ल्स, कैरोल किंग, द बीच बॉयज़, स्टीवी वण्डर, क्यू सकामोटो का 'सुकियाकी सॉंग,' 'ब्लू वेलवेट,' 'ग्रीन फ़ील्ड्स।' कभी-कभी वह आँखें बन्द कर लेती और धुन के साथ सिर हिलाती या गुनगुनाती।"

जब वाइन ख़त्म हो गई, तो हम ह्विस्की की ओर बढ़े। जो वाइन हमने बग़ीचे के गिलास में रखी थी, उसे मैंने पत्थर की लालटेन पर उँडेल दिया और उसकी जगह ह्विस्की भर दी।

"हमारी गिनती कहाँ पहुँची?" रेइको ने पूछा।

"अड़तालीस," मैंने कहा।

उनचासवें गीत के लिए, रेइको ने "इलियानोर रिग्बी" बजाया, और पचासवाँ गीत "नॉर्वेजियन वुड" की एक अन्य प्रस्तुति थी। उसके बाद उसने अपने हाथों को आराम दिया और कुछ ह्विस्की पी। "शायद इतना काफ़ी है," उसने कहा।

"बिलकुल," मैंने जवाब दिया। "अद्भुत।"

रेइको ने मेरी आँखों में देखते हुए कहा, "अब मेरी बात ध्यान से सुनो

वातानबे। मैं चाहती हूँ कि तुम उस दुखदाई अन्तिम संस्कार को भूल जाओ जो तुमने देखा था। बस, हमारे इस शानदार अन्तिम संस्कार को याद रखो।"

मैंने सिर हिलाकर हामी भरी।

"और लो, एक और गाना – बोनस के तौर पर," उसने कहा। और फिर अपने पचासवें गाने के बाद उसने अपना पसन्दीदा बाख़ का फ़्यूग बजाया। गाना ख़त्म होने के बाद, उसने हल्की फुसफुसाहट-भरी आवाज़ में कहा, "क्यों ना हम दोनों अब साथ में सोएँ, वातानबे?"

"अजीब बात है," मैंने कहा। "मैं भी ठीक यही सोच रहा था।"

हम अन्दर गए और पर्दे गिरा दिए। फिर उस अँधेरे कमरे में रेइको और मैं एक-दूसरे की देहों की कुछ इस तरह तलाशी लेने लगे जैसे वह दुनिया की नितान्त स्वाभाविक चीज़ हो। मैंने उसका ब्लाउज़ और स्लैक्स और फिर उसका अण्डरवियर हटा दिया।

"यूँ तो मैंने एक विचित्र सा जीवन जिया है," रेइको ने कहा, "लेकिन मैंने यह कभी नहीं सोचा था कि मैं अपने से उन्नीस बरस छोटे एक आदमी के हाथों निर्वस्त्र होऊँगी।

"क्या तुम यह ख़ुद करना पसन्द करतीं?"

"नहीं," तुम आगे बढ़ो। "लेकिन मेरी सिलवटें देखकर बहुत ज़्यादा मत चौंकना।"

"मुझे तुम्हारी सिलवटें अच्छी लगती हैं।"

"तुम मुझे रुला दोगे," वह फुसफुसाई।

मैं उसके सारे शरीर को चूमने लगा, विशेष रूप से अपनी जीभ को उन जगहों पर ले गया जहाँ उसकी सिलवटें थीं। उसके स्तन किसी छोटी लड़की के जैसे थे। मैंने उन्हें सहलाया और उसके स्तनाग्रों को अपने दाँतों में ले लिया। फिर मैं अपनी अँगुली उसकी ऊष्म, नम योनि के अन्दर ले गया और उसे अन्दर-बाहर करने लगा।

"ग़लत जगह, वातानबे," रेइको ने मेरे कान में फुसफुसाकर कहा। "वह तो महज़ एक सिलवट है।"

"मैं विश्वास नहीं कर सकता कि तुम ऐसे समय पर भी मज़ाक़ कर सकती हो!"

"सॉरी," उसने कहा। "मैं डरी हुई हूँ। मैंने बरसों से यह नहीं किया है। मुझे ऐसा लग रहा है, जैसे मैं फिर से सत्रह साल की लड़की बन गई हूँ–जो किसी लड़के से मिलने उसके कमरे में गई हो और अचानक ख़ुद को नग्न पाए।"

"सच कहूँ तो, मुझे भी ऐसा लग रहा है, जैसे मैं किसी सत्रह साल की लड़की का शील भंग कर रहा हूँ।"

अपनी अँगुली को उसकी "सिलवट" के अन्दर डाले हुए मैंने अपने होंठ उसकी गर्दन पर फिराए और अपने दूसरे हाथ की अँगुलियों से उसके एक स्तनाग्र को को थाम लिया। जब उसकी साँस बहुत तेज़ हो गई और उसका गला काँपने लगा, तो मैंने उसकी लम्बी, दुबली टाँगें फैलाईं और धीरे से ख़ुद को उसके अन्दर डाल दिया।

"तुम मुझे गर्भवती तो नहीं करने वाले हो? उम्मीद है, तुम इसका ख़याल रख रहे होगे, है ना?" रेइको ने मेरे कानों में फुसफसाकर कहा। "अगर मैं इस उम्र में गर्भवती हो गई, तो मुझे बहुत शर्मिन्दगी झेलनी पड़ेगी।"

"चिन्ता मत करो," मैंने कहा। "ख़ुद को ढीला छोड़ दो।"

जब मैं पूरी तरह अन्दर चला गया, तो उसने एक आह भरी। उसकी पीठ को सहलाते हुए, मैं अन्दर-बाहर होने लगा, और फिर बिना किसी चेतावनी के मै स्खलित हो गया। वह एक तीव्र और रोके ना रुकने वाला स्खलन था। मैंने उसे जकड़ लिया और मेरा वीर्य उसकी ऊष्मा के भीतर बार-बार छूटता रहा।

"सॉरी," मैंने कहा। "मैं ख़ुद को रोक नहीं सका।"

"बेवकूफ़ मत बनो," रेइको ने कहा और हल्के-से मेरी कमर पर थपकी दी। "बहरहाल, इस बारे में चिन्ता मत करो। क्या तुम्हें हर बार लड़कियों के साथ ऐसा करते समय यही चिन्ता सताती है?"

"हाँ, लगभग हर बार।"

"तो मेरे साथ तुम्हें यह चिन्ता करने की ज़रूरत नहीं है। इसे भूल जाओ। बस ख़ुद को पूरी तरह आज़ाद छोड़ दो। मज़ा आया?"

"बहुत। शायद इसी वजह से मैं ख़ुद को रोक नहीं पाया।"

"इस वक़्त ख़ुद को रोकने की कोई ज़रूरत नहीं थी। सब कुछ बिलकुल ठीक था। मेरे लिए भी यह बहुत अच्छा अनुभव था।"

"रेइको," मैंने कहा।

"क्या?"

"तुम्हें फिर से किसी प्रेमी को तलाशना चाहिए। तुम विलक्षण हो। और तुम्हारी यह विलक्षणता बेकार जा रही है।"

"ठीक है, इस बारे में सोचूँगी," उसने कहा। "लेकिन सोचती हूँ कि क्या असाहिकावा जैसी जगह पर लोग अब भी प्रेमी वग़ैरह बनाते होंगे?"

कुछ मिनट बाद मेरा अंग फिर से सख़्त हो गया, और मैंने उसे फिर से उसके अन्दर डाल दिया। रेइको ने साँस रोक ली और वह मेरे नीचे मुड़ गई। मैं अपनी बाँहों को उसके चारों ओर लपेटकर धीरे-धीरे आगे-पीछे होने लगा, और हम बात करने लगे। इस तरह की स्थिति में बात करना अद्भुत था। अगर मैं कोई मज़ेदार बात कर उसे हँसा देता, तो उसका कम्पन मुझे मेरे लिंग से महसूस होता था। हमने एक-दूसरे को लम्बे समय तक ऐसे ही पकड़े रखा।

"ओह, यह बहुत अच्छा लग रहा है!" रेइको ने कहा

"हरक़त में बने रहना भी बुरा नहीं है," मैंने कहा।

"जारी रखो। इसे आज़माओ।"

मैंने उसके नितम्बों को उठाया और जितना मुमकिन था उतना अन्दर तक गया, फिर गोलाकार लय में धीरे-धीरे हिलते हुए उस अनुभूति का आनंद लेने लगा, जब तक कि अन्त में स्खलित नहीं हो गया।

उस रात हमने कुल चार बार एक-दूसरे के साथ अपने जिस्मों को जोड़ा। हर बार अन्त में, रेइको मेरी बाँहों में हल्के-हल्के काँपती हुई लेट जाती, आँखें बन्द कर लेती और एक लम्बी साँस छोड़ती।

"अब मुझे ये सब फिर कभी करने की ज़रूरत नहीं पड़ेगी," रेइको ने कहा। "बस, हो गया – पूरी ज़िन्दगी के लिए। ओह, वातानबे, प्लीज़ कहो कि यह सच है। कहो कि अब मैं चैन से रह सकती हूँ, क्योंकि मैंने इतना कर लिया है, जो पूरी ज़िन्दगी के लिए काफ़ी है।"

"कोई भी तुमसे यह नहीं कह सकता," मैंने कहा। "यह जानने का कोई तरीका नहीं है।"

मैंने रेइको को समझाने की कोशिश की कि उसका हवाई जहाज़ से जाना ज़्यादा आसान और तेज़ होगा, लेकिन उसने ज़िद की कि वह ट्रेन से ही असाहिकावा जाएगी।

"मुझे होक्काइदो जाने वाली फेरी पसन्द है। और हवा में उड़ने की मेरी कोई इच्छा नहीं है," उसने कहा। मैं उसे उइनो स्टेशन तक छोड़ने गया। उसकी पीठ पर गिटार था और मैं उसका सूटकेस उठाए हुए था। हम दोनों प्लेटफ़ॉर्म पर एक बेंच पर बैठकर ट्रेन के आने का इन्तज़ार करने लगे। रेइको ने वही ट्वीड की जैकेट और सफ़ेद पैंट पहनी हुई थी, जो उसने टोक्यो आते समय पहन रखी थी।

"क्या तुम्हें सच में लगता है कि असाहिकावा इतना बुरा शहर नहीं है?" उसने पूछा।

"अच्छा शहर है। मैं जल्दी ही तुमसे मिलने वहाँ आऊँगा।"

"सच?"

मैंने सिर हिलाया। "और मैं तुम्हें ख़त भी लिखूँगा।"

"मुझे तुम्हारे ख़त बहुत पसन्द आते हैं। नाओको ने तुम्हारे भेजे हुए सारे ख़त जला दिए थे। वो कितने प्यारे ख़त थे!"

"ख़त तो सिर्फ़ काग़ज़ के टुकड़े होते हैं," मैंने कहा। "उन्हें जला दो, तो जो दिल में बचा है, वही बचेगा; और अगर सँभालकर रखो, तो भी जो मिटना है, वो मिट ही जाएगा।"

"जानते हो, वातानबे, सच कहूँ तो मैं डर रही हूँ। अकेले असाहिकावा जा रही हूँ। इसलिए मुझे ख़त लिखते रहना। जब भी मैं तुम्हारे ख़त पढ़ती हूँ, ऐसा लगता है जैसे तुम मेरे पास बैठे हो।"

"अगर तुम्हें इससे सुकून मिलता है, तो मैं हमेशा तुम्हें लिखता रहूँगा। लेकिन चिन्ता मत करो। मैं जानता हूँ, तुम जहाँ भी जाओगी, वहाँ बिलकुल ठीक रहोगी।"

"और एक बात। ऐसा लग रहा है, जैसे मेरे अन्दर कुछ फँसा हुआ है। क्या ये बस मेरा वहम है?"

"बस बीते लम्हों की याद है," मैंने मुस्कराते हुए कहा।

रेइको भी मुस्कराई। "मुझे भूलना मत," उसने कहा।

"मैं तुम्हें कभी नहीं भूलूँगा," मैंने कहा। "कभी नहीं।"

"शायद हम दोबारा कभी न मिलें, लेकिन मैं जहाँ भी रहूँगी, तुम्हें और नाओको को हमेशा याद रखूँगी।"

मैंने देखा कि उसकी आँखों में आँसू थे। मैं अनजाने ही उसे चूम रहा था। प्लेटफ़ॉर्म पर दूसरे लोग हमें घूर रहे थे, लेकिन अब मुझे इन सब बातों की कोई परवाह नहीं थी। हम ज़िन्दा थे – मैं और रेइको। और अब हमें बस यही सोचना था कि इस ज़िन्दगी को कैसे जीते रहना है।

"ख़ुश रहना," ट्रेन में चढ़ते हुए रेइको ने मुझसे कहा। "मैंने तुम्हें वो सारी सलाह दे दी है, जो मेरे पास थी। अब मेरे पास कहने को कुछ नहीं बचा। बस, ख़ुश रहना। मेरी और नाओको की सारी ख़ुशियाँ भी तुम ले लेना और उन्हें अपनी ख़ुशियों में जोड़ लेना।"

हमने कुछ पल के लिए एक-दूसरे का हाथ पकड़ा, और फिर ज़ुदा हो गए।

मैंने मिदोरी को फ़ोन किया। "मुझे तुमसे बात करनी है," मैंने कहा। "मेरे पास तुमसे कहने के लिए लाखों बातें हैं। लाखों बातें जो हमें आपस में करनी हैं। इस दुनिया में मुझे बस तुम्हारी ज़रूरत है। मैं तुम्हें देखना चाहता हूँ और तुमसे बातें करना चाहता हूँ। मैं चाहता हूँ कि हम दोनों सब कुछ एक बार फिर से शुरू करें, बिलकुल शुरुआत से।"

मिदोरी ने जवाब में एक लम्बी, बहुत लम्बी ख़ामोशी ओढ़ ली – मानो दुनिया भर की धुँधली बारिश दुनिया भर के नई-नई कटी घास वाले मैदानों पर बरस रही हो। मैंने अपना माथा शीशे से टिका दिया, आँखें बन्द कर लीं और प्रतीक्षा करने लगा। आख़िरकार, मिदोरी की धीमी आवाज़ ने उस ख़ामोशी को तोड़ा – "तुम अभी कहाँ हो?"

मैं अभी कहाँ था?

रिसीवर को कसकर पकड़े हुए मैंने सिर उठाया और यह देखने के लिए मुड़ा कि उस टेलीफ़ोन बूथ के बाहर क्या फैला हुआ है। अब मैं कहाँ था? मुझे नहीं पता था। बिल्कुल भी नहीं। यह कौन-सी जगह थी? मेरी आँखों के सामने बस अनगिनत लोगों की आकृतियाँ चमक रही थीं, जो कहीं नहीं जा रहे थे। बार-बार मैं इस बेनाम जगह के ठीक बीचों-बीच खड़े होकर मिदोरी को पुकारता रहा।

अनुवादक के बारे में

मदन सोनी हिन्दी के लेखक हैं। आलोचना पर केन्द्रित उनकी अनेक पुस्तकें प्रकाशित हैं तथा उन्होंने विश्व के कई शीर्षस्थ लेखकों और चिन्तकों की लगभग ढाई दर्जन पुस्तकों का अनुवाद किया है। मंजुल पब्लिशिंग हाउस के लिए उनके द्वारा किए गए अनुवादों में हरमन हेस्स का उपन्यास *सिद्धार्थ*, डैन ब्राउन का उपन्यास *द विंची कोड*, पाओलो कोएलो का उपन्यास *अल्केमिस्ट*, केइगो हिगाशिनो का उपन्यास *डिवोशन ऑफ़ द सस्पेक्ट एक्स*, युवाल नोआ हरारी की पुस्तकें *सेपियन्स : मानव-जाति का संक्षिप्त इतिहास*, *होमो डेयस*, *21वीं सदी के लिए 21 सबक* और *नेक्सस*, तथा एण्ड्रयू एच. नॉल की पुस्तक *अ ब्रीफ़ हिस्ट्री ऑफ़ अर्थ* आदि शामिल हैं। उन्हें अनुवाद के लिए साहित्य अकादमी पुरस्कार प्राप्त हो चुका है। उनसे madansoni12@gmail.com पर सम्पर्क किया जा सकता है।